DROEMER

Von Katharina Fuchs sind bereits folgende Titel bei Droemer erschienen:
Zwei Handvoll Leben
Neuleben
Lebenssekunden
Unser kostbares Leben

Über die Autorin:
Katharina Fuchs, geboren 1963 in Wiesbaden, verbrachte ihre Kindheit am Genfer See und in einer hessischen Kleinstadt. Nach ihrem Studium der Rechtswissenschaften in Frankfurt am Main und in Paris wurde sie Rechtsanwältin und Justiziarin eines daxnotierten Unternehmens. Katharina Fuchs lebt mit ihrer Familie im Taunus. »Zwei Handvoll Leben« und »Neuleben« basieren auf ihrer eigenen Familiengeschichte. »Unser kostbares Leben« ist nach »Lebenssekunden« ihr jüngster Roman.

KATHARINA FUCHS

UNSER KOSTBARES LEBEN

ROMAN

DROEMER

Besuchen Sie uns im Internet:
www.droemer.de

Aus Verantwortung für die Umwelt hat sich die Verlagsgruppe Droemer Knaur zu einer nachhaltigen Buchproduktion verpflichtet. Der bewusste Umgang mit unseren Ressourcen, der Schutz unseres Klimas und der Natur gehören zu unseren obersten Unternehmenszielen. Gemeinsam mit unseren Partnern und Lieferanten setzen wir uns für eine klimaneutrale Buchproduktion ein, die den Erwerb von Klimazertifikaten zur Kompensation des CO_2-Ausstoßes einschließt. Weitere Informationen finden Sie unter: www.klimaneutralerverlag.de

FSC
www.fsc.org
MIX
Papier aus verantwortungsvollen Quellen
FSC® C014496

Taschenbuchausgabe Februar 2023
Droemer Taschenbuch
Originalausgabe Dezember 2021

Ein Imprint der Verlagsgruppe
Droemer Knaur GmbH & Co. KG, München

Dieses Werk wurde vermittelt durch die
Literarische Agentur Michael Gaeb, 10405 Berlin.
Redaktion: Antje Steinhäuser
Covergestaltung: Kristin Pang
Coverabbildung: Jake Olson / Trevillion Images,
Patrick Ziegler / AdobeStock, Rininii / Shutterstock.com,
sumroeng chinnapan / Shutterstock.com
Satz: Adobe InDesign im Verlag
Druck und Bindung: GGP Media GmbH, Pößneck
ISBN 978-3-426-30838-7

4 5

Recht ist nicht immer Recht.
Wenn Recht zu Unrecht wird,
wird Widerstand zur Pflicht.

Bertolt Brecht
1898–1956

They say that time changes things,
but you actually have to change them yourself.

Sie sagen, dass Zeit alles verändert,
doch eigentlich müssen wir sie selbst verändern.

Andy Warhol
1928–1987

I. BUCH

Mainheim, 27. April 1972

CARO

»Er tut es schon wieder, sieh mal!«

Mit einem Nicken deutete Minka in Richtung des mageren Jungen, der sich gerade die Kapuze seines blauen Anoraks über den Kopf zog. Es war Mittag an einem außergewöhnlich milden Frühlingstag, und das frische helle Laub der Bäume und Sträucher leuchtete im warmen Sonnenlicht.

Erst war er ihnen auf dem Schulweg gefolgt. Nun plötzlich tauchte er vor ihnen auf. Caro und Minka blieben stehen. Guy Meyfahrt senkte den Kopf, nahm Anlauf, streckte die Arme aus und sprang mit einem gekonnten Köpper mitten in das Dickicht am Wegesrand. Mit einer präzisen, schräg über den Wangenknochen verlaufenden Schramme sowie Blättern, Zweigen und roten Beeren auf den Schultern tauchte er wieder auf und strahlte über das ganze Gesicht.

»Beachte ihn gar nicht!«, flüsterte Minka und ging weiter.

Doch der Junge rannte ihnen nach und zog sich die Kapuze herunter. Sein dunkles, dichtes Haar stand in alle Richtungen, seine goldbraunen Augen blitzten sie an. Atemlos lief er neben ihnen her und fragte: »Wie war ich?«

Minka reagierte nicht, Caro zuckte mit den Schultern. Sie wollte ihrem Klassenkameraden nicht zeigen, dass er sie beeindruckt hatte, wollte ihn und ihre beste Freundin nicht merken lassen, wie sehr er ihr gefiel.

»Möchtet ihr wissen, wie eine Wasserleiche aussieht?«

Minka verzögerte ihren Schritt. »Woher weißt du das denn?«

Gruselige Details waren ihre Spezialität. Wenn es nach ihr ging, konnte es in Büchern, vor allem aber den Hörspielen ihrer Europa-LP-Sammlung niemals unheimlich und gespenstisch genug zugehen.

»Ich weiß es, weil in unserem Pool in Saigon tagelang ein Toter getrieben ist. Willst du wissen, wie so einer aussieht, der eine Woche im Wasser gelegen hat?«

»So lange? Warum habt ihr ihn nicht früher rausgeholt?«, wollte Minka unbeeindruckt wissen.

Sie kannten schon die meisten seiner Schauergeschichten und wussten, dass er der Sohn eines Generals der südvietnamesischen Armee war, die gegen den kommunistischen Norden gekämpft hatte.

»Weil wir unter Beschuss standen. Die Vietcong hätten uns durchlöchert, sobald wir auch nur einen Fuß vor die Tür gesetzt hätten.«

Als die beiden Mädchen nicht antworteten, fragte er: »Kommt ihr heute Nachmittag ins Schwimmbad?«

Minka hob den Kopf und rümpfte die Nase: »Das werde ich dir gerade sagen!«

Sie gingen weiter, doch Guy ließ nicht locker, hüpfte herum, sprang seitlich neben ihnen her, als wären seine Beine aus Gummi. An seinen zu kurzen Cordhosen war eine Borte angesetzt, die er bei seinem Sprung halb abgerissen hatte. Jetzt trat er darauf, es machte »Ratsch«, und sie war ganz ab. Rasch bückte er sich und ließ sie in seine Tasche wandern.

»Wir könnten um die Wette tauchen, Köpper vom Startblock oder vom Einer üben, oder sogar Saltos vom Dreier, wie letztes Jahr!«, wandte er sich an Caro.

Diese merkte, wie ihr die Röte ins Gesicht stieg, und suchte verlegen nach einer Antwort. Im Freibad, das nur gut hundert Meter von ihrem Elternhaus entfernt lag, war sie täglich. Manchmal sogar mehrmals am Tag. Und von Kopfsprüngen und Tauchwettbewerben konnte sie nie genug kriegen. Aber im Beisein ihrer Freundin Minka konnte sie sich unmöglich mit Guy verabreden. Sie hieß den Umgang mit dem Jungen aus Vietnam nicht gut. Und was Minka Schönwetter gegen den Strich ging, das respektierte man. Schließlich war sie die Tochter des Bürgermeisters.

»Ich darf nur, wenn das Wasser über neunzehn Grad hat!«, sagte Caro und ließ die Antwort auf seine Frage salomonisch offen.

Er verstand sofort.

Das Schwimmbad hatte vor drei Tagen die Saison eröffnet. Gestern hatte die Wassertemperatur schon zwanzig Grad erreicht. Sie wurde täglich auf einem blauen Pappkarton, der Ähnlichkeit mit einer Parkuhr hatte, deutlich sichtbar im Kassenhäuschen angezeigt. Manchmal passte Bademeister Knüppel die Temperatur auch im Laufe des Tages an. Caros Antwort bedeutete also: Aller Voraussicht nach würde sie, sobald das

Mittagessen mit ihrer Familie beendet war und sie ihre wenigen Hausaufgaben erledigt hatte – also um Punkt drei –, im Sprungbecken sein.

»Okidoki!«, lautete Guys Antwort.

Caro zuckte zusammen, als sie ein Quaken hörte. Alle drei bückten sich und bestaunten die Schönheit der Kreuzkröte zu ihren Füßen, die ihre bläulich schimmernde Schallblase aufpumpte und versuchte, mit ihrem Gesang ein Weibchen anzulocken.

»Sieh mal da!«

»Und da vorne auch!«

»Und dort!«

»Sie sind überall!«

Der asphaltierte Weg war übersät mit den gut getarnten, in Oliv- und Graubrauntönen marmorierten Körpern. Einige Weibchen trugen die kleineren Krötenmännchen Huckepack und streckten ihre langen Beine in unerwarteter Anmut. Das Quaken war so durchdringend, dass die Kinder sich wunderten, es nicht schon früher bemerkt zu haben. Doch auch wenn einige der Tiere nur dasaßen und ihr metallisch tönendes Rätschen von sich gaben, schien sich die Masse der Tiere insgesamt in eine Richtung zu bewegen. Hunderte, vielleicht Tausende Amphibien, auf der Suche nach einem Platz zum Laichen. Sie hüpften nicht, sondern krabbelten, krochen, in gemächlichem Tempo zielstrebig von links nach rechts.

»Ich dachte, die wandern nur nachts«, sagte Caro.

»Ist doch klar, wo die hinwollen! Zum Weiher!«, erklärte Minka in ihrer typischen belehrenden Art, die Caro manchmal ziemlich aufgesetzt fand. »Denn diese Seite hier wurde ja trockengelegt.«

Die drei sahen einander an, und schlagartig wurde ihnen klar, was das bedeutete: Der Stadtweiher lag auf der anderen Seite der Grünanlage, durch die seit einem halben Jahr die neue Straße führte, der Hessendamm. Er verband den Osten mit dem Westen der Kleinstadt, und die Pkws fuhren auf dem neuen, glatten Belag ungehindert, ohne Ampeln und Fußgängerüberwege. Dafür hatte man eigens eine Fußgängerunterführung gebaut. Und natürlich fuhren die Autos dadurch schneller, als sie sollten. Ohne dass es weiterer Worte bedurft hätte, stürmten die Kinder alle gleichzeitig los, über die Niederung, mitten durch die Neuanpflanzung aus dunkler pflegeleichter Thuja und gemeinem

Schneeball, um so schnell wie möglich den höher gelegten Damm zu erreichen. Sie achteten nicht auf Zweige, die hier und da vor ihnen auftauchten und ihnen hart ins Gesicht schlugen, ihre Haut zerkratzten, sondern sahen nur auf den mit Rindenmulch bedeckten Boden, um nicht die Kröten zu zertreten. Minka schrie gellend auf, als sie mit dem Arm gegen einen Ast knallte.

Noch bis vor eineinhalb Jahren hatten sich hier, im Herzen der kleinen Stadt, die unberührten Bleichwiesen an die Ufer eines Bachlaufs geschmiegt. Sie waren voller Leben gewesen: In knorrigen bemoosten Korkeichen hatten weißbäuchige Wasseramseln und ockerfarbene Teichrohrsänger gebrütet. Blau schillernde Libellen waren unter Erlen und hellen Trauerweiden durch hohe wilde Gräser getanzt. Sogar graubraune Eidechsen und schiefergraue Ringelnattern hatten die Kinder zwischen violetten Glockenblumen und Bärlauch entdeckt. Sie hatten sie so hübsch gefunden, wie sie sich auf Steinen gesonnt hatten, dass sie versucht hatten, sie zu berühren, und niemals hätten sie es für möglich gehalten, dass die kleinen Schlangen sie beißen könnten. Kurz vor dem letzten Winter war das Projekt Hessendamm fertiggestellt worden, die Bäume gefällt, der Bachlauf künstlich angelegt, sein Bett betoniert, die Wiesen trockengelegt. Ein Mammutprojekt, das in Rekordzeit ausgeführt worden war. Von den zahlreichen alten Bäumen war als einzige eine zweihundertfünfzig Jahre alte Eiche verschont geblieben.

Das Geräusch der vorbeifahrenden Autos ließ Schlimmes ahnen: »Tschak-tschak!«, machten die Autoreifen, als sie über Krötenkörper rollten. Schließlich erklommen die Kinder die Böschung, die auf den Hessendamm führte. Atemlos blieben sie stehen, beugten sich keuchend vor, Caro fiel auf die Knie. Die Straße war übersät mit platt gefahrenen Froschleibern, aus denen die Eingeweide quollen. Dazwischen krochen einige Überlebende, manche hatten fast schon die andere Seite erreicht und kamen ihrem Ziel näher, dem smaragdgrünen Teich voller Entengrütze.

Der Erste, der handelte, war Guy. Er sprang laut schreiend mitten auf die Straße und streckte die Arme seitlich aus. »Anhalten! Ihr Mörder!«

Ein gelber Opel Kadett kam in voller Fahrt auf ihn zu und hupte, machte einen Schlenker auf die Gegenfahrbahn und lenkte um ihn herum. Der Fahrer wild gestikulierend. Der entgegenkommende VW-Bus musste scharf abbremsen und hupte ebenfalls.

»Guy, was tust du! Bist du lebensmüde?«, kreischte Caro, aber im Nachhinein betrachtet, war dies wohl der Moment, in dem ihr zehnjähriges Mädchenherz für ihn zu schlagen begann.

Da sah sie schon, wie Minka, ohne lange zu überlegen, auf die andere Seite der Straße rannte und die Arme ausbreitete. Jetzt war nur noch die Mittellinie frei, über die ein Kleinwagen einfach zwischen den beiden hindurchfuhr. Caro nahm ihren Mut zusammen und schloss die Lücke. Das nächste Auto stoppte mit quietschenden Reifen. Die drei Kinder versperrten jetzt die gesamte Breite der zwei Fahrbahnen, und die Autos mussten anhalten, stauten sich rasch zurück. Die Fahrer stiegen aus, einige waren wütend und schrien die Kinder an, ob sie verrückt geworden seien, das sei eine Frechheit. Rotzgören!

Weiter hinten hielt ein VW Käfer, eine schlanke Frau in T-Shirt, Stiefeln und Minirock stieg aus und kam mit langen wehenden Haaren auf sie zugerannt: Gabriele Narrten, ihre Klassenlehrerin.

»Kinder, was tut ihr denn?«, fragte sie. »Das ist doch lebensgefährlich!«

»Wir retten die Kröten«, sagte Caro und deutete auf all die toten Tiere, zwischen denen weiterhin Hunderte Artgenossen in Richtung Teich krochen.

Gabriele Narrten bemerkte die Tiere erst jetzt und hielt sich die Hand vor den Mund. »Wie furchtbar!«

Nun hatten sie eine Verbündete. Ihre neue Klassenlehrerin war Mitte zwanzig, sie hatte ihnen von Studentenprotesten und Hausbesetzungen erzählt, war für antiautoritäre Erziehung, legte großen Wert auf einen anschaulichen Naturkundeunterricht und opferte ihm allzu gerne die langweilige Heimatkundestunde.

Immer mehr Wagen standen im Stau, die Fahrer drückten auf die Hupen, kurbelten die Fenster herunter, manche stiegen aus, um nachzusehen, was los war.

»Wartet einen Moment!«, rief Fräulein Narrten.

Sie rannte zurück zu ihrem Auto und kam mit einem Stoß DIN-A4-Pappen und dicken Filzstiften zurück.

»Hier.« Sie teilte den dreien die Pappen aus. »Schreibt etwas drauf …

Vorsicht, Kröten … oder Rettet die Frösche … Frösche hört sich vielleicht netter an.«

»Vorsicht: Frösche auf der Fahrbahn!«, schlug Caro vor.

»Stoppt das Froschsterben!«, sagte Minka.

»Das ist gut!«, stimmten Guy und Fräulein Narrten ihr zu. Rasch beschrifteten sie die Pappschilder und hielten sie hoch. Fräulein Narrten und Minka gingen von Auto zu Auto, überredeten die Fahrer, umzudrehen und einen Umweg in Kauf zu nehmen.

»Sind doch nur Kröten!«, murrten manche Fahrer, während sie einen Blick auf die langen Beine der Lehrerin warfen, aber nach und nach drehten alle um. Der Drogist und der Apotheker erboten sich sogar, ihre Autos quer zu stellen und die Fahrbahn so abzusperren, dass in der Mitte ein fünfzig Meter breiter Streifen frei blieb. Durch diese Passage konnten die restlichen Kröten ihre Wanderung unversehrt fortsetzen. Damit es schneller ging, begann Guy, sie hochzuheben und über die Straße zu tragen. Caro tat es ihm nach. Sie mochte das Gefühl des hellen, glatten Krötenbauchs auf ihrer Handfläche, spürte das Pulsieren in den graugrünen Amphibienkörpern, sah in ihre waagrechten Pupillen und bedauerte es fast, dass sie sie so schnell wieder absetzen musste. Nur diejenigen, die aufeinandersaßen, konnte sie nicht anfassen. Das machten Guy und Minka. Ihre Lehrerin hatte noch eine pragmatische Idee und holte zwei leere Holzkisten mit der Aufschrift »Vin de Languedoc« aus ihrem Auto. Sie hatte der Klasse schon ein paarmal von ihren Frankreichurlauben erzählt, hatte Muscheln aus der Bretagne, Seeschneckenhäuser und Federn aus der Camargue mitgebracht, und offenbar auch Wein. Sie legten die Kröten behutsam auf den Kistenboden und konnten dadurch etliche auf einmal zur anderen Seite tragen, was die Aktion beschleunigte.

»Wie viele noch?«, fragte Guy. »Ich glaube, wir haben bald alle.«

Es dauerte tatsächlich nicht mehr lange. Die meisten waren wohl schon in der Nacht aufgebrochen und hatten die Straße ohne Autoverkehr überqueren können. Das war jedenfalls ein tröstlicher Gedanke. Als keine Kröten mehr nachkamen, gaben die Helfer die Straße wieder frei.

»Das war mutig«, lobte sie Fräulein Narrten und strahlte, sodass ihre ebenmäßigen, gesunden Zähne sichtbar wurden. »Viele wären achtlos vorbeigegangen, man sieht ja, wie gleichgültig die Menschen sind.« Sie deutete auf die Autos, die nun wieder den Hessendamm befuhren. »Sie sind wie vernagelt, haben Scheuklappen, wissen gar nicht, was sie tun, wenn sie die Natur so wenig schätzen und schützen.«

»Hoffentlich sieht das mein Vater auch so«, sagte Minka, die auf einmal ungewohnt kleinlaut wurde, als sie an zu Hause dachte.

»Bestimmt«, sprach die Lehrerin ihr Mut zu. »Steh zu deinen Taten, Minka, und mach dich nicht kleiner, als du bist!«

»Das sagt sich so leicht.« Minka lächelte schwach.

Fräulein Narrten winkte ihnen zu und stieg in ihr Auto.

»Bei uns sagt man, die Kröte ist der Onkel des Himmelsgottes«, murmelte Guy.

Die Mädchen sahen ihn erstaunt an. So einen Satz hatten sie noch nie gehört, schon gar nicht von einem gleichaltrigen Jungen.

Er hatte es plötzlich eilig.

»Ich muss los!«, rief er ihnen zu. Schon kugelte er die gegenüberliegende Böschung herunter, stützte sich auf der Rückenlehne einer Bank ab, schwang sich über sie hinweg und verschwand im Dickicht der Anlage. Es war eine Abkürzung zur Siedlung. Guy wohnte mit seiner Mutter in den ockergelben Cassadiner-Mehrfamilienhäusern, die im Osten von Mainheim lagen und ihren Namen der Firma Cassada verdankten. Mädchen wie Caro und Minka betraten die Siedlung normalerweise nicht. Sie drehten sich um und gingen nebeneinanderher. Besprachen den Vorfall und wägten ab, ob sie ihren Eltern davon erzählen sollten. Dass ausgerechnet die selbstsichere Minka dagegen war, wunderte Caro. Wenn es nach ihr gegangen wäre, hätte sie ihren Eltern sofort davon berichtet, und sie war ziemlich sicher, dass sie vor allem von ihrer Mutter eher Zuspruch als Tadel erhalten würde. Aber sie versprach ihrer Freundin, das Ganze erst einmal für sich zu behalten.

Die beiden lebten im Westen der Kleinstadt. Dort wo Jägerzäune gepflegte Tausend-Quadratmeter-Grundstücke umgaben, in deren Mitte weiß getünchte Einfamilienhäuser lagen, eine Doppelgarage daneben, mit einer Limousine und einem Kleinwagen darin. Es war die Gegend, in der auch das Freibad, die weitläufige Sportanlage und die Turnhalle gebaut worden waren. Alles großzügig von der Firma Cassada bezuschusst. Auch das Haus, in dem Caro mit ihren Eltern und Geschwistern lebte, gehörte der Cassada, denn ihr Vater war der Generaldirektor der Schokoladenfabrik. Caro wohnte in der Schwimmbadstraße und Minka im Velten-Schönwetter-Ring. Dieser war nach Minkas Großvater benannt, der ebenfalls mehr als ein Jahrzehnt Mainheimer Bürgermeister gewesen war. Minkas Wohnhaus war Eigentum der Stadt. Als einziger im Schwimmbadviertel war der Garten nicht von einem Jägerzaun, sondern von einem geradlinigen, cremefarben lackierten Zaun aus Schmiedeeisen umgeben.

Als sie sich der hohen Front aus Glasbausteinen über dem Eingang näherten, verlangsamten die Mädchen ihre Schritte. Von hier aus stach das rote Dach besonders ins Auge. Es war die Idee von Minkas Vater gewesen, das Dach mit Ziegeln in ungewöhnlich tiefem Rot decken zu lassen, als er das abgewohnte Haus vor seinem Einzug auf eigene Kosten hatte renovieren lassen. Per se ein Widerspruch, sagten manche Mainheimer hinter vorgehaltener Hand: Im Schwimmbadviertel wohnen, aber allen seine rote Gesinnung demonstrieren wollen.

Auf der Straße vor dem Haus stand ein schwarzer Opel Admiral.

»Was macht mein Vater wohl um diese Zeit zu Hause?«, murmelte Minka mehr zu sich selbst, aber dann wandte sie sich an Caro: »Übrigens, ich habe zwei neue Vampir-LPs. Die echte Dracula-Geschichte von Bram Stoker, ungekürzt. Willst du sie anhören?«

Caro hatte ein zwiespältigeres Verhältnis zu Gruselgeschichten als Minka. Sie liebte den Schauder, den sie einem über den Rücken jagten, den kalten Schweiß, den sie einem bescherten, aber sobald sie alleine in ihrem dunklen Zimmer war, konnte der Grusel nahezu übermächtig werden und manchmal sogar in regelrechter Panik enden. Natürlich wollte sie das nicht zugeben, als sie langsam nickte.

»Dann frag doch deine Mutter, ob du heute bei mir übernachten darfst«, schlug Minka vor.

Caro sah in die großen dunklen Augen ihrer Freundin und wunderte sich, wie wenig sie von der Idee begeistert war. Denn in der Regel konnte sie gar nicht genug Zeit mit Minka verbringen. Sie hätte nicht sagen mögen, warum sie von Anfang an so stark von ihr angezogen wurde, als sie zusammen eingeschult worden waren. Mit ihrem brünetten Fransenhaarschnitt, den zierlich gebogenen Nasenflügeln, dem schmalen Gesicht war sie hübsch anzusehen, und den Namen Schönwetter kannten natürlich alle in der Mainheimer Grundschule. Sie trug keine karierten Röcke und Blusen mit Puffärmeln, wie die meisten anderen Erstklässlerinnen vor dreieinhalb Jahren. Sondern ausgestellte Jeans und T-Shirts mit Schnüren am Ausschnitt und Smileys auf der Brust. Es war, als hätte Caro von Anfang an geahnt, dass Minka sich als das frechste und unerschrockenste Mädchen der Klasse herausstellen würde, und das gefiel ihr.

Aus dem Garten hörte man das wütende Kläffen von Toxy, der Boxerhündin, die in einem Zwinger gehalten wurde. Und als Minka auf den Klingelknopf drückte, drang aus dem Haus das wilde Gebell ihrer Bullterrierhündin Clara. Die geriffelte Glastür wurde geöffnet, und im Türrahmen erschien das Gesicht von Minkas zweitältestem Bruder Golo. Gleichzeitig jagte der schneeweiße Kampfhund wie ein Blitz die Treppen hinunter und sprang ungeduldig an der Gartenpforte hoch. Caro machte einen Schritt zurück, als sie das scharfe Wolfsgebiss so dicht vor sich sah, obwohl sie Minkas Hund kannte, seit er noch ein winziger Welpe war, und Nächte mit ihm gemeinsam in Minkas Bett verbracht hatte. Sie wusste, dass in der Dreißig-Kilo-Hündin im Grunde eine sanfte Seele wohnte.

»Da ist ja mein Clärchen!«, säuselte Minka und schob das Gartentor auf, als der Summer erklang. Der Bullterrier umtanzte sie, außer sich vor Wiedersehensfreude, wedelte mit seinem kupierten Schwanzstummel und sprang an ihren Beinen hoch. Seine Krallen zerkratzten ihnen die Schienbeine und Knie, bis Minka das schwere Tier mit beiden Armen aufhob und die Treppen zur Haustür hochtrug, als wäre es ein Stoffhund. Caro stand da, einen Fuß auf dem Gartenweg, den anderen auf der Stufe.

»Also kommst du heute Abend?«, fragte Minka.

»Ich ruf dich noch mal an!«

Plötzlich hob der Hund den Kopf und schnüffelte. Minka setzte Clara ab. Auch die Mädchen richteten ihre Gesichter zum Himmel, drehten sie nach Westen, bewegten sachte die Nasenflügel, um – wie so häufig – ganz vorsichtig die Luft zu testen. Ein sanfter Wind trieb die Regenwolken nach Osten und wirbelte ein rosa Blütenmeer durch die Luft, das sich auf den kurz geschnittenen Rasen im Vorgarten legte, der regelmäßig von den städtischen Gärtnern gepflegt wurde. Doch es war nicht der

Duft nach Kirschblüten, auf den die beiden zehnjährigen Mädchen und der weiße Hund reagierten.

In jedem Land der Erde, in jeder Gegend auf der Welt trägt der Wind bestimmte Aromen mit sich mit. In Orten, die in der Nähe eines Meers liegen, können es die von Salz und Tang sein, oder von den wilden Rosen- und Brombeersträuchern, die entlang der Küste wachsen. In den Alpen mag es nach Bergthymian, Enzian oder Gletschereis duften. In Steppen nach wilder Kamille, Salbei, Präriegras und Heu, in Großstädten womöglich nach Benzin- und Dieselabgasen.

In der hessischen Kleinstadt Mainheim, die in der Rhein-Main-Ebene an den Ausläufern des bewaldeten Mittelgebirges Taunus lag, gab es seit Jahrzehnten nur zwei Möglichkeiten: Die Tage, an denen es süßlich roch, waren die guten. Der Duft, der entstand, wenn die Schokoladenmasse in den Conchiermaschinen erwärmt und gerieben wurde, legte sich über die Kleinstadt mit den ockerfarbenen Siedlungshäusern, den würfelförmigen Einfamilienvillen und ihren Gärten, über das flache Schulgebäude, das Freibad, die Tartanbahn, die Grünanlagen, den betonierten Bachlauf, wie ein Gazetuch, das zuvor mit Kakao getränkt worden war. Jeder kannte den Geruch. Jeder hatte eine Haltung dazu. Manche Bewohner liebten ihn, anderen war er zu zuckerig, keiner beschwerte sich je. Die Kinder atmeten ihn von klein auf ein, verbanden seine Aromen mit Präsentpäckchen zu Ostern, Nikolaus und Weihnachten. Die Älteren verknüpften ihn mit einem geregelten Einkommen, Sozialleistungen, Weihnachtsgratifikationen, mit Wohlstand, mit dem Wirtschaftswunder. Die Mütter unter ihnen mit kostenloser Säuglingsnahrung in den schwierigen Nachkriegsjahren.

Aber, wie gesagt, alle waren sich einig: Die Tage, an denen es nach conchierter Schokoladenmasse roch, waren die guten in Mainheim. Es waren die nahezu windstillen oder die des Westwinds. Die anderen waren die Tage des trockenen Ostwinds, und der trug den scharfen weißen oder gelben Qualm aus den hohen Schloten der Ruberus AG direkt in den Himmel über der Stadt. Farbstoffe, Lacke und Arzneimittel wurden in der Fabrik des Nachbarorts Neumainheim hergestellt. Der Qualm brannte in den Augen, reizte die Schleimhäute in der Nase, raubte einem den Atem. Der Schwefel trocknete die Kehle und konnte bei empfindlichen Menschen Hustenattacken auslösen. Der beißende chemische Geruch war den Bewohnern ebenfalls seit Jahrzehnten vertraut, und auch ihn verknüpften manche Ruberus-Arbeiter, die hier wohnten, mit gut bezahlten Arbeitsplätzen und sozialer Absicherung. Zum großen Glück der Mainheimer – keiner, außer womöglich Minkas Großvater Velten Schönwetter, wusste genau, ob dies bei der Errichtung der Fabrik und der Wohnsiedlungen beachtet worden war – gehörte der Wind aus östlicher Richtung in mittleren Breiten der Erde, also etwa zwischen dem vierzigsten und sechzigsten Breitengrad auf der Nord- sowie der Südhalbkugel zu den selteneren Erscheinungen. Mainheim lag in der Westwindzone, und ohne es zu wissen, profitierten seine Einwohner exorbitant von dem Luftdruckgefälle zwischen dem subtropischen Hochdruckgürtel und der subpolaren Tiefdruckrinne sowie dem daraus resultierenden meridionalen Luftmassenaustausch.

Minka grinste ihrer Freundin zu. Caro nickte. Keine musste etwas sagen. Sie verstanden sich blind, schlossen beide die Augen, holten Luft und atmeten so voller Inbrunst ein, wie man es tut, wenn man zum Boden des Schwimmbeckens tauchen möchte, saugten den öligen Kakao-Geruch tief in jede einzelne Verzweigung ihrer Bronchien ein und hielten die Luft an, als wären sie unter Wasser. Dann öffneten sie den Mund und prusteten los. Heute war ein guter Tag. Zugegeben, zu viele Kröten waren gestorben, aber ohne ihre Hilfe wären es noch mehr gewesen, sie hatten einer ganzen Menge das Leben gerettet – und es roch nach Schokolade. Ein guter Tag war es, bis sie aus dem Inneren des Hauses den voll aufgedrehten Lautsprecher des Fernsehers klappern hörten und eine missgelaunte Stimme rief: »Macht die Tür zu! Es stinkt!«

Es war Minkas Vater.

Caro fragte sich im Nachhinein oft, ob dies der Moment war, ab dem alles so furchtbar schieflief, wer daran Schuld hatte und ob es den Preis wert war.

In der Schokoladenstadt galt die ungeschriebene Übereinkunft, den Geruch, der während des Conchierens der Kakaomasse in die Luft entlassen wurde, entweder zu ignorieren oder zu genießen. Aber niemand kam auf die Idee, ihn als Gestank zu bezeichnen. Und schließlich war Harald Schönwetter der Bürgermeister.

»Er hat schlechte Laune!«, raunte Golo ihnen zu, machte einen Schritt vor die Haustür und zog sie weiter zu.

»Warum kommst du eigentlich so spät? Und wie seht ihr überhaupt aus?«, fragte er seine Schwester und ihre beste Freundin, die er gut genug kannte, weil sie bei ihnen seit vier Jahren fast täglich ein und aus ging. Caro sah Minka an, die einige Schrammen auf der Wange hatte und ziemlich zerzaust war, Blättchen und Zweige hingen in ihren dunklen Haaren. Das lag wohl an ihrem Sprint durch die Büsche, und vermutlich sah sie selbst kaum besser aus. Als Minka zu einer Erklärung ansetzte, winkte Golo schon ab: »Na ja, egal! Heute stimmt der Bundestag über das konstruktive Misstrauensvotum gegen Willy Brandt ab.«

Keine von beiden hatte die geringste Ahnung davon, was ein Misstrauensvotum war. Und was hieß *konstruktiv?* Aber es hörte sich nicht gerade nett an, und sogar Caro wusste, dass Minkas Vater, wenn es um Willy Brandt ging, keinen Spaß verstand. Er war SPD-Mitglied, Sozialdemokrat durch und durch, wie es auch schon sein Vater gewesen war. Brandt war der Held, das Idol, auf das er nichts kommen ließ, und diese Einstellung galt in der gesamten Familie Schönwetter als heilig.

»Ich geh dann besser mal«, sagte Caro und hatte es plötzlich eilig. Minkas Vater war ihr sowieso nicht ganz geheuer, weil er so eine unerschütterliche Autorität ausstrahlte und nie über einen knappen Gruß hinaus mit ihr sprach.

»Tschüs!«, rief ihr Minka hinterher. »Und vergiss nicht, deine Mutter zu fragen, ob du bei uns übernachten kannst.«

Das werde sie tun, antwortete Caro, als sie das Gartentor hinter sich zuzog, und wusste bereits im selben Augenblick, dass sie das schön bleiben lassen würde. Dracula und ein schlecht gelaunter Bürgermeister verursachten einfach zu viel Grusel auf einmal.

Sie ging die Straße entlang, an den vielen Jägerzäunen in unterschiedlichen Höhen und Holzfarben entlang, bog nach rechts ab, noch einmal nach rechts und stand vor ihrem eigenen Elternhaus, das haargenau auf gleicher Höhe wie das des Bürgermeisters lag, nur eben in der Parallelstraße. Die beiden üppig eingewachsenen Grundstücke hatten eine gemeinsame Grenze.

Caro stand vor der weiß getünchten Vorderseite ihres Elternhauses. Es hatte ebenfalls eine Front aus Glasbausteinen über dem Eingang.

Links davon lag die extralange Garage, in der sogar drei Autos hintereinander Platz fanden. Das gab es nur einmal im Schwimmbadviertel. Heute stand der weiße Mercedes ihres Vaters davor. Komisch, dachte sie. Dass auch ihr Vater heute zum Mittagessen nach Hause gekommen war, ausgerechnet am selben Tag wie Herr Schönwetter? War das ein Zufall? Normalerweise aß er fast immer im Casino der Cassada zu Mittag.

Als sie auf den Klingelknopf drückte, bellte kein Hund, was sie täglich bedauerte. Aber ihre Eltern betonten immer wieder, sobald sie den Wunsch nach einem Haustier äußerte, die Familie sei bereits groß genug. Caro hüpfte die Treppen zur Tür hoch, zog ihren Ranzen vom Rücken und fragte ihren zweitältesten Bruder Hartmut, genannt Habu, was es zu essen gebe. Sie war das zweitjüngste von fünf Kindern.

»Tini hat Hawaiitoast gemacht«, sagte er. »Wo warst du so lange?«

Tini war ihre sechzehnjährige Schwester. Eigentlich hieß sie Christine, Caro hieß Carola. Keines der Kinder wurde bei seinem Taufnamen gerufen. Nur die Eltern nannten einander bei ihren richtigen Vornamen.

»Ach, ich war noch kurz bei Minka!«

»Und was ist das hier?«

Er deutete auf ihr Gesicht, und sie warf einen Blick in den Garderobenspiegel, der von einer lindgrünen Makramee-Arbeit umrahmt wurde. Auf ihrer Stirn war eine fünf Zentimeter lange, leuchtend rote Schramme. Die musste sie sich in der Grünanlage geholt haben.

»Ach, das ist auf dem Schulhof passiert«, sagte sie. Doch Habu hörte gar nicht mehr zu.

»Caro ist da!«, rief er und rannte die Kellertreppe hinunter. Anscheinend hatten alle mit dem Essen auf sie gewartet.

Irgendwann, als die Familie immer größer geworden war, hatten ihre Eltern den Entschluss gefasst, die beengte Küche aus dem schmalen schlauchartigen Raum im Erdgeschoss nach unten in das Souterrain, wie sie es nannten, zu verlegen. Wenn man es genau nahm, war es der Keller. Aber sie hatten extra einen Innenarchitekten des Küchenhauses bestellt, und der hatte ihnen eine riesige Wohnküche mit gelben Kunststofffronten und braun gekachelter Arbeitsplatte in U-Form, einer Theke und hohen Barhockern entworfen, die im Schwimmbadviertel ihresgleichen suchte. Damit das Souterrain seinen Kellercharakter verlor, hatte der Innenarchitekt helle Deckenspots montieren lassen, die den Raum in gleißendes Licht tauchten, so hell wie in einem Kaufhaus. Sogar Minka beneidete sie um diese Küche, dabei war das Haus der Schönwetters viel moderner eingerichtet. Schließlich hatten sie ein Bad mit orangefarbenen Einbauschränken, und Minka besaß schon als Zehnjährige zwei Knautschsäcke, einen aus schwarzem und einen aus weißem Lackleder.

Um den riesigen achteckigen Tisch, der wie die Arbeitsplatte braun gekachelt war, saßen sechs Familienmitglieder auf gelben Freischwingerstühlen und warteten darauf, dass die Familie vollzählig wurde. Der Duft von geschmolzenem Käse erfüllte den gesamten Raum.

»Wo warst du denn so lange?«, fragte Caro ihre Mutter, die natürlich sofort die Schramme bemerkte. Bei Ma fiel Caro die Notlüge schon weitaus schwerer, Ma beschwindelte man nicht, sie war einfach zu gut.

»Ich war noch bei Minka«, sagte sie und errötete. Ihre Mutter sah sie mit ihren hellblauen Augen nur zwei Sekunden lang an und wusste Bescheid. Doch sie sagte nichts, so war Ma eben. Tini holte das heiße Blech aus dem Ofen und legte jedem mit dem Pfannenheber einen Toast auf den Teller. Als Erstem Pa.

Der hob die Ananas mit skeptischem Blick mit der Gabel an, starrte auf die langen gelben Fäden, die die Käsescheiblette zog, und seufzte. Seine brünetten Koteletten umrahmten ein rundes offenes Gesicht mit Eulenaugen hinter den dicken Brillengläsern. »Da komme ich einmal aus der Firma zum Essen nach Hause, warte und warte – und dann gibt es das?«

Ma warf ihm einen warnenden Blick zu und schüttelte stumm den Kopf. Sie wollte ihm zu verstehen geben, sich nicht zu beschweren, sondern ihre ältere Tochter zu loben.

»Wunderbar, Tini«, sagte sie betont gut gelaunt. »Wusstest du, dass ich noch heute Morgen gedacht habe, wir müssten unbedingt mal wieder Hawaiitoast essen? Ich hatte einen richtigen Heißhunger darauf.«

Caro musste lächeln. Sie warf Fitzi einen Blick zu, und der grinste sie an. Mit dem Jüngsten und mit Tini verstand sie sich. Seine streichholzkurzen blonden Haare betonten sein schmales Gesicht mit der allzu hellen empfindlichen Haut, der gleichen, wie sie und ihre Mutter sie hatten. Es würde nicht lange dauern, und sie bekamen ihren ersten Frühjahrssonnenbrand. Vielleicht schon heute. Der Rest der Familie war brünett, rundlich wie ihr Vater und weit weniger sonnenempfindlich.

»Im Moment kann ich mir nichts Köstlicheres vorstellen als genau dieses Mittagessen«, schwärmte Annette Stern weiter.

Typisch Ma! Das war ihre Haltung. Alles, was eines ihrer Kinder freiwillig tat, führte bei ihr zu Begeisterungsstürmen und Lobeshymnen. Keiner in der Familie nahm solche Sätze wirklich ernst, doch alle wuchsen in dem Klima ihres andauernden Wohlwollens auf, und es fruchtete. Manchmal wetteiferten sie sogar darum, wer ihre Mutter zu dem ersten, dem ausführlichsten oder letzten Lob des Tages animieren konnte, indem sie Schuhe putzten, den Müll hinausbrachten oder einem anderen Geschwisterkind bei den Hausaufgaben halfen. Ihr Vater ging sparsam mit Lob um, verteilte stattdessen Extra-Taschengeld oder in Sonderfällen sogar Stundenlohn.

Jetzt falteten alle die Hände, und ihr Vater sagte das Tischgebet: »Lieber Herr Jesus, wir danken dir für fünf gesunde Kinder, einen allzeit gedeckten Tisch und einen wunderbaren Toast mit Ananas, Schinken und Scheibletten, den meine talentierte Tochter Christine zubereitet hat.«

»Philipp!«, stöhnte seine Frau auf. »Du vergisst dich!«

»Am-en«, sagten alle Kinder grinsend im Chor und stürzten sich auf ihre Toasts.

Caro war das alles zu schnell gegangen. Über ihre Krötenrettung durfte sie nicht reden, das hatte sie Minka versprochen, obwohl ihr das Thema auf der Seele lag. Lustlos stach sie die Gabel durch den geschmolzenen Käse, beobachtete ohne jeden Appetit, wie der Saft der Dosenananas herausspritzte, und bekam keinen Bissen runter. Sie hatte vorgehabt, noch rasch vor dem Mittagessen in das Arbeitszimmer ihres Vaters zu schlüpfen. In seiner Regalwand aus schwerem dunklen Holz befand sich eine fünfundzwanzigbändige Ausgabe des Brockhaus. Sie wusste auswendig, dass sie nach *Krötenwanderung* im elften Band zwischen *Korrektur* und *Leben* suchen musste. Und im zwölften zwischen *Mai* und *Mos* würde sie die neuen Wörter nachschlagen. So oft hatte sie schon in jedem einzelnen ledergefassten Buch der Enzyklopädie nachgelesen.

Da waren diese zwei Wörter, die ihr nicht mehr aus dem Kopf gingen, seit sie Golos Lippen verlassen hatten.

Kon-struk-ti-ves Miss-trau-ens-vo-tum.

Auf ihrem Weg vom Haus des Bürgermeisters zu ihrem hatte sie sie im Geist bereits in alle Silben zerlegt, mehrfach aufgesagt, als zusammengesetztes Hauptwort identifiziert und sowohl das Adjektiv *Misstrauen* als auch das Substantiv *Votum* gewendet und gedreht. *Konstruktiv* sagte ihr gar nichts. Natürlich wusste sie, was *Misstrauen* hieß. Sie misstraute ihren Brüdern, insbesondere Habu im Hinblick auf ihr Tagebuch und ihr Notizbuch. Sie verwahrte beides getrennt. Das mit einer Schließe gesicherte Tagebuch in einem verborgenen Schubfach ihres Kleiderschranks. Ihr Notizbuch beschrieb sie nur mit selbst erdachten Codes, zu denen sie die Lektüre von Arsène Lupin inspiriert hatte, und klebte das marmorierte Büchlein mit Paketband unter ihren Lattenrost. Ihrer Spardose diente eine als Buch getarnte Kassette als Versteck, von der sie ahnte, dass sie längst einige Familienmitglieder entdeckt hatten.

Geheimniskrämerei nannten ihre Brüder ihren Argwohn – gesundes Misstrauen nannte sie es. Die Bedeutung von *Misstrauen* im Zusammenhang mit Bundeskanzler Willy Brandt, den Wörtern *Votum* und *Konstruktiv* erschloss sich ihr allerdings nicht.

»Habt ihr schon gehört, dass der Bundestag heute über das konstruktive Misstrauensvotum gegen Willy Brandt abstimmt?«, fragte sie.

Die Gesichter ihrer Familie wandten sich ihr zu. Die Teller waren bereits fast leer. Tini war aufgestanden, um eine zweite Runde zu verteilen. Man hatte gerade über die Qualität der neuen Waschstraße neben der Esso-Tankstelle gesprochen. Ihr Vater mutmaßte, der Lack des Mercedes sei durch die Bürsten zerkratzt worden, man solle besser wieder per Hand waschen, versprach seinen Söhnen ein gutes Taschengeld dafür, unterbrach sich nun aber mitten im Satz und sah Caro an.

»Typische Caro-Frage!«, sagte Habu. »Das hat die bestimmt bei Schönwetters aufgeschnappt.«

»*Die* steht im Stall und sagt Muh«, tadelte ihn seine Mutter.

»Sie«, verbesserte sich Habu.

»Na, ich kann mir bildlich vorstellen, wie das den Schönwetter wurmt!«, sagte Stern und ließ sich genüsslich in den Freischwinger zurückfallen, dessen Lehne sich unter seinem Gewicht so weit nach hinten bog, dass seine Kinder für einen Moment die Luft anhielten, weil man befürchten musste, das Stahlgestell werde unter seinem massigen Körper nachgeben. Es knarrte ein wenig, federte einige Male zurück und hielt seinen achtundneunzig Kilogramm stand.

»Die Chancen stehen gut, dass Brandt heute den Hut nehmen muss!«, fügte er hinzu und rieb sich die Hände. Seine Laune steigerte sich, je länger er darüber nachdachte. »Wenn Barzel gewinnt, weht in Deutschland endlich wieder ein anderer Wind!«

Als er merkte, was er gesagt hatte, verbesserte er sich: »Ich meinte, dann geht es in Deutschland wieder aufwärts!«

Die Windrichtung im buchstäblichen Sinn war für alle Mainheimer stets ein Thema, und keiner wollte, dass sie sich dauerhaft änderte. Caro nutzte den kurzen Moment der Stille, um das zweite Thema anzuschneiden, das ihr auf der Seele lag: »Würde Barzel auch dafür sorgen, dass der Hessendamm wieder abgerissen wird und wir unsere Bleichwiesen zurückbekommen? Wir haben heute Hunderte von Kröten über die Straße getragen, aber vorher wurden schon so viele tot gefahren.«

»Was habt ihr?« Erne, ihr achtzehnjähriger Bruder, gab den übertrieben Entsetzten. Mas gefühlvolle Sanftheit war beiden älteren Jungen nicht zu eigen, im Übrigen auch nicht Pas angenehme, frohmütige Erscheinung. Habu rekelte sich auf seinem Stuhl, vollkommen zufrieden, dass seine kleine Schwester nun unweigerlich in die Schusslinie geriet. Doch Caro hob den Kopf, machte ein wichtiges Gesicht und fuhr fort: »Und das alles nur, weil man nicht berücksichtigt hat, dass die Kröten zur Laichzeit zum Stadtweiher wandern, ganz egal, ob sie dazu über eine befahrene Straße müssen. Fräulein Narrten sagt, das ist ein Naturgesetz, sie können nicht anders.«

»Mich wundert es, dass es dort überhaupt noch Kröten gibt«, meinte Tine, »nachdem sie den Bach einbetoniert und alles trockengelegt haben.« Sie schloss träumerisch die Lider. »Erinnert ihr euch noch an die Sommer, wenn wir mit dem Bibelkreis bei sanftem Wind auf Eichenwurzeln saßen und in den tiefen Schatten über der Wiese voller blühender Gräser die Pfauenaugen tanzten.«

»Und weißt du noch, wie wir nach Schlüsselblumen gesucht haben, wie zauberisch sie zwischen den Gräsern geleuchtet haben?«

Caro erinnerte sich genau an das Gefühl, das ihr Anblick auslöste.

»Und wenn man eine gefunden hatte, kam man sich den ganzen Tag besonders vor, wie ein auserkorenes Wesen.«

Die Geräusche, die gleichzeitig von Erne und Habu kamen, klangen nach unterdrücktem Prusten. »Und an moosigen Bachufern hingen sechsfingrige Wunderfarne in dichten Büscheln.« Erne sprach im gleichen Tonfall wie Tini, doch bei ihm hörte es sich sarkastisch an. Erst wenn man Erne näher kannte, konnte man eine Kraft und Wärme spüren, die von ihm ausging, und eine unantastbare Ehrlichkeit. Doch nach außen hin gab er sich überlegen.

»Und an den Heuschnupfen kann ich mich auch noch gut erinnern«, bemerkte Habu. Ein kurzer Blick von Ma, der noch nicht einmal streng war, reichte, um die beiden Jungs zum Schweigen zu bringen.

Annette Stern sah von einer ihrer Töchter zur anderen, studierte ihre wohlgeratenen Gesichter und genoss ihre, wie sie fand, wohlformulierten Sätze.

»Anscheinend ist es ihnen mit ihren Baggern nicht gelungen, die Kröten alle auf einmal auszurotten. Fräulein Narrten sagt, wir sind mutig gewesen und die meisten Menschen wüssten gar nicht, wie wichtig der Schutz der Natur ist.« Als niemand etwas antwortete, schob sich Caro eine blonde Haarsträhne hinters Ohr, ignorierte die gelangweilten Blicke ihrer Brüder, die ihr schräg gegenübersaßen, und sah ihren Vater erwartungsvoll an. »Also? Würde dein Barzel den Hessendamm abreißen, und alles würde wieder wie früher werden?«

Stern räusperte sich: »Mein Barzel, mein Barzel … vermutlich nicht … vielleicht könnte man einen Zaun bauen, für deine Kröten.« Erst jetzt fiel ihm die passende Antwort ein: »Das ist Sache der Kommunalpolitik. Da musst du dich direkt an den Vater deiner besten Freundin wenden. Es wird Zeit, dass endlich wieder die CDU ans Ruder kommt. Die SPD hat schon genug Schaden angerichtet. Und außerdem würde der Schönwetter seine Nase dann nicht mehr so hoch tragen.«

»Philipp! Bitte!«, flüsterte seine Frau, deren Sehnsucht nach Harmonie und respektvollem Umgang, den ihr christlicher Glaube ihr vorgab, schon durch die kleinste Lästerei über Nachbarn Schaden nahm.

»Kommunalpolitik«, notierte Caro innerlich.

»Na, wenn er sich so dermaßen stur dem Neubau unserer Produktionshalle widersetzt und die Baugenehmigung torpediert, kannst du mir nicht übel nehmen, dass ich so über ihn rede, Annette. Er versteht schlicht nichts von Marktwirtschaft und ist dermaßen vernagelt in seiner Ideologie. Arbeitsplätze, Arbeitsplätze, immer dieselbe Leier … keiner dieser Sozialdemokraten hat auch nur den Hauch einer Ahnung, dass der Erhalt der Wettbewerbsfähigkeit über Rationalisierung führt.«

Seine Kinder ahnten nicht nur, sondern wussten bereits ganz genau, was jetzt kommen würde. Tini sah Hilfe suchend zu ihrem großen Bruder, der nicht ganz uneigennützig einen Geistesblitz teilte, um den Vater von seinem drohenden Monolog abzuhalten: »Die Abstimmung über das Misstrauensvotum wird sicher im Fernsehen übertragen.« Als seinem Vater anzusehen war, dass er darauf ansprang, fügte er hinzu: »Wir könnten sie zusammen ansehen.«

Die anderen Kinder waren sofort wie elektrisiert. Normalerweise kam donnerstags als erste Sendung des Tages um 18 Uhr *Der rosarote Panther*. Die Aussicht, tagsüber fernzusehen, war so unvorstellbar, so ungeheuerlich, selbst wenn es um so etwas Langweiliges wie Politik ging. Auf jeden Fall war sie weitaus besser, als den unweigerlich folgenden Vortrag ihres Vaters über die wirtschaftliche Entwicklung der Cassada anhören zu müssen.

»Das kommt gar nicht infrage!« Annette Stern sprach ein Machtwort. »Wir essen jetzt in Ruhe auf, und dann geht ihr alle an eure Hausaufgaben.«

Caro legte das Besteck auf den Tellerrand und schloss die Augen. Habu sah sehnsüchtig zu den Puddingschälchen auf dem Küchentresen hinüber. Doch keiner traute sich, ihren Vater zu unterbrechen, der jetzt die Arme verschränkte und tief Luft holte, noch nicht einmal seine Frau. Nun folgte unweigerlich ein Monolog von mindestens zehn Minuten. Ohne die Aufmerksamkeit seiner Familie auch nur im Geringsten infrage zu stellen, sprach er davon, wie die Produktion zu verbilligen, zu rationalisieren sei. Tini, die schon aufgestanden war, um die Teller abzuräumen, wurde durch einen Blick ihrer Mutter zurück an ihren Platz beordert und fügte sich wie alle anderen in ihr Schicksal.

Für die Cassada seien schon seit Ende der Sechzigerjahre, wie für alle Schokoladenhersteller, schwierige Zeiten angebrochen, begann Stern seine Ausführungen. Dabei sah er keinen seiner Zuhörer direkt an, sondern fixierte die tiefblaue Taube des Dekors Acapulco von Villeroy & Boch auf seinem Teller. Das Geschirr hatten sie sich zur Einweihung der neuen Küche angeschafft.

Nach der Aufholjagd der Nachkriegsperiode sei der Markt zum ersten Mal gesättigt. Der Umsatz sei um neun Prozent zurückgegangen, und noch immer nehme der Wettbewerbsdruck zu. Deutsche und ausländische Süßwarenfirmen versuchten nun alle, ein Stück des kleiner werdenden Kuchens zu ergattern. Die Preise für Rohkakao seien dagegen noch immer hoch, gleichzeitig drücke der Handel auf die Abgabepreise.

Er nahm sein Messer und kratzte sorgfältig einen Faden der geschmolzenen Scheiblette vom Flügel der Unterglasur-Taube.

Caro war vermutlich die Einzige, die ihrem Vater zuhörte. Innerlich machte sie sich Notizen, viele Ausdrücke kannte sie nicht. Sie würde versuchen, sie sich zu merken, um sie später nachzuschlagen. Dennoch hätte sie ihren Vater zu gerne beiseitegenommen und ihn gefragt, was es mit diesem Misstrauensvotum auf sich hatte, da es offenbar sogar geeignet war, Willy Brandt zu stürzen. Ihr Vater war erstaunlich geduldig, wenn eines seiner Kinder eine Frage stellte, und hätte es ihr sicher ganz genau erklärt. Doch vor ihren Geschwistern war es zu beschämend, ihre Ahnungslosigkeit einzugestehen. Und keinesfalls durfte man Sterns Monolog unterbrechen.

In Halle 1 sei man nun auf die Herstellung von Schokoladentafeln und Hohlfiguren spezialisiert. In Halle 2 hingegen auf Pralinen, außerdem Dragees, Saisonartikel und Pfefferkuchen. Und nun komme er zum entscheidenden Punkt. Er hob das erste Mal den Blick und fixierte jedes einzelne seiner fünf Kinder. Aus seinen Augen sprach der unbeirrbare Glaube, seine Söhne und Töchter im Alter von sieben bis achtzehn seien jedem einzelnen seiner Worte aufmerksam gefolgt und hätten alles genau verstanden.

Mithilfe der neuen Maschinen könne man im Mainheimer Werk innerhalb von einer Minute tausendsechshundert Tafeln Schokolade in Stanniolpapier verpacken, mit Pergamentpapier und dem Außenumschlag versehen.

»Ist das nicht sensationell?«

Als keines von ihnen eine Reaktion zeigte, nahm er seine Brille ab und begann, mit der Serviette sorgfältig die Gläser zu putzen. Dabei stellte er ihnen eine Rechenaufgabe: »Wer von euch kann am schnellsten ausrechnen, wie viele Tafeln wir dann in einer Acht-Stunden-Schicht schaffen?«

Nach wenigen Sekunden hoben Habu und Erne die Finger.

Mit dem Hinweis »Der Ältere zuerst!« wurde Erne, von dem es hieß, er gleiche seinem Vater, als dieser im selben Alter war, am meisten, er sei sozusagen sein Ebenbild, von seinem Vater drangenommen.

Er sagte: »Siebenhundertachtundsechzigtausend.«

Stern rieb sich das Kinn. »Und was sagst du, Hartmut?«

»Siebenhundertzwanzigtausend.«

»Und wie kommst du darauf?«

»Ich gehe davon aus, dass die neue Maschine zwischendurch eine Panne hat, dass es einen Papierstau oder Ähnliches gibt und es mindestens eine halbe Stunde dauert, bis der Defekt behoben ist. Deshalb habe ich achtundvierzigtausend Stück abgezogen.«

Sein Vater sprang so plötzlich auf, dass der Freischwinger vibrierte, und deutete mit der ausgestreckten Handfläche auf seinen zweiten Sohn.

»Das ist ein echter Stern. Aus dir wird einmal ein Kaufmann!«

Der stämmige Habu wusste gar nicht, wie ihm geschah, strich sich über seinen frischen Sternschen Stoppelhaarschnitt und wurde rot. Sonst war Erne derjenige, der hin und wieder ein Lob abbekam und die besten Noten schrieb.

»Christine, du kannst den Nachtisch auftragen!«

Tini, Caro und ihre Mutter standen ebenfalls auf, obwohl Tini heute Küchendienst hatte. Alle hofften, dass der Vortrag ihres Vaters nun beendet war und alle ihrer Wege gehen konnten.

»Habt ihr heute wieder neue Sorten probiert?«, fragte Tini. Caro betrachtete sie. Tini wurde oft unterschätzt, als die gutmütige, ein wenig pummelige, immer hilfsbereite große Schwester. Aber ihre Frage war klug gewählt. Sie hatte immer noch etwas mit der Schokoladenfabrik zu tun, über die ihr Vater heute offenbar ein besonderes Mitteilungsbedürfnis hatte, aber ihr Thema verband sich mit etwas Positivem. Alle wussten, dass donnerstags in der Cassada die regelmäßigen Verkostungen stattfanden, an denen ihr Vater als Generaldirektor zwar nicht zwingend teilnehmen musste, es aber meistens so einrichtete, dass er zufällig doch dabei war.

»Und was war die beste, Pa?«

Ihr Vater legte den Kopf schief und sah an die Decke mit den hellen Strahlern. Auf seinem runden Gesicht mit dem Doppelkinn spiegelte sich der Genuss, den er jedes Mal aufs Neue empfand, wenn sich der zarte Schmelz auf seine Zunge legte.

»Lass mich nachdenken … da war was ganz Frisches dabei. Es hat nach einer Mischung aus Zitrone und Orange geschmeckt, ein Hauch Zimt, eine knusprige Waffel und alles umhüllt von allerfeinster, zarter Vollmilchschokolade.«

»Ich mag lieber klassisches Nougat oder Nuss«, sagte Fitzi.

»Kleiner Langweiler!«

»Oder Genießer!«, versuchte die Mutter die Beleidigung ihres Jüngsten durch den Ältesten sogleich abzumildern, bevor sie allzu scharf auf sein Gemüt treffen konnte. Gleichzeitig nutzte sie die Gelegenheit, um endlich auf ein Thema zu kommen, das sie niemals aus den Augen verlor, und in ihrer Stimme schwang eine Art Sorge darum mit, das schöne Wetter könne die Oberhand gewinnen. »Wer geht eigentlich heute Nachmittag in die Jungschar?«

»Alle! Mutti, sei unbesorgt«, beschwichtigte Tini sie gleich. Sie leitete die wöchentliche Jugendstunde und den Bibelkreis der evangelischen Kirche, nahm regelmäßig ihre Gitarre, Geschwister, und möglichst auch noch alle Nachbarskinder mit. Durch ihr empathisches Wesen, ihr hübsches Gesicht und die klare Altstimme war Tini der Liebling aller Konfirmanden. Ihrem unermüdlichen Einsatz und Mas fester Verwurzelung im protestantischen Glauben war es neben den sozialen Wohltaten der Firma Cassada und Pas Beliebtheit zu verdanken, dass die Mainheimer fast nur gut über die Familie Stern sprachen.

»Ich habe viel zu viele Hausaufgaben auf«, suchte Caro verzweifelt nach Ausreden. Sie hatte ganz vergessen, dass heute Jungschar war. »Und wir schreiben übermorgen einen Aufsatz.«

Die Vorstellung, den sonnigen Nachmittag in dem stickigen Gemeindesaal zu verbringen und Bibelverse zu interpretieren, statt ins Freibad zu gehen, verursachte ihr ein flaues, fast melancholisches Gefühl im Magen. Da ihr bewusst war, wie genau sie in diesem Moment alle beobachteten, setzte sie eine Miene beflissener Streberhaftigkeit auf und merkte doch, wie gut jedes einzelne Familienmitglied sie durchschaute.

»Ein Aufsatz sollte doch für dich kein Problem sein, bei deiner blühenden Fantasie!«, sagte Habu.

Alle in der Familie wussten, dass sie bereits im Alter von acht Jahren ihre erste Geschichte geschrieben hatte – ein naives, diverse Pferdemädchenbücher imitierendes Stück, dem es, wie sie erst später begriff, an jedem eigenständigen Stil mangelte, der den Lesern eine gewisse Achtung hätte abnötigen können.

Caro vermochte ihre Miene beizubehalten, als sie erwiderte, sie habe schließlich einen hohen literarischen Anspruch und müsse zuvor noch einige Arbeitsblätter studieren.

Habu bekam einen Lachkrampf.

»Meine Güte, du bist in der vierten Klasse der Grundschule!«, stöhnte Erne und rollte mit den Augen. Er fing einen tadelnden Blick seiner Mutter auf, während sein Vater aufstand, kurz die Küche verließ und mit einer unbedruckten Plastiktüte zurückkehrte. Natürlich hatte er wieder Deputate mitgebracht, wie jeden Donnerstag. Es waren Schokoladentafeln, die zwar wie gewohnt in Stanniol verpackt waren, damit sie das Aroma, die Geschmacks- und Rohstoffe behielten. Doch der glänzende Papierumschlag, auf dem üblicherweise die Marke und die Sorte standen, war schlicht weiß, ohne jeden Aufdruck.

Caro sah zu, wie sich ihre Geschwister auf die neuen Sorten stürzten, und das, obwohl die Regale im Vorratsraum niemals leer zu werden schienen. Sie und ihre Mutter waren die Einzigen in der Familie, die keine Schokolade mochten.

Alle anderen – Erne, Tini, Habu, Fitzi und ihr Vater konnten der Versuchung selten widerstehen. Während zehn Hände nach den weißen Packungen griffen, sorgfältig das knisternde Stanniol auseinanderschlugen, sich über den Braunton austauschten – dunkelsamten musste er sein, mit einem matten, seidigen Glanz –, vorsichtig mit den Fingerspitzen über die Oberfläche fuhren, den Satz ihres Vaters wiederholten, Schokolade müsse sich anfühlen wie ein guter Stoff, wie Samt oder Seide, stand Caro ganz langsam auf.

Jeder brach sich von jeder Sorte eine Rippe ab, hielt sie ans Ohr, brach ein kleineres Stück ab, um die Reinheit des Knack-Tons zu beurteilen, betrachtete die Bruchkante – war sie sauber und glatt? Dann kam der Geruchssinn zum Einsatz, eifrige Stimmen tauschten sich über die Kakaosorte und -menge aus, den Milchanteil, die Konsistenz der Füllung, und mutmaßten darüber, welche Geschmacksrichtung diese haben könne: »Himbeer-Zitrone, Caramel, Crunch oder Marzipan? Ihh, Likör!«

Caro schob vorsichtig und darauf bedacht, jegliches Geräusch zu vermeiden, in dem Moment ihren Stuhl an den Tisch, als sich ihre Geschwister die Stücke in den Mund steckten, sie ordentlich durchkauten, wie sie es von ihrem Vater gelernt hatten, warteten, bis sich das Aroma im Mund verbreitete, die Augen schlossen und tief durchatmeten. Nun würden sich alle Geschmacks- und Geruchsstoffe im Mund und im Körper ausbreiten. So aß man Schokolade richtig! Das Ritual war ihnen allen in Fleisch und Blut übergegangen, seit ihr Vater vor vier Jahren die Leitung der Cassada übernommen hatte.

Caro suchte den Blick ihrer Mutter, und nach einem Nicken verließ sie auf Zehenspitzen die Stern'sche Wohnküche.

MINKA

Zur selben Zeit saß Familie Schönwetter gut achtzig Meter Luftlinie entfernt in ihrem Wohnzimmer und sah fern. Heute war ein Ausnahmetag. In der Durchreiche zur Küche hatte ihre Mutter ein kleines Büfett mit halben gegrillten Hähnchen und Pommes frites vom neu eröffneten Wienerwald aufgebaut. Marc und Golo fläzten auf den orange-gelb-braun gestreiften Drehsesseln und aßen ihre Hähnchenschenkel aus der Hand. Minka kuschelte mit der Bullterrierhündin Clara auf dem Schoß in dem weißen Ei-Sessel, um dessen Besetzung es seit seiner Anschaffung regelmäßig Zoff gegeben hatte. Nur durch ein strenges Rotationsverfahren war es ihrer Mutter gelungen, den Streit zu schlichten. Schönwetter belegte seinen Stammplatz, den alten Sessel seines Vaters, gegen dessen Ausrangierung er sich erfolgreich zur Wehr gesetzt hatte und der in der modernen Einrichtung wie ein Fremdkörper wirkte. Normalerweise thronte er darauf, meistens in seinem braunen Pullover mit Rombenmuster, souverän und despotisch, wie er es von seinem Amtssitz gewohnt war, nur dass er in seinem Wohnzimmer die Füße auf einen Hocker legte, der mit dem gleichen Gobelinstoff bezogen war. Niemals hätte er erlaubt, vor dem Fernseher zu essen. Heute war wirklich ein Ausnahmetag!

Unruhig saß er auf der vorderen Kante des schweren Sessels, rauchte Kette und übersah das schlechte Benehmen seiner Kinder.

»Die Opposition tritt geschlossen zur Abstimmung an!«, tönte die Stimme des Reporters aus dem Lautsprecher. Man sah, wie zwei Abgeordnete im Rollstuhl zur Wahlurne geschoben wurden.

»Sogar aus dem Krankenzimmer werden sie herbeigeholt«, kommentierte der Reporter.

»Die Union schreckt auch vor nichts zurück!«, lautete Schönwetters Kommentar. Mit einem nervösen Stakkato drückte er die Zigarette in dem Glasaschenbecher aus, fingerte die nächste aus der offenen HB-Schachtel und schnickte mehrfach hintereinander vergeblich das Rädchen des Wegwerffeuerzeugs. Schweißperlen standen ihm auf der Stirn, sein Gesicht nahm eine gefährliche Röte an, ihm war anzusehen, dass er kurz vor einem Wutanfall oder Nervenzusammenbruch stand.

»Gib deinem Vater mal Feuer!«, sagte Helga Schönwetter zu ihrem Ältesten Golo und zeigte auf die zitternde Hand, die immer wieder das Rädchen am Feuerzeug betätigte, worauf es zwar Funken sprühte, aber keine Flamme entstand. Golo legte den nahezu vollständig abgenagten Hähnchenschenkel auf seinen Teller, wischte sich die Hände an der Papierserviette ab und ging hinüber zur Anrichte.

»Aber mach schnell!«, sagte seine Mutter, die die vergeblichen Versuche Schönwetters nicht mehr ertragen konnte.

Die Kamera schwenkte auf die Abgeordneten der Sozialdemokraten im Plenarsaal, die scheinbar unbeteiligt auf ihren Plätzen sitzen blieben.

»Hingegen hat SPD-Fraktionschef Wehner den eigenen Leuten wohl geraten, sich nicht an der Abstimmung zu beteiligen«, sagte die Stimme des Fernsehreporters.

»Richtig so!«, rief der Bürgermeister viel zu laut.

»Es sieht schlecht aus für die Regierung. Es heißt sogar, im Kanzleramt bereitet man sich schon auf den Abgang vor.«

Schönwetter warf das Feuerzeug auf den Tisch und strich sich mit der Handfläche über seine breiten Koteletten. Inzwischen hatte Golo die Schublade durchwühlt und eine Packung Streichhölzer gefunden.

Er stellte sich neben seinen Vater und gab ihm Feuer. Als sein Vater den ersten tiefen Zug nahm, wiederholte Marc den Werbeslogan, den sie jeden Abend vor den Nachrichten im Ersten sahen: »Wer wird denn gleich in die Luft gehen … greife lieber zur HB!«

Seine Mutter zog die schwarz nachgezeichneten Augenbrauen hoch und schüttelte warnend den Kopf. Golo unterdrückte ein Lachen.

»Gleich ist es so weit! Dann werden alle Abgeordneten abgestimmt haben und die Auszählung kann beginnen!«, kam wieder die Stimme aus dem Fernsehlautsprecher. Schönwetter hielt es nicht mehr auf dem Sessel. Er sprang auf und lief im Wohnzimmer auf und ab.

Minka hatte keine Ahnung, um was es wirklich ging, dazu war sie mit ihren zehn Jahren noch zu jung. Aber natürlich wusste sie, wie sehr ihr Vater Willy Brandt verehrte und wie leicht dessen Sturz sich zu einem Feuerwerk der schlechten Laune ausweiten konnte, das mehr als nur einen Tag anhalten würde.

Die Familie Schönwetter war nach 1945 aus Siebenbürgen eingewandert, und Haralds Vater Velten war kurz darauf in die Partei eingetreten.

Bereits in der zweiten Wahlperiode war er 1950 über die Landesliste der SPD in den Hessischen Landtag gewählt worden und 1952 zum Bürgermeister von Mainheim, ein Amt, das er mit Herzblut bis zu seinem Tod ausübte. Sozialpolitik hatte er sich auf die Fahnen geschrieben. Aber gleichzeitig hatte er es verstanden, mit Geschick und Zugeständnissen Unternehmer und Fabrikanten von den Vorteilen des Wirtschaftsstandorts Mainheim zu überzeugen. Die gute Bahnanbindung, die nahe Schifffahrtslinie, der stets Wasser führende Bach und der weitverbreitete Zuckerrübenanbau in der Mainebene hatten bereits lange vor seiner Amtszeit zur Gründung einer Zuckerfabrik geführt. Damit hatte das industrielle Zeitalter Mainheims begonnen, das zuvor ein Dörfchen gewesen war, allenfalls bekannt für Rosenzucht, Kirschplantagen und Zuckerrüben.

Aber erst mit dem Erwerb der Anlage durch die Cassada GmbH, die sie zu einer Schokoladenfabrik umbaute, wurde Mainheim zu einem bedeutenden Industriestandort. Es siedelten sich andere Unternehmen an, eine Kartonagefabrik, eine Großbäckerei, auch die Farbenfabrik im Nachbarort streckte ihre Fühler aus, suchte nach Land für Erweiterungen, warf ein Auge auf die Brachflächen am anderen Ufer. Velten Schönwetter war klug genug, sie auf das Gemeindegebiet jenseits des Mains zu verweisen und die beißenden Dämpfe, die aus ihren Schloten kamen, von Mainheim größtenteils fernzuhalten. Was genau der Handel war, wie er die Bauern, die Grundeigentümer, dazu brachte, nicht an die Farbenfabrik zu verkaufen, wusste keiner so genau. Er favorisierte die Cassada, und diese entwickelte sich zum wichtigsten Arbeitgeber der Gemeinde. 1960 war das Werk mit zweitausend Beschäftigten das größte Unternehmen im Kreis. Der Arbeitskräftebedarf ließ die Mainheimer Bevölkerung rasch ansteigen und gab in den 1960er-Jahren den ersten Gastarbeitern in Mainheim eine zweite Heimat.

Mit Zustimmung von Velten Schönwetter wurden neue Wohngebiete mit mehrgeschossigen Gebäuden erschlossen, die das Bild der Gemeinde nachhaltig veränderten. Gleichzeitig dehnte sich die Stadt nach Westen aus. Es war sein Lebenswerk, sein Mainheim. Velten Schönwetter und seiner Fähigkeit, die Industrie anzulocken und zu halten, hatte die Kleinstadt ihren Wohlstand zu verdanken. Als Harald Schönwetter nach dem Herzinfarkt seines Vaters 1965 dessen Nachfolge antrat, mit einer

Mehrheit von 67 Prozent der Stimmen, übernahm er ein gut bestelltes Haus, mit sprudelnden Gewerbesteuereinnahmen und einem Füllhorn voller Wohltaten durch die Cassada. Was er nicht übernahm, denn sein Vater hatte es versäumt, ihn rechtzeitig einzuweihen, war das komplizierte Netz von Kontakten. Als er das Amt antrat, wusste er kaum etwas von den unzähligen Absprachen, Tauschbeziehungen, Gefallen, Vermittlungsgeschäften und offenen Rechnungen, die Velten Schönwetter über Jahre aufgebaut und gepflegt hatte, so wie es ihm sein Vater schon in Siebenbürgen vorgemacht hatte. Hier wie da hatte man seine eigenen Gesetze, keine auf Papier gedruckten, sondern viel tiefer gehende, eingepflanzt in die Gedächtnisse.

Schönwetter hatte das Gymnasium in der Nachbarstadt besucht, in Frankfurt am Main Jura studiert, war nebenher Taxi gefahren, um sich ein paar Mark zu verdienen, den Jusos beigetreten, bei denen er seine spätere Ehefrau kennengelernt hatte, und hatte in dem Glauben gelebt, sein Vater habe über Jahre ausschließlich sozialdemokratische Ideale verfolgt. Er war ein verschlossener Mann. Selten gab er seine Gedanken preis, außer es waren sozialdemokratische bis hin zu sozialistischen Überlegungen reinster Güte. Selbst nach sieben Jahren Amtszeit wollte er nicht wahrhaben, dass er ohne Zugeständnisse an die Unternehmer, ohne ein positives Investitionsklima, in seiner Stadt nicht weiterkam. Die Kartonagefabrik war zuerst abgewandert, dann die Großbäckerei, nur die Cassada AG war geblieben.

»Die Liberalen schicken da offenbar einige sichere Kandidaten ins Rennen«, erklärte der Reporter gerade, als die Kamera zwei ältere Abgeordnete in Großaufnahme zeigte, die nacheinander ihre Wahlbriefe in den Schlitz der Urne warfen. »Wohl um eventuellen Abweichlern aus den Reihen der CDU/CSU bessere Tarnungsmöglichkeiten zu bieten.«

»Was redet der da? Ist der verrückt geworden!«, rief Schönwetter und gab dem leeren Drehsessel einen Schubs mit dem Fuß, sodass er Karussell fuhr. »Woher will der das wissen?«

Dann begann die Auszählung. Die Luft im Wohnzimmer war zum Schneiden, nicht nur wegen der unzähligen Zigaretten, die Schönwetter geraucht hatte, sondern weil seine Anspannung sich zur Unerträglichkeit steigerte. Wenn die Sozialdemokraten scheiterten, würde es sich für ihn anfühlen wie seine eigene Niederlage. Er tigerte auf dem braun melierten Teppichboden auf und ab und ärgerte sich an diesem Tag noch mehr darüber, sich nicht gegen Annette durchgesetzt und der in seinen Augen viel zu extravaganten Einrichtung zugestimmt zu haben. Golo und Marc begannen, sich um den Nachtisch zu kabbeln. Die Bullterrierhündin Clara sprang von Minkas Schoß, schnappte sich ein abgenagtes Hühnerbein von Marcs Teller und rannte damit zur Tür hinaus.

»Um Gottes willen!«, rief ihre Mutter. »Sie darf keine Geflügelknochen fressen! Nimm ihn ihr ab!« Obwohl sie den Hund nicht besonders ins Herz geschlossen hatte, mochte sie sich nicht ausmalen, was die Splitter in der Speiseröhre anrichten konnten. Minka bekam es mit der Angst zu tun und raste hinter dem weißen Hund her, der sofort die Treppe hinauf in das obere Stockwerk flüchtete, sich in ihrem Zimmer unter dem Bett verkroch.

Während Minka bäuchlings auf ihrem Flokati lag und vergeblich versuchte, Clara mit guten Worten und Streicheleinheiten herauszulocken, gab der Bundestagspräsident Kai-Uwe von Hassel um 13.22 Uhr das Wahlergebnis bekannt. Aus dem Wohnzimmer ertönte ein Jubelschrei. Von vierhundertsechsundneunzig Abgeordneten, die stimmberechtigt waren, hatten zweihundertsechzig ihre Stimme abgegeben. Zweihundertsiebenundvierzig waren für das Misstrauensvotum gewesen und zehn dagegen. Es gab drei Enthaltungen. Damit fehlten Barzel genau zwei Stimmen zum Sieg.

»Ab-ge-schmet-tert, Steeeern!«, rief Schönwetter, die Vokale in jeder einzelnen Silbe betonend, aus der nun endlich weit geöffneten Terrassentür. Er legte alle Kraft in seine Stimme, damit es sogar Stern in seiner Kellerküche hören sollte.

Ob es durch das Geschrei seines Herrchens kam, oder weil Minka sie beim Verschlingen ihrer Beute störte, jedenfalls schnappte Clara in diesem Moment nach Minkas Hand. Der Hund war wohl selbst so erschrocken darüber, dass er sofort wieder losließ, was gegen sein Naturell war. Wenn sich ein Bullterrier einmal festbiss, brachte ihn kaum etwas dazu, wieder abzulassen, schließlich waren seine Vorfahren für englische Hundekämpfe gezüchtet worden. Und mit ihren starken Kiefern wäre es für Clärchen ein Leichtes gewesen, das zarte Handgelenk eines zehnjährigen Mädchens zu knacken. Doch der kleine Schnapper war harmlos, eher ein Ausrutscher. Trotzdem: Minka hatte zwei Wunden, am Handrücken und am Daumen, in denen deutlich die Abdrücke von Clärchens Reißzähnen zu sehen waren, und ein bisschen blutete es.

In Minka stieg Panik auf. Nicht etwa, weil sie Angst vor Clara hatte, vielmehr hatte sie Angst um sie. Wenn ihre Mutter sehen würde, was passiert war, müssten sie den Bullterrier weggeben, da war sie sich ganz sicher. Helga Schönwetter war von Anfang an dagegen gewesen, einen Bullterrier anzuschaffen, geschweige denn, ihn im Haus zu halten. Ursprünglich hatte ihr Mann den Kampfhund-Welpen gekauft, um ihn mit der Boxerhündin Toxy zusammen im Zwinger zu halten, damit diese nicht so alleine war, und die Tiere nur nachts frei auf dem Grundstück laufen zu lassen. Zur Sicherheit – wie er es nannte. Doch dann war der acht Wochen alte rosige Zwerg, der aussah wie ein Ferkel, fast allen in der Familie, vor allem aber seiner Tochter, so ans Herz gewachsen, dass niemand mehr auf die Idee gekommen war, ihn zu der unsozialisierten Toxy hinter Gitter zu stecken.

Aber jetzt?

Minkas Herz klopfte bis zum Hals, als sie sich in ihrem Zimmer umsah. Was sollte sie jetzt tun? Clara irgendwo anders verstecken? Der Hund saß noch immer in der hintersten Ecke unter ihrem Bett, es könnte schwierig werden, sie hervorzulocken und unbemerkt aus dem Haus zu bringen. Nein, es gab nur eine Möglichkeit, sie selbst musste verschwinden, fort, weg von zu Hause, damit niemand ihre Bisswunde sah. Wenn sie zurückkam, konnte sie leicht eine Ausrede erfinden, woher die Verletzung stammte.

Hastig zog sie sich aus, schlüpfte in ihren Badeanzug, legte sich ihr Badetuch über den Arm, sodass die Wunde verdeckt wurde, und rannte in Flipflops die Treppe hinunter. Normalerweise durfte sie immer erst um 15 Uhr das Haus verlassen. Vor Ende der Mittagsruhe klingelte man bei keinem Nachbarskind und traf sich auch nicht. Zumindest im Schwimmbadviertel war das so. Danach begann die große Freiheit, und es interessierte die Eltern kaum, wo ihre Kinder sich aufhielten, mit Ausnahme der Baggerseen, die waren verbotenes Terrain. Jetzt war es erst halb zwei. Aber Minkas Hoffnung war, dass ihre Eltern, da die Abstimmung, den freudigen Schreien ihres Vaters nach zu urteilen, in seinem Sinn ausgegangen war, noch gut genug gelaunt waren, oder noch besser, sie gar nicht beachteten. Ein großer Schritt, dann war sie an der offenen

Wohnzimmertür vorbei, doch ihre Mutter, die gerade die Teller abräumte, hatte sie von Weitem im Badeanzug gesehen.

»Gehst du etwa ins Schwimmbad? Es ist erst halb zwei, und du sollst doch nicht mit vollem Bauch ins Wasser!«

Es war eine gleichlautende Warnung aller Eltern im Schwimmbadviertel: Geht nicht mit vollem Magen oder erhitzt ins Wasser! Sonst geht ihr unter, als hättet ihr Steine im Bauch, oder ihr bekommt einen Herzschlag.

Sie habe kaum etwas gegessen, murmelte Minka, was sogar stimmte, und huschte rasch zur Haustür hinaus.

CARO UND MINKA

Hier war man es gewohnt, dass Kinder nur mit Badehose oder Badeanzug bekleidet und einem Handtuch über den Schultern mehrfach am Tag durch die Straße hinüber zum Cassada-Bad liefen und wieder zurück. Alle machten das.

Entgegen der Einbahnstraße kam Minka ein Junge aus ihrer Klasse auf einem orangefarbenen Bonanza-Rad entgegen, den sie nicht mochte. Markus Ebert. Als er sie sah, ließ er den Lenker los und radelte freihändig mit verschränkten Armen und nassen Haaren an ihr vorüber.

Minka passierte das Kassenhäuschen, winkte der Frau des Bademeisters zu, die sie natürlich von klein auf kannte und wusste, dass sie eine Jahreskarte besaß. Auf solche Dinge legte Schönwetter Wert: Die Kinder des Bürgermeisters sollten das Freibad keinesfalls umsonst benutzen!

Sie duckte sich unter hängendem Bambusrohr hindurch, hangelte sich am Fußbecken vorbei und trat auf die mit Waschbeton geflieste Einfassung. Ihr Handtuch legte sie immer auf dieselbe Bank, die Flipflops stellte sie darunter. Sie trug einen einteiligen Adidas-Badeanzug, an dessen blauem Stoff vorne rechts auf Hüfthöhe die Abzeichen angenäht worden waren: Freischwimmer, Fahrtenschwimmer und Jugendschwimmer.

Alle drei Prüfungen hatte Bademeister Knüppel der Bürgermeistertochter höchstpersönlich abgenommen.

Dann stand sie am Rand des Sprungbeckens, genau neben dem im Boden eingelassenen Schild:

Wassertiefe: 3,50 Meter

Nachdenklich betrachtete sie ein klatschnasses, ausgefranstes Handtuch, das jemand neben dem ersten Startblock vergessen hatte. Auf der anderen Seite sah sie zwei ältere Jungs aus der Nachbarschaft zu den Umkleidekabinen rennen. Johannes Zenker und Dirk, der Sohn des Bademeisters, gehörten zu den besten Kunstspringern aus Knüppels Mannschaft und trainierten das ganze Jahr im Hofheimer Hallenbad.

Sie stieg auf den weißen Block mit der Nummer 2, beugte sich nach vorne, ging in die Knie, spannte die Muskeln an und berührte mit den

Fingern ihre Zehenspitzen. Gerade als sie springen wollte, tauchte ein dunkler Haarschopf vor ihr aus dem Wasser.

Guy Meyfahrt.

»Da bist du ja! Ich dachte, du kannst heute nicht!«

Er lächelte ihr zu, warm und offen.

Minka richtete sich langsam auf, setzte sich auf den geriffelten Betonblock und versuchte, einen möglichst desinteressierten Eindruck zu machen. Sie wusste, dass ihr Vater den Umgang mit ihm nicht guthieß. Als sie einmal beim Mittagessen erwähnt hatte, sein Vater sei General der südvietnamesischen Armee gewesen, war Schönwetter schnell deutlich geworden. Nicht etwa, dass er etwas gegen Menschen mit anderer Hautfarbe, anderer Religion oder anderer Nationalität habe, ganz im Gegenteil. Seine Familie sei ja ebenfalls nach dem Zweiten Weltkrieg aus Rumänien geflüchtet. Ob Italiener, Spanier, Griechen oder seit Ende der Sechzigerjahre auch Türken, die als Gastarbeiter nach Mainheim gekommen seien – die Männer arbeiteten bei Ruberus und die meisten Frauen bei der Cassada –, alle seien ihm herzlich willkommen. Was er hingegen nicht bereit war zu tolerieren, war die politische Einstellung, die letztlich den Grund für die Flucht der Familie Meyfahrt geliefert hatte, wie er aus Minkas Erzählungen schnell hatte heraushören können. Guys Vater habe als General ein ganzes Bataillon gegen den kommunistischen Norden angeführt. Schönwetters Solidarität galt freilich gerade Ho Chi Minh und den Opfern des US-amerikanischen Einsatzes. Für ihn sei es daher eine ausgemachte Sache, den Umgang mit solchen Kommunistenmördern zu meiden.

Das alles interessierte Minka nicht – die Ge- oder Verbote ihres Vaters beunruhigten sie normalerweise nicht besonders.

Jetzt, wo sie niemand hörte, konnte sie endlich ihrer Neugier nachgeben und Guy noch einmal über die Wasserleiche ausfragen. Er beantwortete bereitwillig ihre Fragen und schilderte gerade die seifenartige Schicht, die sich nach einigen Tagen im Wasser auf der Haut bildete, während er sich an der hellblau gestrichenen Ablaufrinne festhielt und zu ihr hochsah. Da tauchte plötzlich Caros Kopf neben ihm aus dem Wasser auf. Natürlich mit Badekappe! Im Gegensatz zu Minka hielt sie sich fast immer an die Regeln.

Caro hatte Minka schon von Weitem gesehen, nachdem sie mit Guy um die Wette gekrault war. Es hatte ihr einen Stich versetzt, dass er sofort zu Minka auf die andere Seite des Beckens geschwommen war. Und überhaupt wunderte sie sich, dass Minka nun doch plötzlich hier war, wo sie auf dem Nachhauseweg so wenig Neigung gezeigt hatte, heute ins Freibad zu kommen.

»Wie kommt's, dass du hier bist?«, fragte sie ihre Freundin.

»Ich durfte früher gehen, weil mein Vater so gute Laune hatte!«

Caro stützte sich mit beiden Händen auf dem Beckenrand ab und katapultierte ihr Fliegengewicht mühelos so weit über die Wasseroberfläche, dass sie es mit einer blitzschnellen Drehung schaffte, sich zu setzen. Ihr Körper war genauso dünn wie Minkas, aber er hatte eine ausgeprägte kindliche Weichheit.

»Er hatte gute Laune? Aber vorhin war es doch genau das Gegenteil!«

Minka sah in das abgebadete Gesicht ihrer Freundin, deren Lippen sich schon bläulich gefärbt hatten und die am ganzen Körper eine Gänsehaut hatte. Sie musste schon eine Weile im Wasser verbracht haben. Sie wussten beide, dass Frau Knüppel mit der Temperaturanzeige immer ein wenig schummelte und ein bis zwei Grad mehr einstellte, damit viele Badegäste kamen. Die beiden Mädchen hatten längst das Thermometer entdeckt, das die Wassertemperatur maß. Es gab neben den Umkleidekabinen eine graue Eisentür, die zu dem Raum mit der Filterpumpe führte, und dort wurde die wahre Temperatur angezeigt. Heute hatte das Wasser achtzehn Grad. Nach einer Stunde waren die dünnen Körper der Kinder unterkühlt, und sie bibberten.

»Ja, aber dann ist die Abstimmung über dieses komische Misstrauensvotum gut ausgegangen.«

Gut ausgegangen? Caro dachte nach. Wenn es in Schönwetters Sinne gut war, dann musste Brandt gewonnen haben. Jetzt bedauerte sie es, die Recherche zu den merkwürdigen Worten *konstruktiv* und *Misstrauensvotum* aufgeschoben zu haben. Allerdings hatte sie dafür einige Zeit mit Guy alleine verbringen können, ihn über Vietnam ausgefragt, sich die Landschaft beschreiben lassen. Mehr über den Ort gehört, wo Gras und Reis im Wasser wuchsen, schwere Wasserbüffel träge durch die Felder wateten, sich Schildkröten auf Wurzeln sonnten, staksige Vögel anmutig auf einem Bein balancierten, bevor sie sich plötzlich in die Luft erhoben wegen des Getöses Tausender Pelikane. Im Gegensatz zu Minka interessierte sie sich weit mehr für die Pflanzen und Tierarten in seiner Heimat als für die Kriegsgeschehnisse. Wenn sie ehrlich war, hätte sie ihn lieber noch eine Weile für sich gehabt. Sie schaute über die sanft wogende blaue Wasserfläche. Sowohl die Jahreszeit als auch die Uhrzeit sorgten dafür, dass das Becken noch leer war. Der Wind war wieder eingeschlafen, und der Schokoladengeruch hatte sich jetzt zu einer eigentümlichen Mischung mit den Chlorausdünstungen vereinigt.

»Dein Barzel hat verloren«, sagte Minka.

»Wieso eigentlich *mein* Barzel?« Caro war empört. Warum wurde ihr unbesehen die politische Einstellung ihres Vaters zugerechnet?

»Wovon redet ihr eigentlich?«, fragte Guy, der immer noch im Becken war und während ihrer Unterhaltung wie der Zuschauer eines Tennisspiels von einer zur anderen gesehen hatte.

Leichthin sagte Minka: »Ach, das verstehst du doch nicht, Guy!«

Er tauchte ab. Die Mädchen sahen die Konturen seines Körpers, der unter der glitzernden Wasseroberfläche wie ein großer Fisch in Richtung Sprunggrube glitt. Was wollte er dort? Die Sprungbretter waren gesperrt und wurden nur geöffnet, wenn Georg Knüppel Zeit hatte, das Geschehen direkt vom Beckenrand aus zu beaufsichtigen. Zumeist nahm er sich diese Zeit nur am Nachmittag, wenn es sich lohnte und nicht nur ein einzelner Badegast springen wollte. Allerdings hatten die drei die Schilder letztes Jahr schon häufiger ignoriert, ohne dass es ernsthafte Konsequenzen gehabt hätte. Guys Kopf tauchte unmittelbar zwischen dem Dreimeterbrett und dem Schriftzug auf:

Wassertiefe 5,00 Meter

Guy schüttelte seine nassen Haare, schleuderte Tropfen durch die Luft, schnellte hoch, war mit einem Satz aus dem Becken heraus. Er zog sich die Badehose hoch, kletterte behände um das Holzschild mit der Aufschrift *Gesperrt* herum die Metall-Leiter hoch.

Die Mädchen hielten den Atem an, als er ohne jedes Zögern zum Ende des vibrierenden Bretts ging, sich nicht einmal nach dem Bademeister umsah, der sich neben der leeren Rutsche am Nichtschwimmerbecken aufhielt. Dann stand Guy am äußersten Ende des nagelneuen Duraflex-Hochleistungsbretts. Seine Fußspitzen ragten über das Brett aus getempertem Aluminium mit dem charakteristischen blaugrünen Belag. Zur Erhöhung seiner Dynamik war es gelocht und heute offenbar so weich eingestellt, dass es bereits unter Guys geringem Gewicht, allein durch seine starke Atmung, zu wippen begann, was ihn überraschte. Seine Arme zuckten zur Seite, um das Gleichgewicht zu halten. Caro und Minka schirmten die Augen vor der Sonne ab und beobachteten stumm, wie sich sein schmaler Brustkorb hob und senkte. In seinem Gesicht stand ein Ausdruck zwischen Angst und Trotz. Er wippte, aus seinem Wippen wurden – scheinbar ohne sein Zutun – kleine Sprünge, dabei streckte er die Arme nach vorne.

Genau in dem Moment, als die Trillerpfeife des Bademeisters ertönte, stieß sich Guy von dem Brett ab, federte nicht wie sonst ein Stück hoch in die Luft, sondern viel zu weit nach vorn, und viel zu schräg. Sein Körper rollte sich zusammen, eng wie ein Schneckenhaus, drehte sich einmal, zweimal und kam dem Beckenrand viel zu nah. Alles ging rasend schnell. Es war nicht genau zu sehen, aber sein Kopf musste die Überlaufrinne touchiert haben. Sofort ging er unter wie ein Stein. Das Wasser färbte sich rot. Knüppel sprintete los, die Pfeife noch immer zwischen den Zähnen, stieß er wütende abgehackte Töne aus. Er versuchte, sich während des Laufens das Polohemd über den Kopf zu ziehen, doch alles gleichzeitig funktionierte nicht.

Minka machte einen Köpper ins Wasser, Caro sprang hinterher. Beide schwammen in einer Mischung aus Kraulen, Paddeln und Brust, so schnell sie konnten, zu der etwa zwanzig Meter entfernten Sprunggrube. Auch Knüppel sprang jetzt mit einem gestreckten Köpfer von der Seite in das Becken. Sein Polohemd saugte sich voll Wasser und machte ihn langsam. Guys Körper schwebte innerhalb weniger Sekunden auf den hellblauen Boden der Sprunggrube und hinterließ eine dunkelrote Spur.

Minka traf zuerst an der Stelle ein, dann der Bademeister, dann Caro. Knüppel versuchte zu tauchen, doch das Hemd blähte sich auf. Er begann, sich das nasse Polo über den Kopf zu ziehen, während er mit einem Arm ruderte, um nicht unterzugehen. Lebenswichtige Sekunden, die sinnlos verrannen, während sich der nasse Stoff an seinen Körper zu klammern schien, er sich in seinem eigenen Polohemd verhedderte.

Minka und Caro holten beide tief Luft und hielten sich die Nasen zu, um den Druckausgleich durchzuführen.

»Halt!«, rief Knüppel keuchend. »Das schafft ihr nicht!«

Doch sie waren beide schon abgetaucht, er sah nur noch ihre Schenkel, die sich wie Froschbeine bewegten und eine Spur aus Blasen hinter sich herzogen. Beide schwammen hinunter in die Tiefe. Augenblicklich umfing sie die Stille. Nur die aufsteigenden Luftbläschen gluckerten in Caros Ohren, Geräusche kamen an wie durch Watte. Sie fühlte, wie der Druck der Wassermenge über ihr immer stärker wurde, je weiter sie sich dem Boden der Sprunggrube näherte. Doch sie spürte keine Angst, nicht um sich. Es fühlte sich vertraut an. Unzählige Male hatten sie bunte Hartgummiringe von hier unten geholt, erst für das Abzeichen des Jugendschwimmers geübt, stundenlang, immer wieder. Dann bereits in der letzten Saison begonnen, für das Abzeichen des Rettungsschwimmers zu trainieren, obwohl sie für die Prüfung noch zu jung waren. Wenn sie tauchten, reisten sie zugleich zurück an den Anfang ihres Lebens, dahin, wo es begonnen hatte, stumm, im Wasser schwebend, mit verlangsamten Bewegungen. Ohne es auszusprechen, hatten sie sogar das Gefühl genossen, die Spanne des Luftanhaltens immer weiter auszureizen, das Auftauchen hinauszuschieben. Es war unerwartet berauschend, der leichte Schwindel, das rettende Luftschnappen, im allerletzten Moment. Es gab einen Punkt, an dem Endorphine ausgeschüttet wurden. Das wussten sie natürlich nicht. Beim Streckentauchen war es ungefährlich, an die Grenze zu gehen, im Fall des Tieftauchens konnte es das Leben kosten. Knüppel hatte sie mehrmals des Beckens verwiesen. Ihnen sogar schon einen Tag Schwimmbadverbot erteilt.

Sie kamen gleichzeitig bei dem leblosen Körper ihres Klassenkameraden an und verständigten sich mit Zeichen. Jede packte einen Arm an. Doch es war etwas anderes, rasch einen Ring zu greifen und damit wieder nach oben zu schwimmen, als einen menschlichen Körper. Minka merkte als Erste, dass ihr die Luft ausging. Jetzt traf sie die Angst wie eine Faust im Magen. Ihre Bewegungen wurden hektisch. Trotzdem ließ sie Guys Arm nicht los. Das Gewicht des dünnen Jungen fühlte sich an, als wäre es aus Blei. Caro gab Minka ein Zeichen loszulassen und deutete nach oben in Richtung Wasseroberfläche. Sie nahm allen Mut zusammen, obwohl auch sie jetzt das Gefühl bekam, ihre Lunge würde gleich platzen. Minka nickte, ihre Augen traten panisch aus den Höhlen. Der Sauerstoffmangel verlangsamte ihr Wahrnehmungsvermögen. Wenn sie jetzt benebelt die Lippen öffnete, das Wasser in ihre Mundhöhle, ihre Luftröhre strömen ließ, war sie verloren. Im selben Moment löste sich

Guys Körper vom Boden, Caro und Minka stießen sich nahezu synchron vom Grund ab, und – mit fast übermenschlicher Kraft – strebten sie mit ihm auf das Licht an der Oberfläche zu.

Der Moment, als ihre Gesichter aus dem Wasser auftauchten, war die Erlösung. Sie rissen den Mund auf, japsten, hechelten, zwangen Sauerstoff in ihre Lungen, keuchten, schluckten Wasser, husteten – unfähig, dabei noch Guys Kopf über Wasser zu halten. Das Gefühl zu ersticken war eines der schrecklichsten, das ein Mensch erleben konnte. Noch nie hatten sie mehr nach der schokoladigen Chlorluft gegiert. Knüppel übernahm jetzt endlich mit gekonntem Rettungsgriff den leblosen Körper des Jungen und zog ihn rasch zum Beckenrand. Die Mädchen glitten langsam und erschöpft hinterher. Ihnen fehlte die Kraft, sich selbst aus dem Becken zu hieven, und zitternd griffen sie nach den Händen eines Badegasts und des Gärtners, die sie herauszogen.

Da lag Guy auf dem Waschbeton. Triefend, bleich und ohne jede Regung. Die Wunde am Hinterkopf hatte bereits aufgehört zu bluten. Knüppel begann sofort mit Wiederbelebungsmaßnahmen. Abwechselnd drückte er dem Jungen mit rhythmischen Bewegungen seine Handballen auf den Brustkorb, hielt ihm die Nase zu und beatmete ihn durch den Mund. Er schien zu wissen, was er tat, und blieb ruhig und beherrscht. Doch je länger seine geduldigen Aktivitäten andauerten und je länger sie keinerlei Erfolg zeigten, umso nervöser wurden Minka und Caro. Frau Knüppel war längst geholt worden und hatte den beiden Mädchen eine warme Wolldecke um die Schultern gehängt. Die drei einzigen anderen Badegäste standen in einigem Abstand um den Verletzten herum, und das Entsetzen, das sich auf ihren Gesichtern abzeichnete, war nicht geeignet, die Mädchen zu beruhigen. Sie klammerten sich aneinander, und Minka murmelte: »Wach auf, Guy, wach doch wieder auf, bitte!«

»Ich habe den Notruf gewählt, der Rettungswagen muss gleich hier sein«, sagte Frau Knüppel und presste voller Betroffenheit die Lippen zusammen. Sie bückte sich, nahm das schmale Handgelenk des Jungen zwischen Daumen und drei Finger, fühlte seinen Puls und schüttelte den Kopf. Herr Knüppel ließ in seinen Bemühungen nicht nach. Caro hörte ein klapperndes Geräusch und sah, wie die anderen sich nach ihr umdrehten. Erst jetzt bemerkte sie, dass ihre Zähne rasend schnell aufeinanderschlugen. Dann war aus der Ferne ganz leise der lang gezogene Ton des Martinshorns zu hören. Das Kreiskrankenhaus lag im Nachbarort, und der war fünf Kilometer entfernt. Sie würden nicht rechtzeitig hier sein. Der Satz formte sich in Caros Kopf zu einer schwarzen Wolke, die alle Hoffnung mit sich nahm.

»Und ich bin schuld!«, murmelte Minka kaum hörbar, und Caro umfasste ihren Arm, zog ihre Hand zu sich heran und fragte plötzlich, als ihr Blick auf ihre Bisswunde fiel: »Was hast du denn da gemacht?«

Minka hatte die Wunde ganz vergessen und besah sich jetzt die aufgequollenen Abdrücke von Clärchens Zähnen.

Im selben Augenblick hustete Guy und spuckte einen Schwall Wasser aus. Er bäumte sich auf, öffnete die Augen, und Knüppel reagierte blitzschnell, indem er ihn auf die Seite drehte. Der magere Körper wurde von krampfartigem Husten durchgeschüttelt, er spie weiter große Mengen von Wasser aus, aber beiden Mädchen entfuhr ein Schrei, als sie seine purpurrote Haut am Rücken und der Rückseite der Beine sahen. Er sah aus, als hätte er eine großflächige Verbrennung.

»Der Aufprall auf das Wasser!«, sagte Frau Knüppel zur Erklärung.

Das sei gar nichts, da habe sie bei Dirk schon ganz andere Hautverletzungen gesehen.

»Was glaubt ihr, wie einer aussieht, der einen Bauchplatscher vom Fünf-Meter-Turm macht?«, sagte sie und riss die Augen auf. »Da hängt die Haut richtig in Fetzen.«

Caro schossen plötzlich Tränen in die Augen. Die Anstrengung, Spannung und Angst lösten sich in einem tiefen Schluchzen.

»Er hat ja nichts dergleichen, die Haut heilt wieder, am Leben ist er auch!«, beruhigte sie Frau Knüppel. Sie war klein, stämmig und schwankte beim Laufen stets hin und her, weil sie starke Hüftprobleme hatte. Aber ihre Stimme und ihr gutmütiges Gesicht mit den hängenden Hamsterbacken wirkten beruhigend auf Caro, bis sie den einen Satz sagte: »Bei ihm stellt sich jetzt nur die Frage, was er zurückbehält, wegen dem Sauerstoffmangel und dem Aufprall.« Frau Knüppel rollte die Augen und wiegte mit bedenklichem Ausdruck den Kopf. »Da muss man erst mal sehn, ob er wieder wird wie frü–«

Ihr Mann sah zu ihr auf und unterbrach sie grob: »Sei still, Erna!«

»Du weißt so gut wie ich, dass der nach so langer Zeit unter Wasser wahrscheinlich nicht mehr normal wird«, insistierte seine Frau mit dumpfer Beharrlichkeit und vergaß dabei vollkommen die zarten Gemüter der Mädchen.

Inzwischen war das Martinshorn immer lauter geworden und verstummte schließlich. Man hatte einen Badegast an den Eingang abbestellt, damit er den Rettungssanitätern den Weg zeigen konnte.

Caro war so entsetzt über Frau Knüppels Andeutungen, dass sie sich hinkniete, ganz dicht über Guy beugte und ihn beim Namen rief. Minka hockte sich auf die andere Seite seines Körpers. Da er immer noch auf der Seite lag, musste er den Kopf drehen, um sie anzusehen. In seinen Augen lag ein verwunderter Ausdruck, er öffnete die Lippen, ein knarziges Geräusch kam tief aus seiner Kehle.

»Es tut mir leid!«, sagte Minka so leise, dass nur er sie hören konnte. Seine wächserne Haut schimmerte im Sonnenlicht, er wollte etwas sagen, atmete ein, dann wich auf einmal alles Leben aus ihm, und er sackte schlaff zurück auf den Waschbeton.

CLAIRE

Claire saß in der zweiten Sitzreihe in einem VW-Bus und sah aus dem Fenster. Fremd war es ihr, und kalt, das Land, das ihre neue Heimat werden sollte. Die Landschaft, die an ihnen vorbeiflog, war flach, der Himmel milchig, alles wirkte blass, aber sauber. Claire fror, obwohl die kräftige Aprilsonne auf das weiße Blechdach schien und man ihnen am Flughafen in Frankfurt am Main Decken ausgeteilt hatte, sobald sie dem Flugzeug entstiegen waren. Der Kleinbus fuhr auf einer vierspurigen Autobahn und wurde von anderen Autos überholt. Es waren schöne Autos, bunt lackiert, sie hatten Dächer, es saßen nur ein oder zwei Personen darin. Der Fahrer sagte etwas in der Sprache, die sie nicht verstand, und deutete in eine Richtung. Linker Hand sah man unzählige hohe Schornsteine und Schlote in den Himmel ragen, aus denen weißer und gelber Rauch aufstieg. Rechter Hand in der Ferne tauchten jetzt bewaldete Hügel auf. Claire klammerte ihre Finger an die Fensterumrandung aus Gummi. Grüne Hügel, fast wie zu Hause. Dann betätigte der Fahrer den Blinker, schaltete zwei Gänge runter, und sie bogen von der Autobahn in einer engen Kurve ab. Claire hielt sich mit beiden Händen am Sitz fest. An der Kreuzung bremste er zu abrupt, und sie wurde nach vorne geschleudert. Claire sah, wie ein weißer Transporter mit blinkendem blauem Licht auf dem Dach und schrillem Heulen auf der Querstraße vor ihnen vorbeiraste.

Außer Claire saßen noch zwei weitere Mädchen im Bus. Die Kleine neben ihr war noch jünger als sie. Als sie sich die Hände auf die Ohren presste und wieder anfing zu weinen, griff Claire ihre Hand, drückte, streichelte sie, sprach beruhigend auf sie ein. Nach der Abfahrt kamen sie durch ein Gebiet mit lauter niedrigen Gebäuden ohne Fenster. Während sie an der Ampel warteten, beobachtete Claire Autos, die in einer Schlange vor einer kleinen Halle warteten. Auf der einen Seite fuhren staubige Wagen hinein, auf der anderen kamen leuchtende Autos heraus. Der frisch gewaschene Lack glänzte in der Sonne. Daneben eine Tankstelle und ein graues lang gestrecktes Gebäude mit vielen Parkplätzen davor, große rote Buchstaben auf dem Dach. Da waren außerdem

Leute, die rollende Drahtkörbe vor sich herschoben, voller bunter Packungen, und damit zu ihren Autos liefen. Dann kamen sie durch eine Straße, in der weiß verputzte Häuser aus Stein mit roten Dächern standen, eines glich dem anderen. Die Fassaden strahlten, als seien sie gerade erst frisch angemalt worden. Davor gepflegte Beete mit Blumen, in manchen bunte Figuren mit roten Zipfelmützen, davor braune Zäune aus Latten, die in Zickzackmustern angeordnet waren. Schließlich bogen sie ab, in einen Ortsteil, in dem es keine weißen Häuser gab, dafür ockerfarbene mehrstöckige, dann fuhren sie ein Stück aus dem Ort hinaus, an Feldern mit niedrigen braunen Pflanzen vorbei. Der VW-Bus hielt vor einem hohen Tor aus Eisen. Der Fahrer stieg aus, öffnete es mit einem großen Schlüssel und fuhr die lange Auffahrt entlang. Am Ende lag ein weit größeres Steinhaus als die anderen, die sie bisher gesehen hatte. Auch dieses war weiß getüncht, hatte ein rotes Ziegeldach und grüne Läden neben den vielen Fenstern. Eine Frau in einem grünen Kleid kam aus der hohen Tür heraus und lief die Treppen herunter.

Sie strahlte sie so freundlich an, als sei es für sie die größte Freude, sie zu sehen, während eine kleine Vietnamesin nach der anderen aus dem hellblauen Kleinbus kletterte. Das Erste, was Claire wahrnahm, als sie auf sie zuging, waren nicht ihre gelben Haare und die blauen Augen. Es war der starke süßliche Geruch, der in der Luft lag und sie sofort einhüllte wie ein klebriger Mantel. Mit jedem Atemzug nahmen sie ihn in sich auf, ohne etwas dagegen tun zu können. Die drei Mädchen sahen sich an, die Kleine an Claires Hand lachte sogar und murmelte auf Vietnamesisch, das sei ein Zuckerrohrland. Die Frau sagte etwas, deutete auf sich, artikulierte überdeutlich zwei Worte: »Frau Rose«, und machte eine einladende Bewegung, mit der sie ihnen bedeutete, ihr zu folgen. Sie gingen die Treppen hinauf, trugen ihre kleinen Köfferchen und Bündel, folgten der schönen Dame über einen grauen Läufer durch viele mit Holz verkleidete Räume hindurch. Bei jedem Raum, den sie durchquerten, sagte sie etwas, deutete mit eleganten Bewegungen auf die Möbel, schien ihnen erklären zu wollen, was sich darin befand und wofür der Raum benutzt wurde.

In einem standen viele Tische und Stühle, an der Wand hing eine Tafel. Das kannte Claire. Es musste eine Schule sein. Der nächste Raum enthielt aufgereihte Holzbänke, einen Altar mit zwei hohen weißen Kerzen, auf dem ein schönes goldumwobenes Tuch lag. Dahinter hing ein Kreuz mit dem sterbenden Christus an der Wand. Das kannte Claire ebenfalls. Es musste eine Kirche sein.

Eine Frau kam hinzu, die wesentlich kräftiger gebaut war als Frau Rose, die mit der offenen Handfläche auf sie deutete und die Worte »Frau Richard« sagte. Claire verstand, dass dies der Name der Frau war, die so breite Schultern hatte wie ein Mann. Frau Richard sagte mit tiefer Stimme etwas zu den Mädchen. Auch ihre Worte klangen freundlich, und sie lächelte die Mädchen an. Dann wurden sie über einen weichen Teppich die Treppen hochgeführt. Sie war noch nie so viele Stufen hinaufgegangen. Ein vietnamesisches Sprichwort besagte, Treppen führten in eine Wolkenlücke im Himmel.

Sie betraten einen großen Raum mit drei langen Reihen Betten, die jeweils im exakten Abstand von einem Meter aufgestellt waren. Weiß lackierte Eisenrahmen, glatte Laken und Kopfkissen aus reinweißem Leinen. Darauf lagen schöne karierte Wolldecken. Dazwischen stand jeweils ein kleines Schränkchen, ebenfalls aus weiß lackiertem Stahl. Frau Rose führte sie hinein und zeigte den drei Mädchen, wo sie schlafen würden und dass sie ihren Becher mit der Zahnbürste in dem Eisenschränkchen aufbewahren sollten. Sie zog einen flachen, mit Nesselstoff ausgeschlagenen Korb unter Claires Bett hervor, deutete auf ihren Koffer und dann auf den Korb. Claire verstand, dass sie darin ihre persönlichen Sachen aufbewahren sollte. Dann klopfte sie mit der flachen Hand einladend auf die Wolldecke, deren Enden fest in der Matratze eines der Betten steckten, und bedeutete den drei Mädchen, dass sie sich daraufsetzen sollten.

Die Sprungfedern quietschten leise, als sie taten, wozu sie angewiesen wurden, obwohl ihre zierlichen Körper alle so leicht waren wie Gänsedaunen. Frau Rose setzte sich ihnen gegenüber auf das nächste Bett und beugte sich vor, faltete die Hände und lächelte wieder. Ihre gleichmäßigen Zähne waren genauso weiß wie die dreireihige Perlenkette, die sie um den Hals trug. Sie sah Claire und die anderen Mädchen mit ihren weit auseinanderstehenden blauen Augen mitfühlend an. Ihre Haare umspielten in sanften Wellen ihr ovales Gesicht. Haare so golden wie die Blüten der Da-Quy-Blumen auf den Reisfeldern in Südvietnam, dachte Claire und drehte den Kopf von dem lieblichen Gesicht der fremden

Frau zu den Scheiben, hinter denen der Obstgarten lag. Die Sonne fiel jetzt mit voller Kraft in den Schlafraum des Mainheimer Kinderheims. Man hatte die hohen Fenster zum Garten geöffnet, um die Milde des Frühlingstags hereinzulassen. Die weißen Stores hingen träge und matt von den Gardinenstangen herunter. Endlich fühlte sie Wärme in ihre Glieder zurückkehren, gab die ängstlich gekrümmte Haltung auf und streckte ihren Rücken.

Die Sonne würde die Blumen und die endlosen reifenden Reisfelder sattgelb färben. Über die Landzungen des Mekongdelta würde sich ein goldener Teppich legen. Als Claire noch dort lebte, hätte sie sich niemals vorstellen können, dass es auf der Welt Frauen gab, die genau diese Haarfarbe hatten. Ebenso wenig hatte sie Blütenblätter in den zartesten aller Rosaschattierungen gekannt, wie sie jetzt von dem Spalier der Kirschbäume im Garten herüberleuchteten. Claire wandte Frau Rose wieder den Kopf zu. Sie nahm sich vor, die nette Frau nicht zu enttäuschen, obwohl in ihrem Inneren nichts als Schmerz und Leere herrschten.

Nachdem Nixon beschlossen hatte, den militärischen Konflikt mit dem Norden zu »vietnamisieren«, und die US-Einheiten immer mehr zurückzog, war ihr Vater 1969 zusammen mit allen »waffenfähigen« Männern in die ARVN einberufen worden. Er war Reisbauer und wurde zu einem Einsatz nach Kambodscha abkommandiert, um die gegnerischen Dschungelstützpunkte zu zerstören und den Ho-Chi-Minh-Pfad zu unterbrechen. Die Amerikaner gaben nur Luftunterstützung. Fast die Hälfte der in Laos einmarschierten südvietnamesischen Soldaten wurden getötet, verwundet oder gefangen genommen. Ihre Mutter, Großmutter und ihre Brüder hatten sich, wie all die anderen, die ihre Väter oder Brüder vermissten, weiße Kleidung angezogen und die überlebenden Kräfte bei ihrer Rückkehr um Hinweise auf ihre Angehörigen geradezu angebettelt. Sie mussten ihre Toten angemessen bestatten und den Todeszeitpunkt wissen, um die Verstorbenen jedes Jahr ehren zu können. So entsprach es ihrem buddhistischen Glauben. Doch sie bekamen keine Auskunft. Danach hatten sie hilflos zusehen müssen, wie die Vietcong vor ihren Augen ihre Arbeitstiere, die Wasserbüffel, erschossen und ihr Dorf niederbrannten, um Gleiches mit Gleichem zu vergelten, denn genauso hatten die amerikanischen Truppen zuvor im Norden agiert. Obdachlos geworden, retteten sie sich in ein Internierungslager, wo ihre Großmutter und ihre Brüder an den gefürchteten Reiswasserstühlen, auch Cholera genannt, innerhalb weniger Tage, unter Schüttelfrost und Zähneklappern, elendig zugrunde gingen. Seitdem trug sie in ihrer Brust einen harten Stein, der anstatt kleiner immer größer und größer wurde, je weiter sie ihre Hütte, ihr verbranntes Dorf, ihr Land und ihren Kontinent hinter sich ließ.

Claire war Vollwaise. Den anderen beiden Mädchen war es ähnlich ergangen. Sie stammten aus verschiedenen Dörfern im Mekongdelta, hatten die Entlaubungen der Mangrovenwälder miterlebt, ihre Brüder und Väter nach Laos und Kambodscha ziehen sehen und als Einzige in ihren Familien überlebt.

Frau Rose redete lächelnd weiter, obwohl sie wusste, dass die Mädchen sie nicht verstehen konnten.

»Ich weiß, dass ihr euch im Moment alleine und verlassen fühlt. Dass ihr eure Heimat und eure Eltern vermisst. Eure tiefe Trauer ist etwas ganz Natürliches, und wir wollen sie euch hier nicht wegnehmen. Aber mit dem richtigen Glauben, bin ich sicher, dass ihr hier bei uns ein neues Leben finden werdet. Vielleicht sogar ein besseres. Die Sehnsucht müsst ihr beiseitelegen.«

Sie sah sie dabei der Reihe nach an. Claire war mit ihren zehn Jahren die Älteste. Sie trug eine kurzärmelige Bluse mit einem kleinen Stehkragen, der einmal weiß gewesen war, und einen schwarzen knielangen Rock. Es war ihre Schuluniform. Ihre schwarzen zotteligen Haare waren überschulterlang und zu einem lockeren Zopf geflochten, aus dem die kürzeren Haare herausrutschten. Ihre tiefbraunen Augen hatten, seit sie ihre Familie verloren hatte, immer denselben Ausdruck und spiegelten deutlich die Trauer, ohne dass sie etwas daran ändern konnte. Staubige Wangen, von Tränen durchzogen.

Zehn Minuten später stand sie im Waschraum auf einem Hocker und sah zu, wie Strähnen ihrer Haare auf den weißen Kachelboden fielen. Schwarz und dicht wie Rabenfedern. Es war die kräftige Frau, die sie in dem Raum mit dem Altar begrüßt hatte, die sie ihr auf Kinnhöhe schnurgerade abschnitt. Frau Rose stand daneben und lächelte ihr aufmunternd zu.

Schon besser sei das. So gefalle es ihr. Nur noch den Pony.

Daraufhin kämmte Frau Richard alle Haare nach vorne, setzte die lange Klinge der Schere über ihrer Stirn an, sah zu Frau Rose und fragte: »Hier?«

Als diese nickte, schloss Frau Rose demonstrativ die Lider, um Claire zu zeigen, dass sie die Augen zumachen solle. Sie schielte zwischen den langen Strähnen hindurch und verstand. Dann schnitt Frau Richard den Pony in der Mitte der Stirn in exakter horizontaler Linie ab, und die Haare rieselten über ihre Nase, kitzelten ihre Wangen.

Als Nächstes standen sie in der Wäschekammer, auf der einen Seite Regale mit ordentlich gestapeltem Bettzeug, auf der anderen Seite Stangen, an denen einheitliche Schürzenkleider der Größe nach sortiert hingen. Frau Rose nahm bei jedem der Mädchen mit den Augen Maß, griff dann eines der Kleider und hielt es ihnen an. Dazu bekamen sie jede eine passende weiße Bluse. Bei keiner von ihnen irrte sie sich. Es waren hellblaue, ärmellose Kleider, die am Rücken geknöpft wurden. Alle hatten zwei aufgesetzte Taschen. Sie bedeutete den Mädchen, ihre eigenen Sachen auszuziehen. Als sie nur noch in Unterwäsche vor ihr standen, sahen sie deutlich die Betroffenheit in den Gesichtern der beiden Frauen. Doch sie sprachen nicht aus, wie sehr sie über die spindeldürren Oberschenkel und die deutlich hervorstehenden Rippen der Mädchen erschraken.

»Na, wir werden euch schon wieder aufpäppeln!«, war alles, was Frau Richard sagte.

Eines der Mädchen musste über das Wort kichern und wiederholte: »P ä p p e l n«, weil es für sie so seltsam klang.

Nach einem Bad halfen Frau Rose und Frau Richard ihnen, in die Blusen zu schlüpfen, und knöpften die neuen Kleider am Rücken zu. Beide sahen sie zufrieden an, als die Mädchen wie die Orgelpfeifen nebeneinanderstanden. Alle drei trugen nun den gleichen Haarschnitt und die gleiche Kleidung.

»Und nun gehen wir zum Mittagessen«, verkündete Frau Rose lächelnd. Die Mädchen nickten – schweigend, ohne zu verstehen – und gingen hinter ihr die Treppe hinunter in den Speisesaal. Er war bis zur Höhe von einem Meter mit Holz vertäfelt. An der weißen Wand darüber hingen ein schlichtes Kreuz und eine gerahmte Schwarz-Weiß-Fotografie von einer Nonne mit weißer Haube.

Einige Mädchen saßen schon an den Tischen, aber die meisten standen in einer geordneten Schlange vor einem Schalter mit einer Glasscheibe, in deren Mitte eine halbrunde Öffnung war. Dahinter saß eine Frau in einem weißen Kittel, eine Liste vor sich auf dem Holzbrett, daneben drei verschiedene Apothekengläser aus braunem Glas, eine große Bonbonniere, gefüllt mit Stückchen aus einer matt glänzenden braunen Masse, und fünfundzwanzig winzige weiße Becher. Claire beobachtete fasziniert, wie das etwa sechsjährige Mädchen vor ihr erst die Tabletten aus dem Becher einnahm, als würde sie ihn austrinken. Danach steckte sie sich das braune Stückchen in den Mund und schloss genießerisch die Augen.

»Wie heißt du? Ich bin Sigrid«, flüsterte eine der Älteren mit weicher Stimme, die sich hinter sie in die Schlange gestellt hatte, und sie drehte sich zu ihr um. Die ältere Heimbewohnerin lächelte sie an, deutete auf sich und wiederholte: »Ich bin Sigrid!« Dann deutete sie auf Claire und fragte: »Und du?«

Sie hatte eine kleine Lücke zwischen den Schneidezähnen, ein breites Gesicht mit einer gewölbten Stirn, das von der gleichen kinnlangen Frisur und einem kurzen Pony umrahmt wurde wie ihr eigenes, und erst jetzt fiel Claire auf, dass alle Mädchen in der Schlange und an den Tischen genau den gleichen Haarschnitt hatten. Sie unterschieden sich nur durch die Farbe und Struktur. Die meisten hatten glatte Haare oder Wellen. Und natürlich trugen sie alle die gleiche Kleidung.

»Claire!«, sagte Claire. Es war das erste Wort, das sie aussprach, seit sie angekommen war.

»*Tu t'appelle Claire?*«, hörte sie eine Stimme hinter sich sagen und fuhr zusammen. Jemand hatte Französisch gesprochen, und das verstand sie. Ihre Großmutter hatte sie die Sprache gelehrt, obwohl sie grausame Erinnerungen an die französischen Kolonialherren hatte. 1955 war in Vietnam ein Jahrhundert der französischen Besatzung zu Ende gegangen, viele sprachen von einer blutigen Invasion. Aber ihre Großmutter hatte auf einem französischen Vornamen bestanden. Die Ambivalenz hatte sie Claire niemals erklären können. Sie war dankbar für den Bau von Schulen, den Einsatz von Lehrkräften als missionarische Wohltat der französischen Besatzer und verfluchte sie gleichzeitig als brutal und herrisch. Claire glaubte, den Franzosen ihren täglichen

Schulbesuch in Cai Rang zu verdanken, obwohl dort inzwischen längst kein Französisch mehr unterrichtet wurde.

Claire drehte sich um und schaute in das lächelnde Gesicht der Frau hinter der Glasscheibe. Sie hatte noch nie so viele Leute lächeln sehen wie hier in diesem Haus mit den vielen Treppen. »*Oui, c'est mon nom*«, antwortete sie.

»*C'est un joli nom. Et moi, je m'appelle Madame Lavalette. Mon mari est Français. Bienvenue à Mainheim*«, sagte die Frau mit dem weißen Kittel, den brünetten, welligen Haaren und der herzförmig geschwungenen Oberlippe.

»*Merci!*«, antwortete Claire.

Natürlich bemerkte Karin Lavalette ihr Erstaunen und erklärte ihr kurz, sie habe aus ihrem Vornamen geschlossen, dass sie zu den vietnamesischen Kindern gehöre, die in der Schule die französische Sprache gelernt hätten.

Nicht in der Schule, sondern von ihrer Großmutter, erklärte Claire und schielte zu den aufgereihten kleinen weißen Bechern. Doktor Lavalette schüttelte lächelnd den Kopf und erklärte, sie müsse sie und die beiden anderen Neuankömmlinge erst noch untersuchen.

»*C'est quoi?*«, fragte Claire und deutete auf ein Bonbonglas mit kleinen weißen Tabletten.

»*Des vitamines!*«, sagte Doktor Lavalette und lächelte wieder. Claire drehte sich zu den anderen vietnamesischen Mädchen um und übersetzte, was Doktor Lavalette gesagt hatte. Die Kleinste von ihnen murrte ein wenig, weil sie nichts bekommen sollten. Sigrid legte ihr die Hände auf die Schultern, führte sie weiter zur Essensausgabe, um Platz für die anderen zu machen, die noch hinter ihnen in der Schlange anstanden.

Sie bekamen jede eine große Kelle von einer Suppe mit Fettaugen in ihre Teller gegossen. Claire sah fragend zu Sigrid.

»Das ist Ochsenschwanzsuppe, die gibt es immer am Montag«, erklärte diese und presste bedauernd die Lippen zusammen. Als Claire nicht verstand, beugte sie sich nach vorne, deutete auf ihr Hinterteil, machte dabei eine Bewegung, als würde sie sich selbst an einem imaginären Schwanz ziehen, und machte laut »Muuuh«. Von den anderen Mädchen im Speisesaal kam lautes Gelächter. Die Vietnamesinnen sahen erschrocken aus.

»Sigrid!«, rief Frau Rose tadelnd. »Was ist das für ein Benehmen?«

»Entschuldigung, Frau Rose«, sagte Sigrid, machte einen Knicks und senkte den Kopf. Dann drehte sie sich um, beugte sich zu ihr herunter und flüsterte mit Blick auf den Teller: »Am besten isst du alles auf, Frau Rose sieht es nicht gern, wenn man etwas übrig lässt.«

Obwohl sie kein Wort verstand, wusste Claire, was Sigrid meinte. Es musste Fleisch von Wasserbüffeln sein, andere Tiere, die das Geräusch machten, kannte sie nicht. Und Wasserbüffel waren ihre Arbeitstiere auf den Feldern, sie aßen sie nicht.

Frau Rose saß bereits an einem der Tische mit den karierten Wachstuchdecken und schien sie genau zu beobachten. Sie fing ihren Blick auf und nickte leicht. Dann folgte sie Sigrid an einen freien Tisch und sagte den anderen drei Vietnamesinnen, als sie sich ihr gegenübersetzten, sie sollten ihre Teller leer essen.

»Wo sind die Stäbchen?«, fragte sie die siebenjährige Huyen.

»Und wo ist der Reis?«, fragte die sechsjährige Tao.

Claire sah sich um und beobachtete, wie die anderen ein Metallstück mit einer Vertiefung an seinem breiten Ende zum Essen benutzten. Demonstrativ nahm sie den Löffel links von ihrem Teller in die Hand, tunkte ihn beherzt in die Suppe, er tauchte mit einem gummiartigen Stück Fleisch wieder auf, und sie führte ihn zum Mund. Sie spürte, wie ein dumpfes Gefühl der Übelkeit aus ihrem Magen aufstieg und ihr die Kehle zuschnürte. Gleich würde der Ekel übermächtig werden und die Kontrolle übernehmen. Sie öffnete den Mund, drückte die Zunge in den Unterkiefer, um möglichst wenig von der Struktur des knorpeligen Stücks zu ertasten. Die Augenpaare von Sigrid, ihren Landsfrauen, den anderen Mädchen an dem langen Tisch und Frau Rose waren auf sie gerichtet, und Claire merkte, wie sich langsam ein Würgereiz Bahn brach. Sie versuchte, an etwas Schönes zu denken. An ihre Großmutter, die wunderbar kochen konnte und sie ebenfalls immer genau beobachtete, wenn sie den ersten Bissen probierte. Wenn sie zeigte, wie gut es ihr schmeckte, hatte ihre Großmutter ihr ein nahezu zahnloses Lächeln geschenkt. Wie undankbar würde es wirken, wenn sie das Essen hier verschmähte. Mit diesem Gedanken gelang es ihr, ihre Abscheu zu unterdrücken und zu schlucken. Tränen traten ihr in die Augen, vor lauter Anstrengung, den Bissen bei sich zu behalten. Es war das Ekelhafteste, was sie jemals gegessen hatte, doch sie hatte sich im Griff. Dann nickte sie den anderen Vietnamesinnen zu und sagte leise, sie sollten nur die Flüssigkeit schlucken und die Fleischstücke weglassen. Sie war nicht annähernd so zuversichtlich, wie sie klang, denn sie wusste, vermutlich war es bei ihnen genauso: Rindfleisch hatten sie noch nie bekommen und würden es nicht runterkriegen. Bei ihnen zu Hause hatte es Reis gegeben, abwechselnd mit Wasserspinat, Guaven, Okraschoten. Ganz selten etwas Hähnchenfleisch. Die zwei Kleinen taten, was sie sagte, und stellten sich erstaunlich gut mit den Löffeln an. Als sie wieder zu Frau Rose sah, merkte sie, dass ihr Blick immer noch auf ihr ruhte. In ihren Augen lag etwas wie stille Anerkennung.

Nachts lag sie in ihrem schmalen Bett und konnte nicht schlafen. Der fast volle Mond schien hell durch die Schlitze zwischen den Stoffbahnen. Ein Fenster war geöffnet, und sie lauschte, wie der Wind in den Kirschbäumen rauschte. An der hohen Decke zeichneten sich die Schatten der wippenden Zweige ab, wie tanzende Figuren. Claire war es gewohnt, mit Wind- und Wassergeräuschen zu schlafen. An ihrer Holzhütte hatten Ausläufer eines Taifuns manchmal derart stark gerüttelt, dass sie fürchten mussten, die Latten würden dem Sturm nicht standhalten. Ihre Großmutter erzählte von Orkanen, die mit ihrer Kraft ganze Dörfer innerhalb von Sekunden in ihre Einzelteile zerlegen und hinauf in den Himmel tragen konnten. Claire fiel ein, wie häufig sie sich alle aneinandergedrängt hatten, wenn es draußen pfiff und Luft durch die Ritzen zog, die Böen an den Holzlatten zerrten. Wie sie in der Dunkelheit alle beieinanderlagen. Sie in der Mitte zwischen den Brüdern und die Großmutter und Mutter jeweils außen auf den Matten. Ihre Gliedmaßen übereinander, als seien sie ein Wesen.

Claire drehte den Kopf zur Seite und sah zu dem nächsten Bett, aus dem sie die gleichmäßigen Atemzüge von Sigrid hörte. Es war mehr als einen Meter entfernt. Dann, weiter hinten, begann ein Mädchen zu schreien, es waren schrille angstvolle Schreie. Man hatte die Mädchen aus Vietnam über den Schlafsaal verteilt, warum, wusste sie nicht. Ihr wäre es jetzt lieber gewesen, zwischen ihnen zu liegen, auch wenn sie sie vor dieser Reise gar nicht gekannt hatte.

Von dem überfüllten Lager, zwischen anderen Obdachlosen und

Waisen, war sie mit ihrer Mutter auf ein überfülltes Schiff gelangt, das auf das offene Südchinesische Meer fuhr. Sie erinnerte sich noch an den Gestank aus Urin, Kot und Schweiß auf dem maroden Frachter, fast alle wurden seekrank. Die Menschen übergaben und erleichterten sich an der Reling oder in Eimern, viele lagen tagelang bewegungslos auf dem halb verrosteten Eisendeck. Während Claire die Überfahrt überlebte, verstarben unzählige andere in den Tagen auf See. Am fünften Morgen, als sie aufwachte, merkte sie, dass der Körper ihrer Mutter neben ihr eiskalt war. Sie hielt ihr zwei Finger an den Hals, wie sie es so oft schon beobachtet hatte, und wusste doch bereits, dass sie keinen Pulsschlag mehr fühlen würde. Sie hatte den letzten Menschen verloren, der zu ihr gehörte, und konnte nur starr vor Einsamkeit zusehen, wie man den Leichnam ihrer Mutter über Bord warf.

Als sie Malaysia in Sichtweite hatten und alle Hoffnung schöpften, ging die Odyssee noch weiter. Sie mussten auf dem Schiff ausharren, denn tagelang wollte man sie nicht an Land lassen. Jeden Morgen warf man weitere Leichen über die Reling. Bis die internationale Presse auf die sogenannten »Boatpeople« aufmerksam wurde. Als die Bilder von entkräfteten, halb verhungerten Flüchtlingen, die unter menschenunwürdigen Bedingungen auf dem schrottreifen Schiff ausharren mussten, um die Welt gingen, entschied sich der hessische Ministerpräsident Albert Osswald spontan, die ersten hundert Menschen in seinem Bundesland aufzunehmen. Er schickte seinen Staatssekretär nach Malaysia, um schließlich zweiundsechzig Flüchtlinge von dem Schiffswrack Mai Hong abzuholen. Sie wusste nicht, warum man ausgerechnet sie und die zwei anderen Mädchen ausgewählt hatte, als ihr Flugzeug aus Kuala Lumpur in Frankfurt am Main gelandet war. Ein sehr groß gewachsener Mann mit einem grauen Hut auf dem Kopf, einer dunklen Krawatte, einem flatternden Mantel und einem Klemmbrett in den Händen hatte am Ende der Treppe gestanden. Er hatte in eine Richtung gezeigt, woraufhin fast alle Erwachsenen zu einem großen Reisebus gingen, der mit laufendem Motor wartete. Als sie ihnen folgen wollten, gab der Mann dem Ordner eine knappe Anweisung, die sie nicht verstanden. Aber sie wurden daraufhin zurückgehalten. Wenig später war der kleinere blaue Bus mit dem weißen Dach vorgefahren, und man hatte ihnen bedeutet, in diesen einzusteigen.

Bedeutet! Was gäbe sie darum, die Worte zu verstehen, die man zu ihr sagte. Begriffe, Bezeichnungen, Namen, Sprache. Die Worte des hochgewachsenen Mannes am Flughafen, die des Fahrers in dem kleinen Bus, die der Frau mit der Perlenkette, die immerfort lächelte, und die von dem älteren Mädchen. Die meisten Kinder in dem Haus mit den vielen Treppen sahen für sie fast gleich aus, sie konnte die Gesichter kaum unterscheiden. Alle Konturen verschwammen. Aber Sigrids Gesicht konnte sie sich merken, weil ihre Augen so weit auseinanderstanden und sie diese feine Lücke zwischen den oberen Schneidezähnen hatte, genau wie ihr jüngerer Bruder.

»S I G R I D«, formte sie den Namen tonlos mit den Lippen.

Das Kind im Schlafsaal hatte aufgehört zu schreien und wimmerte nur noch. Claire drehte sich auf die Seite, und die metallenen Federn des Bettgestells quietschten leicht. Sie fand einfach keine bequeme Lage.

Das Kopfkissen! Es war weich, und trotzdem fühlte es sich derart ungewohnt an. Sie hatte noch nie mit einem Kissen unter dem Kopf geschlafen. Ganz vorsichtig zog sie es unter ihren Haaren hervor, befühlte es, knautschte es zusammen, lauschte, wie die Daunen in seinem Inneren raschelten, und legte es vorsichtig neben sich auf die eiserne Nachttischplatte. Die flache Matratze mit dem kühlen, glatten Laken war besser. Kurz bevor sie einschlief, wünschte sie sich sehnlichst, morgen früh die Augen aufzuschlagen und die fremde Sprache zu verstehen.

Es waren weiche Hände, die ihr über das Gesicht strichen, so sachte und zart, dass sie die Augen noch eine Weile geschlossen hielt, und während jener Sekunden im Niemandsland zwischen Schlaf und vollem Bewusstsein fiel ihr ein, was sie sich vor dem Einschlafen erhofft hatte. Ihr Wunsch war in Erfüllung gegangen: Sie verstand jedes einzelne Wort von dem, was die Stimme sagte.

»Claire, wach auf, wir müssen uns waschen gehen!«

Verzückt öffnete sie die Lider und sah direkt in die dunklen Augen von Huyen, die sich über sie beugte.

»Bist du krank?«

Claire ließ sich die Enttäuschung darüber, kein deutsches Kind vor sich zu sehen, sondern Huyen, nicht anmerken, beruhigte sie und nickte

Tao zu, die hinter ihr wartete. Es gehe ihr gut, sie sei nur spät eingeschlafen.

Spielerisch zupfte sie Huyen an einer ihrer kinnlangen Strähnen, fragte die beiden, wie sie die Nacht im Eisenbett überstanden hätten.

Gut, aber die Kissen seien zu dick gewesen.

Tao deutete hinter sich. Auch ihre beiden Kopfkissen lagen auf den Nachtschränken statt in ihren Betten. Claire lächelte sie verschwörerisch an, deutete auf ihr eigenes Daunenkissen und kitzelte sie mit zwei Fingern unter dem Kinn. Tao ließ ein Glucksen hören und hielt demonstrativ ihren Becher mit der Zahnbürste hoch, wackelte damit, ließ den Stiel in dem Plastikbecher klappern.

»Du hast recht, wir dürfen uns nicht verspäten!«

Claire nahm aus dem Nachtschränkchen rechter Hand des Bettes ihren eigenen neuen Becher mit der Zahnbürste und ging mit ihren beiden Landsfrauen hinter dem letzten der anderen Mädchen her in den Waschraum. Alle redeten laut durcheinander, ein Wirrwarr von hellen Stimmen, in dem es kaum gelang, einzelne Vokale herauszuhören. Aber der Ablauf schien lange festgelegt: Sie warteten in Reihen, bis die Waschbecken frei wurden, und immer wenn ein Mädchen fertig war, trat es nach rechts weg, das nächste rückte von links nach. Es wirkte wie ein einstudierter Tanz.

Während sie sich die Zähne putzte, sich mit dem Lappen das Gesicht wusch, die Haare glatt kämmte, strengte sich Claire an, irgendeinen Brocken von dem, was die anderen sagten, erfassen zu können. Warum konnte das Verstehen nicht einfach von selbst geschehen, so wie es ihr mit der französischen Sprache ergangen war? Dann forschte sie sekundenlang in ihrem Spiegelbild. War es ein anderes Mädchen als gestern, das ihr heute so ernst entgegensah? Sie wusste nicht, ob das noch Claire war, mit den kinnlangen, glatt gekämmten Haaren.

Sigrid stellte sich neben sie und fragte sie, wie sie geschlafen habe. Als Claire nicht verstand, legte Sigrid die Handflächen aneinander und bettete ihr Gesicht darauf. Claire nickte und lächelte. Sigrid lächelte zurück. Sie gingen nebeneinander die Treppen hinunter. Ihre neuen Schuhe mit dem Riemen über dem Spann drückten ein wenig. Zu Hause hatte sie selten Schuhe getragen. Sie besaß nur ein einziges Paar, mit Löchern in der dünnen Sohle. Sie betrachtete jetzt die Holzvertäfelung an der Wand, die nur einen Meter hoch war, und fragte sich, wozu sie wohl diente, wo doch alle Wände des Hauses offensichtlich aus Stein bestanden. Darüber waren grüne Papierbahnen aufgeklebt worden, mit Rankenmustern und winzigen Rosenblüten, die aussahen, als hätte sie jemand mit viel Geduld und Können einzeln aufgemalt. Das gefiel ihr viel besser als die dunklen Holzplanken.

Sigrid redete auf sie ein, und Claire versuchte, den Klang ihrer Worte in sich aufzunehmen. Die deutsche Sprache war von härteren, abgehackteren Tönen geprägt als beide Sprachen, die sie kannte. Sie fragte sich, ob sie das jemals würde nachahmen können, und bewegte die Lippen so wie Sigrid.

In der Halle stand eine gebückte Frau mit einer Schürze und wischte den Boden. Das Putzwasser auf den Fliesen machte sie glitschig, und Sigrid deutete auf ein Klappschild, das sie vor dem Teil der Halle aufgestellt hatte, der gerade frisch gebohnert worden war. Die Schrift darauf machte Claire schlagartig klar, dass sie die Sprache nicht nur nicht verstand, sondern auch nicht lesen konnte. Wie sollte sie sich hier jemals zurechtfinden? Wozu war sie bisher überhaupt in die Schule gegangen, hatte abends oft noch bei Kerzenlicht vor der Hütte in dem Schulbuch gelesen, das ihr die Lehrerin mitgegeben hatte?

Bevor alle zum Frühstück gingen, wurden die drei Vietnamesinnen von Frau Rose gebeten, ihr zu folgen. Sie trotteten hinter ihr her, einen Gang entlang. Heute trug sie ein schlichtes grünblaues Kleid, das ihre Kniekehlen freiließ, und Claire betrachtete unter der dünnen Feinstrumpfhose staunend die bläulichen Adern, die fast die gleiche Farbe hatten wie der Stoff des Kleides. Dann betraten sie einen kleinen Raum, in dem nur eine Liege stand, ein Stuhl und ein Tisch. Hier war kein Rankenmuster an der Wand, sondern kreideweiße Farbe, und auch die Frau, die mit dem Rücken zu ihnen über einen Tisch gebeugt stand, trug einen weißen Kittel.

»*Bonjour,* Claire!«, sagte sie und drehte sich zu ihnen um. Um ihren Hals hing eine silberne Schlange, wie sie sie schon bei Ärzten gesehen hatte.

»*Comment ça va? Tu as bien dormi?*«

Die vertrauten Klänge nahmen Claire schlagartig gefangen und berührten etwas tief in ihrem Inneren. Das melodische Französisch hatte auf sie die Wirkung wie die fein gesponnene Seide, die von der Stange eines Marktbootes herüberwehte und deren zartes Gewebe man sich im Vorbeifahren durch die Finger gleiten lassen konnte.

»Est-ce que tu peux me présenter tes copines?«

Die Sprache weckte ihre Sinne wie der mit Guavensaft gesüßte Reis ihrer Großmutter. Ihre Nasenflügel bebten, weil sie merkte, dass sie kurz davor war zu weinen. Sie schluckte.

Erst jetzt bemerkte, sie, wie die beiden kleinen Mädchen sie mit großen Augen anstarrten. Anders als sie verstanden sie kein Französisch.

»Bonjour Madame. Merci, j'ai tres bien dormi. Je peux vous présenter Tao et Huyen.«

Sie deutete mit nach oben geöffneter Hand in Richtung der beiden Mädchen. Als diese ihre Namen hörten, lächelten sie beide schüchtern. Doktor Lavalette streckte die Hand aus, sie legten ihre kleinen weichen Hände nacheinander in ihre, denn sie hatten inzwischen gelernt, dass man in diesem Land zur Begrüßung die rechte Hand des anderen ergriff und sich dann beide zusammen auf und ab bewegten.

Doktor Lavalette bat zuerst Claire als die Älteste, ihr Kleid auszuziehen. Sie half ihr, die Knöpfe am Rücken zu öffnen. Dann setzte sie das Stethoskop auf unterschiedlichen Stellen ihrer Brust und ihres Rückens an, und Claire fühlte das kalte Metall auf ihrer Haut, während sie aufgefordert wurde, tief ein- und auszuatmen.

Claire sah von oben auf den Scheitel von Doktor Lavalette, durch den die weiße Haut schimmerte, und versuchte, sich vorzustellen, wie es im Kopf der Frau aussah. Was für Gedanken kreisten durch ihr Gehirn, welche Träume füllten ihre Nächte?

Doktor Lavalette untersuchte ihre Haut, berührte sie dabei ganz sachte, maß vorsichtig ihr Unterhautfettgewebe mit einer Schieblehre, tastete ihre Organe ab, prüfte ihre Reflexe mit einem kleinen Hammer unter dem Knie, wog sie, maß ihre Körpergröße und notierte alles sorgfältig in eine Liste auf einem Klemmbrett. Als sie fertig war, sagte sie mit ernstem Ausdruck in den Augen zu ihr: *»Il faut manger plus,* Claire.«

Danach war Tao an der Reihe, die die ganze Zeit neben Huyen mit ernstem Gesicht vor der Wand gestanden und alles genau beobachtet hatte. Sie ließ sich anstandslos das Kleid öffnen und genauso untersuchen wie Claire. Auch ihr und Huyen gab Doktor Lavalette den Rat, ihre

Portionen immer aufzuessen und gewissenhaft ihre Vitamine zu schlucken – dann würden sie bald genauso gesund werden wie die anderen Mädchen.

Als alle drei fertig waren und sich wieder angezogen hatten, holte sie ein Buch aus einer Schublade und begleitete die Mädchen in den Speisesaal, der nun wieder leer war. Sie sorgte eigenhändig dafür, dass sie jede ein großes Glas frische Milch und ein Brötchen mit Konfitüre aßen. Huyen und Claire mochten es. Der Teig war außen goldgelb und knusprig, innen leicht und fluffig. Die Sauerkirschkonfitüre schmeckte fruchtig-herb. Tao aß es mit langen Zähnen. Sie vermisste den gewohnten süßen Klebereis mit Mungobohnen. Aber Doktor Lavalette blieb neben ihnen sitzen, sah ihnen geduldig zu, schnitt das Brötchen für Tao in klitzekleine Stücke. Das Bilderbuch legte sie auf den Tisch. Tao und Huyen mussten über das bunte Bild auf dem Einband kichern. Es zeigte einen Igel, angezogen wie ein Mensch, der gemütlich auf dem Rücken lag, umgeben von unzähligen Süßspeisen, Früchten, Schinken, Puddings und Gebäckstücken. Der Buchdeckel war mit durchsichtigen Klebestreifen an dem Stoffband des Rückens verstärkt worden. Offenbar war es schon viele Male durchgeblättert und gelesen worden.

Auf Französisch erzählte ihnen Doktor Lavalette die Geschichte von dem Igel, seinen Freunden und wie er ein neues Land entdeckte. Es war von einem himmelhohen Gebirge mit steilen Felsen und tiefen Schluchten umgeben. Über dieses Gebirge kam keiner hinweg, denn es bestand ganz und gar aus Hirsebrei. Auf seinen Gipfeln lag dickes weißes Zitroneneis. Selbst wer es als guter Bergsteiger einmal fertigbrächte, sich an diesen Bergen ein paar Meter hochzuarbeiten, der würde kurz darauf doch wieder zurückgleiten wie auf einer gut geschmierten Rutschbahn. Wer in das Land hineinwollte, musste erst einmal beweisen, dass er das Zeug zu einem echten Schlemmermaul hatte. Das hieß, er musste einen gesegneten Appetit mitbringen.

Claire übersetzte alles, so gut sie konnte, und bekam vor Eifer rote Wangen. Wie sie es genoss, in dieser melodischen Sprache zu baden. Den Worten zu lauschen, die Doktor Lavalette mit sanfter und dennoch so ausdrucksstarker Stimme erzählte. Gleichzeitig bekam sie eine Ahnung von der Gunst des Schicksals, das ihre Großmutter von klein auf so häufig Französisch mit ihr hatte sprechen lassen. Sie kannte bei Weitem nicht alle Vokabeln, aber sie erfasste den Sinn der Sätze und konnte ihn weitergeben, merkte, wie die kleineren Mädchen ungeduldig an ihren Lippen hingen und warteten, was als Nächstes passieren würde.

Schon sprach Doktor Lavalette auf Französisch weiter: Wer im Schlaraffenland leben wollte, musste tüchtig essen können. Nach jedem Satz machte sie eine Pause und wartete geduldig, bis Claire ihn übersetzt hatte, gab Hilfestellung, wenn sie ein Wort nicht verstand.

»Zusammen mit seinen kleinen Freunden, den sechs Goldhamsterchen, ging Mecki der Igel daran, sich durch den Berg aus Hirsebrei hindurchzuessen, um in das Land zu gelangen, in dem flüssige Schokolade aus Brunnen sprudelte und sogar die Eisenbahn ganz aus Waffeln, Schokolade und Erdbeereis gebaut war, aufs Leckerste mit Nüssen, Kirschen und Schlagsahne garniert.«

Das waren alles Begriffe, die Claire nicht kannte, aber Doktor Lavalette beschrieb sie ihr mit so schönen Adjektiven, dass ihr der Mund wässrig wurde.

»Wisst ihr denn überhaupt, was Schokolade ist?«, fragte sie schließlich, als sie die weit aufgerissenen Augen der Mädchen sah. Sie saßen einen Moment still da.

»*Non!*«, sagte Claire und übersetzte ihre Frage den anderen, die ebenfalls den Kopf schüttelten.

Doktor Lavalette schlug eine Seite in dem Bilderbuch auf, die die Eisenbahn aus Schokolade zeigte, und während die Mädchen sich darüber beugten, stand sie auf, ging hinüber zu der Theke mit der Glasscheibe. Sie schloss die Tür auf, die zu dem Raum hinter der Scheibe führte, und kam mit einem großen Bonbonglas zurück. Darin lagen die halben Schokoladenrippen, die die Mädchen schon gestern von Weitem gesehen hatten. Doktor Lavalette nahm den Glasdeckel ab, bewegte die Hand, um den Duft zu ihnen heranzufächeln. Sie selbst schloss die Augen, atmete hörbar tief ein, und die Mädchen machten es ihr nach. Endlich ließ sie eine nach der anderen hineingreifen.

»*Seulement une pièce!*«

Claire besah sich das hellbraune Stückchen zwischen ihren Fingern, bemerkte erstaunt, wie es allein durch die Wärme ihrer Haut zu schmelzen begann, und bewunderte die kleinen eingeprägten Figuren auf der Oberseite. Während sie noch daran roch und dabei die Augen schloss, hatten die beiden jüngeren Mädchen ihre Portion schon in den Mund gesteckt, kurz gekaut und geschluckt. Ihre Gesichter strahlten.

Claire legte sich ihr Stück auf die Zunge. Sie schob es in Richtung Gaumen, ließ die Schokolade in ihrem Mund ganz langsam schmelzen. Es war ein Genuss, süß und cremig, sie schloss die Lider, wie Doktor Lavalette es ihnen vorgemacht hatte. Ein kurzer Schauder durchfuhr sie. Doch sie wartete vergeblich auf mehr. Ihr Herz sehnte sich nach dem Töpfegeklapper von Großmutter vor ihrer Hütte. Großmutters Lieblingsfrühstück bestand aus Bánh xèo, einem einfachen Gericht aus Kokosmilch und Reismehl. Sie briet die Küchlein in heißem Fett, und Claire war ihr ganzes Leben lang von dem lauten Knistern des Öls in Großmutters altem Wok aufgewacht. Der Qualm des brutzelnden Reismehls hatte sie von klein auf begleitet, und ihr Herzschmerz konnte nicht durch das braune Stück einer fremden klebrigen Süßigkeit geheilt werden. Sie öffnete die Augen, und Doktor Lavalette lächelte, sagte ganz sanft auf Deutsch: »Scho-ko-la-de!«

Sie forderte die Mädchen auf, das Wort nachzusprechen, ermunterte sie, es ein paarmal zu sagen, und versuchte, ihnen begreiflich zu machen, dass sie jetzt an dem Ort angekommen seien, wo diese Köstlichkeit hergestellt wurde, im »Scho-ko-la-den-land«.

Claire schaute in die Gesichter von Tao und Huyen, staunte, wie sie an Doktor Lavalettes Lippen hingen. Auch sie mussten doch vor Heimweh und Sehnsucht schier vergehen.

»Scho-ko-la-den-land«, wiederholten sie mit ihren glockenhellen Stimmen.

MINKA

An den tragischen Moment erinnerte sich Minka am nächsten Morgen in allen Einzelheiten, als sie mit ihrer Mutter alleine im Haus zurückblieb. Ihr Vater war schon früher als gewöhnlich zum Rathaus gefahren, hatte ihre Brüder mitgenommen und am Gymnasium abgesetzt, das in der Nachbarstadt lag. In Mainheim gab es bisher keine weiterführende Schule, was sich aber sehr bald ändern sollte. Der Neubau der Gesamtschule würde noch in diesem Jahr abgeschlossen sein. Minka würde sie nach den großen Ferien besuchen können. Die Nachricht vom Unfall des Vietnamesen hatte sich am Tag zuvor wie ein Lauffeuer in der ganzen Stadt verbreitet, und selbstverständlich war der Bürgermeister als einer der Ersten informiert worden. Aus seiner Tochter war nicht viel herauszubekommen. Sie hatte sich in sich selbst zurückgezogen wie eine Landschnecke. Verschlossen und verzweifelt. Ihre Mutter hatte es für besser gehalten, wenn Minka heute zu Hause bliebe.

Sie saß zusammengekauert auf dem Küchenstuhl, die Arme vor der Brust gekreuzt, den Körper vor- und zurückschaukelnd, und wiederholte den Satz: »Nur wegen mir ist er gesprungen«, so häufig, dass Helga Schönwetter ihr acht Finger vor die Augen hielt und sie nach der Anzahl fragte.

»Acht!«, sagte Minka, und »sechs«, als ihre Mutter die Zahl veränderte. »Zwei … fünf … einer!«

Ihre Stimme klang belegt, schwach, von einem Kloß in der Kehle gedämpft. Die Fingerzeichen vor ihrem Gesicht, das weinrote Muster des Minikleids ihrer Mutter, die plötzliche Fürsorge verwirrten sie, verstärkten ihre Selbstvorwürfe und verschwammen zu einer Wolke aus Blut und Schuld. Das Bild des Körpers, der auf den Grund zuschwebte und eine rote Spur im Wasser nach sich zog, war noch zu frisch. Die unbedachten Worte, die zuvor ihren Mund verlassen hatten, prasselten von allen Seiten auf sie ein, wurden von flüsternden Stimmen gesprochen, gesungen, durch endlose Echos verstärkt: »Ach, das verstehst du doch nicht, Guy!«

Ihre Mutter strich ihr sachte über das Haar und versuchte, die Arme um ihre Tochter zu legen, aber Minkas Körper war steif und starr. Sie drang nicht zu ihr durch, als sie fragte, warum sie das glaube. Aber Minka war nicht imstande, ihrer Mutter eine Erklärung für ihren Zustand zu geben.

»Du musst aufhören, dir die Schuld zu geben. Jeder ist selbst dafür verantwortlich, was er tut. Er ist doch ganz alleine da hochgeklettert. Herr Knüppel sagt, das Dreimeterbrett war abgesperrt, mit einem Schild an der Leiter. Der Junge konnte doch lesen, oder etwa nicht?«

Minka nickte langsam, nachdenklich, streckte die Hand aus. Sie rückte kaum merklich von ihrer Mutter ab, zog die Schultern ein und streichelte Clärchen. Die Hündin, die neben ihr auf dem Boden kauerte und genau zu spüren schien, was sie fühlte. Die Wahrheit lag in der Abfolge der Ereignisse. Ein paar Mal schon hatte sie zu dem Bekenntnis ansetzen wollen, das sie aus ihrer Lähmung befreite, doch wenn sie die Lippen öffnete, wollte sich ihre Zunge nicht bewegen. Clärchen hingegen musste sie nichts erklären, sie erfasste instinktiv jede kleinste Veränderung ihrer Gemütslage, konnte ihre Gefühlsausdrücke auch ohne Worte besser unterscheiden als jeder Mensch. Obwohl es von ihrer Rasse hieß, sie sei in Mittelengland ausschließlich für die Hundekämpfe in den Kohlezentren gezüchtet worden. Natürlich war es Caro gewesen, die ihr die Beschreibung aus dem fünfundzwanzigbändigen Brockhaus ihres Vaters auf ein kariertes Blatt abgeschrieben hatte, nur einen Tag nachdem Schönwetter den Welpen mit nach Hause gebracht hatte. Vielleicht hätte sie selbst gern einen Hund gehabt.

Hund, England, Kreuzung aus Bulldogge und Terrier, weiß, glatthaarig. *Das Aufeinanderhetzen der Tiere in Verbindung mit ausgelobten Wettgewinnen sollte durch die Schnelligkeit, den Mut und die Aggressivität der neuen Züchtung spektakulärer gemacht werden. Der kleine bewegliche und leistungsfähige Bullterrier mit seiner langen Schnauze, die besser zum Beißen geeignet war als die des langsamen Vollblut-Bulldogs, wurde 1850 als Erstes von dem Tierhändler James Hinks aus Birmingham systematisch gezüchtet.*

Minka senkte den Kopf, sah zu dem weißen Hund auf den braunen Fliesen, fing den mitfühlenden Blick der schmalen Bullterrieräuglein auf und bemerkte auf einmal wieder die Bisswunde an ihrer Hand. Die Haut hatte sich blau und rot verfärbt. Bevor sie sie zurück und den Ärmel ihrer Jacke darüber ziehen konnte, hatte ihre Mutter die Zahnabdrücke schon gesehen.

»Was hast du da, zeig mal her!«

»Ach, das ist nichts!«, sagte sie rasch und erwiderte möglichst treuherzig den Blick der Mutter in der Hoffnung, sie würde nicht weiter nachbohren. Aber es nützte diesmal nichts.

»Ist das etwa von Clara?«

Als Clärchen ihren Namen hörte, stand sie auf und wedelte mit ihrem Stummelschwanz. Es kam nicht oft vor, dass Helga Schönwetter den Namen des Hundes aussprach, außer wenn sie wütend auf ihn war. Aber jetzt klang ihre Stimme gar nicht böse, sondern nur vorsichtig fragend.

Minka holte tief Luft, verzweifelt nach einer Ausrede suchend, doch im selben Moment ertönte die Klingel. Clara begann sofort, grollend zu bellen, raste zur Tür, alles niederwalzend, was sich in ihrem Weg befand. Und auch aus dem Zwinger im Garten hörte man Toxys wütendes Gebell, denn die Türklingel war so durchdringend, dass sie bis in den Garten drang.

»Darüber sprechen wir noch!«, kündigte Helga Schönwetter an und ging zur Haustür.

Minka hörte Männerstimmen. Die Stimme ihrer Mutter, die fragte, ob das wirklich sein müsse und ob man damit nicht warten könne. Doch kurz darauf standen zwei Männer in der Küche. Den einen davon, rundlich und gemütlich mit buschigen Koteletten, kannte sie, denn er hatte die Schülerlotsen vor der Grundschule eingewiesen. Den anderen, ein jüngerer Mann mit massigen Schultern und einem dichten rötlichen Haarschopf, hatte sie noch nie gesehen. Clara knurrte ihn an.

»Diese Herren sind von der Polizei und möchten dir ein paar Fragen stellen.«

»Guten Morgen, Minka«, sagte der Ältere. »Wie fühlst du dich? Alles gut überstanden? Du bist ja jetzt eine richtige Heldin!«

Heldin!

Das Wort Held war ein Begriff, den sie aus den griechischen Sagen kannte. Vor allem die Irrfahrten des Odysseus gehörten zu ihren Favoriten. Wie er an den Schiffsmast gefesselt dem Gesang der Sirenen widerstand, während seine Mannschaft sich auf seinen Befehl hin Wachs in die Ohren steckte, hatte sie hundertfach angehört, bis die Platte an der

Stelle einen Sprung bekommen und sie sich zu Weihnachten und zum Geburtstag gruseligere Lektüre wie Dracula und Geschichten von Edgar Allan Poe gewünscht hatte. Allerdings war das Wort Held niemals in der femininen Form verwendet worden, soweit sie sich erinnerte. Und sie selbst fühlte sich ganz gewiss nicht als solche.

»Alle sprechen über dich, du stehst sogar in der Zeitung.«

Er legte das Kreisblatt auf den Küchentisch, das bereits auf der richtigen Seite aufgeschlagen war.

Töchter des Bürgermeisters und des Cassada-Generaldirektors retten vietnamesischen Jungen vor dem Ertrinken

stand da in fetten Buchstaben. Darunter ein Foto des Dreimetersprungturms.

Minka interessierte nur eines: »Wie geht es Guy? Wann kann ich ihn im Krankenhaus besuchen?«

Sie fragte, obwohl sie gar nicht wusste, wie sie ihm gegenübertreten sollte.

»Noch nicht«, sagte der Jüngere der beiden mit den rotblonden Haaren. Claras Knurren wurde lauter, und der Polizist warf der Hündin einen halb ängstlichen, halb wütenden Blick zu. Das stachelte sie erst recht an, und sie bellte laut.

»Was ist denn mit dem Tier los!«, fragte der Ältere.

»Clara: Aus!«, sagte Helga Schönwetter mit strenger, aber unaufgeregter Stimme. »Platz!«

Clara verstummte auf der Stelle und legte sich hin. Gab eine Art resignierten Seufzer von sich. Mit einem Anflug von Triumph im Blick sah Minkas Mutter die beiden Beamten an.

»Na, wenigstens hört er!«, sagte der Ältere.

»Sie!«, verbesserte Minka. »Clärchen ist eine Hündin.«

Der Jüngere räusperte sich und verschränkte die Arme.

»Der Zustand deines Klassenkameraden ist stabil«, sagte er. »Bei Bewusstsein und … mehr weiß man noch nicht …«

Den Rest des Satzes hörte sie gar nicht mehr. Auf einmal fühlte sich Minka wieder in der Welt verankert, von etwas befreit. Ihre Anspannung löste sich, und zum ersten Mal seit dem gestrigen Nachmittag atmete sie ohne Furcht tief ein und aus.

Die anschließenden Routinefragen der uniformierten Beamten beantwortete sie mit ihrer wiedergewonnenen Minka-Schönwetter-Schnodderigkeit. Sie erzählte, Guy habe letztes Jahr fast jeden Tag Saltos vom Dreimeterbrett geübt, immer darauf gelauert, dass es geöffnet werde, habe sich noch nie derart verkalkuliert, er sei der beste Springer, den sie kenne, vielleicht mit einer einzigen Ausnahme, nämlich Dirk Knüppel, dem Sohn des Bademeisters. Aber der sei ja auch im Verein. Ja, die Leiter sei abgesperrt gewesen, aber doch nur, weil der Bademeister im anderen Teil des Freibads war. Das hätten sie doch schon oft umgangen, da sei nie etwas passiert. Herr Knüppel habe da eigentlich nichts dagegen gehabt und nie etwas gesagt. Eher habe er sich über ihre dauernde Taucherei aufgeregt. Das sei ihm manchmal zu viel geworden, dafür habe er ihnen allen dreien sogar einmal einen Tag Schwimmbadverbot aufgebrummt.

»Schwimmbadverbot? Soso!«, meinte der Jüngere. Und mit »allen dreien« meine sie wen genau?

»Na, Caro …« Und als er nicht zu verstehen schien, wer Caro war, fügte sie hinzu: »Carola Stern, die Tochter des Cassada-Direktors, Guy Meyfahrt und ich.«

Er zückte jetzt das erste Mal einen kleinen Block und notierte sich etwas.

»Und ist dir irgendwas Besonderes aufgefallen?«, fragte der Ältere eher aus einer Routine heraus, ohne echtes Interesse. Minka schwieg einen Augenblick lang, währenddessen Clara wieder leise zu knurren begann. Ein Schnalzen ihrer Mutter ließ sie aber augenblicklich verstummen. Hatte sich Minka bisher ausschließlich mit ihrer eigenen Reue auseinandergesetzt, wurden ihre Gedanken nun zum ersten Mal über den Augenblick hinaus gelenkt, als Guy aufgrund ihrer herablassenden Worte in Richtung Sprunggrube getaucht war. Aus ihrem Blickwinkel hatte sie den Dreimeterturm von der Seite gesehen, und erst jetzt wurde ihr bewusst, wie extrem sich das Brett schon in dem Moment bewegt hatte, als Guy den ersten Fuß darauf gesetzt hatte. Und schlagartig hatte sie das Bild vor Augen, als er ein bis zwei Meter weit nach vorne geschossen war.

»Ja!«, sagte sie.

»Und was?«, fragte der Jüngere und hob die rotblonden Augenbrauen.

»Das Brett hat gestern gefedert wie ein Trampolin.«

Den beiden war anzusehen, dass sie nicht wussten, wovon sie sprach.

»Na, das Sprungbrett, das Dreimeterbrett!«

»Und das ist außergewöhnlich?«, fragte der Ältere.

Minkas Überzeugung wuchs, je mehr sie sich das Bild des nach vorne schnellenden Körpers in Erinnerung rief, wobei aus ihrer Perspektive nicht deutlich erkennbar war, wie fatal nah er dadurch dem Beckenrand gekommen war.

»Ja, auf jeden Fall! So weit nach vorn ist Guy noch nie abgesprungen. Er ist ja losgeschossen, zwei, drei, vielleicht sogar vier Meter, wie von einem Katapult aus, oder besser noch, wie eine Rakete.«

»Aha? Und hast du dafür eine Erklärung?«

Minka schüttelte den Kopf, erinnerte sich aber plötzlich an eine der Schauergeschichten auf ihren Europa-LPs, die sie immer hörte, in der Gegenstände die Boshaftigkeit eines Geists in sich aufnehmen konnten. Plötzlich wollte sie nur noch eines, den Urheber des schrecklichen Geschehnisses brandmarken, ihn mit einem Fluch belegen, einen Bann über seinen Namen sprechen.

»Also wenn Sie mich fragen«, sagte sie und schnickte sich einen imaginären Krümel von der Jeans. »Das ist nicht mit rechten Dingen zugegangen.«

Die beiden Beamten sahen sich an, mit dem milde amüsierten Ausdruck, den man in Gegenwart eines offensichtlich geistig verwirrten Menschen aufsetzt. Helga Schönwetter bemerkte ihn, peinlich berührt, sagte, es sei nun genug, verwies auf die seelische Verfassung, die qualvolle Konfusion ihrer Tochter und geleitete die Herren hinaus. Minka hockte sich zu Clärchen auf den Küchenboden, legte den Arm um den weißen warmen Körper des Bullterriers, kitzelte die rosa Nase. Sie war gleichzeitig beseelt von der Erleichterung und voll prickelnder Erregung, einem Geheimnis auf die Spur zu kommen.

»Komm, wir hören uns den ›Untergang des Hauses Usher‹ an!«, flüsterte sie geheimnisvoll, und der Hund legte den Kopf schief, als wolle er fragen: »Schon wieder?«

Die Last war von Minkas Schultern genommen, und sie machte sich nicht die geringsten Gedanken darüber, welche Bedeutung ihre in rascher Abfolge ausgesprochenen Worte noch außerhalb ihrer eigenen Vorstellungswelt haben würden, welche Mächte sie wachgerufen hatte. Innerhalb weniger Stunden wurde in der Bilderbuchstadt ein Prozess in Gang gebracht, der sich ihrer Kontrolle vollkommen entzog.

ANNETTE STERN

Annette Stern war die Erste, die auf den naheliegenden Gedanken kam, wie beängstigend und verstörend die Situation doch für Guys Mutter sein musste. Ob man sie nicht ins Krankenhaus begleiten könne.

»Ich lasse ihr einen schicken Cassada-Präsentkorb zukommen!«, sagte Stern, sah von der Zeitung hoch und wartete vergeblich auf ein Leuchten in den blassen Augen seiner Frau.

»Das ist doch viel zu unpersönlich, Philipp!«

»Ach, meinst du? Und wenn ich eine schöne Karte dazu schreibe?«

»Nein, das wird es sicher auch nicht sein, was Frau Meyfahrt jetzt braucht.«

»Sondern?«

Seine Frau sah ihn an und wunderte sich, wie schon so oft darüber, dass ein Mann, der so warmherzig und großzügig sein konnte, für den sie so viel Liebe empfand, sich manchmal wie ein roher Klotz benahm. Dabei wusste sie ganz genau, dass auch er mit dem Jungen mitfühlte. Sie hatte den Kleinen und seine Mutter bereits in ihr Abendgebet und ihr gemeinsames Morgengebet eingeschlossen.

»Ich werde sie besuchen und sie fragen, was wir für sie und ihren Sohn tun können. Du hast ihr doch heute sicherlich bezahlten Urlaub gegeben?«

Ihr Mann war so überrumpelt, dass er anfing zu hüsteln, und brummelte: »Dazu bin ich doch noch gar nicht gekommen, Annette. Aber ich habe noch gestern Abend im Krankenhaus angerufen und gefragt, wie es dem Jungen geht.«

»Das hast du getan und mir nichts gesagt?« Ihr Gesicht mit den mitfühlend zusammengezogenen blonden Augenbrauen zeigte gleichzeitig Sorge und Anerkennung.

»Ich wollte dich nicht beunruhigen.«

»Und? Wie steht es um ihn?«, fragte jetzt auch Tini. Sie war die Einzige, die noch zu Hause war, weil sie zwei Stunden später Schule hatte.

»Es sieht schlimm aus, aber sie meinen, sie bekommen ihn durch.«

Annette Stern faltete die Hände vor dem Gesicht.

»Sobald ich im Geschäft bin …« Er hatte die Angewohnheit, die Fabrik und sein Büro als Geschäft zu bezeichnen, als wäre es ein kleiner Einkaufsladen. »… werde ich natürlich unverzüglich den Sonderurlaub für Frau Meyfahrt in die Wege leiten.«

»Das will ich hoffen. Die Ärmste, sie tut mir so unendlich leid, wenn ich mir vorstelle, so etwas wäre einem unserer Kinder passiert. Theoretisch hätte es ja auch Caro sein können, schließlich verbringt sie den halben Tag im Wasser.«

»Ma, sprich es lieber nicht aus«, unterbrach Tini sie flüsternd.

Er sah auf seine Armbanduhr und stieß einen Seufzer aus.

»Es wird Zeit für mich.«

Sein Gesicht war auf einmal ganz zerknittert.

»Heute wird es ungemütlich.«

»Ungemütlich? Wie meinst du das?«

Sie hielt eines der Gläser hoch, die sie neben die Spüle zum Trocknen gestellt hatte. »Hm, die sind ja gar nicht so schlecht geworden, mit diesem neuen Spülmittel.«

»Ja, Mutti, weil ich sie abgetrocknet habe!«

Tini räumte gerade den Frühstückstisch ab.

Annette Stern musste lachen: »Und ich dachte schon, dieses Pril, oder wie es heißt, hält, was es verspricht. Streifenfrei ohne Abtrocknen!«

»Als ob Werbung jemals wahr wäre!«, sagte ihr Mann.

»Und so ein Satz kommt ausgerechnet von dir? Wo man jeden Abend vor der Tagesschau eure Werbespots mit Romy Schneider und Max Schmeling bewundern kann?«

Stern winkte ab. »Das ist etwas ganz anderes. Wir geben jedenfalls kein Versprechen, das wir nicht halten können. Oder hat dich der Geschmack einer Tafel Schokolade jemals enttäuscht? Ach so, stimmt ja … da habe ich die Falsche gefragt.« Er schob den Freischwinger zurück und stand lächelnd auf. »Ich werd's nie verstehen, wie ich mich ausgerechnet in eine Frau verlieben konnte, die keine Schokolade mag. Nicht zu fassen.«

Tini beobachtete ihre Eltern. Sie mochte es, wenn sie sich so kabbelten, als seien sie noch immer verliebt. Es gab ihr ein wohliges, wärmendes Gefühl der Geborgenheit.

Die beiden Frauen folgten dem Hausherrn die Treppen hinauf. Er griff nach seiner Aktentasche, rückte den Knoten seiner breiten Krawatte gerade, aber schon stand Tini vor ihm und sagte: »Warte, lass mich das machen!«

Während sie sich geschickt an seinem gold-schwarz gestreiften Binder zu schaffen machte, blickte er auf ihren Scheitel hinab und murmelte: »Manchmal machst du mir Angst. So viel Hilfsbereitschaft und Güte, und alles nur in diesem einen Kind vereint?«

»Philipp!«, stöhnte seine Frau. »Alle fünf sind wohlgeraten!«

Als Tini fertig war, gab er ihr einen Kuss auf die Stirn, küsste anschließend seine Frau auf die Wange, während sie in der geöffneten Haustür ungeniert die Arme um seinen Hals schlang.

»Was sagtest du eben? Es wird ungemütlich?«

Er presste die Lippen zusammen, und sein Gesicht bekam wieder den knittrigen Ausdruck.

»Heute stehen die ersten Entlassungen an. Die Zeiten der lebenslangen Betriebszugehörigkeit, auf die sich viele Cassadiner eingestellt haben, sind vorbei! Ein Jammer, aber was soll ich machen?«

Er wartete auf ihre Reaktion, hoffte auf eine Art Freispruch oder Absolution und wusste doch, dass sie seine Pläne, wenn sie sie im Einzelnen kennen würde, niemals gutheißen könnte. Annette schüttelte den Kopf, ob aus Unglaube oder Mitleid, war nicht zu erkennen, denn sie sagte nichts, löste ihre Arme von ihm und starrte die beiden Beamten in Polizeiuniform an, die gerade dem Streifenwagen vor ihrer Gartenpforte entstiegen waren und auf den Klingelknopf drückten.

»Herr Stern? Könnten wir Ihre Tochter Carola sprechen?«

Pa hob den Kopf, machte einige Schritte die Stufen hinunter auf die Polizisten zu. »Carola? Aber die ist längst in der Schule!«

»Könnten wir dann kurz mit Ihnen sprechen?«

»Weshalb?« Er blieb stehen.

Der Jüngere der beiden langte über das Gartentor und drehte an dem Knauf, um es zu öffnen. Annette Stern kam jetzt auch die vier Stufen herunter. Sie bemerkte, wie sich hinter einem Fenster auf der gegenüberliegenden Straßenseite eine Gardine bewegte. Unwillkürlich verschränkte sie die Arme und sah nach oben zum Himmel. Das Sonnenlicht hatte die Farbe von Butter. Die Luft war heute viel kühler als gestern, und dennoch war sie schon am Morgen mit drückendem öligem Kakaoduft getränkt. An solchen Tagen konnte es sogar manch leidenschaftlichem Schokoladenliebhaber zu viel werden. Eine Dunstglocke lag über der Kleinstadt. Die Mischung aus Nebel und Wolken verhinderte die Luftzirkulation, hielt die Ausdünstungen aus den Conchen gefangen, und der ölige Duft legte sich auf die Bewohner wie eine zweite Haut.

»Was ist denn los, was möchten die Herren denn von dir?«, fragte sie.

»Sie sind doch der Generaldirektor der Cassada!«

»Ja, der bin ich.«

»Und die Cassada betreibt doch das Cassada-Bad, nicht wahr?«

Stern wiegte den Kopf hin und her. »Betreiben würde ich es nicht unbedingt nennen.« Er suchte nach den richtigen Worten, während auch am Haus schräg gegenüber eine Gardine beiseitegeschoben und das Fenster gekippt wurde.

»Wir sponsern es, aber betrieben wird es von der Gemeinde, wie Sie eigentlich wissen sollten.«

»Selbstverständlich«, sagte der Ältere der beiden. »Das wissen wir natürlich, Herr Stern, aber dennoch würden wir Ihnen gerne ein paar Fragen stellen, wenn Sie erlauben. Es geht um den gestrigen Unfall, wie Sie sich sicher denken können.«

»Und um was genau?«

»Das Sprungbrett.«

CARO

Caro saß im Klassenraum und war kaum in der Lage, den Worten ihrer Deutschlehrerin zu folgen. Obwohl sie das nette Fräulein Narrten mochte und Deutsch ihr absolutes Lieblingsfach war, schweiften ihre Gedanken an diesem Morgen ab. Da die Plätze neben ihr leer geblieben waren – außer Guy fehlte heute auch Minka, was sie besonders verstörte –, hatte Fräulein Narrten sie neben Markus gesetzt. Sie verabscheute den angeberischen Jungen, der niemals still sitzen konnte und, wie es schien, grundlos ständig andere ärgerte. Gerade malte er seine vielen Warzen an den Händen mit bunten Filzstiften an und hielt sie immer wieder mit voller Absicht ganz nah an ihr Gesicht. Sie versuchte, ihn zu ignorieren, sah aus dem Fenster, in das Stück milchigen Himmel, das vor der Fassade des Rathauses zu sehen war. Inversionswetterlage nannte man das. Ein Wort, das sie schon im Brockhaus nachgeschlagen hatte. Die Fenster waren geschlossen, denn die Luft war kühl und stickig zugleich. Direkt vor dem Raum im Erdgeschoss der Grundschule wucherten dunkle Sträucher, die noch keinen Frühjahrsschnitt genossen hatten. Darunter lagen einige weggeworfene Pergamenttüten oder angebissene Schulbrote. Es war ein undurchdringliches blaugrünes Dickicht, das sie sofort daran erinnerte, dass Guy noch gestern auf dem Nachhauseweg einen seiner »Buschköpper« gemacht hatte, wie er sie nannte. Obwohl er immer versuchte, sie zu beeindrucken, war er nicht wie die anderen Jungs. Während Guy graziöse Saltos sprang, konnten die Buben aus ihrer Klasse bloß Arschbomben und versuchten, die Mädchen dabei zu duschen.

Salto war das falsche Stichwort. Es ließ sie erstarren, und fast war sie froh, als Markus wieder mit seinen bunt angemalten Warzenhänden vor ihr herumfuchtelte.

Was wollte er eigentlich von ihr?

Dauernd kippelte er mit seinem Stuhl, strampelte mit den Beinen und deutete auf seine Schultasche, die er nicht wie üblich in das Fach unter das Pult geschoben hatte, sondern auf dem grauen Linoleum abgestellt hatte.

»Ich zeig dir was!«, flüsterte er mehrmals.

»Meine Güte, was willst du denn bloß?«

»Carola, Markus? Ihr stört den Unterricht!«

Fräulein Narrten räusperte sich und fügte hinzu: »Carola, von dir kenne ich das gar nicht!«

Carola wurde rot, fühlte sich ungerechtfertigt ermahnt, nickte und sah strikt geradeaus.

Fräulein Narrten wollte gerade weiter über den Genitiv sprechen und deutete mit dem Stift in der Hand auf die Beispiele, die sie an die Tafel geschrieben hatte, als sie plötzlich innehielt. Sie drehte sich um, legte den Stift auf das Pult und faltete die Hände. Dann blickte sie die Kinder der Reihe nach ernst an.

»Ich glaube, ich sollte nun doch noch ein paar Worte sagen. Ihr alle habt ja sicher von dem gestrigen Unfall gehört.«

Die meisten Köpfe nickten, manche murmelten ein: »Jaaa, haben wir.«

»Viel wissen wir noch nicht. Weder, wie das passieren konnte, noch Genaues über den Zustand eures Klassenkameraden Guy.« Sie machte eine Pause. »Aber ich möchte, dass wir jetzt alle kurz aufstehen und eine Minute lang an ihn denken und ihm unsere besten Wünsche schicken.«

Stühlerücken, Scharren der Sohlen, Tuscheln, Räuspern. Alle standen sie da, sahen zu Boden. Carola faltete die Hände, schloss die Augen, wusste nicht, was sie fühlen sollte. Schweigeminuten kannte sie nicht, bei ihr zu Hause hieß das Beten. Und sie hatte es bereits gestern Abend und heute Morgen getan, wie sie es von klein auf gelernt hatte. Nach dem Abendessen hatte Tini ihre Gitarre geholt, und die ganze Familie hatte gesungen – »Was Gott tut, das ist wohlgetan, es bleibt gerecht sein Wille« –, fast die ganze Familie, nur ihr Vater hatte die Melodie lediglich mitgebrummt.

Während Caro so dastand, fiel ihr auf einmal ein, dass niemand mehr das *konstruktive Misstrauensvotum* erwähnt hatte und wie es ausgegangen war. Auch sie selbst hatte vollkommen vergessen, den Begriff im Brockhaus nachzuschlagen. Die Schweigeminute zog sich hin, aber Caro fand, dass Fräulein Narrten das Richtige tat, andererseits wirkte es fast so, als sei Guy gestorben. Sie biss sich auf die Lippen, bis sie weiß wurden. Ihr neuer Banknachbar konnte auch jetzt nicht stillstehen. Das Rascheln seines Anoraks, den er auch im Unterricht anließ, zerstörte das

Schweigen. Aber Fräulein Narrten sagte nichts, wohl weil sie wusste, dass er nicht anders konnte.

»Also gut. Setzt euch bitte wieder hin.«

Markus hampelte und kippelte gleich weiter, beugte sich jetzt unter die Bank und schlug den Deckel seines Schulranzens hoch. Er stieß Carola mit dem Ellbogen an, und sie sah hin.

Täuschte sie sich, oder schaute dort wirklich der Kopf eines weißen Kaninchens heraus? Ihr Entzücken war grenzenlos.

»Bist du verrückt? Wo hast du das her?«, flüsterte sie.

»Da, wo es herkommt, gibt es noch viel mehr ... Tausende oder Millionen vielleicht.«

»Millionen? So ein Quatsch!«

»Kein Quatsch, ich kann's dir zeigen!«

Caro streckte die Hand aus, wollte das Fell berühren, das so weiß war wie frisch gefallener Schnee, und konnte die weichen Härchen schon an ihren Fingerspitzen fühlen, da klappte Markus den Deckel zu.

»Was soll das?«, flüsterte sie.

»Nicht dass es noch rausspringt!«, flüsterte Markus zurück und grinste breit. Caro fing den Blick ihrer Lehrerin auf, die nichts sagte, aber die Augenbrauen hochzog.

Den Rest der Stunde konnte Caro erst recht keinen klaren Gedanken mehr fassen. Jetzt dachte sie nicht mehr an Guy, sondern schielte die ganze Zeit auf den Schulranzen, wartete darauf, ob er sich bewegte, und versicherte sich, dass durch die Seitenschlitze zwischen Deckel und Tasche genug Luft in das Innere gelangte.

Nach der Schule wartete Markus mit seinem Bonanza-Rad am Ende des Pausenhofs auf sie. Sie ging neben Heike her, der Tochter des Metzgers, und als sie Markus dort stehen sah, sagte sie zu ihr, sie habe noch etwas in der Klasse vergessen und müsse zurück. Normalerweise hatten Heike und sie denselben Schulweg, und sie mochten sich. Doch wenn Minka dabei war, duldete sie keine anderen Schulfreundinnen neben sich. Heute wäre die Gelegenheit gewesen, ausnahmsweise ein Stück mit Heike zu gehen. Heute hatte aber das Kaninchen Priorität.

Caro wartete, bis Heike außer Sichtweite war, betrachtete währenddessen von Weitem Markus' orangefarbenes Fahrrad, das mit seinen kleinen Rädern an einen zu kurz geratenen Chopper erinnerte. Er hatte es – vermutlich mit voller Absicht – so hingestellt, dass alle Schüler im Vorbeigehen den langen Bananensattel, die angeberischen Federungen an der Vordergabel und den Hirschgeweih-Lenker bewundern konnten. Er war der Sohn vom Rosen-Ebert und einer der wenigen Jungen in Mainheim, die so ein Fahrrad hatten. Natürlich beneideten ihn fast alle darum, und er genoss die Blicke sichtlich. Mit seinen breit ausgestellten Jeans und der braunen Kunstlederjacke im Biker-Stil wirkte er viel älter, als er war. Aus dem Augenwinkel sah sie, dass er sich auch noch die eine Warze neben dem Nasenflügel grün angemalt hatte. Irgendwie tickte er nicht richtig. Aber um an das Kaninchen zu kommen, musste sie mit ihm reden. Als Heike um die Ecke gebogen war, setzte sich Caro in Bewegung, versuchte, langsam zu gehen und sich ihre Ungeduld nicht anmerken zu lassen.

»Und, was ist? Willst du's sehn?«

Natürlich wollte sie, hatte an nichts anderes mehr denken können. Zwar mit dem Anflug eines schlechten Gewissens, weil tief in ihrem Inneren die Sorge um Guy drängte und sie eigentlich längst hätte wissen wollen, wie es um ihn stand. Aber das weiche, weiße Kaninchen vereinte auf einmal alles in sich, wonach sie sich ihr Leben lang gesehnt hatte. Markus schob gemächlich sein Fahrrad neben ihr her, schien es nicht besonders eilig zu haben. Wohingegen Caro es vor Ungeduld kaum aushalten konnte. Sie gingen bis zu der Grünanlage, die, seit dort der Teich angelegt und einige Bänke aufgestellt worden waren, Hessenpark hieß. Markus legte sein Fahrrad ab, sie duckten sich unter Ästen und herunterhängenden Blättern hindurch, kletterten über einen umgestürzten Baum und kamen zu einer Stelle, wo sie niemand sehen konnte. Da endlich stellte er den Ranzen auf die Erde, öffnete vorsichtig den Deckel und hielt die Hand schützend darüber. Caro ging in die Hocke.

»Na los, fass es an«, sagte er.

Sie streckte die Hand aus, strich ganz vorsichtig über den warmen, zarten, verängstigten Körper, fühlte, wie es zitterte, wie rasend schnell sein kleines Herz pochte. Schon in seiner Nähe zu sein, löste ihre innere Anspannung, die sie seit gestern Mittag spürte.

Sie brauchte dieses Kaninchen.

Als sie hochsah, bemerkte sie die Genugtuung in Markus' Augen. Natürlich hatte er genau damit gerechnet.

»Du kannst es haben, aber nicht umsonst.«

»Was willst du dafür?«

»Zehn Tafeln Schokolade.«

Schokolade? Das war alles? Davon hatten sie zu Hause den ganzen Vorratskeller voll. Sie nickte.

»Abgemacht!«

Caro drehte sich wieder zu der Schultasche um, wollte das Kaninchen noch einmal streicheln und riss die Augen auf: Es war verschwunden. Sie wollte es suchen, aber Markus hielt sie am Arm zurück: »Lass! Das fängst du doch nicht mehr. Ich bring dir morgen ein neues!«

HARALD SCHÖNWETTER

Schräg gegenüber auf der anderen Seite des Hessenparks saß Schönwetter im Rathaus, die Unterschriftenmappe vor sich auf der Platte seines Schreibtischs aus Buchenfurnier. Er hatte schlechte Laune. Es hätte ein guter Tag werden können. Mit Rose, dem Ersten Stadtrat und einzigen Menschen in Mainheim, den er manchmal mochte, wäre er zum Mittagessen ins Schwimmbad-Restaurant gegangen. Sie hätten sich Rippchen mit Kraut bestellt, sich ein paar Pils und Kurze gegönnt und Willy Brandts Triumph, den Sieg der Sozialdemokratie, die Fortführung der Friedens- und Ostpolitik, ordentlich begossen.

Wäre da nicht dieser leidige Unfall mit dem kleinen Vietnamesen-Jungen passiert! Natürlich war es nun unmöglich, sich in ausgelassener Feierstimmung blicken zu lassen. Selbst wenn sie sich im Hinterzimmer trafen, würde es wieder irgendein aufmerksamer Bürger spitzkriegen und herumplaudern. Schönwetter litt nicht unter mangelndem Selbstbewusstsein. Vielmehr war es ihm ein Dorn im Auge, wie sehr Klatsch, Tratsch und gegenseitige Gefälligkeiten das Leben einer Bürgerschaft und Stadt mitunter bestimmen konnten, wie sehr er selbst darauf Rücksicht nehmen und sich in diesem Netz seinen Platz suchen musste.

Seit preußischen Zeiten wurde eine Stadt von einem Kollegialorgan namens Magistrat geführt, in dem das Stadtoberhaupt nur der Erste unter Gleichen war. Wenn dieser aber durch eine Direktwahl vom Volk legitimiert wurde, müsste er da nicht eigentlich eine viel stärkere Stellung haben? Sosehr er sich wünschte, die Mainheimer würden seinen täglichen Einsatz für die Belange der Kleinstadt mehr würdigen, hielt er Bürgerbeteiligung dem Grunde nach für lästig. Es bedeutete lediglich die Einmischung von Menschen, die keine Ahnung hatten, aber einen Haufen Ärger verursachten. Manchmal glaubte er sogar, er sei der Einzige, der alles so sah, wie es wirklich war. Was daraus folgte, war ein Leidensdruck, eine Art Weltschmerz, der nur durch einige kühle Pils wieder gelindert werden konnte. Es gab allerdings auch Abende, da verschlimmerte sich sein Zustand nur noch weiter durch den Alkohol.

Er warf einen Blick zu dem vergrößerten Farbfoto seines Vaters, Velten Schönwetter, das an der Wand rechts von ihm hing. Die Augen unter den dichten schwarzen Augenbrauen schienen immer auf ihn gerichtet zu sein, ganz gleich, aus welcher Perspektive er es ansah. Manchmal hatte er sich schon überlegt, das Foto abzuhängen, doch das hätte bloß zu unangenehmen Fragen seiner Mitarbeiter und Bürger geführt.

Wie hatte sein Vater die Bürden des Amtes bloß so viele Jahre ertragen? Und warum um Himmels willen hatte er es versäumt, ihn in sein kompliziertes Netzwerk aus Kontakten, Absprachen, Tauschbeziehungen, Gefälligkeiten, Vermittlungsgeschäften und offenen Rechnungen einzuweihen? Oder war dies so subtil erfolgt, dass er es nicht gemerkt hatte?

Schönwetter war mit großer Mehrheit gewählt worden. Um auf dem Laufenden zu bleiben, traf er sich regelmäßig mit seinen Skatbrüdern, zu denen auch Stern gehörte, den er genauso wenig mochte wie den Rest der Mainheimer. Hier kannte jeder jeden, jeder wusste über den anderen Bescheid, über seine Ehe, seine Kinder, welche Partei er wählte. Aber die unsichtbaren Herzfäden, die zwischen den Familien aus verschiedenen Lagern verliefen, kannte ausgerechnet einer nicht. Und dieser eine war er.

Voller Grimm unterschrieb er seine dritte Stellungnahme zu dem Bauantrag der Cassada GmbH, lehnte den Neubau der Werkshalle rigoros ab und klappte die Mappe zu. Dann trat er ans Fenster und sah hinüber zu dem einstöckigen Gebäude der Grundschule, von dessen Fassade der Putz abblätterte. Er wusste, dass es aus allen Nähten platzte, dass das Flachdach teilweise undicht war, es hineinregnete, die Toiletten in unhaltbarem Zustand waren und dringend erneuert werden mussten. Das war es, was sie brauchten: neue Schulgebäude, um die geburtenstarken Jahrgänge aufzufangen und alle in den Genuss einer klassenunabhängigen Bildung kommen zu lassen. Aber bestimmt keine neuen Maschinenhallen, die nur dazu führten, dass immer mehr Arbeitsplätze wegrationalisiert und Leute entlassen wurden. Die neue Gesamtschule hinter den Rosenfeldern war eines seiner Lieblingsprojekte. Sein Augapfel, um genau zu sein. Minka würde zu den Ersten gehören, die endlich eine weiterführende Schule direkt in ihrem Wohnort besuchen konnten, zusammen mit all den Arbeiterkindern. Die Sanierung und Aufstockung der Grundschule kam als Nächstes dran. Mainheim war kein Industriestandort, an dem Unternehmer sich durch ein paar Wohltaten einen Freibrief erkaufen konnten. Nicht mit ihm als Bürgermeister.

Es klopfte an der Tür, die Verwaltungssekretärin, Fräulein Haupt, streckte den Kopf herein und teilte ihm mit, dass die Polizei da sei. Hinter ihr standen Inspektor Kurz und sein Assistent Wiese in Uniform und sahen über Fräulein Haupts runde Schultern hinweg. Natürlich kannte Schönwetter alle Beamten des kleinen Mainheimer Reviers persönlich, es waren ja nur die zwei.

Es ging um Guy Meyfahrts Unfall. Sie hatten ihre Runde gedreht, waren im Freibad gewesen, hatten das Bademeisterehepaar Knüppel befragt und wollten nun die Unterlagen über die Ausschreibung, den Erwerb und die Montage des Dreimeterbretts einsehen. Schönwetter hörte sich alles in Ruhe an und merkte recht schnell, dass der Tag nicht nur schlecht begonnen hatte, sondern minütlich unerfreulicher wurde. Fieberhaft suchte er nach einer Möglichkeit, die Polizisten hinzuhalten, und als Fräulein Haupt klopfte, um den beiden Kaffee zu servieren, fragte er sie: »Wo haben wir denn die Unterlagen zu der Anschaffung des neuen Sprungbretts im Freibad, Fräulein Haupt?«

»Das wurde doch in vollem Umfang von der Cassada übernommen, soviel ich weiß. Und ich denke, die Unterlagen befinden sich alle noch bei der dortigen Buchhaltung.«

»Na also, meine Herren. Dann wissen Sie ja, an wen Sie sich wenden müssen.«

Schönwetter stand auf, zog seine Hose hoch, stopfte das Hemd hinein, stellte sich wieder ans Fenster und sah demonstrativ hinaus, um den beiden zu signalisieren, dass die Unterhaltung jetzt beendet sei.

»Ach übrigens, Herr Bürgermeister. Falls es Sie interessiert: Sein Zustand ist stabil.« Inspektor Kurz sah den Bürgermeister an und wartete auf eine Reaktion.

»Wer? Ach so, na, das ist doch die erste gute Nachricht des heutigen Tages!«, rief Schönwetter, hüstelte, klatschte in die Hände und hielt sie dann in einer Geste hoch, die ausdrückte: Vielleicht könne man nun endlich wieder zur Tagesordnung übergehen.

»Aber natürlich weiß man noch nicht, ob er bleibende Schäden davonträgt, und wir müssen den Unfall auf jeden Fall untersuchen, es muss ja alles seine Richtigkeit haben«, sagte Inspektor Kurz, der den Wink sehr wohl verstanden hatte.

Schönwetter nickte: »Selbstverständlich!«

Gerade als sie sich verabschiedeten, glaubte Schönwetter, ein weißes Kaninchen über die Straße hoppeln zu sehen. Aber es war so schnell im dichten Gebüsch verschwunden, dass er im nächsten Moment nicht mehr sicher war, ob er sich nicht getäuscht hatte.

CLAIRE

Den Vormittag hatten Claire, Tao und Huyen noch mit Doktor Lavalette verbracht. Die Ärztin gab sich viel Mühe mit ihnen, las ihnen weiter aus dem Kinderbuch vor, brachte ihnen die ersten deutschen Wörter bei: »Guten Tag, danke, bitte, Kartoffel, Apfel.« Sie nannte Claire die Bedeutung auf Französisch, und diese übersetzte sie den beiden kleineren Mädchen ins Vietnamesische. So viel Geduld und Aufmerksamkeit, wie sie von Doktor Lavalette bekamen, hatten sie vorher nicht gekannt. Bildung genoss in Vietnam zwar dank der Lehren des Konfuzius seit Jahrhunderten einen hohen Stellenwert. Und in der Bevölkerung herrschte das Bewusstsein, dass jeder – unabhängig von seinem sozialen Status – gesellschaftlich vorankommen konnte. Dabei ging es allerdings weniger um kritisches und individuelles Denken als um das Auswendiglernen. Die Lehrer waren streng und gingen kaum auf die Schwächen und Stärken der einzelnen Schüler ein. Den Satz des Konfuzius *Lernen, ohne zu denken, ist sinnlos, aber denken, ohne zu lernen, ist gefährlich* kannte jedes Grundschulkind.

»Sie sind sehr wissbegierig, alle drei!«, sagte Doktor Lavalette kurz vor dem Mittagessen zu Frau Rose, als sie in den Speisesaal kam, um nach ihnen zu sehen. Gleichzeitig öffnete sich eine Tür hinter der Essensausgabe. Ein strenger Geruch nach gekochten Linsen zog in den Raum. Zwei Frauen mit weißen Schürzen brachten große Metallbottiche herein und stellten die schweren Behälter auf der Theke ab. Doktor Lavalette stand auf, beugte sich näher zu Frau Roses Ohrmuschel und sprach mit gedämpfter Stimme weiter: »Alle drei machen sich gut. Aber Claire fällt mir besonders auf. Sie spricht fließend Französisch und scheint ein besonders aufgewecktes Kind zu sein, sie kann sich jeden Begriff auf Deutsch merken, wenn man ihn nur ein einziges Mal sagt.«

Claire spitzte die Ohren, als sie ihren Namen hörte, und hätte zu gerne gewusst, was die Frauen über sie redeten. Frau Rose lächelte sie an, es schien also etwas Gutes zu sein. Claire bewunderte ihre Eleganz und

Grazie. Auch heute trug sie wieder die Perlenkette, die Claire so gut gefiel, und es umgab sie ein weicher, moosiger Duft.

»Und sie kümmert sich rührend um die beiden jüngeren Mädchen«, fügte Doktor Lavalette hinzu. »Sie ist …«, Doktor Lavalette suchte nach dem passenden Ausdruck und senkte kurz ihre Lider, »… erstaunlich zivilisiert, und das nach allem, was sie mitgemacht hat.«

»Armes Ding!«, sagte Frau Rose. »Alle drei müssen eine schlimme Zeit hinter sich haben. Sehen wir zu, dass wir ihnen hier ein besseres Leben bieten.«

»Ich bin so gespannt, was wir bei ihr erreichen können«, sagte Doktor Lavalette, beugte sich nach vorne, klappte das Bilderbuch zu, woraufhin Tao ihr Gesicht so traurig verzog, als würde sie gleich weinen.

»Es ist ja nur für die Essenszeit!«, tröstete sie Doktor Lavalette auf Französisch. »Gleich kommen die anderen Mädchen in den Saal, und es wird laut und voll.«

Beide Frauen betrachteten Claire, als sie den beiden Jüngeren ihre Worte übersetzte und zum Schluss auf Deutsch hinzufügte: »Mittagessen.«

Tao und Huyen sprachen ihr nach, mit Stimmen hell wie Glöckchen.

Doktor Lavalette legte bedeutungsvoll die Stirn in Falten und nickte Frau Rose zu, als wolle sie sagen: »Sehen Sie, was ich meine?«

In dem Moment wurden die Schritte lauter, ein Summen wie in einem Bienenstock, das sich näherte und zu einem Stimmengewirr anschwoll, denn die anderen Mädchen stürmten den Speisesaal.

»Ich bitte euch!«, sagte Frau Rose. Nur ein kurzer Satz, dachte Claire und beobachtete erstaunt, wie abrupt die Mädchen daraufhin ruhig wurden, sich zu geraden Reihen ordneten. Wieder wirkte es wie ein eingeübter Tanz. Doktor Lavalette zog ihren weißen Kittel an, den sie über eine Stuhllehne gelegt hatte, und ging durch die Tür in den kleinen Raum hinter der Glasscheibe. Sie winkte Claire und den beiden Kleineren zu und bedeutete ihnen, ganz nach vorne zu kommen. Claire warf einen Seitenblick zu Sigrid, die die Lippen zusammenpresste und die Augen verdrehte. Sie wusste nicht, wie sie die Grimasse deuten sollte.

»*Voilà, c'est pour toi, Claire*«, sagte Doktor Lavalette und gab ihr einen der kleinen bereitgestellten Becher. Claire sah mit fragendem Blick von den beiden Tabletten am Grund des Becherchens zu Doktor Lavalette.

Diese nickte ihr aufmunternd zu und erklärte auf Französisch: »Das stärkt deinen Körper und regt deinen Geist an. Nimm ruhig beide auf einmal.«

Claire kippte sie herunter und schluckte.

»Gut gemacht!« Doktor Lavalette lächelte und hielt ihr zwei Rippen Vollmilchschokolade hin.

»*C'est bon?*«, fragte sie, als Claire die Schokolade in den Mund steckte.

»*Oui, c'est bon!*«, antwortete Claire.

Zum Mittagessen setzte sich Sigrid wieder neben sie, Frau Rose nahm Huyen und Tao mit an ihren Tisch. Die Linsensuppe schmeckte ungewohnt säuerlich, aber Claire mochte die kleinen Kartoffel- und Karottenstücke und fischte sie heraus.

»Du solltest lieber alles essen, sonst wirst du niemals adoptiert!«, flüsterte Sigrid. Als Claire nicht verstand, zeigte sie ihr, wie sie den letzten Rest Suppe mit einem Stück Brot aufwischte, sodass das weiße Porzellan strahlte, als sei es nie benutzt worden. Claire beschloss, es ihr einfach nachzumachen. Vielleicht war das überhaupt die beste Art und Weise, sich hier zurechtzufinden und das Wohlwollen der netten Menschen um sie herum zu verdienen.

Sigrid nickte und lächelte ihr Zahnlückenlächeln. Claire beugte den Kopf nach vorne, sah genauer hin: Ihre Zahnlücke war auf einmal viel größer als zuvor. Es wirkte, als würden ihr die zwei vorderen Schneidezähne fehlen. Sie blinzelte ein paarmal und war beruhigt, denn dadurch schloss sich die Lücke, wurde wieder so schmal wie die ihres Bruders.

Nach dem Mittagessen stand Claire auf und merkte plötzlich, dass etwas nicht stimmte. Ihre Knie fühlten sich weich an, kraftlos, als wären sie aus Gummi. Sie knickten weg, und sie musste sich mit beiden Händen auf der Tischplatte abstützen. Langsam sank sie zurück auf den Stuhl, konnte den Kopf kaum gerade halten. Er sackte nach hinten, dann nach vorne auf ihre Brust. Sigrids Gesicht erschien dicht vor ihrem, und dennoch verschwammen ihre Konturen. Sie sah das Mädchen mit dem breiten Gesicht wie durch einen Nebel, ihre Stimme klang verzerrt. Sigrids Mund sah aus wie ein Fischmaul, als sie zu ihr sagte: »Das geht allen so beim ersten Mal!«

Die Worte kamen verzögert bei Claire an und klangen wie Tierstimmen in der Nacht, dann wie das Schreien der Pelikanschwärme, die über dem Delta kreisten, wenn die Fischschwärme kamen. Verstehen konnte sie den Sinn ohnehin nicht.

Claire schloss kurz die Augen und hatte das Gefühl, als drehte sich alles. Da waren Kreise, Zacken und Blitze, die in rasendem Wechsel auf sie zukamen und wieder verschwanden, woraufhin sie einen kurzen erschreckten Laut ausstieß. Sie stand auf, machte einige Schritte, wankte und stieß so heftig gegen die Wand, dass sie zurückgeworfen wurde, fiel. Alles wurde schwarz.

Als sie die Augen wieder öffnete, war der Saal ganz leer, man hatte sie vollkommen allein gelassen. Sie fühlte, wie etwas an ihrem Mundwinkel herablief – ihr eigener Speichel. Verwundert starrte sie auf die eckige Form des Tischs, der sich mit einem Mal rundete, aus dem sich langsam ein behaarter Rücken erhob. Als würde ein Stromschlag durch ihre Glieder fahren, schoss Claire auf. Da stand ein Tier, das immer größer wurde, seine Reißzähne bleckte, das sich aufbäumte und den Kopf in ihre Richtung drehte. Die Augen glutrot. Geschah das wirklich? Stand sie hier mit wackeligen Knien und sich verkrampfendem Magen einem Raubtier gegenüber? Ihr Herz hämmerte, ihr Atem wurde flach. Sie hörte den lang gezogenen Schrei eines Kindes voller Todesangst, und er traf sie bis ins Mark. War das Huyen oder war es Tao? Der Schrei schien aus der Richtung hinter ihr zu kommen. Doch als sie sich umdrehte, realisierte sie, dass sie es selbst war, die aus Leibeskräften schrie.

DOKTOR LAVALETTE

Über dem Firmengelände der Ruberus AG ging die Sonne auf und zerriss den hauchdünnen Schleier frühmorgendlichen Nebels. Auf den Straßen zwischen den unzähligen Verwaltungs- und Produktionsgebäuden, Schornsteinen und Pipelines waren nur wenige Autos unterwegs. Ganz langsam erst erwachte der riesige Koloss des Chemieunternehmens zum Leben. Karin Lavalette stand am Fenster.

Ihr Büro lag im fünften Stock eines modernen Gebäudes, und dennoch konnte sie von hier nur einen Teil des Industrieparks überblicken. Normalerweise nahm sie sich jeden Morgen einen Moment Zeit, um sich die Veränderungen einzuprägen. Fast jeden Tag wurde an irgendeiner Stelle gebaut oder umgestaltet. Hier erschien ein neuer, höherer Schlot, dort wurde ein Gebäude aufgestockt, da verlegte man neue Leitungen. Schräg gegenüber lag H 500. Das größte Gebäude des Industrieparks spielte eine wichtige Rolle in der Medikamentenproduktion am Standort. Das zweihundert mal zweihundertfünfzig Meter große Fertigungsgebäude im Süden des Geländes war vor einigen Jahren in Betrieb genommen worden, um der ständig steigenden Nachfrage nach Arzneimitteln gerecht zu werden. Seit Ende der Sechzigerjahre wurden dort vor allem Dragees, Granulate, Kapseln, Cremes und Salben in großem Umfang hergestellt. Es gab kaum ein besseres Gefühl, als zuzusehen, wie die Ergebnisse ihrer jahrelangen Arbeit in heilenden, lindernden und lebensrettenden Medikamenten vom Fließband kamen. Einmal im Monat stattete sie der Produktionshalle einen Besuch ab, nur um sich über den Anblick der gigantischen Mengen zu freuen, die von hier aus in die ganze Welt verschickt wurden.

In den letzten Wochen war ihr Arbeitspensum immer größer geworden, ihre Anspannung wuchs täglich. Sie war sich sicher, kurz vor einer bahnbrechenden Entdeckung zu stehen, und hatte sogar schon Nächte durchgearbeitet. Sie ging zurück zu dem Mikroskop und setzte sich davor, legte die Augen an die beiden Sucher, drehte am Objektiv. Gleich anschließend machte sie sich Notizen. Dann glitt ihr Zeigefinger über die Spalten einer Tabelle. Zwischendurch griff sie zu einem ihrer bunten

Marker und strich eine Zahl an. Sie war so vertieft in ihre Arbeit, dass sie gar nicht merkte, dass sie beobachtet wurde.

»Sie machen das so gewissenhaft, das ist wohl Ihr Erfolgsrezept.« Es klopfte an die halb offen stehende Tür. »Darf ich?«

Karin sah hoch. »Oh, ich habe Sie gar nicht gesehen, Herr Zenker. Stehen Sie da schon lange?«

»Lange genug, um zu sehen, wie genau Sie es nehmen.«

Sie steckte die Kappe auf den Marker und legte ihn vor sich auf den Schreibtisch, genau in einer Reihe neben die anderen Farben.

Rudolph Zenker war in letzter Zeit schon öfter an ihrem Büro vorbeigekommen. Auch im Labor hatte er ihr hin und wieder über die Schulter gesehen. Aber dass er sie direkt ansprach, war neu.

»Sind Sie zufrieden mit den Ergebnissen? An was genau arbeiten Sie gerade?«

Karin wusste nicht, ob sie aufstehen sollte, wenn der Vorstandsvorsitzende, ihr oberster Chef, höchstpersönlich ihr Büro betrat. Vorsichtshalber erhob sie sich von ihrem Stuhl.

»Genau genommen sind es mehrere Projekte, die gleichzeitig laufen und in unterschiedlichen Stadien stecken.« Sie deutete durch das Fenster neben ihrer Bürotür, von wo aus sie in den Laborbereich sehen konnten. »Die Gruppe dort drüben arbeitet mit Hochdruck an der Entwicklung von Humaninsulin. Ausgangsmaterial ist Schweineinsulin, das sich von Humaninsulin nur in einer Aminosäure unterscheidet. Wir versuchen es mittels biochemischer Verfahren auszutauschen. Die Herstellung von halbsynthetischem Humaninsulin wäre ein enormer Durchbruch.«

Zenker betrachtete sie, während sie sprach, unterbrach sie nicht, sondern schien ihr all seine Aufmerksamkeit zu schenken. Sie konnte sich nicht daran erinnern, wann ihr Ehemann, Didier, ihr in den letzten Monaten auch nur ein einziges Mal so lange zugehört hätte. Er interessierte sich kaum für das, was sie tagsüber tat, in welche Projekte sie ihre Leidenschaft steckte, was sie antrieb, zeigte indessen übertriebenes Mitleid mit den Labortieren, wie sie fand. Wo sollten denn die Medikamente herkommen, die all die grausamen Krankheiten heilen können, hatte sie ihn mehrmals gefragt. Selbst wenn sie über Alltagsdinge sprachen, wurde er zunehmend ungeduldig und barsch.

»Ein neues Antibiotikum ist noch in der allerersten Testphase. Bei unseren Labormäusen schlägt es überragend an, aber die Nebenwirkungen sind überproportional.«

»Das klingt spannend, ich wundere mich, wie Sie das mit Ihrer geringen Arbeitszeit alles unter einen Hut kriegen. Sie arbeiten doch in Teilzeit bei Ruberus.«

Karin biss sich auf die Lippen, und ihm fiel auf, was für eine schöne blassrosa Farbe sie hatten, vollkommen ungeschminkt, so wie er es mochte.

»Ich bin noch in einer Praxis für Allgemeinmedizin in Mainheim tätig, und jeden zweiten Tag sehe ich im Kinderheim nach dem Rechten.«

Er senkte die Stimme und gab ihr etwas Weiches, als er wiederholte: »Im Kinderheim.«

Sie nickte.

»Sagen Sie bitte Bescheid, sobald Sie Ihren Vertrag bei uns aufstocken möchten. Ich habe dafür ein offenes Ohr.«

Der Vorstandsvorsitzende persönlich hatte für eine unbedeutende Laborärztin ein offenes Ohr?

»Bitte fahren Sie fort, ich glaube, ich hatte Sie unterbrochen bei der Schilderung Ihrer Projekte.«

Mit einer Fingerdrehung untermalte er seine Bitte.

»Bei einem Medikament im Bereich der Psychopharmaka sind wir in der klinischen Phase. Das ist sozusagen mein Baby, wenn ich das so nennen darf. Ein stark wirksames Neuroleptikum mit dem Wirkstoff Perphenazin.« Sie sah ihm in die grauen Augen und merkte, wie in ihrem Kopf sofort eine Diagnose ablief. Seine hervorstehenden Augäpfel waren ein sicheres Symptom einer Schilddrüsenüberfunktion. Sollte sie ihn darauf ansprechen? Aber vermutlich war er doch deshalb bereits in Behandlung! Er wartete ein paar Sekunden, während sie ihn musterte und schwieg. »Ich hoffe, Sie haben alles, was Sie brauchen? Wir könnten eine Erfolgsmeldung auf dem Gebiet der Arzneimittelforschung und einige Neuzulassungen gut gebrauchen. Die Aktionäre erwarten Erfolge.«

»Die Zeiträume werden leider immer länger, bis die Mittel marktreif sind.«

Er beugte sich nach vorne und griff nach einem ihrer Marker. »Sind die jetzt gerade *in?*«

Karin lächelte. »Ich finde sie praktisch. Sie können sie gerne mitnehmen. Die sind Eigentum der Firma.«

Mit einem erschrockenen Ausdruck im Gesicht legte er ihn rasch wieder an seinen Platz. »Um Himmels willen! Alles, was Ihnen bei der Arbeit hilft, sollen Sie haben.«

Karin schloss kurz die Augen. »Wenn ich ehrlich bin, gäbe es da etwas.«

»Was ist es?«

»Unsere Studien müssten viel breiter angelegt werden. Schon in frühem Stadium sollten wir möglichst viele Wirbeltiere nutzen können, erst ab einer fünfstelligen Zahl wird die Forschungsreihe repräsentativ. Wir liegen im Moment noch weit darunter und brauchen deshalb zu lange. Und wir benötigen …«

Sie stockte einen Moment, aber er merkte, dass es ein rhetorisches Zögern war. Sie wusste ganz genau, was sie tat, was sie sagte, was sie wollte. Nichts geschah grundlos. Er war auf sie aufmerksam geworden, als er ihr eines Morgens im Fahrstuhl des Hauptgebäudes begegnet war, hatte Erkundigungen über sie eingeholt. Denn die schlanke Frau mit den schulterlangen lockigen Haaren und dem schlichten Kleid hatte ihn fasziniert, vom ersten Moment an.

»Was?«, fragte er.

»Mehr Hunde.«

Er presste die Lippen aufeinander und nickte, schloss die Lider für einen Moment. Diese Frau war erstaunlich. Ihre Selbstsicherheit, ihr ganzes Streben empfand er als aufregend und verheißungsvoll.

Karin fiel auf, dass die Lider seine Augen gar nicht ganz bedeckten. Wie konnte man so überhaupt schlafen?

»Gut, dass wir darüber gesprochen haben. Ich werde mir etwas einfallen lassen.«

Sie sah kurz auf ihre Hände, griff aus einem Automatismus heraus an den Ringfinger, und ihr wurde bewusst, dass er nackt war, dass sie den Ring seit einer Woche nicht mehr trug. Denn ihre Ehe war gescheitert. Offenbar hatte Zenker die Geste bemerkt.

»Kann ich sonst noch etwas für Sie tun?«, fragte er.

»Nein danke, nichts.«

Er machte einen Schritt nach vorne, schloss die Tür hinter sich und dämpfte die Stimme.

»Könnte ich Sie einmal zum Essen ausführen? Es wäre mir eine Freude.«

Karin wollte gerade den Mund öffnen und ablehnen, doch dann dachte sie an ihren Ehemann Didier, an die letzte hässliche Auseinandersetzung, an seine Vorwürfe, sie sei mit der Forschung, mit ihrem Beruf verheiratet und nicht mit ihm, an das Knallen der Tür, nachdem er mit zwei Koffern ihre gemeinsame Wohnung verlassen hatte. Sie sah in die Augen von Zenker, die immer wirkten, als reiße er sie weit auf. Sein dünner Hals, der aus dem blütenweißen Kragen seines Maßhemds ragte, wirkte ein wenig wie der einer Pute. Er war kein attraktiver Mann, aber er hatte Macht, Einfluss und Forschungsgelder, in größerem Ausmaß, als sie sich jemals träumen lassen konnte. Hier stand ein Mann, der sich offenbar für sie interessierte und der ihre Ambitionen teilte. Ihr Erfolg war sein Erfolg. Mit seinen grenzenlosen Ressourcen und ihrem Ehrgeiz könnte sie es weit bringen, weiter, als sie jemals dachte.

»Einverstanden«, sagte sie. »Wann und wo?«

CARO

Auf dem Heimweg wäre sie zu gerne bei Minka vorbeigegangen, um zu fragen, ob sie Neuigkeiten hatte. Aber etwas hielt sie zurück. Die Vorstellung, bei ihr zu klingeln und womöglich ihrer strengen Mutter oder noch schlimmer dem Bürgermeister gegenüberzustehen, war ihr heute gar nicht geheuer. Außer Minka wollte sie niemanden sehen, lieber ihren eigenen Gedanken nachgehen. Das Gefühl des Verlusts war jetzt übermächtiger als gestern. Sie hatte Guy verloren und das Kaninchen.

Zurück zu Hause, vermied es Caro, von den anderen bemerkt zu werden, was in einer Großfamilie nicht leicht war. Sie wähnte alle in der Küche im Souterrain und wurde von ihrem jüngeren Bruder Fitzi überrascht, der schon vor drei Uhr einen Freund zu Besuch hatte. Aus der offenen Tür, die zum Dachboden führte, kamen ihr beide Jungs mit lautem Geheule entgegengeschossen. Sie hatten ausrangierte Matratzen auf die steile Treppe gelegt und rutschten sie kreischend in allen erdenklichen Positionen hinunter. Eigentlich hatte sie sich in ihr Zimmer verkriechen wollen, aber die Dachbodentreppe lag genau daneben, und hier war es ihr zu laut. Also holte sie ihr Notizbuch aus dem Geheimfach, und weil sie Hunger hatte, nahm sie ein angebrochenes Glas mit Silberzwiebeln aus dem Einbauschrank. In dem Glas steckte praktischerweise noch eine Gabel. Sie hielt sich immer einen kleinen Vorrat an Mixed Pickles oder gezuckerten Dosenmandarinen in ihrem Zimmer, weil es Tage gab wie diese, an denen sie den gemeinsamen Mahlzeiten entfloh.

Ihr fiel ein, dass sie sich bald einen zweiten Vorrat zulegen musste – mit Futter für das neue Kaninchen. Kurz ließ sie den Blick in ihrem Zimmer umherwandern. Wo sollte sie es verstecken? Unter dem Bett? Ihr weiß lackiertes schlichtes Bettgestell war nur zwanzig Zentimeter hoch, es erschien ihr zu niedrig, zu stickig darunter. Hinter dem Vorhang mit dem knalligen Blumenmuster, der bis auf den Boden fiel? Vielleicht. Oder im Einbauschrank, aber dann musste die Tür einen Spalt weit offen bleiben.

In welchem Behältnis konnte sie das Tier halten, ohne dass es litt, es sollte sich ja bei ihr wohlfühlen – und ohne dass es entdeckt wurde? In einem Pappkarton? Sie würde abwarten, bis ihre Familie aus der Küche kam, und dann möglichst unauffällig im Vorratskeller alles Nötige zusammenklauben.

Caro ging rasch an den beiden Jungs vorbei, hinunter ins Arbeitszimmer. Dort suchte sie sich gezielt zwei Bände des Brockhaus aus – mehr konnte sie nicht tragen –, öffnete die Terrassentür und legte sich damit bäuchlings auf die Hollywoodschaukel. Sofort bewegte sich die Bank hin und her, die Feder quietschte leicht. Die Schaukel war erst voriges Wochenende aus dem Gartenschupppen geholt worden, und keiner hatte sich darum gekümmert, die Aufhängung zu ölen. Toxy, die Boxerhündin von Schönwetters, deren Zwinger direkt hinter der rechten Pappel an der Grundstücksgrenze lag, gab ein Grollen von sich.

»Sei ruhig, Toxy!«, sagte Caro. »Ich bin's doch nur, die Caro!«

Als würde sie ihre Stimme tatsächlich kennen, verstummte die Hündin.

Es war zwar immer noch kühl, und die Dunstglocke über Mainheim hatte sich nicht gelöst. Aber anscheinend war der Conchiervorgang in der Cassadafabrik für den heutigen Tag abgeschlossen, und es kamen keine neuen Ausdünstungen mehr dazu. Dadurch war der Schokoladenduft milder, weicher.

Diese Art Stille war selten. Keine einzige Vogelstimme war zu hören, und das im Frühling, wo die vielen Singvögel in den Gärten manchmal so laut zwitscherten, dass sie das Fenster schließen musste, um sich zu konzentrieren. Heute schwiegen selbst die Krähen. Caro hörte ihren eigenen Atem und fröstelte in ihrer dünnen Jerseybluse. Sie ließ die Bände auf der Schaukelauflage liegen und holte sich eine gehäkelte Decke vom Sofa. Dann angelte sie sich einige Silberzwiebeln aus dem Glas und begann, endlich die Worte nachzuschlagen.

Konstruktiv ... Misstrauensvotum. Sie las die Beschreibung ohne sonderliches Interesse, mehr aus einer Art Routine heraus. Es war eine Gewohnheit, alle Fremdwörter, die sie hörte, nachzusehen und sich ihre Bedeutung zu merken. Sie hätte gar nicht sagen können, seit wann sie das tat, und sie stellte es auch niemals infrage. Vielleicht hatte sie die

Marotte ungefähr zur gleichen Zeit entwickelt, wie sie begonnen hatte, ihre ersten kleinen Geschichten zu schreiben. Als sie vor zwei Jahren angefangen hatte, vorsichtig den Quell aller Geheimnisse zu erkunden, die sich hinter Worten, Sprache und einer schöpferischen Gabe verbargen. Sie merkte, wie ihre Gedanken schon wieder im Begriff waren, sich zusammenzuballen, das Erlebte verarbeiteten, einen Anfang suchten, den gefundenen sogleich wieder verwarfen und wie ein Schwarm aufgescheuchter Sperlinge, die sie manchmal in der Dämmerung im Garten beobachtete, zum nächsten möglichen ersten Satz flatterten. Es gab so unendlich viele Varianten, die Idee war noch viel zu zart, zu fragil und womöglich sogar zu beschämend, als dass man sie schon hätte niederschreiben können. Und wie nah sollte sie bei der Wahrheit bleiben? Sie stellte das Glas auf den Terrassenfliesen ab, nahm ihren Pelikanfüller, steckte die Kappe auf das Ende, tippte sich mit dem Clip an den Mund, mochte das kühle Metall auf ihrer Oberlippe.

Sobald sie in Versuchung kam, Gefühle eines ihrer Protagonisten niederzuschreiben, spürte sie eine unerklärliche Hemmung. Beschrieb sie die Fehler einer ihrer Figuren, musste der Leser nicht automatisch vermuten, sie meine ihre eigenen Charaktereigenschaften? Als sie schließlich ihr Notizbuch aufschlug, es vorsichtig auseinanderdrückte, damit die Seiten nicht aus dem Leim gingen, war der erste Satz in ihrem Kopf schon fertig geformt. Was keinesfalls hieß, dass sie bereits eine Vorstellung von sämtlichen Schicksalen, geschweige denn den Handlungssträngen und deren Auflösung hatte. Es sollte doch ungefähr anderen Geschichten gleichen, die es bereits gab, aber doch nicht so ähnlich sein, dass jemand auf die Idee käme, sie hätte keine eigene Fantasie. Der neue Pelikanfüller ruhte in ihrer Hand, als wartete er nur darauf, endlich die Worte zu Papier zu bringen, die ihr das Leben selbst diktierte.

Subjekt, Prädikat, Objekt.

Sie setzte die blaue Federspitze an, hielt inne und musste lächeln, als ihr eine der Aussagen ihrer Deutschlehrerin, Frau Narrten, in den Sinn kam: Es gebe doch tatsächlich Leute, die glaubten, sie könnten schreiben, weil sie sprechen könnten. Andere wiederum dachten, man könne schreiben, weil man Lesen gelernt habe. Dann gebe es noch jene, die der Ansicht seien, es handele sich um eine Fähigkeit, die jeder besaß; diese schrieben einfach drauflos, ohne auch nur mit den Grundzügen der deutschen Sprache vertraut zu sein. Die grundlegende sprachliche Einheit sei der Satz. Das schließe Ein-Wort-Äußerungen, Ausrufe, Flüche, Schimpfwörter und andere unbeholfene Versuche, Gefühle auszudrücken, aus. Der Satz bestehe aus Subjekt, Prädikat, Objekt und einem abgeschlossenen Gedanken.

Caro schrieb und genoss das Geräusch der kratzenden Feder auf dem Papier, sah fasziniert dem blauen Faden zu, der wie von selbst aus der silbrigen Spitze herausspulte.

Guy Meyfahrt kam aus Vietnam, dem schönsten Land der Erde, mit endlosen jadegrünen Reisfeldern. Pittoreske Dörfer lagen in Bambushainen und wurden von Palmen beschattet. In der Ferne lagen die blauen Regenwälder, die wie das Paradies aussahen.

Wieso musste er dieses wunderschöne Land verlassen? Weil in dem Land Krieg war.

Es waren die Sätze, mit denen Guy ihr sein Land beschrieben hatte, und sie hatte sie sich ziemlich genau gemerkt. Würde er es gutheißen, wenn sie sie verwendete? Sie nickte und sagte laut zu sich selbst: »Das wird er. Er wird sich sogar freuen!«

Aber um ihm die nötige Würdigung zuteilwerden zu lassen, nahm sie ihren Tintenkiller, radierte die ersten vier Wörter aus, schrieb hinter das Wort Vietnam *»ist das«*, passte den restlichen Text an, setzte alles ins Präsens und schrieb in kleinerer Schrift seinen Namen darunter. Sie hatte es so schon in einigen Romanen gesehen: Es gab den Worten ein besonderes Gewicht, wenn sie kleiner und kursiv gedruckt als Zitat rechts oben in der Ecke dem Text vorangestellt waren.

Während Minka sich vor allem für die gruseligen Details von Guys Kriegserlebnissen interessierte, war Caro von seinen Landschaftsbeschreibungen fasziniert. Den Ausdruck »pittoresk« hatte sie allerdings selbst hinzugefügt. Es war ein neues Fremdwort, das sie kürzlich nachgeschlagen hatte, als sie wieder einmal einen Nachmittag mit dem Wälzen des Brockhaus verbracht hatte. Aber dennoch stellte sich ihr die Frage: Wie hatte er so schnell und so gut Deutsch lernen können?

Sie betrachtete die Wolkenformation an dem Streifen Himmel zwischen den Fichten und unter den Troddeln des verblichenen Sonnendachs der Hollywoodschaukel. Das Wetter würde sich bald ändern.

Caro war sich sicher, dass beispielsweise Markus niemals in der Lage sein würde, sein Heimatland mit solchen Worten zu beschreiben, es würde ihm auch gar nicht in den Sinn kommen, es nur ansatzweise zu versuchen, und das, obwohl er inmitten der Rosenfelder aufgewachsen war. Aber auch von ihren Geschwistern gab es keines, das eine so eigenwillige Fantasie besaß und eine annähernd gleichwertige Leidenschaft für das Schreiben hatte. Sicher wusste ihr ältester Bruder Erne ebenfalls geschickt mit Worten umzugehen, Habu womöglich auch, beide jedoch auf weit nüchternerer Ebene. Ihre Familie unterstützte sie bei ihren schriftstellerischen Bemühungen, ließ sie sogar an manchen Abenden im geheiligten Wohnzimmer, das nur ganz selten betreten wurde, ihre Geschichten vortragen, denn die Wohnküche erschien ihrer Mutter dafür zu profan. Doch bei diesen Gelegenheiten hatte Caro schon häufiger feststellen müssen, dass nicht jede Form der Zustimmung auch zu der erhofften Euphorie bei einer Autorin führen musste. Gerade der Anflug von Herablassung, den sie mitunter in den Kommentaren von Erne und Habu spürte, gepaart mit der vollkommen überzogenen Begeisterung von Tini und ihrer Mutter, hinterließen häufiger einen faden Beigeschmack. Sie nahm sich deshalb vor, ihre neue Geschichte auch nach Fertigstellung vorerst im Verborgenen zu belassen. Schreiben würde immer etwas Heimliches haben, und es reichte ihr, im Stillen glücklich zu sein.

»Hey, Caro!«, hörte sie plötzlich jemanden aus der hinteren linken Ecke des Gartens rufen. Und natürlich folgte Hundegebell. Auch auf dieser Seite stand eine riesige Pappel direkt an der Grundstücksgrenze. Zwischen die markanten Laubbäume hatte ihr Vater bei ihrem Einzug eine Reihe Fichten pflanzen lassen, die nun schon an die acht Meter hoch waren. Caro wickelte sich aus ihrer Decke und lief über die quadratische, ordentlich gemähte Rasenfläche in den hinteren Teil des Gartens. Sie streifte die herzförmigen Blätter der Pappel mit der tief angesetzten Krone, die direkt auf der Grundstücksgrenze stand, strich über die flaumigen Härchen der Zweige, legte ihre Hand auf die dunkle Rinde. Hier hatten sie noch vor Kurzem ein Herz eingeritzt:

Caro und Minka
1972
Freunde für immer

Minka stand mit ihren rot-beigen Kickers-Schuhen im Stiefmütterchenbeet, das auf der Schönwetterschen Seite bis an den Maschendrahtzaun heranreichte. Beide hatten es schon oft bedauert, dass es kein Tor gab und er zum Darüberklettern zu hoch war. Aber ihre Väter hatten auch ein hineingeschnittenes Loch sofort wieder reparieren lassen. Vor allem der Hunde wegen, hieß es.

»Hast du schon gehört? Guy ist über den Berg.«

Über den Berg!

Natürlich kannte Caro die Redensart, ihre Merkwürdigkeit fiel vermutlich nur ihr auf. Manchmal empfand sie es als Last, ständig über Wörter und Sätze nachdenken zu müssen.

»Woher weißt du das?«, fragte sie.

»Die Polizei war hier.«

»Die Polizei? Warum?«

Minka zuckte mit den Schultern. Sie würden den Unfallhergang untersuchen.

»Was heißt das genau: ›Über den Berg‹, ist er wieder zu Hause?«, fragte Caro.

»Nein, er ist noch im Krankenhaus, und besuchen dürfen wir ihn auch noch nicht.«

Caro fand die Antwort unbefriedigend, aber wenn sie so eine Auskunft gaben, würde sie sich wohl damit abfinden müssen, und es war bei Weitem besser als das, was sie gestern Abend von ihren Eltern gehört hatte. Sie war an der angelehnten Wohnzimmertür vorbeigegangen, als der Name gefallen war. Natürlich war sie stehen geblieben, bemüht, jedes Geräusch zu vermeiden, um dem Gesagten zu lauschen. Ihre Mutter hatte mit schwacher Stimme, voller Mitgefühl gesprochen, und Caro wusste nur zu gut, dass solche Äußerungen bei ihr immer echt waren und aus tiefstem Herzen kamen.

Der arme Junge liege mit einem Schädelbruch auf der Intensivstation und man wisse gar nicht, ob er jemals wieder aufwachen werde, und selbst wenn, wie es dann um ihn stehe, wie es mit ihm weitergehe.

»Also du meinst, er wird wieder ganz gesund?«, fragte Caro.

»Dazu haben sie nichts gesagt. Aber er lebt.«

Die vagen Andeutungen trugen nicht dazu bei, die drückende Last von ihrer Seele zu nehmen. Und ausgerechnet vor ihrer besten Freundin war es ihr unangenehm, sich zu deutlich um Guys Wohlergehen zu sorgen, sie versuchte es mit einer anderen Frage: »Und was haben die Polizisten so gefragt?«

»Ach, nur nach dem Sprungbrett.« Minka blies sich ihren Fransenpony aus dem Gesicht und kam ein Stück näher. »Ist dir auch aufgefallen, dass das Brett viel stärker gefedert hat als sonst, dass er nach vorne geschossen ist wie eine Rakete?«

Caro sah ihre Freundin einen Moment lang an, als hätte sie nicht recht verstanden, was die andere gesagt hatte. Aber tatsächlich überlegte sie, ob Minka wirklich nichts von dem neuen Sprungbrett wusste. Denn ihr selbst war der Umstand bekannt gewesen. Aber wohl nur, weil ihr Vater es einmal bei den gemeinsamen Mahlzeiten erwähnt hatte.

»Das neue Brett ist doch extra darauf ausgelegt. Das ist der Sinn, es federt viel mehr als das alte.«

Minka riss die Augen auf: »Das Sprungbrett war neu?«

»Es wurde gerade erst eingebaut, mein Vater hat es irgendwann erwähnt, im Grunde ging es um das Wassersprung-Training des Schwimmvereins, damit sie es auch hier bei uns in Mainheim absolvieren können und nicht immer nach Frankfurt fahren müssen.«

Sie kratzte sich am Nasenflügel und atmete plötzlich tief ein. Jetzt verstand sie selbst erst die weitreichende Bedeutung der Zusammenhänge: »Du meinst, es lag an dem neuen Brett? Dass er deshalb zu nah an den Beckenrand gekommen ist?«

Minka nickte: »Allerdings! Ich wusste nur nicht, dass es neu war, aber es lag sicher an dem Brett. Und so ähnlich habe ich es auch den Polizisten gesagt.«

Caro dachte einen Augenblick nach, und intuitiv hatte sie das Gefühl, die Folgen dieser scheinbar unbedeutenden Aussage ihrer Freundin könnten für sie alle schmerzlich werden.

PHILIPP STERN

Philipp Stern war niemand, der Schwierigkeiten aus dem Weg ging. Ganz im Gegenteil. Er hatte die Cassada von seinem Vater übernommen, dieser von seinem, und der wiederum von seinem Vater. Er führte das Unternehmen in vierter Generation. Was mit dem kleinen Confiseriegeschäft seines Urgroßvaters in Berlin begonnen hatte, war erst durch seinen Vater, Konrad Stern, zu einer erfolgreichen Schokoladenfabrik mit Marktführungsanspruch geworden. Im Juli des Jahres 1949 hatte die Cassada AG, als Antwort auf die Berlin-Blockade, ihren Firmensitz nach Mainheim in eine ehemalige Zuckerfabrik verlegt. Den Ruf, der Sohn könne ebenso die Ärmel hochkrempeln und Krisen mit nahezu schlafwandlerischer Sicherheit meistern wie sein Vater, hatte Philipp sich hart erarbeitet. Konrad Stern hatte ihn immer da eingesetzt, wo es brenzlig wurde. Seit Mitte der Sechzigerjahre waren für die Cassada, so wie für alle Schokoladenhersteller, schwierige Zeiten angebrochen, und man suchte nach Wegen aus der Krise. Die Lust auf Schokolade ließ sich kaum mehr steigern, man gelangte an eine gewisse natürliche Grenze des erreichbaren Verzehrs. Schokolade war Glücklichmacher, Tröster und beliebter Snack für zwischendurch. Doch immer mehr Deutsche hatten bereits mit den Folgen ihrer zucker- und fettreichen Ernährung zu kämpfen. Pa ging es – sehr zu seinem Leidwesen – selbst nicht anders. Der Umsatz der Cassada war um neun Prozent zurückgegangen, der Wettbewerbsdruck nahm immer mehr zu, und die Preise für Rohkakao waren hoch.

Doch es gab ein Zauberwort: Es hieß Rationalisierung, und darin war Pa ein Meister.

Als er 1968 die Führung übernommen hatte, hatte er in kürzester Zeit dafür gesorgt, dass das Werk um ein Hochregallager für Fertigwaren mit einer Paletten-Stapel-Anlage erweitert wurde, die automatisch mithilfe von Lochkarten gesteuert wurde. Nun konnte eine Person allein eine ganze Halle bedienen, in der dreitausend Tonnen Schokolade lagerten. Hinzu kamen die neuen Verpackungsmaschinen, die tausendsechshundert Schokoladentafeln pro Minute in zwei Schichten Papier einwickelten. Die Beschäftigten begannen erstmals, sich Sorgen um ihre Arbeitsplätze zu machen. Doch Pa bemühte sich in der Werkszeitung, sie mit dem Argument zu beruhigen, Rationalisierung diene in erster Linie dem Erhalt der Wettbewerbsfähigkeit des Unternehmens.

Es war keine leere Floskel, sondern seine Überzeugung.

Niemand wurde entlassen, sondern in enger Abstimmung mit dem Betriebsrat beschäftigte er die Lagerarbeiter in anderen Bereichen.

Gleichzeitig machte er sich an die Neugestaltung des Markenauftritts. Er setzte auf die Sympathiewerte von Prominenten, um den Absatz anzukurbeln. Beliebte Schauspieler wie Marika Rökk, Romy Schneider und Willy Millowitsch, sogar der Boxer Max Schmeling wurden zu Markenbotschaftern und zeigten sich in Illustrierten beim Genuss von Cassada-Schokolade. 1970 war das Jahr, in dem sein Vater starb. Es war auch das Jahr, in dem Pa den Umsatz gegenüber dem Vorjahr tatsächlich wieder um 3,5 Prozent steigerte. Doch das reichte nicht, um wieder in die Gewinnzone zu gelangen. Der Druck wurde stärker. Es mussten weitere Rationalisierungsmaßnahmen folgen.

Seit den 1920er-Jahren war die Cassada eine Welt für sich gewesen. Die vielfältigen Funktionen der Beschäftigten im Betrieb erinnerten an eine große Familie. Noch immer gab es neben den Arbeitern und Arbeiterinnen in der Produktion werkseigene Fahrer. Da waren Konditoren, Verwaltungsangestellte und sogar eine eigene Werksfeuerwehr. Man leistete sich Pförtner, Wächter, Beschäftigte im Versand, Reinigungsfrauen, Fensterputzer, eine Wäscherei und Plätterei sowie eigene Werkstätten.

Ein großer Teil der Arbeitskräfte waren Frauen. Sie mochten den Generaldirektor, und manche nannten ihn heimlich Heinz, denn mit seinen rundlichen Formen und den dicken Brillengläsern sah er dem beliebten Schauspieler Heinz Erhardt aus den Fünfzigerjahren ähnlich. Und Pa mochte seine Mitarbeiter. Nahezu immer hatte er ein nettes Wort für sie übrig, wenn er durch die Werkshallen ging. Von vielen hatte er sich die Namen gemerkt, teilweise sogar die ihrer Kinder. Wenn er es nicht war, der sich für ihre Schicksale interessierte, war es Ma, die so gar nicht wie eine Direktoren-Gattin wirkte. Manchmal kam sie während der Mittagspause auf die Kantinenterrasse und unterhielt sich mit den Arbeiterinnen, lud sie zur Bibelstunde und ihre Kinder zur Jungschar ein. Jeder wusste, dass sie regelmäßig spendete – für das neue Jugendzentrum – für das evangelische Kinderheim, und sich für bessere Arbeitszeiten der Frauen und Lohngleichheit einsetzte. Noch immer wurde es als besondere Auszeichnung empfunden, bei der Cassada beschäftigt zu sein. Aus Stolz auf ihren angesehenen Arbeitgeber hatten sich die Angestellten selbst schon vor Jahren den Namen *Cassadiner* gegeben. Nicht selten kam es vor, dass die Fachkräfte ihr ganzes Berufsleben bei der Cassada verbrachten.

Als Pa heute den alten Backsteinbau betrat, in dem die zweite von drei Produktionshallen lag, war ihm dies alles deutlicher bewusst als an jedem anderen Tag seiner bisherigen Laufbahn.

Es war ihm schwer ums Herz.

Er versuchte, sich auf seine bevorstehende Aufgabe zu fokussieren, zog die kleine Tür in dem hohen Holztor hinter sich zu, und sofort hüllte ihn der charakteristische Geruch ein. Obwohl Pa so gut über seine neunundsechzig flüchtigen Aromastoffe Bescheid wusste wie nur wenige andere – schließlich hatte er Forscher damit beauftragt, alle Schlüsselkomponenten des Schoko-Dufts, die die Riechschwelle überschritten, herauszufinden –, konnte er sich dem betörenden Angriff auf die Sinne nicht entziehen. Der schokoladige Duft hier im Inneren der Fabrik unterschied sich deutlich von dem, der durch die beiden hohen Schlote nach draußen getragen wurde. Erstaunlicherweise war er um viele Nuancen sanfter. Pa ließ den Türknauf los und blieb einen Moment lang stehen. Den Grundstock des Geruchs bildeten die malzigen, fast erdigen Aromen der gerösteten Kakaobohne. Sie wurden von einigen buttrigen karamell- und honigartigen Duftmolekülen bis hin zu einer leichten Bananen- und Vanillekomponente abgemildert. Die Botenstoffe wurden sogleich über die feine Zellschicht der Riechepithel in der Nase hinauf in die empfänglichsten Regionen des Gehirns getragen und sorgten bei Pa wie bei fast allen Menschen dafür, dass ihm das Wasser im Mund zusammenlief.

Er passierte die acht Meter breite Walzenanlage, in der die Schokoladenmasse aus Kakaobohnen, Butter, Milchzucker, Zucker und Vanille im ersten Durchgang zusammengedrückt wurde, um die kleinen Kakaobohnenbröckchen weiter zu zerkleinern. Noch intensiver roch die neunzigprozentige Schokoladenzubereitung in der Walze auf der gegenüberliegenden Seite des Ganges. Die Masse, die dort aus der Walze in das Auffangbecken tropfte, war schon weitaus fester und dunkler. Das Fett ummantelte die kleinen Bröckchen, sie wurden geschmeidiger, glatter und glänzender. Er nickte dem Vorarbeiter, Köster, zu, fragte ihn, ob alles in Ordnung sei, wie es seiner Frau und den Kindern gehe, und schlenderte weiter zur nächsten Walze, aus der die Masse in Form von ganz feinen Schokoladenraspeln auf ein Fließband fiel und nach oben zu den Conchen transportiert wurde. Im Geiste ging er bereits die Liste der Namen durch, die zusammengefaltet in seiner Brusttasche steckte. Der des Vorarbeiters stand nicht darauf, da war er sich sicher. Er war ein guter Mann, seine Tätigkeit war nicht ersetzbar.

Die riesigen silberfarbenen Behälter im oberen Teil der Halle waren zwar mit einem Zugang aus Gitterrosten und Leitern an der Seite versehen, doch der Vorgang lief vollautomatisch ab, und hineinsehen konnte man nicht. Dennoch stieg Pa jetzt die steile Gittertreppe hinauf, denn von hier oben hatte man den besten Überblick über die gesamte Produktionshalle I. Die hochmoderne Anlage stellte einen Anachronismus zu dem alten Gemäuer dar, in dem sie untergebracht war. Die Pläne der neuen Fabrikhalle lagen schon viel zu lange bei der unteren Baubehörde und warteten auf ihre Genehmigung. Pa war sicher, dass es allein der Sturheit von Schönwetter geschuldet war, dass sich der Prozess über Jahre hinzog. Er spürte die Hitze, die von den Conchen ausging, und merkte, wie sie seine merkwürdige Stimmungslage, ein innerer Kampf zwischen Rigorosität und nervösem Zaudern, noch schürte. Die geschlossenen Bottiche hatten in den Anfängen der Schokoladenfabrikation im Längsschnitt das Aussehen von Muscheln gehabt und wurden deshalb ursprünglich *la concha* genannt – wie das spanische Wort für Muschel. Im Lager der Cassada wurden noch einige ältere Modelle aufbewahrt, denn Pa hatte bereits den Gedanken ins Auge gefasst, eines Tages ein Cassada-Museum einzurichten. Er stand jetzt neben seiner – mit über sechs Metern Durchmesser – größten Conche und lauschte auf das rhythmische Klackern der Walze in ihrem Innern. Normalerweise klang es wie Musik in seinen Ohren. Hier entstand die Milchschokolade: der uneingeschränkte Kassenschlager der Cassada. Auch wenn Pa selbst die dunkle neunzigprozentige bevorzugte, verlangte die Mehrheit der Verbraucher nach dem süßen Genuss. Durch die Zugabe von Milch, Sahne und noch mehr Zucker wurde die Schokolade feiner, rahmiger, süßer –

und billiger. Denn der teure Rohstoff Kakao konnte darin teilweise durch die günstigen Zutaten aus heimischer Produktion ersetzt werden. Ein Umstand, der Pa wieder an seine unliebsame Aufgabe erinnerte: Kostentreiber identifizieren und ausmerzen.

Er ließ die Augen über die Walzen und Laufbänder gleiten, betrachtete die Arbeiter. Hier waren weit weniger Mitarbeiter beschäftigt als in der Qualitätskontrolle. Die Automatisierung der Vorgänge hatte bereits zu zahlreichen Versetzungen geführt. Doch zu viele Mechaniker machten ihre Kontrollgänge, warteten verschleißträchtige Maschinenteile. Auf Anhieb sah Pa von hier oben drei Arbeiter, die er heute würde entlassen müssen. Was würde seine Frau dazu sagen, wenn sie davon wüsste? Würde sie es verstehen und ihm verzeihen? Er begann zu schwitzen.

In der Conche wurde die Masse auf fünfundsechzig Grad Celsius erhitzt, dadurch verflüssigte sie sich. Dabei wurde sie wiederum ununterbrochen gewalzt, gewalzt, gewalzt. Erst bei diesem Vorgang setzte sie die charakteristischen Geschmacks- und Geruchsaromen frei, die mit dem Genuss von Schokolade so unverbrüchlich verbunden waren. Je länger der Vorgang des Conchierens dauerte, den der Schweizer Rodolphe Lindt im Jahr 1879 erfunden hatte, umso hochwertiger wurde die Schokolade und desto zarter der Schmelz. An anderen Tagen hätte Pa am liebsten seine Wange an das heiße Metall gelegt. Aber heute war es anders, er konnte die starke Hitze, die die Conchen ausstrahlten, kaum ertragen. Mit einer Hand hielt er sich am Geländer fest, mit der anderen lockerte er seine Krawatte, tastete nach einem Taschentuch, tupfte sich die Stirn ab. Der Vorarbeiter, Köster, sah genau in diesem Augenblick nach oben zu seinem Chef, bemerkte selbst aus der Ferne seine krebsrote Gesichtsfarbe, die fahrigen Bewegungen und erfasste im Bruchteil einer Sekunde, dass mit ihm etwas nicht stimmte. Er rannte die Treppenstufen so schnell hoch, dass die gesamte Stahlkonstruktion in Schwingung geriet.

»Herr Direktor, geht es Ihnen nicht gut?«, rief er, noch bevor er bei ihm war, denn er sah Pa schon taumeln. »Halten Sie sich fest, ich komme!«

Er hakte sich bei seinem Chef unter und stützte ihn, was nicht so einfach war, denn er selbst war ein Fliegengewicht gegen Pa. Auf zwei Fingern pfiff er nach den anderen Arbeitern, die sofort alles stehen und liegen ließen und die Treppe hinaufrannten. Die Stahlkonstruktion war für so viel Last nicht ausgelegt – die beiden waren weitaus kräftiger gebaut als er – und vibrierte so stark unter ihren Schritten, dass Köster ihnen mit der Hand ein Zeichen gab, vorsichtig zu sein. Langsam näherten sich die beiden Männer, und ehe sichs Pa versah, hatten sie ihn an beiden Armen gepackt und schleppten ihn zum Notausgang, der sich auf ihrer Höhe befand und hinaus auf einen Vorbau führte. Sie mussten sehr darauf achten, nicht daneben zu treten, denn der Gittergang war schmal. Aber als Pa schließlich auf einem Mauervorsprung im Freien saß, sah er dankbar zu ihnen hoch.

»Na, das ist ja gerade noch mal gut gegangen«, sagte der eine mit hessischem Einschlag. »Dort oben können es leicht über vierzig Grad werden, da ist schon so manchem von uns schlecht geworden.« Pa sah den Mann mit der auffälligen Knollennase an, atmete tief durch, klopfte sich mit der flachen Hand auf die Brust und schüttelte den Kopf. Nicht weil er Norbert Gänsch nicht glaubte. Sondern weil er wusste, dass dessen Name auf der Liste stand, die er in der Brusttasche seines Jacketts verwahrte. Manchmal hasste er seine Aufgaben als Generaldirektor. Bei dem zweiten Arbeiter, Peter Link, war er sich nicht sicher, ob er mit dabei war.

»Vielen Dank!«, sagte er. »Es geht schon wieder.«

Er mochte sich nicht ausmalen, wie er seinen bereitwilligen Helfern in weniger als einer Stunde gegenübertreten sollte. Ihnen mit zerknirschtem Gesicht ihre Papiere aushändigen und sie darüber in Kenntnis setzen, dass sie sich von nun an bei den immer zahlreicheren bundesdeutschen Arbeitslosen einreihen müssten.

»Wird es auch wirklich gehen? Sind Sie sicher?«, fragte Link. »Wir sollten den Sanitäter holen!«

Doch Pa verneinte so vehement, dass sich keiner der drei traute, etwas Entsprechendes zu veranlassen. Nach einigen Minuten war sein körperlicher Zustand wieder so weit hergestellt, dass er aufstehen konnte, um von den dreien die Treppe hinunter und zum Ausgang geleitet zu werden.

»Soll ich Sie noch ein Stück begleiten?«, fragte Gänsch. Nochmals verneinte Pa, nochmals bedankte er sich.

Die drei Männer tippten sich seitlich an die Schirmkappen, die sie immer trugen, und sahen ihrem Generaldirektor hinterher, als er in der nächsten Halle verschwand.

»Der ist in Ordnung!«, meinte Gänsch, und die anderen nickten.

»Ja, der Direktor ist ein feiner Mensch«, stimmte Link ihm zu.

»Jetzt geht's aber wieder an die Arbeit!«, forderte Köster ihn auf und klopfte ihm auf die Schulter.

Den Weg durch die Verpackungshalle ging Pa mit schnelleren Schritten. Normalerweise liebte er den Anblick der Beschäftigten mit ihrer schmucken weißen Kleidung und den adretten weißen Häubchen, blieb hier und da bei ihnen stehen. Ganz besonders mochte er die Stelle des Fließbands, an dem die erkalteten Tafeln aus dem acht Meter hohen Kühlschrank gefahren wurden und sich die hellgrünen Formen automatisch umdrehten. Die meisten Tafeln fielen von allein heraus. Doch um auch die zu erwischen, die kleben blieben, klopften kleine maschinelle Hämmerchen von oben auf die Formen. Danach war die Schokolade fertig und durchlief die Qualitätskontrolle der strengen Augen von zehn Mitarbeiterinnen, vor deren Anblick es Pa diesmal grauste, und er wich ihren Blicken aus, als sie ihn freundlich grüßten. Er würde zwei von ihnen am heutigen Tag entlassen.

Rasch drehte er sich um und ging neben dem Fließband her, das die braunen Tafeln zu den neuen Verpackungsmaschinen fuhr, auf deren Anschaffung er so stolz gewesen war. Seit sie installiert und eingefahren worden waren, hatte er sich einen Spaß daraus gemacht, mit einer neuen Stoppuhr in der Hand danebenzustehen, auf den roten Knopf zu drücken und von dem schwarzen Zifferblatt die atemberaubende Geschwindigkeit abzulesen. Die richtige Verpackung war nicht unwichtig. Über den Fließbändern hingen die meterdicken Rollen Stanniolpapier. Ihre Qualität und die Güte des Vorgangs entschieden darüber, wie lange die Tafel Schokolade ihr Aroma, ihre Geschmacks- und Geruchsstoffe behielt. Pa sah zu, wie im Zehntelsekundentakt eine Tafel von links, das Stanniol von rechts kam, wie sie eingewickelt, an der Seite zugeknickt und verschweißt wurde.

Heute ließ Pa seine Stoppuhr in der Jackentasche stecken. Er war nicht bei der Sache. Während der fünf Minuten, die er neben der Maschine verbrachte, waren achttausend Tafeln verpackt worden. Pa drehte sich um, betrachtete die weißen Rücken der Frauen, die sich über die Fließbänder beugten, und machte sich Sorgen. Um sie, um ihre Familien und gleichzeitig um seinen Verstand. Etwas war ihm entglitten, sein alltägliches Prinzip, die Kontinuität, die Gewissheit, die ihn gewöhnlich antrieb. Das Etwas zerrann, entzog sich seinem Zugriff und überließ ihn unvermittelt seinen ersten Zweifeln. Zweifel daran, ob es richtig war, was er tat oder im Begriff war zu tun. Die Abwesenheit dieses Etwas, das ihm täglich verriet, wer er war, wo er in seiner eigenen Geschichte stand und wie er mit seiner Verantwortung umzugehen hatte, ließ ihn erneut taumeln. Er hielt sich an einem Stahlgriff fest und wartete auf einen klaren Moment. Vergeblich. Ohne eine Vorstellung davon, wie sich die Abfolge der nächsten Stunden gestalten würde, verließ er die Halle und ging ziellos über das Fabrikgelände. Erst hörte er seine Schritte im Schotter, dann den Dieselmotor des Lastwagens, der vor die Lagerrampe fuhr. Er beobachtete den Gabelstaplerfahrer, wie er geschickt mit den Paletten rangierte, und in seinem Kopf ratterten ungewollt die Namen herunter, um zu überprüfen, ob der Mann auf der Liste stand.

Wie aus dem Nichts tauchte plötzlich ein Mitarbeiter aus der Personalabteilung auf: Höller. Mit einer Aktenmappe unter dem Arm kam er forschen Schrittes auf ihn zu, blieb stehen und fragte ihn, ob er nun die betroffenen Mitarbeiter holen solle, denn es sei ja schon elf Uhr durch. Zum Beweis tippte er mit dem Fingernagel auf das Glas seiner Armbanduhr. Pa sah ihn an: ein schmalschultriger Mann mit einem dünnen Schnauzer und dem typischen Gesicht eines Buchhalters, wie er befand. Kalte Augen, die nur Zahlen und Namen erfassten, ohne jede Empathie.

Als Pa nicht gleich antwortete, fasste der Personaler das als Zustimmung auf. Anscheinend nahm er nichts von dem leicht entrückten Zustand seines Direktors wahr, was Pas Meinung über ihn bekräftigte. Aber war er denn einen Deut besser?, schimpfte er sich innerlich. Das geisterblasse Gesicht seiner Frau Annette tauchte vor ihm auf, er hörte ihre mahnende Stimme, die Salomon aus dem Alten Testament zitierte: *»Weigere dich nicht, dem Bedürftigen Gutes zu tun, wenn deine Hand es vermag.«*

Ohne ein einziges Wort strebte er auf das hellgelbe Verwaltungsgebäude zu. In der hemmungslosen Freiheit seines heutigen Zustands entschied sich Pa, Höller als einen der Ersten zu entlassen. Es würde für die Cassada und viele Mitarbeiter das Beste sein, darüber brauchte er gar nicht groß nachzudenken. Er tastete nach der Liste in seiner Brusttasche, um seinen Namen gleich ganz oben einzufügen, doch die Liste war weg – verschwunden. Er konnte sich nicht vorstellen, wo sie geblieben war.

Nachdem die ganze Zeit Schotter unter seinen Ledersohlen geknirscht hatte, hallten seine Schritte nun auf dem kalten Terrazzo durch die Eingangshalle des Verwaltungsgebäudes. Die Rezeptionistin stand auf, als sie den Direktor kommen sah, und begrüßte ihn freundlich. Er lüftete seinen Hut und ging an der Vitrine mit einer Auswahl der neuesten Artikel vorbei. Die bunte Mixbox mit Pralinen in Bonbonpapier war eine Idee der Marketingabteilung gewesen. Es gab die im Design passende Schlager-Schallplatte zu kaufen, die für Partystimmung sorgen sollte. Sie war gut angelaufen, die Absatzzahlen vielversprechend, die Produktion jedoch aufwendig und teuer. Er stapfte die Treppen hinauf und konnte mit einem Mal die Musiktitel hören, die süßen Füllungen schmecken. »Mendocino … Mendocino …« Der Geschmack von Unbeschwertheit, Hollywoodschaukel, Freizeitvergnügen. Der Gedanke daran pustete ihm den Kopf frei. Vermutlich war es bloß ein Anfall von Sentimentalität gewesen. Er kam in der Chefetage an, und hier wurde es plötzlich still, weil seine Schritte auf dem Teppichboden nicht zu hören waren. Schwungvoll öffnete er die Tür zum Zimmer der beiden Chefsekretärinnen, begrüßte sie und ließ sich Kaffee bringen.

Dann setzte er sich an seinen großen polierten Palisander-Schreibtisch, wippte in seinem Ledersessel nach hinten, sah kurz aus dem Fenster, das ihm einen weiten Blick über das Fabrikgelände gewährte, und schlug die Mappe auf, die ihm Frau Hilmes gebracht hatte. Und da war sie wieder: die Liste mit den Namen der Angestellten, die er heute entlassen würde.

Pa atmete tief ein. Gerade als Frau Hilmes sein Büro verlassen wollte, rief er sie zurück: »Bevor ich es vergesse, Fräulein Hilmes. Bitte stellen Sie Frau Meyfahrt einen Sonderurlaubsschein für heute und morgen aus.«

Die Sekretärin mit der Kurzhaarfrisur nickte: »Ja, sofort, Herr Direktor, aber …«, sie machte eine Bewegung mit dem Kinn in Richtung des Schriftstücks vor ihm.

Er überflog die Liste der Namen und die Zahlen davor. Er würde gleich fünfzig Mitarbeiter und Mitarbeiterinnen entlassen. Als er beim Buchstaben M angekommen war, setzte sein Herz einen Schlag aus:

Meyfahrt, Lyan, 30 Jahre, Pralinenproduktion

Auf gar keinen Fall konnte er die Mutter des Jungen entlassen, der am Tag zuvor im Cassada-Bad verunglückt war. Dagegen sprachen zu viele Gründe: Der erste und wichtigste war seine Frau Annette, die kein Wort mehr mit ihm sprechen würde. Allein der Gedanke an den stillen Vorwurf in ihren Augen ließ seinen Puls rasen. Der zweite war das Ansehen der Cassada, zweifellos würde es sich in Mainheim rasch herumsprechen, wie kaltherzig der Generaldirektor die Mutter des Schwerverletzten entließ, selbst wenn der Junge, was man noch nicht wusste, keine bleibenden Schäden davontragen würde. Der dritte Grund war sein eigenes Gewissen. Sein Schreibtisch stand rechtwinkelig zum Fenster, und am Rande seines Blickwinkels bemerkte er Bewegung auf dem Gelände. Höller strebte mit zehn Personen im Schlepptau auf das Verwaltungsgebäude zu. Was sollte er nur tun? Hilfe suchend sah er vom Fenster zu seiner Liste, wieder zum Fenster. Es waren nur Frauen, alle mit ihren blütenweißen Kitteln bekleidet, die adretten Häubchen auf den Haaren, die Pa so mochte. Am liebsten beobachtete er sie, wenn sie Pralinen überprüften und sortierten, konzentriert über die braunen Köstlichkeiten gebeugt, oder in der halbstündigen Mittagspause auf der Kantinenterrasse, wenn sie ihre Gesichter in die Sonne hielten, die Augen halb geschlossen, ein Schwätzchen hielten.

Als sie sich jetzt über den grauen Asphalt näherten, wirkten sie aus der Entfernung wie Marionetten, an Schnüren gezogen, dirigiert, ergeben und geduldig. Er erkannte die Zweite von rechts. Es war Lyan Meyfahrt, die mit hängenden Schultern und erstarrtem Gesicht neben den anderen herlief, bestimmt halb verrückt vor Sorge um ihren Jungen. Die Frau neben ihr hakte sie unter und sprach offenbar tröstend auf sie ein. Sie tat ihm leid. Ob sie ahnten, was ihnen bevorstand? Aber er selbst war es doch gewesen, der alles dafür getan hatte, keine Gerüchte aufkommen zu lassen. Unruhe unter der Belegschaft unter allen Umständen zu vermeiden. Die Gespräche mit dem Betriebsrat waren stillschweigend verlaufen, es hatte Handel gegeben, und ohnedies hatte man schon lange im Vorfeld bei den Kandidaten, die zur Wahl gestanden hatten, seinen Einfluss geltend gemacht, um keine »zu scharfen Hunde« im Gremium zu haben.

Es fiel ihm schwer, sich zu konzentrieren. Das, was jetzt bevorstand, wagte sich Pa nicht einmal vorzustellen. Mit einem Mal fühlte er sich klein, unsicher, so angstvoll wie ein Kind, das im Begriff war, etwas Falsches zu tun – und es doch nicht lassen konnte. Alles war vorbereitet, geplant, die Papiere der betroffenen Mitarbeiter lagen in der Personalabteilung bereit. In wenigen Minuten, sogar Sekunden, würde es an seiner Tür klopfen, Höller würde ihn fragen, ob er die erste Person hineinrufen könne. Wenn er noch einschreiten wollte, war nun die letzte Gelegenheit. Pa stand kurz vor diesem Höllenspektakel und wusste nicht, was er tun sollte. Es wäre verrückt, den vorgezeichneten Weg zu verlassen. Es wäre eine Schande, es nicht zu tun. Er holte tief Luft, öffnete seine rechte Schublade, suchte zwischen den wenigen Stiften herum, fand nicht, was er suchte. Er nahm den Telefonhörer zur Hand und ließ sich das Gesuchte von Frau Hilmes bringen: Tipp-Ex. Mit einem leicht erstaunten Blick händigte sie ihm das weiße Fläschchen aus. Er schüttelte es und weißte sorgfältig, im Beisein seiner Sekretärin, die Zeile mit dem Namen von Guys Mutter auf dem Blatt. Anschließend pustete er, wedelte es trocken und gab es Frau Hilmes zum Kopieren: »Drei Mal, bitte!« Für ihn, die Personalabteilung, den Betriebsrat.

Sie wandte sich um, hatte schon die Hand auf der Klinke, da fuhr Pa sich übers Kinn und rief sie zurück.

»Moment, geben Sie mir noch mal die Liste.«

Zögernd kam sie auf ihn zu und legte ihm die Seiten wieder in die ausgestreckte Hand. Er feuchtete seinen Finger an und blätterte sie durch, überflog die Namen.

Gänsch, Norbert: wurde übermalt.

Link, Peter: bekam einen dicken weißen Pinselstrich ab, bis er verschwunden war.

Murnau, Ulrike … das runde Gesicht der über fünfundfünfzigjährigen Arbeiterin aus der Produktion tauchte vor ihm auf – aufgrund ihrer langen Zugehörigkeit hatte der Betriebsrat größte Bedenken gegen ihre Entlassung geäußert. Schon fuhr der Tipp-Ex-Pinsel über ihren Namen hinweg.

Ein angenehmes Prickeln breitete sich in seinem Körper aus. Ausgehend von der linken Hälfte seines Brustkorbs, hatte er das Gefühl, als liefen kleine Marienkäfer über seine Schultern, die Arme. Es ließ seine Bauchdecke vibrieren, sein Gehör den »Mendocino-Hit« wiederholen und nahm von seinem ganzen Körper Besitz. Pas starker Herzmuskel schien ein Elixier durch seine Adern zu pumpen, eine Mischung aus Euphorie und Furcht vor der Entdeckung seines Streichs. Es wirkte wie ein Lebenselixier. Am liebsten hätte er die Liste in kleine Stücke zerrissen und die ganze Entlassungsoperation abgesagt. Aber dann würde es nicht lange dauern, und das Unternehmen geriete in Schieflage, die Zahlen würden so katastrophal werden, dass sogar eine Insolvenz drohen könnte. Damit war niemandem gedient.

Weiter im Alphabet, der nächste Name: Opitz, Elisabeth ... wurde geweißt. Sie war eine hohlwangige achtundzwanzigjährige Frau aus der Qualitätskontrolle, die nie auf der Kantinenterrasse erschien. Frau Opitz hatte, das wusste er, zwar keinen Mann, aber zwei kleine Kinder.

Frau Hilmes stand die ganze Zeit neben ihm, wie erstarrt. Sie brauchte eine Weile, bis sie begriff, was der Generaldirektor der Cassada da tat. In dem Irrsinn dieses Augenblicks hatte er plötzlich eine Verbündete. Sie kam näher und legte den Finger auf einen Namen weiter oben in der Liste.

Hilmes, Georg.

Pa hob fragend die Augenbrauen, machte eine Bewegung mit dem Zeigefinger zu ihr und zu dem Namen. Sie nickte und erklärte leise, dass es sich um ihren Vater handelte, der seit Jahrzehnten in der Verpackungsabteilung gearbeitet hatte.

Pa tunkte den Pinsel in die Flasche und strich die weiße Flüssigkeit über den Namen, bis nichts mehr von ihm zu sehen war.

Voller Dankbarkeit schloss Frau Hilmes kurz die Lider, atmete tief ein und aus und lächelte verhalten, während Pa das Blatt trocken wedelte. Anschließend setzte er den Namen Höller, Peter an die leer gewordene Stelle und hatte ein diebisches Vergnügen daran, sich die Reaktion des Personalers vorzustellen, wenn er seinen Namen auf der Liste entdeckte. Dann übergab er ihr den gesamten Stoß, und sie verließ eilig das Zimmer, um zum Kopierapparat am Ende des Flurs zu rennen.

Es war, als schreckte er aus einem Traum auf, als es an der Tür klopfte und der Personaler eintrat.

»Die ersten zehn wären nun da«, verkündete Höller. Sie warteten auf dem Flur. Ob er sie von seiner Sekretärin einzeln hereinrufen lassen wolle.

Dann könne er inzwischen die Nächsten holen. Ohne eine Antwort abzuwarten, drehte er sich schon wieder um. Er schien es eilig zu haben.

»Moment, Herr Höller. Ich warte noch auf die Liste. Frau Hilmes kopiert sie gerade. Dann kann ich sie Ihnen gleich mitgeben.«

Höller zog erstaunt die Augenbrauen hoch. »Aber die Entlassungsliste habe ich doch längst.«

Sosehr Pa heute von Emotionen geleitet wurde, so klar stand ihm vor Augen, wie zielbewusst und kalkuliert er jetzt agieren musste. »Es gab einige Änderungen.«

Mehr sagte er nicht. Er zog sich auf die Wirkung seiner Autorität zurück. Jede weitere Erklärung hätte wie eine Ausflucht geklungen. Höller stand nur da und sah ihn an. Man konnte förmlich spüren, wie er nach einer passenden Erwiderung suchte. Natürlich mochte er jetzt nicht den falschen Ton gegenüber dem Generaldirektor anschlagen. Doch seine Augen wirkten kalt und ließen erkennen, wie wenig er bereit war, das Spiel mitzuspielen.

»Gut.« Das war alles, und es war erstaunlich, dass ein einziges Wort so vielsagend sein konnte. Er blieb stehen. Sekunden vergingen. Pa tat so, als habe er zu tun, und schlug eine Mappe auf. Keinesfalls durfte Höller hinter seine Schwäche kommen, die er vor wenigen Minuten gezeigt hatte. Die Zeit wurde lang. Dann klopfte es endlich wieder, Frau Hilmes kam herein, übergab Pa zwei aneinandergetackerte Kopien und das Original. Sie verständigten sich wortlos mit einem kurzen Blick, woraufhin sie Höller die dritte der Kopien übergab. Er riss die Augen auf und sah sie genauestens durch. Natürlich fielen ihm die weißen Lücken auf. Als er auf seinen eigenen Namen stieß, wurde sein Gesicht von einer tiefen Röte überzogen. »Das ist … das ist … ungeheuerlich und sicher nicht mit dem Betriebsrat abgesprochen«, stotterte er und sah Pa an. Doch dessen Blick war jetzt ruhig und entschlossen. Bevor Höller noch mehr sagen konnte, fragte Frau Hilmes: »Da sind ja schon einige Mitarbeiter im Flur, Herr Direktor. Soll ich die Erste hereinbitten?«

»Nur zu, nur zu!« Pa machte eine ungeduldige Geste mit der Hand. Einerseits wollte er die Unterredung mit Höller zügig beenden. Andererseits musste er die unerfreulichen Entlassungsgespräche endlich hinter sich bringen. Höller öffnete den Mund, da wurde die erste Mitarbeiterin hereingeführt, und der ehemalige Personaler verließ das Büro.

Eine kleine schmale Frau stand ihm gegenüber. Pa sah die wortlose Angst im Gesicht der Arbeiterin, gepaart mit Resignation. Auf ihren Wangenknochen, direkt unter dem rechten Auge, prangte ein halb verblasster blauer Fleck. Auch noch häusliche Gewalt!, ging es ihm durch den Kopf. Er bot ihr einen Stuhl an. Sie setzte sich, senkte den Kopf und signalisierte ihm ihre Unterwerfung, die Fügung in ihr Schicksal. Pa begann, die Sätze zu sagen, die er sich bereits vor Tagen überlegt hatte. Wie sehr er die Entscheidung bedaure, dass er gezwungen sei, er dies nicht gerne tue, die Zeit, die Zahlen zwängen ihn indessen zu solchen Schritten. Die Cassada sei dennoch immer für sie da, wenn sie Hilfe benötige. Je länger er redete, desto mehr überkam ihn Ekel vor sich selbst. Er hätte dieses Gespräch gar nicht führen müssen, alles der Personalabteilung überlassen können. Doch so einer war er nicht. Er hatte zehn Mitarbeiter von der Liste gestrichen – das war mehr, als er dem Erhalt der Wettbewerbsfähigkeit der Cassada hätte zumuten dürfen, zumal die angestrebten Ziele im Bereich Personalabbau noch lange nicht erreicht waren. Fragte er sein Gewissen, waren es noch immer vierzig Mitarbeiter zu viel, die er entließ.

Mechthild Seghers war eine völlig verschreckte Kreatur. Wenn sie etwas gesagt hätte, irgendetwas, hätte er die Situation vielleicht als weniger grausam empfunden. Doch so kam er sich vor, als würde er einem Kaninchen das Fell abziehen.

Als er dem vierzigsten Arbeitnehmer die traurige Nachricht überbracht und Michael Ullrich sein Büro mit hängendem Kopf verlassen hatte, ließ Pa sich in seinem Sessel zurückfallen und schloss die Augen. Auf seinen Schultern spürte er das ungeheure Gewicht der Verantwortung für das Unternehmen und für die Menschen, die dort arbeiteten. Er rutschte tiefer in die Lederpolsterung. Da klopfte es an der Tür.

»Ja, bitte?«, sagte er, und als Frau Hilmes den Kopf hereinsteckte, stöhnte er, als hätte er Schmerzen. »Ich dachte, wir wären durch.«

»Das sind wir auch, Herr Direktor. Aber hier sind zwei Herren von der Polizei. Sie fragen nach den Unterlagen zur Anschaffung des neuen Sprungbretts im Freibad.«

CLAIRE

Claire konnte sich nicht daran erinnern, wie sie in ihr Bett gekommen war. Was gestern geschehen war, hätte sie nicht beschreiben können, auch nicht, wie das Erlebte sie verändert hatte. Als sie aufwachte und die Augen öffnete, waren die Mädchen um sie herum schon dabei, ihre Decken glatt zu streichen. Manche waren noch im Nachthemd, die meisten schon angezogen. Es musste Morgen sein. Sie spürte einen dumpfen Kopfschmerz und richtete sich mühsam auf, während ein Gefühl sie beschlich, als sei etwas Schreckliches passiert. Doch jeder Versuch einer Erinnerung endete in einer schwarzen undurchdringlichen Leere. Sie stellte die Füße auf den Boden, fühlte die eiskalten Fliesen an ihren Fußsohlen. Während sie auf ihrem zerwühlten, noch warmen Laken saß und die Strümpfe anzog, konnte sie das grauenerregende Gefühl weder verdrängen noch leugnen. Sie stand langsam auf und wankte in Richtung von Taos und Huyens Betten, brauchte alle Kraft, um sich auf den Beinen zu halten, und stützte sich unterwegs an Bettgestellen ab. Der Stahl des Kopfendes in ihrer Hand fühlte sich kühl und fest an, das Licht der Neonröhren schien die Bettdecken heller zu beleuchten, die Kopfkissen weißer strahlen zu lassen als sonst.

Tao und Huyen waren schon angezogen, und sie saßen nebeneinander. Ihre zarten Gesichter wirkten schärfer konturiert, die Augenbrauen dunkler. Claire fragte, wie es ihnen ginge und wie sie geschlafen hätten, wunderte sich dabei über den schrillen Klang ihrer eigenen Stimme. Sie habe sehr gut geschlafen, antwortete Tao, denn sie sei gestern sehr, sehr müde gewesen. Claire fand, dass ihr Mund ein wenig schief wirkte. Huyen nickte, bei ihr sei alles wie immer. Die beiden Mädchen sahen sie forschend an. Ob etwas nicht stimme. Claire verneinte und ging langsam zurück zu ihrem Platz. Was war gestern passiert? Hatte sie einfach nur schlecht geträumt?

»Guten Morgen, Kinder!«, hörte sie eine freundliche Frauenstimme, und ihr Magen krampfte sich zusammen.

»Guten Morgen, Frau Rose!«, antworteten die Mädchen im Chor, und Claire merkte, wie ihre Lippen und ihre Zunge sich von selbst bewegten, wie sie unwillkürlich versuchte, die Worte mitzusprechen. Sie begann, ihr Bett zu machen, stopfte das Laken fest unter die Matratze, zog die Wolldecke darauf glatt, merkte einen leichten Schwindel und legte sich wieder bäuchlings darauf.

Frau Rose stand neben einem kleinen blonden Mädchen, etwa drei Betten entfernt, und sprach mit ihr.

»Susanne! Du hast großes Glück gehabt! Frau Schmidt hat dich sofort in ihr Herz geschlossen. Und nun halt dich gut fest: Du bekommst eine neue Familie. Das nette Ehepaar wird dich adoptieren.«

Claire verstand nicht, was sie sagte, war sich aber sicher, dass sie den Klang des letzten Worts hier schon ein paarmal gehört hatte.

»A-dop-tiert«, versuchte sie zu wiederholen.

Im selben Moment bebte ihr Bett, und Sigrid legte sich neben sie. Sie war schon fertig angezogen, stützte das Kinn in die Hände, und beide sahen durch das Gitter des Fußteils zu, wie Frau Rose den kleinen Koffer des blonden Mädchens öffnete. Sie trug heute ein leuchtend blaues Kleid und wie immer ihre Perlenkette.

»Schön den Koffer packen, so wie ich es dir gezeigt habe. Und nichts vergessen!«, ordnete sie an.

Sigrid verzog das Gesicht und seufzte.

»Das ist so gemein!«

»Ge-mein!«, wiederholte Claire und sah sie fragend an.

»Sie ist später als ich gekommen. Nur weil sie kleiner ist und süß, wird sie jetzt vor mir adoptiert.«

»A-dop-tiert?«, sagte Claire.

Sigrid seufzte nochmals, dann stand sie auf, ging zu ihrem Bett und kehrte mit einem kleinen Block und einem Stift zurück. Sie malte Strichmännchen. Zwei große und dazwischen ein kleines mit Zöpfen. Als Claire sie mit großen Augen ansah, deutete sie auf Susanne, dann auf das kleine Strichmännchen. Sie malte ihm noch einen Koffer in die Hand und bewegte zwei Finger zum Zeichen, dass sie nun fortgehen würde.

»Neue Familie!«, sagte sie.

Claire starrte sie nur an. Auf einmal wurde Sigrid ungeduldig und sprang auf. »Ach, du verstehst ja doch nichts! Ich weiß gar nicht, warum ich mich mit dir abgebe!«

Sie rannte zum Fenster, und obwohl Claire den rüden Tonfall durchaus deuten konnte, folgte sie ihr, immer noch leicht taumelnd. Gemeinsam sahen sie, wie ein weißer viertüriger Pkw die Auffahrt entlangfuhr und vor den Treppen anhielt. Ein Mann mit einem grauen Anzug stieg aus, ging um den Wagen herum und öffnete seiner Frau die Tür. Sie trug ein geblümtes Kleid und hatte die weich fallenden Haare mit Kämmen aus dem Gesicht gesteckt. Als sie auf den Eingang zuging, hob sie den Kopf, sah die Mädchen oben am Fenster und winkte ihnen zu.

»Wie schön sie ist!«, murmelte Sigrid mit erstickter Stimme. Claire merkte, dass sie den Tränen nah war, und legte ihr die Hand auf die Schulter.

Am Vormittag brachte Frau Rose Claire das erste Mal in den Klassenraum. Tao und Huyen wurden weiter in der Obhut von Doktor Lavalette gelassen. Die Fenster des in Grüntönen gestrichenen Raums waren weit geöffnet. Fast die ganze Nacht hatte es sanft geregnet. Als jetzt die Sonne aufstieg, schickte sie ihre Strahlen durch einen feinen Frühnebel. Ein feuchter, erdiger Duft drang in die Klasse mit den fünfundzwanzig Mädchen. Frau Rose zeigte Claire einen Platz am Schulpult neben Sigrid, die sie nur missmutig ansah. Wenn sie saß, ging es ihr besser, sie spürte keinen Schwindel mehr, aber noch immer wirkten die Farben heller, intensiver, die Stimmen lauter. Instinktiv merkte Claire, dass Sigrids schlechte Stimmung mehr mit dem kleinen blonden Mädchen zu tun hatte, das heute ihren Koffer packen durfte, als mit ihr. Die Lehrerin hieß Frau Hartmann. Sie hatte kurze krause Haare und eine schwarz gerahmte Brille. Sie sagte etwas, das Claire nicht verstand, woraufhin alle Mädchen aufstanden und sich zu ihr umdrehten. Dann schlug sie auf dem Klavier, das an der Wand stand, eine Taste an, hob die rechte Hand, formte mit dem Mittelfinger und Daumen ein O, und die Mädchen sangen alle: »Ohhhhhh!«

Als sie die Hand bewegte, stimmten alle gleichzeitig ein Lied an.

»Im Märzen der Bauer die Rößlein einspannt. Er setzt seine Wiesen und Felder in Stand. Er pflüget den Boden, er egget und sät …«

Die Melodie und die hohen Mädchenstimmen berührten etwas in Claire, eine Erinnerung, die sie unwillkürlich mitsummen ließ, auch wenn ihr die eigene Stimme zu laut vorkam. Sigrid sah sie erstaunt von der Seite an und musste grinsen. Ihre schlechte Laune und Niedergeschlagenheit schienen so schnell verflogen, wie sie gekommen waren, und sie artikulierte die Wörter besonders deutlich, wohl weil sie glaubte, dass Claire sie dann leichter lernen könne. Auch in ihrer Schule hatten sie jeden Morgen vor Beginn des Unterrichts ein Lied gesungen, womöglich war das überall auf der Welt genauso, ging es ihr durch den Kopf. Jetzt tat es ihr leid, dass die beiden Kleinen nicht dabei waren und diese Gemeinsamkeit spüren konnten.

Doch als die hellen Stimmen verstummten, der letzte Klang das Zimmer verließ und Frau Hartmann zwei Mädchen anwies, die Fenster zu schließen, wünschte sich Claire zu Doktor Lavalette und dem Bilderbuch zurück. Auch Frau Hartmann schlug ein abgegriffenes Buch auf. Die anderen Mädchen taten es ihr nach. Alle hatten das gleiche Buch. Sigrid schob ihres in die Mitte des Pults, sodass Claire mit hineinsehen konnte. Doch was sollte das helfen? Sie konnte mit den fremden Buchstaben einer fremden Sprache nichts anfangen. Frau Hartmann stellte eine Frage, einige Mädchen hoben die Arme, streckten den Zeigefinger in die Höhe. Frau Hartmann ließ ihren Blick über sie gleiten und deutete auf eine dunkelhaarige Schülerin, die sich nicht gemeldet hatte. Sie trug eine Brille, deren eines Glas mit Heftpflaster abgeklebt war. Es wirkte so, als würde sie sich ducken, jedenfalls war ihr deutlich anzusehen, wie unangenehm ihr die Situation war. Sie brachte sekundenlang keinen Ton heraus, dann kamen mehrere seltsame Töne hintereinander: »DDDD … rrrr … eeee … iiii«, stotterte sie, und ihre Gesichtsfarbe veränderte sich zu einem fleckigen Rot.

Frau Hartmann presste die Lippen zusammen, was Claire so deutete, dass sie unzufrieden war. Sie zeigte auf ein Mädchen, groß, dünn und blond, das sich gemeldet hatte, und dieses gab mit klarer fester Stimme eine Antwort, woraufhin die Lehrerin lächelte und nickte. Claire sah dem Ganzen zu wie einem Theaterstück. Ohne ein Wort zu verstehen, spürte sie, welche Mädchen offenbar alles richtig machten, das Wohlgefallen der Lehrerin weckten und welche nicht. Sie kannte diese Form von Unterricht nicht. Von ihrem Lehrer war sie noch nie etwas gefragt worden. Er sprach vor, und die Schüler sagten es nach, so oft, bis es alle auswendig konnten.

Der Vormittag verging, eine andere Lehrerin – mit fast schwarzen gewellten Haaren – kam, es lief ähnlich ab, nur dass die Fragen kürzer waren, sie schneller sprach und diesmal zwei andere Mädchen angelächelt wurden, was Claire sorgsam registrierte. Doch dann passierte etwas: Claire fühlte, wie ihr Puls sich beschleunigte. Langsam und sorgfältig schrieb Frau Pfeiffer Zahlen an die Tafel, und im Gegensatz zu der Schrift und den Lauten, die sie nicht verstand, nicht unterscheiden konnte, kannte Claire das arabische Zahlensystem. Sie hatte es in der Schule gelernt, obwohl die Bevölkerung ihres Heimatlandes Zahlen nur in der Chữ quốc ngữ Schrift ausdrückte. Es war, als würde sich ihr eine neue Welt eröffnen. Die Mathematikstunde drehte sich um das kleine und große Einmaleins, das Claire in ihrer Dorfschule im Sekundentakt lösen und hatte aufsagen müssen. Sie kannte es auswendig, so wie alle Kinder in ihrer Klasse. Noch bevor Frau Pfeifer die Aufgabe fertig an die Tafel schrieb, wusste Claire ohne jegliche Anstrengung die Lösung und platzte fast vor Mitteilungsbedürfnis. Doch sie konnte die Antwort nicht in der fremden Sprache sagen. Hilfe suchend drehte sie den Kopf zu Sigrid, die zu verstehen schien, was in Claire vorging, daraufhin wortlos eine karierte Seite aus ihrem Heft riss und es ihr zusammen mit einem Bleistift zuschob. Claire nickte dankbar, schrieb die Ziffern 156 auf das Blatt und hob den Arm, streckte den Finger in die Höhe, wie sie es bei den anderen Mädchen beobachtet hatte. Frau Pfeiffer zog erstaunt die Augenbrauen hoch und sagte: »Ja, bitte, Claire.« Schüchtern hielt Claire ihr Blatt hoch, vor lauter Aufregung hatte sie es falsch herum gedreht. Doch die Lehrerin erkannte die richtige Lösung der Aufgabe 12 x 13, nur dass es die vorherige war und sie inzwischen schon die nächste aufgeschrieben hatte. Einige Mädchen kicherten, weil sie Claire für langsam hielten.

»Gut, Claire!«, sagte Frau Pfeiffer freundlich.

»Gut«, wiederholte Claire und merkte, dass sie nur nett sein wollte.

Frau Pfeiffer wandte sich der Tafel zu und schrieb: 16 x 19 = .

Schon als sie sich nur halb umgedreht hatte, hielt Claire ihr Blatt mit der Zahl 304 hoch.

»Sehr gut, Claire!«, sagte sie und reckte ein wenig ihren Hals. Claire erinnerte ihr Blick an einen Wasservogel, der nach Fischen schielte. Die anderen Mädchen musterten Claire und tuschelten. Die nächste Aufgabe lautete 13 x 16, und die 208 stand schon auf dem Zettel, als Frau Pfeiffer noch gar nicht den Bauch der Sechs fertig gemalt hatte. Ihre Augen wurden groß, diesmal sagte sie nichts. Wortlos drehte sie sich um und schrieb: 27 x 34. Als sie sich umdrehte, hielt Claire ihr Blatt hoch: 918.

»Das ist erstaunlich«, sagte Frau Pfeiffer ganz deutlich. Claire legte das Blatt auf ihre Pultplatte und sah sie mit ruhigen Augen an.

»Er-staun-lich!«, formten ihre Lippen tonlos.

Mittags ging sie neben Sigrid her zum Speisesaal, und kurz bevor sie sich anstellten, flüsterte ihr Sigrid etwas zu. Sie zog sie beiseite, zeigte ihr verstohlen ihre leicht geöffnete Hand, und Claire sah darin eine der kleinen weißen Tabletten liegen. Dann schloss sie die Handfläche wieder, und Sigrid tippte sich mit dem Finger auf die Wange, die sie mit der Zunge ausbeulte. Claire wusste nicht, was sie ihr sagen wollte, und sah sie nur mit großen Augen an.

»Nicht schlucken, in der Backe behalten und später wieder ausspucken«, wiederholte Sigrid leise und langsam, in dem Glauben, wenn sie es nur oft genug wiederholte, müsse es Claire doch irgendwann verstehen. Doch als Claire an der Reihe war, fragte Doktor Lavalette sie auf Französisch, wie es ihr ginge und wie ihr der erste Schultag gefallen habe.

»*Très bien!*«, antwortete Claire.

Doktor Lavalette sah ihr forschend in die Augen, hielt ihr den weißen Becher entgegen und die halbe Schokoladenrippe. Claire sah sie fragend an. Doktor Lavalette nickte ihr aufmunternd zu, lächelte. Claire lächelte zurück, schluckte die zwei halbierten Tabletten und steckte sich die Schokolade in den Mund.

MINKA UND CARO

»Weißt du, wann Guy wieder in die Schule kommt?«, fragte Caro, während sie das weiße Gummiband auseinanderwickelte. Sie und noch fünf andere Kinder waren im Pausenhof geblieben, weil sie auf den Beginn ihrer Blockflöten-AG warteten. Sie schlang sich den Hosengummi um die Fesseln und warf Minka das andere Ende zu, die es geschickt auffing. Der Nebel hatte sich verzogen, die Sonne stand hoch an einem weißlichen Himmel, und der erdigen Luft war eine neue Schokoladenduftglocke übergestülpt worden.

»Keine Ahnung, und woher sollte ich es auch wissen, bei uns wird das Thema gemieden.« Minka zog mit der Hand einen imaginären Reißverschluss vor ihren Lippen zu, legte sich den Gummi um die Sprunggelenke, die von ihren weiten Hosenbeinen verdeckt waren.

Caros Blick streifte voller Bewunderung den ausgefransten Saum ihrer Jeans. Ihre Mutter hätte ihr einen solch lässigen Aufzug nie erlaubt.

Minka sagte: »Jetzt dreht sich wieder alles um Willy.«

»Willy?«, fragte Caro.

»Na, Brandt! Unseren Bundeskanzler. Bei der Abstimmung über den Haushalt für 1973 ist es in Bonn zu einem Patt gekommen. Nun weiß man nicht, wie es weitergeht.«

Sie setzte ein wichtiges Gesicht auf, so als wüsste sie ganz genau, worüber sie sprach. Caro hatte für einen Moment vergessen, dass im Haus Schönwetter ständig über Politik und Willy Brandt gesprochen wurde. So wie bei ihr zu Hause Schokolade und Jesus im Mittelpunkt standen.

Patt, wieder so ein Wort, das sie zu Hause nachschlagen musste.

Sie hatten Heike gefragt, ob sie mitmachen wollte, weil man Gummitwist nun mal nur zu dritt spielen konnte. Diese sprang jetzt geschickt mit ihren schräg gestellten Sandalen von einem Band aufs andere und dachte sich dabei eine Choreografie aus, die die anderen dann nachahmen mussten. Als sie fertig war, wechselte sie mit Minka den Platz.

»Bei uns dreht sich alles nur um Wurst und die Hunde«, sagte sie und stemmte die kräftigen braun gebrannten Arme in die Hüften. Sie wirkte drahtig und stark. Vielleicht lag es an dem vielen Fleisch, das sie als

Metzgerstochter jeden Tag bekam, dachte Caro und fragte: »Gibt es bei euch wirklich jeden Tag Braten?«

Ein Leuchten ging über Heikes pausbäckiges Gesicht. »Braten nicht, aber heute hat meine Tante panierte Schnitzel in Schmalz ausgebacken. Die sind so zart, dass die Arbeiter aus der Cassada und sogar von drüben aus den Ruberus-Werken kommen und sie sich mittags auf die Brötchen legen.«

Minka bestätigte die Berühmtheit des Hansen'schen Schnitzeltags. Die Schlange war schon um Viertel vor zwölf so lang, dass sie sogar bis zu dem Schreibwarenladen Höfler zwei Häuser weiter reichte. Heike lachte, doch dann senkte sie plötzlich den Kopf und fügte leiser hinzu: »Aber seit der Wienerwald in der Praunheimer Straße aufgemacht hat, verkaufen wir dreißig Schnitzel weniger. Hoffentlich wandern nicht noch mehr Kunden dorthin ab.«

»Niemals!«, sagte Minka. »Mein Vater schwört auf euer Schnitzel mit dem hausgemachten Kartoffelsalat.« Dabei verschwieg sie, dass auch ihre Familie schon Hähnchen beim Wienerwald geholt hatte.

Heike musste schon wieder lachen: »Das Rezept ist von meiner Oma, sie verrät es niemandem, Vati sagt immer, sie will es noch mit ins Grab nehmen.«

Minka machte einen Fehler beim Springen und musste den Platz mit Caro tauschen.

»Meine Mutter hat gehört, dass es bei dem Vietnamesen zu Komplikationen gekommen ist. Aspira–«

Caro erstarrte. Heike legte einen Finger an die Nase und suchte nach dem richtigen Wort: »As-pi-ra-tions-pantomime.«

»Pantomime? Was ist das für ein Quatsch?«, fragte Minka, und in ihrer Stimme lag eine Härte, die Heike verunsicherte. Sie war es nicht gewohnt, dass jemand die Informationen aus der Metzgerei anzweifelte. Besser als eine Tageszeitung war man dort jederzeit darüber unterrichtet, was in Mainheim passierte. Ihre Mutter stand den ganzen Tag im Laden und wurde mit allen Neuigkeiten versorgt. Ein Grund, weshalb Schönwetter fast jeden Tag dort auftauchte, auch wenn er keinen Appetit auf Wurst hatte. Doch er wurde nicht so üppig mit Informationen bedacht, wie er dachte, manchmal wurden sie auch gefiltert. Und von diesem durch viele Münder und Ohren gegangenen Rest gab er nur hin und wieder Bruchstücke an seine Familie weiter. Über eine Verschlechterung des Zustands von Guy hatte er kein Wort gesagt. Caro zerlegte indes das merkwürdige Fremdwort in seine einzelnen Silben.

As-pi-ra-tions-pan-to-mi-me.

Hatte das etwas mit pantomimischen Zuckungen des Gesichts zu tun? Oder bedeutete es, dass er nicht mehr sprechen konnte? Denn bei einer Pantomime blieb man ja stumm.

»Weißt du noch mehr?«, fragte sie.

Heike legte die Stirn in Falten, um ihre wiedergewonnene Souveränität als zuverlässige Informationsquelle zu unterstreichen, und ließ sie einen Moment lang zappeln.

»Sie sagen, das kommt häufiger nach solchen Unfällen vor, wenn Wasser eingeatmet wird …« Sie kaute auf ihren Lippen und überlegte erneut. »Jetzt weiß ich es wieder: Lungenentzündung, genau, Guy hat eine Lungenentzündung.«

Caro sah Minka an. Das Wort kannten sie natürlich, aber keine wusste die Gefährlichkeit einzuordnen.

»Ist er noch im Krankenhaus?«

Heike zuckte mit den Schultern. Darüber wisse sie nichts. »Die Leute sagen aber auch, es würde an ein Wunder grenzen, dass ihm nicht mehr passiert ist, wo er doch durch das neue Brett wie von einem Katapult nach vorne geschleudert wurde und auf den Beton geknallt ist.«

Caro und Minka wechselten einen Blick, und Heike plapperte unbekümmert weiter, während nun Caro die Schrittfolge nachsprang.

»Aber so ganz richtig im Kopf ist er wohl auch nicht mehr. Und in ganz Mainheim sagt man, dass ihr und eure Väter schuld daran seid.«

Jetzt sah Heike auf einmal gar nicht mehr so nett aus. Caro war schockiert, Minka hingegen ließ sich nicht beeindrucken: »Ach, und glaubst du das etwa auch?«

Heike löste Caro ab und verkündete achselzuckend: »Ich weiß nicht. Aber meine Mutter sagt, meistens ist an allem was Wahres dran, was die Leute reden.«

Caro zog sich das Gummiband in die Kniekehlen für den nächsten Durchgang. Aber Minka stieg in dem Moment aus, als Heike zum Sprung ansetzte.

»Dann such dir jemand anderen zum Spielen!«

Sie nahm Caros Arm, zog sie entschlossen mit sich mit in Richtung des niedrigen Vordachs und ließ Heike stehen, die ihnen verdutzt nachsah.

»Was machst du denn?«, raunte Caro. »Das ist nicht gerade nett!«

Da sah sie plötzlich am Ausgang des Schulhofs ein orangefarbenes Bonanza-Rad auftauchen: Markus. Er war nicht im Unterricht gewesen, und es war ziemlich mutig, dann ohne äußerliche Anzeichen einer Erkrankung auf dem Schulhof aufzutauchen. Doch was sie bei Guy bewundert hätte, empfand sie bei Markus einfach nur als dreist.

Minka blieb stehen, folgte ihrem Blick und musterte sie von der Seite. »Sieh mal einer an. Findest du den etwa gut?« Gleichzeitig verzog sie das Gesicht. »Er hat Warzen!«

»Ich finde ihn nicht gut und ich sehe seine Warzen täglich aus der Nähe. Aber er hat mir was versprochen, komm einfach mit!«

Sie gingen auf den Jungen zu, und sein Blick verriet deutlich, wie genau er Caros Gedanken erriet. Die Sehnsucht nach dem Kaninchen war so groß, dass sie zu vielem bereit war, und er kannte das Gefühl, wenn man sich etwas so sehnlichst wünschte. Bei ihm war es das Bonanza-Rad gewesen.

»Was will die da?« Er deutete auf Minka.

»Die kommt mit«, antwortete Caro mit fester Stimme, während es ihr unangenehm war, seine Ausdrucksweise zu übernehmen und Minka mit »die« zu bezeichnen, was ihre Mutter ihr nie hätte durchgehen lassen. Mit Minka an ihrer Seite fühlte sie sich sicherer.

Er verzog die Mundwinkel, nickte aber.

»Hast du es hier?« Sie beäugte seine Schultasche und mochte sich gar nicht ausmalen, wie sich das arme verängstigte Tier in dem engen Gefängnis wohl fühlen würde.

Er antwortete mit einer Gegenfrage: »Hast du die Tafeln dabei?«

Caro ging zu einem Betonpfeiler des Vordachs, an den sie ihre Schultasche gelehnt hatte. Sie öffnete sie, holte eine Plastiktüte heraus und ließ ihn einen Blick hineinwerfen.

»Welche Sorten sind das?«, fragte er und streckte die Hand aus.

»Das ist immer eine Überraschung«, sagte sie und zog die Tüte weg.

»Vollmilch-Nuss?«

»Kann sein, kann auch nicht sein.«

Sie griff hinein und holte die oberste Packung heraus, hielt sie Markus entgegen. Er betastete die Schokoladentafel unter dem weißen glänzenden Papier ohne Aufdruck und suchte nach Unebenheiten.

»Ne, da fühl ich keine ganzen Haselnüsse.«

»Es gibt schon lange keine ganzen Nü–« Sie biss sich auf die Zunge, als sie merkte, dass sie fast ein Firmengeheimnis ausgeplaudert hätte. Die Produktion der Schokolade mit ganzen Nüssen war eingestellt worden, als es immer wieder zu Fällen von Schädlingsbefall gekommen war. Die ganzen Nüsse waren nicht bis ins Innerste durchgeröstet worden und während der Lagerung anfällig für die Larven der Lebensmittelmotte. Ihr Vater hatte es ihnen unter dem Siegel der Verschwiegenheit während des Abendessens erzählt, und Fitzi hatte daraufhin die Frage gestellt, wie viele Würmer er dann wohl schon in seinem Leben gegessen habe. Sie nahm eine andere Tafel heraus, von weiter unten. »Dann versuch mal die hier. Aber danach ist Schluss. Entweder du nimmst sie so, wie sie sind, oder das Geschäft platzt.«

Er hob den Kopf, offenbar erstaunt über so viel Selbstbewusstsein, versuchte abzuschätzen, wie ernst sie es meinte. »Na gut, ich nehm sie!«, sagte er und streckte die Hand nach der Tüte aus.

»Und wo ist das Kaninchen?«

»Nicht hier. Komm mit, dann kannst du dir eins aussuchen.«

Sie warf Minka einen Blick zu, die die ganze Zeit stumm dabeigestanden hatte. Sollte sie ihm vertrauen?

Minka hörte jetzt das erste Mal von einem Kaninchen und riss die Augen auf. »Schokolade gegen ein Kaninchen? Etwa ein lebendes?«, fragte sie.

»Und wie lebend!«, antwortete Markus. »Ihr werdet schon sehen!«

»Ist es weit?«, fragte Minka, denn sie waren zu Fuß unterwegs.

»Zehn Minuten«, meinte er und wendete sein Rad.

»Na gut. Wir kommen mit, und dann machen wir den Warenaustausch.«

Nicht etwa Bücher, sondern ihre vielen Europa-Langspielplatten hatten sie solche Sätze gelehrt, und eine Gelegenheit, sie im echten Leben anzuwenden, gab es nicht allzu oft. Als er wortlos nickte, war sie mit der Wirkung zufrieden.

Er fuhr gemächlich voraus, die Mädchen folgten ihm zu Fuß. Sie gingen über das alte Kopfsteinpflaster der Erbsengasse, an schiefen Fachwerkhäuschen vorbei, durchquerten die Grünanlage, kamen dann durch die neue Unterführung unter dem Hessendamm, deren Wände mit Schmierereien übersät waren. Schönwetter hatte sie schon zweimal übermalen lassen. Minka und Caro hielten sich die Nase zu, der Uringeruch war beißend scharf. Markus ließ einen Quietscher aus seiner lauten Hupe hören, und der Schall warf den hohen Ton vielfach von den Betonwänden zurück. Jenseits der Unterführung der Stadtweiher, auf dem ein Teppich aus Entengrütze schwamm. Weiter ging es durch die Hauptstraße, die Mainheim von Nordwesten nach Südosten durchquerte und kein einheitliches Bild abgab. Mehrgeschossige Zweckbauten wechselten sich mit in die Jahre gekommenen, schmalen Giebeldachhäusern ab. Die drei Kinder kamen an der kleinen Drogerie von Herrn Jähner vorbei, an der einzigen Sparkassenfiliale, in der ein großes Sparbuch aus grünem Plastik im schmalen Schaufenster stand, an Angelas Modeecke mit biederen Modellen auf den Kleiderständern, dem Juweliergeschäft mit einer Auswahl von Eheringen, von denen Schönwetter immer sagte, wenn die alle verkauft würden, und so viele Familien in Mainheim gegründet würden, müssten sie eine zweite Grundschule bauen. Die Tür zu dem winzigen SPAR-Kaufladen stand offen, und Minka und Caro nickten Frau Schiller zu, die eine weiße Plastikkette in den Eingang hängte, an der ein Schild baumelte: *Mittags geschlossen.*

Sie bogen einmal nach rechts, zweimal nach links ab. Die Straße führte jetzt nach Osten. Bis hierhin kannten sich Minka und Caro aus. Rechter Hand tauchten die ockerfarbenen Mehrfamilienhäuser auf. Minka wusste zwar, wie stolz ihr Vater auf die am Reißbrett geplante Siedlung gewesen war. Der verstärkte Wohnungsbau sei eine der Wohltaten, die sie der Sozialdemokratie und allen voran Willy Brandt verdankten. Dabei unterschlug er gerne die Förderung durch die Ruberus AG und die Cassada, die mehr als fünfzig Prozent betrug. Caro verband andere Gedanken mit dem Anblick der Siedlung, den vollgehängten Wäschespinnen davor und den schmalen, gleichförmigen Fenstern in der ockerfarbenen Fassade. Hinter einem davon saß womöglich Guy. Sie stellte sich ihn mit einem blutigen Kopfverband vor, wie er zu ihnen herausschaute. Wenn er nun nie mehr richtig gesund werden würde, trugen sie beide daran nicht die meiste Schuld?

Sie nahm Minka beim Arm und verlangsamte den Schritt, sodass sie und Minka hinter Markus zurückfielen.

»Was meinst du, sollten wir nicht einfach mal bei Guy vorbeigehen und sehen, ob er wieder zu Hause ist?«, sagte sie mit gedämpfter Stimme. »Nachfragen, wie es ihm geht?«

Minka legte den Kopf schief, zog eine Schnute. »Hmm, ich weiß nicht. Kennst du denn seine genaue Adresse?«

»Wir könnten nach seinem Namen an den Klingelschildern suchen.«

Als Caro jetzt die fünfstöckigen Mehrfamilienhäuser betrachtete, eines neben dem anderen, immer acht in einer Reihe, und von den Reihen gab es mindestens zehn, wurde ihr selbst klar, wie unrealistisch ihr Vorschlag war.

»Und dann noch mit dem da im Schlepptau?«, fragte Minka und deutete auf den Rücken von Markus, der im Abstand von zehn Metern in Schlangenlinien vor ihnen herfuhr. Jetzt drehte er sich zu ihnen um und blieb stehen.

»Wahrscheinlich hast du recht«, sagte Caro. »War auch nur so eine Idee.«

Sie gingen weiter, bis sie an das Ufer des Mains gelangten. Von hier hatte man einen freien Blick auf die unzähligen hohen Schornsteine und Schlote, die Dächer der ausgedehnten Fabrikanlage der Ruberus AG, die in einigen Kilometern Entfernung auf der anderen Seite des Flusses lag. Die weißen, grauen und gelben Fähnchen standen an den Schornsteinenden im Wind, wie Wimpel an einem Segelboot. Doch als verliefe eine unsichtbare Wand exakt am östlichen Ufer, genau am Ortseingang von Mainheim, drang bei dieser Windrichtung nichts von den beißenden Dämpfen zu ihnen herüber. Allein das Flusswasser verbreitete einen faden Geruch nach faulen Eiern. Sie folgten dem trägen Gewässer in Fließrichtung nach Westen. Die Böschung war überwuchert. Sie bot weder den Anblick unberührter, gesunder Natur noch den einer gepflegten Anlage. Zerdrückte Bierdosen lagen neben fettigen Wienerwaldtüten und benutzten Papierservietten. Über dem Wasser tanzten lautlose Mückenwolken. Der Untermain erreichte ihre Kleinstadt hier nach einem weiten Bogen, dem Ölhafen und einer Anlegestelle für Güterschiffe an der Ruberus AG. Mainheim lag etwas erhöht am rechten Ufer und besaß nur einen kleinen Fähranleger für Personen und Fahrräder im Sommerbetrieb. Weiter flussaufwärts lag die Kies- und Sandverladestelle. Die umliegenden Kiesgruben waren für die Kinder streng verbotenes Terrain, nachdem es mehrere Badeunfälle gegeben hatte. Ein Grund für die Errichtung des öffentlichen Freibads. Im nächsten Ort würde der Fluss eine der Staustufen erreichen.

Eine Stockentenfamilie zog in dem trüben Wasser ihre Bahn, kümmerte sich nicht um den gelblichen ungesunden Schaum, der sich am Ufer bildete. Es war ein offenes Geheimnis, dass fast alle Fabriken im Umkreis ihr Abwasser nahezu ungeklärt in den Main fließen ließen. Die Zeiten, in denen der Main im 19. Jahrhundert zu den artenreichsten Gewässern Deutschlands gehörte, waren lange vorbei. Minkas Großvater Velten Schönwetter hatte noch einer Fischerzunft angehört und regelmäßig Flussbarsche, Rotaugen, Welse und Zander geangelt. Doch seit den1960er-Jahren hatte das Fischsterben eingesetzt. Die Wasserqualität des Untermains wurde in die Gewässergüteklasse IV bis V eingestuft. Durch die Ausbreitung des Abwasserpilzes und der Schwefelbakterien erschien das Wasser nicht mehr nur trüb, sondern weiß, die vollkommene biologische Verödung war weit fortgeschritten. Ein geflügeltes Wort lautete, man könne das Mainwasser als Entwicklerlösung für Negative verwenden. Deshalb machten die meisten Einwohner auch einen großen Bogen um den stinkenden Fluss. Nur ab und zu trafen sich hier ein paar Jugendliche. Minka und Caro gingen schweigend nebeneinanderher, vermieden den Blick auf das verschmutzte Wasser, das vermüllte Ufer, und keine brachte es über sich, etwas darüber zu äußern. Fast hätten sie aufgrund ihrer starren Geradeausblicke den Hauch von Romantik auf der kleinen rotbraunen Sandbank im Fluss übersehen. Aber Markus blieb stehen, murmelte: »Haubentaucher.«

Das Männchen mit dem typischen schwarzen Federbüschel auf dem Kopf führte einen Tanz auf, zwischen angeschwemmten Plastiktüten, und reckte seinen weißen Hals. Das kleinere Weibchen wiederholte seine Bewegungen, ahmte sie nach. Dann kam es zum Austausch von Geschenken, Schnäbel voller Laichkraut. Ein Balztanz.

»Jetzt geht's ganz schnell, dann bauen sie ihr Nest!«, kommentierte Markus abgeklärt.

»Und das alles in diesem Schmutz«, entfuhr es Caro. »Was fressen die bloß?«

»Abfälle!«

»Wie weit ist es denn noch?«, fragte Minka und schaute auf ihre Armbanduhr. »Das waren jetzt schon über zwanzig Minuten.«

»Wir sind gleich da«, beruhigte sie Markus und führte sie auf einen zugewucherten alten Asphaltweg, der mit zwei versetzten Absperrungen für den Autoverkehr abgeriegelt war. Der Belag war von Wurzelwerk, Sonne oder Frost an vielen Stellen aufgebrochen, über ihm spannte sich ein hellgrünes Laubdach. Markus stieg ab und schob. Sie duckten sich unter tief hängenden Ästen hindurch.

Dann standen sie plötzlich vor einem alten, etwa drei Meter hohen Holztor, von dem die Farbe abplatzte, rechts und links davon verlief eine baufällige Backsteinmauer.

»Und jetzt?«, fragte Minka. Ihre Stimme schwankte zwischen Triumph und Abenteuerlust, denn sie war sicher, das Tor verschlossen vorzufinden.

Markus aber streckte die Hand aus und schob es einfach auf. Dahinter lag ein alter Bauernhof, mit einem Hauptgebäude, das eine ehemals schöne Fachwerkfassade besaß, von der jetzt der Putz abplatzte, Ställen und Scheunen. Caro und Minka hatten von dem alten Lauterbachhof gehört. Es war einer der wenigen Bauernhöfe im Umfeld von Mainheim, der noch bis Ende der Sechzigerjahre Landwirtschaft betrieben hatte. Aber voriges Jahr, so wurde erzählt, sei er verkauft worden. Seitdem stand er leer.

»Und?«, fragte Caro. »Wo ist jetzt das Kaninchen?«

»Das Kaninchen?«, fragte er und grinste. »Ihr werdet gleich sehen.«

Er schob sein Fahrrad über den gepflasterten Hof, so ungeniert, als wäre er hier zu Hause. Dann lehnte er es neben der Stahltür an die grau verputzte Wand des Stallgebäudes, drückte die Klinke herunter, drehte sich zu ihnen um. »Ach, noch was: Falls wir jemanden treffen, erwähnt ja nicht, dass uns das weiße Karnickel entwischt ist, klar?«

Caro nickte. Dann machte Markus eine Kopfbewegung, in Richtung der offenen Tür. Als sie zögerten, fragte er: »Worauf wartet ihr?«

Unfähig, dem Drang der Neugier zu widerstehen, machten beide einen Schritt nach vorn und wurden, noch bevor sie eintraten, von dem durchdringenden beißenden Geruch nahezu betäubt.

CLAIRE

Es fing wieder nach dem Mittagessen an und begann diesmal mit einem leichten Ohrensausen, das sich rasch zu einem hohen anhaltenden Ton entwickelte. Claire legte den Kopf schief, schlug sich mit der flachen Hand aufs Ohr und versuchte, Sigrid darauf aufmerksam zu machen. Ob sie es auch höre? Sie deutete auf ihre rechte Ohrmuschel und ließ ihren Zeigefinger kreisen. Sigrid presste nur bedauernd die Lippen zusammen und schüttelte langsam den Kopf. Ihren Gesichtsausdruck wusste Claire nicht zu deuten. Machte sie sich über sie lustig, oder bedauerte sie sie?

In Claire stieg jetzt Angst auf. Panik davor, dass sich die Szenen von gestern wiederholen würden. Ihr Herzschlag beschleunigte sich, und ihr wurde heiß. Um jeden Preis musste sie es vermeiden, die Augen zu schließen, wollte noch nicht einmal blinzeln. Sie starrte auf Sigrids Gesicht und wartete auf eine Veränderung, die Verzerrung zu einer Grimasse, einer Fratze. Sie gab sich Mühe, die Erinnerung an gestern nicht in ihre Gedanken vorzulassen, und doch tanzten plötzlich die glühenden Augen des Ungeheuers obszön in ihrem Kopf herum, vermischten sich mit den Bildern aus dem Kinderbuch, dem Igel, den Goldhamsterchen, der Schokoladeneisenbahn. Aber das geschah nur in ihrer Einbildung, sagte sie sich. Sie klammerte sich an diese Hoffnung und ließ ihre Augen im Speisesaal kreisen. Wo waren Huyen und Tao? Ihre Plätze waren leer, die ganze linke Seite des Saals war unbesetzt. Sie wusste nicht mehr, ob das schon zu Beginn des Mittagessens so gewesen war, glaubte aber, die beiden in der Schlange gesehen zu haben. Man würde sie doch nicht wieder hier alleine lassen? Ihre Kehle, ihre Zunge fühlten sich so trocken an, als hätte sie tagelang nichts getrunken. Als die anderen Mädchen begannen, ihre Stühle zu rücken, stand sie so hastig auf, dass ihr Stuhl nach hinten kippte. Sie bückte sich, merkte einen leichten Schwindel, hielt sich an der Tischplatte fest und fürchtete sich vor dem Anblick, der sie jetzt erwartete, wenn sie hochkam. Dann hob sie den Kopf und atmete erleichtert tief ein und aus: Alles, was sie sah, war Sigrid, die geduldig auf sie wartete, und die Rücken der anderen, die gerade zur Tür gingen.

Diesmal passierte nichts. Nur das hohe Summen im Ohr, die Mundtrockenheit und der Schwindel hielten an, begleiteten sie den ganzen Nachmittag. Manchmal griff sie sich an die Zunge, die sich schwer und klebrig anfühlte. Nach der Mittagsruhe durften die Mädchen in den Garten hinaus, nur Claire sollte auf Doktor Lavalette warten. Sie saß in dem Aufenthaltsraum und langweilte sich, also lief sie durch die Eingangshalle und sah, dass die Tür offen stand. Als sie Doktor Lavalette etwas entfernt bei der Einfahrt stehen sah, wollte sie schon zu ihr rennen, aber dann bemerkte sie den Mann, mit dem sie sich unterhielt. Er lehnte an einer schwarzen Limousine, und sofort fielen Claire seine hervorstehenden Augäpfel auf. Sie wirkten fast, als würden sie gleich aus ihren Höhlen herausfallen. Sie fand sein Aussehen schaurig und drehte sich weg, berührte mit der Schulter die Innenseite der zweiflügeligen Tür. Wieder war ihr etwas schwindelig, und als sie noch einmal aus der offenen Tür sah, waren der Mann und das Auto verschwunden. Doktor Lavalette kam auf sie zugelaufen.

»Ça va, Claire?«, fragte sie sie.

»Oui, ça va bien«, antwortete Claire. Aus irgendeinem Grund hatte sie das Gefühl, dass es besser war, sich bei der netten Ärztin nie über etwas zu beklagen und nicht zu viele Fragen zu stellen. Sie ging hinter Doktor Lavalette her, zurück in den leeren Speisesaal. Nur nach einem Glas Wasser fragte sie. Es sei ganz normal, dass sie Durst habe, sagte Doktor Lavalette und griff eine Emailtasse und eine Kanne mit kaltem Hagebuttentee, die immer nachmittags für die Mädchen bereitstand.

»Komm, wir setzen uns hierhin«, sagte sie zu ihr auf Deutsch und zeigte auf einen Tisch am Fenster, auf dessen Platte Sonnenflecken tanzten. Von draußen hörten sie die hellen Stimmen der anderen Mädchen. Doktor Lavalette legte das Bilderbuch mit dem Igel neben sie auf den Tisch und schlug ein liniertes Schreibheft auf. Langsam und bedächtig schrieb sie die Buchstaben aA und bB zwischen die Linien und sprach mit ihrer warmen Stimme die Laute dazu. Dann bat sie Claire, sie abzuschreiben.

Sie sah ihr geduldig zu, wie sie den Bleistift zu fest aufdrückte, sodass die Spitze abbrach, spitzte ihn an, ließ es Claire erneut versuchen. Als es diesmal funktionierte, lobte sie sie. Dann ging es weiter im Alphabet. Claire steckte die Zunge zwischen die Lippen, so sehr mühte sie sich ab.

Einige Male zuckte sie zusammen, weil der Summton im Ohr plötzlich lauter wurde. Aber wenn Doktor Lavalette sie fragte, ob alles in Ordnung sei, antwortete sie jedes Mal, es gehe ihr gut. Nach einer Dreiviertelstunde hatte sie das gesamte Alphabet abgeschrieben und jeden Buchstaben laut nachgesprochen.

»Das lernst du auswendig«, sagte Doktor Lavalette zu ihr auf Französisch. »Und du musst den Klang, die Aussprache üben. Ich bin nur an drei Tagen in der Woche hier, und eigentlich gehört es nicht zu meinen Aufgaben, mit euch Kindern zu lernen.«

»Nur drei Tage?«, fragte Claire, mit einem Anflug von Enttäuschung.

»Ja, so ist es. Ich bin ja Medizinerin und nicht Angestellte des Kinderheims. Aber immer, wenn ich komme, werde ich mir deine Fortschritte ansehen und dir neue Aufgaben geben.«

Dann griff sie nach dem Bilderbuch und schlug es auf. Auf der rechten Seite waren die bunten Bilder aus dem Schlaraffenland und auf der linken Seite ein langer Text, den sie ihr, Tao und Huyen bisher nur vorgelesen hatte, damit sie sich an den Klang der Sprache gewöhnten.

»Es wird eine Weile dauern, bis du alle Buchstaben beherrschst, aber du kannst jetzt schon ein wenig lesen. Ich zeige es dir.«

Sie deutete auf den ersten Satz und bat sie, ihn vorzulesen. Das erste Wort war fett gedruckt: »Meine«. Claire suchte jeden der Buchstaben in ihrem Alphabet und musste sich so sehr darauf konzentrieren, den richtigen Laut dazu zu machen, dass sie ihre Lippen verzog und die Zähne bleckte. Der Klang jedes Buchstabens war anders und insgesamt viel härter und abgehackter als in ihrer Sprache. Doktor Lavalette war geduldig, erklärte ihr die Aussprache von »ei«, bei der man automatisch lächelte, und als Claire es hinbekam, lachte sie laut auf. Ganz langsam enträtselte sie jedes der Wörter in den ersten beiden Sätzen: »Mei … mei … mein … ne … lie … bbb en nnn kl eieiei nnnennn … Ffffrrreu nnndeee – Meine lieben kleinen Freunde!«

»Du kannst lesen!« Doktor Lavalette strahlte, und Claire entfuhr ein: »Oh!«

»Sieh mich an, Claire.« Die Ärztin ergriff ihre Hände. Claire wunderte sich, wie kühl sich die Haut anfühlte, und sie war ganz glatt.

»Ich weiß, es ist eine doppelte Schwierigkeit für dich: Du musst eine neue Sprache lernen, die Aussprache und gleichzeitig neue Buchstaben.«

Claire senkte die Lider.

»Sieh mich bitte an!« Sie legte ihr den Finger unter das Kinn und hob ihr Gesicht an. »Aber du bist etwas ganz Besonderes, Claire. Ich habe es sofort gemerkt und ich sehe es in deinen Augen. Ich bin ganz sicher, dass du es kannst, und zwar viel schneller, als es jemals jemand geschafft hat. Du musst nur an dich glauben und niemals aufgeben.«

Claire nickte und nahm sich in diesem Moment vor, alles zu tun, um Doktor Lavalette nicht zu enttäuschen. Sie würde üben, üben, üben. Etwas in ihr sehnte sich danach, wieder ihre beiden Hände zu halten und sie nicht mehr loszulassen. Ein seltsamer Wunsch, da sie ihr erst vor wenigen Tagen begegnet war. Stattdessen prägte sie sich die Form ihrer hellen Fingernägel ein.

»Aber jetzt gehst du zu den anderen.«

»Ich würde lieber hierbleiben und weiter das Abc schreiben und lesen.« Sie flüsterte beinahe. »Am liebsten möchte ich morgen früh aufwachen und die deutsche Sprache können.«

Doktor Lavalette lächelte und strich ihr übers Haar.

»Für heute ist es genug. Ein bisschen frische Luft wird dir guttun. Und die Sprache lernst du am besten von den anderen Mädchen.«

Als Claire in den Garten kam, sah Sigrid sie nur kurz an, bevor das große, dünne, blonde Mädchen, das sich in der Schulstunde so oft gemeldet hatte, sie von ihr wegzog. Die beiden tollten kichernd über den Rasen, fassten sich über Kreuz an beiden Händen, drehten sich im Kreis. Claire musste leise lachen, doch sie stand unbeholfen da, allein gelassen. Als sie sich umsah, bemerkte sie eine Bank an der Hauswand, auf der das andere Mädchen von heute Morgen saß, das mit dem zugeklebten Brillenglas. Sie legte die flache Hand auf den freien Platz neben sich, lächelte, und Claire nahm die Einladung an. Sie mussten beide leise mitlachen, als sich jetzt fast alle Mädchen gegenseitig kichernd mit Händen voller hellrosa Kirschblüten bewarfen, die sie aus der Wiese klaubten.

Das Gelächter verstärkte den Summton in Claires Ohr so sehr, dass sie zusammenzuckte. Die frohen Stimmen der anderen machten ihr eigenes Schweigen noch lauter, ließen sie ihre Einsamkeit fühlen. Ihre Augen wanderten zu Tao und Huyen auf die linke Seite des Gartens. Die zwei hatten einander, waren nie allein und schienen auch schon mit den vier anderen jüngsten Heimbewohnerinnen Freundschaft geschlossen zu haben. Sie mussten alle um die fünf oder sechs sein. Je jünger, desto leichter, dachte Claire. Gleichzeitig überkam sie Mitleid. Wenigstens hatte sie selbst in den letzten drei Jahren noch ihre Mutter, ihre Großmutter und ihre Brüder gehabt. Die Kleinsten hatten ihre Familien noch früher als sie verloren. Die Sprachbarriere schien sie nicht im Mindesten zu stören. Sie amüsierten sich bei der Schaukel und stießen einander abwechselnd an, ließen ihr helles Lachen hören. Ihr Anblick schnitt Claire ins Herz. Einerseits gönnte sie es den beiden Kleinen, wie leicht sie sich hier einfanden, nach allem, was sie mitgemacht hatten. Andererseits fühlte sie sich ausgeschlossen. Sie wusste, dass sie Freundinnen brauchte, so wie sie sie in Vietnam gehabt hatte. Eine Truppe von Freundinnen war das schönste, wenn auch manchmal komplizierteste Versprechen von Glück.

Das Mädchen neben ihr hatte sich zu ihr gedreht und sah sie unverwandt an. Claire erwiderte den Blick. Die schwere Brille dominierte ihr ovales Gesicht und rutschte ihr ständig von der schmalen Nase, sodass sie sie immer wieder mit dem Zeigefinger hochschieben musste. Und das, obwohl man die Bügel an den Ohren mit dem gleichen hautfarbenen Leukoplaststreifen befestigt hatte wie die, die kreuzweise über ihrem rechten Brillenglas klebten. Das Mädchen deutete auf sie, sagte »Claire«, dann auf sich selbst: »Marita.«

»Ma-ri-ta«, wiederholte Claire. Doch im selben Moment wurde der Ton in ihrem Ohr so schrill, dass sie vor Schmerz das Gesicht verzog. Maritas schmales Gesicht zeigte sofort tiefes Mitleid. Claire legte sich die Hand auf die Ohrmuschel, und Marita nickte, so als würde sie genau wissen, woran sie litt. Sie drückte sich beide Hände auf die Ohren. Hatte sie es selbst auch schon erlebt?, fragte sich Claire. Als der Ton wieder nachließ, zeigte sie auf Maritas Brille und hielt sich die Hand vor das Auge. Es musste anstrengend sein, immer nur mit einem Auge sehen zu können. Marita sagte etwas, wollte ihr erklären, dass sie schielte, und es mit dem Pflaster korrigiert werden sollte, aber natürlich verstand Claire sie nicht. Obwohl sie nicht miteinander sprechen konnten und sich erst so kurz kannten, fühlte sich Claire zu dem Mädchen hingezogen, und Marita schien es genauso zu gehen, denn sie legte ihr jetzt die kleine Plastikfigur in die Hand, die sie die ganze Zeit gehalten hatte. Claire hielt sie hoch, drehte sie hin und her. Sie hatte blaue Haut und war nur mit einer weißen Hose und einer weißen Mütze bekleidet.

»Schlumpf«, sagte Marita.

»S c h l u m p f«, wiederholte Claire, aber das Wort war schwierig auszusprechen. Dann hörten sie plötzlich einen hohen verzückten Schrei aus dem Garten. Die Mädchen gruppierten sich rasch um eine Stelle am Rand neben den flachen Rispen der Eberesche, gingen in die Hocke und legten sich gegenseitig die Arme um die Schultern. Einige stießen Rufe aus. Sigrid drehte sich jetzt zu Claire um und lächelte ihr zu, winkte ihr, sie solle auch herkommen. Claire stand auf, Marita tat es ihr gleich. Sie sagten kein Wort, aber als sich die beiden Mädchen unterhakten, war es, als würden sie nach einem bislang voneinander getrennten Kinderleben von nun an gemeinsam gehen. Sigrid kniff die Augen zusammen und legte ihren Arm wieder um die Schulter des blonden Mädchens neben ihr. Der Kreis war dicht geschlossen, so als wollten sie niemanden dazwischen oder nichts hinauslassen, nur eine beugte den Kopf ganz leicht zur Seite, sodass Claire und Marita einen Blick auf das erhaschen konnten, was die anderen so entzückt betrachteten: Im hohen Gras saß ein weißes Kaninchen.

DOKTOR LAVALETTE

Doktor Lavalette wachte in tiefster Nacht auf, als das Telefon klingelte. Anders als die meisten Menschen hatte sie es auf dem Nachttisch stehen. Es konnte jederzeit ein Anruf aus dem Kinderheim kommen, und dann wollte sie keine Zeit verlieren, oder noch schlimmer, das Klingeln überhören. Sie hatte einen wirren Traum gehabt, und es dauerte einige Sekunden, bis sie begriff, was sie geweckt hatte. Sie tastete nach dem Lichtschalter ihrer kleinen Nachttischlampe, dann nach dem Hörer.

»Lavalette«, sagte sie verschlafen.

»Karin, du musst sofort kommen, eines der Mädchen … es hört nicht auf, sich zu erbrechen, und hat schreckliche Krämpfe«, hörte sie die Stimme ihrer Schwägerin.

»Ja, natürlich, ich komme sofort, wer ist es?«

»Marita.«

»Gebt ihr nichts zu essen oder zu trinken, das macht es nur noch schlimmer. Ich bin in fünf Minuten da.«

Sie drehte sich um. »Didier, ich muss schnell …«

Als sie sah, dass das Bett neben ihr leer war, verstummte sie. Für einen Moment hatte sie vergessen, dass sie alleine war. Dass ihr Mann, Didier, sie vor drei Wochen verlassen hatte. Ob es für immer war, wusste sie nicht, er vermutlich auch nicht. Auseinandergelebt, nannte man das wohl.

Als sie im Kinderheim eintraf, lag das ganze Gebäude im Dunkeln. Nur ein schwacher Lichtschein fiel durch eines der Fenster. Sie parkte ihren Wagen vor dem Tor. Wie immer in einem solchen Fall hatte sie eine Taschenlampe dabei. Sie schloss das Tor auf, das sich quietschend öffnete, und leuchtete sich selbst den Weg die lange Auffahrt entlang. Als sie die Tür des Kinderheims aufschob und die dunklen Treppen hinaufstieg, vernahm sie schon die Geräusche, die aus den Waschräumen drangen. Schweres Stöhnen, Würgen, beruhigende Worte, den Wasserhahn, die Toilettenspülung. Die Tür war angelehnt, das Licht fiel durch den Spalt, und Karin Lavalette fasste sich, bereitete sich vor auf eine Szenerie, die sie zu kennen glaubte. Doch diesmal übertraf der Anblick alles, was sie zuvor in diesem Raum gesehen hatte.

Ihre Schwägerin war über eine Kreatur gebeugt, die keine Ähnlichkeit mehr mit dem Mädchen besaß, das sie unter dem Namen Marita in ihren Tabellen führte. Mit weit aufgerissenen Augen kniete sie auf den kalten Fliesen, den Kopf weit in den Nacken gebogen, als hätte sie ein strammes Seil um den Hals, das ihn zurückzog. Ihr Mund war schief, ohne jede Mimik, völlig verändert. An ihrem Mundwinkel klebten Reste von Erbrochenem, Blut tropfte von ihren Lippen auf ihr weißes Nachthemd. Sie hatte sich mindestens einen Schneidezahn ausgeschlagen. Nicole Rose kauerte neben ihr, presste ihr ein nasses Handtuch in den Nacken und hielt ihre Stirn.

»Karin!«, stieß sie hervor. »Da bist du ja endlich! Ich weiß nicht, was ich tun soll, ihr Zustand verschlimmert sich von Sekunde zu Sekunde.« In ihrer Stimme lag Angst, die kurz davor war, in Panik überzugehen.

»Warum hast du mich nicht früher angerufen?«

»Ich wollte sie nicht allein lassen, um zum Telefon zu gehen, Frau Richard hat frei, ich bin ganz allein hier, und als ich schließlich doch ins Büro gerannt bin, ist sie gestürzt. Was hat sie denn nur?«

Doktor Lavalette stellte ihre Tasche ab und leuchtete Marita mit einem kleinen Lämpchen in die Augen. Sie hörte ihren Brustkorb mit einem Stethoskop ab.

»Hat sie viel erbrochen?«

»Das kann man wohl sagen. Zum Schluss hat sie nur noch wässrige Galle gespuckt. Wie kann man ihr denn bloß helfen?«

»Gar nicht«, sagte Doktor Lavalette nüchtern. »Sie hat einen Starrkrampf im Bereich der Rückenmuskulatur und einen Blickkrampf nach links oben, vermutlich auch eine halbseitige Lähmung. Man kann nur abwarten, bis es vergeht.« Als sie die schreckgeweiteten Augen ihrer Schwägerin sah, fügte sie hinzu: »Aber keine Sorge, das wird schon wieder.«

Marita gab einige gurgelnde Laute von sich und überstreckte den Kopf noch weiter nach hinten. Doktor Lavalette setzte sich neben sie auf den kalten Boden, umfasste ihren Körper und wiegte sie sachte hin und her. Dabei flüsterte sie ihr sanft ins Ohr: »Es tut mir leid, du hast nur schlecht geträumt. Beruhige dich. Das hört wieder auf. Es tut mir leid. Es war eine falsche Dosierung. Ein kleiner Fehler von mir. Es tut mir leid.«

Marita war nicht anzumerken, ob sie sie hörte. Sie war vollkommen apathisch.

»Es tut dir leid? Eine falsche Dosierung? Was meinst du damit?«, fragte ihre Schwägerin mit kraftloser Stimme. »Heißt das, das alles kommt von den Tabletten?« Ihr Gesicht war totenbleich, die Haare klebten ihr an der Stirn, und sie starrte Doktor Lavalette ungläubig an.

»Jeder reagiert anders, Nicole. Es war nicht vorherzusehen, dass es bei ihr so extrem sein könnte, und wie gesagt, ich muss in Zukunft die Dosierung ändern ... werde mir das gleich notieren.«

»Die Dosierung ändern? Ich hoffe, du weißt, was du tust, Karin.«

»Ich wusste schon immer, was ich tue, Nicole. Schon als wir Kinder waren. Erinnerst du dich nicht mehr?«

Nicole Rose biss sich auf die Lippen, sah zu Marita, der jetzt Speichel aus dem Mundwinkel rann, und schüttelte den Kopf. »Du solltest das wirklich nicht mehr tun, Karin. Es sind Kinder, sie sind uns ausgeliefert, sie können sich nicht ...« Das Entsetzen lähmte sie, und die Tränen schnürten ihr die Kehle zu.

Ihre Schwägerin entgegnete mit fester Stimme: »Es muss sein, Nicole. Glaub mir! Eines Tages wirst du es verstehen.«

MINKA UND CARO

Als sie die Tür aufdrückten und das Stallgebäude betraten, erkannten sie im ersten Moment überhaupt nichts. Nur durch die schmalen verstaubten Scheiben, die nie geputzt wurden, fiel ein wenig Licht. Um sich herum vernahmen sie scharrende Geräusche und von der anderen Seite leises Fiepen. Minka hielt sich die Nase zu, Caro versuchte, nur ganz flach zu atmen. Der stechende Geruch war so durchdringend, dass ihnen übel wurde. Nach einigen Sekunden gewöhnten sich ihre Augen an das Dämmerlicht in dem Stall. Es musste vorher ein Kuh- oder Schweinestall gewesen sein. Zwischen den alten Holzabtrennungen, in denen einmal größere Tiere gehalten worden waren, standen die Käfige. Nach und nach nahmen ihre Augen die Bewegungen darin wahr. Direkt neben ihnen raschelte es, und Minka und Caro sahen in das Gehege. Vier weiße Kaninchen und zwei schwarz-weiß gescheckte saßen darin. Eines hoppelte gerade von einer Seite zur anderen. Der Käfig maß nicht mehr als einen Quadratmeter. An der einen Seite war ein Wasserspender angebracht. Dann drehten sie sich um. Jetzt konnten sie schon mehr erkennen. Dicht an dicht standen Stahlgestelle in mehreren Reihen, auf denen in etwa einem Meter Höhe die Gehege aufgebaut waren. Der ganze Stall war voll damit. Sie gingen weiter: In jedem der Käfige waren sechs bis acht Kaninchen. Die meisten waren weiß und hatten rote Augen.

»Na? Hab ich euch zu viel versprochen?«, sagte Markus voller Stolz in der Stimme. Caro hatte sich die ganze Zeit gefragt, warum er sie überhaupt hierhergeführt hatte. Vielleicht wollte er einfach nur damit angeben, dass er diesen Ort kannte.

»Sind wirklich in allen Käfigen Kaninchen?«, flüsterte sie und wunderte sich, dass er so offen hier hereinspazierte und noch nicht einmal seine Stimme dämpfte.

»Nein, auf der anderen Seite sind Mäuse und Meerschweinchen. Gib mir jetzt schon mal drei Tafeln Schokolade.« Sie holte die Plastiktüte aus dem Ranzen und zählte unter Minkas wachsamen Augen drei Tafeln für ihn ab. Dann gingen sie weiter, schauten neugierig in die Käfige, und

Caro brannte schon vor Sehnsucht danach, eines der Tiere zu streicheln. Sie steckte die Finger zwischen die Gitterstäbe und ließ ein besonders langhaariges Kaninchen daran schnüffeln. Das Gefühl der zarten Nase und des Backenbarts an ihrer Haut löste den Drang aus, es herauszuholen und einfach mit zu sich nach Hause zu nehmen. Nicht nur sein besonders flauschiges Fell unterschied es von den anderen, sondern auch die auffälligen Ohr- und Stirnbüschel. Sie schien der Verwirklichung ihres größten Wunschs jetzt näher zu sein denn je. Das Tier saß ganz ruhig da und schien keine Angst vor ihr zu haben. Minka zog sie weiter. Die Meerschweinchen gaben merkwürdige Laute von sich, eine Art Fiepen. Die unzähligen weißen Mäuse, die in Gruppen von etwa je zwanzig in den Käfigen gehalten wurden, lösten eher eine Mischung aus Staunen und Skepsis bei den Mädchen aus. Minka stellte natürlich als Erste die Frage, die auch Caro beschäftigte: Wozu wurden hier Unmengen von Kleintieren gehalten? Wurden sie an Zoogeschäfte verkauft? Oder die Kaninchen an den Metzger, an die Pelzindustrie?

Das wisse er auch nicht, antwortete Markus, aber seine Miene verriet sogar in dem Halbdunkel, dass er mehr wusste, als er zugab.

»Und der Geruch? Wo kommt der her?«

»Na, die Viecher stinken halt, sie wohnen ja sozusagen in ihrer eigenen Toilette.«

Caro fielen jetzt erst die vielen kleinen schwarzen Kugeln auf dem Boden der Ställe auf. Besonders sauber wurden sie anscheinend nicht gehalten. »Das, was am meisten stinkt, ist ihre Pis…«, er verbesserte sich, »… ihr Urin … Ammoniak eben.« Markus war anzumerken, wie wichtig er sich fühlte, und als er Caro wieder vor dem Käfig mit dem flauschigen Kaninchen sah, öffnete er die Käfigtür, streckte seine Hand aus und packte es an der Nackenfalte. Doch im selben Moment ging die Tür auf der anderen Seite der Halle auf, und das Licht wurde angeschaltet. Markus ließ das Kaninchen los, Minka und Caro duckten sich blitzschnell hinter die Käfige. Ein Mann in einem Blaumann mit einer Schubkarre betrat den Stall. Markus blieb einfach stehen, steckte die Hände in die Hosentasche und sagte laut: »Guten Tag, Jan!«

»Ahh, Markus, bist ja schon wieder da!« Er war schlecht zu verstehen, verschluckte jede zweite Silbe, nuschelte. »Willst du noch eins holen? Wäre besser, Karnickel sind nicht gern allein. Musst nur aufpassen, dass du nicht Männlein und Weiblein zusammentust, sonst hast du gleich zehn.« Dann ließ er ein schrilles Lachen hören. Die Mädchen sahen zu Markus hoch und warteten darauf, ob er ihnen irgendein Zeichen geben würde. Sollten sie sich weiter verstecken, oder durfte der Tierpfleger sie sehen? Doch Markus hielt unauffällig seine flache Hand neben sich und bewegte sie so, dass sie verstanden: Sie sollten lieber unten bleiben; also verharrten sie bewegungslos in der Hocke.

»Ja, dann … würde schon noch eines nehmen. Am besten wieder ein Weibchen.«

Der Pfleger begann jetzt damit, die Käfige nach und nach mit einer kleinen Schippe zu säubern. Er schaufelte die verschmutzten Holzpellets heraus und schüttete neue nach. Caro und Minka hörten nur das Kratzen auf dem Holzboden, sahen sich an und fragen sich, wie lange es dauern würde, bis er sie entdeckte.

Markus schien nicht sonderlich besorgt zu sein. Er machte ihnen ein Zeichen, dass sie dort warten sollten, und schlenderte mit den Händen in den Hosentaschen in den Gang zu dem Tierpfleger. Sie sprachen leise miteinander, und die beiden Mädchen konnten nicht verstehen, was sie sagten. Dann hörten sie auf einmal, wie Markus laut rief: »Ihr könnt euch ruhig zeigen, ist alles geklärt.«

Zögernd richteten sich Caro und Minka auf. Markus kam jetzt mit dem Pfleger in ihren Gang und sagte: »Das sind die beiden. Aber das Karnickel wäre für sie.« Er deutete auf Caro und schien seine Rolle als Vermittler auszukosten.

Jan war ein Mann in mittleren Jahren mit rot geäderten Wangen, der deutlich ein Bein nachzog. Seine Augen musterten sie nicht unfreundlich, aber er wirkte nervös, drehte den Kopf mehrmals zur Tür, als würde er fürchten, dass gleich noch jemand käme. Dann meinte er: »Na, so viele Kuscheltiere auf einmal kriegt man nicht alle Tage zu sehen, nicht wahr?«

Minka öffnete den Mund und wollte ihn etwas fragen, aber Markus zog die Augenbrauen hoch und schüttelte kaum merklich den Kopf.

»Das Ganze hier bleibt unter uns, dass das klar ist!«, raunte Jan ihnen zu. »Sonst komm ich in Teufels Küche!«

Alle drei nickten und versicherten ihm, sie würden Stillschweigen bewahren.

»Also, junge Dame? Welches soll es sein? Wäre gut, wenn wir das schnell über die Bühne bringen könnten.« Sofort zeigte Caro auf das Tier mit dem besonders wuscheligen Fell. Jan bückte sich vor dem Käfig und las den mit Schreibmaschine beschriebenen Zettel, der in einem Plastikfutteral an den Gitterstäben befestigt war.

»Das passt, sind alles Weibchen, zwölf Wochen alt. Also das hier mit dem längeren Fell?«

Caro nickte.

»Das is'n Angora-Mix. Weiß gar nicht, wie das passiert ist, haben wir hier selten.«

Er öffnete die Käfigtür, die Kaninchen hoppelten alle rasch in eine Ecke, aber er war geschickt und packte das gewünschte Tier mit seiner breiten Hand, griff das Fell im Nacken, holte es raus. Er hielt es sich vors Gesicht, ließ dessen Hinterläufe hin und her baumeln und sagte zu ihm: »Sieht aus, als meint das Schicksal es doch noch mal gut mit dir, Mümmelmann. Wenn du wüsstest, was für'n Riesenglück du hast!«

Dann legte er es Caro in den Arm, und Markus gab ihm die drei Schokoladentafeln.

SKATBRÜDER

Der Skatabend war ein heiliges Prozedere. Jeden ersten Dienstag im Monat trafen sie sich im Schwimmbadrestaurant. Meistens waren sie zu fünft und wechselten sich beim Spielen ab. Man fehlte so gut wie nie, denn jeder wusste: Wer nicht dabei war, dem klangen schnell die Ohren.

Der große quadratische Tisch mit dem Messingschild darauf wurde für sie vom Pächter frei gehalten. Auf einem rot-weißen Wimpel standen Jahreszahlen, wie die Einweihung des Cassadabads im Juni 1954, die Erweiterung 1960, prominente Besuche, wie die des hessischen Ministerpräsidenten Georg-August Zinn oder des Boxweltmeisters Max Schmeling.

Schönwetter saß meistens als Erster auf der Eckbank, der Bademeister, Georg Knüppel, und der Musikdirektor Hans Rose betraten die Gaststätte kurz danach gemeinsam und nickten den anderen Gästen zu. Pa hatte Zenker, den Vorstand der Ruberus AG, schon von Weitem über den Parkplatz auf die Tür zugehen sehen, doch als er Schwimmbadbesucher bemerkte, wartete er einen Moment, direkt hinter dem Logo des Cassada-Mucks, das neben dem Schwimmbadeingang in Lebensgröße stand – auch wenn ihn die Zementfigur mit Turban und Pumphosen nicht in der ganzen Breite zu verdecken vermochte. Etwas hielt Pa zurück, allein mit Zenker gesehen zu werden, zusammen mit ihm im Restaurant einzutreffen. Zwar führten sie beide eine Fabrik, waren »Industrielle«, waren »Skatbrüder«, dennoch mochte er sich nur ungern mit Zenker in einen Topf werfen lassen und so womöglich seine Sympathiewerte aufs Spiel setzen. Ein Chemieunternehmen war ein ganz und gar anderes Kaliber als eine Schokoladenfabrik, auch wenn die Cassada natürlich ebenfalls ihre werkseigenen Chemielabore besaß. Wo ursprünglich Rohstoffe und Produkte überprüft worden waren, hatte Pa begonnen, das Fachpersonal auch anderweitig einzusetzen. Längst entwickelten sie ununterbrochen neue Süßwaren. Man musste sich etwas einfallen lassen, um die Verbraucher zum Verzehr größerer Mengen Schokolade anzuregen oder den Konkurrenten Marktanteile abzujagen. Er war gezwungen, immer modernere Produkte auf den Markt zu werfen. Um die Erzeugnisse exakt an den Bedürfnissen und dem Geschmack der Kunden auszurichten, ließ er aufwendige Tests und Marktstudien durchführen. Als Zenker hinter der Tür mit den Butzenscheiben verschwunden war – die gar nicht zu dem nüchternen Stil des Gebäudes passte –, zählte er bis dreißig. Kurz darauf schlug er den schweren Stoff des Windfangs zurück und betrat den Vorraum. Schon schallte ihm die Stimme seines ungeliebten Nachbarn entgegen: »Na, da bist du ja, Stern, ich habe schon mal eine Runde bestellt!«, rief Schönwetter, während Pa seinen Mantel an den Haken hängte und damit wie alle anderen zu einem Skatbruder wurde – ohne Ansehen der Stellung, des Berufs, gegenseitiger Abneigung oder der politischen Gesinnung.

Womöglich war es um der guten alten Zeiten willen, vielleicht, weil sie einander alle lange genug kannten und längst wussten, wie wenig einer alleine vermochte und wie viel mehr, wenn sie sich zusammentaten. Die kühle Luft des Frühlingsabends drang durch den offenen Windfang, und im Vorbeigehen zog die Kellnerin die Stoffenden zusammen. Mit einem runden Tablett und schön gezapften Pils-Gläsern kam sie an den Tisch in der Ecke. Alle fünf Männer bewegten sich auf die fünfzig zu, und ihre Lebensweise begann sich in ihre Gesichter zu schnitzen. Pa konnte jedermann ansehen, wie wenig er selbst der Produktpalette seiner Firma widerstehen konnte. Er wurde runder und runder. Georg Knüppel, dem die langen Sonnentage im Schwimmbad allzeit eine attraktive Bräune bescherten, mischte geschickt die Karten, so als hätte er sein Leben lang nichts anderes getan. Seine weißen Zähne hoben sich von dem gleichmäßig gebräunten Teint ab und blitzten im Licht der verschnörkelten Wandlampen, auf denen türkisfarbene Schirmchen saßen. Keiner verkörperte das Klischee des attraktiven Bademeisters eines gut gepflegten Freibads besser als er. Nach einer Weile legte er den Stapel auf den Tisch und sagte zu Rose: »Heb ab!«

Rose griff mit seinen langen Pianistenfingern, deren Gelenke deutlich verdickt waren, nach dem oberen Drittel der Karten und legte sie daneben auf die Eichentischplatte. »Wieder Schmerzen?«, fragte Schönwetter.

Rose nickte: »Beginnende Arthrose.«

Schönwetter machte eine Grimasse, die wohl sein Mitgefühl ausdrücken sollte. Er selbst litt unter Kreuzschmerzen, die ihn kaum eine Nacht durchschlafen ließen. Äußerlich sah man ihm dieses Leiden nicht an. Er wirkte dynamisch, ließ gerne den Hemdkragen weit offen, um seine Brustbehaarung zu zeigen, die er als Ausdruck seiner Männlichkeit schätzte. Knüppel teilte an Schönwetter, Rose und sich selbst jeweils drei Karten aus, legte zwei in die Mitte und verteilte weiter, an jeden vier, dann noch mal an jeden drei.

»Kommt noch jemand?«, fragte Pa und deutete auf das sechste Bier. »Nicht dass es noch warm wird!«

»Hmm«, machte Schönwetter, während er seine Karten auffächerte und sortierte. »Ich hab den Ebert noch gefragt.«

»Den Rosen-Ebert?«

Pa zog fragend die Augenbrauen hoch. Die Gesichter der anderen zeigten keinerlei Regung, woraus er entnahm, dass sie bereits eingeweiht waren. Nur Zenker, dessen Mundwinkel von Natur aus nach unten gebogen waren, verzog sie jetzt spöttisch schief: »Er war bisher nicht dabei, weil er nicht aus unserem Viertel ist, aber wenn ich mir das recht überlege …« Sein langes Gesicht mit der Adlernase, die Stirnglatze und die Locken im Nacken – das alles verlieh ihm fast ein aristokratisches Aussehen. Jetzt lag ein ungewohnt zufriedener Ausdruck in seinen Augen, die aussahen, als würden sie mit jedem Monat weiter aus den Höhlen hervortreten. Ihm schien die Vorstellung, Ebert zu treffen, aus einem unerfindlichen Grund Vergnügen zu bereiten.

»… besondere Situationen erfordern besondere Maßnahmen«, vollendete Rose seinen Satz. Ihm war es ein besonderer Dorn im Auge, den ortsbekannten Querulanten einzuladen. Ebert besaß einige Eigenschaften, die ihn unbequem machten, weshalb er im Magistrat nicht besonders beliebt war. Oft erschien er als einziger Zuschauer bei Gemeinderatssitzungen, stellte mit viel Sachverstand unangenehme Fragen, verlangte Nachweise für verwendete Mittel und war Kritiker jedes Vergabeverfahrens.

Pa zuckte mit den Schultern. Er habe nichts dagegen, Ebert sei sicher ein netter Kerl, außerdem könne man dann endlich zwei Skatrunden aufmachen, und es müsse nicht immer einer aussetzen.

»Großherzig, edel und gut wie immer.«

Zenker sei schon als Kind sarkastisch gewesen. Damals hätten sie nur noch nicht das passende Wort dafür gekannt, sagte Helga Schönwetter über ihn, die mit ihm in der Nachbarstadt Steinheim zur Schule gegangen war. Man habe etwas über eine seltene Krankheit gemunkelt, weshalb seine Augen schon damals so aus den Höhlen hervorstanden. Er habe Basedow, hieß es, aber keiner wusste Genaueres. Auf jeden Fall sei er schon damals der größte Streber gewesen, der ihr in ihrem Leben begegnet sei. Doch wohl keiner hätte ihm zugetraut, dass er einmal eines der größten Chemieunternehmen führen würde. Als er nicht am Sitz seiner Fabrik, sondern im Schwimmbadviertel von Mainheim ein Grundstück kaufte und baute, wurde die Wahl seines Wohnorts gar nicht infrage gestellt. Jeder – vom Velten-Schönwetter-Ring bis zur Mainzer Landstraße – konnte ihn verstehen. Wer wollte sich und seine Familie schon freiwillig unmittelbar den ungesunden Abgasen aus den Schloten der Ruberus AG aussetzen?

Alle Männer schwiegen, während die drei Spieler begannen zu reizen.

»Achtzehn?«, fragte Schönwetter. Rose senkte die Lider mit den tiefschwarzen Wimpern zum Zeichen, dass er mitging. »Zwanzig? … Zweiundzwanzig … dreiundzwanzig?«

»Ich bin weg!« Rose schloss den Fächer seiner Karten und legte sie vor sich als Stapel auf den Tisch. Schönwetter wandte sich Knüppel zu, der weiter reizte: »Vierundzwanzig?«

Schönwetter antwortete mit einem lang gezogenen »Jaaa«.

Knüppel seufzte: »Ich bin auch weg.«

»Na dann …«, sagte Schönwetter und griff nach den zwei Karten in der Mitte, stieß hörbar Luft durch die Zähne, steckte sie zwischen die übrigen in seiner Hand und sortierte zwei andere aus.

Skat wurde zu dritt gespielt, in der Regel einer gegen zwei. Wer gute Karten hatte, konnte den beiden anderen sein Spiel aufzwingen. Für denjenigen, der kein so gutes Blatt hatte, konnte es hilfreich sein, wenn er seine Karte als Letzter legte, »hinten saß«, wie die Skatspieler sagten. So konnte er auf die anderen reagieren. Ähnlich konnte es in den Ränkespielen einer kleinen Industriestadt zugehen. Nun waren alle gespannt, wer heute Abend »hinten sitzen« würde.

Pa und Zenker bestellten unterdessen das Tagesmenü: Rinderroulade, Bratkartoffeln mit Bratensoße, Butterkarotten, Spaghettieis. Am Nebentisch saß ein mittelaltes Ehepaar. Beide wischten die Teller schweigend mit Brotscheiben sauber. Sie würden bald gehen, so wie alle anderen.

Schönwetter setzte ihre Runde immer um halb neun an, damit sie den Gastraum in der letzten Stunde für sich alleine hatten. Sie hätten sich auch in das Nebenzimmer begeben können, doch das hatte, wie er glaubte, einen zu konspirativen Anstrich.

»Stich!«, rief Rose, als er die drei gelegten Karten mit einem Buben übertrumpfte.

»Ah, die stillen Wasser!«, sagte Schönwetter. »Wie geht es eigentlich deiner Schwester? Ich müsste mal wieder in ihre Sprechstunde kommen, diese Kreuzschmerzen sind mörderisch.«

»Sie arbeitet nur noch einen Tag pro Woche in der Arztpraxis.«

»Ach, und an den anderen Tagen ist sie jetzt Hausfrau? Hätte ich mir bei ihr nicht vorstellen können. Aber ihr Mann ist ja auch Franzose, die wollen bekocht werden.«

Rose warf einen Seitenblick auf Zenker, fast als bräuchte er dessen Zustimmung, bevor er antwortete. Dieser schüttelte kaum merklich den Kopf.

»An den anderen Tagen arbeitet sie bei meiner Frau im Kinderheim. Und ihr Mann ist wieder zurück nach Lyon gezogen.«

Zenker schloss kurz die Augen und seufzte.

»Sie ist also Strohwitwe?«

»Sozusagen.« Rose räusperte sich. Ihm war anzusehen, dass ihm das Thema unangenehm war. »Aber bestimmt hat sie ein Mittel gegen deine Kreuzschmerzen, Harald. Dienstags ist sie in der Praxis«, beeilte sich Rose zu versichern, der als Klavierlehrer im Schwimmbadviertel heiß begehrt, gleichzeitig ehrenamtlicher Stadtrat und Parteigenosse war. Er wandte sich an Pa. »Übrigens soll ich dir von meiner Frau ein herzliches Dankeschön für die großzügige Schokoladenspende an das Kinderheim ausrichten.«

»Gern geschehen!«, sagte Pa und winkte ab. »Hauptsache, wir können den Mädchen eine Freude machen.«

»Darüber, dass Rudolph ihnen die Köchin abgeworben hat, werden sie sich sicher auch gefreut haben. Nicole sagt, ihre Künste am Herd seien bei den Kindern nicht gerade auf Gegenliebe gestoßen. Und hast du auch eine neue Haushälterin gefunden, Rudolph?«, fragte er Zenker. Alle wussten, dass sein Verschleiß in dieser Hinsicht hoch war, seit seine Frau vor zwei Jahren an Krebs gestorben war.

»Ja, das auch«, brummte er. »Aber die Köchin kann nicht kochen, und der neuen Haushälterin tanzen die Jungs auf der Nase rum.«

»Ist sicher nicht einfach, so allein …«, lautete Roses Kommentar. Die anderen schwiegen. Es trat eine peinliche Stille ein, die durch das Geräusch der aufklappenden Küchentür unterbrochen wurde. Pa lehnte sich zurück, als ihm die Kellnerin seinen Teller hinstellte.

»Danke, Fräulein Rosalie. Den haben Sie ja ordentlich voll gemacht.«

»Bedanken Sie sich bei unserem neuen Koch. Der meint es fast ein bisschen zu gut mit den Gästen.«

Die Kellnerin ging auf die andere Seite des Tischs, stellte Zenker, Rose, Knüppel und Schönwetter ihre Teller hin. Die Bratkartoffeln auf Schönwetters Teller schienen sich noch höher zu türmen als bei den anderen.

»Alles schön aufessen!«, sagte sie. »Und keine Sorge, wenn es nicht reicht: Beim Tagesgericht gibt es Nachschlag!«

Sie lächelte dem Bürgermeister zu, bevor sie sich umdrehte und quer durch das Restaurant zurück zum Tresen ging.

»Na, bei der hast du aber ’nen dicken Stein im Brett, Harald!«, murmelte Knüppel, der ihr, so wie die anderen, mit den Augen folgte. Den Minirock aus schwarzem Stoff mit weißem Herzchenmuster trug Fräulein Rosalie heute zum ersten Mal. »Aber bild dir bloß nichts auf die Herzen auf ihrem Hintern ein. Den Rock hatte sie schon heute Mittag an«, ergänzte Knüppel. Es war ein offenes Geheimnis, dass er der größte Schürzenjäger in der Stadt war.

Schönwetter schüttelte bloß den Kopf: »Du redest zu viel.«

»Lass das bloß net die Helga merken, Harald«, sagte Zenker und erhob zum ersten Mal die Stimme. Alle außer Pa, der nur zugezogener Hesse war, pflegten speziell an ihrem Skatabend ein breites Hessisch. Bei Zenker wirkte es allerdings aufgesetzt.

»Lass du Helga aus dem Spiel!« Schönwetter hob warnend die Augenbrauen. Obwohl er sich genüsslich von seiner Frau über alle alteingesessenen Mainheimer Familien ins Bild hatte setzen lassen, konnte er es nicht ertragen, wenn seine Skatbrüder unterschwellig damit angaben, sie vor ihm gekannt zu haben.

»Bedienst du, Schorsch?«, fragte Rose. »Herz?« Und er wartete, dass Knüppel seine Karte legte. Dieser ließ die kurzen Finger über die oberen

Kanten der Spielkarten gleiten, griff dann eine Karte vom Rand und pfefferte sie auf die zwei anderen.

»Herz-Ass!«

Dann strich er den Stich ein und kratzte sich an der breiten Nase. Auch die nächsten Stiche gingen an ihn und Rose. Schönwetter versuchte, gute Miene zu machen, selbst als Knüppel und Rose nach dem Auszählen die Gewinner waren.

»Wenigstens ging die erste Runde schnell und das Essen wird nicht kalt«, brummte Schönwetter und zog seinen Teller heran.

Das stille Paar vom Nachbartisch zahlte, schob die Stühle zurück, grüßte höflich im Vorbeigehen, und Fräulein Rosalie half ihnen in ihre Mäntel. Jetzt war nur noch ein Vierertisch am anderen Ende des Restaurants besetzt, dessen Gastraum durch achteckige Plastikkübel mit Palmen und Gummibäumen in Hydrokultur unterteilt war. Die anfänglichen Pläne für die Gastronomie am Schwimmbad hatten damals nur ein Sommercafé für Badegäste vorgesehen. Dieses Vorhaben hatte sich während des Baus geändert. Velten Schönwetter hatte sich für ein Restaurant mit Pächterwohnung eingesetzt, was den Vorteil hatte, dass sie ganzjährig öffnen konnten. Die damalige Geschäftsleitung der Cassada hatte zugestimmt und dem Schwimmbadviertel sein Schwimmbadrestaurant beschert. Auf der großen Gäste-Terrasse erinnerten Sonnenschirme mit Fliegenpilz-Muster und Cassada-Schriftzug an den größten Arbeitgeber der Stadt, und das Lokal hatte sich im Laufe der Jahre zum Treffpunkt der Mainheimer Prominenz entwickelt.

Als die Herren nun fast unter sich waren, prosteten sie einander zu, nahmen alle einen großen Schluck Bier und schauten erwartungsvoll zu Schönwetter. Er rieb sich über das Kinn, an dem um diese Zeit schon die Bartstoppeln nachwuchsen. Er mochte keinen von ihnen, allenfalls noch seinen engsten Parteigenossen und Adlatus Rose, auch das war keine Freundschaft auf Augenhöhe. Aber er war vorbereitet. Diesmal wollte er keinen Fehler machen, er würde über seinen Schatten springen und war bereit zu Zugeständnissen, die er noch vor einigen Wochen nicht für möglich gehalten hätte. Er hatte lange genug über alles nachgedacht, bilaterale Gespräche geführt, Puzzleteil um Puzzleteil zusammengefügt, gemeinsam ergaben sie ein stimmiges Bild, bis auf zwei kleine Schönheitsfehler: Einer fehlte, und einer war noch nicht eingeweiht.

Er schnitt sich ein großes Stück von seiner Rinderroulade ab, schob die zerkochte Essiggurke zurück an ihren Platz und sah auf seine Armbanduhr. Im selben Moment spürten sie einen kalten Luftzug, die Decken des Windfangs wurden auseinandergeschlagen, und der Fehlende erschien im Gastraum: Wilhelm Ebert, in Tweedsakko und Cordhose. Er war drahtig, ein mittelgroßer Mann, hatte einen gepflegten Bart und wache Augen.

»Du kommst genau richtig, Wilhelm«, sagte Schönwetter, als er an ihren Tisch trat. »Willst du noch was bestellen, bevor die Küche schließt?«

»Die Gerüchteküche?«, fragte dieser.

Knüppel wieherte los, die anderen lachten verhalten.

»Du hast recht, die kocht vermutlich gerade über!«, meinte Zenker, machte eine jovial einladende Handbewegung zu Ebert und rückte sofort einen Platz auf der Eckbank weiter. »Setz dich her zu mir, Wilhelm. Das Kissen ist angewärmt.«

Pa musterte Zenker erstaunt. Normalerweise saß er so kerzengerade auf der Bank, als hätte er einen Stock verschluckt.

»Trinkst du auch ein Pils?«, fragte Zenker, und ohne abzuwarten, hielt er die Hand in die Höhe, ließ den Zeigefinger kreisen, um Rosalie hinter dem Tresen zu bedeuten, dass die nächste Runde auf ihn ging. Dann hielt er das sechste Bier hoch. »Nehmen Sie das abgestandene wieder mit, unser Freund hier soll ein frisch gezapftes bekommen.«

Pa sah ihn misstrauisch an, so freundlich hatte er den Vorstand der Ruberus AG noch nie erlebt.

Schönwetter trank sein Glas in einem Zug zur Hälfte leer. »Ah, das zischt!«, sagte er und stellte es ab. Dann verschränkte er die Arme auf der Tischplatte und lehnte sich nach vorne:

»Also, ihr Mainheimer Säckel.«

Er begann, mit gedämpfter Stimme zu erläutern, worum es ging. Vorweg wolle er eines klarstellen: Sein Ziel sei es keineswegs, etwas schönzureden oder gar zu vertuschen. Ihm gehe es allein um Schadensbegrenzung nach einem tragischen Unfall, wie er auf der Welt täglich vermutlich millionenfach vorkomme.

»Na, millionenfach wird wohl kein Junge von einem Superflexbrett auf den Beckenrand katapultiert«, brummte Pa.

»Duraflex-Hochleistungsbrett«, verbesserte Knüppel mit gespitzten Lippen.

»Schscht«, machte Rose und legte sich den Zeigefinger auf den Mund, denn Rosalie kam wieder mit ihrem Tablett an den Tisch, verteilte die frisch gezapften Biere, räumte die leeren Teller ab.

»Willst du noch was zu essen, Wilhelm?«, fragte Zenker. »Das geht auf meine Rechnung.«

»Ich hab schon ein Wurstbrot gegessen und steige beim Nachtisch ein.« Ebert blickte in die Runde. »Es gibt doch Nachtisch?«

»Spaghettieis«, sagte Rosalie, stemmte eine Hand in die Hüfte und erklärte geduldig, wie es hergestellt wurde.

»Na, das wäre doch eine neue Idee für euer Sortiment, Philipp? Wann gibt es die erste Spaghetti-Schokolade mit Tomatensoße?«, fragte Rose.

»Erdbeersoße«, verbesserte ihn Rosalie. »Und die Kokosraspel sehen aus wie Parmesan.«

Pa winkte ab, das sei eine Spielerei.

»Aber ihr habt doch jetzt die neue weiße Schokolade, das würde doch sogar farblich passen«, meinte Georg Knüppel.

»Soll ich euch ein Geheimnis verraten?«, fragte Pa.

»Immer her damit!«, sagte Schönwetter.

»*Die Weiße* ist genau genommen gar keine Schokolade.«

Knüppel rieb sich die Augen: »Sondern?«

»Sie enthält keinen Kakao, nur Kakaobutter, Milch und Zucker. Deshalb nennen wir sie ja auch *Die weiße Kinder-Tafel.*«

»Ganz schön spitzfindig, eure Marketing-Experten«, lobte Zenker.

Pa zuckte mit den Schultern: »Wir halten uns nur an die rechtlichen Vorgaben.«

Jetzt öffnete sich die Tür, und der Wirt kam aus der Küche, trocknete sich die Hände an einem Küchentuch ab und fragte, wie es den Herren geschmeckt habe.

»Du kannst ruhig mal was Italienisches auftischen, Emilio!«, rief Schönwetter.

»Wir haben ja einige Gerichte auf der Karte, Dottore, aber die Leute greifen dann doch immer wieder zur deutschen Hausmannskost.« Dann wechselte Emilio Latrice das Thema: »Schrecklich, was passiert ist. Was wird jetzt aus dem Jungen?«

Die Männer schauten alle betreten.

»Ja, sehr tragisch«, stimmte Zenker ihm als Einziger zu.

Die angespannte Stimmung blieb dem Wirt nicht verborgen. »Also sechsmal Nachtisch?«

Als Schönwetter zur Bestätigung sechs Finger hochhielt, nickte er und verschwand mit Rosalie in der Küche.

»Wo waren wir stehen geblieben?«, fragte Schönwetter, als die Tür zufiel.

»Beim Brett«, half ihm Rose und senkte den Kopf.

»Ah genau.«

Der Einbau des Duraflex-Hochleistungsbretts in den Dreimetersprungturm sei das Ergebnis eines vehement vorangetriebenen Projekts durch den Mainheimer Schwimmverein e.V. Es sei bisher beispiellos, dass solch ein hoch flexibles, dafür auch entsprechend kostspieliges Brett für das Freibad einer kleinen Gemeinde angeschafft wurde.

»Der Vereinsvorstand ...« Schönwetter warf einen Seitenblick auf Georg Knüppel, von dem jeder wusste, dass er der Präsident des Vereins war.

Knüppel griff nach den Skatkarten und ließ sie nervös durch die Finger gleiten, was ein ratschendes Geräusch ergab. Dann schlug er die Kanten auf die Tischplatte, wie vorhin nach dem Mischen.

Schönwetter hob die Augenbrauen und fuhr fort: »Der Vereinsvorstand hat eine Studie vorgelegt, wonach das Duraflexbrett eine überdurchschnittlich hohe Lebensdauer aufweist und dadurch für öffentliche Schwimmbäder besonders geeignet ist. Außerdem gibt es ja auch verschiedene Mainheimer Söhne, die überregional erfolgreich sind ...« Dabei sah er der Reihe nach Zenker, Rose und Ebert an. »Manch einem steht womöglich eine hoffnungsvolle Karriere als Kunstspringtalent bevor ...« Jetzt bedachte er Georg Knüppel mit einem längeren Blick. »Und unter diesen besonderen Voraussetzungen mag der Einsatz von deren Eltern – oder präziser formuliert: deren Vätern – für die Anschaffung eines solchen Bretts aus getempertem Aluminium mit dem charakteristischen blaugrünen Belag zwar in einem besonderen Licht erscheinen ...«

»Nun mach aber mal einen Punkt!«

Der schroffe Ausruf kam von Zenker. Alle wussten natürlich, dass sein Sohn Johannes zu den Wasserspringern gehörte.

Schönwetter leerte den Rest seines Bieres, schürzte die Lippen und sprach vollkommen unbeeindruckt weiter: »Dennoch hat die Cassada die Finanzierung schließlich für die Saison 1972 bewilligt.«

»Aber nur, weil du uns darum gebeten hast, Harald, lass doch bitte die Kirche im Dorf«, protestierte Pa und schielte dabei auf die Schwingtür zur Küche, weil er schon sehnsüchtig auf die Nachspeise wartete.

Eine Anschaffung, die mehr verschlungen habe, als drei neue Toilettenschüsseln in der Grundschule gekostet hätten, fuhr Schönwetter unbeirrt fort, die seiner Ansicht nach weitaus notwendiger gewesen wären. Rose und Knüppel rutschten unruhig auf ihren Plätzen hin und her. Zu ihrer Erleichterung öffnete sich in dem Moment die Schwingtür, und Rosalie kam mit einem Tablett, auf dem sechs hochstielige Sektschalen mit der Eisspezialität aufgereiht waren, an den Tisch.

»Seien Sie so gut, Fräulein Rosalie, und stören Sie uns in der nächsten Stunde nicht. Wenn wir etwas benötigen, melden wir uns«, sagte Zenker und steckte ihr zehn Mark zu. Sie ließ den Schein diskret in ihrer Rocktasche verschwinden, nickte und wandte sich den letzten Gästen zu, die gerade das Schwimmbadrestaurant verließen. Endlich klappte die Schwingtür der Küche, und sie waren allein. Schönwetter drehte sich nach allen Seiten um und sprach dann endlich mit normaler Lautstärke weiter.

»Erst kurz vor der Öffnung des Freibads nach der Winterpause war das Brett eingebaut worden, und Guy Meyfahrt stand am 27. April zum ersten Mal darauf, ohne zu ahnen, auf was für einem Katapult er sich befand«, sagte Schönwetter.

»Ich hatte es abgesperrt! Es hing ein Schild vor der Leiter!«

»Aber du hättest es anders einstellen müssen. Es war für das Sprungtraining eingestellt, für Könner, die unter Aufsicht springen, und für Laien viel zu weich.« Jetzt dämpfte er wieder die Stimme: »… und gefährlich.«

Es entstand eine Pause, die Pa als Erster beendete.

»Das ist ungeheuerlich. Hätte ich gewusst, was für Folgen dieses Höllenbrett haben kann, hätte ich niemals die Finanzierung bewilligt. Ihr habt mich an der Nase herumgeführt!«

Plötzlich schlug er sich die Hände vor das Gesicht. »Wenn ich mir vorstelle, meine Tochter wäre da runtergesprungen …«, er drehte sich zu Schönwetter um. »… oder deine!«

»Die beiden Mädchen haben den Vietnamesen doch erst angestachelt!«, entfuhr es Zenker.

»Jetzt mach aber mal einen Punkt, Rudolph!« mahnte ihn Pa. »Ohne unsere Töchter wäre er ertrunken.« Er warf einen Seitenblick auf Schönwetter, der die Lippen zusammenpresste und nickte.

»Was ist denn überhaupt mit ihm? Ist er jetzt geistig behindert oder was?«, fragte Ebert.

»Man weiß es nicht so genau. Erst sah es ja so aus, als sei er übern Berg, aber dann …«

»Sekundäres Ertrinken nennt man das«, erklärte Zenker nüchtern. »Mit dem Wasser sind Keime in die Lunge geraten, sodass er plötzlich intubiert und künstlich beatmet werden musste.«

Die anderen lauschten in vollständiger Reglosigkeit, nur Pa holte scharf Luft.

»Immerhin ist er am Leben und nicht querschnittsgelähmt oder so was«, sagte Knüppel und nahm einen Schluck Bier.

»Machen wir uns doch nichts vor, ihr Säckel!«, rief Schönwetter aus. »Wir hängen da alle mit drin. Jetzt müssen wir sehen, wie wir die Kuh vom Eis kriegen.«

»Und was habe ich eigentlich damit zu tun?«, fragte Pa. »Ich wusste doch von alldem gar nichts.«

»Du hängst da tiefer drin, als du denkst«, brummte Schönwetter.

»Wer bezahlt hat, hat bestellt«, drehte Rose das Sprichwort zu ihren Gunsten um.

»Und die ganzen Unterlagen zum Ankauf liegen doch auch noch bei dir in der Firma, soviel ich weiß, Philipp. Wir in der Stadtverwaltung haben sie jedenfalls nicht.« Schönwetter legte einen Ellbogen auf den Tisch, tauchte seinen Teelöffel in das halb geschmolzene Eis und nickte Pa zu, der seines noch nicht angerührt hatte. »Du isst ja gar nichts.«

Pa schob seine Dessertschale von sich weg. »Mir ist der Appetit vergangen!«

»Na, die Unterlagen sollte man vielleicht einfach einem Reißwolf überantworten, so was werdet ihr doch bei euch in der Verwaltung haben, Philipp«, raunte Knüppel, während er sich weit über die Tischplatte beugte.

»Aktenvernichtung … verlangt ihr da nicht ein bisschen viel von ihm?« Der Einwurf kam von Ebert. »Schließlich hat er nur helfen wollen.«

»Es ist in unser aller Interesse, wenn die Unterlagen verschwinden.«

»Aber die Polizei war doch schon da und hat danach gefragt«, murmelte Pa kleinlaut.

»Und, was hast du geantwortet?« Fünf Augenpaare waren auf ihn gerichtet. Pa brach der Schweiß aus. Er knöpfte den obersten Knopf seines Sporthemds auf. »Ich habe gesagt, dass ich die Dokumente heraussuchen lasse und sie in ein paar Tagen wiederkommen sollten.«

»Na also!«

»Aber die lassen sich doch nicht so einfach für dumm verkaufen, wenn die Akten nun auf einmal verschwunden sind.«

Jetzt faltete Zenker die Hände vor sich auf dem Tisch und hob den Kopf. »Also seht mal, ihr Säckel, es ist doch so: Hier könnte es allenfalls um fahrlässige Körperverletzung gehen, und das ist ein Antragsdelikt. Der Junge ist minderjährig, also müsste seine Mutter in seinem Namen einen Antrag auf Strafverfolgung stellen.«

»Hat sie das denn gemacht?«, fragte Rose und trommelte mit seinen langen Fingern staccato, sodass seine Fingernägel auf die Tischplatte klickten.

Die anderen schüttelten den Kopf. »Keine Ahnung!«

Schönwetter sagte: »Alles würde um vieles einfacher, wenn man die Mutter dazu bringen könnte, mit dem Jungen von hier fortzugehen, dann würde das Gerede bald aufhören.«

Jetzt sahen alle erwartungsvoll zu Pa.

»Was seht ihr mich alle so an?«

»Na, sie ist doch nur hier, weil sie bei der Cassada eine Arbeit hat.«

Pa nickte, aber er wollte den Gedanken nicht weiterdenken.

»Ganz einfach, Philipp. Machen wir uns doch nichts vor, wir rationalisieren zurzeit alle, bauen Arbeitskräfte ab. Ich weiß doch genau, wie wir alle gerade strampeln müssen, um wettbewerbsfähig zu bleiben, da fällt eine Entlassung mehr oder weniger gar nicht ins Gewicht.«

Pa brach der Schweiß aus. Gerade hatte er Lyan Meyfahrt vor der Entlassung bewahrt, und jetzt verlangten seine Skatbrüder – die er weiß Gott nicht wie Brüder empfand – von ihm, dass er das rückgängig machte? Was, wenn Annette davon erführe?

»Natürlich soll sie eine ordentliche Abfindung bekommen«, fügte Schönwetter in beschwörendem Tonfall hinzu.

»Und eine Apanage«, ergänzte Zenker.

»Dem Jungen soll es an nichts fehlen, daran würden wir uns alle entsprechend beteiligen.« Schönwetter ließ seinen Blick durch die Runde schweifen. »Das würden wir doch, nicht wahr?«

Knüppel kaute auf seinen aufgesprungenen Lippen, Rose begann wieder mit seinen Fingerübungen, klackte mit den Fingernägeln auf der Tischplatte. Allen war bewusst, dass ihnen beiden die finanzielle Beteiligung am schwersten fallen würde. Aber auch an Eberts und Pas Miene konnte Schönwetter die Länge und Beschwerlichkeit des Weges ablesen, die noch vor ihm lag.

»Verdammt noch mal!« Er schlug plötzlich mit der Faust auf den Tisch, dass die Gläser in die Luft sprangen und klirrten. »Ich möchte nicht als Bürgermeister einer Stadt gelten, in der kleine Vietnamesen zum Krüppel werden.«

Zenker stieß einen seltsamen kehligen Laut aus, der klang, als hätte er sich verschluckt, dann bekam er einen Hustenanfall. Als er wieder Luft bekam, flüsterte er: »Sag so einen Satz besser nie wieder, Harald!«

Später auf dem Parkplatz nahm Schönwetter seinen Nachbarn beiseite und zog ihn in den unbeleuchteten hinteren Teil nahe den Mülltonnen.

»Wir sind zwar nicht die besten Freunde, Philipp, und werden es auch nie sein, allein schon wegen unserer unterschiedlichen politischen Auffassungen.«

Pa nickte. »So ist es wohl, Harald.«

»Aber jetzt müssen wir alle zusammenhalten, das dürfte dir doch klar sein, auch wenn ausgerechnet unsere beiden Söhne nicht in dieser verdammten Turmspringergruppe sind.«

»Ich weiß, Harald, ich würde das Ganze auch lieber ungeschehen machen, allein schon wegen unserer Mädchen, die alles mit ansehen mussten.« Er brach einen vertrockneten Zweig ab, der aus der Randbepflanzung neben den Mülltonnen herausragte, und warf ihn in das Gebüsch. »Aber, was ihr da von mir verlangt, ist einfach Unrecht.«

Schönwetter fühlte plötzlich seine Felle davonschwimmen. Das erste Mal hatte er einen logischen Plan gefasst, geglaubt, fast so gewieft zu taktieren, wie es sein Vater in so einem Fall getan hätte. Ihm kam zugute, dass ihn die meisten Mainheimer für einen lupenreinen Sozialdemokraten, manche gar für einen verkappten Kommunisten hielten, der das Wohl der Allgemeinheit über alles und das seine stellte. Er schwieg einen Moment, überlegte. Auf dem Parkplatz standen nur noch zwei Autos. Rose hatten sie wegfahren sehen. »Bist du gefahren oder zu Fuß gekommen?«, fragte er Pa.

»Gelaufen natürlich, es sind doch nur ein paar Meter, und Annette meint, ich muss mich mehr bewegen.« Er deutete auf die Wagen: »Die sind von Zenker und Ebert. Sie stehen dahinten.« Er machte eine Bewegung mit dem Daumen über seine Schulter, so als würde ihn das gar nicht interessieren. Doch dann fügte er hinzu: »Wüsste gerne, wer da wen bequatscht.«

Pas Ausspruch bewirkte bei Schönwetter einen plötzlichen Geistesblitz. Ohne lange nachzudenken, platzte er damit heraus: »Ich könnte mir durchaus vorstellen, mich auch hinsichtlich eurer Neubaupläne der Produktionshalle aufgeschlossener zu zeigen, um nicht zu sagen …«

Pa hob den Kopf. Selbst in der Dunkelheit bemerkte er den lauernden Blick aus Schönwetters kleinen Augen.

»Ach ja, auf einmal? Wie aufgeschlossen würdest du dich denn zeigen, nachdem du den Bauantrag sage und schreibe dreimal abgelehnt hast.«

Schönwetter holte tief Luft. »Diesmal würde ich ihn befürworten.« Er streckte die Hand aus: »Ohne Wenn und Aber.«

Pa schloss kurz die Augen. Das Angebot konnte er nicht ablehnen. Die Chance, das Werk ohne den Widerstand des Bürgermeisters zu erweitern, bekam er nur einmal. Er schlug ein.

In einiger Entfernung wartete Zenkers Fahrer mit geschlossenen Augen in einer Limousine. Sein Arbeitgeber stand mit Ebert in der anderen Ecke des Parkplatzes, und sie unterhielten sich mit gedämpften Stimmen.

»Ich habe mir kürzlich die Grundbuchauszüge angesehen und festgestellt, dass du auch Eigentümer des Flurstücks 108/14 bist.« Als Ebert nicht widersprach, fuhr Zenker fort: »Aber deine Felder liegen eigentlich alle auf der anderen Seite des Kieswerks.«

Ebert hob den Kopf und sah im Lichtkegel der Parkplatzbeleuchtung das Weiße in den hervorstehenden Augen von Zenker.

»Du meinst den Keltengrund? Ja, der gehörte zum Besitz meines Vaters. Früher haben wir da Erdbeeren angebaut, aber dann wurde die Konkurrenz durch die Krifteler zu groß. Inzwischen hab ich ja, wie du weißt, auf Rosen umgestellt, und dahinten taugt der Boden nicht zur Rosenzucht, viel zu sandig.«

»Das heißt, das Flurstück ist für dich im Grunde wertlos!«

Ebert stieß Luft zwischen den Zähnen aus und sah zu Boden, schob ein Stückchen Kies mit der Schuhspitze zur Seite. »Wertlos vielleicht nicht unbedingt. Was hast du denn noch vor? Ich hab dir doch schon den alten Hof am Main verkauft!«

Zenker verzog den Mund zu einem Lächeln, das in seinen Augen nicht ankam. »Ich hätte da einen Vorschlag, der dir einiges einbringen könnte. Und deinen Anteil an der Abfindung für die Mutter von dem Jungen würde ich auch übernehmen.«

CARO UND MINKA

In den ersten Wochen nach Guys Unfall sprachen sie noch täglich über ihn. Jeden Morgen hoffte Caro, dass er einige Sekunden nach dem Gong die Tür aufriss, in die Klasse stürmte und sich in seinem blauen Anorak auf den Platz neben ihr warf. Auf dem Heimweg sah sie sich um, ob er doch noch plötzlich aus dem Nichts auftauchte und seinen Busch-Köpper für sie machte. Am nächsten Tag wartete sie erneut, blieb länger im Schulflur stehen, hielt den Blick starr auf das gelbe Drahtglas der Eingangstür gerichtet, selbst als alle anderen schon im Klassenraum waren. Sie ignorierte die Tuscheleien.

»Komm schon, Caro«, flüsterte Minka jedes Mal, wenn sie sie vom Türrahmen wegzog. »Wir müssen die Sache vergessen.«

Irgendwann gab sie die letzten Reste ihrer bohrenden Hoffnung auf. Sie horchte nicht mehr auf Guys flinke Schritte im Schulflur. Der Platz blieb leer, Heike rückte auf und saß von da an neben ihr. Die Tage schleppten sich schwerfällig dahin. Zwar hatte sie ihre Eltern überreden können, das Kaninchen zu behalten. Aber obwohl sie das Tier – wenn die Witterung es zuließ – in einem Freigehege im Garten hielt und häufiger auf dem Rasen hoppeln ließ, verstärkte die sichtliche Vereinsamung des weißen Kaninchens ihre eigene. Sie strich ihm über sein seidenweiches Fell, fühlte seinen warmen Körper unter ihren Fingern, hob es hoch und schmiegte ihre Wange an seine rosa Ohren, ließ sich von seinen Barthaaren kitzeln. Doch es machte sich entweder steif oder zappelte und versuchte, ihrer Umarmung jedes Mal so schnell wie möglich zu entkommen, zeigte ihr deutlich, wie wenig es ihre Liebe erwidern konnte. Caro erinnerte sich an die vielen gefangenen Tiere in den engen Käfigen. Wenigstens waren sie mit ihren Artgenossen zusammen, dachte sie sich. Ab und zu gingen ihr die Worte des Tierpflegers durch den Kopf, Kaninchen seien nicht gern allein; sie hatte dazu auch recherchiert. Seitdem überlegte sie sogar, es dorthin zurückzubringen. Doch dann wurde ihr bewusst, wie unverstanden sie sich mitten in ihrer großen Familie fühlte. Eltern, die sich sorgten, vier Geschwister zum Spielen und Streiten, eine beste Freundin, die Zaun an Zaun wohnte. Aber keinem wollte sie ihre wahren Gefühle offenbaren, schon gar nicht Minka, denn war es nicht letztlich ihr Satz gewesen – »Das verstehst du doch nicht, Guy« –, der alles ins Rollen gebracht hatte, und war es nicht ihr Vater, der ihn gar nicht in Mainheim haben wollte?

Alle Hoffnung war auf null.

Zum Abschluss der vierten Klasse zwei Wochen vor den großen Ferien, als die Noten längst feststanden, führte Fräulein Narrten mit ihnen im Naturkundeunterricht ein Experiment durch. Sie brachte ein leeres Aquarium und zwei mit Wasser gefüllte Plastiktüten, in denen jeweils drei Goldfische schwammen, aus dem Zooladen im Main-Taunus-Zentrum mit. Es war Minkas Idee gewesen. Zusammen mit den Kindern bestückte sie es mit feinkörnigem Sand, grau gemusterten Flusssteinen und grünen Wasserpflanzen. In zwei Kanister hatte sie Mainwasser abgefüllt und goss es vor ihren Augen hinein, stellte die Sauerstoffpumpe an. Dann schüttete sie die Goldfische hinein. Sie schienen sich über ihren neuen Platz in dem trüben Wasser zu freuen, interpretierten die meisten Schüler ihre Bewegungsfreude und gaben ihnen Namen, während Caro und Minka sich zurückhielten. Einer der Fische hatte eine besonders hübsche, bunt schillernde Schuppenschicht und eine zweigeteilte, fast durchsichtige Flosse. Deswegen nannten ihre Klassenkameraden ihn Flossi. Schon am nächsten Tag trieb Flossi mit weißem Bauch nach oben tot an der Wasseroberfläche, und die Kinder begruben ihn voller Trauer in der Grünanlage unter einer dunklen Thuja. Am dritten Tag starben die nächsten zwei, und am vierten waren alle tot. Fräulein Narrten erzählte ihnen von einem neu gegründeten Bund für Umweltschutz, der sich gegen die Zerstörung der Natur wandte, und teilte ihnen ein auf einem Matrizendrucker vervielfältigtes Flugblatt aus grauem Papier mit lila Schrift aus. Darin wurde die ungeklärte Einleitung von Abwässern durch die Anrainerindustrie in den Main thematisiert. Die seien verantwortlich für das katastrophale Fischsterben. Als Caro es ihrem Vater zeigte, von dem Experiment und ihren Beobachtungen am Mainufer erzählte, erklärte er ihr, bei der Herstellung von Schokolade sei gar kein Wasser erforderlich, und Abwasser entstehe lediglich im Rahmen der erforderlichen Reinigung der Produktionsmaschinen und Gussformen. Caro war auf diese Antwort gefasst. Fräulein Narrten habe ihnen erklärt, alle Maschinenteile in einer Schokoladenfabrik würden erst mit salzsäurehaltigem Wasser, dann mit natronlaugehaltigem Wasser gereinigt. Und diese Abwässer würden ungeklärt in den Main eingespeist.

Pa meinte daraufhin, dass ihr Wohlstand, von dem sie alle profitierten, die Schaffung und Erhaltung von Arbeitsplätzen und nicht zuletzt der Schokoladengenuss eben ihren Preis hätten.

Als Minka das Flugblatt ihrem Vater zeigte, bekam er einen Wutanfall. Umweltschutz? Naturschutz? Was seien das für neuartige Wortschöpfungen? Ihr Fräulein Narrten nehme sich zu viel heraus, das sei eine völlig überflüssige, ja unzulässige politische Beeinflussung der Schüler, und Fräulein Narrten verlasse damit die ihr gebotene Neutralität als pädagogische Kraft. Er werde mit ihr sprechen.

Kurz darauf stellte Fräulein Narrten nur drei Kindern von vierzig der Klasse 4e eine gymnasiale Empfehlung aus: Caro, Minka und dem Klassenbesten, Thomas. Es würden also nahezu alle auf die neu gebaute Mainheimer Gesamtschule gehen, selbstverständlich auch Minka. Denn die neu geschaffene Alternative zum herkömmlichen dreigliedrigen Schulsystem mit einer zweijährigen Förderstufe war das bildungspolitische Vorzeigeprojekt der Sozialdemokraten und die Mainheimer Verwirklichung das Lieblingsprojekt von Harald Schönwetter. Doch Caro würde auf ausdrücklichen Wunsch ihres Vaters auf das Gymnasium in Hofheim wechseln.

Dann kamen die großen Ferien. Familie Stern fuhr zwei Wochen nach Tirol, Schönwetters nach Jugoslawien. Danach wurden die Tage sengend heiß, und die Luft flirrte bis Sonnenuntergang. Caro und Minka fehlte das Schwimmbad, die blaue Kühle des Chlorwassers, die die Hitze aus ihrem Körper sog. Wo sie sonst den gesamten Sommer mehr unter als über Wasser verbracht hatten, verstrich die Freibadsaison 1972, ohne dass sie nur ein einziges Mal an Frau Knüppels Kassenhäuschen vorbeihuschten und sich mit Anlauf kopfüber ins Becken stürzten. Sie hatten sich nicht abgesprochen, aber die ganz unterschiedliche Tiefe ihres Kummers hielt beide Mädchen seit Guys Unfall davon ab, das Freibad auch nur ein einziges Mal zu besuchen.

Caro verbrachte die Tage träge auf der Hollywoodschaukel, umgeben von Lexikon-Bänden, aß Zitroneneis aus der Großpackung, schrieb an ihrer Geschichte weiter, starrte auf ihr einsames Kaninchen. Inzwischen hatte sie voller Selbstvorwürfe gemerkt, wie schnell ein Wunsch, der in Erfüllung ging, seine Attraktivität verlor. Gleichzeitig war die Verantwortung für ein anderes Wesen mit ihren nach innen gewandten Gedanken, die das Schreiben mit sich brachten, kaum zu vereinbaren. Voll der verworrenen Gefühle, wechselte sie zwischen der Arena erwachsener Empfindungen und kindlicher Naivität, merkte, dass ihre Schriftstellerei davon profitierte und das Kaninchen die leidtragende Kreatur war. Wie beschrieb man solche Gefühle?

Sie starrte auf die gelbgrau gesprenkelten Terrassenfliesen, das Kräuterbeet, in dem Mutterkraut, Sauerampfer und Kamille wuchsen. Was war das für ein merkwürdiger Sommer? Natürlich, sie konnte einfach *»Carola war unendlich traurig«* in ihr Buch schreiben. Oder *»unsagbar«*? Sollte sie überhaupt ihren eigenen Namen verwenden? In der dritten Person, oder besser in der ersten Person Singular? Was war mit der Traurigkeit an sich, die sie doch in ihrer niederdrückenden Realität spürbar machen wollte? Sie könnte natürlich auch einfach beschreiben, was eine Figur tat, die traurig war, sich gleichzeitig schuldig fühlte und sich nach einer bestimmten Person sehnte? Eine verwirrende Erfahrung – das waren wohl Erwachsenengefühle. Gab es dafür nicht irgendein passendes Wort? Sie blätterte wahllos den Lexikon-Band auf, in der Hoffnung, einen Zufallstreffer zu machen, was aber nicht half, suchte dann unter T wie Traurigkeit und S wie Sehnsucht.

Mehr als einmal warf sie Gegenstände nach einem ihrer Brüder, der sich von hinten anschlich und plötzlich laut prustend vorlas: *»Sie sah in die Tiefe seiner goldbraunen Augen, in denen sich die Schönheiten seiner Heimat spiegelten …«* Weiter kam Habu nicht, denn einer ihrer blauen Holzclogs traf seine Brust, und er täuschte eine schwere Verletzung vor. Ihr hingegen stieg die Röte ins Gesicht, und vor Scham, dass jemand ihre verklärten Gedanken las, hätte sie sich am liebsten in Luft aufgelöst.

Es hieß, Guys Mutter habe bei der Cassada gekündigt, sei mit ihrem Sohn weggezogen, in eine andere Stadt. Keiner sprach mehr darüber, jedenfalls nicht offen. Caros heftige unbeherrschte Neugier wechselte mit der natürlichen Hemmung, die Frage der Schuld noch tiefer in ihr Leben zu lassen. Wie ging es ihm? Was für »bleibende Schäden« hatte er erlitten? Ein Ausdruck, den sie immer wieder hörte. Ihr Vater musste doch mehr wissen, denn schließlich hatte Frau Meyfahrt in seiner Fabrik gearbeitet. Aber alle Fragen beantwortete er zögerlich, ausweichend. Man hatte sich in ein Gespinst aus vagen Halbwahrheiten verstrickt, die es geboten, jeden Gedanken dazu besser für sich zu behalten. Sogar ihre Mutter bat sie eines Tages, nicht mehr daran zu rühren, und betrat damit die Bühne der Scheinheiligkeit. Seitdem wurden ihre Tischgebete noch ausführlicher und länger, und statt abends mit der ganzen Familie die Rudi Carrell Show oder einen harmlosen Spielfilm im Fernsehen anzuschauen, dabei Salzstangen und Schokoladenrippen zu knabbern wie früher, gab es immer häufiger Bibel- und Mundorgel-Abende. Sie sangen, bis sie heiser waren:

Zwischen Jericho und Jerusalem liegt der Weg der Barmherzigkeit. Er ist steil und mühsam und unbequem, dieser Weg der Barmherzigkeit.

Mittlerweile kannte Caro fast alle Lieder aus dem kleinen roten Buch auswendig, und an Tinis Gitarre war jede Saite mindestens einmal gerissen. Bis zum Jüngsten Gericht würde noch einige Zeit vergehen, und genauso lange würde wohl die Wahrheit, die allein Pa und seine fünf Skatbrüder kannten, gut verborgen im Dunkeln liegen.

Und ausgerechnet dann schaffte Pa einen Farbfernseher an, angeblich, um die Olympischen Spiele in München in bester Qualität zu verfolgen. Erne, Habu und Fitzi waren begeistert, und sogar Tini und Caro schauten atemlos zu, wie ihr Held, der US-Amerikaner Mark Spitz, im Schwimmstadion sieben Goldmedaillen holte und einen Weltrekord nach dem anderen aufstellte. Sie brüllten sich in einen gemeinsamen Begeisterungstaumel, und Caro spürte zum ersten Mal seit Monaten eine Art Gemeinschaftsgefühl. Sogar Ma wurde von ihrer Ausgelassenheit angelockt und sah hin und wieder mit zu.

Sie wurden immer weniger wählerisch, schauten nahezu jeden Wettkampf an. Verpassten keine Kür der siebzehnjährigen Olga Korbut, die im Frauenturnen vier Medaillen bekam, keinen Pass der deutschen Hockeymannschaft, lagen sich beim Siegestreffer von Michael Krause in den Armen, feuerten bald den klaren Favoriten an, bald den Außenseiter, der eine aussichtslose Aufholjagd begann. Doch sobald Pa nach Hause kam, war klar, worum es ihm in Wirklichkeit ging: um die Werbung. Gebannt beobachtete er die Reaktionen seiner Kinder auf die neuen Spots mit Tennis spielenden Pärchen, die sich nach dem Match eine

Cassada-Erfrischungstafel genehmigten. Seine Werber versuchten, das alte, elegante Image der Marke mit einem neuen, sportlichen Auftritt zu kombinieren, und seine Firma hatte eine nie da gewesene Summe in die besten Sendezeiten investiert. Pa ging sogar so weit, Fragebögen seiner Meinungsforscher auszuteilen, auf denen seine Kinder jeden Süßwaren-Spot akribisch beurteilen sollten. Am Morgen des 5. September fanden die ungewohnt ausgelassene Sportbesessenheit der Stern'schen Kinder und die Meinungsforschung von Pa ihr jähes Ende, als acht Mitglieder der palästinensischen Terrororganisation *Schwarzer September* über den Zaun des olympischen Dorfs kletterten und in die Unterkünfte der israelischen Olympiamannschaft eindrangen, zwei Sportler erschossen und neun Geiseln nahmen. Ihr Erpressungsversuch scheiterte ebenso wie die Befreiungsaktion der deutschen Behörden, bei der alle Geiseln, fünf Terroristen und ein deutscher Polizist getötet wurden. Obwohl der IOC-Präsident die Spiele nach der Trauerfeier fortführen ließ, war das olympische Feuer und Aufflackern des früheren Gemeinschaftsgefühls in der Familie Stern damit erloschen.

Es wurde Herbst. Die Pappeln zwischen Sterns und Schönwetters Garten ließen Tausende goldene Blätter vor dem königsblauen Himmel leuchten, als Caro um Punkt drei bei Minka klingelte. Diese hatte sich von ihrem Taschengeld eine neue Doppel-LP gekauft: Sie sammelte keine Europa-Platten mehr, sie hörte jetzt die Beatles.

An dem schmiedeeisernen Zaun steckten mindestens zehn SPD-Fähnchen in gleichmäßigem Abstand und flatterten in der Ostwindbrise. Der Wind, gleichmäßig und ohne Stoßböen, brachte ein stabiles Hochdruckgebiet, aber gleichzeitig trieb er an diesem Tag die Chemiedämpfe der Ruberus AG nach Mainheim. Der Qualm brannte in den Augen, reizte die Schleimhäute in der Nase, raubte einem den Atem, und der Schwefel trocknete die Kehle aus. Die Einwohner hielten die Fenster dicht geschlossen, legten Tücher und Decken in die Ritzen, drängten sich in ihre Wohnungen und Häuser. Und die Dämpfe drangen doch herein, unbemerkt legten sie sich auf die Teller, die Speisen, durchdrangen die Kleidung und die Bettwäsche. Die Bürgersteige waren nahezu menschenleer, wer hinausging, band sich Taschentücher um die Nase, hatte es eilig, hatte keine Augen für die flatternden Fähnchen und Plakate.

Richtig: Der Wahlkampf hatte begonnen. Nach der Sommerpause hatte der Bundeskanzler selbst die Vertrauensfrage gestellt, als er im Bundestag keine Mehrheit mehr zustande bekam. Die Minister der Regierungskoalition gaben weisungsgemäß ihre Stimme nicht ab, sodass – wie beabsichtigt – nur zweihundertdreiunddreißig Abgeordnete für Brandt stimmten. Damit war der Weg frei, den Bundestag aufzulösen und eine Neuwahl anzuberaumen. Ganz Mainheim war im Fieber. Caros Pa sagte dazu, man müsse nur in das Mainheimer Telefonbuch schauen, dann wisse man, wie hier die Wahl ausgehen werde. Jeder wusste von jeder Familie, ob sie ihre Stimme für die SPD oder CDU abgab. Die Beliebtheit des Regierungschefs steigerte sich zu einem nie da gewesenen Ausmaß, während die Sympathiewerte für seine Partei beständig absackten. Plakatekleben »für Willy« wurde in der Schule als Entschuldigung akzeptiert, Flugblätter für Barzel verteilen hingegen nicht. Eine Ungleichbehandlung, die Caros Pa zum Toben brachte. Caros Mutter mischte sich lange nicht ein. Erst als sie in den Nachrichten von einer norddeutschen Wählerinitiative hörte, die an ihren Autobus *»Christus würde Willy wählen«* klebte, wurde sie hellhörig. Das gehe nun wirklich zu weit.

Vom Klingeln aufgeschreckt, kam Clärchen aus dem Haus geschossen, Toxy bellte in ihrem Zwinger, und obwohl der laute Summer für das Gartentor ertönte, wartete Caro, bis Minka herauskam. Die kleine Narbe, die ihre Freundin an der Hand zurückbehalten hatte, erinnerte sie immer daran, dass Clärchen kein Schoßtier war. Sie hatte Respekt. Dann rannten sie die Stufen hinauf. Caro wollte direkt weiter, in den ersten Stock, aber Minka sagte, sie müsse noch den Plattenspieler holen.

»Ich dachte, das ist deiner«, meinte Caro. Minka ging schon voraus, während sie erklärte, ihr Vater borge ihn sich immer, wenn er sich Politikerreden anhören wolle.

Das Arbeitszimmer war mit einer Falttür aus Holzfurnier vom Wohnzimmer abgeteilt. In dem dicken Perserteppich und dem grafisch gemusterten Vorhang hing kalter Zigarettenrauch. Caro war erleichtert, dass der hohe Schreibtischsessel mit Lederpolster leer war. Auf dem Schreibtisch lag ein Stapel Bücher. Zuoberst ein Band über die Geschichte der Sozialdemokratie, davor ein voller Aschenbecher und drei leere Bierflaschen. Alle diese Gegenstände wären in Pas Arbeitszimmer unvorstellbar gewesen, dachte sie. Caro blieb vor einer großen gerahmten Schwarz-Weiß-Fotografie stehen und betrachtete sie aus der Nähe. Unverkennbar Willy Brandt in einer Profilaufnahme. Mit einem schwarzen Mantel bekleidet, kniete er auf dem regennassen Asphalt vor einem Kranz mit weißem Blumengebinde, sein Kopf gesenkt, den Blick auf die gefalteten Hände gerichtet. Er war umringt von einer dicht geschlossenen Reihe von Fotografen, im Hintergrund graue Hochhausblöcke.

»Was ist das für ein Foto?«, fragte Caro.

»Kennst du das nicht?«, sagte Minka, die vor dem kleinen Palisandertisch kniete, vorsichtig die Platte in die Hülle schob, den Stecker zog. »Der Kniefall von Warschau.« Sie sagte es mit einem Unterton in der Stimme, als hätte Caro sich einen banalen Alltagsgegenstand erklären lassen. Die Bescheidwisserei und Fixierung aufs Literarische ihrer besten Freundin ging Minka gelegentlich auf die Nerven. Deshalb kostete sie den Moment besonders aus, in dem Caro einmal vollkommen ahnungslos war. Caro hatte den Ausdruck noch nie gehört, ihn nie geschrieben gesehen oder auch nur zusammen mit dem Bild irgendwo entdeckt.

»Kommst du?«, fragte Minka und ging mit dem Kofferplattenspieler auf dem Arm an ihr vorbei. Doch Caro blieb stehen und starrte das Bild an. Im Arbeitszimmer ihres Vaters hingen Fotos von ihm und ihrer Mutter mit Romy Schneider oder Max Schmeling, den Werbebotschaftern der Cassada beim Ball des Sports, Werbetafeln aus Emaille, und er sammelte alle Pralinenschachteln, die jemals auf dem Markt waren: Nougatmischung, 7-Länder-Spezialitäten, Feine Auslese.

Minka stellte den Plattenspieler auf dem Schreibtisch ab, neben der Pfeifensammlung ihres Vaters, die sorgsam in einem drehbaren Metallständer verwahrt wurde.

»Brandt hat die Stadt besucht, um irgend so einen Vertrag zu unterschreiben, und einen Kranz vor das Ehrenmal für die Toten des Warschauer Gettos gelegt. Und danach hat er sich auf einmal hingekniet, was wohl keiner erwartet hat. Kommst du jetzt?«

Caro nickte, und Minka hob den Plattenspieler wieder hoch.

»Mein Vater sagt, das war das erste Mal, dass jemand offiziell für die Verbrechen der Deutschen und die Ermordung der Juden um Vergebung gebeten hat.«

Während sie die mit grünem Teppich ausgelegte Treppe hochgingen, immer dicht gefolgt von Clärchen, sagte Caro mit gedämpfter Stimme: »Immer wenn im Fernsehen etwas über die Judenverfolgung kommt, räuspert sich mein Vater und sagt: ›Was machen denn die anderen?‹«

Sie konnte das beklemmende Gefühl nahezu spüren, das sich in diesen Augenblicken im Wohnzimmer ausbreitete. Etwas unabweisbar Bedrohliches schien dann jedes Mal die Harmonie im Haus zu stören.

»Das kenn ich«, meinte Minka und wartete, bis Caro ihr die Tür zu ihrem Kinderzimmer öffnete. »Meiner sagt das immer, wenn irgendwas mit Sex läuft.«

Marc kam mit den Händen in den Taschen den Flur entlanggeschlendert, er hatte sich die Haare wachsen lassen, und man hörte Beatlesmusik aus seinem Zimmer.

You say you want a revolution.
Well you know
We all want to change the world

»Hast du etwa mein weißes Album geklaut?«, schrie Minka sofort los.

»Ihh, die CDU in unserem Haus?«, jaulte Marc mit hoher Stimme, ohne auf ihre Frage einzugehen. Er deutete mit dem Zeigefinger auf Caro, und ehe sie sichs versah, klebte er ihr einen Sticker auf den Ärmel ihres Pullovers. Sie musste gar nicht lesen, um zu wissen, was darauf stand: *»Willy Brandt muss Kanzler bleiben«.*

Die Aufkleber waren zu Zehntausenden verteilt und verklebt worden.

»Lass den Spinner«, meinte Minka, rannte an ihm vorbei zu seinem Zimmer, sah sich um, konnte aber nicht entdecken, woher die Musik kam. Dort wo einmal sein Koffer-Plattenspieler gewesen war, fand sie nur Staubflusen im Regal. Währenddessen stand Marc im Türrahmen und lachte sie aus.

»Spar dir dein gekünsteltes Lachen!«

Dann sah sie die neue Stereoanlage, betrachtete einen Moment lang fasziniert das matt gebürstete Metall des Verstärkers, des Doppel-Kassettendecks und die großen Boxen. Ihre Brüder hatten einfach immer das Neueste! Sie trugen Zeitungen aus oder arbeiteten in den Ferien auf den Feldern vom Rosen-Ebert zum Akkordlohn, um sich ihre Extravaganzen zu finanzieren, was sie nicht durfte, weil sie noch zu jung war. Natürlich rieben sie es ihr bei jeder Gelegenheit unter die Nase. Um das

Maß an brüderlicher Liebe vollzumachen, warfen sie ihr Stinkbomben ins Zimmer und banden Clärchen die Pfoten mit Paketband zusammen.

»Wenn du große Brüder hast, brauchst du keine Feinde!«, meinte sie zu Caro und stampfte zurück in ihr Zimmer. Das Los der ewigen »Kleinen Schwester« war eine ihrer Gemeinsamkeiten, die sie schon immer verbunden hatte und auch noch zusammenschweißte, seit sie unterschiedliche Schulen besuchten.

Endlich klappte Minka den Plattenspieler auf, stellte den grauen Deckel, unter dessen Innenseite der Lautsprecher verbaut war, in ein Regalfach aus weißem Resopal, und sie setzten sich davor. Dann legte sie die Nadel auf die ausgewählte Platte, die zuerst ein Knacken hören ließ, denn der Teller lief unrund. Sie lauschten den ersten Takten des Intros, die sich für sie wie die Töne einer simplen Blockflöte anhörten, und dennoch wussten sie, dass es ein anderes Instrument sein musste. Sie nahmen Brocken des Texts in sich auf, Laute, von denen sie kaum ein Wort verstanden – schließlich lernten sie erst seit zwei Monaten Englisch:

Let me take you down, cause I'm going to Strawberry Fields
Nothing is real and nothing to get hung about.

Trotzdem fühlten sie sich durch die Musik erwachsener und seelenverwandt. Auf der Suche nach unbändiger Freiheit, obwohl sie noch lange nicht so weit waren, sich dem fürsorglichen Zugriff elterlicher Hände völlig zu entziehen. Clärchen legte sich neben Caro auf den Rücken und zeigte ihren rosigen Bauch mit den zehn Brustwarzen. Ganz vorsichtig streckte Caro die Hand aus und kraulte ihr weißes Fell, was Clärchen mit einem wohligen Grunzen quittierte. Vielleicht war sie einem Schoßtier doch nicht ganz unähnlich? Ihr Kaninchen mochte es jedenfalls nicht, wenn es gekrault wurde.

»Kann ich mir eine Kassette damit aufnehmen?«

»Klar!«

Minka holte ihren Rekorder aus dem Schrank und suchte in einem ausrangierten Schuhkarton nach einer leeren Kassette. Schließlich hielt sie eine mit Liedern von Juliane Werding hoch und meinte, die könne man überspielen. Bevor sie das Mikrofon einstöpselte, schob sie Clärchens Körper ein bisschen zur Seite. »Ich dachte immer, du hast Angst vor ihr.«

Caro schüttelte den Kopf. »Du glaubst gar nicht, wie gerne ich einen Hund hätte.«

»Wusstest du, dass es hinten bei den Kiesgruben neuerdings einen Beagle-Zwinger gibt?«

Caro sah sie an. »Seit wann?«

»Ich hab's im Sommer entdeckt, als ich dort mal schwimmen war.«

»Du warst in der Kiesgrube schwimmen?«

Eine Mischung aus Bewunderung und Eifersucht traf Caro scharf und tief, denn noch vor einem halben Jahr hätte Minka so ein Abenteuer nicht ohne sie unternommen.

»Ja, ich habe die Hitze einfach nicht mehr ausgehalten.«

»Du hättest mich fragen können.«

Minka nickte: »Ging nicht, es war zu kurzfristig. Meine Cousine und zwei Freundinnen haben mich mitgenommen. Du weißt doch, Stefanie ist schon achtzehn und ziemlich eingebildet.« Sie rollte die Augen, um zu demonstrieren, wie viel lieber sie mit Caro dort gewesen wäre.

»Jedenfalls sind wir an diesem Zwinger vorbeigekommen.«

»Wirklich? Hab ich noch nie gesehen.« Caro ließ von Clärchen ab und griff sich das Plattencover mit dem Foto der Beatles in bunten Fantasie-Uniformen. Während Minka weitersprach, betrachtete sie der Reihe nach die Gesichter der langhaarigen Musiker, drehte es um, buchstabierte ihre Namen. Ihr fiel auf, dass Minkas ältester Bruder neuerdings genau die gleiche Frisur hatte wie der Zweite von rechts, mit der runden Nickelbrille.

»Ein frisch asphaltierter Hof, umgeben von einem nagelneuen hohen Zaun«, sagte Minka und nahm ihr das Cover aus der Hand. »Mindestens hundert Hunde, vielleicht auch mehr. Ich dachte nur, es interessiert dich vielleicht. Kennst du Beagle überhaupt? Die sind mittelgroß und gescheckt, mit solchen Schlappohren.« Sie machte eine kreisende Bewegung um Clärchens Stummelohren herum. »Ganz goldig eigentlich.«

»So was wie Bassets?«

»Hmm, so ähnlich, aber mit längeren Beinen, und sie haben nicht so einen dicken Bauch, der halb auf dem Boden schleift. Wenn du willst, zeige ich dir den Zwinger! Die Kassette kann ich dir auch alleine aufnehmen.«

Diesmal nahmen sie die Fahrräder. Zuerst saß Caro bei Minka auf dem Gepäckträger, bis sie um die Ecke geradelt waren und sie ihr weißes Klapprad aus der Garage holte. Erst als sie unterwegs waren, merkten sie, wie sehr ihnen die heutige Windrichtung zu schaffen machte. Caro schob ihren Pullover hoch, Minka band sich ein dünnes Baumwolltuch über Mund und Nase. Bis zur Kiesgrube waren es etwa vier Kilometer, und die Chemiedämpfe brannten in ihren Augen, reizten ihre Kehlen und brachten sie zum Husten. Trotzdem hielten sie an ihrem Plan fest, radelten auf leeren Bürgersteigen, an den Häusern vorbei, die alle dieselbe Kastenform hatten und mitten auf kurz geschnittenem Rasen standen. Vor einem graste ein Schwarm Reiher aus blinkender Bronze, vor einem anderen stand ein Rehkitz aus Plastik. Der überlebensgroße Frosch neben dem Gartenteich war aus Zement.

Sie verließen das Schwimmbadviertel, nahmen direkt die Ausfallstraße Richtung Süden und fuhren ganz rechts am Fahrbahnrand. Hier war mehr Verkehr, als sie erwartet hatten. Einige Autos überholten sie dicht und schnell, sodass sie mit ihren kleinen Rädern ins Schlingern gerieten – einen Fahrradweg gab es nicht. Sie traten kräftiger in die Pedale, beide hatten keine Gangschaltung, und ihre Füße sausten rasend schnell im Kreis. Das Atmen begann wehzutun.

An jedem Laternenmast war ein Wahlplakat befestigt, und die Konterfeis der Spitzenkandidaten lächelten ihnen weise entgegen.

Rainer Barzel mit seiner Halbglatze, die ihn leider alt wirken ließ, wie Caros Mutter immer sagte; »staatsmännisch«, nannte es ihr Vater. Den Slogan der CDU: *»Wir bauen auf Fortschritt und Stabilität«*, kannte Caro längst auswendig. Ihre Brüder riefen ihn sich sogar morgens beim Frühstück zu. Schon tauchte rechts ein braun gebrannter Willy Brandt in blauem Anzug und weißem Hemd auf. Die schwarze Blockschrift beschwor die Mainheimer Wähler: *»Deutsche – Wir können stolz sein auf unser Land. Wählt Willy Brandt.«*

Der Wahlspruch gehörte bei Schönwetters längst zum geflügelten Wort. Das Plakat sauste an ihnen vorbei. Dann machte die Straße eine Linkskurve, und schon tauchte Walter Scheel von der FDP direkt vor ihnen auf. Ebenfalls mit Halbglatze und einem weiß gelockten Haarkranz, die Hand am Kinn, in Denkerpose beschwor er sie: *»Lasst Vernunft walten«*.

Endlich streckte Minka die Hand nach links, und sie bogen von der viel befahrenen Straße ab, kamen auf eine schmale Straße, die über mehrere Kilometer hinweg auf das Kieswerk zulief. Rechts und links lagen die Rosenfelder in ihrem Herbstmantel aus Braun- und Grautönen. Nur ganz vereinzelt sah man noch eine vergessene Blüte, deren kräftiges Korallenrot fast unwirklich leuchtete. Auf kahlem Stängel tanzte und flatterte sie im Ostwind, wie ein roter Hilfeschrei. Die üppig gefüllten Blüten der Mainheimer Rosen waren weit über die Region hinaus bekannt. Man hatte sich auf zwei klassisch anmutende Sorten konzentriert, die keine besonderen Merkmale hatten; ihr Charme lag vielmehr in der Massenproduktion. Die Blumen reisten in Flugzeugen in die ganze Welt.

Ebert hatte seine sechzig Hektar Land zu Europas größter Schnittrosengärtnerei entwickelt. Welche Ausmaße das Geschäft mit dem Rosenanbau in ihrer Kleinstadt angenommen hatte, wurde den Mädchen erst klar, als sie sich den Glasbauten näherten, in deren Scheiben sich das Sonnenlicht brach. Sie radelten nebeneinanderher, an den gut beheizten Gewächshäusern vorbei, sahen durch die Fenster, staunten über die üppige Dichte langstieliger Knospen, und das zu dieser Jahreszeit. In einem Teil der Beete wurde geerntet, grün gekleidete Arbeiter liefen mit flach gewölbten Körben durch die Reihen. Auf langen Tischen wurden die kostbaren Blumen sorgfältig in Kisten verpackt. Minka und Caro versuchten, die Farben der Knospen zu erraten, doch die meisten waren noch zu grün, und sie waren zu weit entfernt. Dahinter lag ein eingezäunter Garten, an dem ein oranges Bonanza-Rad lehnte. Kurz geschorener Rasen, und darauf ein rechteckiges Haus, das hier ein wenig deplatziert wirkte und besser in das Schwimmbadviertel gepasst hätte.

»Das sieht ja fast aus wie unseres!«, rief Caro.

»Und es hat auch eine Dreier-Garage«, ergänzte Minka.

Sie schoben ihre Fahrräder daran vorbei, betrachteten den frisch angelegten Garten. In einem Rondell mit Pergola stand eine antike David-Statue, auf der Terrasse eine Hollywoodschaukel. Sie gingen weiter. Ein Gewächshaus reihte sich ans andere. So weit das Auge reichte: nichts als Rosen unter Glas und Folie. Manche Stahlgerüste waren lediglich mit weißen Plastikplanen überzogen.

»Ich hatte keine Ahnung, wie groß das Gelände ist«, sagte Minka und vermutete, dass Ebert inzwischen mindestens die Hälfte seiner Felder mit Gewächshäusern überzogen hatte.

Als sie weiterfuhren, ließen sie linker Hand ein hohes Tor aus Eisen liegen, an dem ein Schild mit der Aufschrift »Villa Mainheim. Evangelisches Kinderheim« hing. Die Kirschbäume im Garten waren kahl und leer gefegt. Ein magerer zerzauster Winterschneeball war schon abgeblüht. Weit hinten am Ende der langen Auffahrt sahen sie die weiß getünchte Villa mit ihren grünen Fensterläden. Plötzlich fiel ihnen auf, dass die Zufahrtsstraße vollkommen leer war und eine Stille sie umgab. Sonst hörte man draußen immer eine Menge Geräusche, Wind raschelte im Gras, ein Vogel schrie, Verkehrslärm wummerte aus der Ferne – hier hörten sie nichts davon. Ohne sich abzusprechen, traten sie beide kräftiger in die Pedale und wollten so schnell wie möglich weiter, weg von diesem Ort.

Schließlich tauchten am Horizont die hellbraunen Umrisse der Erdhügel rund um die Kiesgruben auf, während ihre Räder auf dem unebenen Feldweg durchgerüttelt wurden. Der Wind entwickelte sich, fegte unter die Steine, strich über die Erde, lockerte den Staub, trug ihn hoch in die Luft. Jetzt, wo die Baggerseen so nah waren, vergaßen sie für einen Moment ihr eigentliches Ziel. Sie warfen ihre Fahrräder in den Kies am Wegesrand und rannten keuchend den Hügel hoch, so schnell sie konnten, gruben die Sohlen ihrer Kickers tief in den gelben Lehm. Oben angekommen, beugten sie sich vor, mussten husten, spürten den Schmerz in ihren Lungen, denn die Anstrengung in der beißenden Luft tat weh. Aber der Anblick belohnte sie. Der Himmel glänzte wie blank geputzt und spiegelte sich in dem türkisfarbenen Wasser des tiefsten der fünf Baggerseen, an dem der Kiesabbau bereits eingestellt worden war. Nur in der Ferne sahen sie die gigantischen Schaufelbagger und Transportbänder, deren Umrisse sich wie riesige Ameisen vor dem Ocker der Erdhügel abzeichneten. Offenbar hatten die Arbeiter schon Feierabend gemacht, denn es war still, und die Metallarme der Maschinen standen unbeweglich im Kies.

»Sieh mal dort!«

Minka deutete auf das grasige Ufer direkt unter ihnen. Dort stand eine Gruppe von Graureihern mit weißen Bäuchen. Minka und Caro bewunderten die schönen Tiere, betrachteten das Gefieder mit den schwarzen Streifen und den zwei Nackenfedern, ihre langen orangefarbenen Schnäbel, die in blitzschnellen Stößen ins Wasser schnellten. Einträchtig wichen die Mädchen leise ein gutes Stück zurück, um sie nicht zu vertreiben. Doch sie hatten die Wasservögel bereits gestört. Mit lang gezogenen Rufen »Gra« und »Grälk« verständigten sie einander, und der erste erhob sich mit raumgreifendem Flügelschlag langsam und rudernd in die Luft. Die anderen folgten ihm, und die ganze Gruppe kreiste, nutzte die Thermik, um aufzusteigen. Die Mädchen sahen ihnen nach, als sie weiterzogen, wie eine Schnur mit lauter weißen Fahnen am Himmelblau.

»Vielleicht waren sie nur auf Durchreise nach Süden!«, meinte Minka.

»Wahrscheinlich. Aber sie sind spät dran, die meisten Zugvögel habe ich schon vor zwei Wochen fliegen sehen.«

»Wollen wir Molche suchen, wie früher?«, fragte Minka und folgte Caros Blick auf ihre Beine. Ihre Jeans war bis zu den Knien mit gelbbrauner Erde bedeckt. Sie grinste: »Deine Hose sieht genauso aus!«

Aber Caro hörte ihr gar nicht zu, sondern deutete auf die andere Seite, hinter den letzten der Hügel. Erst jetzt fiel es Minka auf: In der Ferne lag ein lang gezogenes Gebäude mit Flachdach, dessen Front gut und gerne dreißig Meter breit war. Um das Gelände ein hoher dichter Zaun.

»Wo kommt das denn plötzlich her? Als ich im Sommer hier war, gab es dieses Ding noch nicht«, sagte Minka.

»Kann ja nicht sein, zumindest hättest du dann eine Baustelle sehen müssen.«

Minka schüttelte den Kopf. »Nein, da war gar nichts, ich schwöre es. Mir ist nur der neue Beagle-Zwinger aufgefallen, aber der liegt viel weiter rechts.«

Sie wandten sich um und ließen ihre Blicke über die gläserne Stadt aus Gewächshäusern wandern, deren Ausmaße das Auge erst von hier oben ganz erfassen konnte.

»Bis wo reicht eigentlich das Land vom Rosen-Ebert?«, fragte Caro.

Minka drehte sich wieder um und zeigte auf die Landschaft jenseits des neuen Gebäudes: »Ich weiß nicht genau. Aber das dort ist der Keltengrund. Ich glaube fast, da waren früher mal Erdbeerfelder, oder nicht?«

»Kann sein.«

Vorsichtig kletterten sie den Hügel wieder hinunter, kratzten die lehmigen Sohlen an Steinen ab und stiegen wieder auf die Fahrräder. Aus der Ferne hörten sie Gebell. Der Weg war unwegsam, doch als sie den Hügel umrundet hatten, gelangten sie auf eine frisch asphaltierte Straße, die sie direkt zu dem neuen Gebäude brachte. Aus der Nähe sah es noch gewaltiger aus, der doppelte Zaun noch höher. An den oberen Enden verliefen drei Reihen Stacheldraht. Minka deutete auf die großen Scheinwerfer und die Überwachungskameras. Eine stand genau über ihnen, in drei Metern Höhe auf dem Zaunpfosten, und drehte sich in diesem Moment in ihre Richtung. Auf dem Parkplatz davor standen einige Kleinwagen.

Am Tor war ein großes gelbes Schild angebracht:

»Betreten verboten. Jede Zuwiderhandlung wird zur Anzeige gebracht. Eltern haften für ihre Kinder.«

Die Fenster des Gebäudes waren verspiegelt. Ohne ein Wort fuhren sie weiter, folgten der Straße und bogen in einen Kiesweg ein, der um den Zaun herumführte. Auf der Rückseite hatte das Gebäude gar keine Fenster und bestand nur aus unverputzten Betonblöcken. Rechts neben der Hintertür zwei große Müllcontainer, die von prall gefüllten blauen Plastiktüten überquollen. Über die gesamte Länge waren Masten mit aufmontierten Scheinwerfern und Kameras verteilt. Nirgends ein Hinweis auf den Eigentümer, keine Klingel, kein Namens- oder Firmenschild, kein Briefkasten. Aber im Hof parkten vier weiße Transporter mit dem Kennzeichen FH-RU und fortlaufenden Zahlen.

»Komm weiter!«

Unwillkürlich flüsterte Minka, und Caro folgte ihr die neue, frisch geteerte Straße entlang, auf der die Räder wie von selbst rollten. Sie umrundeten die Erdhügel. Das Gebell wurde lauter, und nach etwa einem Kilometer sahen sie schon von Weitem die Zäune des Zwingers.

Minka hatte nicht übertrieben. Es mussten Hunderte von Tieren sein. Viele kamen zum Zaun gerannt, sprangen daran hoch, als Minka und Caro sich näherten.

»Was für süße Hunde!« Caro bückte sich. Merkwürdigerweise hatte sie überhaupt keine Angst und steckte sogar ihren Finger durch den Zaun, berührte die schwarzen Nasen, ließ ihre Haut von den weichen rosa Zungen ablecken. Dann rüttelte Minka sie plötzlich an der Schulter. »Sieh mal da!«

Caro drehte sich um und sah, wie auf der anderen Seite des Zwingers, etwa achtzig Meter entfernt, einer der weißen Transporter rückwärts durch das Tor fuhr. Ein Mann in einer blauen Latzhose stieg aus und ging um den Wagen herum. Die beiden Mädchen duckten sich in der Hoffnung, dass die vielen Hunde sie verdeckten, konnten sehen, dass der Mann ein Bein nachzog. Er hatte sie offenbar nicht bemerkt, drehte ihnen den Rücken zu, öffnete die Tür zum Laderaum, in dem dicht an dicht leere Hundetransportboxen aufeinandergestapelt waren. Minka und Caro erkannten ihn sofort wieder: Es war Jan, der Tierpfleger, der ihnen das weiße Kaninchen mitgegeben hatte. Jetzt öffnete er die Tür in dem Gitter, das den hinteren Teil des Hofs vom vorderen trennte, holte eine Tüte mit Futter aus der Tasche und musste nur mit dem Papier rascheln, schon raste die ganze Meute in seine Richtung.

CLAIRE

Claire stand am Fenster des Speisesaals und sah hinaus. Hier in Mainheim regnete es so selten, dass sie sich fragte, wie überhaupt jemals etwas wachsen konnte. Das Himmelblau war fast unwirklich schön, und bei dem Anblick der goldgelben Blätter, die der Ostwind von den Bäumen fegte, wurde ihr Herz leichter. Monate waren vergangen, der Herbst hatte leise Einkehr gehalten. Sonnenstrahlen fielen durch die blank geputzten Scheiben des Kinderheims und wärmten ihr Gesicht. Es gab Nächte, da lag sie wach und lauschte auf Geräusche, die sie nicht kannte, Mädchen, die im Traum sprachen, wimmerten oder leise schmatzten, manchmal hörte sie Katzen, die im Garten schrien, wie hungrige Babys. Dann zog sie die Decke bis zur Nase, presste ihre Arme an den Körper und traute sich kaum zu schlucken. Sie nahm regelmäßig ihre Tabletten. Das Tier mit den glühenden Augen war ihr nie wieder begegnet, das Summen im Ohr hingegen zu ihrem ständigen Begleiter geworden. Sie nannte es ihren Beo. Die munteren schwarzen Vögel mit den gelben Farbtupfen am Kopf hatten in den Mangrovenwäldern hinter ihrem Dorf gelebt, und manche waren so zutraulich geworden, dass sie aus der Hand fraßen. Die meisten Bewohner mochten sie, weil sie sogar Wörter nachahmen konnten, weshalb manche behaupteten, sie könnten sprechen. Aber vielen Menschen waren ihre Töne zu laut und durchdringend. Guten Morgen, Beo!, sagte Claire jeden Tag, wenn sie aufwachte und als Erstes den lang gezogenen Ton in ihrem Ohr wahrnahm. Das Nächste, was sie hörte, war die helle Stimme Maritas, ihrer neuen Bettnachbarin.

»Hast du was Schönes geträumt, Claire?«, fragte sie meistens. »Von den tiefen Schatten der Palmenhaine, blühenden Reisfeldern und weißen Pelikanen?«

Fast immer nickte Claire. Ihr größter Wunsch war in Erfüllung gegangen: Sie verstand jedes einzelne Wort von dem, was die deutschen Mädchen sagten.

Ihr täglicher Stundenverlauf, die Scharniere der Kinderheimtage, Aufstehen, Waschen, Tabletten, Frühstück, Schule, Tabletten, Mittagessen,

Mittagsruhe, Spielen, Abendbrot, Beten, Schlafen, verlief gleichmäßig, und doch unterschied der ihre sich von dem der anderen.

Jede freie Minute verbrachte sie damit, Lesen und Schreiben zu üben. Meistens saß sie im leeren Speisesaal und ging die Lektionen durch, sogar abends zog sie sich oft noch zurück. Während die anderen fernsehen durften, saß Claire dort im sanften Schein einer grünen Schreibtischlampe, die ihr Frau Rose geliehen hatte. Sie schrieb jedes neue Wort, das sie lernte, sorgsam in ihr Heft, sprach es immer wieder laut vor sich hin. Während Sigrid sich mehr und mehr von ihr zurückgezogen hatte, war Marita, das Mädchen mit dem zugeklebten Brillenglas, die Einzige, die sich häufig zu ihr gesellte, wie ein kleiner Schatten. Ganz still saß sie neben ihr, stützte den Kopf auf, hielt ihren Schlumpf in der rechten Hand, sah sie einfach nur halb versunken an und half ihr bei der Aussprache von neuen Wörtern, während aus dem Nebenzimmer Mädchengelächter über eine Szene aus »Schweinchen Dick« drang. Doktor Lavalette hatte gesagt, sie brauche gar nicht zu viel Respekt zu haben, etwas falsch auszusprechen, das sei nur hinderlich. Genauso wenig vor langen Wörtern, die sich schließlich nur aus einigen kurzen zusammensetzten. Dadurch nahm sie ihr die Angst zu versagen, machte ihr Mut. Manchmal strich sie ihr zärtlich über die festen Haare, fast wie die Geste einer liebenden Mutter. Claire lernte Nachmittagskaffee, Schokoladengeruch, Fingernagelbürstchen genauso leicht wie die Wörter Hand, Fuß und Kopf.

Im Juni waren alle Mädchen mit einer spitzen Nadel in den Oberarm gestochen worden. Der Piks war nicht weiter schlimm gewesen, aber danach war ihr Arm dick angeschwollen und hatte drei Tage und drei Nächte lang schrecklich wehgetan. Bei Marita hatte sich am ganzen Körper roter juckender Ausschlag gebildet, und Tao hatte plötzlich behauptet, ihre Beine nicht mehr bewegen zu können. Das alles ging vorbei. Doch als sie im September wieder vor dem kleinen Untersuchungszimmer für eine Spritze anstanden, gab es Unruhe, und einige Mädchen hatten Angst davor. Frau Rose beruhigte sie, redete leise auf sie ein, verteilte an jede, die sich freiwillig impfen ließ, eine ganze Tafel Schokolade. Man durfte sogar zwischen Nougat, Trauben-Nuss und der ganz neuen weißen Schokolade wählen. Die Einzige, die sich trotzdem weigerte, war Marita.

Hoch am Himmel sah Claire weiße Vögel in einer V-Formation fliegen, hörte ihre trompetenartigen Schreie. Graupelikane? Sie wusste, dass ihre Bäuche weiß waren, und erinnerte sich, wie sie unter ihren Nestern in den Mangroven manchmal Federn mit schwarzen Spitzen gefunden hatte. Sie hatte sie aufbewahrt, als Kostbarkeit, die Glück bringen sollte. Wie bei einem Zugvogel, der Tausende von Kilometern zurücklegt, um zu seinem heimatlichen Flussdelta zurückzukehren, pochte ihr das Herz bei dem Anblick, vor Sehnsucht. Sie legte die Hand auf den Fenstergriff und drehte ihn nach oben, um das Fenster zu öffnen, aber es klappte ihr plötzlich entgegen, und sie erschrak, riss die Hände hoch, um es aufzufangen. Zu ihrer Überraschung blieb es in der Verankerung stehen, nur ein kleines Stück nach vorne gekippt.

»Claire, um Himmels willen, schließ bitte das Fenster. Wir haben Ostwind«, hörte sie Doktor Lavalette hinter sich rufen. Selbst wenn sie aufgebracht war, verlor ihre Stimme niemals die angenehme Wärme. Bevor sie selbst wieder den Hebel berühren konnte, war die Ärztin schon hinter ihr, drückte sanft gegen den Rahmen und schloss es. Doch schon der kurze Moment des gekippten Fensters hatte gereicht, um den scharfen Schwefelgeruch in den Raum zu lassen. Doktor Lavalette presste die Lippen zusammen, legte sich graziös die Rückseite des Zeigefingers unter die Nase, um anzudeuten, wie sehr es stank, und sagte: »Zum Glück kommt das nicht allzu häufig vor.«

»Ja, zum Glück«, antwortete Claire. »Was sind das für Vögel?« Sie deutete in den Himmel, wo die Vogelformation nun an Höhe gewonnen hatte und nur noch als V aus schwarzen Tupfen zu sehen war.

»Kraniche oder Reiher, sie ziehen in den Süden, in ihr Winterquartier, manche bis nach Afrika.« Sie beobachtete Claire schweigend, die den Blick nicht von dem immer kleiner werdenden V am Horizont abwenden konnte.

»Wollen wir anfangen?«

Claire nickte. Sie zog einen Stuhl zurück, wartete, wie es sich gehörte, bis Doktor Lavalette Platz nahm, und setzte sich dann neben sie, klappte das abgegriffene Bilderbuch auf der Seite auf, an der ein Zettel steckte. Ihren Zeigefinger mit dem kurz geschnittenen, sauber geschrubbten Nagel legte sie unter das erste Wort und las: »Wie wir auf dem Weg zum Schloss immer staunen mussten.«

Dann machte sie eine Pause und warf einen Seitenblick auf Doktor Lavalette, doch als diese nichts sagte, las sie weiter: »Der Weg zum

Schloss war ganz mit Schokolade gepflastert und hieß deshalb Schokoladenweg.« Wieder wartete sie, ob Doktor Lavalette sie verbesserte, doch deren hellbraune Augen ruhten auf ihr, und sie nickte ihr aufmunternd zu. »Alle Sträucher und Blumen waren aus Kuchenteig gebacken ...«, las Claire flüssig weiter vor. »... und mit Buttercreme und Schlagsahne verziert. Dazwischen lockten die köstlichsten Früchte zum Anbeißen: Trauben so dick, wie ich sie nie zuvor gesehn, Pfirsiche so saftig, dass Killi sich sofort sein ganzes Jäckchen bekleckerte, als er hineinbiss.«

Die Erwähnung der Früchte weckte Erinnerungen bei Claire. Daran, wie sie mit ihrer Großmutter noch vor Sonnenaufgang zu den schwimmenden Märkten in Cai Rang aufgebrochen war. Verkauft wurde dort einfach alles, was der Boden des Deltas hergab. Die Boote der Händler lagen mit ihrer köstlichen Last tief im Wasser des Drachenflusses und waren randvoll mit Kokosnüssen, Mangos, Ananas und Zuckerrohr gefüllt. Manche hatten auch Lotuswurzeln, Okraschoten oder Guaven an ihren Stangen befestigt, damit man sie von Weitem sehen konnte.

»Und dann die riesigen Ananas!«, las sie mit leiser Sehnsucht in der Stimme.

»Es ist unglaublich!«, murmelte Doktor Lavalette.

»Es ist ja auch ein Märchen!«, sagte Claire. »Aber auf unserem Markt gab es das alles auch zu kaufen.«

Es war das erste Mal, dass sie zu Doktor Lavalette einen Satz über ihre Heimat verlor, und die Ärztin sah sie einen Moment lang schweigend an.

»Musst du noch oft daran denken?«, fragte sie mit ihrer weichen Stimme, voller Wärme.

Claire schüttelte den Kopf. »Nur manchmal, meistens nachts, wenn ich nicht schlafen kann.«

»Das kannst du mir ruhig sagen, wenn du schlecht schläfst. Dagegen kann ich dir etwas geben.«

Claire schüttelte wieder den Kopf: »Das ist nicht nötig.«

»Warte einen Moment! Ich bin gleich zurück.«

Doktor Lavalette ging durch den Speisesaal, und Claire sah ihr nach.

Kurz darauf kam sie mit Frau Rose zurück. Wie immer trug diese ihre schimmernde Perlenkette, und inzwischen wusste Claire, dass sie in einer Woche Grün trug, entweder ein kurzes Kleid, oder Rock und Bluse oder Pullover, und in der anderen Woche Blau, immer abwechselnd. Bei

Frau Lavalette hatte sie keine solche Besonderheit feststellen können. Meistens hatte sie schlichte Pullover und Hosen an. Aber in diesem Augenblick fiel ihr die Gesichtsfarbe der Ärztin auf. Sie war viel rosiger als sonst, meistens fand Claire sie unglaublich blass. Und ihre Augen glänzten jetzt wässrig, fast so, als müsse sie gleich weinen.

»Claire, kannst du das bitte noch einmal lesen?«

»Ich möchte so gerne weiterlesen. Die Stelle, die jetzt kommt, mag ich besonders gerne.«

Doktor Lavalette warf einen Seitenblick auf Frau Rose, die die Hände faltete.

»Ja, natürlich, dann lies weiter, Claire.«

Claire legte wieder den Finger unter das erste Wort und las flüssig, ohne zu stocken: »Eine Tochter des Oberhofmeisters war sogar so schläfrig, dass sie bestimmt das Wachwerden und das Essen vergessen hätte. Deshalb musste ständig ein großer Pfau neben ihr stehn und sie jede Stunde mit einer neuen, besonders zarten Pfauenfeder wach kitzeln.«

»Habe ich dir zu viel versprochen, Nicole? Ist das nicht fabelhaft?«, flüsterte Doktor Lavalette, während Claire immer weiterlas, dabei den Finger unter den Buchstaben entlanggleiten ließ.

Ihre Schwägerin beugte sich über Claires Rücken und las mit, presste die Lippen zusammen und schüttelte mehrmals den Kopf.

»Sie macht gar keine Fehler«, flüsterte sie, um das Mädchen nicht zu unterbrechen. »Nicht einen einzigen.«

Doktor Lavalette nickte und holte jetzt ein weißes Stofftaschentuch aus ihrer Hosentasche, tupfte sich die Augen ab. Sie traten ein Stück zurück, während Claire immer weiterlas, und dämpften ihre Stimmen.

»Ich habe schon von unseren Lehrerinnen gehört, wie hervorragend sie sich macht«, flüsterte Frau Rose. »In Mathematik war sie den anderen von Anfang an weit voraus, aber dass sie so schnell Deutsch sprechen und lesen lernen würde …« Sie zählte an den Fingern nach: »Es ist erst sechs Monate her, dass sie zu uns kam.«

»Hmm«, machte Doktor Lavalette. »Sie ist sehr, sehr außergewöhnlich. Ich würde sagen, es gibt unter einer Million Kindern vielleicht eines mit dieser Begabung. Man kann die Energie ihres glasklaren Verstands geradezu knistern hören. Aber ich bin ganz sicher, dass dieses überdurchschnittliche Ausgangsmaterial noch durch die Erhöhung ihres Serotoninspiegels gesteigert wurde.«

Frau Rose zog die Augenbrauen hoch. »Ausgangsmaterial? Ich hoffe, du weißt, was du tust, Karin.«

»Vergleiche doch nur Evelyn und Susanne. Welche hat es bekommen und welche stattdessen ein Placebo?«

»Susanne?«

»Richtig. Carla und Marie?«

»Marie?«

»Ganz genau! Und die beiden Kleinen, Tao und Huyen. Rate, welche es bekommen hat und welche nicht?«

»Tao?«

Doktor Lavalette nickte.

Frau Rose verschränkte die Arme und fasste sich an die Wange, dachte einen Moment lang nach. »Hm, wenn du es sagst. Ich weiß nicht, wie ich es ausdrücken soll. Sie ist nicht nur aufgeweckter und lernt schneller, sie macht auch einen viel fröhlicheren Eindruck als Huyen.«

»Die Stimmungsaufhellung ist natürlich der Haupteffekt der Antidepressiva, den wir schon kannten. Aber die höhere Lernfähigkeit ist etwas ganz Neues. Sie greifen in einen zentralen Lern- und Anpassungsmechanismus des Gehirns ein, der als synaptische Plastizität bezeichnet wird. Und sie berühren mehrere Neurotransmittersysteme gleichzeitig. Wir haben das zuvor schon an Mäusen und Hunden beobachten können. Die manipulierten Tiere fanden sich in einem Wasserlabyrinth besser zurecht als ihre normalen Artgenossen, und sie entdeckten weitaus schneller eine neue Route, als wir den Irrgarten veränderten. Sie scheinen viel pfiffiger zu werden.«

»Pfiffige Labormäuse also«, sagte Frau Rose.

»Und noch etwas: Sie wollen gar nicht mehr aufhören, sie werden geradezu lernbegierig.«

Claire drehte sich zu ihnen um und klappte das Buch zu.

»Ausgelesen!«, sagte sie.

»Bravo!«, riefen die beiden Frauen überschwänglich und klatschten Beifall. »Ganz ausgezeichnet.«

»Wie alt bist du, Claire?«, fragte Frau Rose, obwohl sie ihr Geburtsdatum in der Akte hatte.

»Zehn.«

»Ich glaube, es wird Zeit, dass wir dir etwas anderes zu lesen geben.« Sie machte ein geheimnisvolles Gesicht, ging in ihren kleinen Raum hinter der Glasscheibe und kam mit einem ganzen Stapel Bücher zurück, um den ein rosa Satinband gebunden war. Obenauf lag eine Tafel Schokolade.

»Sieh mal, was ich hier für dich habe!«

»Für mich?«

Frau Rose nickte. »Na, trau dich ruhig, binde die Schleife auf!«

Claire berührte den glatten Satin mit den Fingerspitzen, zog an dem langen Ende, legte die Schokolade zur Seite, nahm ein Buch nach dem anderen von dem Stapel und las jeweils die Titel und die Namen der Verfasser vor:

»Erich Kästner, Das doppelte Lottchen, Enid Blyton …«, sie sprach den englischen Namen mit deutscher Betonung aus, sah kurz auf, um von den beiden Frauen eine Bestätigung zu bekommen, dass sie es richtig gelesen hatte. Frau Rose sagte ihn mit englischer Betonung, Claire sprach ihn nach und las den Titel vor: »Klassensprecherin Dolly. Astrid Lindgren: Pippi Langstrumpf.« Claire betrachtete lange das Mädchen mit den roten, abstehenden Zöpfen auf dem knallblauen Schutzumschlag.

»Ist das nicht etwas zu gewagt? Ihr ein Buch über dieses aufmüpfige Mädchen zu schenken?«, fragte Frau Rose leise.

Aber Frau Lavalette schüttelte den Kopf: »Du wirst sehen, Nicole, das schadet ihr nicht. Vertrau mir nur!«

Claire nahm nach und nach jedes Buch in die Hand, blätterte es auf, las Titel und Autorennamen laut vor: »Enid Blyton ›Klassensprecherin Dolly‹, Elisabeth Gürt ›Vor uns das Leben‹, James Krüss ›Der Sängerkrieg der Heidehasen‹, Micha Aalborg ›Tochter der bunten Zelte‹, J. Felix u. a. ›Der Große Naturführer‹.« Gleich auf der ersten Seite, die sie aufschlug, war ein Wildkaninchen abgebildet, mit großen braunen Augen und schwarzer Nase, das Fell braungrau mit schwarzer Sprenkelung.

»Ich glaube, das wird dir gefallen. Darin sind viele Pflanzen und Tiere deiner neuen Heimat abgebildet und genau beschrieben«, sagte Doktor Lavalette.

Claire legte ihre Hand auf das Buch, und der letzte Herzschmerz versickerte in dem roten Leineneinband.

SCHÖNWETTERS UND STERNS

Am Sonntag, 19. November 1972, war das Mainheimer Wahllokal in der Grundschule ab sieben Uhr geöffnet. Traditionell brach man zu Fuß mit der gesamten Familie direkt nach dem Frühstück auf. Die Begründung lautete, man wolle dazu beitragen, die ersten Hochrechnungen nach Schließung der Wahllokale gleich hieb- und stichfest zu machen. Familie Schönwetter verließ das Haus zu fünft um neun Uhr Richtung Osten, ging den Velten-Schönwetter-Ring entlang, auf das Stadtzentrum zu. Harald und Helga Schönwetter eingehakt vorneweg, er mit einem roten Wollschal im Mantelrevers, seine Frau mit einer roten gehäkelten Mütze schräg auf den dunklen Haaren. Ihre hochhackigen Schuhe klackerten über die Platten des Bürgersteigs. Sie war größer als ihr Mann, hatte ihr Make-up etwas zu dick aufgetragen, mit grellroten Lippen, und trug ihre Vitalität zur Schau. Vor so gut wie jedem Haus steckten und hingen SPD-Wimpel, nur an einem Jägerzaun waren es schwarze CDU-Fähnchen, die Marc und Golo alle der Reihe nach mit der flachen Hand wegschnickten. Helga Schönwetter drehte sich im Gehen um und ermahnte sie: »Benehmt euch gefälligst.«

Familie Stern, siebenköpfig, bewegte sich zur selben Zeit auf der parallel verlaufenden Schwimmbadstraße, ebenfalls ostwärts. Die Jungs liefen in der Mitte der Straße, denn es fuhren heute so gut wie keine Autos. Ein windstiller Tag, an dem ausnahmsweise nicht die geringste Spur von Schokoladenduft die Luft erfüllte, denn die Conchen blieben heute kalt. Sterns trafen gleichzeitig mit Schönwetters an der kurzen Altkönigstraße ein, die ihre beiden Straßen verband. Wenn Minka und Caro früher zur Schule gegangen waren, kam die eine der anderen hier entgegen. Immer abwechselnd ging Caro an einem Tag die Altkönigstraße hoch und am anderen Tag Minka die Altkönigstraße herunter. Heute sah man sich nur aus der Ferne.

Pa zog seinen Hut und grüßte kurz, Schönwetter tippte sich an die Hutkrempe, die Frauen nickten einander zu, Minka und Caro winkten. Gegen Helga Schönwetter wirkte Ma wie ein Mauerblümchen, mit ihren flachen Halbschuhen und dem weiten Mantel, der an ihrem Körper schlackerte.

Aus der Ortsmitte ragte der weiß getünchte Turm der evangelisch-lutherischen Kirche mit Glocke und Kreuz auf. Die schwache Sonne fand eine Ritze zwischen den schweren Wolken, und ihre Strahlen schienen die Kirchturmspitze zu berühren, tauchten sie in goldenes Morgenlicht.

»Sieh doch nur!«, sagte Ma und deutete auf das Naturschauspiel. Ausgerechnet an ihrer Kirche! Ihr Gesicht war in letzter Zeit immer fahler geworden, fast so grau wie die Novembertöne in den Vorgärten. Alle blieben stehen. »Wenn jetzt noch die Glocke anfinge zu läuten, wäre das ein Zeichen«, murmelte sie.

»Ein Zeichen wofür?«, fragte Fitzi.

»Dass wir das Richtige tun sollen.«

»Und was ist das Richtige?«

»Das weiß man dann schon, in dem Moment, wenn man die Gelegenheit hat.« Mit einem Seitenblick auf Pa fügte sie hinzu: »Lasset uns aber Gutes tun und nicht müde werden; denn zu seiner Zeit werden wir auch ernten ohne Aufhören.«

»Galater 6, Vers 9«, fügte Tini hinzu. Ihre Mutter sandte ihr einen liebevollen Blick. Was war ihre älteste Tochter doch für ein gutes sanftes Wesen.

»Erstens hat die Glocke nicht geläutet, zweitens glaube ich, ihr verwechselt etwas: Wir gehen jetzt ausnahmsweise nicht in den Gottesdienst, sondern zur Bundestagswahl, und deren Ausgang ist einerseits entscheidend für unser aller Wohlstand …«

Ma ließ den Arm ihres Mannes los und ging einfach ohne ihn weiter. Die Kinder warfen einander verstörte Blicke zu, weil sich die angespannte Stimmung zwischen ihren Eltern selten so deutlich manifestierte. Sie hatte im letzten halben Jahr leise Einkehr gehalten. Ma, die sonst stets auf Harmonie in der Familie bedacht war, vermochte sich nicht zu verstellen. Caro hatte vermutlich als Einzige der fünf Kinder eine vage Vorstellung von den Gründen.

Seit Mitte Mai, nachdem Guy mit seiner Mutter Mainheim still und ohne Aufhebens verlassen hatte, war die blanke Fassade der harmonischen Ehe ihrer Eltern nicht mehr frei von Schönheitsfehlern und kleinen Rissen. Sobald Caro daran dachte, hielt sie sich selbst ihre kindliche Unschuld vor, die sie hatte glauben lassen, die Liebe zwischen Ma und Pa könne niemals vergehen.

»Und andererseits?«, fragte wieder Fitzi.

»Hast du zu viel ›Sesamstraße‹ geguckt?«, lästerte Habu. »Zu viel ›Wer nicht fragt, bleibt dumm‹?«

»Er schaut schon lange nicht mehr ›Sesamstraße‹!«, nahm Tini ihren kleinen Bruder mit mütterlichem Tonfall in Schutz.

»Und andererseits sollte man nicht vergessen«, erläuterte Pa, ohne eine Miene zu verziehen, »dass nur eine einzige Partei mit einem C im Namen zur Wahl steht.«

»Und frag jetzt nicht, was das C bedeutet, Fitzi!« Der herablassende Kommentar kam von Erne.

»Christlich … christlich demokratische Union«, platzte Fitzi heraus. »Als wenn ich das nicht wüsste!«

»Nun ist es aber gut!« Ma hatte doch tatsächlich eine Falte zwischen den Augenbrauen, und ihre Mundwinkel waren deutlich nach unten gezogen. Keiner traute sich mehr, etwas zu sagen.

Sie überquerten den gepflasterten Marktplatz, und als Pa den Weg durch die Grünanlage einschlagen wollte, hakte sich Caro bei ihm ein, zog ihn nach rechts, zum Eingang der schmalen Erbsengasse. Sie mied die Anlage schon seit April, nahm Umwege in Kauf, wenn sie in den Ortskern zum Schreibwarengeschäft oder zur Drogerie musste. Zu sehr erinnerte sie der Anblick der tristen Anpflanzungen und des betonierten Bachbetts an den Tag des Unfalls. Für sie fügte sich alles zusammen: Die damaligen Ereignisse gipfelten in der unschönen Gegenwart. Geschehnisse, die sie selbst bezeugen konnte, hatten das Verhängnis angekündigt. Pa wehrte sich nicht, umschloss ihre eiskalte Hand mit seiner und fragte nur, ob sie keine Handschuhe habe.

Ganz Mainheim war mit Wahlplakaten gepflastert, an jedem Laternenmast, jeder zweiten Wand: Barzel, Brandt, Barzel, Brandt. Viele hatten inzwischen schon unter Wind, Wetter und Schmierern gelitten, teilweise hingen sie in Fetzen. Je näher sie der Grundschule kamen, umso neuer erschienen ihnen die Plakate. Sie waren offenbar überklebt worden. Pa stellte ihnen eine merkwürdige Frage: »Wen von den beiden hättet ihr am liebsten als Vater?«

Habu und Erne und Fitzi antworteten prompt: »Barzel natürlich!«
»Und warum?«
»Weil er so väterlich aussieht.«
Pa nickte zufrieden.
Schon von Weitem sahen sie Zenker mit seinen zwei Söhnen und alle Schönwetters, die vor dem Flachdach auf dem Schulhof von der Lokalpresse empfangen wurden. Sie posierten in verschiedenen Gruppierungen für den Fotografen, schüttelten die Hände anderer Mainheimer Bürger. Minka sah zu ihr hin und schnitt eine gelangweilte Grimasse, Caro grinste zurück. Der gesamte Schulhof schien von SPD-Plakaten zu leuchten. Hans Rose, ihr Klavierlehrer, stand vor dem Eingang und schüttelte jedem die Hand, sprach mit strahlenden Augen alle an wie gute Freunde oder Bekannte. Seine Frau Nicole war an seiner Seite, ihr hellblauer Wintermantel ging nur kurz über das Knie, und die Perlenkette kleidete sie ebenso gut wie das gewinnende Lächeln. Für den Bruchteil eines Augenblicks wäre Caro gerne in die Haut von Minka geschlüpft, deren Vater überall hofiert wurde. Pa ließ ihre Hand nicht los, nahm den Arm seiner Frau, hakte ihn unter seinen ein, ging mit erhobenem Kopf auf den Pulk am Eingang zu.
»Ah, der Herr Generaldirektor!«
Die Frau, die eben noch den Bürgermeister interviewt hatte, trat nun auf sie zu, der Fotograf bat sie um Aufstellung. »Geben Sie uns einen kleinen Tipp, Herr Stern? Wer bekommt Ihre Stimme?«
Die Reporterin mit der krausen Dauerwelle war vom Mainheimer Boten, jeder kannte sie, und natürlich wusste sie auch schon die Antwort.
»Das ist gar kein Geheimnis, Fräulein Conradi! Ich bin für Fortschritt und Stabilität. Selbstverständlich mache ich mein Kreuz bei der CDU«, verkündete Pa mit donnernder Stimme. So laut, dass sich die Köpfe nach ihm umdrehten. Caro griff seine Hand fester. Im Grunde wusste sie gar nichts über die unterschiedlichen Parteien und schon gar nicht über ihre Wahlprogramme. Aber in diesem Moment war sie auf einmal von der dringenden Hoffnung erfüllt, die CDU möge die Wahl gewinnen.
Im Inneren des Schulgebäudes war das Licht gedämpft, die Klassenräume verwandelt, rechts wurde die Wahlbenachrichtigung von den eh-

renamtlichen Wahlhelfern entgegengenommen, mit der Wählerliste verglichen, abgehakt. Caro merkte, wie sich Erne neben ihr ein wenig aufplusterte. Gerade eben achtzehn Jahre geworden, durfte er heute zum ersten Mal wählen. Erst zwei Jahre zuvor hatte der Bundestag beschlossen, das aktive Wahlrecht von einundzwanzig auf achtzehn Jahre zu senken. Mit durchgedrücktem Rückgrat und wichtigem Gesichtsausdruck verschwand er hinter einem der schwarzen Wandschirme. Caro sah sich um: Die Stühle, die am Rand standen, kamen ihr auf einmal so winzig vor, längst schien sie ihnen entwachsen.

Nochmals ein Foto, während Schönwetter seinen Wahlzettel in die Urne warf. Er hielt das Kuvert länger als nötig in den Schlitz, lächelte breit in die Kamera. Das erste Mal fiel ihr sein Goldzahn auf, was Caro bewusst machte, wie selten sie ihn hatte lachen sehen. Ma und Pa kamen hinter den schwarzen Wandschirmen hervor, Pa mit einem entschlossenen Zug um den Mund. Auch er wurde fotografiert, als er an die Wahlurne trat.

»Na, Stern, heute kommt der Tag der Wahrheit!«, rief Schönwetter Pa siegesgewiss zu. Es war klar: Ein Sieg Willy Brandts bei der Bundestagswahl würde auch ihm als Bürgermeister neuen Auftrieb geben. Er rieb sich die Hände. »Ich freu mich schon auf heute Abend, der Henkell Trocken liegt bereits auf Eis!«

Caro bemerkte, wie Ma ihn daraufhin musterte, und sie kannte diesen Blick aus ihren blassen Augen ziemlich genau. Manchmal kam es ihr vor, als könne Ma den Menschen bis tief in ihre Seele schauen. Mit seiner schlecht geschnittenen Strubbelfrisur und seinen zerknautschten Anzügen überspielte Schönwetter den Machthunger und sein dehnbares Verhältnis zur Wahrheit.

»Und die Wahrheit ist«, antwortete Pa: »Eure Zeit ist abgelaufen, die Sozialdemokratie hat dem Staat schon genug Schaden zugefügt.«

»Wahrheit ist ein schönes Wort!«, hauchte Ma hinter ihm, und beide drehten sich um, blickten sie erstaunt an, als sie bedächtig hinzufügte: »Die ungeschminkte Wahrheit bringt immer Farbe ins Gesicht.«

Bei den Männern bewirkte ihr Satz das Gegenteil: Sie wurden blass.

Ab Viertel vor sechs saß ganz Deutschland vor den Fernsehapparaten.

Helga Schönwetter hatte kalte Platten vorbereitet, mit Minka zusammen aus Schinkenknackern, Landjägern und Gürkchen in großen Buchstaben »*S P D*« gelegt. Rote Servietten steckten, zu Papierblüten arrangiert, in Biertulpen. Golo drehte sich im Egg-Chair und sah andauernd auf seine auffallend flache Armbanduhr.

»Hast du eine neue Uhr?«, fragte Minka, die schräg auf dem Ledersofa hing und versuchte, seinen Arm einzufangen.

Er zog ihn weg und hielt ihn ihr in sicherem Abstand entgegen: »Jawoll! Und zwar das Allerneueste: Eine Quarz-Uhr. Genauer kann man die Zeit nicht messen.«

»Und wie kannst du dir das leisten?«

»Durch Arbeit, liebes Schwesterlein ... schon mal davon gehört?«

»Und was für eine Arbeit bringt dir so viel ein?«

Minka ließ die Hand sinken und steckte Clärchen heimlich ein angebissenes Stück Landjäger zu. »Die muss doch eine Stange Geld gekostet haben!«

»Gabelstaplerfahren bei Ruberus in den Herbstferien, wenn du es genau wissen willst.«

»Will ich gar nicht!« Natürlich hatte sie längst mitbekommen, dass ihre Brüder in der Chemiefabrik gearbeitet hatten. Ihr Vater fand, es täte ihnen gut, früh genug diese Perspektive kennenzulernen, und hatte ihnen die Jobs besorgt.

»Ich sag's dir trotzdem: Als Lagerarbeiter, tausendvierhundert D-Mark für zwei Wochen.«

Angesichts seines herablassenden Tonfalls sehnte sich Minka ihre Freundin Caro herbei, die das grausame Los der kleinen Schwester teilte. Minka war es leid. Sie hatte genug von ihren eingebildeten Brüdern, den nie enden wollenden SPD- und Willy-Brandt-Hymnen ihres Vaters, wollte bloß, dass dieser bescheuerte Wahlkampf endlich vorbei war und sie in ihrem Zimmer Platten hören konnte.

»Übrigens hat Ruberus seit Neustem ein Testzentrum hier in Mainheim ... hinten im Keltengrund!«

»Testzentrum?« Minka wurde hellhörig. Seit dem Tag, als sie das neue Gebäude zusammen mit Caro hinter den Kiesgruben entdeckt hatte, waren einige Wochen vergangen, und es war wieder in Vergessenheit geraten.

»Ja, für Wasserfarben«, antwortete Marc statt Golo. Wie immer hatte er einfach Lust, sie ein wenig aufzuziehen. Aber diesmal machte sein Bruder nicht mit: »Quatsch, für Arzneimittel natürlich.«

»Und wie werden die getestet?« Minka versuchte, einen möglichst entspannten Eindruck zu machen, aber ihre Stimme klang ein wenig gepresst.

»Ruhe jetzt, verflixt!« Ihr Vater sprang auf und drehte den Ton lauter. Schönwetter riss die Augen auf und verkündete mit einem Beben in der Stimme: »Über fünfundvierzig Prozent! Helga, hol den Sekt aus dem Kühlschrank!«

Den Kindern wurde die Bedeutung des Augenblicks vor allem durch seine Stimmlage und den Glanz in seinen Augen bewusst.

»Aber ist das denn schon sicher?« Helga Schönwetter stellte sich neben ihn, und er umfasste ihre Hüfte.

»Sieh doch!« Inzwischen hatte er eine Zigarre zwischen den Fingern und deutete damit auf den Bildschirm.

»Aber das sind doch nur die ersten Hochrechnungen, Harald!«, sagte seine Frau und winkte ab.

»Die Wahl zum 7. Deutschen Bundestag war die erste vorgezogene Bundestagswahl in der Geschichte der Bundesrepublik Deutschland«, sagte die Stimme des Reporters mit theatralischem Unterton. »Und es sieht so aus, als würde dieser 19. November 1972 nicht nur deshalb in die Geschichte eingehen.«

»Schalt mal um!«, brummte Pa, fünfzig Meter entfernt vom Schönwetter'schen Wohnzimmer, zu Fitzi, der auf dem Fußhocker vor ihm saß. »Vielleicht sieht es im Zweiten besser aus.« Auch in seiner Stimme lag ein Beben.

Fitzi sprang sofort auf, drückte auf die zweite Taste von oben am Fernsehapparat, und alle starrten wie gebannt auf das neue Bild. Ein Kuchendiagramm baute sich langsam auf.

»Na, das sieht doch schon besser aus«, murmelte Pa.

Links lag ein großes rotes Tortenstück, daneben ein etwas größeres schwarzes und ganz rechts ein kleines gelbes.

»Wie gut, dass wir den neuen Farbfernseher haben«, meinte Tini und wischte mit einem Taschentuch über die Tischplatte, als Erne etwas Fanta verschüttete. Habu sprang jetzt auf, legte den Zeigefinger auf das schwarze Tortenstück auf dem Bildschirm, zuckte zurück, als er einen leichten Stromschlag bekam.

»Seht ihr? Die CDU hat die Mehrheit!«

Vor ihnen auf dem Wohnzimmertisch stand eine Kristallschale mit dem Inhalt von zwei Packungen Cassada Mixbox. Die in buntes Bonbonpapier eingewickelten Pralinen glitzerten neben einem Teller mit Erdnüssen und einem Glas mit Salzstangen. Fitzi hatte eine Faust voll genommen und schob sie sich in rasendem Tempo in den Mund.

»Heute sind über 90 Prozent der Wahlberechtigten zu den Urnen gegangen – ein absoluter Rekord!«, tönte die Stimme des ZDF-Wahlstudio-Moderators aus dem Lautsprecher. »Nach ersten Berechnungen hat die SPD ihren Stimmenzuwachs auch den vielen Jungwählern zu verdanken, die erstmals schon ab achtzehn Jahren mit abstimmen durften.«

Pa schüttelte missbilligend den Kopf. »Hab ich mir gleich gedacht! Noch grün hinter den Ohren, nicht mal volljährig, aber wählen gehen.«

Erne protestierte: »Also ich habe CDU gewählt!«, und Pa tätschelte ihm den Hinterkopf. »Du bist ja auch ein intelligenter Junge und ein waschechter Stern, was eigentlich ein und dasselbe ist.« Er griff in die Kristallschale und wickelte zwei Pralinen aus der silbernen Folie. Als er sich beide auf einmal in den Mund steckte, beulte sich seine Backe aus. »Wenn wir Glück haben, reicht es gerade noch zum Regieren.«

Caro wollte so sehr, dass er recht hatte, ohne überhaupt zu wissen, warum. Sie saß kerzengrade im Schneidersitz auf dem braunen Veloursteppichboden vor dem Sofa und hätte nicht sagen können, was die eine Partei besser machen würde als die andere. Für sie waren die Kanzlerkandidaten einfach nur alte Männer mit breiten Krawatten, die keinen direkten Einfluss auf ihr Leben hatten. Das, was ihr wichtig war, der Rückbau des Hessendamms, sauberes Wasser im Main, klare Luft, würde ihr keiner der beiden geben, daran hatte Pa keinen Zweifel gelassen. Sie wollte die Bleichwiesen zurück, die graubraunen Sumpfmeisen, die blauen Kleiber, braunroten Tagpfauenaugen und ihren Schulfreund Guy. Wenn sie jetzt wünschte, die CDU und ihr glatzköpfiger Kanzlerkandidat mögen gewinnen, war sie alleine von der Hoffnung getrieben, die Stimmung zwischen ihren Eltern und in ihrer Familie würde womöglich wieder warmherziger, vielleicht sogar so wie früher. Für sie hing einiges davon ab, ob Pa seinen Willen bekam.

Das Diagramm wurde ausgeblendet, kurz erschien das breite rotbraune Gesicht des Wahlstudioleiters auf dem Bildschirm. Man wusste nicht, ob die Farbe bei ihrem Fernsehapparat zu grell eingestellt war, ob er zu viel Höhensonne abbekommen hatte oder ob er so erregt war, als er verkündete: »Soeben erreichen uns die neuesten Hochrechnungen. Es zeichnet sich eine Sensation ab.«

Kaum einer merkte, wie Ma langsam von ihrem Platz ganz rechts auf dem Samtsofa aufstand und geräuschlos in ihren Cord-Hausschuhen zur Wohnzimmertür ging. Nicht einmal, als sie die Tür öffnete und hinter sich schloss, sah ihr jemand nach, so gebannt waren sechs Augenpaare auf den Bildschirm gerichtet, denn ein neues Diagramm kam ins Bild, und zu der schrillen Stimme des Moderators stieg der rote Balken der SPD höher als der schwarze der CDU.

Ma schob das schmiedeeiserne Gitter an der Treppe zum ersten Stock auf, das sie noch aus Zeiten hatten, als die Kinder im Krabbelalter waren. Mit leichten Schritten stieg sie die Stufen hoch, ließ die Hand über das Geländer gleiten. Am oberen Ende angekommen, war das nächste Gitter angebracht, dessen Drehknauf sie öffnete. Sie blieb kurz stehen, weil sie plötzlich glaubte, helles Kinderlachen zu hören. Dann atmete sie tief ein und aus und betrat gleich darauf das Schlafzimmer. Sie ließ die Augen über das Ehebett mit der gelben Steppdecke, die weißen Schleiflackfronten der Schrankwand gleiten, setzte sich auf den breiten Hocker vor ihrer Frisierkommode und schloss die Augen. In ihrem Inneren tobte ein Kampf, und sie presste sich die Handballen gegen die Schläfen.

Wie ein kleiner Teufel wollte Schadenfreude die Oberhand über das schlechte Gewissen gewinnen. Heute Morgen war es plötzlich über sie gekommen, als sie hinter dem Wandschirm in der Grundschule stand, den Bleistift an der Schnur in die Hand genommen und den Wahlzettel gelesen hatte. Einer plötzlichen, unerklärlichen Eingebung folgend, malte sie ein zittriges Kreuz in den Kreis neben die Buchstaben SPD. Schon während des Zehn-Uhr-Gottesdienstes hatte sie in stummen Sätzen um Vergebung gebeten und versucht, sich einzureden, ihre eine Stimme werde am Wahlausgang nichts ändern. Doch als sie dann gemeinsam mit ihrer Familie gewahr wurde, wie herb der Verlust für die CDU tatsächlich zu werden drohte, ertrug sie die Zwiespältigkeit ihrer Gefühle kaum.

Ma hätte nicht sagen mögen, wie lange sie da gesessen hatte, als sie einen Lufthauch spürte. Die Schlafzimmertür wurde geöffnet und geschlossen, ein innig vertrauter, warmer glatter Körper schmiegte sich an sie. »Wie schön, dass du es bist«, flüsterte sie dem Mädchen, das sich neben sie gesetzt hatte, in die zierliche Ohrmuschel.

»Ach, Ma!«, flüsterte Caro.

Sie drückte Caro an sich, zog sie auf den Schoß. Keine wollte den Augenblick durch weitere Worte zerstören, obwohl jede von ihnen so dringend einen Menschen brauchte, dem sie ihr Herz ausschütten konnte. Caro glaubte, eine Ahnung von dem zu haben, was Ma bedrückte. Schließlich hatte sie mit angehört, wie sie das Verhalten ihres Vaters kritisiert, wie sie die Lage der armen Frau Meyfahrt und ihren Jungen bedauert, wie sie die Worte »feige Vertuschung« gebraucht hatte. Caro legte den Arm um die knochigen Schultern ihrer Mutter und schämte sich auf einmal für ihre selbstsüchtige Haltung. Um wie viel schlimmer musste es für Ma mit ihrer verinnerlichten christlichen Nächstenliebe sein, dass Pa sie so enttäuschte.

Caro hatte keine Vorstellung davon, dass ausgerechnet an diesem 19. November 1972 der Moment höchster Erfüllung war. Nie wieder würde ihre Mutter sie derart innig in den Armen halten. Alles Zukünftige in ihrer Beziehung würde bloß Enttäuschung und Wunschtraum sein. Denn Ma wurde an diesem Abend, als sie den schmächtigen Körper ihrer mittlerweile elfjährigen Tochter im Arm hielt, bewusst, wie brennend sie sich nach der Unschuld und dem Glück vergangener Tage sehnte und wie dringend sie ein sechstes Kind wollte.

Mit 45,8 Prozent der Stimmen wurde die SPD erstmals in der Geschichte der Bundesrepublik stärkste Fraktion im Parlament. Die CDU/CSU rutschte auf 44,9 Prozent ab. Der Erfolg der SPD basierte vor allem auf der Mobilisierung der Jungwähler, von denen sich 60 Prozent für die Sozialdemokraten entschieden hatten. Mit den Stimmen der FDP brachte es die sozialliberale Regierungskoalition auf 271 Regierungssitze. Endlich verfügte sie über eine stabile Mehrheit, mit der sich regieren ließ, ohne ständig vom Damoklesschwert des politischen Patts bedroht zu sein.

Schönwetter öffnete die Terrassentür und ließ den Korken knallen. Mit vollem Druck flog er fast bis zur Grundstücksgrenze zwischen die beiden Pappeln. Toxy begann zu bellen. Er schirmte den Mund mit der Hand ab, zwischen deren Fingern er eine lange Zigarre hielt.

»Wir haben gewonnen, Steeeern!«, schrie er aus vollem Hals.

CARO

Dichter Winternebel stieg vom Boden auf und legte sich wie Watte an die Häuser des Schwimmbadviertels. In den meisten Vorgärten schickten elektrische Kerzen, die auf Fichten geklemmt worden waren, ihren gelben Schein durch die weißen Schwaden. Neben die Stahlflamingos hatten sich Hirsche und Engel aus Gips gesellt. Heute war ein ganz besonderer Tag. Die Weihnachtsfeier der Cassada war für die Mitarbeiter und ihre Familien ein ganz besonderes Ereignis im Jahr, auf das alle hinfieberten.

Sterns mussten mit zwei Autos fahren. Die Jungs saßen in Pas Mercedes, Caro und Tini in Mas Ford Taunus. Caro hatte die breite Rückbank für sich und suchte mit wachsender Verzweiflung nach der Mischung aus Ungeduld und Vorfreude der früheren Jahre, dem Gefühl, jeden Augenblick festhalten zu wollen, an das sie sich so gut erinnerte. Sie ballte die Hände zu Fäusten und versuchte, es mit aller Macht herbeizuwünschen, war so darauf konzentriert, dass sie zusammenzuckte, als ihre Schwester sie ansprach.

»Bist du schon aufgeregt, Caro?« Tini drehte sich vom Beifahrersitz aus zu ihr um. Caro kommentierte nicht einmal, dass Tini sich die Wimpern getuscht hatte, was sie früher sofort zu einer gewundenen Bemerkung veranlasst hätte.

»Ja.«

»Freust du dich denn gar nicht?«

»Doch.«

Tini sah ihre kleine Schwester an, wie sie ihre Hände tief in die Taschen des blauen Dufflecoat vergrub, das Gesicht in dem langen Schal versteckte, und vermisste das mädchenhafte Geplapper, das immer so wohltuend und anheimelnd gewesen war.

Mittlerweile war es sinnlos, Caro zu fragen, was sie dachte. Sie hatte sich ganz in ihre Innenwelt zurückgezogen, plagte sich mit unausgesprochenen Problemen, die sie sich selbst auferlegt hatte. Es gab eine Zeit, da hätte man von ihr selbst auf eine so einfache Frage eine gestelzte, fröhliche, leicht verworrene Antwort erhalten. Tini oder ihre Mutter hätten zurückgefragt, eine neue gewichtige Antwort erhalten, sie hätten gekichert, alberne Bemerkungen gemacht. Jetzt bedauerten sie alle still für sich, dass diese redselige Zeit vergangen schien.

Die Hände ihrer Mutter umklammerten das schmale Lenkrad so fest, dass sie weiß wurden. Wie lange war es her, dass sie ihre Tochter gewandt und leicht überdreht hatte reden hören, ihre neu entdeckten Fremdwörter erörternd oder eine ihrer erdachten Geschichten vortragend? Dass Caro sich während der Fahrt nach vorne gebeugt hatte und sie mit den Fingern am Nacken gekitzelt hatte? Ma konnte sich kaum an den Inhalt von Caros gewundenen Sätzen erinnern, doch sie wusste, dass sie sich mit wenigen Menschen über so viele neue Themen unterhalten und sie aus allen Blickrichtungen beleuchtet hatte wie mit ihrer jüngsten Tochter. Würde es je wieder so sein?, dachte sie, und es war einer der Gründe, weshalb sie sich noch ein Kind wünschte. Im Februar würde sie vierundvierzig werden. Die neuartige Antibabypille nahm sie nicht, Verhütung widersprach ihrem christlichen Glauben. Nach Fitzi hatte sie noch zwei Fehlgeburten gehabt.

Als sie schweigend in die breite Einfahrt auf das Fabrikgelände einbogen, sahen sie ihn schon von Weitem vor dem Hauptgebäude stehen, geschmückt mit Hunderten elektrischen Kerzen. Jedes Jahr übertraf sich Pa mit der Auswahl des prächtigsten und größten Christbaums weit und breit. Diesmal kam er aus dem Westerwald und maß stattliche fünfzehn Meter. Er war genauso hoch wie das Verwaltungsgebäude. Sie fuhren daran vorbei auf den Parkplatz der Geschäftsleitung zu. Sterns Wagen stand schon in einer Parkbucht, er und seine Söhne stiegen gerade aus. Er winkte seiner Frau zu, sie solle neben ihm parken, doch sie fuhr weiter geradeaus zu dem Parkplatz für die einfachen Angestellten und Arbeiter.

»Ach Mutti, muss das sein?«, fragte Tini. »Pa hat uns doch extra den schönen Parkplatz frei gehalten.«

Ihre Mutter antwortete nicht, sondern hielt, um die Fahrgäste aus einem Bus vor ihnen vorbeizulassen. Schweigend beobachteten sie sie. Es waren lauter Mädchen zwischen fünf und vierzehn Jahren. Sie trugen alle die gleichen grauen Mäntel und die gleiche Frisur, kinnlang mit Pony.

»Da sind sie ja schon«, murmelte Ma.

»Wer?«, fragte Tini.

»Die Kinder aus dem Mainheimer Kinderheim. Ich habe euren Vater gebeten, sie dieses Jahr zur Cassada-Weihnachtsfeier einzuladen.«

Caro beugte sich nach vorne, legte eine Hand auf die Rückenlehne ihrer Mutter und sah neugierig zu, wie die Mädchen geordnet in Zweierreihen vor ihnen die Straße passierten.

Das Casino der Cassada war weihnachtlich geschmückt. Die Tische standen in langen Reihen, mit roten Tischdecken, Tannenzweigen, Kerzen und goldenen Nüssen bedeckt. Für die Familie des Generaldirektors waren sieben Plätze direkt unterhalb der Bühne reserviert. Pa schritt vorneweg durch den Saal, blieb immer wieder stehen, um links und rechts Hände zu schütteln, zu winken, zu grüßen. Caro hatte diesen Moment schon von klein auf genossen, sich in seiner offenkundigen Beliebtheit gesonnt und ihn bewundert. Seine charismatische Gestik, die selbstsichere, zugewandte Miene, wenn er die ausgestreckten Hände mancher Mitarbeiter gleich mit zwei Händen packte, diese Aura eines Mannes, dem die Sympathien nur so zuflogen. Ma hatte sich zwar bei ihm eingehakt, doch mit gesenktem Kopf ließ sie sich in diesem Jahr fast widerwillig von ihm mitziehen, und er hielt die Hand auf ihrer, als wolle er verhindern, dass sie sich von ihm löste. Dann nahmen sie ihre Plätze ein, und die Cassada-Weihnachtsfeier 1972 begann mit einer Begrüßung durch den Betriebsrat und Pa.

In seinem neuen schwarzen Anzug, der jedes Jahr einige Zentimeter weiter geschnitten wurde als das letzte Modell, stieg er die drei Stufen hoch, nahm seinen Platz hinter dem Rednerpult ein und klopfte mit dem Finger auf das Mikrofon, was einen eigenartig dumpfen Ton aus den Lautsprechern verursachte. Es gab drei Scheinwerfer an der Decke, die jetzt auf ihn gerichtet waren und seine breite Krawatte in den Cassada-Farben rot-blau-golden anstrahlten. Caro ließ den Blick über die Gesichter der Mitarbeiterfamilien wandern, die sich ihm zuwandten wie einem Pfarrer auf der Kanzel an Heiligabend. Man wollte Worte hören, die mitrissen, das Gemeinschaftsgefühl berührten und die Herzen bewegten. Pa sprach von dem Neubau der Produktionshalle, die einen Meilenstein in der Erfolgsgeschichte des Mainheimer Cassada-Werks darstellen werde. Er verwies auf die erweiterte Produktpalette, von Erfrischungstafeln in den Sorten Eis-Nuss und Mint, mit denen es gelungen sei, einen Gegenpol zu bieten zu einem nicht ganz unbekannten, mit aromatisierter Flüssigkeit gefüllten, kleinen Stäbchen. Dafür erhielt er Applaus und nicht wenige Lacher, denn die Cassadiner identifizierten sich mit ihrem Unternehmen, hatten die Konkurrenz argwöhnisch im Blick und freuten sich diebisch, wenn es »ihrer« Firma gelang, anderen Schokoladenherstellern Marktanteile abzujagen. Die Erfrischungsstäbchen von Sprengel waren inzwischen durch die zunehmende Fernsehwerbung zum Verkaufsschlager geworden, und es galt, den Wettlauf zu gewinnen. Pa hielt die *Weiße Kinder-Tafel* hoch, deren hellblaue Verpackung zwei lachende Kinder mit strahlend weißen Zähnen zeigte.

»Und hiermit haben wir eine wunderbare Antwort auf ein ebenfalls nicht ganz unpopuläres Produkt gefunden, bei dem die Riegel allerdings einzeln verpackt werden.«

Wieder erntete er zustimmendes Raunen und Beifall. Natürlich kannten alle im Saal die Kinder-Schokolade des Marktführers Ferrero, die unter anderem so erfolgreich war, weil sie suggerierte, Genuss und Gesundheit zu verbinden. »Wir haben lange an der Zusammensetzung getüftelt und erhalten inzwischen bei Marktumfragen sogar bessere Bewertungen hinsichtlich Geschmack und Verpackung als die … Sie wissen schon, wer.«

»Bravo!«, rief ein Mann am Nebentisch, und Caro musterte ihn. Er sah Pa mit leuchtenden Augen an.

Dann begann Pa, den neuen Markenauftritt vorzustellen. Dem Zeitgeist folgend, wolle man die Produkte nun sachlich und schnörkellos präsentieren.

Die Scheinwerfer gingen aus, und ein Diaprojektor warf das Bild der neuen Produktgestaltung auf eine Leinwand. Der *Cassada-Muck* werde nicht mehr an zentraler Stelle auftauchen, erläuterte Pa und erntete dafür ein kollektives Aufstöhnen des ganzen Saals. Er deutete mit einem langen weißen Stab auf die Abbildung eines Medaillons, das aussah wie eine Tortendecke, in dessen Mitte nur eine kleinformatige Muck-Figur im Profil zu sehen war, die eine goldene Fahne schwang. Jeder einzelne der Buchstaben, die um ihn herum im Kreis angeordnet waren, hatte größere Abmessungen als der allseits beliebte Muck: *Qualitätsklasse *Haus Cassada** stand auf dem Emblem.

»Von nun an wird er, umgeben von einem weißen oder gelbgoldenen Rand, wie ein Firmenlogo auf allen Packungen platziert«, erklärte Pa. Es folgte verhaltener Applaus, und er fügte hinzu: »Aber eben in kleinerem Format!«

Als wiederum ein enttäuschtes Gemurre einsetzte, beeilte sich Pa, noch einen Aspekt zu ergänzen: »Aber seine blau-rot-goldene Kleidung und der große Turban, wie Sie ihn alle kennen und lieben, bleiben natürlich.«

Der Applaus war zurückhaltend, und Pa räusperte sich. Caro spürte, wie die Stimmung im Saal zu kippen drohte. Wo er gerade noch für die neuen Produkte bejubelt worden war, schienen nun die wenigsten Mitarbeiter von der neuen Idee begeistert zu sein.

Er kam zum Schluss seiner Rede: »Liebe Cassadiner, wir blicken gemeinsam zurück auf ein erfolgreiches Jahr. Ohne Sie und Ihre Zuverlässigkeit, Ihre Hingabe und Ihre Loyalität wäre die Cassada nicht, was sie ist. Wir sind und bleiben eine große Familie. Ich wünsche Ihnen allen frohe, gesegnete Weihnachten.«

Was dann folgte, trug Pa vermutlich die höchsten Sympathiewerte ein, die jemals ein Generaldirektor der Cassada erreicht hatte. Die Kinder jubelten, die Erwachsenen applaudierten, als sich der königsblaue Samtvorhang des Puppentheaters öffnete und die Kistendeckel mit dem schräg gedruckten Namenszug der Augsburger Puppenkiste in das Licht der Scheinwerfer rückten. Das hatte es noch bei keiner Weihnachtsfeier gegeben, Pa hatte sich wirklich nicht lumpen lassen. Inzwischen besaß nahezu jeder deutsche Haushalt einen eigenen Fernsehapparat, und seit Jim Knopf zum ersten Mal auf dem Bildschirm erschienen war, gehörten die Stücke der Augsburger Puppenkiste mit ihren Wasserflächen aus Plastikfolie, Urmel aus dem Eis, dem singenden Seelöwen, der kleinen Hexe und dem Räuber Hotzenplotz zur DNA des Landes.

Alle Menschen im Saal hielten den Atem an, als die eigens hergestellten Marionetten sich auf der kleinen Bühne zu einem Streifzug durch die Geschichte der Cassada anschickten. Es wurden Kakaopflücker in exotischen Ländern dargestellt, die große Körbe auf den Köpfen balancierten, Schiffe, die die Bohnen über die Plastikwasserfläche nach Europa brachten, Kakaoröstereien, ein Kaffeehaus, in dem Kakao aus zierlichen Tässchen getrunken wurde. Dann erschien auf der Bühne die erste muschelförmige Conche, aus der echter Schokoladenduft aufstieg und um die eine Marionette mit weißem Kittel und Kochmütze herumwuselte. »Das soll Rodolphe Lindt sein, als der die Schmelzschokolade erfindet«, flüsterte Pa ihnen zu.

Schließlich war das erste Berliner Hauptgeschäft zu sehen, in dem aufgeputzte Damen in langen Röcken die erlesenen Pralinen probierten, die ihnen »Kleine Mucks« servierten. Das Bühnenbild wechselte zu einer Silhouette des Mainheimer Werks und weiblichen Marionetten mit weißen Häubchen, die an einem kleinen Fließband standen und Schokoladentafeln in Kisten stapelten. Nach einer Dreiviertelstunde endete die Vorstellung mit einem Konfetti- und Pralinenregen aus der beliebten Mix-Box und zu einem Daliah-Lavi-Lied tanzenden Marionetten in Blumenkleidern. Als sich die Kistendeckel und der Vorhang wieder schlossen, hielt es keinen mehr auf den Sitzen. Der Jubel war überwältigend. Viele Männer, Jungen, auch Caros Brüder pfiffen durch die Finger. Selbst Ma hatte ein weiches Lächeln auf den Lippen.

Nachdem sich die Aufregung gelegt hatte, gab es Gelegenheit, Plätzchen und Stollen, Kaffee und Kakao zu sich zu nehmen, sich zu unterhalten, gemeinsam zu Klavierbegleitung Weihnachtslieder zu singen.

Schließlich kam der Höhepunkt: Das Licht der Neonröhren flackerte mit einem Mal, der Saal wurde dunkler, immer dunkler, bis die Deckenbeleuchtung ganz verlosch. Auch die Gespräche verstummten. Jetzt war nur noch der warme Kerzenschein der Adventsgestecke auf den langen Tischen zu sehen. Vor den Wänden, in den Schatten der Flammen nahm man Bewegungen wahr, geduckte Gestalten, die vorüberhuschten, um sich in einer Reihe aufzustellen. Es waren diese geheimnisvollen Geräusche von raschelndem Taft, von schnellen Schritten weicher Sohlen, die Stimme eines kleinen Kinds, das vor Angst laut aufheulte und dann, von seiner Mutter beruhigt, wieder verstummte, bevor eine vollkommene Stille eintrat.

Nur schemenhaft konnte man die Umrisse der mysteriösen Gestalten erkennen. Caro schob die Finger in Pas Hand und starrte wie gebannt auf die unförmigen Kopfbedeckungen. Sie ahnte, nein, sie wusste, wer sie waren, und auf einmal spürte sie wieder das aufgeregte Kribbeln, denn jetzt kam der Augenblick, auf den sie jedes Jahr den ganzen Abend lang gewartet hatte. Es war die Wiederkehr ihrer Kindheit, der sie sich, seit sie auf das Gymnasium ging, vollkommen entwachsen fühlte.

Plötzlich richteten sich die Scheinwerfer auf die Reihe vor dem Vorhang. Ein Raunen ging durch den Saal.

Da standen sie. Das Weiß ihrer Augen blitzte in ihren geschminkten Gesichtern, unter gewaltigen rot-blauen Turbanen. Caro reckte den Hals, stand auf, um ihre goldfarbenen weiten Pumphosen sehen zu können, und öffnete den Mund, als sie die langen, nach oben gebogenen rot-goldenen Schnabelschuhe erspähte – lebendig gewordene Märchenfiguren. Als wäre es noch nicht genug, schwärmten die kleinen Gestalten plötzlich aus, rannten blitzschnell auf ihren weichen Pantoffeln zwischen den Tischen hindurch, verteilten sich im ganzen Saal. Jeder von ihnen balancierte Stapel von Kartons auf den Armen. Caros Herz klopfte heftig, als sie sich ihrem Tisch näherten. Sie wusste, was sie da trugen, was sich im Inneren der purpurroten Pappschachteln verbarg: Es waren die Weihnachtspakete, die jeder Angestellte der Cassada-Werke bekam, gefüllt mit Köstlichkeiten, Marzipanbroten, Pralinen, Schokoladentafeln mit Lebkuchengewürz, Nougat-Weihnachtsglocken, einem großen Schokoladen-Nikolaus. Was Caro, Claire, Tao, Huyen und alle anderen Kinder im Saal unendlich faszinierte, waren gar nicht die zu erwartenden Süßigkeiten, sondern die Cassada-Mucks. Dem exotischen Märchen über den Kleinen Muck nachempfundene Figuren, die schon 1922 als Markenzeichen der Cassada eingetragen und seitdem zum Symbol für die traditionsreiche Schokoladenfabrik geworden waren. Sie wollten ihre orientalische Kleidung ganz genau betrachten, den schillernden Taft berühren und wenigstens einer der Traumfiguren für einen Moment ganz nahe sein.

»Hier, bitte schön!«, sagte der kleine Muck und beugte sich nach vorne, um das Päckchen vor Caro auf den Tisch zu legen.

Die Stimme, dachte Caro, diese Stimme. Wie elektrisiert hob sie den Kopf und sah ihm in die blauen Augen. Da! Der Muck zwinkerte ihr sogar zu.

»Nicht alles auf einmal essen, Caro!«, sagte er, und ehe sie antworten konnte, war er auch schon verschwunden. Caro sah ihm hinterher, und mit Oliver, dem als Muck verkleideten achtjährigen Sohn ihrer Nachbarn, verschwand das letzte Stück ihrer Kindheit in der Dunkelheit des Saals.

Als die Neonröhren an der Decke wieder angingen und das Casino der Cassada-Werke in ihr kaltes Licht tauchten, strebten alle Mitarbeiter und Familien mit ihren roten Kartons dem Ausgang zu. Die nüchterne Beleuchtung nahm dem Abend in Caros Augen seinen letzten Zauber.

»Caro! Dein Weihnachtspaket!«, rief Pa ihr nach. »Das brauche ich nicht!«, antwortete sie leise und drehte sich gar nicht mehr um.

Es war Ma, die den roten Karton in die Hände nahm und sich rasch einen Weg durch die Menge bahnte. Wie immer hatte sie sofort Verwendung für Dinge, die übrig blieben oder die jemand fortwarf.

Zielstrebig ging sie auf die Gruppe der Mädchen zu, die nahe am Ausgang platziert gewesen waren und nun schon den Parkplatz erreicht hatten. Vor ihren Augen tanzte auf einmal eine vereinzelte Schneeflocke und schwebte leise auf den grauen Asphalt zu. Die Tür des Busses, der die Mädchen zurück in das Kinderheim bringen würde, öffnete sich mit einem lauten Zischen. Die ersten Kinder stiegen ein.

»Halt!«, rief Ma, und einige drehten sich zu ihr um.

»Wartet noch einen Moment!«

Alle bis auf drei sahen Ma an, als sie auf sie zukam. Ein größeres und zwei kleinere Mädchen streckten stattdessen die Hände in die Luft, jagten mit gespreizten Fingern den Flocken hinterher, versuchten, sie zu fangen, stießen dabei helle Begeisterungsrufe aus, lachten aus vollem Hals. Es war der erste Schnee des Dezembers 1972 und die ersten Schneeflocken im Leben von Claire, Tao und Huyen.

Ma stand völlig verzaubert da und betrachtete stumm die drei Mädchen. Caro folgte ihrem Blick und spürte, dass dieser Moment eine kraftvolle Bedeutung hatte. Das Schneetreiben wurde dichter, die Jauchzer noch vergnügter, als die dicken Flocken in ihren Haaren und Wimpern hängen blieben. Tao und Huyen legten den Kopf in den Nacken, öffneten die Lippen und spürten dem Geschmack von Schnee nach. Frau Rose, die Frau ihres Klavierlehrers, kam auf Ma zu und stellte sich neben sie. Caro wusste längst, dass sie das Kinderheim leitete, doch noch nie hatte sie die kleinen Bewohnerinnen zu Gesicht bekommen.

»Sie sind erst dieses Jahr aus Vietnam gekommen und haben noch nie Schnee gesehen … einfach entzückend, nicht wahr?«, sagte Frau Rose leise, und Ma nickte.

Genauso wie der Weihnachtsfeier der Cassada hatte Caro früher dem Winter entgegengefiebert, konnte die erste geschlossene Schneedecke kaum erwarten, um endlich in Oberreifenberg mit ihren Brüdern den

Schlittenhang hinunterzujagen. Sie wusste selbst nicht genau, warum der Anblick des Schneetreibens in diesem Jahr keine Vorfreude in ihr weckte. Es war, als hätte sich ihr Herz verschlossen. Aber Ma war so gebannt von dem Anblick, dass sie das Paket vergaß und ihren Lederhandschuh fallen ließ. Bevor sich Caro oder Tini bücken konnte, kniete das größte der drei Mädchen schon vor Mas Füßen und hob ihn auf.

»Bitte sehr, Sie haben etwas verloren«, sagte sie und hielt ihn Ma entgegen, doch als Ma danach greifen wollte, zog sie ihn zurück und klopfte ihn rasch ganz sachte ab. »Oje, Ihr Handschuh ist leider schmutzig geworden. Das tut mir sehr leid.«

»Sie spricht ja perfektes Deutsch. Und was sie für gute Manieren hat«, flüsterte Ma Frau Rose zu. Caro und Tini sahen Ma von der Seite an, als sie murmelte: »Da es aber Jesus sah, ward er unwillig und sprach zu ihnen: Lasset die Kindlein zu mir kommen und wehret ihnen nicht, denn solcher ist das Reich Gottes.«

Den weichen Ausdruck in ihrem Gesicht kannten sie von den Mundorgel-Abenden und den Bibelstunden mit Pfarrer Handstein.

»Markus Kapitel 10, Vers 14«, ergänzte Tini, denn sie konnte nicht anders, die Bibelstellen rutschten ihr jedes Mal heraus, ohne dass sie darüber nachdachte.

»Ja, Claire ist etwas ganz Besonderes«, sagte Frau Rose, worauf Ma den Namen mit belegter Stimme wiederholte: »Ist sie Christin?«

»Buddhistin.«

Während sie nach Hause fuhren, rieb Caro die beschlagene Scheibe frei. Das Schneetreiben wurde stärker, und es bildete sich rasch eine weiße Schneedecke. Ihre Gedanken verharrten bei dem Satz der netten Frau aus dem Kinderheim. *Sie komme aus Vietnam und habe noch nie Schnee gesehen.*

Ma lenkte ihren Ford ganz vorsichtig durch die Straßen, die das Licht der Straßenlaterne hell reflektierten. Sie waren mit Industrieschnee bedeckt. Ein gelegentlich bei winterlicher Inversionswetterlage auftretendes Phänomen. Er wurde durch die Wasserdampfemissionen aus dem Kraftwerk und den Kühltürmen der Ruberus AG verursacht. Am 10. Dezember 1972 fielen dadurch in Mainheim zehn Zentimeter Schnee, während das übrige Rhein-Main-Gebiet schneefrei blieb.

CLAIRE

Als sie in das Büro von Frau Rose gerufen wurde und die Frau mit den blassen Augen und fast farblosen Haaren sowie den dicken, aber freundlich wirkenden Mann mit der schwarzen Brille sah, wusste sie instinktiv, dass sich durch diese beiden Menschen erneut etwas in ihrem Leben ändern würde. Das Wort »adoptiert«, das immer wieder durch das Kinderheim flatterte, leicht wie silbrige Libellenflügel in windiger Seeluft, kam ihr in den Sinn. Aber die Mädchen, die bisher ihre kleinen Koffer gepackt hatten, in bunt lackierte Autos gestiegen und davongefahren waren, während die anderen alle am Fenster standen und sehnsüchtig zusahen, waren alle viel jünger gewesen als sie.

Ob sie sich vorstellen könne, in einer netten deutschen Familie zu leben, zusammen mit fünf Geschwistern?, fragte sie Frau Rose, und bevor sie antworten konnte, fügte sie hinzu: »Und stell dir vor: Herr Stern ist der Direktor der Schokoladenfabrik. Also gibt es bei Familie Stern jeden Tag Schokolade.« Frau Rose drehte ihre Perlenkette zwischen den Fingern und sah Claires zukünftige Eltern an. »So ist es doch, oder etwa nicht?«

Der beleibte Mann mit den dicken Brillengläsern räusperte sich und spitzte die Lippen: »Daran herrscht in unserer Familie jedenfalls kein Mangel.«

Die Frau mit den blassen Augen bat Claire, einmal näher zu kommen. »Erinnerst du dich an mich, Claire? Wir sind uns bei der Cassada-Weihnachtsfeier begegnet, du hast meinen Handschuh aufgehoben.«

Claire nickte. »Ja, natürlich erinnere ich mich!«

»Das war sehr, sehr freundlich von dir.«

Claire lächelte der Dame zuliebe, etwas, was sie noch nie getan hatte. Sie wusste nicht, was sie darauf antworten sollte, aber sie spürte ganz deutlich eine echte Warmherzigkeit, eine wohltuende Milde, die von ihr ausging.

»Könntest du dir denn vorstellen, in einer richtigen Familie zu wohnen? Ich kann dir im Moment noch kein eigenes Zimmer geben, aber bald. Du würdest es erst einmal mit unserer Tochter Carola teilen, sie ist genauso alt wie du, und ihr werdet euch sicher gut verstehen.«

Claire konnte sich das nicht vorstellen. Früher war sie es gewohnt gewesen, mit ihrer gesamten Familie in einem Zimmer zu schlafen. Aber einfach in eine fremde Familie kommen und mit der gleichaltrigen Tochter in einem Zimmer wohnen? Wie würde das die Tochter finden?

Haben Sie Carola gefragt, ob sie das auch möchte?, wollte sie sagen, aber Ma sprach schon mit sanfter Stimme weiter. »Du wirst mehr Platz haben als hier und eine richtige Schule besuchen und bekommst auf einen Schlag fünf Geschwister.«

Auf einmal musste Claire an Marita denken. Das kleine Mädchen mit dem zugeklebten Brillenglas war ihr ans Herz gewachsen, und obwohl sie selbst noch nicht lange im Waisenhaus war, fühlte Claire sich fast wie eine Art Beschützerin, wie eine große Schwester. Was würde aus ihr werden, wenn sie nun fortginge? Um Huyen und Tao machte sie sich weniger Sorgen, denn sie waren zu zweit und schienen sich hier wohlzufühlen, aber um Marita umso mehr.

Als Claire nicht antwortete, fügte Ma leise hinzu, das sei sicher alles zu viel auf einmal und sie könne sich ihre Entscheidung ruhig noch überlegen. Dann griff sie nach ihren Händen und sah sie so liebevoll an, dass sie sich ein Herz fasste und fragte: »Könnten Sie vielleicht außer mir noch ein Mädchen adoptieren? Ich kann Marita nicht einfach hier allein lassen.«

»Aber Claire!« Frau Roses Ausruf war so laut, dass sie sich die Hand vor den Mund hielt. »Das ist überaus ungehörig!« Sie wandte sich zu den Sterns um. Sie mögen entschuldigen. Claire sei ja noch nicht lange in Deutschland und wisse deshalb noch nicht zu hundert Prozent, was sich gehöre.

»Aber sonst ist sie wirklich sehr bescheiden, das kann ich Ihnen versichern.«

Pa nahm es mit Humor: »Na, am besten nehmen wir gleich alle deine Freundinnen mit. Wir haben ja erst fünf Kinder.«

»Es zeigt doch nur, was sie für ein gutes Herz hat«, setzte sich Ma bedenkenlos für sie ein.

Sie ging vor Claire in die Knie und griff nach ihren dünnen Armen. »Das können wir leider nicht, Claire. Aber ich verspreche dir, dass du Marita einmal in der Woche zu uns einladen darfst.«

Frau Rose schüttelte den Kopf. »Das dürfen wir nicht erlauben, so leid es mir tut. Die Mädchen dürfen das Heimgelände nicht verlassen. Aber obwohl auch das nicht üblich ist, wenn ein Mädchen adoptiert wurde, könnte ich eine Ausnahme machen, und Claire darf Marita ab und zu hier besuchen.«

Claire sah traurig zu Boden.

»Nun, Claire?«, fragte Frau Rose. »Ich glaube, du solltest über deinen Schatten springen. Besser kannst du es nicht treffen.«

»Ich denke darüber nach.«

Frau Rose zog die Augenbrauen nach oben, aber die nette Dame nickte verständnisvoll und meinte mit einem zärtlichen Zittern in der Stimme, sie solle sich Zeit lassen. »Du brauchst auch nicht zu denken, dass wir unsere Absicht, dich in unsere Familie aufzunehmen, wieder zurückziehen. In Gedanken bist du bereits unsere Tochter, Claire.«

Als das Ehepaar wieder abgefahren war, hielt Frau Rose Claire eine Standpauke. So eine Chance böte sich ihr nur einmal im Leben. Normalerweise würden immer nur jüngere Kinder adoptiert, und bei denen, die über zehn Jahre sind, sei die Kindheit und Jugend in Heimen vorprogrammiert. »Was um alles in der Welt hat dich bloß dazu bewegt, nicht gleich Ja zu sagen? Liegt es wirklich nur an Marita?« Sie beugte sich zu ihr herunter und versuchte, die Antwort in ihren nachtschwarzen Augen zu finden. »Du wirst andere Freundinnen finden und Marita auch.«

Claires Gesichtsausdruck änderte sich, wurde trotzig. »Nein, das wird sie nicht. Keiner mag sie, alle ärgern sie und spielen ihr gemeine Streiche. Frau Hartmann ist auch nicht besonders nett zu ihr, ganz im Gegenteil, sie schikaniert sie, nimmt sie im Unterricht immerzu dran, auch wenn sie sich nicht meldet, macht sie vor den anderen lächerlich.«

Frau Rose biss sich auf die Lippen. »Ich wusste nicht, dass es so schlimm ist. Aber ich werde von nun an darauf achten.«

Sie strich Claire über die Haare, merkte, wie ernst es dem kleinen Mädchen war. Der Frage, wie es Marita ohne sie ergehen würde, schien sie viel mehr Bedeutung beizumessen als ihrer eigenen Zukunft. »Ich bin doch da, und ich verspreche dir, mich um sie zu kümmern.«

Claire erwiderte nichts. Frau Rose legte ihr sachte einen Finger unters Kinn und hob es an: »Claire, du bist etwas ganz Besonderes. Du darfst diese Möglichkeit auf keinen Fall ungenutzt verstreichen lassen.« Sie sprach eindringlich, fast flehend. »Du wirst das Gymnasium besuchen, du wirst an einer Universität studieren können. Ein Mädchen mit deinen Anlagen und Fähigkeiten würde hier doch auf Dauer nur verkümmern. Du kannst ein normales Leben führen, einen erfüllenden Beruf ergreifen, eines Tages heiraten, in gesicherten Verhältnissen leben und glücklich werden.«

Claire war überfordert. Sie wusste weder, was ein Gymnasium war noch eine Universität. Heiraten? Obwohl sie inzwischen fließend Deutsch konnte, lesen und schreiben gelernt hatte, sich im täglichen Unterricht auf einem Niveau bewegte, das alle anderen weit übertraf, hatte sie von solchen Dingen keine Ahnung. Aber jemand wollte sie in seinem Leben haben, sie würde zu jemandem gehören, Teil einer Familie sein, und Frau Rose und Frau Stern wünschten sich, dass sie Ja sagte.

»Und was ist mit Doktor Lavalette?«, fragte sie plötzlich. »Was wird sie dazu sagen?« Ganz unvermittelt wurde ihr klar, dass der Gedanke an die Reaktion der fürsorglichen Ärztin ihre Entscheidung maßgeblich beeinflusste, ohne dass sie sich dessen bisher bewusst gewesen war.

»Lass das meine Sorge sein.«

»Du hättest mich sofort hinzuziehen müssen!«

Karin Lavalette war außer sich. Sie lief in dem Büro ihrer Schwägerin auf und ab und machte nicht die geringsten Anstalten, ihren Ärger zu unterdrücken. »Schon in dem Moment, als diese Frau Stern dich angerufen hat, hättest du mich informieren müssen.«

»Aber ich bitte dich, Karin. Immerhin bin ich die Leiterin des Kinderheims.«

Ihre Schwägerin stellte sich jetzt so dicht vor sie, dass sie den Pfefferminzgeruch in ihrem Atem riechen konnte. »Weißt du eigentlich, was du damit anrichtest, Nicole? Bist du dir der Bedeutung dieser fatalen Entscheidung bewusst?«

Nicole Rose blickte ihre Schwägerin an. Karin Lavalettes langes Gesicht hatte noch vor einigen Jahren etwas merkwürdig gewirkt, verletzlich, selbst im hellen Tageslicht. Jetzt sah sie bemerkenswert aus, fast sinnlich mit ihren vollen, rosa angehauchten Lippen, die so fein geschwungen waren. Mit ihrer langen, schmalen Nase, den bebenden Nasenflügeln, den braunen Augen, die sich jetzt zu Schlitzen verengten, wirkte sie wie eine amerikanische Filmdiva, die von ihrem Liebhaber betrogen wurde. Jeder kleinste Muskel zeigte ihren Zorn, wo doch ihr Gesicht meistens zärtliche Milde ausstrahlte und manchmal etwas Maskenhaftes, Geschnitztes hatte – Nicole Rose kannte ihre Schwägerin lange genug, um zu wissen, wie gut sie sich verstellen konnte.

»Ich bin so kurz vor dem Ziel!« Karin Lavalette zeigte mit Daumen und Zeigefinger einen halben Zentimeter an. »Und jetzt kommst du und willst mir alles vermasseln!«

»Aber Karin, komm zu dir! Worum geht es denn überhaupt? Du kannst doch nicht allen Ernstes verlangen, dass ich diesem wunderbaren Kind die Zukunft verbaue, nur damit du deine Forschung weiter vorantreiben kannst. Ich bin sowieso nicht sicher, ob das alles richtig ist, auch wenn du immer betonst, es sei ganz legal. Manchmal kann ich nachts nicht schlafen, wenn ich daran denke, was du den Mädchen antust.«

»Du hast ja keine Ahnung! Du begreifst einfach nicht, um was für höhere Ziele es hier geht. Wir brauchen diese klinischen Prüfungen. Dadurch retten wir Menschenleben!«

Der selbstsichere Ton deutete an, dass sie keinerlei Zweifel an der Richtigkeit ihres Tuns hatte und dass sie es, sollte doch jemand ihre Ziele infrage stellen, nicht kümmern würde.

»Ganz im Gegenteil, Karin. Du gefährdest die Gesundheit von Kindern, du riskierst Menschenleben.«

Nicole Rose konnte es nicht fassen: Karin lächelte. Ein strahlendes künstliches Lächeln, so als hätte sie auf diesen lächerlichen Einwand nur gewartet.

»Das schätzt du vollkommen falsch ein, meine Liebe. Aber man kann dir keinen Vorwurf machen, du bist Sozialpädagogin und keine Medizinerin.« Der Satz war ebenso herablassend wie der Klang ihrer Worte, als sie »meine Liebe« sagte.

»Die sogenannte klinische Prüfung eines neuen Arzneimittels kann nach unseren betrieblichen Vorgaben nur erfolgen, wenn sich dieses Medikament vorher in Labor- und Tierversuchen hinsichtlich Wirksamkeit und Verträglichkeit bewährt hat. Auf diese Weise hält man das Risiko für die Studienteilnehmer von vornherein so gering wie möglich. Stimmen meine Vorgesetzten nach Sichtung dieser Ergebnisse und der Prüfung des Studienplans und der Eignung des mitwirkenden Personals zu, kann die Erprobung beginnen. Und an all das habe ich mich akribisch gehalten.«

Ein Redeschwall folgte dem nächsten, nüchterne Sätze, Zahlen, Fakten wurden aufgeführt. Mit ruhiger Stimme, die Wut war ihr nicht mehr anzumerken. Sie hatte sich wieder vollkommen im Griff und war in ihrem Element.

»Mir will es einfach nicht in den Kopf, dass du nicht einmal die Einwilligung der Eltern, sofern die Kinder Eltern haben, oder des Landesjugendamts einholen musstest.«

»So ist es aber. Fast alle sind Waisen, und das Landesjugendamt ist dafür gar nicht zuständig. Wenn du mir eine Vorschrift zeigen kannst, wonach ich dazu verpflichtet wäre, es einzubinden, schaue ich sie mir gerne an. Aber da wirst du lange suchen können.« Sie machte eine bedauernde Geste. »Denn es gibt sie nicht.«

Sie sah ihrer Schwägerin in die Augen. Sekundenlang. Aber Nicole Rose wusste, dass Karin zu diesem Blick imstande war, selbst wenn sie jemandem eine faustdicke Lüge erzählte. Sie konnte ihn nicht länger ertragen und war die Erste, die sich abwandte.

»Trotzdem. Es fühlt sich nicht richtig an.« Ihre Stimme klang spröde. Wieder tastete ihre Hand nach der Perlenkette, und ihre Finger begannen, an ihr herumzuzwirbeln. »Ich möchte, dass es aufhört.«

»Na, dann wirst du deine Freude haben!«

Sie hörten jetzt die hellen Stimmen der Mädchen, die in den Garten liefen, und traten ans Fenster. Karin Lavalette drehte den Griff in die Waagrechte und zog es auf. Die kühle Luft des verhangenen Januartags drang in das kleine Büro. Wie immer bei dieser Wetterlage, war sie mit öligem Schokoladenduft durchsetzt. Die Mädchen trugen alle dunkelblaue Anoraks, Strumpfhosen, rote Mützen, Schals und Fäustlinge, die feuchte Kälte schien ihnen nichts auszumachen. Sigrid trug einen Ball unter dem Arm, trat gegen ein kleineres Mädchen an, und sie machten Tip-Top, wählten abwechselnd Kinder aus, die sich hinter sie stellten. Zwei davon rangelten ein wenig und kicherten. Claire stand etwas abseits, bückte sich jetzt und hob eine Vogelfeder auf. Sie legte sie Marita in die Hand, die sie sogleich genau betrachtete.

»Sie werden wahrscheinlich Brennball oder Völkerball spielen und wählen die Mannschaften«, erklärte Nicole Rose.

»Ich weiß.« Karin Lavalette rieb sich die Arme, zum Zeichen, dass sie fror, und schloss das Fenster wieder.

»Nahezu die Hälfte der Mädchen, genau genommen 48 Prozent, zeigte erhebliche Anpassungs- und Einordnungsschwierigkeiten, ein großer Teil Verwahrlosungserscheinungen ...«, sie griff sich an die Nasenwurzel, »... ich glaube, das waren 31 Prozent. Bei nahezu allen Kindern, nämlich 93 Prozent, bestand eine erhöhte Aggressivität oder Unverträglichkeit in Bezug auf die anderen Heimbewohnerinnen. Als Ursache für die Entwicklungsstörungen oder -beeinträchtigungen haben wir hirnorganische Schädigungen und milieureaktive Störungen festgestellt. Aber durch den Einsatz des Wirkstoffs Pipamperon, einem schwach potenten Neuroleptikum, haben wir durchgängig eine Verbesserung in Bezug auf die kindlichen Verhaltensstörungen erreicht.«

Nicole Rose blickte ihre Schwägerin von der Seite an. Ihr ebenmäßiges Profil wirkte jetzt so kühl und unnahbar wie das einer Statue.

»Karin, weißt du überhaupt, was du da sagst? Glaubst du das denn wirklich selbst?« Sie deutete auf die Mädchen, die sich jetzt in den beiden Feldern verteilten, die mit langen Sprungseilen markiert waren. »Völkerball also«, kommentierte sie. »Sieh sie dir an: Du kannst mir doch nicht erzählen, dass diese Mädchen verwahrlost oder aggressiv waren. Ich kenne sie doch!«

»Selbstverständlich kann ich das. Wenn du möchtest, zeige ich dir meine Unterlagen, aber bisher wolltest du sie ja nie sehen!«

Nicole Rose wandte sich ab, drehte der anderen den Rücken zu, presste sich die Hand auf den Mund. Sie wusste nicht, wie sie ihrer Schwägerin die Stirn bieten konnte. Mit ihren nüchternen Sätzen schlug sie jedes Argument, das ihr in den Sinn kam, in tausend Stücke.

»Und was ist mit Claire?«, sagte sie plötzlich und drehte sich wieder um.

Erst jetzt schien Karin Lavalette ihre feindliche Haltung aufzugeben. Sie löste die verschränkten Arme und legte sich eine Hand auf die Wange.

»Claire ist etwas ganz Besonderes. Wie ich schon mal sagte. Unter einer Million Kindern wirst du höchstens eines mit dieser umfassenden Begabung finden. Ich habe meine Meinung über sie nicht geändert.«

»Siehst du? Du gibst es selbst zu. Dann solltest du ihr nicht die Zukunft verbauen.« Nicole Rose blickte ihre Schwägerin herausfordernd an.

Ohne sich sonderlich zu beeilen, zog Karin Lavalette ihren Mantel an und sagte in kühlem Ton: »Na schön, unter einer Bedingung. Bevor sie geht, möchte ich einen Nachmittag alleine mit ihr verbringen.«

Einen Tag später unterschrieben Pa und Ma den Adoptionsantrag. Marita legte Claire zum Abschied ihren kleinen Plastik-Schlumpf in die Hand, und Claire versprach ihr, sie regelmäßig zu besuchen.

CLAIRE UND CARO

Der Ausbau des Dachbodens des Stern'schen Hauses überschnitt sich zeitlich mit dem Neubau der Produktionshalle des Cassada-Werks. Pa hatte also alle Hände voll zu tun und überließ die Beaufsichtigung der Umbaumaßnahme zu Hause weitgehend Ma. Und diese blühte zusehends auf. Ihr blasses, kantiges Gesicht bekam wieder weichere Züge, einen rosigeren Teint. Keiner und vermutlich sie zuletzt hätte gedacht, was für verborgene Organisationstalente in ihr schlummerten. Vom Entwurf über den Bauantrag bis zum Baubeginn vergingen nur wenige Wochen. Die Energie, mit der sie bei den Behörden vorstellig wurde, um den Einbau der Dachgauben genehmigen zu lassen, und die sanfte Vehemenz, mit der sie die Aufteilung der Zimmer, den Teppichboden, die Badobjekte und Kacheln auswählte, überraschte alle fünf Kinder. Lag es daran, dass sie Claire so schnell wie möglich ihr eigenes Zimmer beziehen lassen wollte? Caro von der vorübergehenden Enge befreien? Denn seit Claire als sechstes Kind der Familie Stern in die Schwimmbadstraße gezogen war, teilten sich Caro und Claire ein Kinderzimmer. Der Schreibtisch musste einem zweiten Bett weichen, der Kaninchenstall wurde in den Flur gestellt. Caro hatte von heute auf morgen eine fast gleichaltrige Schwester.

Die anfängliche Überrumpelung, Überraschung, das Entsetzen wichen zaghaften Versuchen, sich mit der Entscheidung abzufinden, womöglich das Gute darin zu suchen oder sich gar zu freuen. Eine neue Schwester, Stiefschwester, Freundin vielleicht? Die Veränderung bewirkte bei Caro einen neuen Kreativitätsschub. Der Drang, die Seiten ihres Tagebuchs zu füllen, das sie nun noch sorgsamer versteckte als zuvor, wurde übermächtig. Bestimmt war es noch zu früh, zu behaupten, Stoff für eine neue Geschichte zu haben. Zweifellos war dies eine Situation, die nicht viele Menschen erlebt hatten. Es war die Geschichte zweier einsamer Mädchen, eines Waisenkinds aus einem fernen Land, über dessen Geografie die andere, die in einer deutschen Großfamilie lebte, zufällig schon einiges wusste. Urplötzlich wohnten die beiden zusammen in einem Zimmer und würden sogar ab nächste Woche in dieselbe

Klasse gehen. Denn Ma hatte mithilfe von Frau Rose erreicht, dass Claire durch einen improvisierten Aufnahmetest zum Anfang des zweiten Halbjahres in die fünfte Klasse des Hofheimer Gymnasiums eingeschult wurde. Schon nächste Woche würden sie gemeinsam um 7.10 Uhr in den Schulbus steigen, und Caro würde ihrer Klasse die neue Stiefschwester präsentieren.

Wenn das nicht zu einer Kurzgeschichte, vielleicht sogar zu einem Roman taugte? Aber war Caro als Schreibende inzwischen schon weltläufig genug, um derlei mit dem nötigen Abstand wiederzugeben, ohne jeden Satz in eine einseitige Darstellung allein aus ihrer Sicht münden zu lassen? Genug Ehrgeiz besaß sie, Handlung konnte sie, Dialoge fielen ihr leicht, Alltagsbeschreibungen stellten kein Problem dar, auch eine Winterlandschaft oder ein Sperber mit graubraunem Gefieder nicht. Aber wieder stand sie vor dem Problem, verwirrende Empfindungen und widersprüchliche Gefühle beschreiben zu müssen. Das fragile Netz aus gegenseitiger Skepsis, Eifersucht, Neugier und zarter Zuneigung.

Claire war zurückhaltend. Bevor sie das gemeinsame Zimmer betrat, stand sie vor der Tür, ließ ein behutsames kleines Räuspern hören, klopfte, wartete, bis Caro erkannte, dass sie jedes Mal auf ihre Antwort wartete. Auch dann lugte sie vorsichtig herein, und trafen sich ihre Blicke, fragte sie: »Darf ich reinkommen?«

Anfangs antwortete Caro schlicht mit »Ja«. Die nächsten Male mit einem ungeduldigen »Ja, klar«. Irgendwann verlor sie die Geduld und stöhnte: »Du wohnst hier!«

Dann trippelte Claire meistens barfuß ins Zimmer. Wenn sie näher kam, legte Caro, die bäuchlings auf dem Bett geschrieben hatte, den Füller beiseite und verdeckte ihre letzten Sätze mit einem Löschblatt. Claire setzte sich auf ihre Bettkante und legte die Hände in den Schoß oder spielte mit der kleinen Schlumpffigur, die sie fast immer bei sich trug. Sie fragte nicht: Was schreibst du da? Sie saß einfach nur da. Manchmal legte sie sich eine flache Hand auf ihr rechtes Ohr.

Wie gelähmt auf der einen Seite von dem Drang, ihre jüngsten Erfahrungen in einem schlichten Tagebucheintrag festzuhalten, andererseits dem Gefühl, sich mit ihrer neuen Schwester unterhalten zu sollen und womöglich auch zu wollen, starrte Caro minutenlang auf die linierten Seiten und schrieb kein einziges weiteres Wort. Sie hatte so viele Fragen.

Was ist mit deinen Eltern passiert, deinen Geschwistern? Wie sah dein Dorf aus, oder war es eine Stadt? Wie dein Haus? Wovon habt ihr gelebt, was wuchsen dort für Pflanzen, was für Tiere gab es? Wie bist du nach Deutschland gekommen? Mit dem Schiff, der Bahn, einem Flugzeug? Wie hast du so schnell Deutsch gelernt? Wieso sprichst du fast ohne Akzent, und woher kennst du all die Wörter? Wie ist es in einem Kinderheim? War man dort gut zu dir? Doch sie hatte längst nicht mehr die kindliche Unbefangenheit, mit der man einen fremden Menschen so unverfroren löcherte.

Nach einiger Zeit fragte sie: »Was habt ihr um diese Zeit im Kinderheim gemacht?«

»Wie spät ist es denn?«, fragte Claire.

»Hast du keine Uhr?«

Claire presste die Lippen zusammen und schüttelte den Kopf.

Caro rollte sich vom Bett, öffnete die Tür des Kleiderschranks und holte eine schwarze Schachtel aus japanischem Pappmaschee heraus, die sie von ihrer Großmutter aufbewahrte. Darin befanden sich Fundstücke, Andenken, ein Bettelarmband, Anstecknadeln mit Wappen aus Tirol und unter anderem auch eine Uhr mit einem weißen Lacklederarmband und einer Minnie Mouse auf dem Zifferblatt – Gefährtin ihrer Kindheit, die sie für abgeschlossen hielt. Sie zog sie auf, sah auf ihre eigene Stahlarmbanduhr mit jeansblauem Armband, die sie zu Weihnachten bekommen hatte, und stellte die Zeit ein: halb vier.

»Hier, die kannst du haben, dann weißt du immer, wie spät es ist.«

Claire schluckte, nahm sie, sog durch geblähte Nasenflügel Luft ein und fragte: »Wirklich? Für mich?«

Mit geradezu freudigem Eifer griff Caro nach Claires linkem Handgelenk und schnallte ihr das Armband mit sanften Fingern um. Als sie beobachtete, wie Claire sachte über das Zifferblatt strich, das schon ein wenig zerkratzt war, und ihren dankbaren Blick auffing, meinte sie zu ahnen, dass man sie sehr lieb gewinnen konnte.

Sie setzte sich wieder auf ihr eigenes Bett und fragte: »Also jetzt ist es halb vier, was habt ihr um diese Zeit im Kinderheim gemacht?«

Claire zog ihre Nase ein ganz klein wenig kraus und erklärte: »Bei gutem Wetter im Garten gespielt, bei schlechtem Wetter im Aufenthaltsraum. Da gab es Brettspiele, Fang den Hut, Mensch ärgere dich nicht, oder Mühle und Dame. Manche haben auch gestrickt oder gehäkelt. Aber ich …«

»Aber du?«

»Ich habe meistens im leeren Speisesaal gesessen und gelesen.«

Fast wirkte es, als hätten sie schon immer in schwesterlicher Eintracht einen nachmittäglichen Schwatz gehalten. Aber mitten durch das Zimmer verlief noch immer eine unsichtbare Grenze. Caro rutschte auf ihrem Bett weiter nach hinten, lehnte sich an die Wand und zog die Beine an.

»Warum liest du dann jetzt nicht?«

»Ich hab nichts mehr zu lesen.«

»Das Problem kenne ich.«

Sie hatte eine Gemeinsamkeit entdeckt. Die ständige Suche nach neuem Lesestoff stellte für sie schon lange ein Problem dar. So schnell, wie sie las, kam nicht einmal die Bibliothekarin der Stadtbibliothek nach. Immer wenn dienstags die Neubestellungen auf einem Rollwagen bereitlagen, um einsortiert zu werden, stand Caro voller Ungeduld an der Theke.

»Was hast du denn schon gelesen?«

Claire bückte sich und zog den kleinen Koffer unter dem Bett hervor. Obwohl Ma ihr erklärt hatte, man bewahre keine Koffer im Zimmer auf, sondern auf dem Dachboden, hatte sie darum gebeten, ihn behalten zu dürfen. Jetzt klappte sie ihn auf und zeigte Caro die Bücher, die sie von Doktor Lavalette geschenkt bekommen hatte. Caro warf einen abschätzigen Blick darauf. Das seien ja alles nur Kinderbücher. Aus den unterschiedlichsten Beweggründen, etwa dem Verlangen, der neuen Stiefschwester zeigen zu können, dass sie erwachsener war, viel anspruchsvollere Lektüre bevorzugte, aber auch der Sehnsucht, etwas mit ihr zu teilen, weil sie begann, sich für Claire zu erwärmen, spielte sie sich ein wenig auf. Da könne man sicher Abhilfe schaffen. Sie rutschte vom Bett und machte eine schlenkernde Handbewegung über den stattlichen Bücherbestand in ihrer Regalwand. Neben einer kleinen Sammlung von Bergkristallen und Steinen stand meterweise deutsche und amerikanische Literatur nach Farben der Buchrücken sortiert.

»Hier, die kannst du gerne alle lesen. Da sind sogar zwei Simmel dabei, die habe ich von meiner Tante geschenkt bekommen.«

Ma hielt die Bestseller von Johannes Mario Simmel für reißerisch, kitschig und nicht jugendfrei. Aber gerade deshalb war Caro so erpicht darauf.

»Und dann gibt es noch die Bücher im Arbeitszimmer, komm mit, ich zeig sie dir.«

Barfuß trippelte Claire hinter ihr her, die Treppen hinunter, und beobachtete Caro ehrfürchtig, als sie die Tür zum Arbeitszimmer von Pa aufstieß. Der Geruch nach warmem Staub hing in der Luft, und Sonnenlicht rieselte durch das Fenster über die schweren Möbel. Caro ließ ihre Hand mit einer einladenden Bewegung über die alphabetisch geordneten Buchrücken gleiten. Claire stand da in ihren Jeans und dem lila-weiß geringelten Pullover – Ma hatte ihr ganze Stapel von neuer, teilweise sogar modischer Kleidung gekauft, obwohl sie sonst immer darauf bestand, dass alte Kleidung aufgetragen werden müsse – und betrachtete die Namen der Schriftsteller und Titel sehr genau. Ihre Lippen bewegten sich dabei kaum merklich. Während sie jedes einzelne Buch mit verschiedenfarbigen Leder- und Leinendeckeln oder bunten Schutzumschlägen in Augenschein nahm, setzte sich Caro betont lässig auf die Schreibtischkante. Dann drehte sich Claire um und ging zu der schmalen Wand hinter dem Schreibtisch. Sie betrachtete die Fotos von Pa und Ma beim Ball des Sports. Er im Smoking, sie in einem weinroten, unmodischen langen Kleid, das sie nicht besonders gut kleidete. Auf Pas anderer Seite stand eine strahlend schöne Frau mit einer Hochsteckfrisur, in goldenem Neckholder-Abendkleid.

»Wer ist das?«, fragte Claire.

»Das ist Romy Schneider, eine berühmte Schauspielerin. Sie hat Sissi gespielt, die österreichische Kaiserin.« Caros Stimme klang schwärmerisch. Mit ein wenig Stolz fügte sie hinzu: »Sie ist Werbebotschafterin der Cassada … du weißt doch, Pas Schokoladenfabrik.«

Claire nickte, sagte aber nichts weiter, sondern besah sich die Werbetafeln aus Emaille, die Vitrine mit Pralinenschachteln und las leise: »Nougatmischung, 7-Länder-Spezialitäten, Feine Auslese.«

»Pa sammelt alle Produktpackungen, die die Cassada während seiner Zeit als Direktor auf den Markt gebracht hat«, erklärte Caro.

»Aha!«, machte Claire. »Und warum?«

Caro zuckte nur mit den Schultern. »Das weiß keiner so genau.«

Dann wandte Claire den Kopf nach links, zu den Regalreihen mit den in schwarz-rotes Leder gebundenen Lexikon-Bänden.

»Und was ist das?« Caro hob den Kopf und antwortete mit dem wichtigen Tonfall einer Lehrerin. »Das ist der komplette fünfundzwanzigbändige Brockhaus.«

Als Claire nicht reagierte, setzte sie erklärend hinzu: »Ein Konversationslexikon. Da kannst du jeden Begriff, jedes Wort der deutschen Sprache und auch Fremdwörter nachschlagen. Sie sind alphabetisch geordnet. Nach Stichwörtern sozusagen.«

Claire biss sich auf die Lippen und wirkte ein bisschen ratlos.

»Sag mir ein Wort, irgendwas, was dir gerade in den Sinn kommt.«

»Vietnam.«

Caro hob das Gesicht und öffnete leicht die Lippen. Sekunden vergingen, dann stand sie auf, musste nicht den Bruchteil einer Sekunde suchen, denn den Band hatte sie unzählige Male in der Hand gehabt. Erläuterte dabei, wie man mithilfe der in Gold geprägten Buchstaben auf den Buchrücken den passenden Band finde.

»Siehst du? Da steht TRIP bis WAL, und das Wort Vietnam liegt dazwischen.«

Sie nahm Nr. 19 aus dem Regal, zog den rot-grün karierten Schutz-Schuber ab, legte das schwere Buch auf die Schreibtischplatte. Als sie es öffnete, blätterten sich die richtigen Seiten wie von selbst auf, denn in der Falz lag eine gepresste weiße Lichtnelke. Caro holte tief Atem, als Claire unvermittelt die Hand ausstreckte und mit ihren Fingerspitzen behutsam die Blume berührte.

»Wie hübsch!«, sagte Claire.

Caro sammelte sich und ging darüber hinweg, indem sie die Seite wieder zuklappte, und erklärte weiterhin im Tonfall einer Lehrerin: »Schau, man sucht natürlich unter V, dann dem zweiten Buchstaben i, dann e, dann t und so weiter.« Mit dem Finger fuhr sie über das glatte Papier, wie sie es schon so oft getan hatte, bis sie wieder die Seite aufschlug und er unter dem fett gedruckten Wort »Vietnam« zur Ruhe kam.

»Möchtest du es selbst lesen?«

Claire nickte, zog den Band ein Stück zu sich heran und las flüssig, nur ein wenig atemlos: »Vietnam ist ein Staat in Südostasien, am Südchinesischen Meer. Die Hauptstadt heißt Hanoi. Große Ebenen im Norden und Süden bilden die Kerngebiete des Landes. Sie sind durch ein schmales lang gestrecktes Bergland miteinander verbunden. In Vietnam herrscht tropisches Monsunklima …«

»Und so weiter«, wurde sie von Caro in dem Moment unterbrochen, als sie das erste Mal Luft holte. »Ich hatte einen Klassenkameraden, der auch aus Vietnam kam.« Ehe sie es sich versah, war der Satz herausgerutscht, unterschiedliche Beweggründe hatten dazu geführt. Die Sehnsucht, über Guy zu sprechen, ein Geheimnis zu teilen, dem fremden Mädchen zeigen zu können, dass sie selbst auch schon Berührungspunkte mit ihrem Heimatland gehabt hatte, und die Hoffnung, mehr als reines Lexikonwissen darüber zu erfahren.

»Hatte?«

»Ja«, druckste Caro herum. »Das war in der Grundschule, jetzt gehe ich aufs Gymnasium.«

Claires braune Augen musterten sie, wie sie es sonst nur von Ma kannte. Der Blick in die Abgründe der Seele. Schnell wechselte sie das Thema.

»Siehst du?« Sie tippte mit dem Finger auf die einzelnen Gliederungspunkte: »Es ist aufgeteilt, in Geografie, Flora, Fauna«, als Claire nicht reagierte, fügte sie mit wichtigem Ausdruck hinzu: »Das bedeutet Pflanzen- und Tierwelt, über die Bevölkerung und den Krieg … das ist ein langer Artikel.«

Die Wirkung auf Claire war überwältigend, ihr porzellanartiges Gesicht füllte sich mit Leben, der verlorene Ausdruck in ihren Augen wich das erste Mal einem Glanz, der echtes Interesse signalisierte.

»Und darin sind alle Wörter erklärt, die es gibt?«, fragte sie und deutete auf die anderen Bände im Regal.

»Ich denke schon. Los, sag noch eines!«

Claire überlegte: »Ochsenschwanzsuppe.«

»Ochsenschwanzsuppe? Warum gerade die?«

»Das war meine erste Mahlzeit im Kinderheim, und sie war ekelhaft.« Bei der Erinnerung schüttelte sie sich.

Caro wollte schon aufstehen und den Band herausholen, doch dann hielt sie inne: »Versuch, es selbst zu finden.«

Sie beobachtete Claire, wie sie vor dem Regal stand, ihre Augen über die Buchstaben auf den Bänden flogen, sie nicht einmal den Bruchteil einer Sekunde zögerte, geschweige denn in die Falle tappte. Die meisten Menschen, Kinder zumal, hätten vermutlich zuerst auf Band 14 OST-POQ getippt, da dort das O an erster Stelle stand. Aber Claire ließ sich nicht täuschen und legte die Hand auf den richtigen, den 13. Band, der die Wörter mit den Anfangsbuchstaben MOT bis OST enthielt.

Caro nickte, ohne sich anmerken zu lassen, wie beeindruckt sie war. Ihr lag auf der Zunge zu fragen, wann sie die deutsche Sprache gelernt habe und, was noch weitaus mysteriöser war, die Buchstaben, denn aus ihrem eigenen häufigen Studium der Beschreibungen über das Land Vietnam wusste sie über die Unterschiedlichkeit der Schrift besser Bescheid als die meisten. Aber sie fragte nicht.

Als Claire die Seite aufgeblättert hatte, ließ sie ihren Finger rasch über die Wörter gleiten und murmelte leise: »Ochsenheimer, Ochsenherz, Ochsenhunger, Ochsenius, Ochsenklaue, Ochsenknie, Ochsenkopf, Ochsenkreuzpflaster, Ochsenmäuler, Ochsenmörder, Ochsenwurzel …«, da entfuhr ihr ein kleines, enttäuschtes: »Oh! Dazwischen hätte es hingehört.«

Caro stellte sich neben sie und beugte sich über die klein gedruckte Seite, auf der unten in der Ecke die Zeichnung einer Pflanze zu sehen war. »Du hast recht! Genau da hätte es stehen müssen. Du hast eine Lücke gefunden. Eine Lücke im Brockhaus!« In ihrer Stimme schwang eine Ehrfurcht mit, als habe Claire soeben die Relativitätstheorie entdeckt. Claire senkte den Kopf und nickte so verloren, dass Caro ganz unvermittelt die zärtlichsten Gefühle für sie empfand und eine tröstende Hand auf ihre Schulter legte: »Es zeigt, dass nichts vollkommen ist.« Mit Schwung klappte sie den Buchdeckel zu und verkündete: Sie werde sehen, die allermeisten Wörter stünden drin, und sie könne jederzeit in Pas Arbeitszimmer gehen und darin lesen.

Ihr Zuspruch bewirkte, was er bewirken sollte, denn der eben noch betrübte Ausdruck in Claires Augen war nun wieder zuversichtlich. Sie griff nach Caros Hand. »Meinst du wirklich? Immer? Und kann ich jetzt auch alleine hier bleiben und darin lesen?«

Aus unterschiedlichen Gründen war Caro unzufrieden mit der Wirkung ihres Satzes. Woran sie sich störte, war vor allem das Wort »alleine«. Denn sie hatte insgeheim so viel Zuneigung zu ihrer neuen Stiefschwester gefasst und unbewusst vorausgesetzt, diese beruhe auf Gegenseitigkeit, sodass sie die Zeit hier in Pas Arbeitszimmer gerne mit ihr gemeinsam verbracht hätte – ein wenig von ihren Erfahrungen mit dem Konversationslexikon geteilt hätte und sich ihre wahren Eindrücke von Vietnam hätte schildern lassen. Die unterschiedlichen Vorstellungen vom Verlauf des späten Nachmittags drohten zu einer neuen Zäsur in ihrer jungen Beziehung zu werden. Ihre widersprüchlichen Empfindungen wurden jedoch von Mas Stimme unterbrochen, die sie zum Abendbrot rief.

»Kommst du? Ma hat es nicht gern, wenn man zu spät zum gemeinsamen Essen kommt.«

Claire blieb sitzen und zog Caro am Ärmel.

»Was ist denn?«, fragte sie.

»Bitte, ich möchte nur keine Lebkuchen essen.«

»Lebkuchen? Wie kommst du denn darauf? Die gibt es doch nicht zum Abendbrot.«

»Sie schmecken wie Maikäfer.«

Caro legte ihre Hand auf ihre. »Keine Sorge, du musst hier ganz sicher niemals Lebkuchen essen, wenn du sie nicht magst.« Als Claire immer noch nicht aufstand, fragte sie, ob noch etwas sei.

»Ich muss noch mal ins Kinderzimmer.«

»Gut, ich komme mit.«

Claire schüttelte ein wenig zu vehement den Kopf und winkte ab. »Nicht nötig.«

Sie sprang so hastig zur Tür, dass sie Caro dabei versehentlich anrempelte, und verließ, eine Entschuldigung murmelnd, das Arbeitszimmer. Während Caro den Lexikon-Band zurück ins Regal stellte, fragte sie sich, was sie so dringend in ihrem Zimmer zu tun hatte, und konnte der Versuchung nicht widerstehen, ihr leise nachzugehen. Lautlos öffnete sie das Gittertürchen an der Treppe, schlich auf Zehenspitzen die Stufen hoch und blieb an der angelehnten Tür zu ihrem gemeinsamen Zimmer stehen. Durch den Türspalt konnte sie gerade noch sehen, wie Claire ein kleines Glas aus ihrem aufgeklappten Koffer nahm und sich etwas in den Mund steckte. Dann schob sie den Koffer zurück unters Bett, und Caro rettete sich in Fitzis Zimmer.

Obwohl Tini im letzten Moment noch das Muster der Aufschnittplatte im Stil von Mondrian verändert hatte und die Gitter aus Essiggurken und Schinkenknackern, die die Käsescheiben und das kalte Roastbeef umgaben, in lauter Rechtecke gelegt hatte, erntete sie dafür nur Spott von Habu und Erne. Alle anderen, die die Küche betraten – Pa, gerade zurück aus dem »Geschäft«, Fitzi, Claire und als Letzte Caro –, bewunderten ihre ausgeprägte Kreativität und ihr neu entdecktes Interesse an moderner Kunst. Seit einigen Wochen stand auf der Arbeitsplatte ein tragbarer Fernseher mit orangefarbenem Kunststoffgehäuse, dessen Empfang mit der Zimmerantenne allerdings zu wünschen übrig ließ und ständig nachjustiert werden musste. Aus der Tiefe des gewölbten Bildschirms kam Katja Ebstein in einem langen geblümten Kleid eine Treppe herunter und sang das Lied, mit dem sie beim Grand Prix Eurovision angetreten war.

»Rauch aus tausend Schloten, senkt sich über Stadt und Land. Wo noch gestern Kinder war'n, bedeckt heut Öl den Strand.«

Als sie die Arme ausbreitete und den Refrain anstimmte, sangen Tini und Caro voller Inbrunst mit:

»Diese Welt, diese Welt, hat das Leben uns geschenkt. Sie ist dein, sie ist mein. Es ist schön auf ihr. Was werden soll, liegt an dir!«

Dabei ahmten sie ihre Gesten nach, nahmen Claire an den Händen und tanzten zusammen hinter dem gelben U der Einbauküche herum.

»Mach diesen Quatsch aus!«, rief Pa ungewöhnlich ruppig.

Diesmal setzte sich Habu für seine Schwestern ein: »Immerhin hat Katja Ebstein mit ihrem Umweltlied in Dublin den dritten Platz belegt!«

Pa schien richtig aufgebracht, war mit drei entschlossenen Schritten beim Fernseher und drehte den Aus-Knopf so heftig, dass das tragbare Gerät gefährlich wackelte. »Mit solchem Liedgut unterwandert diese Frau alles, worauf unser und auch euer Wohlstand beruht, das solltet ihr nicht vergessen!«

Claire zuckte zusammen.

»Wenn die Industrie anfängt, ihre Gewinne in diesen neumodischen Kram wie Umweltschutz zu stecken, ist das der Anfang vom Ende.«

»Philipp, bitte, nicht so laut!«, hauchte Ma und wies mit den Augen auf Claire, um ihm zu bedeuten, auf ihr neues Familienmitglied Rücksicht zu nehmen. »Du machst ihr ja Angst.«

Tini presste bedauernd die Lippen zusammen, zog Caro und Claire mit sich hinüber zum Esstisch. Ma stand mit gefalteten Händen an der Rückseite des achteckigen Tischs und wartete, bis alle ihren Platz gefunden hatten. Claire zwischen Habu und Fitzi, gegenüber von Ma und Pa.

»Wer möchte heute das Tischgebet sprechen?«, fragte Ma mit betont fröhlicher Stimme, wie sie erst seit Kurzem wieder zu hören war. Caro war nicht die Einzige, die diesen Stimmungsumschwung wahrnahm, den Grund identifiziert hatte und der die Erkenntnis, dass er auf die Adoption von Claire zurückzuführen war, einen winzigen giftigen Stich versetzte.

»Claire ist dran!«, sagte Habu mit einem schiefen Grinsen. Im Grunde hatte er recht, denn es war der sechste Abend seit ihrer Ankunft, und bisher war jedes Kind einmal an der Reihe gewesen. Claire stand hinter ihrem Stuhl, klammerte sich daran fest und wunderte sich, dass niemand ihr pochendes Herz zu hören schien. Ma spürte ihre Nervosität sofort. Auf ein Kopfnicken hin übernahm Caro das für sie und murmelte ein sehr knappes Dankgebet, endete mit: »Und segne, was du uns bescheret hast, amen«, die Stühle scharrten, Servietten wurden aus den Ringen gezogen und aufgefaltet. Während der Brotkorb, die Butterdose, die Platte mit dem Aufschnitt herumgereicht wurden, schnitt Pa, der die Kunst belanglosen Plauderns normalerweise beherrschte, gleich ein heikles Thema an: »Und, liebes Kind, was habt ihr denn zu Hause immer so zu Abend gegessen?«

Caro sah, wie Ma erstarrte. »Liebes Kind?« Und was meinte er mit »zu Hause«?, wollte sie sagen, aber da antwortete Claire schon, als wäre sie eine Fremdenführerin: »Pho. Das ist eine Suppe mit Reisnudeln und Gemüse, meistens mit Rau Muong.« Als die anderen sie fragend ansahen, erklärte sie: »Das ist eine sehr robuste Pflanze, die sowohl im Wasser als auch in feuchter Erde wächst. Wasserspinat«, und senkte die Lider.

»Ah, interessant!«, sagte Pa und griff bei den Schinkenknackern zu.

Die Aufschnittplatte landete bei Claire, und sie nahm sich mit der Gabel eine Scheibe Roastbeef, eine Scheibe Käse und mit zwei Fingerspitzen eine Gurke. Sie hatte genau beobachtet, wie es die anderen machten, dachte Caro.

Erne rekelte sich wieder einmal auf seinem Freischwinger, dessen Chromgestell quietschte, vollkommen zufrieden mit sich und der Welt,

Fitzi hatte die Ketchupflasche in der Hand und studierte das Etikett. Caro weilte in Gedanken bei dem, was vor zehn Minuten im Kinderzimmer geschehen war. Was war das, was Claire unbedingt noch vor dem Abendessen hatte zu sich nehmen und vor ihr verbergen wollen?

Schließlich beendete Fitzi das mehr als zweiminütige Schweigen: »Ich hasse Spinat!« Der Ausspruch kam aus tiefstem Herzen, und die Lage entspannte sich, denn fast jeder hatte eine Meinung zum Thema Spinat. Von »eisenhaltig und gesund« über »schmeckt nur mit dem Blubb«, »macht stark wie Popeye« bis »knirscht zwischen den Zähnen« und dem flehentlichen Wunsch von Fitzi: »Lieber Gott, mach dass die Vitamine aus dem Spinat in den Pudding wandern« – was selbstverständlich eine sanfte Ermahnung von Ma zur Folge hatte, Gottes Namen nicht zu missbrauchen –, wurden alle Meinungen wild durcheinandergerufen. Caro spürte voller Erstaunen, wie sich Wärme in ihrer Wohnküche ausbreitete und die behagliche Stimmung früherer Tage einstellte. Dann begann Pa, aus dem »Geschäft« zu erzählen. Der Neubau der Produktionshalle gehe voran, man habe vorübergehend die Saisonartikelproduktion wie Hohlfiguren und gefüllte Eier für Ostern in Halle 1 verlegen müssen, damit es nicht zu Lieferengpässen komme, aber alles laufe planmäßig. Es gebe jedoch etwas, das ihm Sorgen mache. Er sah in die Runde und wartete, ob es eines seiner Kinder erriet.

»Die lila Kuh«, tippte Tini.

»Eine lila Kuh?«, fragte ausgerechnet Claire.

Erne erwies sich jetzt auf einmal als verständnisvoller Erklärer. »Es ist so, Claire, letztes Jahr haben die Werber eine lilafarbene Kuh als Produktlabel für Milka-Schokolade entwickelt.«

Claire betrachtete ihn still, seinen Stoppelhaarschnitt, das weiche Kinn und die breite Nase. Obwohl sie noch ein Kind war, hatte sie das Gefühl, er verhielt sich wie ein Junge, der unbedingt einem Mädchen imponieren wollte.

»In Umfragen hat sie den Cassada-Muck hinsichtlich des Beliebtheits- und Bekanntheitsgrads inzwischen übertroffen.«

»Na ja, nicht ganz!«, protestierte Pa. »Und darauf haben wir ja mit unserem neuen Markenauftritt gut zu reagieren gewusst.«

»Ich weiß, Sie haben das bei der Cassada-Weihnachtsfeier vorgestellt.«

»Du«, verbesserte Ma, beugte sich über den Tisch und legte Claire behutsam die rechte Hand auf ihren Arm. »Sag bitte ›Du‹ und ›Papa‹ und ›Mama‹.«

»Oder ›Ma‹ und ›Pa‹, wie ich, das ist noch einfacher.« Caro merkte erst in dem Moment, als sie Claire anbot, ihre ganz eigene Anrede für ihre Eltern zu übernehmen, wie wenig ihr das selbst behagte.

Claire war deutlich anzumerken, wie fremd sie sich fühlte.

Tini schabte mit dem Messer über ihren Teller und kratzte die Krümel zusammen, Habu lehnte sich auf seinem Stuhl zurück und sprach hinter Claires Kopf zu Fitzi: »Wollen wir morgen zusammen die Autos waschen?«

Fitzi rutschte ebenfalls auf seinem Stuhl nach hinten, um ihm zu antworten: »Ich würde so gerne mal wieder durch die Waschanlage fahren.«

»Kommt nicht infrage!«, insistierte Pa, doch dann gab er sogar nach: »Höchstens mit dem Ford, aber keinesfalls mit dem Mercedes.«

»Es ist ungehörig, sich während des Abendbrots von seiner Tischnachbarin abzuwenden und ein Zwiegespräch zu beginnen«, mahnte Ma mit milder Stimme.

»Um zurück zum Thema zu kommen«, sagte Pa, und von Fitzi war ein kleiner Seufzer zu vernehmen, den Pa aber als Einziger überhörte.

»Nicht die Konkurrenz der anderen Hersteller ist es, die unserer traditionellen Marke zusetzt. Sondern es sind die …?« Er blickte fragend in die Runde, aber ausnahmsweise kamen keine Antworten von seinen klugen Söhnen.

»Die No-Name-Produkte!«

»Die Kein-Name-Produkte?«, fragte Erne.

Pa nickte. »Das Schlimme ist, dass sie oftmals aus denselben Maschinen stammen wie unsere teuren Markenprodukte, aber kein Geld für Werbung und Produktdesign ausgeben. Sie sind billig, so billig, dass wir sie unmöglich unterbieten können. Und verkauft werden sie …«

»Im Massa-Markt!«

»Genau so ist es!«

»Massa?«, fragte Claire mit zarter Stimme.

»Das ist ein SB-Warenhaus!«

»Was heißt SB?«

»Selbstbedienung. Hast du nicht dieses lang gestreckte fensterlose Gebäude mit den silbernen Rippen in der Fassade gesehen? Direkt an der Autobahnauffahrt!«, fragte Fitzi.

Claire erinnerte sich an den Tag, als sie in dem VW-Bus vom Flughafen nach Mainheim gefahren worden war und die Menschen mit den rollenden Drahtkörben gesehen hatte. »Doch!«

»Man nimmt einen Einkaufswagen, geht durch eine scheinbar endlose Halle mit ganz vielen Gängen, eine Art Labyrinth, in dem Regale stehen. Darin sind die Waren. Nudeln, Reis, Kaffee, Brot, Schokolade, Kleidung … es gibt einfach alles, was man sich vorstellen kann. Man sucht sich in Ruhe aus, was man braucht, und lädt es einfach alles in den Wagen, und erst an der Kasse bezahlt man, verstehst du?«

Claire senkte die Lider, wie sie es so oft tat. Sie hatte es sich angewöhnt, um Zeit zu gewinnen und sich ihre Antwort gut zu überlegen. Ihr war vollkommen bewusst, dass sieben Augenpaare auf sie gerichtet waren, als wäre sie ein exotisches Tier. So ging es ihr, seit sie auf die Rückbank des blauen Automobils geklettert war, durch die Straßen mit den Zäunen vor den geschorenen Rasenflächen und Blumenbeeten gefahren und in dem würfelförmigen Haus angekommen war. Bis jetzt hatte sie noch nicht begriffen, warum man ein hohes, riesiges Gebäude mit zwei Stockwerken und neun Zimmern baute und dann die meiste Zeit unter der Erde im Keller saß. Doch dort schien sich die Familie am wohlsten zu fühlen und kam immer wieder in dem fensterlosen Raum zusammen. Innerhalb einer Woche hatte sie sich von jedem der sieben Menschen, die jetzt ihre neue Familie waren, ein Bild gemacht. Am meisten mochte sie Tini, das dickliche Mädchen mit dem gutmütigen Gesicht und der Gitarre. Von ihr ging eine friedliche Sanftheit aus, die sie sofort angezogen hatte. Bei Caro, dem Mädchen, das so alt war wie sie, mit dem sie ein Zimmer teilte, spürte sie eine sorgsame Zurückhaltung, gepaart mit dem Streben, sich ein wenig als Lehrerin aufzuspielen. Bei Habu, dem unsportlichsten Jungen der Familie, dem gerade der erste Flaum auf der Oberlippe wuchs, hatte sie lange vor einer Magnettafel gestanden, die an seiner Wand hing. Er hatte ihr erklärt, dass es um Fußballklubs ging, Bundesliga hatte er sie genannt, und je nachdem, wie die Turniere am Wochenende ausgingen, verschob er die kleinen Magnete mit ihren Wappen auf seiner Tafel nach oben oder nach unten. Sie sah darin keinen Sinn, verstand aber, dass es für ihn von großer Wichtigkeit war. Aus Erne wurde sie nicht klug, mal war er herablassend und belehrend, mal hilfsbereit, und Fitzi war ein kleiner frecher Junge. Wenn nur Marita sie alle hätte sehen können. Einen Augenblick musste sie fast weinen, so sehr sehnte sie sich nach dem Mädchen mit dem zugeklebten Brillenglas. Mit ihr hätte sie über alles Neue sprechen können.

»Wie kontrollieren sie, dass die Menschen auch alles bezahlen und nicht etwas von den Waren in ihre Taschen stecken?«, fragte sie schließlich.

»Das ist eine gute Frage!«, sagte Pa. »Sie haben Kameras installiert und Detektive zur Überwachung engagiert.«

»Und was ist so schlimm daran, dass sie diese No-Name-Produkte verkaufen?«

»Ganz einfach: Das ist Preis-Dumping!«

Claire nickte und hörte aufmerksam zu, während Pa dem zehnjährigen Mädchen die betriebswirtschaftlichen Zusammenhänge auseinandersetzte. Oftmals hingen die niedrigen Preise dieser Hersteller sogar mit falschen Kalkulationen zusammen. Das sei die schlimmste Variante. Unternehmen, die falsch kalkulierten und den Preis deshalb zu tief ansetzten, schadeten nicht nur sich selbst, sondern dem gesamten Marktumfeld.

Ma gähnte verhalten, Habu und Fitzi schnickten sich gegenseitig Kügelchen zu, die sie mit Spucke aus Papierserviettenstücken geformt hatten. Caro rollte gelangweilt mit den Augen. Nur Erne schien außer Claire dem Vortrag seines Vaters zu folgen.

Das habe zur Folge, dass teilweise ganze Branchen ihre Preise Stück für Stück nach unten korrigieren und Maßnahmen treffen müssten, welche oftmals negative Auswirkungen auf das Personal mit sich brächten oder im schlimmsten Falle die Insolvenz für manch ein Unternehmen bedeuten könnten.

Als Claire die Augenbrauen hob, fügte er rasch hinzu, sie brauche sich keine Sorgen zu machen. Die Cassada sei ein viel zu solides Unternehmen.

Zum Beweis und weil er sich von ihrem ungewöhnlichen Interesse geschmeichelt fühlte, stand er auf und ging mit geheimnisvollem Blick in den Vorratskeller. Zurück kam er mit einem Stapel voller Deputate. Seine Augen leuchteten, wie an Weihnachten während der Bescherung, denn er glaubte, Claire nun in den Himmel der Glückseligkeit zu führen, als er die weiß verpackten Tafeln auf den Tisch legte und auffächerte. Nur die nüchternen, mit Schreibmaschine getippten Aufkleber verrieten den Inhalt.

»Hier, das sind unsere neuesten Sorten. Möchtest du etwas mit fruchtiger Füllung? Oder etwas Klassisches? Es gibt auch allerfeinste dunkle Schokolade mit einem sehr hohen Kakaoanteil, die solltest du unbedingt probieren. Sie ist am teuersten, denn die Preise für Rohkakao sind stark gestiegen.«

Wieder waren alle Augen auf Claire gerichtet, als sie den Kopf schüttelte und mit fester Stimme sagte: »Ich weiß noch nicht, ob ich Schokolade wirklich mag.«

»Musste es wirklich sein?«, hörte Caro Pa leise sagen, als sie an der angelehnten Schlafzimmertür vorbeiging. Sie hatte schon ihren geblümten Frottee-Schlafanzug an, wollte nur noch einmal nach den Kaninchen sehen – inzwischen hatte das einsame Tier eine Gefährtin bekommen. Sie vermisste das nächtliche Rascheln der Tiere, an das sie sich gewöhnt hatte und das ihr beim Einschlafen half. Von Claire hörte man nicht einmal einen Atemzug, wenn sie im Bett lag. Manchmal hatte sie das Gefühl, als würde sie niemals schlafen, sondern die ganze Nacht nur wach an die Decke starren.

Aus dem Türspalt drang das warme Licht der Nachttischlampen. Sie konnte nicht widerstehen. In dem vollen Bewusstsein, etwas Unerlaubtes zu tun, stellte sie sich seitlich an den Türrahmen des Zimmers ihrer Eltern, lauschte und wartete auf die Antwort ihrer Mutter.

»Ach Philipp, sie ist doch wirklich ein reizendes Kind, man muss sie einfach gernhaben.« In ihrer sanften Stimme lag so viel Zärtlichkeit, dass sich Caro ein enges Band um den Brustkorb legte und ihr die Luft nahm. Obwohl sie mit vier Geschwistern aufgewachsen war, hatte sie noch niemals Eifersucht empfunden. Sie hatte sich nie zurückgesetzt gefühlt, hatte die Liebe ihrer Eltern als gleichmäßig auf alle ihre Kinder verteilt empfunden.

»Und was die Adoptionsbehörde alles von uns wissen wollte. Was ich verdiene! Die Steuerbescheide der letzten fünf Jahre musste ich ihnen vorlegen, als ob sie nicht ganz genau wüssten, dass ich Inhaber der Cassada bin. Sogar ob wir jemals in psychiatrischer Behandlung gewesen seien, haben sie gefragt.«

»Du solltest das nicht persönlich nehmen, Philipp, das ist ein Routineverfahren. Da können sie keine Ausnahme machen. Aber ist es nicht unglaublich, wie fließend und akzentfrei sie Deutsch spricht, was für perfekte Manieren sie hat, wie wundervoll sie sich in unsere Familie einfügt? Es kommt mir vor, als wäre sie das eine kleine fehlende Mosaiksteinchen gewesen.«

Caros Finger verkrampften sich. Pa brummte etwas Unverständliches, und Caro konnte hören, wie die Schranktür geöffnet wurde. Pas Profil in seinem gestreiften Pyjama glitt an dem Türspalt vorbei. Caro presste sich seitlich gegen die Wand zwischen Bad- und Schlafzimmertür, um nicht gesehen zu werden.

»Und man darf nicht vergessen, dass sie erst vor zehn Monaten nach Deutschland gekommen ist. Ich möchte gar nicht wissen, was sie alles mitgemacht hat, das arme Ding!«

Es raschelte, als die Tagesdecke von den Ehebetten abgezogen und zusammengefaltet wurde.

»Jaja, das stimmt schon, sicher hat sie es schwer gehabt«, hörte Caro jetzt Pa sagen. »Ich habe ja auch nichts gegen sie.« Dann schwiegen beide einen Moment, bis Pa etwas gedämpfter die Frage stellte: »Aber warum nicht ein jüngeres Kind, und warum ausgerechnet eine Vietnamesin?«

Caro traute sich, wieder durch den Türspalt zu schauen. Jetzt setzte sich Ma auf den Hocker vor ihrem Frisierspiegel. Caro musste sofort an den Moment denken, als sie das letzte Mal eng an sie geschmiegt ihre tiefe Mutterliebe gespürt hatte. Wie ihre Wärme und Fürsorge aus ihrem Körper in ihren geflossen war. Seitdem war es nie mehr zu so einem Austausch von Zärtlichkeiten zwischen ihnen gekommen. Zwar war Ma seit der Cassada-Weihnachtsfeier aufgeblüht, aber es kam ihr fast so vor, als kreisten ihre Gedanken nur noch um Claire und ihr Wohlergehen. Immer nur Claire! Ma löste die Spange am Hinterkopf, und ihre feinen, aschblonden Haare fielen ihr auf die Schultern. Sie nahm eine Bürste zur Hand. Pa stellte sich hinter sie und legte ihr die Hände auf die Schultern.

»Ich dachte, das könntest du dir denken. Früher hast du immer schon vor mir selbst gewusst, was ich mir wünsche und was ich möchte, erinnerst du dich?« Sie legte die Bürste auf den Frisiertisch und griff seine Hand, drehte sich zu ihm um. Caro konnte jetzt die beiden Gesichter ihrer Eltern im Profil sehen.

»Philipp, du bist der liebevollste Ehemann, den ich mir vorstellen kann. Uns verbindet so viel.«

Wollte Ma ihm etwa schmeicheln? Das passte überhaupt nicht zu ihr!

»Aber erstens ist Claire ein ganz besonderer Mensch, das wusste ich vom ersten Augenblick an, als ich sie auf dem Parkplatz im Schneetreiben sah.«

»Und zweitens?«, fragte er.

»Zweitens ist es deine Buße für das, was du dem Jungen angetan hast.«

»Ich ... dem Jungen angetan?« Pa schrie so laut, dass Caro zusammenzuckte und ihr Puls in der Halsschlagader hart pochte. Er hatte Mas Hand losgelassen, mehr konnte Caro durch den Türspalt nicht sehen, denn Ma war aufgesprungen.

»Ich habe ihm gar nichts angetan!«, brüllte Pa. »Er ist ganz von alleine da oben runtergesprungen. Begreift ihr das endlich? Was hast du, oder vielmehr, was habt ihr euch allesamt hier in Mainheim nur zusammenfantasiert!« Seine Stimme überschlug sich, sodass die Kaninchen begannen, im Kreis zu rasen, und sich eine Tür nach der anderen zu dem quadratischen Flur hin öffnete. Caro stand immer noch vor dem Schlafzimmer ihrer Eltern, wo hätte sie auch so schnell hingesollt, als ihre Geschwister und auch Claire aus ihren Zimmern kamen. Sie starrten Caro an und erfassten natürlich alle, dass sie die ganze Zeit gelauscht hatte.

»Was ist denn los?«, flüsterte Tini. In ihrem weißen Nachthemd und mit den wallenden Haaren sah sie fast aus wie ein Geist. Noch nie hatten sie ihre Eltern in dieser Lautstärke streiten gehört. Caro zuckte mit den Schultern. Claire senkte die Lider und bewegte ihre nackten Zehen und hob damit eine Kante des türkisfarbenen Filzteppichs an, die sich ohnehin schon nach oben bog.

»Lass das lieber, Kleines!«, flüsterte Tini mit weicher Stimme. »Sonst stolpert noch jemand darüber.« Und Claire hörte sofort auf, ging in die Knie, beugte sich über den Käfig. Die Kaninchen rasten immer noch im Kreis, dass die Metallkonstruktion rappelte und die Späne staubten. Doch dann streckte Claire ihre Hand aus, legte sie auf die Gitterstäbe. Sie summte ein zärtliches Lied, und die Tiere hielten still, bewegten nur noch ihre rosa Nasen, als würden sie den Geruch des Mädchens, der neuen Mitbewohnerin in diesem Haus, in Ruhe in sich aufnehmen. Caro wäre jetzt zu keinem vernünftigen Satz fähig gewesen und war fast froh, als Habu schlicht und nüchtern aussprach, was sie alle dachten: »Das ist wohl der erste echte Ehekrach!«

Claire tappte ganz leise durch den Flur ins Bad, verriegelte die Tür. Es war ganz in Altrosa gehalten: rosa Kacheln, rosa Handtücher, rosa Waschbecken, nur der Toilettensitz war schwarz. Sie kniete sich auf den rosa Flauschteppich vor der Toilettenschüssel, klappte die Brille hoch und erbrach das Abendessen, dann zog sie die Spülung. Sogar das Toilettenpapier war rosa. Sie putzte sich die Zähne und spuckte aus. Das Handtuch, mit dem sie sich den Mund abtupfte, war rosa.

In der folgenden Nacht lag Claire wach. Das Bett war wundervoll weich, es roch so frisch und sauber. Aber trotzdem fand sie nicht in den Schlaf, konnte sie wieder hören, die Geräusche aus dem Mekong. Nicht durchgehend. Ab und zu herrschte wieder Stille. Es waren nur Fragmente von Lauten, die nicht so klangen, als kämen sie aus dem Haus oder Garten, sondern von viel weiter her. Sie begann, die Stimmen zu zählen, die mal leicht wie Vögel, mal unerbittlich wie Raubtiere riefen. In ihrem Bauch gluckerte es, und sie presste die flachen Hände darauf. Wegen ihrer ständigen Mundtrockenheit musste sie immer eine Flasche Wasser neben dem Bett haben, doch hier waren die Rollläden fest geschlossen, und kein einziger Mondstrahl drang ins Zimmer. Sie traute sich nicht, in der Dunkelheit nach dem Wasserglas zu tasten, konnte nicht schlucken, wünschte sich den Morgen herbei und hatte Sehnsucht nach Marita. Sie zog sich ein Kissen über den Kopf und rollte sich zusammen, um endlich einzuschlafen. Irgendwann wurde die träge Schwermut in einem Traum durch Bilder ihrer neuen Geschwister ersetzt. Sie glitt an den vielen Türen im Haus vorbei, warf überall einen Blick hinein, sah die sieben Menschen, die jetzt ihre Familie waren, in ihren Betten liegen, hörte ihren gleichmäßigen Atemzügen zu. Sie schwebte bedächtig die Treppen hinunter zu dem Lexikon in Pas Arbeitszimmer. Die Bilder, Wörter und Sätze in den dicken Büchern wurden zu Figuren, die sie vollkommen vereinnahmten und ihren scharfen Verstand forderten. Ihr Durst nach Wasser wandelte sich in ihrem Traum zu Durst nach Wissen.

MARITA

Als sie geweckt wurde, stöhnte Marita auf und drückte sich das Kissen auf den Kopf. Sie wollte weiterschlafen, doch die Hand, die mit festem Griff ihren Arm umfasste, ließ nicht locker. Es war fünf Uhr, fast noch Nacht, sie brauchte eine Weile, um sich zu erinnern, warum sie um diese unmenschliche Zeit geholt wurde. Aber als es ihr klar wurde, klammerte sie sich mit beiden Händen an das Gitter des Kopfteils und wimmerte leise.

»Komm schon, Marita«, flüsterte die Stimme. »Je mehr du dich beeilst, umso schneller ist es vorbei.« Marita wusste, dass Frau Richard recht hatte. Dort, wo sie in wenigen Minuten sein musste, duldete man keine Bummelei. Verspätungen wurden in eine Tabelle eingetragen. Man akzeptierte keine Ausreden. Und auch wenn Doktor Lavalette so unendlich liebevoll und behutsam war, wusste Marita, wussten alle, wie genau sie es nahm.

Sie stand auf. Mit den Handflächen strich sie über den festen Leinenstoff ihres Nachthemds. Sie schlüpfte in ihre Pantoffeln und lief hinter Frau Richard her durch den noch dunklen Schlafsaal. Trotz der breiten Schultern und dem massigen Körper der Hausdame sah sie im Lichtkegel der Taschenlampe, dass noch ein Bett leer war.

Sie holten sie nacheinander, nicht alle, nicht jede Nacht.

Sie lief die dunklen, mit Teppich ausgelegten Stufen hinunter, die sie in ihrem Leben schon unzählige Male gegangen war. Ihr Herz klopfte, und vor Angst konnte sie kaum atmen. Sie wusste nicht, wie schlimm es diesmal werden würde. Aus der Ritze zwischen Rahmen und Tür des kleinen Untersuchungszimmers drang gelbes Licht. Sie hörte ein ersticktes Schluchzen und kaute so fest auf ihren Lippen, dass sie anfingen zu bluten. Frau Richard klopfte an die Tür.

»Einen Moment noch«, hörte sie die Stimme. Diese bedächtige Stimme.

Sie warteten in dem kalten Vorraum. Als Marita die Zähne aufeinanderschlugen, versuchte Frau Richard, sie zu beruhigen. »Ist doch nur eine kleine Untersuchung. Und nur zu deinem Besten.«

Dann öffnete sich die Tür, und Britta kam heraus, das zehnjährige Mädchen, das erst vor einem halben Jahr angekommen war. Sie sah Marita mit verheultem Gesicht an. »War es schlimm?«, flüsterte Marita, doch das Mädchen gab keine Antwort, sondern presste den Mund zu.

Doktor Lavalette wartete in ihrem weißen Kittel auf sie, bat Marita, das Nachthemd auszuziehen und sich seitlich auf die Untersuchungsliege zu legen.

»Es geht ganz schnell, und es tut nicht weh, wenn du genau machst, was ich sage. Und danach wissen wir, ob du wieder ganz gesund wirst.« Ihre Stimme hatte auch jetzt den gewohnten sanften Klang, voll der reinen Sorge um ihr Wohlergehen.

Marita spannte alle Muskeln an.

»Beug den Kopf nach vorne und mach den Rücken ganz rund. Wenn ich jetzt sage, presst du so, als würdest du auf der Toilette sitzen. Verstanden?«

Marita zitterte am ganzen Körper und hauchte trotzdem ein leises »Ja«.

Sie spürte einen Stich in den Nacken und stieß einen Schrei aus. Der Schmerz, der sie durchfuhr, war derart durchdringend, als hätte ihr jemand eine Nadel direkt ins Gehirn gestoßen. Tränen rannen ihr über die Wangen.

»Und jetzt pressen!«, sagte die milde Stimme. »Je stärker du drückst, umso schneller ist es vorbei, Liebes.«

Als sie später leise weinend die Treppen hinauf zum Schlafsaal ging, dachte sie daran, was Claire einmal gesagt hatte: Jede Treppe führte durch ein Wolkenloch in den Himmel.

CLAIRE

In den Wochen nach ihrem Einzug in das Haus der Familie Stern, und bevor das neue Halbjahr begann, fügte Claire sich kontinuierlich in den Tagesablauf ein, so weich, wie das fehlende Teilchen in einem Puzzle mit seinen Rundungen und Kanten passgenau in die letzte freie Lücke gleitet. Zum zweiten Mal in ihrem Leben fing sie an, sich aus ihrer Vergangenheit zu lösen und in eine neue Ordnung hineinzuwachsen.

Sie spielte Monopoly mit Fitzi, wettete mit Habu auf die Ergebnisse der Bundesliga, backte Kekse mit Tini und trank ihren blumigen Jasmintee. Zusammen mit Caro führte sie die Kaninchen an Leinen aus, als wären sie Hündchen, und grübelte mit ihr über Synonyme für Wörter in Caros Geschichten. Mit Erne übte sie Offiziersskat, mit Ma betete sie und lernte Bibelverse, mit Pa verkostete sie Schokoladensorten. Mit allen zusammen spielte sie Cluedo. Sie lernte die Regeln auswendig, verinnerlichte sie. Sie wurden zu ihren Regeln. Sie konnte habgierig sein, aggressiv, sie konnte skrupellos und ehrgeizig sein. Sie konnte alles sein, weil das nicht wirklich sie war. Sie konnte jeden Einzelnen schlagen, und sie konnte großmütig verlieren. Claire schlüpfte mit Leichtigkeit in die jeweilige Rolle, nicht weil sie etwas vortäuschen wollte, sondern ganz einfach, weil sie die Spielregeln für sich akzeptierte. Federleicht, ohne es zu wollen und ohne es zu merken, eroberte sie sieben Herzen.

In der restlichen Zeit saß sie an Pas Schreibtisch, hatte sich zwei Kissen auf den Drehstuhl gelegt, weil sie sonst kaum mit der Nase über das jeweilige Buch reichte, das sie las. Wobei Lesen ihre Tätigkeit unzutreffend beschrieb. Caro setzte sich nachmittags, wenn sie aus der Schule zurück war, manches Mal in den Ohrensessel gegenüber, nahm sich selbst ein Buch, merkte aber, wie flatterhaft ihre Gedanken waren. Mehr und mehr ging sie dazu über, ihre eigene Lektüre zu vernachlässigen und Claire zu beobachten, zu studieren. Sie schien die rechte Seite im Bücherschrank vollkommen zu ignorieren, in der die Romansammlung ihrer Eltern stand, und nahm sich ausschließlich die Brockhaus-Bände vor. Anfangs glaubte Caro, sie würde einzelne Wörter nachschlagen, die sie interessierten oder die sie aufgeschnappt hatte, so wie sie es tat, seit

Pa das Lexikon vor zwei Jahren angeschafft hatte. Aber bald begriff sie, dass Claire den ganzen Band durchlas. Ihre Kopfbewegung und die Zeitspanne, die verging, bis sie eine Seite umblätterte, zeigten dabei ihr Lesetempo an.

Sie überfliegt den Text nur, dachte Caro, doch Claires Gesicht wirkte wie das eines Menschen, der auf Musik lauscht. Caro begann, auf ihre Armbanduhr zu schauen, deren Sekundenzeiger nun erstmals einen Sinn bekam, stoppte die Zeit. »Eine halbe Minute für eine Seite«, murmelte sie, und Claire sah auf, drückte sich mehrfach die Hand auf ihre rechte Ohrmuschel. Eine Geste, die Caro schon öfter an ihr beobachtet hatte und die sie von sich selbst kannte, wenn sie getaucht war und Wasser im Ohr hatte.

»Was hast du?«, fragte sie.

»Ach, nichts«, lautete Claires Antwort jedes Mal, und schon sah sie wieder auf die Buchseiten. Caro versuchte gerade, im Kopf auszurechnen, wie lange es dauern würde, bis sie einen dicken Brockhaus-Band durchgelesen hatte, der im Durchschnitt tausendachthundert Seiten hatte. Aber Mathematik war nicht ihre Stärke, deshalb sagte sie laut vor sich hin, sie sei mal gespannt, wie lange Claire für einen Band brauchen werde.

»Fünfzehn Stunden«, antwortete Claire, ohne aufzusehen.

II. BUCH

Mainheim, September 1976

DOKTOR LAVALETTE

Karin Lavalette strich sich eine Strähne ihrer lockigen Haare aus der Stirn und zog den Ausschnitt ihres bronzefarbenen Abendkleids nach oben.

»Es ist leider immer das Gleiche mit schulterfreien Kleidern: Jeden Moment hat man das Gefühl, sie könnten rutschen.«

Sie lehnte sich in dem grauen Ledersitz der Limousine zurück und sah Rudolph Zenker an, der neben ihr saß.

Langsam beugte er sich zu ihr herüber und strich ihr mit dem Handrücken sanft über ihre nackte, weiße Schulter.

»Dafür siehst du darin einfach unwiderstehlich aus.«

Er hauchte ihr einen Kuss auf die Schulter, glitt weiter zu ihrem Dekolleté. Karin stieß hörbar wohlwollend Luft durch die Nase. Doch als er den Kopf hob und mit seinem Mund in die Nähe ihrer Lippen gelangte, drehte sie ruckartig das Gesicht zur Seite.

»Nicht, du weißt doch …«

Sofort ließ er sich zurück in seinen Sitz fallen.

»… dass sonst der Lippenstift verschmiert, und wir sollten beide perfekt aussehen, Liebster.«

»Das ist dir inzwischen sehr wichtig geworden.«

»Nein, das stimmt nicht. Die Forschung ist mir wichtiger … und natürlich du! Seit unserer Heirat bin ich die glücklichste Frau der Welt, und ich freue mich so sehr auf unsere Hochzeitsreise! Wenn es nach mir gegangen wäre, hätten wir schon heute fliegen können und das Konzert sausen lassen.«

»Das wäre unklug gewesen. Netzwerken gehört in meiner Position dazu, und heute Abend sind einfach alle versammelt, die in der Rhein-Main-Region eine Rolle spielen. Der Frankfurter OB Rudi Arndt, der hessische Ministerpräsident Albert Osswald, der Wirtschaftsminister …«

»Niemand versteht das besser als ich, Rudolph!« Jetzt drehte sie sich zu ihm um, griff die Enden seiner lose umgehängten Fliege und begann, sie zu einer Schleife zu binden. »Du musst sie mir nicht alle aufzählen.

Ich weiß, wie wichtig solche gesellschaftlichen Ereignisse sind.« Als sie fertig war, strich sie ihm über die gut rasierte Wange, fuhr mit den Fingerspitzen über den Rücken seiner Nase und seine glatten Schläfen, ließ sie in kurzem Abstand vor seinen hervortretenden Augäpfeln entlanggleiten.

»Hast du deine Thyreostatika genommen?«

Rudolph nickte, beugte sich nach vorne, um sein Spiegelbild im Rückspiegel zu betrachten, und begegnete dabei dem Blick des Fahrers. Er hatte natürlich alles mit angehört, sein betont unbeteiligtes Gesicht verriet ihn.

»Wir hätten gerne ein wenig Privatsphäre, Krüger«, sagte Rudolph und drückte auf den Knopf, um die Scheibe zu den Vordersitzen zu schließen. Karin legte Rudolph die Hand auf den Unterarm.

»Deine Werte haben sich so sehr verbessert, Rudolph, ich bin ganz erleichtert. Morbus Basedow ist eine ernst zu nehmende Krankheit, aber zum Glück haben wir ein wirksames Medikament, das die Schilddrüsenüberfunktion in Schach hält.«

»Ja, allerdings habe ich neuerdings ziemlich unangenehmen Hautausschlag. Sieh mal.« Er knöpfte seine Manschetten auf und rollte den weißen Hemdsärmel hoch, hielt ihr seinen Unterarm entgegen, dessen Haut stark gerötet und voller Pusteln war. »Das ist leider nicht die einzige Stelle.«

»Seltsam. Da gehörst du zu einer absoluten Minderheit. Hautekzeme haben wir nur bei unter einem Prozent aller Fälle feststellen können.«

Sie schwieg einen Moment. Als sie nichts weiter sagte, schob er den Ärmel wieder hinunter.

»Anscheinend gehöre ich nicht zur breiten Masse, sondern zu den Ausnahmeerscheinungen. Meine Krankheit trifft in mitteleuropäischen Ländern auch nur unter ein Prozent aller Männer. Es sind fast ausschließlich Frauen betroffen.«

Zum ersten Mal, seit Karin in den Wagen gestiegen war, wechselte sie den Gesichtsausdruck. Eine Art Gereiztheit lag darin. »Selbstverständlich weiß ich das.«

Sie sah wieder aus dem Fenster, als ließen sich in den dunkelgrünen Hügeln des Taunus rechter Hand der A5, die jetzt in der Ferne an ihnen vorüberglitten, weit wichtigere Themen finden.

»Ist dir schon einmal aufgefallen, Rudolph, was wir für die Kranken, für die Patienten auf der ganzen Welt leisten? Welch unvorstellbares Leid wir lindern und wie viele Menschenleben wir schon gerettet haben? Schade, dass es darüber keine statistischen Erhebungen gibt, aber manchmal fühlt es sich an, als wären wir … wie soll ich sagen, so eine Art Engel …«

Er griff ihre Hand und sah in ihr schönes Gesicht mit den harten Konturen. Die braunen Augen wirkten in der Dämmerung fast schwarz.

»Nicht nur *eine Art*! Für mich steht es außer Frage, dass du ein leibhaftiger Engel bist!«

Sie lächelte mild und griff nach seiner Hand. »Ich bin kein Engel, denn Engel sind doch nur Handlanger. Du darfst von jetzt ab nichts mehr dem Zufall überlassen, Rudolph! Diese klinische Arzneimittelstudie für das neue Antibiotikum ist unsere Riesenchance. Es gibt noch kein vergleichbares Mittel aus der Gruppe der Cephalosporine auf dem Markt. Hochwirksam! Jetzt ist die klinische Testphase angelaufen, es sieht sehr, sehr gut aus. Ich bin zuversichtlich, es in wenigen Monaten marktfertig zu haben. Es gibt uns die Möglichkeit, noch mehr Menschen zu heilen, Menschenleben zu retten.«

»Und ziemlich viel Geld zu verdienen … was zur rechten Zeit käme. Die Beschränkung der Ölfördermengen durch die OPEC steckt uns immer noch in den Knochen. Preissteigerungen bei Ethylen und Propylen von bis zu 300 Prozent müssen erst einmal verkraftet werden. Nach den Krisenjahren lechzen unsere Aktionäre nach Erfolgsmeldungen.«

»Wenn wir es richtig anpacken, wird das unser Jahr, Rudolph, glaube mir, ich habe es im Gefühl.«

Mit ihren langen Fingern drückte sie seine Hand so fest, dass er sich über ihre Kraft wunderte.

»Ich habe es jedenfalls nie bereut, dir die Leitung der medizinischen Forschungsabteilung übertragen zu haben.«

Sie fuhr ihm mit der Hand über den Arm und lehnte ihren Kopf an seine Schulter.

»Du warst sehr großzügig. Habe ich dir eigentlich schon berichtet, dass wir bei dem synthetischen Insulin auch schon so kurz vor dem Durchbruch stehen?« Mit Daumen und Zeigefinger zeigte sie ihm einen halben Zentimeter an. »Wenn wir da die Nase vorne behalten, kann es der ganz große Wurf werden. Laut einer Studie des American National Diabetes Board werden schon im Jahr 2000 die natürlichen Ressourcen nicht mehr ausreichen, um den weltweit wachsenden Insulinbedarf zu decken. Um einhunderttausend Diabetiker ein Jahr lang mit Insulin zu versorgen, bräuchte es die Bauchspeicheldrüsen von drei Millionen Rindern beziehungsweise von vierzehn Millionen Schweinen. Jetzt überlege mal, wie die Ruberus AG dastünde, falls sie das erste funktionierende Ersatzprodukt zugelassen bekäme.«

Mit gesenkter Stimme sagte er: »Das könnte dir den Nobelpreis einbringen.«

Karin lächelte und winkte ab, aber ihrem selbstsicheren Gesichtsausdruck war abzulesen, dass sie diese Möglichkeit längst in Betracht gezogen hatte. »Selbstverständlich nicht mir alleine, aber denk nicht so klein, Rudolph. Mit der synthetischen Medizin können wir von Geschöpfen zu Schöpfern werden.«

»Zu Schöpfern?«, wiederholte er und zog die Augenbrauen hoch.

»Das ist nicht nur die Zukunft der Medizin, sondern der Menschheit.« Sie wandte die Augen zu dem mit dunkelblauem Velour bespannten Himmel des Fonds. »Wir werden Krankheiten verhindern, ehe sie ausbrechen, wir können für Chancengleichheit sorgen, Erbkrankheiten ausmerzen. Das ist unsere Verantwortung! Daran glaube ich ganz fest. Wir gestalten die Welt der Zukunft. Wir sind die Schöpfer von morgen, Rudolph.« Ihr Gesicht veränderte sich. Der schwärmerische Ausdruck wich einem ängstlichen, fast panischen Ausdruck, und sie packte seinen Arm mit beiden Händen. »Als Erstes musst du alles tun, um diese Gesetzesvorlage für das Arzneimittelgesetz zu verhindern, Rudolph.«

Sie senkte die Stimme, fuhr weich und beschwörend fort: »… auch wenn wir uns natürlich alle im Klaren darüber sind, dass es früher oder später erlassen wird. Dabei wissen die Politiker manchmal nicht, was sie mit solchen Regulierungen für einen Schaden anrichten!«

Rudolph lachte leise. »Ja, da kannst du recht haben. Die Landesebene ist in Arbeit, die Bundesebene nehmen wir in Angriff. Auf unterer Ebene habe ich sie alle im Griff. Schönwetter ist in der Spur. Seit diesem Unfall mit dem kleinen Vietnamesen vor vier Jahren frisst er mir aus der Hand und merkt es nicht mal. Man muss die Leute bei ihren Schwächen packen. Seine sind soziale Wohltaten, sein Renommee als SPD-Bürgermeister und der Alkohol.« Er ließ ein trockenes Lachen hören.

»Deine Menschenkenntnis ist einfach unbezahlbar«, schmeichelte sie ihm, und er sprach ganz ungehemmt weiter.

»Überhaupt war das alles im Nachhinein eine glückliche Fügung. Es gibt Situationen im Leben, die so unerwartet sind, dass man sie nicht planen kann. Unfälle gehören dazu. Besser hätte es nicht laufen können: Ebert hat uns den Keltengrund verkauft, Schönwetter die Genehmigung durchgewinkt. Nicht auszudenken, um wie viel komplizierter in diesem Kaff alles ohne diesen Sprung vom Dreimeterbrett gewesen wäre.«

Mit einem nachdenklichen Kopfnicken murmelte sie: »Und wie sehr uns diese Umstände die Forschung erleichtern. Du bietest uns wirklich ideale Bedingungen. Besser geht es kaum.«

»Du wirst sehen, für die Blockierung der Gesetzesvorlage finde ich schon einen Weg. Man muss jetzt abwarten, wie die Bundestagswahlen ausgehen. Wenn wir aus Gran Canaria zurückkommen und sich das neue Kabinett formiert hat, werden unsere Lobby-Verbände gleich die ersten Gespräche in Bonn führen.«

Die Autobahn war leer, und sie glitten mit gleichmäßiger Geschwindigkeit dahin. Rudolph beugte sich nach vorne zur Mittelkonsole.

»Du musst erst einmal nur auf Zeit spielen.«

Karin legte die Hand unter ihr Kinn und tippte mit den Fingern auf ihre Wange, als er die Klappe aus poliertem Wurzelholz öffnete. »Hast du da etwas Prickelndes versteckt?«

In dem Fach kam eine vor Kälte beschlagene Flasche zum Vorschein. Während er den Champagner entkorkte und zwei Gläser füllte, sprach er weiter: »So sehe ich das auch, und bei den Bundestagswahlen gibt es eine gute Chance auf eine Wende, die uns in die Karten spielen würde …« Rudolph senkte die Stimme und sah nach vorne in den Rückspiegel. Wieder begegneten ihm die Augen von Krüger, der rasch nach vorne auf die Straße sah. »… dennoch sollten wir sehen, dass wir das neue Antibiotikum zur Zulassung bringen … und zwar so zügig wie nur möglich. Mir dauert das alles viel zu lange.«

Karin nahm ihm den überschäumenden Kelch ab, trank vorsichtig einen Schluck und hielt dabei die Hand unter das Glas, damit nichts auf ihr Kleid tropfte. Jetzt tauchten die Fassaden rechts und links der

Miquelallee neben ihnen auf. Den Respekt einflößenden Nachkriegsbau der Oberfinanzdirektion ließen sie kurz darauf links liegen, und ihr Fahrer steuerte die dunkelblaue Limousine in Richtung Innenstadt.

»Ich bin zuversichtlich. Bisher hat Maforan nur bei einigen Mädchen Nebenwirkungen ausgelöst, Durchfall, Schwindel, Enge in der Brust, in einem Fall allerdings Krampfanfälle. Der Verdacht auf Enzephalopathie hat sich bei dem Mädchen zum Glück nicht erhärtet. Aber ich werde sie aus den Testreihen herausnehmen. Sie ist eine der Ältesten im Heim und widersetzt sich zusehends, hat eine Spritzenphobie, spuckt die Tabletten aus und so weiter.«

Rudolph zog wieder die Augenbrauen hoch: »Ärger können wir nicht gebrauchen.«

»Keine Sorge! Ab morgen werde ich mich auf Hochtouren nur noch mit der Studie befassen. Ich sehe es nämlich genauso wie du. Es wird ein Meilenstein seit der Erfindung des Penicillins.«

Rudolph stieß ihr Glas an, beugte sich wieder zu ihr hinüber und küsste sie auf den Mund. Diesmal zog sie den Kopf nicht zurück.

»Wir sollten so kurz vor dem Ziel nicht noch scheitern«, antwortete er kurz darauf, während sie ihren Lippenstift in einem Taschenspiegel kontrollierte und nachzog.

»Pass bitte auf, dass alles glatt läuft und die Testreihen einwandfrei funktionieren«, sagte er.

Ein paarmal presste sie die Lippen zusammen, um die Farbe zu verteilen, dann lächelte sie ihn an. »Da kannst du ganz beruhigt sein. Die Kinder sind alle gut ausgewählt und genauestens überwacht.«

Sie sah aus dem Fenster, denn sie näherten sich dem Saalbau in der Junghofstraße. Vor dem Eingang stand bereits eine Traube festlich gekleideter Menschen.

»Ich mag Frankfurt, auch wenn es eigentlich immer noch nur so tut, als sei es eine Großstadt. Aber genauso sehr freue ich mich auf unseren Urlaub. Nur noch zwei Tage, dann sind wir auf den Kanaren und lassen uns die Sonne aufs Gesicht scheinen, Rudolph.«

»Ich kann es auch kaum erwarten!«, sagte er und griff wieder ihre Hand.

Sie glitten langsam an den zum Eingang strömenden Gästen vorbei.

»Ah, sieh mal, da ist Stern mit seiner Frau. Der arme Teufel! Die Cassada ist das beste Beispiel dafür, wie die Regulierung eine ganze Branche ruiniert«, kommentierte Rudolph, hob das Kinn und spähte durch die dunkel getönte Scheibe.

»Wie meinst du das?«

»Seit letztem Jahr werden den Schokoladenherstellern ganz genaue Vorgaben zu Benennung von Zutaten, Verarbeitung der Produkte und so weiter gemacht, und alle Angaben müssen auf der Packung stehen. Das hat wohl zu enormen Umsatzeinbußen geführt. Mal ehrlich …«, er drehte sich zu ihr um, »… denkst du bei der Aufzählung von Lecithin und Emulgator noch an zarten Schmelz und zauberhaften Genuss?«

Karin schüttelte langsam den Kopf, aber sie wirkte abwesend, ließ den Blick über das langärmelige graue Kleid und das blasse Gesicht, die hellblauen Augen von Ma gleiten. Seit sie nur noch in der Forschung arbeitete und mit Rudolph nach Bad Homburg gezogen war, hatte sie wenig Berührungspunkte mit den Mainheimern. Da stand die Frau, bei der Claire seit vier Jahren wohnte. Ein kleiner Stich der Eifersucht machte sich bemerkbar. Claire war das einzige Mädchen aus dem Waisenhaus, von dem sie bedauerte, es nicht selbst adoptiert zu haben.

MINKA

Der Laborant hielt das zappelnde Tier an den Hinterläufen fest. Sein Gesicht mit dem schmalen Mund und den kalten Augen zeigte keine Regung. Das Winseln klang so durchdringend, so voller Todesangst, dass Minka sofort der Schweiß aus allen Poren trat und in ihre Augen rann. Sie konnte sich nicht rühren. Ihre Arme waren hinter ihrem Rücken zusammengebunden und ihre Beine am Stuhl festgekettet, ihr Mund mit Paketband zugeklebt. Unter der weißen Bullterrierhündin stand ein Becken mit Säure. Clärchen jaulte entsetzlich, als ihr einige Spritzer das Fell versengten. Die Hand zuckte. Auch der Labormitarbeiter hatte etwas abbekommen und sich die Haut verätzt. Langsam drehte er den Kopf zu Minka, verzog den Mund zu einem grausamen Lächeln und ließ sie fallen.

»Neeeeiiiiin! Claraaaaa!«

Minkas Schrei gellte durch den gekachelten Raum des Versuchslabors.

Sie richtete sich im Bett auf, schweißgebadet, und tastete mit der linken Hand die leere Fläche neben sich ab. Das Laken fühlte sich kühl und glatt an.

Sie war alleine.

Clara, die ihr heimlich Wärme und Nähe spendete, schlief in dieser Nacht im Flur, weil ihre Mutter es neuerdings verbot, sie mit ins Bett zu nehmen. Zuerst spürte Minka Erleichterung darüber, dass es nur ein Traum gewesen war. Doch obwohl sie dagegen ankämpfte, bohrte sich ihr Wissen über die reale Welt langsam und stetig in ihr Bewusstsein, wie ein vergifteter Pfeil in einen pumpenden Herzmuskel. Die Tierquälerei existierte, und zwar ganz in ihrer Nähe.

Jetzt ahnte sie, dass es noch sehr früh war, fast noch Nacht, und sie knipste die Nachttischlampe an. Ihr Blick fiel auf die Wand mit der Korktapete, an die sie Bilder und gesammelte Zeitungsausschnitte gepinnt hatte. Fotos der weißen Lieferwagen, der Kennzeichen, der Müllbeutel, der Tierpfleger im Hundezwinger. Darunter war immer noch der alte humpelnde Jan, derselbe, der Caro vor vier Jahren das Angorakaninchen gegen Schokolade getauscht hatte. Damals hatten sie noch nicht einmal geahnt, zu welchem Zweck die Kleintiere gezüchtet wurden. Versuchsgut nannte man heute den Lauterbachhof, und mit Jan hatte sie sich inzwischen einige Male unterhalten. Er verdiente nicht besonders gut, aber früher hatte er sich mit Gelegenheitsjobs über Wasser gehalten. Jetzt hatte er eine sichere Stelle, was ihn bewog, in dem Job durchzuhalten, obwohl er das Leid der Tiere, die ihm anvertraut wurden, kaum ertrug.

Es war längst kein Geheimnis mehr, was es mit dem gut gesicherten Gebäude im Keltengrund auf sich hatte. Obwohl nach wie vor kein Schild am Zaun oder Eingang verriet, wem das Objekt gehörte oder wer es gemietet hatte, wusste man in Mainheim über den Zweck Bescheid. Die Ruberus-Arbeiter ließen die eine oder andere Bemerkung fallen, wenn sie ihr Schnitzelbrötchen in der Metzgerei Hansen aßen. Jugendliche, die in den Ferien bei Ruberus am Fließband jobbten, schnappten etwas auf, und wenn der Unterricht wieder begann, machten Andeutungen in der Gesamtschule die Runde. Da und dort entstellt und manchmal aufgebauscht geisterten Gerüchte durch die Stadt. Doch bei den meisten Bewohnern stieß die Wahrheit auf kein großes Interesse, keiner wollte Einzelheiten wissen.

Minka nahm es genauer. Mit Fernglas und Fotoapparat im Rucksack fuhr sie regelmäßig am Main entlang und weiter zum Lauterbachhof und zu den Kiesgruben, die sich inzwischen über eine Fläche von zwanzig Hektar erstreckten. Sie entnahm dabei Proben, trug die Farben des Wassers in eine Tabelle ein. Aus fünf Baggerseen waren durch den extensiven Kies- und Sandabbau zehn geworden. Nicht selten saß sie auf einem der ockergelben Hügel, das Fernglas um den Hals gehängt, den Fotoapparat im Anschlag, und wartete von ihrem Aussichtsplatz aus, bis sich etwas auf dem Außengelände tat. Zu nah wagte sie sich nicht mehr heran. Sie musste vorsichtig sein, denn den Fahrern war sie schon aufgefallen, und das halbwüchsige Mädchen im Jeansanzug, mit den schulterlangen dunklen Haaren und dem Pony, der fast ihre Augen bedeckte, kannten die meisten Mainheimer.

Immer wieder fuhren die weißen Sprinter ohne Aufschrift vor, rollten rückwärts ganz dicht vor die Eingangstür und verdeckten so die Kisten mit dem lebenden Inhalt, die in das Innere des verspiegelten Gebäudes getragen wurden. Was die prallvollen schwarzen Plastikbeutel, die in die großen Müllcontainer geworfen wurden, enthielten, verrieten in manchen Fällen die Umrisse, wenn die Tierleichen fest verschnürt wurden. Zwischen diesen Bildern hingen an ihrer Wand Fotos von schwarzgrauen Blässhühnern, Silberreihern am Ufer der glitzernden Baggerseen. An den älteren Kiesgruben, die nicht mehr bewirtschaftet wurden, hatte sich die Natur um das Wasser, dessen Qualität erstaunlich gut war, ein Stück zurückerobert, und es war eine neue Feuchtlandschaft aus Schilf, Plattgras, Sumpfdotterblumen und Bach-Nelkenwurz entstanden.

Manchmal spazierte Minka am Ufer entlang, ließ die sanften Wellen in kleinen Strudeln um ihre Knöchel plätschern. Hier und da ging sie in die Hocke, um eine rötliche Posthornschnecke oder einen besonders kunstvoll gemaserten Kiesel zu betrachten. Nahaufnahmen von friedlichen Gelbbauchunken und grünen Teichmolchen hingen an Minkas Wand neben Zeichnungen der Fahrtrouten vom Lauterbachhof zum Keltengrund, von der Beaglefarm zu dem verspiegelten Gebäude, vom Keltengrund zur Tierkörperbeseitigungsanstalt in Flörsheim-Wicker. Mit ihrem blauen Mofa, einer Hercules M2, war sie den Sprintern in gebührendem Abstand gefolgt. Obwohl sie niemals in das Innere des Gebäudes im Keltengrund gelangt war und auch nicht im Entferntesten wusste, wie sie das hätte anstellen sollen, war es inzwischen zur Gewissheit geworden: Das Gebäude diente nur einem einzigen Zweck – der Durchführung von Tierversuchen. Die Bilder und Artikel, die sie gesammelt und an ihre Wand gepinnt hatte, waren monströs. Kaninchen und Meerschweinchen, denen ätzende Lösungen in die Augen geträufelt, Drähte in die Ohren eingeführt wurden, Hunde mit langen, grob vernähten, frischen Operationsnarben auf nackten Käfigböden, lebende Mäuse mit rasiertem Fell, entzündeter Haut, Schrauben im Kopf. Der Anblick löste in Minka immer wieder einen dumpfen Schmerz aus, der sich von ihrer Brust über die Arme bis in die Fingerspitzen ausbreitete.

Sie stand auf und ging zur Tür, legte ganz sachte die Hand auf die Klinke und zog sie auf. Clärchen hob sofort den Kopf und wedelte mit ihrem Stummelschwanz. Aber als Minka sie in ihr Zimmer locken wollte, zögerte sie. Helga Schönwetter hatte es verboten, und das Frauchen konnte streng sein. Kurzerhand bückte sich Minka und trug sie in ihr Zimmer, legte sie auf das glatte Laken. Sie schloss die Tür und krabbelte zurück ins Bett, presste sich an den warmen Hundekörper und merkte, wie ihr Tränen über die Wangen liefen. Sie war nicht zartbesaitet. Früher hatten ihr die Hörspiele nicht gruselig genug sein können, doch das hier war anders: Es war real, es passierte täglich, und ihrer festen Überzeugung nach auch im Keltengrund, nur wenige Kilometer von ihrem behüteten Zuhause entfernt.

Inzwischen hatte sich das Gemeindegebiet nach Westen und Süden hin ausgedehnt. Seit Schönwetter auf wundersame Weise die Vorteile sprudelnder Gewerbeeinnahmen erkannt hatte, waren rund um Mainheim größere landwirtschaftliche Flächen und brachliegende Landschaften vereinnahmt worden. Da Mainheim sich in westlicher Richtung erstreckte und nördlich des Mains wegen der Bahnlinien kein Platz mehr war, hatte die Ruberus AG erstmalig Gelände südlich des Flusses gekauft und wollte sich dieses Gebiet mit dem Sprung über den Main erschließen. Dazu erbaute das Unternehmen die erste private Brücke über eine öffentliche deutsche Wasserstraße. Im Nachhinein hätte Harald Schönwetter womöglich nicht zugeben wollen, wie richtungsweisend der Skatabend im April 1972 für seine künftigen Amtsperioden war. Doch seit dem Pakt, den die sechs Männer anlässlich des Unfalls von Guy Meyfahrt geschlossen hatten, war für den Bürgermeister ganz unerwartet das Netz der gegenseitigen Gefälligkeiten in Bewegung geraten, und er war ein Teil davon geworden. Die Untersuchung der Umstände des Unglücks war nach kurzer Zeit eingestellt worden. Die glättende Hand der Zeit hatte dafür gesorgt, dass sich bald kaum jemand an den Vorfall erinnerte. Der Industriepark am Main hatte sich um vier Quadratkilometer vergrößert, Ruberus hatte die Fühler weiter ausgestreckt und zukünftige Lagerstätten auf Mainheimer Gebiet erworben, die Cassada hatte ihre moderne Produktionshalle erhalten, Zellulose-, Kunststoff-, Glas- und Papierunternehmen hatten sich angesiedelt, zwei weitere Großmärkte waren hinzugekommen, und alle Anrainer leiteten ihre Abwässer ungeklärt in den Main. Dessen Gewässergüteklasse erreichte einen traurigen Rekord, und er wurde als der am stärksten verunreinigte Fluss Europas ausgewiesen.

Willy Brandt war inzwischen zurückgetreten, was Schönwetter tief erschütterte, wie ein lautloses inneres Erdbeben. Er glaubte keine Sekunde daran, dass dessen persönlicher Referent Günter Guillaume ein DDR-Spion gewesen sei, und hielt die Behauptung für eine Intrige der Opposition, selbst als das Agentenehepaar im Morgengrauen des 24. April 1974 verhaftet wurde. Minkas Vater äußerte keine tapferen und kämpferischen Worte, er leugnete schlicht das Geschehene. Mit dem Rücktritt Willy Brandts hatte eine Ära ihr banales Ende gefunden. Dass sein Idol ausgerechnet über ein Bein stolperte, das ihm ein Staat gestellt hatte, mit dem er »ein Volk der guten Nachbarn« hatte bilden wollen, war eine Ironie der Geschichte. Brandt war ein Mann der Visionen gewesen, mit denen er eine Welle der Begeisterung ausgelöst hatte. Was danach kam,war ein Berg von wirtschaftspolitischen Problemen, für deren Lösung bei vielen Helmut Schmidt als geeigneter Mann galt, während Schönwetter auf seinem Bürgermeistersessel im Rathaus saß und trauerte. Und wie zum Hohn wurde er selbst mit 78 Prozent der Stimmen im Amt bestätigt.

Der Vietnamkrieg war zu Ende gegangen, und das Land Hessen hatte ein weiteres Kontingent von Flüchtlingen aus dem chinesischen Meer aufgenommen. Fünf vietnamesische Waisenkinder kamen im Mainheimer Kinderheim unter.

Der Standort Mainheim/Steinheim konnte auch Erfolge in der Forschung feiern. 1973 brachte Ruberus ein neues Medikament aus dem Bereich der Psychopharmaka auf den Markt. Das Antidepressivum wurde als Meilenstein in der psychiatrischen Behandlung angesehen, wirkte durchblutungs- und leistungsfördernd und wurde für viele Jahre eines der umsatzstärksten Arzneimittel des Konzerns.

Im Juli 1976 wurde bei einem Industrieunfall im italienischen Seveso hochgiftiges Dioxin freigesetzt. In den folgenden Tagen welkten und verdorrten Pflanzen in der Umgebung, und rund dreitausenddreihundert Tierkadaver wurden aufgefunden, zweihundert Menschen erkrankten an schwerer Chlorakne. Für einige Wochen drang die Gefährdung durch Luftverunreinigung ins Bewusstsein der Öffentlichkeit. Dann geriet der Vorfall in Vergessenheit.

Ruberus konnte seinen Weltumsatz trotz der Weltwirtschaftsrezession auf 20,7 Milliarden Deutsche Mark steigern.

Die windstillen Tage und die Westwind-Tage zählten in der kleinen Industriestadt Mainheim noch immer zu den guten, wenn sich die Luft über Mainheim mit dem öligen Duft aus den Schokoladenconchen füllte. An den Ostwind-Tagen war die Konzentration der Luftschadstoffe mit dem ersten Atemzug am Morgen und einem Brennen in den Bronchien spürbar, sodass die Bewohner ihre Fenster und Türen dauerhaft geschlossen hielten und Decken vor die Ritzen legten.

Minka war zwar nicht hellauf begeistert gewesen, als ihr Vater ihr zum vierzehnten Geburtstag eine Mitgliedschaft bei den Jusos geschenkt hatte, aber danach wurde sie auch nicht gefragt. Ihre Brüder waren beide längst beigetreten. Sticker der Faust mit roter Rose klebten an ihren Zimmertüren, in ihrer Familie war der Weg vorgezeichnet. Die Treffen der Juso-AG Mainheim fanden meistens nachmittags in einem leeren Klassenraum der Gesamtschule statt, und was sie dabei am meisten störte, war Markus. Er hatte längst keine Warzen mehr, sondern glatte Haut und gebräunte Finger. Seine schulterlangen blonden Locken legten sich auf den breiten Kragen einer Jeans- oder Cordjacke. Im Grunde sah er jetzt richtig gut aus. Das Bonanza-Rad hatte er gegen ein Kleinkraftrad ausgetauscht. Viele Mädchen schwärmten für ihn. Er war eine Art Platzhirsch unter den Jugendlichen, ein bewunderter Anführer.

Was er bei den Jusos zu suchen hatte, ging ihr nicht in den Kopf. Sicher, sein Vater hatte seinen Betrieb aufgeben müssen. Der Niedergang der Rosenzucht hatte in der Ölkrise vor drei Jahren begonnen. Das Beheizen der Gewächshäuser war durch den explodierenden Ölpreis immer teurer geworden, gleichzeitig hatte Ebert sich nicht flexibel genug auf die immer schneller wechselnden Rosen-Modetrends einstellen können. Die ganzjährige Rosenzucht unter Glas konnte dem Preisdruck der internationalen Konkurrenz nicht standhalten. Aber verarmt war Ebert dennoch nicht, ganz im Gegenteil. Man wusste, dass er den Keltengrund recht gut verkauft hatte, und manche wunderten sich, warum er auf seinen verbleibenden sechzig Hektar nunmehr Obstplantagen, Weizen- und Rapsfelder unterhielt. Eine Rückkehr zur klassischen Landwirtschaft in diesen Zeiten kam nicht häufig vor. Doch erwies sie sich als einträgliches Geschäft, denn es reichte, um ihm einen neuen Mercedes, Fernreisen und den ersten privaten Swimmingpool von ganz Mainheim zu ermöglichen, was in der Stadt zu allerhand Gerede geführt hatte. Die übliche Mischung aus Neid und Bewunderung.

Sein Sohn Markus saß nun also breitbeinig in Levi's Jeans auf einem Stuhl und blickte gelangweilt in die Runde. Er war kräftig, hatte starke Arme und Schultern, doch seine Hüften waren schlank. Ein attraktiver Widerling, dachte Minka.

Katja, ein zwanzigjähriges Mädchen mit einer hellbraunen Hornbrille und Mittelscheitel, leitete die Arbeitsgruppe Wahlen und versuchte, die zwanzig Jugendlichen in Stimmung zu bringen: »Vielleicht habt ihr es schon gehört: Das Ergebnis der jüngsten Infratest-Meinungsumfrage sieht richtig gut aus! Danach liegt die SPD/FDP-Koalition unverändert mit 50 Punkten vor der CDU/CSU. Mit 48 Punkten ist der Oppositionswert gegenüber der Vorwoche um einen Zähler zurückgegangen.« Sie lief vor den unmotiviert wirkenden Mitgliedern ihrer Arbeitsgruppe auf und ab und versuchte, ihnen einzuheizen, indem sie mehrfach die Fäuste ballte und die Stimme hob. »Wir können es schaffen! Der diesjährige Wahlkampf wird im Endspurt entschieden! Wenn wir jetzt Gas geben, verhindern wir Helmut Kohl … und das wollt ihr doch wohl alle!«

»Klar wollen wir das!« Golo hob die Faust und drehte den Kopf herausfordernd zu den anderen. »Kohl muss um jeden Preis verhindert werden!« Nach und nach hoben auch die anderen ihre Arme, die Hände mehr oder weniger fest zu Fäusten geballt. Die Vorbereitung der nächsten Bundestagswahl war in die heiße Phase getreten. Den entscheidenden Schub für den Rest der Strecke versprach man sich von einer neuen Parole, die das Erfolgsrezept der 72er-Kampagne wieder aufnahm. Mit einem Appell an Friedenssehnsucht und Sicherheitsbedürfnis hoffte die Wahlkampfleitung in Bonn, die Mehrheit der bislang unentschiedenen Wähler zu sich herüberzuziehen. Auf vierhundertsechzigtausend Plakaten, fünfhunderttausend Autoaufklebern und sieben Millionen Handzetteln wollten die Sozialdemokraten von diesem Montag an dem Bürger eintrommeln, er solle »den Frieden wählen« und die Wiederwahl von Helmut Schmidt in letzter Sekunde sichern. Plakate kleben, Flugblätterverteilung am Samstag in der neuen Fußgängerzone, sollten die Mainheimer Jusos übernehmen. Minka fand es unsagbar peinlich, Leute persönlich zu überreden, eine bestimmte Partei zu wählen, und schlug vor, in die Abteilung Plakatekleben eingeteilt zu werden.

»Ich habe schon zwei Wochen lang die Tour durch die Siedlung gemacht, Katja. Klingel für Klingel, Stockwerk für Stockwerk über gesprenkelte Fliesen nach oben und wieder nach unten, ein Block nach dem anderen.« Sie machte eine Abfolge von standardisierten Gesichtsausdrücken. Hundeblick: »Hallo, entschuldigen Sie bitte die Störung!« Sachlich: »Wir sind von der SPD, stellen uns für die Wahlen im Oktober vor und wollten fragen, ob wir unser Programm dalassen dürfen.« Minka seufzte. »Hier kommt der kritische Moment, in dem manche die Tür zuschlagen oder ›Kein Interesse‹ brüllen. Wer gleich am Anfang freundlich schaut oder einfach nur zu lange zögert, kriegt unseren Flyer in die Hand gedrückt und mein allerbestes Liebes-Mädchen-Gesicht.« Sie lächelte dümmlich und riss die braunen Augen auf: »Mein Name ist Minka Schönwetter, ich bin die Tochter des Bürgermeisters. Wenn Sie mal ein Anliegen haben, finden Sie unsere Kontaktdaten da drin.« Sie nickte verbindlich und zwinkerte übertrieben. »Schönen Tag noch!« Minka rollte die Augen zur Decke und fragte: »Warum eigentlich immer ich?«

»Ein Häuserwahlkampf kann bis zu drei Prozentpunkte mehr bringen, Minka, und dich kennen nun mal alle«, wandte Katja ein. »Dein Vater ist beliebt, deshalb sehe ich dich nach wie vor eher bei der direkten Personenansprache.« Als sie Minkas entsetzten Gesichtsausdruck bemerkte, fügte sie hinzu: »... und du musst dann gar nicht mehr viel sagen, sei einfach nur da!«

»Ich würde aber gerne etwas sagen, Katja, und auch mal etwas näher auf das Wahlprogramm eingehen.« Minkas Stimme wirkte auf einmal so rigoros, als habe sie nur auf die Gelegenheit gewartet. »Habt ihr eigentlich schon einmal darüber nachgedacht, wie wenig Naturschutz und Tierschutz darin vorkommen? Wobei ...«, sie fasste sich ans Kinn, als müsste sie nachdenken, »... ›wenig‹ ist das falsche Wort. Er kommt gar nicht vor – null Komma null!«

Als keiner antwortete, klappte sie eine Mappe mit ihren Zeitungsausschnitten auf und breitete sie vor ihnen auf den Schultischen aus. Sie hatte sie – einer plötzlichen Eingebung folgend – im letzten Moment von der Wand genommen und eingepackt.

»Hunde werden direkt als Welpen in die Versuchslabore gebracht. Sie sehen niemals eine grüne Wiese, an ihnen werden Medikamente und Kosmetika getestet, ihnen wird die Haut verätzt, teilweise erblinden sie, und sie müssen von klein auf unter Schmerzen in einem Käfig leben, so lange, bis ihr Körper zu nichts mehr nutze ist und in der TKBA entsorgt wird. Das Gleiche passiert mit Kaninchen, Meerschweinchen und Mäusen. Wollt ihr das wirklich weiter zulassen?«

Katja starrte sie mit offenem Mund an, und die mangelnde Bereitschaft, sich mit dem Thema zu befassen, stand ihr ins Gesicht geschrieben.

»TKBA?«

»Tierkörperbeseitigungsanstalt.«

»Okay, Minka, ich glaube, du verstehst unsere Ziele falsch, was verwunderlich ist. Bei der Tochter vom Harald sollte man eigentlich erwarten können, dass sie rafft, worum es bei den Jusos geht: um soziale Gerechtigkeit. Und unser neuester Slogan lautet: ›Mit Helmut Schmidt den Frieden wählen‹.«

»Ihr wisst ja wohl, dass wir die Frage, wer in Wahrheit Sozialist ist und wer nicht, endlich hinter uns lassen sollten und stattdessen lieber praktische Verbandsarbeit leisten«, sagte ein schlaksiger Junge mit strähnigen Haaren und einem karierten Hemd, dessen oberer Knopf geschlossen war. »Heidemarie hat uns da eine ganz klare Linie vorgegeben. Und wir sollten nicht mit neuen Einzelthemen vom Kurs des Bundesvorstands abweichen.«

Doch mit dieser simplen Aussage und den Vorgaben von Heidemarie Wieczorek-Zeul, der Bundesvorsitzenden der Jusos, konnten sie bei Minka nicht landen. Sie glitt darüber hinweg, stand auf, schaute gleichgültig auf die anderen hinab. »Ich frage mich eher, ob ihr es nicht rafft – habt ihr Seveso schon wieder vergessen? Es ist noch nicht mal zwei Monate her«, sagte sie ungerührt. Einzig ihre bebenden Nasenflügel verrieten, wie sehr sie sich zurückhielt. »Ohne die Natur, ohne Respekt vor dem Leben, den Kostbarkeiten der Natur, ohne eine intakte Pflanzen- und Tierwelt, ohne gesunde Luft und sauberes Wasser ist jede eurer sozialen Wohltaten umsonst!«

»Eurer?«, fragte Katja und sah sich mit gespielter Empörung um. »Ich dachte, du bist eine von uns?«

»Das bin ich.« Minka verflocht die Begriffe »wir« und »uns« mit ihren Umweltschutz-Erwägungen: »Wir müssen unsere politischen Ziele auf die wirklich wichtigen Dinge lenken.«

Dabei gab es bei ihr inzwischen keine Gedankenlosigkeit mehr, sie wusste ganz genau, was sie wollte, als sie weitersprach: »Die Luftschadstoffe Schwefeldioxid, Kohlenmonoxid, Stickstoffmonoxid, Stickstoffdioxid, Ozon und Feinstaub werden täglich in viel zu hohen Konzentrationen durch die Schlote der Ruberus in die Luft gejagt – in *un-se-re* Atemluft!« Dabei betonte sie jede einzelne Silbe des Wortes.

Markus hatte während der Diskussion der beiden Mädchen scheinbar gelangweilt aus dem Fenster gesehen, als ginge ihn das Ganze nichts an. Doch als Minka jetzt auswendig die einzelnen Luftschadstoffe herunterbetete, wandte er ihr den Kopf zu und glaubte kurz, in ihrem Blick etwas Fanatisches zu sehen. Ob sie Gras rauchte? Da konnte man schon mal die Grenzen zum Wahn überschreiten. Aber sie war ein Mädchen, demnächst fünfzehn, und war in letzter Zeit immer reizender geworden. Die leicht gebräunte Haut, die kastanienbraunen Haare, die weit auseinanderstehenden, großen, dunklen Augen. Er konnte nicht aufhören, sie anzustarren.

»Komm, es reicht jetzt, Minka, wir haben echt nicht ewig Zeit!«, murrte Golo. Hatte ihr Bruder eigentlich jemals auf ihrer Seite gestanden?, fragte sich Minka, aber sie ging einfach nicht auf seinen Einwurf ein.

»Und habt ihr mal beobachtet, wie unterhalb der Ruberus der Main jeden Tag seine Farbe wechselt?«, fragte sie und redete sich in Rage. »Wie er unterhalb der Papierwerke über Hunderte Meter schäumt, wie Bestandteile aus den Zellstoffabwässern die Uferpassagen verstopfen? Und ist euch schon mal der üble phenolartige Geruch des Mainwassers aufgefallen? Der kommt aus Faulschlammblasen, die nach oben steigen. Lebende Fische? Fehlanzeige! Tausende von Kadavern kommen an den Staustufen an.«

Wieder war es Golo, der den Zeitpunkt für passend hielt, hierzu ungefiltert den Standpunkt ihres Vaters wiederzugeben: Jeder Aufwand für die Reinigung von Abwässern sei eine Vergeudung von Volksvermögen.

Markus sah Minka noch immer an, als sie wortlos aufstand, in ihren schlichten Jeans, einem weißen T-Shirt, und drei Worte an die Tafel schrieb:

Menschenrecht Gesunde Umwelt

Als sie dabei den Arm hochreckte, kam ihre schmale Taille zur Geltung. Obwohl sie groß und dünn war, wirkte sie zart und geschmeidig.

»Also ich finde, Minka hat recht!«, sagte er auf einmal. »Warum sollen wir nicht mal neue Themen aufgreifen? Ist doch ekelhaft, was da mit dem Main passiert!«

»Weil diese Themen nicht zum vom Bundesvorstand beschlossenen Wahlprogramm gehören, du Ignorant, und außerdem ist das der völlig falsche Zeitpunkt!« Katja funkelte ihn wütend an. »Bei dir frage ich mich sowieso schon die ganze Zeit, was dich eigentlich als Sozialist auszeichnet, wenn man mal bedenkt, womit dein Vater sein Geld verdient.«

Hätte Minka jemand vor dieser Arbeitsgruppensitzung erzählt, dass sie ausgerechnet Markus Ebert in Schutz nehmen würde, hätte sie ihn vermutlich lauthals ausgelacht. Und obwohl sie sich genau diese Frage bereits selbst gestellt hatte, hörte sie sich jetzt plötzlich sagen: »Du solltest Markus nicht für das verantwortlich machen, was sein Vater tut.«

Als sie später über den Schulhof zu ihrem Mofa ging, saßen blaugraue Tauben mit weißen Kragen auf den Betonmauern und beäugten sie, als würden sie auf das Gebäude aufpassen. Sie lächelte ihnen zu und flüsterte: »Ich bin's doch nur, Minka!«

Eine Hand legte sich auf ihre Schulter und ließ sie zusammenzucken.

»Hey, warte mal!«

Sie drehte sich um, und Markus stand hinter ihr. Sofort verschwand das Lächeln aus ihrem Gesicht.

»Was willst du?«

Er starrte sie mit seinen kühlblauen Augen an, und ihre barsche Frage schien ihn nicht im Geringsten zu verunsichern. »Hast du Lust, mal mit mir zum Feldberg zu fahren? Mit meiner Honda Dax, am Sonntag?«

Minka sah an ihm vorbei in Richtung der Tauben, die ihnen zuzuhören schienen. Wägte seinen Vorschlag ab. Heute war Montag, noch vier Tage Schule, Plakatekleben, und am Sonntag war die Wahl. Ihre Familie würde wieder geschlossen am Morgen zur Grundschule wandern, die Mainheimer Juso-Mitglieder würden vor dem Wahllokal stehen müssen und die letzten Unentschlossenen überzeugen. Aber wer konnte sie eigentlich dazu zwingen? Sie mochte den Blick auf die sanften Hügel des Taunus und war noch nie auf seinem höchsten Berg gewesen. Jeder wusste, dass Markus' Moped frisiert war, es hieß, er konnte über 90 Stundenkilometer fahren. Schließlich sagte sie: »Okay.«

»Gut, ich hol dich am Sonntag um elf Uhr zu Hause ab.«

»Treffen wir uns lieber oben an der Hofheimer Straße, gegenüber der Einfahrt zum Massa.« Auf keinen Fall wollte sie, dass jemand aus ihrer Familie mitbekam, mit wem sie wegfuhr.

»Abgemacht.«

Dann ging er zu seinem Moped, dessen Tank voller bunter Aufkleber war, ließ den Helm über seinem Arm hängen und raste davon.

CLAIRE

Immer noch genauso dünn wie vor vier Jahren, aber mit 1 Meter 60 durchschnittlich groß für eine Fünfzehnjährige, stand Claire am Rand des Wäldchens hinter dem Main-Taunus-Gymnasium. Es war Dienstagmorgen, sie war zu früh, weil sie den Schulbus genommen hatte, der schon um sieben Uhr in Mainheim abfuhr und um 7.35 Uhr am Rosenberg in Hofheim ankam. Sie warf den Vögeln kleine Stückchen ihres Pausenbrots zu, auf das sie wieder einmal keinen Appetit hatte, und studierte dabei aufmerksam die unterschiedlichen Gefieder und Verhaltensweisen. Die jungen Stare, mit ihren frischen, hell gefleckten Federn, waren gesellig, drängelten nicht, sondern ließen jeden einmal an die Brotkrumen. Sozial würde man ihr Verhalten nennen können. Sogar das rundliche Rotkehlchen mit der leuchtend roten Vorderbrust und zwei graubraune Spatzen kamen an das Futter. Doch als der Eichelhäher zwischen ihnen landete, hatten alle Respekt vor dem großen Vogel, der mit seinem blau-weiß gebänderten Bug so wunderschön aussah. Er hatte ungefähr die gleiche Größe wie die zutraulichen Beos, die auf den Palmen vor ihren Hütten im Mekong gewartet hatten, bis jemand herauskam. Sie suchten die Gesellschaft der Menschen.

Noch immer begleitete sie ihr eigener Beo, wie sie den Dauerton, der tagtäglich in ihrem rechten Ohr summte, getauft hatte. Manchmal lauter, oftmals leiser. Während der vier Jahre, die sie jetzt als sechstes Kind der Familie Stern in Mainheim wohnte, war sie regelmäßig mindestens einmal im Monat mit dem Fahrrad zu Doktor Lavalette in das Kinderheim geradelt, hatte ihre Tablettenration abgeholt und Marita besucht. Über den Tinnitus in ihrem Ohr hatte sie der Ärztin niemals etwas gesagt. Genauso wenig sprach sie über ihre anhaltenden Durchfälle, die Appetitlosigkeit, ihre Kopfschmerzen, den Schwindel und die Schlafstörungen.

Das hatte verschiedene Gründe. Erstens mochte sie die Ärztin, die von Anfang an besonders fürsorglich gewesen war, und wollte nicht wehleidig wirken. Zweitens ahnte sie einen Zusammenhang, denn sie war bei ihrer extensiven Lexikonlektüre auch schon auf den Begriff »Nebenwirkungen von Arzneimitteln« gestoßen. Aber was sie vor allem zurückhielt, darüber zu sprechen, war ihre Angst. Sie wusste inzwischen längst, dass sie die Tabletten brauchte, um ihre Leistungen abzurufen. Heute war so ein Tag, der ihr das besonders verdeutlichte.

»Es tut mir leid, Claire, aber das ist wirklich das letzte Mal. Die klinische Studie ist seit zwei Jahren abgeschlossen, ich kann dich nicht so ohne Weiteres immer weiter mit unseren Medikamenten versorgen. Das ist doch gar nicht gut für dich!«

Den Satz hatte sie von Doktor Lavalette nicht zum ersten Mal zu hören bekommen. Aber meistens hatte die Ärztin sich schließlich doch überreden lassen und ihr die Tabletten gegeben. Gestern war sie eisern geblieben. Claire hatte sie angefleht. Das könne sie ihr nicht antun, sie brauche die Medikamente doch, sie könne sonst nicht lernen, nichts behalten, sei einfach nicht sie selbst. Wo Karin Lavalette sonst immer sanft und liebevoll wirkte, hatte sie plötzlich unerbittlich »Nein« gesagt. Sie wolle nichts mehr davon hören. Ihre Augen waren plötzlich so kalt und abweisend, dass Claire erschrak. Voller Verzweiflung war sie mit leeren Händen auf ihrem Fahrrad nach Hause gefahren.

Vorgestern war ihr Vorrat zu Ende gegangen, und heute hatte sie schon zittrige Hände. Die Konturen verschwammen, das Licht blendete sie, und sie merkte, wie sich eine merkwürdige Gleichgültigkeit in ihr ausbreitete.

»Sch-sch«, machte Claire viel zu sanft, um den Eichelhäher zu vertreiben und die kleineren Vögel wieder zum Zug kommen zu lassen, die in gebührendem Abstand warteten. Er ließ sich von ihren behutsamen Versuchen nicht beeindrucken. Sie verlor die Lust am Füttern, als der große hellbraune Nesträuber alles nur für sich beanspruchte, und drehte sich um, hatte jetzt den Blick auf das graue Schulgebäude frei. Es klammerte sich an den steilen Hang der Taunusstadt, als könnte es leicht den Halt verlieren. Das Wäldchen, an dessen Rand Claire stand, lag oberhalb der Schule und gewährte einen weiten Blick über den ausladenden Neubau. Der nüchterne Sichtbeton mit den Fensterrahmen in Blau, Gelb und Grün gefiel ihr nicht, aber er entsprach offenbar dem herrschenden Architekturstandard für öffentliche Gebäude. Das gleiche Muster hatte sie bei der Stadthalle und dem neuen Rathaus bemerkt und schon manchmal darüber nachgedacht, Architektur zu studieren und ganz neue Formen und Materialien zu verwenden. An ihren guten Tagen gab es so viele Gebiete, die sie interessierten. Biologie und Chemie waren ihre Lieblingsfächer, Deutsch und Französisch mochte sie auch. Alles fiel ihr leicht.

Zwischen Wäldchen und Schule lag eine Straße, die jetzt nach und nach mit Fahrrädern, Mofas, Mopeds und Kleinkrafträdern zugeparkt wurde. Fast alle Jungs kamen mit motorisierten Zweirädern zur Schule. Einige von ihnen standen ihr gegenüber in einer Gruppe zusammen und rauchten. Dazwischen die Mädchen, auch Caro war dabei, in engen Jeans, einer neuen Dauerwelle, die ihre Haare ziemlich angegriffen hatte, und einer Zigarette in der Hand. Caro überragte Claire um einen Kopf, ging in die neunte Klasse, Claire in die elfte, denn sie hatte zwei Klassen übersprungen und würde nächstes Jahr mit sechzehn, gleichzeitig mit ihrem Stiefbruder Habu, der zwei Jahre älter war, das Abitur ablegen. Keiner zweifelte daran, dass es bei ihr eine 1,0 werden würde – mindestens. Bei ihren Zieheltern hatte sie von Anfang an als etwas Besonderes gegolten, aber mit dem frühen Eintritt in die dünne Luft von Physik, Chemie und Algebra, Feinheiten französischer Literatur erklomm sie Höhen, in die keines der leiblichen fünf Kinder der Sterns folgen konnte. Erne und Tini hatten beide ordentlich die Schule abgeschlossen, gingen ihren Weg, doch alle hatten das Gefühl, Claire sei in eine höhere Sphäre versetzt. »In Wolkenhöhen«, nannte es Ma.

Jetzt hob Caro die Hand und winkte ihr zu, sie solle zu ihnen kommen. Claire bückte sich, hob drei zerknüllte Alufolien und zwei leere Colaflaschen auf, die die Schüler achtlos zwischen die Bäume geworfen hatten, und nahm sie mit.

»Sieh mal, deine Stiefschwester räumt den Wald auf!«, sagte der große Junge in der Motorradjacke neben Caro. Die anderen lachten noch darüber, als Claire über die Straße ging und auf sie zukam. Sie trug eine hellgelbe Jeansjacke und ausgestellte weiße Stoffhosen, was in den Augen der Clique als uncool galt. Ihre glatten schwarzen Haare fielen ihr fast bis zu den Ellbogen. Sie hatte sich erfolgreich dagegen zur Wehr gesetzt, sie jemals schneiden zu lassen, seit sie in die Schwimmbadstraße gezogen war, wofür ihr sogar Caro Bewunderung zollte. Ansonsten war einiges zwischen den beiden über all die Jahre missglückt. Claire konnte Gelesenes so lebendig repetieren, als wären es ihre eigenen Gedanken, dabei Stärke und Wärme ausstrahlen, doch unter alldem lag eine Verletzlichkeit, eine immer wieder aufkeimende Scheu. Stellte Caro ihr eine persönliche Frage, nach ihren Erlebnissen, nach ihrer Mutter, ihren Brüdern, oder nur nach der Landschaft in Vietnam, riss ihre Stimmung ab, und man konnte sehen, wie sie in eine Dunkelheit taumelte. Caro beobachtete Claire, spürte ihren Drang und ihre Angst, ihren Vorstoß und Rückzug, weil sie all das in sich selbst fühlte.

»Hey, Streberin, spielst du wieder mal Müll-Polizei?«, rief ihr ein Mädchen zu, als Claire die aufgesammelten Sachen in den orangefarbenen Plastikmülleimer steckte. Das Mädchen ließ das Papier ihres Mars-Riegels betont achtlos neben sich auf den Boden fallen und flötete: »Hoppala!«

»Lass sie in Ruhe, Birte!«, schnappte Caro, hob das Papier auf, rannte Claire hinterher, hakte sie unter und flüsterte: »Mach dir nichts draus!«

»Mach ich auch nicht!«, murmelte Claire mit versteinertem Gesicht und löste ganz sachte ihren Arm von Caros.

Warum war sie bloß neuerdings wieder so spröde?, dachte Caro. Seit vier Jahren lebte sie in ihrer Familie. Oft waren sie wie Freundinnen und Schwestern zugleich. Manchmal wie Fremde. Selbst wenn sie sich vor der Clique zu ihr bekannte, war es Claire heute offenbar nicht möglich, ihre demonstrative schwesterliche Zuneigung zu erwidern. Sie sah ihr hinterher, als sie alleine die Stufen zum Hintereingang der Schule hinunterging, genau als der Gong ertönte. Wenn sie ehrlich mit sich war, wusste sie ziemlich genau, warum Claire sich so distanziert verhielt. Und fast konnte sie es verstehen. Seit sie herausgefunden hatte, dass sie regelmäßig Tabletten einnahm, und sie damit konfrontiert hatte, war ihr Verhältnis getrübt, und Claire hielt sie auf Abstand.

»Jetzt aber schnell, sonst verpasst du womöglich die erste Zehntelsekunde Physik«, rief das Mädchen Claire nach. »Bestimmt erfindest du heute zusammen mit Meister Riedel die Elektrizität ganz neu oder die Atombombe!« Birte erntete damit einige Lacher. Als Claire nur kurz den Kopf zu ihr umdrehte, sah sie, wie sich Birte die Finger neben die Augen legte und ihre Lider straff zog. »Ching, Chang, Chung!«

»Halt die Klappe, Birte!«, fauchte Caro schroff. Ihr entging es nicht, wie Claire ihre Schritte beschleunigte und rasch hinter der Glastür verschwand.

»Sie ist einfach so dermaßen angepasst«, meinte der Lange mit der Lederjacke.

»Und so spießig!«, sagte ein anderes Mädchen, das stark lispelte. »Streberin halt.«

Caro schüttelte den Kopf: »Ihr habt ja keine Ahnung!«

Keiner von ihnen hatte es besonders eilig, in den Unterricht zu kommen. Das Thema Schule ging man locker an. Sie hatten neun Jahre bis zum Abi, der Numerus clausus war nur was für Streber. Der Rest kam irgendwie durch und hatte genug Zeit für Schülerzeitung, Theater-AG, Tischtennis und vor allem für die Clique. Aber Caro war es jetzt zu dumm. Gerade in Chemie konnte sie es sich nicht leisten, zu spät zu kommen, denn da stand sie bereits auf knapp fünf Punkten, in Physik leider auch. Sie griff die langen Henkel ihres Bastkorbs, der aussah wie eine Strandtasche, rannte die Stufen hinunter und kam, genau bevor sich die Tür schloss, im Fachraum für Naturwissenschaften an.

Claire stand nur zehn Meter entfernt im nächsten Fachraum und zog sich einen weißen Kittel an. Sie drehte ihre glänzenden Haare zu einem festen Zopf im Nacken und schnürte sie mit einem Haargummi zusammen, setzte sich eine schwarz gerahmte Schutzbrille auf und zog sie hoch auf die Stirn. Ein Mädchen strickte, manche sahen betont gelangweilt aus dem Fenster oder zur Decke. Die meisten beobachteten sie. Das Wunderkind, das zwei Klassen übersprungen hatte. Die Asiatin, die alles wusste und mit niemandem befreundet war. Sie spürte ihre Blicke, als sie den Plattenkondensator aufstellte, dahinter eine Lampe in Position brachte, eine Sprühflasche und das Mikroskop vorbereitete.

Physik war okay für sie, und ohne größere Anstrengung bekam sie immer die volle Punktzahl. Was war dabei?, fragte sie sich manchmal. Sie hatte einfach die Schulbücher durchgelesen und sich den Inhalt eingeprägt. Zugegebenermaßen war ihr schnell langweilig geworden, und sie hatte sich von Herrn Riedel auch noch die Lehrbücher der nächsthöheren Klasse ausgeliehen, sie an wenigen Abenden durchgearbeitet. Aber es war nicht ihr Lieblingsfach, und das war ihr heute besonders deutlich anzusehen. Sie spulte die Versuchsanordnung routiniert herunter, schrieb flüssig eine Formel dazu an die Tafel, sah fragend zu Herrn Riedel. Sollte sie den Versuch gleich selbst durchführen? Als er nichts sagte, setzte sie sich still in die vorderste Reihe auf ihren Platz. Eine weiche Woge leichter Übelkeit stieg in ihr auf, doch sie kämpfte dagegen an, spannte die Lippen, und sie verschwand.

»Danke, Claire!«, sagte er und begann mit dem Unterricht, während Claire eine Hand in ihre rechte Hosentasche schob, in der Hoffnung, die Konturen einer der kleinen Tabletten zu fühlen.

Aber da war nichts!

Ohne jede Hoffnung legte sie die Hände unter ihre Schenkel, damit sie nicht zitterten. Sie spürte die Blicke in ihrem Rücken und ließ ihre Gedanken absichtlich abschweifen, überlegte, wie sie Marita endlich aus dem Kinderheim holen konnte, denn sie war die Einzige von den jüngeren Kindern, die nicht adoptiert worden war. Huyen und Tao hatten längst ein neues Zuhause gefunden, wenn auch in weit entfernt voneinander liegenden deutschen Städten. Marita mit ihrem Silberblick, der nicht besser, sondern schlimmer geworden war, hatte keines der adoptionswilligen Elternpaare ausgesucht. Sogar Claires Pa und Ma ließen sich nicht erweichen, vor allem Pa nicht. Er meinte, sechs Kinder seien nun wirklich genug, und schickte ein extragroßes Schokoladen-Paket für Marita ins Kinderheim.

Claire legte sich die Hand auf das rechte Ohr, als der Ton wieder einmal anschwoll, und sah zu, wie einer ihrer Mitschüler von Herrn Riedel aufgerufen wurde und das Experiment durchführen sollte. Einerseits konnte sie nicht nachvollziehen, warum Frank so unbeholfen dastand und einfach gar nichts sagte. Andererseits tat er ihr leid, genauso wie ihr Marita leidtat. Hatten Gott und Jesus, zu denen sie inzwischen ab und zu betete, seit sie – Ma zuliebe – vom Buddhismus zum Protestantismus übergetreten war, dafür eine Erklärung? Zur Vorbereitung des Tages ihrer Taufe und Konfirmation bei Pfarrer Handstein hatte sie die Bibel von vorne bis hinten durchgelesen. Doch darin fand sich keine Antwort auf die Frage, warum die Welt derart ungerecht war. Weshalb die einen mehr konnten, schneller lasen, mehr behielten als die anderen, warum sie eine Familie gefunden hatte, Marita wohl bis zu ihrer Volljährigkeit in einem Heim bleiben musste. Warum ihre leiblichen Brüder hatten sterben müssen und ihre neuen Brüder lebten?

»Er liebt Gerechtigkeit und Recht, die Erde ist voll der Güte des Herrn«, war alles, was Ma auf ihre Frage erwiderte. So voll der gefühlvollen Sanftheit ihre Ziehmutter war, so flüchtig und leer empfand Claire ihre Worte.

Unbemerkt verstrichen mehr als fünf Minuten, in denen sich diese Bruchstücke, Fragen, Erinnerungen bedächtig vor ihr ausbreiteten, während Frank wie erstarrt vor der Versuchsanordnung stand.

Alle schienen zu warten, dass Herr Riedel sie aufrief wie sonst, wenn jemand etwas nicht wusste. Inzwischen wunderte sie sich nicht mehr, wie schlecht ihre Mitschüler waren. Schon in den ersten Wochen auf dem deutschen Gymnasium hatte sie mehr begriffen als alle anderen. Mit ruhigen Nerven und klarem Verstand überflügelte sie jeden Einzelnen. Sie war bereit, den Versuch vorzuführen. Als der Lehrer die Lippen öffnete, erhob sie sich schon leicht von ihrem Stuhl.

»Sprechen wir über den US-amerikanischen Forscher Robert Millikan«, sagte er, ohne sie dranzunehmen. Claire ließ sich wieder auf die Sitzfläche sinken.

»Wer hat schon einmal von ihm gehört?«

Er lief einige Zeit vor ihnen auf und ab, wartete, ob sich jemand melden würde, und seine Ledersohlen klackten auf den Fußbodenfliesen. Claire hob nicht den Arm, nicht einmal den Finger.

»Nun, man hätte nur einmal eines der hinteren Kapitel im Schulbuch aufschlagen müssen, dann wäre dem einen oder anderen hierzu womöglich eine Antwort eingefallen.«

Wieder wartete er und ließ mehrere Minuten der Unterrichtszeit verstreichen. Als sich immer noch niemand meldete, rief er Claire auf. Mit ruhiger, unaufgeregter Stimme gab sie ihr Wissen preis.

»Robert Andrew Millikan forschte an elektrischen Feldern und versuchte, die Elementarladung festzustellen. Ihm war bereits bekannt, dass Körper eine elektrische Ladung Q tragen können. Die Einheit der Ladung kannte man auch schon. Sie wurde in Amperesekunden oder Coulomb angegeben.«

Sie spürte ganz tief die negativen Gefühle, die sich in ihrem Rücken zusammenballten, fühlte deutlich, wie sich Neid und sogar Hass gegen sie richteten. Was sie tat, war eigentlich entsetzlich banal und grausam zugleich. Wie war sie bloß darauf verfallen, ununterbrochen Bücher zu lesen und deren Inhalt auch noch zum allergrößten Teil zu behalten? Was bewegte sie dazu, immer wieder in jedem Fach ihre Kenntnisse zu

Gehör zu bringen, obwohl sie dafür keiner bewunderte? Aber in ihrem Inneren gab es eine Antriebsfeder, war sie einmal aufgezogen, musste sie abgespult werden, ohne dass Claire in der Lage war, sie anzuhalten. Stellte man ihr eine Frage, dann gab sie Antwort, nüchtern, ohne Farbigkeit, ohne sie auszuschmücken, nicht zugespitzt, auch nicht mit Wenn und Aber, oder zögerlich, wie andere es taten. Der Gummi der Schutzbrille schnitt ihr in die Stirn, und sie zog sie aus.

»Ebenso kannte man die Coulomb'sche Anziehungskraft zwischen geladenen Teilchen, und man wusste, wie diese elektrische Kraft in einem Plattenkondensator bestimmt wurde.«

Claire fragte sich, warum es in dem Fachraum Ende September eigentlich so heiß war, und warf einen verzweifelten Blick zu den Jalousien über den großen Fensterflächen. Wenn man sie doch schließen könnte. Früher hatte ihr die feuchte Hitze im Mekong gar nichts ausgemacht. Alle starrten sie an, und sie besann sich wieder auf ihr Thema. Ihre Zunge fühlte sich pelzig an, als sie weitersprach.

»Bereits 1750 vermutete Benjamin Franklin, dass es eine kleinste Elementarladung e geben müsse. 1897 konnte dann John Townsend sogar eine Größenordnung für e von ungefähr 10 hoch minus 19 Coulomb angeben. Doch erst 1810 …« Claire schluckte. »Verzeihung … 1910 gelang Millikan der Durchbruch. Er verbesserte den Versuchsaufbau eines Kollegen und konnte so die Elementarladung recht präzise bestimmen. Unter anderem dafür erhielt er 1923 auch den Nobelpreis für Physik.«

»Danke, Claire.«

Er ging um das Pult herum. Claire suchte nach einem Tempo-Taschentuch in ihrer Schultasche und wischte sich die Schweißperlen von der Stirn.

»Schauen wir uns diesen Versuchsaufbau nun genauer an. Man braucht einen horizontalen Plattenkondensator an einer regelbaren Spannungsquelle. Im Kondensator bildet sich ein homogenes senkrechtes elektrisches Feld. Dieser Raum zwischen den Platten soll beobachtet werden, weshalb eine Lampe und ein Mikroskop mit Skalenstrichen benötigt werden.«

Er sah sich erneut um, wartete einen Moment, bis er fragte: »Wer möchte den Versuch durchführen?«

Wieder meldete sich niemand. Für Habu tat es ihr leid. Er war zwei

Jahre älter als sie und musste zusehen, wie seine Adoptivschwester ihn überrundete. Herr Riedel legte die Finger beider Hände vor seiner Brust aneinander und fragte, ob sich jemand in diesem Raum schon einmal mit der Kraft des Denkens beschäftigt habe. Natürlich hatte darauf keiner eine Antwort. Was sollte man auch darauf sagen, ohne ausgelacht zu werden?

»Diese Kraft ist sehr viel stärker, als Sie vielleicht glauben, ja, sie vermag die Welt zu ändern.«

Seine wachen Augen glitten über jeden Einzelnen der zwanzig Schüler. Er strich sich über den graubraunen Vollbart.

»Klare Gedanken sind die Keimzellen des Wandels, haben sie sich einmal in unseren Köpfen eingenistet, beginnen sie, unsere Handlungen zu prägen, und dann unser Verhalten.«

Der Reihe nach gelang es ihm, Blickkontakt mit jedem Einzelnen seiner Schüler aufzunehmen. Aber Claire war sich nicht sicher, ob sie ihn gerade richtig verstand. Sie hatten Physikunterricht, und er sprach von der Kraft des Denkens?

»Wie steht es, versuchen Sie einfach einmal Ihr Glück. Wenn Sie es nicht wissen: Denken Sie nach, jeder Einzelne von Ihnen. Es gibt kein Richtig oder Falsch. Wenn die Sache schiefgeht und irgendetwas Unvorhergesehenes geschieht: umso besser! Stellen Sie sich vor, Sie sind Robert Andrew Millikan und probieren einfach mal das eine oder das andere aus. Was kann die kleinen Öltröpfchen in einem elektrischen Feld zum Schweben bringen?«

Jetzt bedachte er Claire mit einem Blick, der ihr klarmachte, dass der nächste Satz an sie gerichtet war. Aber sie hörte seine Stimme gedämpft, als steckten dicke Wattepfropfen in ihren Ohren. »Es geht nicht nur darum, immer nur etwas auswendig zu lernen und zu repetieren. Sosehr ich diese Leistung schätze und unser Schulsystem sie belohnt, denn sie entspricht den Vorgaben des Lehrplans. Aber mir geht es um neue Erkenntnisse, um Impulse, und deshalb gibt es auch keinen Grund, sich vor einem Experiment zu fürchten.«

Konnte er nicht endlich aufhören? Oder bildete sie sich seine Worte nur ein? Kraftlos schüttelte sie den Kopf. Sie wollte nicht, dass es ihr erging wie den anderen, die durchschnittlich waren, die nichts lernten, sich nicht anstrengten und schlechte Noten bekamen. Sie wollte gut sein! Seine Worte hallten in ihren Ohren, als würden sie von den Wänden zurückgeworfen. Ihre Kehle fühlte sich trocken an, und sie sehnte sich nach einem Glas Wasser. Nach und nach begriff Claire, dass sie Entzugserscheinungen hatte, dass sie die Tabletten brauchte, jetzt sofort, und nie wieder ohne sie auskommen würde.

Den letzten Satz richtete er wieder an alle: »Hat man sich das einmal klargemacht, ist es dann nicht eine verlockende Idee, das eigene Leben als ein Experiment zu deuten?«

Claires Mitschüler rutschten auf ihren Sitzen hin und her. Er hatte sie zum Nachdenken gebracht. Von einem Physiklehrer waren sie solche Sätze nicht gewohnt, eher von ihrer Sozialwissenschaftslehrerin. Aber auf seine Frage »Also? Wer traut sich?« hin stand trotzdem niemand auf.

Um wieder inneren Halt zu gewinnen, konzentrierte sich Claire auf die Versuchsanordnung. Sie stellte sich hohe Fenster vor, in einer steilen Backsteinwand, einen langen Tisch und dahinter einen grauhaarigen Mann mit Bart und runder Brille: Andrew Millikan. Der Kondensator, das Mikroskop, die Lampe, die Flasche. Alles stand symmetrisch angeordnet auf dem Pult. Und sie war es, die nach vorne ging, wie von einer Schnur gezogen, obwohl sie inzwischen alle Bilder durch einen Schleier sah.

»Die Schutzbrille nicht vergessen«, erinnerte sie Herr Riedel.

Umständlich zog sie sich die Brille auf, justierte sie vor ihren Augen. Ihre Schläfen pochten.

»Mit einem Zerstäuber werden nun feine Öltröpfchen in den Kondensator gesprüht und beobachtet«, erläuterte sie, doch ihre Zunge fühlte sich an, als sei sie angeschwollen. Claire griff zu der Sprühflasche, zog mehrmals an dem Hebel, um das Öl zu versprühen, aber diesmal zitterte ihre Hand, und sie schloss kurz die Augen. Dann stellte sie sich neben den Kondensator, um den Blick für die anderen Schüler freizugeben, und taumelte leicht. Sie legte eine Hand auf das Pult, um Halt zu suchen.

»Warum schweben sie überhaupt?«, fragte Herr Riedel. »Sollten die Tröpfchen nicht wegen der Gewichtskraft nach unten fallen?«

Die Stille in der Klasse war für Claire fast unerträglich, in ihrem rechten Ohr wurde das Pfeifen lauter. Ihre Knie begannen tatsächlich zu zittern. Claire hätte sich gern hingesetzt, doch das würde sie nicht unaufgefordert tun, und darum bitten würde sie ebenso wenig. Wieder meldete sich kein Einziger, und schließlich nickte Riedel ihr zu.

»Beim Versprühen laden sie sich durch die Reibung elektrostatisch auf.«

Ihre Stimme war leise, klang monoton. Sie fühlte sich eigenartig entrückt, so als stünde eine dicke Glasscheibe zwischen ihr und dem Rest der Schüler. »Somit trägt ein Öltröpfchen eine Ladung Q, und im elektrischen Feld wird eine elektrische Kraft daraus.« Sie schwankte leicht, und Herr Riedel fragte, ob ihr nicht gut sei, aber sie schüttelte den Kopf und sprach weiter. »Für den Schwebezustand muss man die Spannung des Kondensators so einstellen, dass die elektrische Kraft entgegen der Gewichtskraft wirkt.« Sie drehte an dem Knopf des Kondensators. Ihr war übel, und als ihr auch noch heiß wurde, fuhr sie sich mit dem Handrücken über die Stirn. Doch ihre Hand war auch nicht kühler als ihr Gesicht. »Für ein positiv geladenes Öltröpfchen muss also die obere Platte negativ geladen sein. Genau genommen müssen wir noch eine dritte Kraft berücksichtigen. Da sich das Öltröpfchen in der Luft befindet, wirkt noch nach oben gerichtete Auftriebskraft.«

Sie deutete schwach auf die Formel, die sie zuvor an die Tafel geschrieben hatte, dann ging sie mit weichen Knien zu Herrn Riedel und flüsterte, sie müsse kurz zur Toilette. Als er nickte, zog sie die Schutzbrille ab, warf sie auf das Pult, hielt sich die Hand vor den Mund und stürzte aus dem Fachraum.

Caro sah während ihres Chemieunterrichts gerade gelangweilt aus dem Fenster. Plötzlich nahm sie eine Bewegung auf dem gegenüberliegenden Flachdach wahr. Sie hob den Kopf und sah genauer hin. Es war ein dünnes Mädchen mit langen dunklen Haaren, einer weißen Hose und einem weißen Kittel, das ganz oben direkt am Vorsprung stand: Claire!

Die anderen hatten es jetzt auch bemerkt, schrien auf und rannten zum Fenster.

»Da, sie will springen!«

Keiner wusste, wie sie dahin gelangt war, denn die oberste Tür des Treppenhauses war normalerweise verschlossen.

»Schwebezustand«, murmelte Claire, als sie oben an der Kante des Dachs stand und in die Ferne sah. Von hier hatte man einen weiten Blick über die Rhein-Main-Ebene bis hinüber zu den unzähligen hohen Schloten der Ruberus AG. Wie merkwürdig diese riesige quittengelbe Wolke dort im Osten aussah! Fast wie ein aufgeblasenes Kinderplanschbecken, das zwischen den beiden höchsten Schornsteinspitzen justiert war. Aber vielleicht bildete sie sich den Anblick auch nur ein.

»Ist es nicht eine verlockende Idee, das eigene Leben als Experiment zu sehen?«, wiederholte sie die Worte ihres Physiklehrers und breitete die Arme aus. Sie sah nach Westen, in die Wolkengebilde, die sich in der Ferne über den Gipfeln des Taunus formiert hatten und gegen den Horizont drückten. Die dunklen Silhouetten einiger Vögel, die ihre leichten Körper in den Wind fallen ließen, hoben sich davon ab. Das war es! Schweben, fliegen! Sie wusste, dass ihre Sehnsucht vollkommen irrsinnig war. Irrationales Verhalten, das eine Leere füllen sollte. Wie eine sanfte Woge stieg das Verlangen nach Erlösung in ihr auf. Mit dumpfem Blick sah sie zu, wie ganz weit unten auf der Straße ein klitzekleiner roter VW Käfer entlangfuhr, der so possierlich wirkte wie ein Spielzeugauto. Der Windhauch, der eine Haarsträhne über ihr Gesicht wehte, roch nach Leben und Tod zugleich, aber sie spürte jetzt einen unwiderstehlichen Drang, einen Sog, der ihr keine Wahl ließ, und löste die rechte Fußsohle vom Boden.

HELGA SCHÖNWETTER

Es war kurz vor neun, als Helga Schönwetter mit einem Hundenapf in der Hand die Terrassentür aufschob und auf die Betonfliesen trat. Toxy begann sofort zu knurren, als Clärchen ihr ins Freie folgte. Für die Boxerhündin im Zwinger musste es eine ständige Provokation sein, den frei laufenden weißen Bullterrier vor der Nase zu haben. Clärchen schien sich dessen bewusst zu sein und hockte sich meistens ganz in die Nähe des Zwingers, um ihr ausgiebiges Morgenpipi auf dem Rasen loszuwerden. Danach schnüffelte sie noch in der einen oder anderen Ecke des Gartens und tat so, als sei Toxy Luft für sie. Warum wurde der Boxer im Zwinger gehalten? Noch nicht einmal Helga hatte darauf eine zufriedenstellende Antwort. Wenn Minka das Thema aufbrachte und von »nicht artgerechter Hundehaltung« sprach, erntete sie Schweigen oder Andeutungen ihrer Eltern, wie bissig sie sei. Es hatte wohl einen Vorfall gegeben, der jedoch im Dunklen blieb. Die Alternative sei Einschläfern oder ein Maulkorb, und den müsse ihr erst einmal jemand anziehen.

Helga ging durch den Garten, bemüht, ihren Fuß nicht auf den Rasen, sondern nur auf die rechteckigen Waschbetonfliesen zu setzen, die im Abstand von fünfzig Zentimetern verlegt waren. Sie schob Toxy ihren vollen Fressnapf durch eine Luke im Zwinger, sah zu, wie sich die Boxerhündin darauf stürzte und ihr Futter in wenigen Sekunden nahezu inhalierte.

Der Wind hatte aufgefrischt, Helga bewegte die Nasenflügel. Es roch nach feuchter Erde, nach Morgentau, aber da war noch eine andere, eine bittersüße Note in der Luft. An der hellroten Farbe der Dachziegel auf der Garage sah sie, dass in der Nacht kein Regen gefallen war. Das quadratische Rasenstück wirkte an diesem Morgen sattgrün, obwohl das Gras nur spärlich wuchs. Zu wenig Sonne begünstigte Moos und Unkraut, keinen gepflegten englischen Rasen. Sie hatte nie verstanden, warum ausgerechnet das Grundstück, auf dem vor fünfzehn Jahren das Haus für den Bürgermeister errichtet worden war, so ausgesucht wurde, dass nur der Vorgarten nach Süden, der Hauptgarten und die Terrasse aber nach Norden ausgerichtet waren. Man hätte damals die freie Wahl gehabt, als die Flurstücke des Schwimmbadviertels aufgeteilt worden waren. »Man« war kein Geringerer gewesen als Velten Schönwetter, ihr Schwiegervater. An dessen Entscheidungen verbot sich jede Kritik von selbst. Jeden Tag konnte sie aus ihrem schattigen, vermoosten Garten zusehen, wie der angrenzende Rasen der Sterns im schönsten Sonnenschein lag und prächtig gedieh. Bei Sterns hingen bereits die Bettdecken über der Balkonbrüstung. Ordentlich nebeneinander, acht an der Zahl, wie jeden Morgen. Abends würden sie nach Schokolade riechen. So war es wohl gewollt, in der Familie des Schokoladenfabrikdirektors, dachte Helga. Doch der Geruch, den sie jetzt in ihrer Nase spürte, war auf keinen Fall schokoladig, nicht die Spur. Sie blickte auf die Uhr, vergewisserte sich, dass es die übliche Zeit war, zu der sie Toxy fütterte und ihren Kaffee trank. Normalerweise waren um neun Uhr die Conchen der Cassada schon angeheizt, und die erste ölige Duftglocke legte sich über ganz Mainheim.

»Vielleicht ist Stern heute zu spät in die Fabrik gefahren«, sagte sie im Spaß zu Clara und ging durch die Terrassentür, zurück in die Küche. Natürlich war sie nicht naiv und wusste, dass die Abläufe in der Cassada auch ohne die Anwesenheit ihres Chefs vorangingen wie immer.

In der Maschine war der pechschwarze Kaffee fertig durchgelaufen und dampfte heiß aus der Glaskanne, die bereit für den Vormittag auf der Wärmeplatte stand. Der Duft des starken Filterkaffees erfüllte die Küche. Sie mochte die Stunden, wenn das Haus leer war. Wenn die Haustür hinter Harald zufiel, begann ihr eigentliches Leben. Stunden, in denen sie sich keine Gemeinplätze über die Borniertheit der Unionspolitiker anhören musste, die Kleinkariertheit der Stadtverordneten, die Arroganz der Konservativen und Skrupellosigkeit der Unternehmer. Ab und an redete sie ihm zu, häufiger bei Hansen zu Mittag zu essen, um mit den einfachen Leuten in Kontakt zu bleiben, über alles auf dem Laufenden zu sein, das Ohr direkt am kleinen Mann auf der Straße zu haben, damit er mittags nicht heimkam.

Sie schenkte sich einen Henkelbecher mit rotem SPD-Schriftzug randvoll. Helga Schönwetter war eine seiner eifrigsten Wahlhelferinnen, denn nichts fürchtete sie so sehr wie den Tag, an dem er seinen Sessel im Rathaus räumen musste. Sein Ruhestand war das Ereignis, das ihr bis heute die meiste Angst einjagte, nicht Krankheit oder Tod. Mit der Tasse in der Hand ging sie zurück auf die Terrasse, spürte einen bitteren Geschmack auf der Zunge, trank den ersten Schluck Kaffee, hielt den angefeuchteten Finger hoch, um zu spüren, woher der Wind kam. Dann hob sie den Kopf, blickte zwischen den beiden Pappeln hindurch in den Himmel, erwartete ihn strahlend blau, wie es bei Ostwind normalerweise der Fall war, verschluckte sich und bekam einen Hustenanfall. Das Stück Himmel östlich der rechten Pappel war nicht blau, sondern quittengelb. Die schlierige rote Sonne gab kaum Licht und wirkte wie eine verschwommene rote Scheibe. Gleich trägem Rauch in rußigen Schleiern kam eine dunkelgelbe Wolkenwand genau auf sie zu, und im ersten Moment dachte Helga, das dahinter liegende Land stehe in Flammen. In ihrem Zwinger begann Toxy, wie besessen zu bellen. Unmittelbar setzte ein empfindliches Stechen in Helgas Kehle ein. Sie pfiff auf zwei Fingern. »Clara, hierher!«

Wie ein weißer Pfeil schoss Clara an ihr vorbei, zurück ins Wohnzimmer. »Tut mir leid, Toxy«, flüsterte Helga, als sie das verzweifelte Bellen der Boxerhündin hörte. »Aber du musst draußen bleiben.« Diesmal hatte sie wirklich Mitleid mit der Hündin. Als würde sie ihre Worte verstehen, verstummte die Hündin, zog die Schulterblätter hoch, legte die Ohren zurück, und ihre ganze Haltung drückte Furcht und Unbehagen aus. Clara hatte sich auf die Türschwelle gelegt und beobachtete die Szene, wie ihre Artgenossin draußen zurückgelassen wurde, mit heraushängender Zunge und lautem Hecheln. Helga war versucht, ihr eine Erklärung abzugeben, so vorwurfsvoll erschien ihr Claras Blick. Aber sie warf die Terrassentür zu, schob den Hebel hoch, um sie zu verriegeln, als könnte sie damit die gelbe Luft aussperren. Sie rannte zum Telefonapparat im Flur, nahm den Hörer ab und klammerte sich mit einer Hand an die Teakholzstange des Raumteilers, während sie darauf wartete, dass ihr Mann endlich abnahm.

»Harald! Da kommt eine gelbe Giftwolke auf uns zu, nein, sie ist schon da! Tu was! Du musst etwas unternehmen!«

Sie lauschte, wie ihr Mann sie seelenruhig fragte, wovon sie spreche und was sie mit Giftwolke meinte.

»Geh ans Fenster und schau sie dir einfach an!« Ihre Stimme klang erstickt. »Mein Gott, die Kinder! Wir müssen die Schulen warnen, gleich ist große Pause, und die Kindergärten und die Mütter mit noch kleineren Kindern auf den Spielplätzen, in den Gärten! Denk an Seveso! Alle müssen in die Gebäude! Lös die Sirene aus! Und Radiodurchsagen, die macht man doch in solchen Fällen.«

Klick. Ihr Mann hatte aufgelegt.

Helga wartete, sie atmete flach, so als könnte sie auch hier im Haus durch ein zu tiefes Luftholen die giftigen Gase in ihre Lungen befördern. Und aus einem Instinkt heraus war sie überzeugt, dass sie giftig waren. Wo waren jetzt ihre Kinder?, fragte sie sich. Marc war zur Vorlesung gefahren und in Frankfurt vermutlich außer Gefahr. Aber Minka und Golo! Die Gesamtschule lag im Osten von Mainheim und würde zu den Ersten gehören, bei denen die Wolke ankam. Helga Schönwetter spürte, wie ihr das Blut in die Beine sackte, ihre Hände wurden eiskalt. Unmöglich konnte sie hier in Untätigkeit verharren, während sie glaubte, dass ihre Kinder in Gefahr waren. Sie nahm den Autoschlüssel aus der Holzschale neben dem Telefon, schlüpfte in ihre Stiefeletten und schickte Clara auf ihr Kissen.

Während sie fuhr, beugte sie sich nach vorne, um die gelbe Wolke im Blick zu behalten. Als sie an der roten Ampel vor der Kreuzung Mainzer Landstraße wartete, setzte Regen ein. Die großen Tropfen, die auf ihrer Windschutzscheibe landeten, waren quittengelb, und gleich nachdem sie die Scheibenwischer einschaltete, bewegten sie sich, als würden sie von etwas festgehalten. Sie hinterließen klebrige Schlieren, durch die Helga kaum etwas sehen konnte.

Was war das für eine Substanz, die da vom Himmel fiel?, dachte Helga, setzte den Blinker und bog in die Hofheimer Straße ein. Es war eine widerliche harzige Masse, die auf Autos und Gebäude niederging, sich auf Blumenbeete und Bürgersteige legte, auf Verkehrsschildern und Grünflächen kleben blieb. In gelben Bahnen liefen die Rinnsale über die lächelnden Gesichter der Politiker auf den Wahlplakaten, die an jedem Laternenmast hingen. Der Regen peitschte das Städtchen und verdunkelte alles, bis auf die wenigen Menschen, die noch auf den Bürgersteigen unterwegs waren. Vereinzelte Gestalten in gelbem Ölzeug, Kapuzen über dem Kopf, die anderen mit Schirmen, pressten sich Tücher vor die Gesichter. Helga konnte kaum etwas durch die Scheibe sehen, die immer trüber wurde, und fuhr nur im Schneckentempo. Dabei wartete sie die ganze Zeit darauf, dass endlich der Alarm einsetzte. Warum hörte sie keine Sirene?

Fieberhaft versuchte sie, die Fakten zusammenzusetzen. Der Wind aus Osten, die Wolke, der quittengelbe Regen, die grelle Farbe.

»Farbe fällt nicht vom Himmel!«, sagte sie laut zu sich selbst. Wo sollte die Farbe anderes herkommen als aus der Chemiefabrik, der Ruberus AG, von der jeder wusste, dass sie mit der Produktion von Farben groß geworden war.

Als sie über den Hessendamm fuhr, sah sie linker Hand den Stadtweiher, in dem sich bereits gelber Schaum gebildet hatte. Alle Autos fuhren langsamer als sonst, jeder hatte Probleme mit den Scheibenwischern, die nicht mehr richtig arbeiteten. Sie bog in die Schulstraße ein, um zuerst in der Grundschule nachzusehen, ob man ihre Hilfe brauchte. Tatsächlich waren etwa zwei Dutzend Kinder auf dem Schulhof, die mit ausgestreckten Händen durch den gelben Regen rannten, in die gelben Pfützen sprangen und lachten. Helgas wichtigste Eigenschaft bestand darin, dass sie fast in jeder Lebensphase Ruhe bewahrte. Sie fuhr neben den Schuleingang, parkte mit zwei Rädern auf dem Bordstein, öffnete die Tür nur so weit, dass sie ihren Schirm aufspannen konnte, und stieg aus. Die Luft roch nach bitteren Mandeln. Schon als sie auf die Kinder zulief, rief sie mit strenger, aber ruhiger Stimme: »Ihr müsst jetzt alle sofort in eure Klassenräume gehen. Das ist ein Befehl vom Bürgermeister.«

Die Kinder sahen die Frau mit den hohen Stiefeletten und dem lila Frotteeanzug zuerst ungläubig an.

»Los, worauf wartet ihr noch? Macht, dass ihr reinkommt!«

Helga Schönwetter vermittelte den Grundschülern trotz ihres Aufzugs ihre natürliche Autorität. Sie musste den Satz nicht nochmals wiederholen. Die Kinder rannten in Richtung Eingang und verschwanden im Inneren. Helga Schönwetter ging ihnen nach und suchte nach einer Lehrerin oder einem Lehrer, entdeckte zwei in einem Seitengang, in ein Gespräch vertieft.

»Haben Sie keine Augen im Kopf? Da draußen regnet es Farbe vom Himmel. Um Gottes willen lassen Sie die Kinder im Gebäude, bis es aufhört.«

Von den beiden Lehrkräften erntete sie nur ungläubige Blicke. »Und waschen Sie den Kindern, die draußen waren, am besten den Kopf und die Hände.«

Als die beiden sie immer noch nicht verstanden, zeigte sie ihnen den ehemals schwarzen Schirm, von dem die harzige, gelbe Masse tropfte.

»Igitt, was ist das denn?«, fragte die Lehrerin sichtlich angewidert.

»Wasserfarbe!«, sagte ein kleines Mädchen neben ihnen und strich sich eine gelbe Haarsträhne aus dem Gesicht.

Als Helga das Schulgebäude verließ, war der Regen noch stärker geworden. Sie sah hinüber zum Rathaus, das so ungestört hinter den gelben Regenschnüren lag wie immer. Kein Anzeichen von Betriebsamkeit vor oder hinter den schlierigen Fenstern. Auch der Eingang mit seinem lang gezogenen braunen Vordach war vollkommen verwaist. So wie es der Bürgermeister mochte. Hatte es Sinn, jetzt zu ihrem Mann zu gehen und ihm und seinem Beamtenstab Beine zu machen?

Helga spannte ihren Schirm auf, blickte über den leeren Schulhof, hätte erwartet, hier auf mehr besorgte Eltern zu treffen, die ihre Kinder abholten. Aber nur zwei andere Autos kamen jetzt angefahren und stellten sich hinter ihren Opel Kadett. Sie sprach kurz mit den Müttern, ohne dabei ihre Wortwahl genau abzuwägen, ohne zu bedenken, ob die Ausdrücke »Giftwolke« und »Chemieregen« der Situation wirklich angemessen waren. Der Wind pfiff so heftig durch die Straßen, dass sie schreien musste. Sie ahnte nicht, dass man ihr später vorwerfen würde, sie habe die Eltern aufgewiegelt.

Rasch stieg sie wieder in ihr Auto, schüttelte im Spalt der halb offenen Tür den Schirm aus und fuhr weiter, am Rathaus vorbei, bog rechts ab, in die Rheinlandstraße, an der Freiwilligen Feuerwehr vorbei. Auch dort war alles ruhig, die Garagen geschlossen, kein Anzeichen deutete auf das bevorstehende Ausrücken eines Löschzugs hin. Langsam setzte Helga ihre Fahrt fort, bog nach rechts in die Elsa-Brändström-Straße und sah nach vorne auf die schnurgerade Allee, die genau auf den Komplex der Gesamtschule zuführte. Sie war als Blickachse konzipiert. An ihrem Ende sollte man den grauen Kubus des Schulgebäudes erblicken, den ihr Mann sich als »Quasi-Denkmal« gesetzt hatte. Doch konnte sie durch das gelbe Wasser, das immer noch sintflutartig vom Himmel kam, in diesem Moment nicht einmal die Umrisse erkennen. Der Bürgersteig war wie leer gefegt. Inzwischen hatte sich jeder Mainheimer, der halbwegs bei Verstand war, ins Trockene gerettet.

Als sie an der Gesamtschule ankam, war der Schulhof menschenleer.

Mopeds und Fahrräder standen in den Ständern, Sättel und Lenker bereits mit einer harzigen gelben Schicht überzogen, genauso wie der Waschbeton, auf dem sie abgestellt waren. Es war jetzt zwanzig Minuten vor zehn. Offenbar hatte der Regen die Schüler davon abgehalten, überhaupt in der großen Pause nach draußen zu gehen. Sie hielt an und überlegte. Die Parkplätze waren so weit vom Eingang entfernt, dass sie über fünfzig Meter im Regen zurücklegen müsste und dann mit den Kindern wieder den gleichen Weg zurück – und sie hatte nur einen Regenschirm im Auto. Wenn es wirklich giftig war, was da vom Himmel fiel, konnte ihnen ausgerechnet diese Minute im Freien zum Verhängnis werden. Mit Warnblinkanlage bis vor den Eingang fahren und als einzige Mutter ihre Kinder abholen? Ihr wurde klar, dass sie das unmöglich tun konnte, dass sie warten musste, warten, bis der Regen aufhörte. Noch immer bewegten sich die Scheibenwischer im Zeitlupentempo hin und her, verteilten das klebrige Etwas auf ihrer Windschutzscheibe. Sie drehte den Zündschlüssel und stellte den Motor ihres Opel Kadett ab, sodass die Wischblätter schräg über der Scheibe anhielten. Helga Schönwetter legte den Kopf auf das Lenkrad und schloss die Augen. Warum machte nicht endlich jemand die verdammte Sirene an?

MARITA

Als Frau Hartmann den Deutschunterricht beendete, war Marita die Erste, die den Klassenraum verließ. Und sie war auch die Einzige, die den Garten betrat, obwohl es regnete. Sie hielt es im Inneren des Kinderheims einfach nicht mehr aus. Manchmal kam es ihr vor, als wohnte sie in einem bösen Märchen, wie Schneewittchen im Haus der Zwerge. Die Stühle, die Tische, die Bücher, der Lehrstoff, alles war für jüngere Kinder gemacht. Sie langweilte sich, lernte nichts Neues mehr dazu, war aus allem herausgewachsen und musste doch immer noch hierbleiben. Bis sie sechzehn war, dann käme sie in ein Heim für Heranwachsende, hatte ihr Frau Rose erklärt. Sie ging die drei Stufen hinunter, hob den Kopf und sah in den Himmel.

Die tiefe dunkle Wolke hatte eine ungewöhnliche Farbe. Die Regentropfen, die auf ihr Gesicht und ihre ausgestreckten Hände fielen, fühlten sich warm und klebrig an. Auf ihren Brillengläsern hinterließen sie gelbe Schlieren. Der durchdringende Geruch nach bitteren Mandeln erinnerte sie an die Marzipanbrote aus den Weihnachtspaketen der Cassada. Sie machte einige Schritte in den Garten, streckte die Arme aus und begann, sich um die eigene Achse zu drehen. Heute war ein besonderer Tag. Gelber Regen fiel vom Himmel, und sie war die Einzige, die draußen war und ihn auffing. Er durchnässte ihre Haare, die bald in nassen, harzigen Strähnen über ihrem Gesicht klebten. Durch die Brille konnte sie fast nichts mehr sehen. Ihr wurde schwindelig. Bloß nicht stehen bleiben, immer weiterdrehen, sagte sie sich und wusste nicht einmal, warum sie das tat. Sie verlangsamte ihre Schritte, taumelte leicht, beugte sich nach vorne, stützte sich auf dem matschigen Rasen ab und ließ sich darauf hinabsinken. Als sie flach auf dem Bauch lag, das Gesicht in dem nassen Gras, die Lippen in einer Pfütze, tief den eigentümlichen bitteren Duft einsog, fühlte sie sich plötzlich ruhig und dem Leben vollkommen gewachsen.

»Marita!« Die Stimme schien aus ihrem Inneren zu kommen. »Marita, was tust du da?«

Es war die Stimme von Frau Rose. Sie klang erschrocken, entsetzt, voller Sorge. Marita blinzelte und hob den Kopf. Vor ihren Augen verschwamm alles zu einem hellen gelben Fleck. Eine Hand packte sie am Arm und zog sie hoch. Ihre Brille fiel in den Matsch. Es war Frau Richard, die sie aufhob und ihr reichte. Dann hakte sie sie unter und schob sie über den Rasen, der sich inzwischen in einen gelben Sumpf verwandelt hatte. Als sie im Hauseingang ankamen, standen dort Frau Rose und Frau Hartmann, dahinter liefen neugierig die Mädchen zusammen. Alle starrten auf Marita, die mit triefenden Haaren und voller gelbem Schlamm wie auf einer Bühne vor ihnen stand. Manche verzogen das Gesicht, wegen des durchdringenden bittersüßen Geruchs, den sie verströmte. Frau Richard legte ihr ein Handtuch über den Kopf und begann zu rubbeln, aber Frau Rose sagte: »Besser nicht. Ich glaube, wir stellen sie lieber gleich unter die Dusche! Wonach riecht das denn, was ist das bloß für ein Zeug?«

»Nach bitteren Mandeln!«, meinte Frau Richard.

Zu zweit brachten sie Marita nach oben. Frau Rose ging durch den langen Korridor voraus, über das grüne Linoleum. Ihr blaues Kleid verschwamm mit dem Boden vor ihren Augen zu einer türkisen Masse. Man schälte ihr die klitschnassen Kleider vom Leib, schob sie unter die Dusche, und jemand drehte den Hahn auf. Im Licht der grellen Neonlampen musste sie blinzeln. Das Wasser war erst zu heiß, dann zu kalt. Marita ließ alles mit sich geschehen, ließ sich von Frau Richard am ganzen Körper mit Seife abschrubben und die Haare shampoonieren. Es war nicht von Bedeutung. Das Wasser, das aus dem Duschkopf kam, verwandelte sich zu gelber zäher Soße. Sie spürte den Marzipangeruch in ihrer Nase und auf ihren Schleimhäuten. Seltsames tat sich in ihrem Inneren, aber das war sie gewohnt. Die vielen verschiedenen Medikamente, die sie in ihrem Leben schon eingenommen hatte, waren von ganz unterschiedlichen Nebenwirkungen begleitet worden. Sie maß dem inzwischen keine Bedeutung mehr bei. Sie wusste nicht, wie lange sie unter der Dusche stand, vielleicht zehn Minuten, vielleicht eine halbe Stunde. Ihre Beine zitterten, ihre Knie waren weich.

Irgendwann wurde das Wasser abgedreht, und man hüllte sie in ein Handtuch, frottierte sie ab. Sie hörte ein Flüstern, leise Stimmen, doch sie konnte inzwischen nicht mehr auseinanderhalten, von wem sie kamen.

»Sehn Sie mal, wie rosig ihre Haut ist!«

»Kein Wunder, wenn sie so abgerubbelt wird.«

»Nein, das ist nicht normal. Sie ist purpurfarben, wie eine Himbeere, überall!«

Dann setzten die Krämpfe ein und der Würgereiz. Alles, was Marita an diesem Tag gegessen hatte, wurde aus ihrer Speiseröhre nach oben gedrückt und kam in einem Schwall aus ihrem weit geöffneten Mund. Frau Richard sprang entsetzt zurück, aber Frau Rose hielt ihren zitternden Körper fest, als sie sich nach vorn beugte und immer wieder erbrach, bis nur noch Wasser aus ihrem Magen kam.

»Soll ich Ihre Schwägerin anrufen?«, fragte Frau Richard mit zitternder Stimme.

»Meine Schwägerin ist auf Hochzeitsreise. Rufen Sie den Notarzt.«

CLAIRE

Der Anruf aus dem Lehrerzimmer der Main-Taunus-Schule ging um 9.38 Uhr bei der Notrufzentrale ein. Bis der Krankenwagen am Unfallort eintraf, leistete ein Arzt, der seine Praxis gegenüber der Schule hatte, Erste Hilfe, brachte das Mädchen, das vom Schuldach gefallen war, in die stabile Seitenlage.

»Gefallen«, lautete die Sprachregelung, obwohl zwei Schulklassen gesehen hatten, wie sie mit ausgebreiteten Armen einen Schritt nach vorne getan hatte.

»Sie hat Glück gehabt!«, sagte er zu dem eintreffenden Notarzt. »Ist auf einem Vorsprung aufgekommen, der nur drei Meter tief war. Ich vermute eine Fraktur des rechten Sprunggelenks.« Tatsächlich war Claire die terrassenförmige Architektur des Schulgebäudes zugutegekommen. Sie hatte sich nicht abgestoßen, sondern nur senkrecht fallen lassen, und war deshalb in dem neunzig Zentimeter breiten Kiesbett gelandet, das sie vorher gar nicht wahrgenommen hatte. Mit dem Krankenwagen wurde sie in das Hofheimer Krankenhaus gebracht, wo ihr Fuß geröntgt und anschließend eingegipst wurde.

Ma holte sie dort ab und fuhr sie nach Hause.

Es war fast ein Uhr, als sie von der Hofheimer Straße in das Schwimmbadviertel einbog. Claire saß mit bleichem Gesicht auf dem Beifahrersitz, streckte ihr Gipsbein in den Fußraum und kaute auf den Lippen herum.

Mas Frage »Wie bist du denn bloß auf das Dach gekommen?« schwebte durch den Wageninnenraum und heftete sich an den vergilbten Autodachhimmel mit den klitzekleinen schwarzen Pünktchen. Claire gab einfach keine Antwort.

»Ich fahre noch bei der Apotheke vorbei, um dir die Schmerzmittel zu holen«, sagte Ma mit sanfter Stimme. »Oder soll ich dich zuerst zu Hause absetzen, damit du dein Bein hochlegen kannst?«

»Nein danke, es geht schon.« Statt gleich am westlichen Ortseingang links ins Schwimmbadviertel abzubiegen, fuhr Ma geradeaus, Richtung Stadtmitte. Bis zur Mainzer Landstraße war kein Tropfen Regen gefallen, die Straßen waren trocken, der Asphalt grau, alles schien normal. Doch als sie auf den Hessendamm einbogen, veränderte sich schlagartig das Geräusch der Reifen, es klang gedämpft, als würden sie auf eine schneebedeckte Straße fahren.

»Was ist das?«, fragte Claire. Der Straßenbelag war mit einer glänzenden gelben Schicht überzogen. »Oh schau mal, das Wasser!«, rief Claire. Auf dem Stadtweiher lag schmutzig gelber Schaum.

In der Hauptstraße waren einige Ladenbesitzer dabei, die Schaufenster zu schrubben, die schmutzig gelbe Schicht ließ sich kaum lösen. Ma parkte den Wagen vor der Apotheke, stieg aus und atmete den scharfen Geruch nach bitteren Mandeln ein. Sie blieb vor einem Auto stehen, an dem der Lack großflächig abblätterte, und schüttelte den Kopf. Der Wagen davor sah genauso aus. Mit ihrem Rezept ging sie direkt an den Tresen. »Was ist denn da draußen los?«, fragte sie mit gedämpfter Stimme.

»Haben Sie noch nichts davon gehört, Frau Stern? Ein Störfall bei Ruberus. Man weiß noch nichts Genaues, aber es soll wohl ein Sicherheitsventil in einem Hochdruckbehälter geplatzt sein. Manche Anwohner haben auch einen Knall gehört. Und bald danach kam dann der gelbe Regen.«

»Gelber Regen?«, wiederholte Ma. »Ich war in Hofheim und hab meine Tochter abgeholt, sie hat sich das Bein gebrochen.«

»Ach herrje!«

»Und ist dieser Regen in ganz Mainheim gefallen? Ich hatte den Eindruck, bis zur Mainzer Landstraße war alles trocken.«

»Das kann ich Ihnen nicht sagen.« Frau Traub stempelte das Rezept ab und gab ihr die Packung Paracetamol.

»Also wenn ich richtig verstehe, ist halb Mainheim nun mit diesem gelben Zeug verseucht?«

»Ja, so ist es wohl, und wenn Sie mich fragen, Frau Stern, ist das nicht ungefährlich. Allein der Geruch!«

»Ja, es riecht nach bitteren Mandeln, finde ich.«

»Ganz genau, das habe ich auch gedacht. Und was beinhalten bittere Mandeln? Wir Hausfrauen wissen das natürlich.«

»Blausäure«, sagten beide Frauen gleichzeitig, und in ihren Gesichtern spiegelten sich die Gedanken, die das Ausmaß und die Folgen der Katastrophe zu erfassen suchten.

»Wenn ich es mir recht überlege, wäre es besser gewesen, das Ventil wäre in der Cassada geplatzt. Dann hätten wir jetzt über ganz Mainheim eine Schokoladenkuvertüre.«

Ma lächelte schwach. Natürlich wusste die Apothekerin, dass Pa der Direktor der Cassada war, und anscheinend wollte sie wohl einfach noch etwas Nettes sagen.

»Das ist eine hübsche Vorstellung.«

»Gute Besserung für Ihre Tochter. Welche ist es denn, ich meine, mit dem gebrochenen Fuß.«

»Danke. Es ist Claire.« In den Augen der Apothekerin sah sie eine Veränderung, die sie schon öfter beobachtet hatte. Die meisten kannten den Namen ihres adoptierten Kindes. Es hatte in der Kleinstadt natürlich die Runde gemacht, dass die Direktorenfamilie ein vietnamesisches Waisenkind adoptiert hatte. Manche fanden es großzügig, manche übertrieben, viele tuschelten darüber. Ma wollte das alles gar nicht wissen. Frau Traubs Lächeln wirkte jetzt vordergründig freundlich, und das reichte ihr.

»Passen Sie auf sich auf!«, rief ihr die Apothekerin hinterher.

»Sie auch!«

Als Ma zum Auto ging, sah sie die gelbe Schicht auf dem Bürgersteig und die Blasen auf den Autolacken mit anderen Augen. Ohne Zweifel bestand eine Gefahr für alle Bewohner und für ihre Familie. Sie hob den Kopf. Der Himmel war jetzt von einem hellen Babyblau, als wolle da oben jemand klarstellen, nichts mit dem Schlamassel hier unten zu tun zu haben, dachte sie. Ma schickte ein kleines Gebet auf den Weg, in dem sie dafür dankte, alle Kinder in Hofheim auf die Schule geschickt zu haben.

HARALD SCHÖNWETTER

Zwei Straßen weiter, im ersten Stock des Rathauses, war Schönwetter auf hundertachtzig. Die Informationspolitik durch die Werksleitung der Ruberus AG in den Stunden nach dem Störfall war unterirdisch schlecht. Es wurde verharmlost, beschwichtigt, kleingeredet. Niemand sagte etwas Definitives. Es hieß nur, es bestehe keine konkrete Gesundheitsgefahr.

»Ich möchte sofort mit Zenker reden!«, brüllte Schönwetter durchs Telefon die Chefsekretärin an. Rudolph Zenker sei vor zwei Tagen in Urlaub geflogen und leider nicht erreichbar.

»Das kann nicht sein. Ein Vorstandsvorsitzender der Ruberus AG muss rund um die Uhr erreichbar sein!«

Seine Stimme war eine Tonlage zu hoch und klang nicht nach Sieger, sondern nach Verlierer, als er schrie: »Ich will sofort den Namen des Hotels wissen!«

Er lauschte einem Kratzen in der Leitung und starrte ungläubig den Hörer in seiner Hand an. »Aufgelegt! Die wagt es, einfach aufzulegen!«

Fräulein Haupt reichte ihm mit weit ausgestrecktem Arm ein kariertes Blatt ihres Notizblocks mit einer Gesprächsnotiz und ging auf Abstand. Sie kannte das Feuerwerk der schlechten Laune ihres Chefs besser als jeder andere. Schönwetter überflog die Sätze, die sie mit ihrer akkuraten Sekretärinnenschrift notiert hatte, und in seinem Gesicht zeigte sich ungläubige Wut, als er sie laut vorlas:

»Auskunft der Werksleitung: Betroffen wurde nur ein Bäcker, der am Main vorbeigeradelt ist. Inzwischen wurde er vom Betriebsarzt untersucht und gesund nach Hause geschickt.«

Schönwetters Augen verengten sich, als er weiter vorlas:

»Wir haben einen Mitarbeiter ans andere Mainufer geschickt, der mal gucken sollte. Er kam wieder und sagte, da ist nicht viel.«

Fräulein Haupt machte noch einen Schritt zurück, als Schönwetter die Hände auf den Schreibtisch stützte und mit bedrohlich leiser Stimme den letzten Satz der Gesprächsnotiz las: »Das entwichene Gemisch ist biologisch gut abbaubar.«

Er schlug die Faust auf den Tisch, bis seine Stifte von der Schreibtischplatte rollten.

»Die sollen sofort ihre Leute nach Mainheim schicken und diese Sauerei restlos entfernen. Und ich möchte eine Presseerklärung derRuberus AG, in der sie den Mainheimer Bürgern erläutern, warum nicht sofort Alarm ausgelöst wurde und warum wir als Anrainergemeinde nicht unmittelbar informiert wurden. Und vor allem will ich wissen, was genau entwichen ist, aus was dieses gelbe Zeug besteht! Allein dieses Wort: E N T W I C H E N! Das ist doch absurd. Was ist in dieser Brühe drin? Ich will jeden einzelnen Bestandteil wissen!« Jetzt senkte er die Stimme wieder: »Bei uns waren Kinder auf dem Schulhof!«

Während er die Worte aussprach, kam ihm der Anruf seiner Frau in Erinnerung. Eigentlich wusste er selbst nicht, warum er nicht gleich reagiert hatte. Die Warnsirene hätte man vom Rathaus aus bedienen können. Aber er hatte ihren Anruf aus irgendeinem Grund nicht ernst genommen, obwohl Helga nicht den geringsten Hang zur Hysterie hatte. Seine Untätigkeit ärgerte ihn jetzt umso mehr, doch bewirkte dieser Gedanke nicht etwa, dass er nun zur Tat schritt. Stattdessen stapfte er zu dem Besuchertisch und füllte seine Tasse aus der Thermoskanne, die Fräulein Haupt dort abgestellt hatte. Sie wusste, wie man Schönwetter beruhigen konnte. Indem man erst einmal schwieg und dann in möglichst naivem Tonfall konstruktive Vorschläge machte, die bloß nicht zu gewitzt wirken durften.

»Ich könnte mir vorstellen, dass die Bürger Sie jetzt gerne sehen würden, Herr Bürgermeister. Nicht dass noch der Eindruck entsteht, Sie würden sich hier verstecken.«

»Ich mich verstecken? Wer kommt denn auf so was?«

»Vielleicht sollten Sie einen Kindergarten oder eine Schule besuchen oder die Geschäftsinhaber in der Hauptstraße, oder die Kleingärtner unten am Mainufer. Und eventuell könnte doch die Feuerwehr ausrücken und bei der Reinigung helfen …«

Schönwetter ließ sich mit der Tasse in der Hand auf seinen Schreibtischsessel fallen, sodass der Kaffee überschwappte. Während Fräulein Haupt ein Taschentuch unterhielt, goss er die Lache vom Unterteller in die Tasse zurück und erzählte, wie er seit Jahrzehnten sein ganzes Streben der Aufgabe gewidmet habe, etwas aus Mainheim zu machen und das ehemalige Sumpfdorf für die Bürger als lebenswerten Ort zum Wohnen und Arbeiten, mit vernünftigen Bildungsangeboten für ihre Kinder und einer ordentlichen Infrastruktur zu machen. Dass er den Ort gegen die Gier des Kapitalismus verteidigt habe, aber ohne Industrie gebe es keine Arbeitsplätze und ohne Gewerbesteuer keine Sportplätze und Stadthallen.

Fräulein Haupt nickte vor sich hin. Sie hatte nicht den Eindruck, dass der Moment günstig für ausschweifende Rückblicke und Weltschmerz war, nachdem eine mehrere Hundert Meter breite und 1,2 Kilometer lange Giftwolke über den Main gezogen war und sich über Mainheim abgeregnet hatte. Sie trat an das Fenster und sah, wie sich einige Leute auf der gegenüberliegenden Straße aufgestellt hatten und zu ihr hinaufblickten.

»Herr Bürgermeister, ich glaube, wir müssen jetzt wirklich tätig werden!«

Als Schönwetter immer noch weiter darüber sinnieren wollte, was er den Mainheimern alles hatte Gutes tun wollen und wie er das Erbe seines Vaters einerseits fortführte, andererseits auch neue Wege beschritt, machte sie eine Handbewegung, die ihn endlich dazu brachte, von seinem Sessel aufzustehen. Sekunden später flog das erste Ei gegen das Fenster und lief ganz langsam die Scheibe hinab. Dann folgte schon das zweite und vermischte sich mit den gelben Schlieren, die der Regen dort hinterlassen hatte. Den Bürgern, die sich dort unten versammelt hatten, stand die Wut ins Gesicht geschrieben.

Am Nachmittag rückte endlich die Freiwillige Feuerwehr aus, sperrte Kinderspielplätze und Schulhöfe mit weiß-roten Bändern, pumpte Regenwasser ab, brachte es in blauen Fässern weg. Es wurden Wasserproben entnommen und keine akute Gesundheitsgefahr festgestellt. Erst am nächsten Tag schickte die Ruberus-Werksleitung Putztruppen in weißen Schutzanzügen, mit Atemmasken vor den Gesichtern, die Bürgersteige und Straßen mit Hochdruckstrahlern reinigten. Wenn keine Gesundheitsgefahr bestand, warum trugen die Mitarbeiter der Chemiefabrik dann derartige Anzüge? Die Verunsicherung unter den Mainheimer Bürgern wuchs. Viele klagten über Atemprobleme, Durchfälle, Hautreizungen und Kopfschmerzen.

Nachlässigkeiten und Fehler sammelten sich wie von selbst über mehrere Tage an. Durch die Rinnsteine lief die gelbe Brühe in die Gullys und Abwasserkanäle. Der Bevölkerung wurden keine Verhaltensmaßgaben mitgeteilt. Rudolph Zenker hielt es nicht für nötig, seine Hochzeitsreise zu unterbrechen.

Schönwetter machte während der Krisenbewältigung ebenfalls keine gute Figur. Er agierte zögerlich, ohne Strategie, beantwortete keine Fragen, sondern stieß nur zornige Sätze aus, beschuldigte Ruberus der Fahrlässigkeit und Vertuschung, nahm sie andererseits wieder in Schutz, aus Angst, ihre Fehler selbst angerechnet zu bekommen. Empörungssinfonien lösten Schuldzuweisungsarien ab. Der Direktor der Grundschule konfrontierte ihn mit dem Auftritt seiner Frau, zitierte ihre Worte: »Giftwolke«, »Chemieregen«, und fragte, wie das mit Schönwetters laxer Haltung zusammenpasse. Nur mit Mühe hatte sich der Bürgermeister nach dieser Mitteilung noch unter Kontrolle. War Helga denn verrückt geworden? Er erwiderte etwas von weiblicher Panik und bekam Magenschmerzen, genau an der Stelle in seinem Körper, an dem das Gewissen saß.

Draußen brach die Sonne durch. Das Werksgelände der Cassada stand unter Wasser und spiegelte die wegziehenden Wolken. Im Schwimmbadviertel war kein Tropfen Regen gefallen.

Erst nach und nach erfuhr man, dass der gelbe Regen zu 27 Prozent aus dem krebserregenden Stoff 1-Nitroanisol bestanden hatte, einem Farben-Rohstoff. Wie viel des Gemischs mit dem Wind in Richtung Westen über den Main getragen worden war, blieb offen. Erst Monate später würde man wissen, dass rund dreihundertsechzigtausend Quadratmeter Fläche kontaminiert wurden. Quer durch Mainheim hatte die unerklärliche Wetterscheide eine Trennlinie gezogen. Auf das östliche Gemeindegebiet war das Gemisch niedergegangen, das aus dreißig verschiedenen Substanzen bestand, die westlichen Flurstücke waren nahezu verschont geblieben.

MINKA

Tiefer Nebel ruhte in den Tälern, die von oben aussahen wie gefaltete Hände. Die Spitzen der Taunusfichten waren mit Tau benetzt, der sie zum Glitzern brachte, als die Sonne an den Gipfeln des Altkönig und Fuchstanz entlangbalancierte. Minka und Markus waren nicht die Einzigen, die sich auf dem Plateau des Großen Feldbergs scharten. Die Strecken über die beiden Gebirgspässe, Sandplacken und Rotes Kreuz, waren bei Motorradfahrern beliebt. Der Parkplatz unterhalb des Fernsehturms war ihr Treffpunkt, nachdem sie die Haarnadelkurven ausgekostet hatten.

Markus war vorsichtig gefahren, was Minka überrascht und fast ein wenig enttäuscht hatte. Sie genoss es, hinter ihm auf dem Sozius zu sitzen, kam sich erwachsen und frei vor, als sie langsam an den Bikern vorbeituckerten und anhielten. Markus bockte seine Honda auf den Ständer. Seinen Helm hatte er ihr überlassen, jetzt öffnete sie die Schnalle, zog ihn aus und schüttelte ihre dunklen Haare aus dem Gesicht. Sie merkte, wie sie die Jungs gegenüber musterten, und spürte ein angenehmes Kribbeln. Markus hatte einen Tankrucksack dabei, legte ihn sich über die Schulter und fragte: »Wollen wir ein Stück laufen?«

»Okay.«

Minka zog es sofort zur Falknerei, als sie den Wegweiser sah. Aber Markus wusste, dass die Wildvogelaufzuchtstation nur von Mai bis September für Publikum geöffnet war. Sie spazierten auf den Wald zu, er hielt nicht ihre Hand, aber ab und zu streiften sich ihre Finger, wie von allein. Vor ihnen erstreckte sich der satte Tannenwald gen Norden, so weit das Auge reichte. Der dunkle Nadelholzbewuchs endete etwa zweihundert Meter unter ihnen und ging in helleren, goldgelb leuchtenden Mischwald über. Der Taunus lag ausgebreitet vor ihnen, und Minka sah das Gesicht ihrer Freundin – der unberührten Natur – das erste Mal ganz unverfälscht vor sich.

Der Geruch um sie herum war würzig, feucht, voller Blätter, Beeren, Pilze und nasser Rinde. Es war der erdige Geruch eines Herbsttages. Minka ging immer wieder in die Hocke, um ein ausgeblichenes Schneckenhaus oder einen hellbraunen Tannenzapfen aufzuheben. Sie war noch nie hier oben gewesen, obwohl sie nur gute zwanzig Kilometer entfernt wohnte und das Gebirge von Kindheit an so fern und ernsthaft vor ihr gestanden hatte. Aber Schönwetter gehörte nicht zu den Vätern, die mit ihren Kindern am Wochenende Ausflüge in den nahen Taunus machten, weder zum Wandern noch zum Schlittenfahren. Bewegung hielt er für unnötig, frische Luft und Natur ebenso. Er verbrachte die Samstage meist im Stadion, wenn die Eintracht spielte, denn dafür hatte er zwei Dauerkarten, nahm abwechselnd Golo oder Marc mit, Minka fragte er nie. Sonntags kam Oma zu Besuch, und es gab Kaffee und Kuchen. In Urlaub fuhr man selten. Unberührte Natur kannte Minka mit ihren fünfzehn Jahren nur von früher aus der unmittelbaren Umgebung Mainheims. Markus lächelte verschmitzt, hob ein Schneckenhaus auf, das etwas größer war als ein Fünfmarkstück, bräunlich mit weißer Maserung.

»Schau mal!«, sagte er.

»Das ist eine Weinbergschnecke. Sie ist weit verbreitet, aber ich wusste ehrlich gesagt nicht, dass sie auch hier oben im Mittelgebirge leben.«

»Es gibt also auch etwas, das du nicht weißt«, sagte er grinsend.

»Hältst du mich etwa für eine Streberin?«

Er schüttelte vehement den Kopf: »Das nicht gerade, so siehst du ja auch nicht aus!«

Sie deutete mit dem kleinen Finger auf die Öffnung. »Siehst du, sie hat ihr Haus durch das erstarrende Schleimhäutchen verschlossen.«

Er sah sie an, als sie weitersprach: »Während des Winterschlafs verschließt sie es sogar mit einem Kalkdeckel.«

Offenbar beschäftigte sie sich noch weitaus mehr mit Natur und Biologie, als er gedacht hatte. »Hier, behalt sie!«, sagte er.

»Auf keinen Fall!« Sie sah ihn so entsetzt an, als hätte er zu ihr gesagt, sie solle sie zertreten. »Sie gehört hierher. Das ist ganz offensichtlich ihr natürlicher Lebensraum, und da soll sie auch bleiben.«

Ganz sachte nahm sie sie aus seiner Handfläche und setzte sie zurück in das feuchte Gras. Dann gingen sie weiter. Er war einen Kopf größer als sie, äußerlich passten sie gut zusammen, blond und brünett, beide schlank, sportlich, gaben sie ein hübsches Paar ab.

Sie wusste von ihm, dass er nach der Mittleren Reife in den Betrieb seines Vaters einsteigen würde, und insgeheim fürchtete sie sich davor, ihn dazu zu befragen oder überhaupt daran zu denken. Ihn umgab eine schwer zu fassende Aura, die sich aus den Gerüchten über den plötzlichen Reichtum der Familie Ebert in der Bürgerschaft speiste, aus ihren Erlebnissen damals auf dem Lauterbachhof, gepaart mit ihren Beobachtungen und ihrem Wissen über den Keltengrund. Aber niemand hatte sie je so angesehen wie er. Hatte sie deshalb seine Einladung angenommen? Oder weil sie sich geschmeichelt fühlte, dass der begehrteste Junge der Stadt sie fragte? Ihr Herz würde sie ihm jedenfalls nicht öffnen, das hatte sie sich fest vorgenommen!

Nach etwa hundert Metern deutete er auf eine Lichtung mit dunklem Moos und hellgelben Flechten und breitete eine karierte Decke aus, die auf der unteren Seite mit Kunststoff beschichtet war. Er zog einen Kassettenrekorder aus der Tasche.

»Oh, was hast du für Musik dabei?«, fragte sie.

»Was willst du denn hören?«

Er wühlte in dem Tankrucksack und warf einige Kassetten auf die Decke. Sie setzte sich im Schneidersitz daneben und nahm sie eine nach der anderen in die Hand.

»Black Sabbath, Led Zeppelin, Deep Purple, Kiss, AC/DC«, las sie vor. »Darauf stehst du?«

»Du nicht?«

Sie zuckte mit den Schultern. »Hast du auch was von John Lennon? Oder Genesis?«

»Nee, leider nicht, ist mir zu seicht.«

Er kniete sich breitbeinig hin, wühlte noch einmal tief in der Tasche und zog eine Kassette mit rotem Aufkleber heraus, hielt sie in die Höhe: »Hier: Elton John, ist das was für dich?«

»Geht so, der ist mir eigentlich zu weichgespült, aber wir können ja mal reinhören!«

Aus der Kassette hing ein Stück des braunen Tonbands heraus, und sie steckte ihre Fingerspitze in das Plastikzahnrad, um es wieder reinzudrehen. Dann legte sie die Kassette ein, spulte an den Anfang zurück und drückte auf die Taste zum Abspielen. Gleich am Anfang kam ein schwungvolles Duett mit Kiki Dee, das jeder kannte, und Minka bewegte automatisch die Lippen: »Don't go breaking my heart.«

Als der Refrain erklang, sangen auf einmal beide mit, drehten die Schultern im Takt:

»Woo hoo, Nobody knows it
Nobody knows it
Right from the start
I gave you my heart
Oh, oh, I gave you my heart
Don't go breaking my heart
I won't go breaking your heart.«

Während die Musik weiterlief, packte er aus, und Minka verteilte alles auf der Decke. Sie war froh, dass sie beschäftigt waren und nicht über den Text sprachen. Es wäre zu peinlich gewesen. Inzwischen konnten sie alle gut genug Englisch, und manche beliebten Vocals wurden sogar im Unterricht interpretiert. *Brich mir nicht mein Herz* – so was Kitschiges!

Plastikteller und -gabeln, sogar Stoffservietten und zierliche Salz- und Pfefferstreuer aus Plastik hatte er dabei. Sie aßen Frikadellen und Kartoffelsalat, kleine Essiggürkchen, Brötchen mit Schwarzwälder Schinken und Frankfurter Kranz, dick mit Mandelsplittern bestreut. Alles war selbst gemacht und sorgfältig in Alufolie eingepackt. Dann öffnete er zwei Büchsen Cola, goss sie aber zu ihrem Erstaunen in Pappbecher, anstatt aus der Dose zu trinken.

»Hat das deine Mutter für dich eingepackt?«, fragte sie, nachdem sie aufgegessen hatten.

»Ja, klar!«

»Und hat sie auch gewusst, mit wem du dich triffst?«

Er schüttelte seine blonde Mähne. »Meine Ma ist ziemlich diskret.«

Minka konnte sich schon denken, weshalb. Sie war garantiert nicht die Erste, die er zu so einem Picknick einlud. Was, wenn er sie nur als Trophäe in seiner Sammlung haben wollte?

»Und du beschäftigst dich also mit Wasser- und Luftschadstoffen. Lernst du die Namen auswendig?«

Sie rückte ein Stück zurück und lehnte sich gegen einen dicken Baumstumpf. »Ja, tatsächlich habe ich sie auswendig gelernt, hauptsächlich für die Diskussionen mit meinem Vater, dafür muss man ziemlich gut gewappnet sein. Und bei diesem gelben Giftregen hat sich ja gerade gezeigt, dass ich mir die Gefährdung nicht nur ausdenke, oder?«

»Giftregen.« Er starrte sie an. Die Leute in Mainheim hatten so viel über die Familie des Bürgermeisters geredet, er war früher mit Minka in einer Klasse gewesen, aber dass sie sich so in diese Sache reinsteigern würde, hätte er ihr nicht zugetraut.

»Ist wohl ein ziemlich harter Brocken, dein alter Herr!«

Er sagte den Satz weniger im Tonfall einer Frage als einer Feststellung.

Aber sie nickte. »Er betet dir so lange seinen sozialdemokratischen Sermon runter, ohne überhaupt auf deine Argumente einzugehen, bis dir irgendwann nichts mehr einfällt. Deshalb habe ich mir angewöhnt, meinen Sermon über Luft- und Wasserverschmutzung genauso hartnäckig runterzubeten.«

Markus schürzte die Lippen und nickte, als sei er beeindruckt.

»Aber letztlich hilft das auch nichts. Ihn kann man nicht bekehren. Total festgefahren!« Sie streckte die Hand aus und strich sanft über den weichen Moosteppich neben der Decke, sog die erdige Herbstluft tief in ihre Lungen.

»Herrlich, wenn man mal keine Chemie und keinen klebrigen Schokoladengestank einatmen muss, oder?«, fragte er.

War der Satz nicht ein klein wenig anbiedernd, dachte sie.

»Kann's mir gar nicht mehr vorstellen, aber früher mochte ich den Schokogeruch sogar«, fügte er hinzu.

Sie stieß verächtlich Luft aus der Nase. »Ja, als Kind mochte ich ihn auch, heute wird mir davon schlecht!« Minka entdeckte einen metallisch grünen Käfer mit goldgrünen Rippen und langen Fühlern, der langsam über den Waldboden kroch. Sie hielt den Zeigefinger vor ihn hin, und er krabbelte federleicht auf ihr helles Nagelbett, den Finger entlang, über die ausgestreckte Hand. »Oh, ein Goldlaufkäfer«, sagte sie leise. »Die gab es früher auch in den Bleichwiesen, weißt du noch?«

Sie erinnerte sich an die Namen, die sie den verborgenen Käfern, den Blumen und Gräsern in ihrer Kindheit gegeben hatte. »Und wir wussten immer, wo die Kröten hausten, welcher Vogel gerade sang, wie die Bäume zu jeder Jahreszeit aussahen.«

Markus sah sie an und nickte, dabei hatte er keine Ahnung, wovon sie sprach. Sie hatte ausnehmend schöne Hände, mit langen Fingern und schmalen mandelförmigen Nägeln. Minka betrachtete den Käfer, ließ ihn von einer Hand auf die andere laufen, dann senkte sie sie, strich zärtlich über den Waldboden und entließ den Käfer wieder zurück auf das saftige Moos.

»Jetzt geht er wahrscheinlich bald auf die Suche nach einem morschen Ast oder Totholz zum Überwintern«, sagte sie.

Währenddessen schob sich Markus näher an sie heran, sodass sich ihre Hüften berührten, fasste mit dem Finger unter ihr Kinn, drehte es zu ihm um und küsste sie. Sanft berührte er ihren Hals, glitt dann bedächtig über ihren gerippten Pullover nach unten zu ihrer Brust. Er legte eine Hand um ihren Nacken, küsste sie wieder und wieder und schob ihren Oberkörper nach hinten auf die Decke. Gemächlich rollte er sich auf sie, presste seinen Schritt zwischen ihre Beine, fuhr mit seiner Hand unter ihr T-Shirt. Minka war so überrascht, dass sie zuerst nur still dalag. Seine Zunge suchte sich ihren Weg zwischen ihre Lippen, und sie öffnete den Mund, er schmeckte nach Coca-Cola. Mit den Fingern strich er über ihre festen Brüste. Seine andere Hand tastete, wanderte nach unten zu ihren Jeans und nestelte an ihrem Knopf, versuchte, ihn zu öffnen. Minka spannte ihren Körper an. Sie wusste nicht viel über Sex, hatte nur manchmal in einem Bravo-Heft geblättert, die Briefe an Dr. Sommer gelesen, in denen Jugendliche ihre Probleme schilderten und er sie aufklärte. All die Beschreibungen, die Worte Scheide, Jungfernhäutchen, Penis, Kondom hatten sie eher abgeschreckt, als dass sie ihr halfen, sich ein Bild von dieser Welt des Erwachsenwerdens zu machen. Minka atmete schwer, als Markus ihren Reißverschluss öffnete und versuchte, ihr die Jeans über die Hüfte zu ziehen. Er wurde drängender, grober, ungeduldiger, und plötzlich drehte Minka ihren Kopf zur Seite und wand sich unter ihm weg.

»Was ist denn los?«

Sie nahm den Bund ihres Pullovers und zog ihn ruckartig nach unten, schloss den Reißverschluss ihrer Jeans und den Knopf. Sie hätte wissen müssen, dass er nur das wollte. Sie hätte wissen müssen, dass es so ablaufen würde. Vermutlich fuhr er jeden Sonntag mit einem anderen Mädchen zu diesem geheimen Picknickplatz.

»Es tut mir leid«, sagte er nach einer Weile in die Stille, die nur von ihren Atemzügen und den Vogelstimmen durchbrochen wurde. Seine Stimme klang schwach und belegt. Er musste sich räuspern. Minka saß vornübergebeugt, die Arme vor der Brust gekreuzt. Er berührte ihre Schulter, aber als er nach ihrem Arm tastete, zog sie ihn weg. Das alles war ihr zu abrupt. Er hatte ein Picknick aufgefahren, und jetzt wollte er die Belohnung dafür. Er war genauso, wie sie ihn eingeschätzt hatte, und sie suchte nach einem Weg, es ihm heimzuzahlen.

»Wusste dein Vater eigentlich vor dem Verkauf, wozu das Gebäude im Keltengrund gebaut werden würde?« Wie rau sich die Worte auf ihrer Zunge anfühlten.

Markus zuckte zusammen. Ohne merklich seine Stellung zu ändern, schien er von ihr abzurücken, als wollte er sich fortducken. Er drehte den Kopf und schaute hinüber zwischen die kahlen Stämme der Fichten, die nur ganz oben an den Baumkronen Nadeln trugen. Dass er sich abwandte, war vielleicht seine Art, sich zu sammeln, bevor er etwas preisgab. Aber Minka konnte sich einfach nicht länger zügeln: »Hat er denn gar kein Mitleid mit den Tieren, die da elendig krepieren?«, fragte sie und suchte seinen Blick. Vielleicht hatte er gerade etwas sagen wollen, zu einem Bekenntnis ansetzen wollen, aber sofort wirkte er wie versteinert.

»Er wusste es, stimmt's?«

Markus erwiderte nichts, rührte sich nicht.

Minka wiederholte den Satz, nun aber ohne jeden fragenden Ton, sondern als Feststellung einer Tatsache: »Ihr wusstet es.« Obwohl sich Markus nicht umdrehte und auch nicht bewegte, war deutlich, dass etwas mit ihm vorging. Sie sah ein Zucken seiner Halsmuskeln. Minka sagte noch einmal: »Ihr wusstet es!«

Weit über ihnen hörten sie den lang gezogenen Schrei eines Raubvogels, und Minka legte den Kopf in den Nacken, um nach ihm zu sehen. Es waren zwei Bussarde mit weit ausgebreiteten Schwingen, die über ihnen dahinglitten. Sie wiederholten ihre Schreie, exakte, einsame Laute. Normalerweise hätte Minka sie begeistert beobachtet, doch jetzt war sie zu aufgebracht. Ein Pärchen, das gemeinsam jagte, nichts Glitzerndes, Bezauberndes mehr in den Wipfeln, dachte sie.

Endlich drehte sich Markus zu ihr um.

»Bist du nur deshalb mit mir hier rausgefahren, um mich unter eine Art Anklage zu stellen?«

»Und bist du nur mit mir hier rausgefahren, um mit mir das eine zu tun?«

Zugegeben, genau so war es. Er war sich ziemlich sicher, dass er der Erste bei ihr gewesen wäre, und die meisten anderen Mädchen hatten es ihm fast zu leicht gemacht, wie er fand. Aber als er jetzt ihr schönes Gesicht sah, war er hingerissen.

»Hey, so war das nicht!«

Sie sah ihm an, was er dachte.

»Minka, bitte, vergessen wir's einfach, und ich bring dich zurück!«

Prompt stand sie auf, drehte sich um und ging über das Moos in Richtung Wald. Ihr schlanker Körper sah dabei so anmutig aus, dass er es bereute, sein übliches Muster bei ihr abgespielt zu haben.

»Hey, was soll das? Bleib hier, ich fahr dich zurück.«

Aber Minka war schon zwischen den Bäumen verschwunden. Sie sprang über umgekippte Baumstämme, landete auf dem weichen Waldboden, stapfte durch kleine Tümpel und kam schließlich auf eine Schneise, die vor einigen Jahren für Skifahrer in den Wald geschlagen worden war, die Nordabfahrt. Keuchend blieb sie stehen, versuchte, sich zu orientieren. Sie kannte die Gegend nicht. Sie war niemals zum Wandern, Ski- oder Schlittenfahren hier oben gewesen, und dass hier 1972 die längste Kunststoffpiste der Welt mit über einem Kilometer Länge entstanden war, wusste sie auch nicht. Der Ankerlift war nicht in Betrieb, die Sommerpiste hatte sich als Reinfall erwiesen. Als sie nach oben in den Himmel sah, kreiste dort das Bussardpaar und schien ihr den Weg zu zeigen, als wüssten sie, was für eine tiefe Verbundenheit dieses zottelige, schlammbespritzte Mädchen zur Natur hatte, obwohl sie in einer Industriestadt aufgewachsen war.

Was tust du da eigentlich?, fragte sich Minka. Zwei Vögeln folgen? Alleine vom Feldberg aus zwanzig Kilometer nach Hause laufen?

Sie horchte eine Weile, wünschte sich, dass Markus zwischen den Baumstämmen hervortrat, sie zurückholte, und wünschte es sich wieder nicht, stieß ein paar Flüche aus. Schließlich stand sie auf und lief den Feldberg einfach auf dem steilsten Weg über die Plastikmatten schnurgerade hinunter, ab und zu hielt sie sich am Seil oder einem Liftpfeiler fest. Erst als sie in Oberreifenberg angekommen war, wurde ihr klar, dass sie den Berg auf der Nordseite abgestiegen war. Von hier war es noch viel weiter bis nach Hause als vom Sandplacken oder vom Roten Kreuz. Sie blieb stehen, beugte sich vornüber, stützte die Hände auf die

Knie und keuchte, fühlte Scham und Wut auf sich selbst. Die Hoffnung, von jemandem begehrt zu werden, und Markus' merkwürdige Aura hatten sie angelockt. Erschöpft ging sie weiter, fand eine Bushaltestelle, studierte den Fahrplan, realisierte, dass sonntags kein Bus fuhr. Schließlich stellte sie sich an die Straße hinter das Ortsschild und hielt den Daumen in die Höhe. Ein Biker, mit einem gestickten Adler auf der Lederjacke und einem orangefarbenen Helm, hielt an. Ob was passiert sei, wollte er wissen, weil sie von oben bis unten mit Matsch bespritzt war, aber als sie den Kopf schüttelte, ließ er sie aufsteigen.

»Ich fahre bis Bad Soden, da kannst du die S-Bahn nehmen.«

Erst am späten Nachmittag kam sie in Mainheim an. Sie hatte lange auf die richtige Bahn gewartet und musste noch einmal umsteigen. Zudem fuhren sonntags die S-Bahnen in längerem Abstand. Auch die Temperaturen hatte sie völlig überschätzt und war viel zu dünn angezogen. Durchgefroren und durstig tappte sie wie ein Häufchen Elend durch die Straßen, vorbei an den Wahlplakaten, die sie selbst geklebt hatte, und überlegte schon, als sie in den Velten-Schönwetter-Ring einbog, wie sie sich unbemerkt ins Haus schleichen konnte. Sie sah auf ihre Armbanduhr, das Zifferblatt war lehmverkrustet, und mit etwas Spucke rieb sie es ab. Kurz vor sechs, ihre Eltern und ihr Bruder saßen bestimmt schon im Wohnzimmer vor dem Fernseher. Auf der Straße stand Marcs grauer VW Käfer. Anscheinend war er sogar aus Frankfurt gekommen, wo er inzwischen in einer WG wohnte, um den Wahlabend zu Hause zu verfolgen.

Sie blieb einen Moment lang stehen, atmete tief durch, streckte ihr schmales Handgelenk durch die Stäbe des Gartentörchens und drehte am inneren Knopf, ging die Stufen hoch. Doch schon in dem Moment, als sie den Schlüssel in das Schloss der Haustür steckte, ertönte der erste Beller, und sie sah hinter dem geriffelten Glas den weißen Schatten von Clärchens Körper auftauchen. Unbemerkt blieb ihre Ankunft also nicht, aber sie hatte noch die Chance, hinauf in ihr Zimmer und ins Bad zu gelangen, ohne dass jemand sie sah, und die nutzte sie.

Eine halbe Stunde später erschien sie frisch geduscht, duftend, in sauberer Kleidung, mit geföhnten Haaren im Wohnzimmer und hatte das Glück, dass genau in diesem Moment die zwei Balken der neuesten Hochrechnungen auf dem Fernsehbildschirm erschienen und sich langsam aufbauten.

»Minka, du warst aber lange weg, hast du nicht gesagt, du bist um drei wieder da?«, fragte ihre Mutter, die sich für den Anlass wieder extraschick angezogen hatte. Sie trug einen hellgrünen Hosenanzug mit Lackgürtel.

»War der Ausflug mit deinem Rosenkavalier so schweißtreibend, dass du hinterher erst mal duschen musstest?«, sagte Golo mit anzüglichem Grinsen.

»Nein, mir war nur kalt!« Sie warf ihrem Bruder einen warnenden Blick zu. Warum legte er es immer darauf an, sie bei ihren Eltern zu verpetzen?

»Was für ein Rosenkavalier?«, fragte Helga Schönwetter prompt und legte den kleinen Maiskolben zurück, nach dem sie gerade gegriffen hatte. »Du hast doch gesagt, du gehst zu Caro!«

»Da war ich ja auch, Golo spinnt mal wieder.«

Golo faltete die Hände, ließ die Daumen kreisen und drehte die Augen zur Decke. Vom vielsagenden Halblächeln ihres Bruders ermuntert, setzte Minka eine kleine Notlüge drauf: »Wir haben ewig auf der Hollywoodschaukel gesessen und mit ihren Brüdern ›Risiko‹ gespielt.«

»Ach, stimmt, Sterns spielen ja so gerne Brettspiele, oder sie singen und beten!«, sagte ihre Mutter.

Marc hatte seine Freundin mitgebracht, die Lehramtsstudentin Martina, die Minka aus dem Inneren des Egg-Chair freundlich zulächelte. Die Hennafarbe ihrer Haare biss sich mit dem orangen Polster. »›Risiko‹ haben wir zu Hause auch immer gespielt!«, sagte sie und schien froh zu sein, dass jemand über etwas anderes sprach als die Wahlen.

»Hast du es schon gehört? Osswald ist heute zurückgetreten«, sagte Marc.

»Osswald? Der hessische Ministerpräsident?«

Minka überlegte einen Moment lang, ob diese Nachricht für sie irgendeine Bedeutung hatte. In ihrer Juso-Gruppe würden sie vermutlich wieder Nachmittage lang darüber diskutieren. Ihr wurde jetzt schon sterbenslangweilig, wenn sie daran dachte.

»Ist er wegen des Giftregens zurückgetreten?«

»Das wäre möglich«, sagte ihre Mutter auf einmal voller Interesse. »Wenigstens einer, der Konsequenzen zieht. Weißt du was darüber, Marc?«

»Quatsch, wieso sollte er?«

Minka schüttelte den Kopf, um anzudeuten, dass ihr Bruder sowieso nichts kapierte. Ihre Mutter, die in Abwesenheit ihres Ehemanns und ihrer Söhne viel selbstbewusster war, hakte nicht weiter nach, sondern fragte nur, wer sein Nachfolger würde.

»Holger Börner.«

»Ah!«

Der Name sagte Minka nichts, und er war ihr auch egal. Obwohl oder gerade weil sie mit Politik groß geworden war, hatte sie die Entwicklung um sie herum desillusioniert. Was sie vermisste, waren konkrete, greifbare Lösungen für die Probleme, die ihr etwas bedeuteten: das Ende der Tierversuche, das Ende der beißenden Qualmwolken aus den Schornsteinen, der Störfälle und das Ende der Verpestung der Flüsse, des Fisch- und Vogelsterbens.

Minka setzte sich auf die Lehne des Ledersofas und angelte nach der Schüssel mit Erdnussflips. Die gab es nur zu ganz besonderen Gelegenheiten, und dazu gehörten, seit sie denken konnte, die Wahlabende. Als sie das fettige Würmchen in den Mund steckte, war ihre Kindheit auf einmal so präsent wie der Geschmack auf ihrer Zunge. Der Geruch, die Laute aus dem Fernseher, die Balkendiagramme, die Personen auf den Sesseln, alles zusammen ein Ganzes, das die Stimmung, das Gefühl der vergangenen Jahre in ihr erwachen ließ. Da saß sie, in diesem Raum, als Siebenjährige, als Elfjährige, als ein Mädchen, das sich über die unglaubliche Leere der Zeit wunderte, in der nichts besser wurde, sich alles nur verschlechterte.

»Ist doch ganz egal, wer gewinnt«, sagte sie auf einmal. »Wer Bundeskanzler wird, wer Ministerpräsident und wer Bürgermeister, spielt überhaupt keine Rolle. Alle machen sowieso einfach so weiter, und in ein paar Jahren sind wir alle vergiftet. Keiner hat aus Seveso gelernt.«

Der Satz rutschte ihr plötzlich aus dem Mund, ohne dass sie die Worte noch festhalten konnte. Schönwetter drehte seiner Tochter jetzt das erste Mal sein Gesicht zu, und sie erschrak über seine rot unterlaufenen Augen und die eingefallenen Wangen mit den Bartstoppeln. Seit Dienstagabend litt er unter starkem Husten und Schnupfen, der sich einfach nicht besserte. Keiner sprach es aus, doch der gelbe Regen und seine Ausdünstungen machten vielen Mainheimern zu schaffen.

Minka holte einen zerknitterten Zeitungsausschnitt aus ihrer Tasche, faltete ihn auseinander und las vor: »Das Gift Nitrobenzol wird bei der Herstellung von Farben, Kunstfasern, Medikamenten und Sprengstoff verwendet.«

Bei dem Wort »Sprengstoff« entfuhr ihrer Mutter ein »Na Mahlzeit!«.

Ihr Vater rieb sich das Gesicht und verschob seine Züge bis zur Unkenntlichkeit. Minka las ungerührt weiter: »Die blassgelbe Flüssigkeit hat einen stechenden Bittermandelgeruch. Sie gilt als krebserregend und kann Veränderungen im Erbgut begünstigen. Das Gift gelangt über Haut, Atmungs- und Verdauungsorgane in den Körper …« Auch als ihr Vater anfing, ihr ins Wort zu fallen, sprach Minka einfach mit monotoner Stimme weiter: »… verhindert die Sauerstoffaufnahme im Blut. Die Folge sind Bewusstseinsstörungen, Erbrechen, Krämpfe, Schädigungen des Nervensystems, im Extremfall der Tod.«

Eine halbe Minute herrschte Schweigen.

»Ich habe dir gleich gesagt, dass es eine Giftwolke ist, Harald, aber du wolltest es mir nicht glauben.« Der Satz kam von Minkas Mutter.

Keiner entgegnete etwas.

»Und ich habe dich auch gebeten, die Sirene anzustellen und Radiodurchsagen an die Bevölkerung zu veranlassen.«

Trotz seiner angeschlagenen Gesundheit hatte Schönwetter offenbar schon einige Biere getrunken und war in einem bemitleidenswerten Zustand. An seiner Nasenwurzel erschien eine tiefe Falte, die seine buschigen Augenbrauen zu enormen Wulsten anschwellen ließ.

Minka musste auf einmal daran denken, wie sie vor Wochen in sein Arbeitszimmer gegangen war, um den Plattenspieler zu holen. Auf seinem Schreibtisch hatte ein offener Aktenordner gelegen, den er wohl vergessen hatte wegzuräumen, und sie hatte nur aus ihrer üblichen Neugier heraus einen Blick darauf geworfen. Die erste Seite trug eine Liste mit Überschriften, die alphabetisch geordnet waren: Von Alois Blank KG über Cassada GmbH, Nasra GmbH & Co. KG, Massa, Ruberus AG bis Zellstoff-Gansch OgH. Insgesamt sechzehn Firmen, die dem Mainheimer Industriepark zuzuordnen waren. Die gegenüberliegende Seite war handgeschrieben, einige Algebraaufgaben, dazwischen Textabschnitte und D-Mark-Beträge. Schönwetters gestochen scharfe blaue Schrift hatte zu jedem Firmennamen eine Rechnung aufgemacht. Die

Beträge hatten viele Stellen, eine enorm lange Zahl stand hinter dem Namen Ruberus AG.

Als sie weiterblätterte, stieß sie auf eine andere Auflistung, und der Name, der ganz oben auf der Seite stand, ließ ihren Atem stocken: Lyan Meyfahrt.

Es standen jeweils ein Monat und Jahreszahlen daneben, und es begann im Mai 1972 mit fünftausend D-Mark. Dann folgten regelmäßige monatliche Zahlungen in Höhe von zweihundert D-Mark bis zum April 1974. In diesem Monat endeten die Eintragungen.

Und warum hast du zwei Jahre lang Geld an die Mutter von Guy Meyfahrt bezahlt?, hatte sie ihn fragen wollen und es doch nie getan. Als sie später noch einmal nachsehen wollte, war der Ordner verschwunden.

Was, wenn sie es jetzt fragte? Es würde den Abend endgültig sprengen, aber sie hatte gerade richtig Lust dazu. Das Gefühl, an einem Thema zu rühren, das unter einem Mantel des Schweigens begraben lag, ihren Vater weiter zu provozieren, war beängstigend und verlockend zugleich. Hatte Minka sich je vor etwas gefürchtet?, sprach sie sich Mut zu und öffnete den Mund. Da beugte ihr Vater sich vor, zog ihre Hand an seinen Mund, um einen trockenen Kuss darauf zu drücken.

»Was weißt du schon, Minka? Du bist noch ein Kind, ein Mädchen. Du solltest nicht über Dinge sprechen, von denen du nichts verstehst.« Seine Stimme klang heiser und gleichzeitig sanft.

»Endlich sagt es ihr mal jemand!«, kommentierte Golo schadenfroh von der Seite und bewarf sie mit einem Erdnussflip. »Diese Übertreibungen und diese fanatischen Ansichten sind ja nicht mehr zum Aushalten!«

Minka warf ihm einen Blick zu, der ihn wissen lassen sollte, wie sehr er es eines Tages bereuen, wie wenig sie vergessen würde. Kein Hauch von Zuneigung prägte diesen stummen Schlagabtausch.

»Golo!«, mahnte ihn seine Mutter, aber so sachte, wie sie es immer tat, wenn ihr Lieblingssohn sich danebenbenahm.

Jetzt wandte sich Schönwetter an sie: »Und auch du, liebe Helga, bist zwar meine Ehefrau, aber eben auch nur eine Frau, und ich bin der Bürgermeister. Du hast mir nicht zu sagen, was ich zu tun und zu lassen habe – niemals!«

Ihre Mutter machte eine überraschte Bewegung, stieß dabei ihr Glas um und fuhr von ihrem Platz hoch. Minka spürte Wut aufsteigen und fühlte gleichzeitig die schreckliche Demütigung. Alle sahen zu, wie ihre Mutter mit einer vollgesogenen Papierserviette zwischen den Schälchen auf dem Tisch herumwischte. Wie konnte er ihre Mutter vor der ganzen Familie und der Freundin von Marc nur so runterputzen!

In dem Moment schrillte das Telefon. »Wer zum Teufel ruft denn an so einem Abend an?«, brummte Schönwetter, und als sich nach dem dritten Klingeln keiner erhob, stand Helga auf und ging in den Flur. Kurz danach erschien sie in der Tür und rief Minka. »Für dich. Ein Herr Jan ist am Apparat.« In ihrer Stimme lag die Frage, wer das sei, und deutliche Missbilligung. Minka sprang auf und flüsterte: »Schon gut, das ist eine Juso-Sache.«

Golo zog die Augenbrauen hoch, aber Minka zog schnell die Tür hinter sich zu. Sie griff den Hörer und schirmte die Sprechmuschel mit der Hand ab, sprach mit gedämpfter Stimme. »Hallo? Jan?«

Dann hörte sie zu und spannte mit einem Mal jeden Muskel an.

»Was? Ausgerechnet in dieser Nacht? Wir hatten doch gesagt, nächste Woche!«

Nach den heutigen Erlebnissen, der langen Wanderung vom Feldberg, fühlte sie sich müde und ausgelaugt. Sie lauschte, wie er ihr rasch schilderte, warum es sich wegen einer Änderung im Plan des Nachtwächters um eine einmalige Gelegenheit handelte. Minka atmete tief ein und aus. Es war die Chance, auf die sie schon so lange gewartet hatte. Und was ihre Stimmung anging, war sie so weit: Es waren mächtige Gefühle in ihr, die jetzt ein Ventil fanden. Sie würde ihrem Vater und Golo endlich zeigen, dass sie nicht nur redete, sondern auch etwas unternahm.

»Also, was ist nun?«, fragte Jan ungeduldig am anderen Ende der Leitung. Wenn sie es sich genau überlegte, war es genau der richtige Zeitpunkt, um endlich in den Krieg zu ziehen.

»Okay, einverstanden, wir machen es! Um ein Uhr dann.«

Sie legte den Hörer auf die Gabel, ließ die Nachricht einen Moment lang sacken und drückte auf die schwarzen Tasten. Vier, acht, zwei, fünf, dann hörte sie dem Tuten zu.

»Hey, Habu, ist Caro da?«

Es war typisch für ihn, dass er einfach nur mit »Ja« antwortete.

»Kann ich sie sprechen?«, fragte Minka ungeduldig.

»Jetzt?«

»Ja, wann denn sonst?«

Nach einer Weile meldete sich Caro.

»Es ist so weit, du weißt schon, die Aktion … Heute Nacht um eins. Ich hol dich um halb eins am Treffpunkt ab«, flüsterte Minka. Dann legte sie auf. Sie strich nachdenklich mit der Hand über die Tasten und ging zurück zu den anderen.

»Alles in Ordnung?« Ihre Mutter sah sie mit ihrem »Du hast doch etwa keine Geheimnisse?«-Blick an.

»Es war nur wegen der Wahlplakate und wann wir sie wieder einsammeln. Erst kleben und dann wieder abkratzen. Ein besonderes Vergnügen, erst recht mit diesem giftigen Ekelzeugs darauf.« Sie verdrehte demonstrativ die Augen und setzte sich auf das Sofa, versuchte, einfach nur genervt zu wirken, während ihr Herz heftig pochte.

Dann starrten alle wieder auf den TV. Genau in diesem Moment flackerte das Bild und wurde plötzlich schwarz. Golo sprang auf, schlug mehrmals mit der Faust auf das Gehäuse und zauberte damit die Grafik zurück in den Fernseher. Der erste schwarze Balken war hoch, der rote Balken, rechts daneben, einen Zentimeter niedriger. Der Leiter des ARD-Wahlstudios kommentierte: »Die Wahl zum 8. Deutschen Bundestag ist die erste Bewährungsprobe für Helmut Schmidt, nach dem Rücktritt von Bundeskanzler Willy Brandt, und es sieht so aus, als ob die SPD Platz eins an die Unionsparteien verliert.«

Schönwetters Hände krampften sich in die Armlehne seines Sessels.

»Das darf nicht wahr sein!« Der entsetzte Ausdruck im Gesicht ihrer Mutter erschreckte Minka geradezu.

»Alles, nur kein Kohl!«, stöhnte Marc mit einer zerknitterten Miene, als würde ihnen größtes Unheil drohen. Diese Eintracht in ihrer Familie, diese immer wiederkehrende Szenerie, verstärkte Minkas Gefühl der Ohnmacht.

»Jetzt hängt alles von der kleinen FDP ab«, tönte es aus dem Lautsprecher.

Schweigend beobachteten alle, wie sich der gelbe Balken nach oben bewegte.

»Sieben Komma neun Prozent für die Liberalen«, kam die Stimme aus dem Lautsprecher.

»Reicht das denn?«, fragte ihre Mutter. »Soll ich nun den Sekt holen oder nicht?«

Ihre Frage wurde beantwortet, als das Kuchendiagramm mit der Verteilung der Sitze auf dem Bildschirm erschien und der Kommentator sagte: »Wir haben zwar noch kein vorläufiges amtliches Endergebnis, aber die Hochrechnungen sprechen eine eindeutige Sprache: Die sozialliberale Koalition aus SPD und FDP behauptet die absolute Mehrheit und kann damit fortgesetzt werden.«

Schönwetter stützte sich auf den Armlehnen ab, drückte sich aus dem Sessel hoch, bewegte sich mit sichtlicher Mühe zur Schrankwand und holte eine Zigarrenkiste heraus.

»So krank, wie du bist?«, fragte seine Frau. »Ich glaube nicht, dass das eine gute Idee ist, Harald.« Aber statt zu antworten, klappte er die kleine Holzkiste auf und steckte sich eine lange Zigarre zwischen die Zähne. Seine Frau seufzte und ging in die Küche, um die Sektflasche aus dem Kühlschrank zu holen. Die Gläser standen schon seit heute Mittag in der Durchreiche auf einem Tablett bereit.

Schönwetter zündete sich die Zigarre mit einem Einwegfeuerzeug an, nahm schnell hintereinander einige Züge und musste husten. Dann wankte er zur Terrassentür. Der unerschütterliche sozialdemokratische Mainheimer Bürgermeister, bekannt für Weitblick und Augenmaß, der Garant für Stabilität in der kleinen Industriestadt, der Beschützer ihrer Familie, war betrunken. Mit einem Ruck zog er die Stores zur Seite, drückte den Hebel herunter, um die Tür zu öffnen, und trat in Pantoffeln auf die Waschbetonfliesen. Aus seiner Lunge kam ein Pfeifen, das sich mit dem herbstlichen Vogelgesang vermischte, der aus dem Garten in das Wohnzimmer drang. Minka ging ans Fenster und sah hinaus, versuchte, den Vogel zwischen den Ästen der Pappeln auszumachen, die sich schwarz vor dem dämmrigen Himmel abhoben. In Caros Zimmer im Dachgeschoss brannte Licht.

»Steeeern! Wir haben gewonnen!«, schrie Schönwetter und bekam einen Hustenanfall.

HABU UND CLAIRE

Ihr Sozis!«, rief Pa. »Ihr denkt wirklich, ihr gewinnt immer, was?« Schon die übertrieben aufgebauschte Wahlkampagne war nur dazu gedacht, den CDU-Wählern auf die Nerven zu gehen. Als es auch noch jemand gewagt hatte, ihm einen SPD-Aufkleber auf den Kofferraum des Mercedes zu pappen und ein Plakat von Helmut Schmidt am Werkstor der Cassada zu befestigen, war das Maß voll gewesen. Das Plakat war im Müll gelandet, den Aufkleber hatte Fitzi mühsam mit dem Fön entfernt, aber die Wut blieb.

Pa war furchtbar aufgebracht, als er das Diagramm auf dem Bildschirm sah. Die CDU war doch ganz klar vorne! Es durfte einfach nicht wahr sein, dass sie trotzdem nicht an die Regierung kam. Helmut Kohl hätte alle Chancen gehabt, das Ende der sozialliberalen Koalition einzuläuten.

»Liegt das etwa an diesem gelben Regen?«, fragte Erne. »Der wird sicher eher der industriefreundlichen Union geschadet haben als der SPD.« Mit wichtigem Gesichtsausdruck griff er in die offene Pralinenschachtel.

»Ausgeschlossen. Ein kleiner Störfall bei einem Chemieunternehmen in Hessen kann nicht den Ausgang der Bundestagswahl beeinflussen.«

Pa beugte sich weiter nach vorne, um nochmals das Kuchendiagramm auf dem Bildschirm zu studieren. »Meine Güte, ist das knapp! Es hängt ja wirklich nur an der FDP.« Mit einer Schichtnougatpraline in der Hand lehnte er sich wieder zurück. »Zugegeben, es war sehr kurz vor der Wahl, das Gedächtnis der Wähler noch frisch, die gelbe Schicht noch lange nicht überall verschwunden. Aber der Schaden ist lokal begrenzt, eine Gesundheitsgefahr wurde schnell und konsequent heruntergespielt – auch von unserem Bürgermeister. Da hat Schönwetter uns sogar in die Karten gespielt.«

Nach Pas Ansicht, die er in den letzten Wochen täglich kundgetan hatte, brauchte die deutsche Wirtschaft ein Ende der sozialliberalen Koalition dringender denn je.

Keiner in der Familie hätte seine endlosen Ausführungen noch einen

Tag länger ertragen können: Regulierungen, Marktsättigung, der Strukturwandel des Einzelhandels, das alles mache der Cassada zu schaffen. Die verschärfte Rezession des Jahres 1975 habe trotz Rationalisierungen und Kurzarbeit für einen Gewinneinbruch gesorgt, der auch im Folgejahr kaum habe aufgeholt werden können. Die Investition in die neue Produktionshalle habe sich – das müsse er sich leider eingestehen – als überzogen gezeigt, die Zahlen wiesen in die falsche Richtung. Ein Politikwechsel sei das einzige Mittel, das jetzt noch helfen könne.

Aber nun sah es nicht danach aus, als würden sich seine Hoffnungen erfüllen.

Ma kniete vor Claire und legte ihr eine Decke über das Bein, griff nach ihrem dünnen Arm und hielt ihn so fest, als könnte Claire jeden Moment wieder davonfliegen. Ihre Sorge, die ständige Unruhe, die Angst füllte das Wohnzimmer aus, in dem es sonst so friedlich zuging, in dem alles aus hellen Stoffen und dunklem Holz bestand, wo Tisch- und Stehlampen mit hellgelben Schirmen ihr warmes Licht aus allen Ecken des Raumes verbreiteten. Pa konnte Claires Anblick kaum ertragen, war überhaupt nicht in der Lage, sich ihr zu nähern. Wie ein blasses Blatt Papier saß sie auf dem Sofa, das Gipsbein auf einem Hocker mit einem Kissen gelagert, dünn und still. Ihre Haare hingen offen herab, das Gesicht spitz und bleich.

»Steeeern, wir haben gewonnen!«, hörten sie Schönwetters heiseren Ruf von der gegenüberliegenden Terrasse.

»Mach die Tür zu! Fitzi!«, blaffte Pa.

»Es heißt: Bitte, mach die Tür zu«, verbesserte Ma.

Fitzi sprang auf, knallte die Terrassentür zu, dass die Scheibe schepperte und Claire zusammenzuckte.

»Nicht so doll, du erschreckst Claire!«

»Immer nur Claire, Claire, Claire!«, murrte Fitzi und verdrehte die Augen. »Kann ich umschalten?«

»Was?«

»Es heißt: Wie bitte, Philipp!«, verbesserte Ma mit kraftloser Stimme und reichte Claire ein Glas warme Milch mit Honig, als würde das Allheilmittel gegen Erkältungen auch bei einem gebrochenen Fuß helfen. Pa war so in Gedanken, dass er gar nicht realisierte, wie Helmut Schmidt vor die Kamera trat und von einem Wahlsieg sprach.

»Normalerweise willst du doch keinen von der SPD reden hören!«, sagte Fitzi.

»Ja, schalt ihn ab oder von mir aus auch um! Das kann man sich ja nicht anhören.« Pa machte eine Handbewegung, die zeigte, dass die Sache für ihn gelaufen war. Als Fitzi auf die ARD umschaltete, stöhnte er enttäuscht und murrte: »Nicht schon wieder Politik!« Denn dort erschien das Gesicht Helmut Kohls im Großformat. Auch Kohl sprach von einem Wahlsieg.

»Kann er ja auch mit 48 Prozent«, kommentierte Fitzi altklug und machte einen Purzelbaum auf dem Teppich vor dem Fernseher.

»Ja, das stimmt. Wenn nicht die FDP wieder so stark geworden wäre.«

»Jetzt wird nicht mehr getobt! Zeit fürs Bett«, rief Ma mit sanfter Stimme und räumte mit Tini den Couchtisch ab. Mit ihren Tabletts verschwanden sie beide in Richtung Küche. Pa schob die Tür zur Bibliothek auf, murmelte, er müsse noch etwas arbeiten, und Erne nahm Fitzi mit nach oben.

Claire saß die ganze Zeit wie versteinert da, hielt die kleine Schlumpffigur fest umklammert, damit ihre Hände nicht zitterten. Sie versuchte, sich nichts anmerken zu lassen. Nichts von ihren Schweißausbrüchen, ihrer Übelkeit, ihrem trockenen Mund. Keiner ahnte, dass sie unter Entzugserscheinungen litt. Bereits auf dem Weg von der Schule zum Krankenhaus, vom Krankenhaus zur Apotheke und von der Apotheke nach Hause gab es nur eine Frage, um die ihre Gedanken kreisten: Wie kam sie mit diesem Gips am Fuß, den Krücken und der endgültigen Zurückweisung durch Karin Lavalette von nun an bloß an ihre Tabletten?

Habu war es, der sich plötzlich auf die andere Seite des Sofas neben sie setzte und sie leise fragte: »Tut es weh?«

Claire lächelte verkrampft, und eine kleine Bewegung ihres Kopfes signalisierte ihm, dass sie sich über seine Anteilnahme freute. Er war von Anfang an ihr Lieblingsbruder gewesen. Habu hatte ihr vieles erklärt, das für jeden hier selbstverständlich, für Claire aber vollkommen neu war. Durch ihn hatte sie alles über Fernsehsendungen wie »Was bin ich« erfahren, bei der vier Kandidaten in einem spartanisch eingerichteten Studio den Beruf eines Gastes erraten mussten und für jedes »Ja« ein Fünf-D-Mark-Stück in ein Porzellan-Sparschwein geworfen bekamen; was Habu an Pan-Tau – dem Zauberer mit der schwarzen Melone, der sich zu einer Spielzeugfigur verwandeln konnte – so faszinierte; über den Mechanismus der Fußball-Bundesligatabellen und die Abseits-Regel; welcher Fernsehsessel zu »verfurzt« war, weil Erne meistens darin saß; dass der grüne Rennwagen auf der Stern'schen Carrera-Bahn immer der schnellere war, egal ob er innen oder außen fuhr; welche Ausreden für das Schwänzen der evangelischen Jungschar von Ma akzeptiert wurden und welche nicht; wie man Holzkohle für den Gartengrill zum Glühen brachte und warum man die rohen Bratwürstchen erst mit kochendem Wasser überbrühte.

Aber seit sie durch das Überspringen von zwei Klassen in seine Jahrgangsstufe gekommen war und sie dieselben Oberstufenkurse zusammen besuchten, hatte er sich nach und nach von ihr entfernt. Ihre Freundschaft, ihre Bruder-Schwester-Beziehung wurde brüchig, und er löste das zarte, aber eng geschlungene Band. Sie hatte sein Verhalten nicht verstanden, brachte es nicht in Zusammenhang mit ihrem Lerneifer und ihrer raschen Auffassungsgabe, denn gerade diese beiden Eigenschaften hatte er in den ersten Jahren immer gelobt und bewundert. Vor allem, wenn er ihr die Fußballregeln erklärte und sie sie schneller begriff als jeder Junge, wie er ihr beteuerte. Die frostige Erfahrung hinsichtlich ihrer Mitschüler schob sie auf ihr andersartiges Aussehen, denn einige machten Bemerkungen über ihre »Schlitzaugen« und die angeblich »gelbe« Haut, aber bei Habu war sie ratlos.

»Wie lange musst du den Gips dran lassen?«, fragte er.

Claire holte tief Atem, sammelte sich. »Drei Wochen.«

»Ganz schön lang!«

Sie senkte den Kopf und nickte so verloren, dass Habu fast körperlich mit ihr litt. »Und die ganze Zeit kannst du nicht in die Schule?«

»Ich glaube nicht.«

Sie war den Tränen nahe und versuchte offenkundig zu sprechen. Plötzlich legte sie die Handflächen zusammen, schloss sie um Nase und Mund. Bis jetzt hatte sie den Blick gesenkt, aber jetzt sah sie ihn an, und das starke Zittern ihrer Hände war offensichtlich.

Als sie seinen mitfühlenden Blick auffing, das gutmütige rundliche Gesicht der ersten Tage ihrer Adoption so nah vor sich sah, glaubte sie in ihrer Verzweiflung, plötzlich eine mögliche Lösung ihres Problems vor Augen zu haben: Habu! Aber etwas schnürte ihr die Kehle zu. Sie schluckte, und als sie sich endlich in der Gewalt hatte, ließ sie die Hände sinken und sagte: »Das geht schon seit Wochen so.«

»Was meinst du?«

Sie musste einen Moment innehalten, und nur weil er einfach geduldig abwartete, traute sie sich, weiterzusprechen. »Ich weiß nicht genau, aber vorgestern war der ganze Tag so seltsam. Ich habe die Dinge so anders wahrgenommen. Schon morgens vor der Schule und dann während des Physikunterrichts …« Sie lachte nervös. »Hast du nichts bemerkt?«

»Deine … Art? Als du den Versuch durchgeführt hast?«

Sie nickte. »Ja, schon. Vor allem am Schluss hast du nicht so cool gewirkt wie sonst immer.«

Sie blickte wieder nach unten, knetete ihre Hände. »Es ist seltsam, wie ich die Dinge wahrgenommen habe, alles sah so anders aus, viel zu scharf, das Licht hat geblendet, und meine eigenen Hände … als ich das Öl in den Glasbehälter gesprüht habe … sie kamen mir vor, als wären es gar nicht meine Hände …« Sie schluckte und holte Luft. »… und meine Stimme hörte sich an, als käme sie von weit her …«

»Claire, was ist denn mit dir?«

»… und eigentlich habe ich die ganze Situation so empfunden, als wäre sie bereits vor längerer Zeit passiert.«

Habu war verstört und ratlos. Worte schienen keinen Ausweg zu bieten, deshalb rückte er näher an sie heran und legte seine Hände auf ihre. Ihre Haut fühlte sich eiskalt an. Sie hob den Kopf und sah das Mitgefühl in seinen Augen.

»Habu, es ist, weil … ich brauche ein Medikament … ich brauche ganz bestimmte Tabletten, und ich weiß nicht, wie ich sie kriegen soll.« Sie deutete hilflos in Richtung ihres Gipsbeins. »Bitte, du musst mir helfen.«

CARO

Caro war nach Minkas Anruf direkt in ihr Zimmer unter dem Dach verschwunden. Der kalte Schreck war einer Grundnervosität gewichen, einem Kribbeln, als würden ihr Ameisen von den Füßen die Beine hinaufkrabbeln. Bis eben war der Einbruch in das Tierversuchslabor nur eine vage Idee gewesen, über die sie hin und wieder fantasiert hatten. Nie hatte sie geglaubt, dass Minka es wirklich ernst meinte. Und nun, so plötzlich, sollte es Realität werden. Sie hatte sie unterschätzt. Wenn sie sich in etwas verbissen hatte, ließ sie einfach nicht mehr locker.

Was würde sie im Keltengrund erwarten? Konnte sie den Anblick überhaupt ertragen? Und wie sollte sie die Zeitspanne bis heute Nacht um halb eins überbrücken? Keinesfalls konnte sie sich zu den anderen in das Wohnzimmer setzen, um den Wahlabend zu verfolgen. Es interessierte sie ohnehin nicht, welche Partei gewann, wer Bundeskanzler würde. Das Ergebnis hatte nicht das Geringste mir ihrem Leben zu tun.

Caro öffnete ihr Dachfenster und starrte hinaus. Ganz in der Nähe hörte sie ein Zwitschern und versuchte, den Vogel zwischen den Ästen der Pappel auszumachen, die sich schwarz vor einem in rötliche Farben getauchten Himmel abhob. Der Lufthauch brachte die Seiten ihres Blocks zum Rascheln, auf dem sie neuerdings ihre Geschichten schrieb. Es klang wie eine Einladung, sich wieder daranzusetzen und in dem gelben Lichtkegel ihrer Schreibtischlampe Buchstaben an Buchstaben zu reihen, Wort an Wort und allein mit der Kraft ihrer Gedanken eigene Welten zu schaffen. Genau genommen war es nur noch eine Welt. Was als eine ihrer vielen Kurzgeschichten begonnen hatte, war länger und länger geworden. Die Geschichte über ein kleines Universum, von der sie sich bislang noch scheute, sie Roman zu nennen, denn das klang ihr zu hochtrabend. Die Ereignisse der letzten Tage hatte sie noch nicht literarisch verarbeitet. Weder der gelbe Regen noch Claires Sturz vom Schuldach waren in ihrem gut hundert Seiten langen Epos zu finden, obwohl sie im Geist schon an der Formulierung einzelner Sätze feilte.

Aus der Vogelperspektive hätte man eine Linie erkennen können. So exakt, als wäre sie mit einer Schnur gezogen, verlief sie von Nord nach Süd.

Auf die korrekte Verwendung des Konjunktivs war sie immer besonders stolz. Sie griff zu ihrem Stift – inzwischen benutzte sie einen schwarzen Rollerpen, der geschmeidig, ohne jedes Kratzen über das Papier glitt – und schrieb den Satz auf die leere Seite.

Die Linie verlief mitten durch die Kleinstadt …

Noch immer fehlte ihr ein passender Ortsname, den sie statt Mainheim verwenden wollte. Es war nur ein Gefühl, aber es sagte ihr, als Autorin sei es in diesem Fall angeraten, alle Namen zu verfremden.

Eine dunkelgelbe Linie.

Was gab es für Gelbtöne? Ockergelb, Safrangelb, Quittengelb?

Der Osten lag unter einer harzigen, gelben Schicht, die der giftige Regen hinterlassen hatte.

Bestimmt war diese Wortwahl zu kindisch. Geschliffene Formulierungen, etwas Obskures, Außergewöhnliches, das war es, wonach sie Ausschau hielt. Wieder einmal war sie wie gelähmt, einerseits von dem Drang, ihre Erlebnisse in einem schlichten Tagebucheintrag festzuhalten, und andererseits ihrem Ehrgeiz, etwas Großes zu schaffen. Stirnrunzelnd starrte sie auf die Seite ihres Blocks. Fast alles geschah aus irgendeinem Grund. Gab es eine höhere Macht, die dafür verantwortlich war? Oder in diesem Fall eine Person, zum Beispiel Rudolph Zenker, der Direktor der Ruberus AG, wie Minka und viele andere behaupteten. Minka glaubte sogar, beweisen zu können, dass er die Verkörperung des Bösen schlechthin war. Es war einer der Gründe, weshalb sie in den Keltengrund einbrechen wollte, sie suchte nach Beweisen.

Als fünfzehnjährige Schriftstellerin hielt sich Caro bereits für so welterfahren, dass sie Einfältigkeiten wie Gut und Böse nicht mehr akzeptierte. Mit dem Rollerpen in der Hand blickte sie in ihr Zimmer mit den dünnen Rigipswänden, die in den rohen Dachboden gesetzt worden waren. Drei Räume waren dadurch entstanden und wirkten wie Schuhschachteln mit drei Geraden und einer Schräge. Gleich hinter der steilen Treppe kam rechter Hand ihr Zimmer, das sich mit einer Schiebetür öffnen ließ, während linker Hand der Stauraum für Koffer und Reisetaschen lag. Ging man weiter, erreichte man das Duschbad mit schönen weißen Kacheln, viel kleiner, aber dafür moderner als das Elternbad, das ganz in Altrosa gehalten war. Dann kam Habus Zimmer, dessen eine Wand mit einer mannshohen Magnettafel versehen war. Hier verschob er jede Woche die Embleme der Bundesligaklubs auf der Tabelle. Caro war heilfroh, dass ihr Bruder auch unter das Dach gezogen war, denn manchmal gruselte sie sich nachts hier oben. Sie sah zu ihrem schmalen Bett, das genau unter die Schräge passte, und die Knopfaugen ihres Plüschhunds starrten sie an. Ein letzter Gefährte ihrer Kindheit, von dem sie sich bisher nicht trennen mochte. Mit der erhabenen Freiheit der Dichterin war sie sogar in der komfortablen Lage, ihren Stoffbasset als Erzähler ihrer Geschichte zu küren. Als Autorin konnte sie selbst die Entscheidung treffen, aus welchem Blickwinkel sie schrieb. War der Erzähler oder die Erzählerin eine allwissende Instanz, die die Gedanken und Gefühle der Figuren enthüllen konnte? Oder eine weitere Figur innerhalb der Geschichte? Und war die Perspektive, wenn man es recht bedachte, überhaupt in einer Person begründet?

Giscard (so hieß Caros Stoffbasset) *hält es für einen erstaunlichen Zufall: Ein vietnamesischer Junge springt 1972 vom Dreimeterbrett? Ein vietnamesisches Mädchen springt 1976 vom Schuldach und fällt drei Meter tief.*

Gleich darauf nahm sie ein Lineal und zog mehrere Striche schräg durch ihre letzten Sätze.

Die Abendluft, die durch das gekippte Fenster zog, wurde ihr zu kühl, und sie stand wieder auf, um es zu schließen. Vor drei Jahren hatte sie nichts dagegen gehabt, in das neu ausgebaute Dachgeschoss zu ziehen. Im Gegenteil, sie fand es sogar aufregend, und so konnte sie Claires Wunsch leicht erfüllen, denn ihre Adoptivschwester wollte gerne in ihrem alten Zimmer im ersten Stock wohnen bleiben. Die Nachteile bemerkte Caro schon im ersten Sommer, den sie hier oben verbrachte. Es war der heißeste Juli seit Langem, und die Temperatur in dem kaum isolierten Dachgeschoss stieg auf fünfundvierzig Grad. Im darauffolgenden Winter wiederum reichte der eine Heizkörper kaum aus, um ihr Kinderzimmer mit einer gemütlichen Wärme zu versorgen, so wie sie es von früher gewohnt war. Wie von selbst schrieb ihre Hand einen Satz auf den Block:

Warum ist Claire vom Dach gesprungen? Sie hatte doch alles, was man sich wünschen kann.

Bisher hatte sie nicht mit ihr darüber gesprochen, denn sie empfand inzwischen nicht mehr genug Vertrautheit, und weder Ma noch Pa wussten, dass ihr Adoptivkind nicht gefallen, sondern gesprungen war.

Jetzt sah sie hinter den dunklen Schatten der Pappeln, wie das Licht in Minkas Zimmer anging. Sie reckte sich weit aus dem Fenster und winkte. Kurz darauf öffnete sich die Balkontür, und Minka kam heraus. Sie machte ihr ein Zeichen, und Caro winkte nochmals zurück. Dann drehte Caro sich wieder um, zog ihren Pulli mit den Fledermausärmeln aus und öffnete ihren Kleiderschrank. Ihr schwarzes Fruit-of-the-Loom-Sweatshirt erschien ihr geeignet, außerdem die schwarze Cordhose.

Die Oktobernacht war dunkel und klar. Als alle schliefen, zog Minka Jeans, Turnschuhe und einen schwarzen Pullover an. Clärchen sprang um sie herum, weil sie glaubte, sie gehe mit ihr spazieren. Minka musste sie mit Flüsterstimme beruhigen: »Du kannst nicht mit, sei brav und warte hier auf mich.« Enttäuscht rollte sich die Bullterrierhündin in ihrem Körbchen zusammen. Minka streichelte sie kurz, hielt den Atem an und schlich vorsichtig die Treppe hinunter. Sie verließ das Haus um fünf vor halb eins, um Caro zu treffen. Der alte Tierpfleger Jan hatte versprochen, sie um ein Uhr einzulassen. Das Leid der ihm anvertrauten Schützlinge machte ihn krank, und Minka hatte ihn gar nicht so lange überreden müssen, wie sie gedacht hatte. Hunde, die die Versuche überlebten, kamen wimmernd und blutend, mit verätzter Haut, gebrochenen Knochen oder zerschnittenen Leibern zu ihm zurück. Folterkammer hatte er den Keltengrund ein paarmal genannt. Er war nicht abgebrüht genug. Beagle seien so liebe Hunde, die sofort eine emotionale Bindung zu den Menschen aufbauten. Minka hatte ihre Chance gewittert, die sich ihr durch Jans weiches Herz bot. Sie wollte sich endlich selbst davon überzeugen, was man dort den Tieren antat, sie würde Fotos machen und alles dokumentieren, Beweise sammeln.

Die dunkle Gestalt, die sich aus dem Schatten schälte, war Caro.

»Bist du wirklich sicher, dass du mitmachen willst?«, fragte Minka.

Caro, die einen schwarzen Hoodie trug, nickte.

»Und hat auch keiner gemerkt, dass du mitten in der Nacht raus bist?«

»Nein, alle haben geschlafen.«

»Dann steig auf! Wir sind schon spät dran.«

Caro schwang sich auf den Gepäckträger von Minkas Mofa, und sie tuckerten durch die menschenleere Kleinstadt. Je näher sie dem Keltengrund kamen, desto nervöser wurde Caro. Kurz bevor sie das gesicherte Gelände erreichten, bat sie Minka anzuhalten. »Wir sollten das Mofa hier im Gebüsch verstecken. Wenn wir bis vor das Tor fahren, hört uns vielleicht ein Nachtwächter.«

»Es gibt um die Zeit keinen Nachtwächter. Jan sagt, er mache um elf seine letzte Runde.«

»Trotzdem.«

Sie stiegen ab und näherten sich dem hohen, zweifach verstärkten Zaun zu Fuß.

»Wir sollen zum Seiteneingang kommen, hat er gesagt, da vorne links.«

Jan war so plötzlich neben ihnen, dass Caro erschrak und einen kleinen Schrei ausstieß. Mit der schwarzen Kapuze, die sein Gesicht beschattete, war er kaum zu erkennen.

»Pssst, bist du wahnsinnig?« Er sah sich nach allen Seiten um. »Noch mal so was, und die Sache platzt!«

»Schon gut, wir sind jetzt leise.« Minka versuchte, ihn zu beruhigen. So kurz vor dem Ziel wollte sie nicht aufgeben. »Was ist mit den Scheinwerfern?«

»Ich habe die Bewegungsmelder abgeklemmt.«

Die Tür im Zaun öffnete sich mit einem leisen Quietschen. Sie sahen sich nach allen Seiten um und huschten dann über den Hof, der nur von ein paar Bogenlampen in ein fahles Licht getaucht wurde. Jan ging voran und führte sie zu dem Hintereingang, den Minka schon so häufig beobachtet hatte. Als sie an den Müllcontainern vorbeikamen, waren beide Mädchen dankbar, dass keine Plastiksäcke mit Tierkadavern zu sehen waren. Offenbar waren sie heute geleert worden. Jan schloss leise die Tür auf und holte eine Taschenlampe heraus. Ein intensiver Geruch nach Desinfektionsmitteln schlug ihnen entgegen. Sie konnten jetzt schon das leise Jaulen und Fiepen hören. Caros Herz begann zu hämmern. Sie war sich auf einmal nicht mehr sicher, ob sie dem Anblick gewachsen war, der sie erwartete.

»Dahinten sind sie«, sagte Jan und übernahm die Führung. Sie schlichen vorsichtig einen Gang entlang, von dem links und rechts Türen abgingen, bemüht, keine Wände zu streifen und nur dem Lichtkegel der Taschenlampe zu folgen. Minka hatte mit ihm vereinbart, sie als Erstes zu den Hunden zu führen, je nachdem, wie viel Zeit dann noch bliebe, würden sie auch zu den Kleintieren gehen. Als sie ein Fenster passierten, duckten sie sich, und Jan knipste augenblicklich die Taschenlampe aus, damit der Lichtschein nicht von außen zu sehen war. Durch die Hofbeleuchtung sahen sie genug, um sich langsam vorwärtszubewegen. Das Winseln kam näher, und Jan drehte sich zu ihnen um: »Es kann sein, dass sie anfangen zu bellen, wenn sie euch sehen. Falls das passiert, müssen wir sofort wieder raus. Verstanden?«

Die beiden Mädchen nickten, und Jan drehte ganz langsam den Türknauf, schob die Tür auf. Die Hundekäfige lagen in vollkommener Dunkelheit. Der Geruch nach Desinfektionsmittel wurde jetzt noch stärker und war mit Blut- und Uringeruch durchsetzt. Das Winseln und Fiepen klang so jämmerlich, dass sich Caro die Hände auf die Ohren presste. Kein einziger Hund bellte.

»Schon gut, schon gut«, redete Jan mit beruhigender Stimme auf seine Schützlinge ein. »Ich bin's ja nur, und die Mädchen hier tun euch nichts. Die gehören zu den Guten.«

Er wartete einige Sekunden und knipste dann seine Taschenlampe an. Nacheinander leuchtete er in jeden Käfig, noch immer verhielten sich die Hunde ruhig. Diejenigen, die laufen konnten, kamen an die Gitterstäbe und beschnupperten neugierig die Finger der Mädchen. Eine Hündin lahmte so sehr, dass sie den kurzen Weg nicht schaffte und sich wieder hinlegte. Die Mädchen sahen rasiertes Fell, verätzte Haut, verschorfte Ohren, tränende Augen, grobe OP-Nähte, Drähte, Erbrochenes. Manche Hunde lagen auf dem nackten Betonboden und waren nicht einmal in der Lage, den Kopf zu heben. Es waren zehn Käfige, auf jeder Seite des Gangs fünf. Ein kleiner Rüde mit einem besonders dunklen Kopf, einem hellbraunen Ohr und trüben Augen lag in einer großen Blutlache und winselte kaum hörbar.

»Der wird die Nacht nicht überleben«, sagte Jan mit heiserer Stimme. Caro liefen Tränen über die Wangen. Minka schluckte hörbar.

»Ich will ja nicht drängen, aber du musst jetzt die Fotos machen, ewig können wir hier nicht bleiben.«

Endlich holte Minka ihre Kamera aus der Tasche und begann zu fotografieren. Selbst das Blitzlicht schien die Hunde nicht zu erschrecken.

»Die haben alle Beruhigungs- und Schmerzmittel bekommen«, erklärte Jan. »Sonst wäre hier die Hölle los.«

Nach einigen Minuten drängte Jan zum Aufbruch. Seine Stimme klang rau, ihm war die Angst anzuhören. »Wie geht es mit ihnen weiter?«, fragte Caro leise. »Müssen sie noch mehr ertragen, oder …«

»Je nachdem, wie sie durchhalten, das Beste, was ihnen passieren kann, ist …« Er sprach nicht weiter.

»… wenn sie schnell sterben«, vollendete Minka seinen Satz.

Er presste die Lippen zusammen und nickte. »Leider ist es so. Aber jetzt müssen wir wirklich los.« Trotzdem blieb er so lange stehen, bis die Mädchen sich von jedem der Beagle verabschiedet hatten.

»Da entlang!«, sagte er und deutete auf das andere Ende des Gangs. Er drückte auf einen Knopf an der Wand, ein Summer ertönte, und er zog die Tür auf. Jetzt waren sie in dem Raum mit den Kleintieren. Einige wenige Lampen tauchten ihn in schwaches bläuliches Licht. Der Geruch war anders, die Geräusche glichen einem Scharren und Rascheln.

Jan ließ den Lichtkegel der Taschenlampe an den Wänden entlangtanzen, vor denen die kleinen Käfige und Glas-Terrarien standen. Er beleuchtete Mäuse ohne Fell, übersät mit Pusteln, Kaninchen, die taumelnd im Kreis hoppelten und orientierungslos gegen die Käfigwand stießen. Minka machte viele Fotos, während Caro es nicht ertrug, genauer hinzusehen. Sie ging auf einen Schreibtisch aus Metall zu und zog die Schublade auf. Wahllos griff sie in eine Mappe des Hängeregisters und holte einige Blätter heraus, bat Jan um mehr Licht, überflog die Listen mit Zahlenreihen und lateinischen Namen. Dann zog sie aus der nächsten Mappe eine mit schwarzen Plastikringen zusammengeheftete Arbeit. »Medizinische Dissertation zur Erlangung der Doktorwürde, Karin Lavalette«, las sie laut und blätterte sie hastig durch.

»Hört euch das mal an«, sagte sie und las vor: »Es wurden vierzehn Beagle mit Röntgenstrahlen bestrahlt und mit einem Immunsuppressivum (Ciclosporin A) behandelt, um die körpereigene Immunabwehr zu schwächen. Danach wurden ihnen Stammzellen von anderen Hunden eingepflanzt. Bei den Tieren kam es zu unterschiedlich ausgeprägten Symptomen, die auf die Strahlenkrankheit, die Ciclosporin-Behandlung und/oder die Abstoßungsreaktion zurückzuführen sind. Die Tiere litten zum Teil unter Bauchschmerzen, Appetitmangel, blutigem Erbrechen, blutigen Durchfällen, Fieber über vierzig Grad, schweren Leberschäden. Eine Hündin lahmte auf dem Vorderbein sowie …«

»Wir haben jetzt keine Zeit, eine Doktorarbeit vorzulesen!«, drängte Jan. Er wurde immer nervöser und sah auf seine Uhr.

Caro fragte, ob sie davon Fotos machen könnten.

»Das dauert viel zu lange! Nimm die Sachen einfach mit!«, meinte Minka.

Daraufhin rollte Caro die Blätter zusammen und steckte sie sich hastig in die Innentasche der Jacke.

»Los, beeilt euch! Ich will nicht riskieren, doch noch dem Nachtwächter in die Arme zu laufen!« Jans Stimme klang so gehetzt, dass sie ihm widerspruchslos folgten, als er zurück zur Tür lief. Im letzten Moment schob Caro noch die Schreibtischschublade zu, doch da hörten sie plötzlich das laute Schrillen der Alarmanlage. Die Tiere rannten in ihren Käfigen umher. Gleichzeitig setzte Hundegebell ein. Jan stürzte sofort los, durch die Tür, an den Boxen mit den vollkommen verstörten Tieren vorbei, durch die nächste Tür, den Flur entlang, Richtung Nebenausgang. Voller Panik folgten sie ihm, ohne zu überlegen, ob das die richtige Entscheidung war. Nie zuvor hatten sie ein derart durchdringendes Geräusch gehört wie diese Sirene, die so laut war, dass es körperliche Schmerzen bereitete. Sie rissen die Tür zum Hof auf, der in gleißendes Flutlicht getaucht war, das ganze Gelände taghell erleuchtet. In wilder Hast sprinteten sie über den Asphalt. Irgendwie bis zum Tor kommen und in den nächtlichen Feldern oder den Kiesgruben verschwinden.

Als sie sich umdrehten, sahen sie den Nachtwächter auf sie zukommen. »Halt! Stehen bleiben!«, rief er.

»Schneller«, kreischte Caro und warf sich gegen das geschlossene Tor, dass es schepperte. »Hast du den Schlüssel?«, schrie sie mit sich überschlagender Stimme Jan an, der jetzt neben ihr ankam und umständlich mit dem Schlüsselbund herumnestelte. Ohne ein Wort krallte Minka ihre Finger in den Maschendraht des Zauns und begann, mit kraftvollen Bewegungen daran hochzuklettern. Es war ein sinnloses Unterfangen, denn in drei Metern Höhe befanden sich Stacheldrahtspiralen, die unüberwindbar waren. »Gib her!«, sagte Caro und ließ sich den Schlüsselbund zuwerfen, steckte einen der Schlüssel ins Schloss, drehte ihn, er passte, und sie zog das Tor auf. Minka sprang vom Zaun. Im selben Moment sahen sie das Blaulicht des Polizeiwagens, der die Straße zum Keltengrund entlangraste. Jan drehte den Kopf, Panik und Entsetzen in den Augen, rief: »Los, macht, dass ihr wegkommt!«, und sprintete los. Er war in der Dunkelheit verschwunden, bevor die Polizisten das Tor erreichten und den beiden Mädchen den Weg versperrten.

III. BUCH

1980

MINKA

Hoch aufgeschossen, neunzehn Jahre alt, mit langen, muskulösen Beinen und dunklen Haaren stand Minka in dem improvisierten Volleyballfeld vor der Rundhütte. Sie sprang in die Höhe, um den Ball mit weichen Fingerspitzen anzunehmen und weiterzuspielen. Das grüne, gebatikte T-Shirt saß eng um ihre Brüste und reichte bis zu den Kniekehlen. Ihre hochgekrempelten Jeans ließen die braun gebrannten Waden und nackten Füße frei. Sie waren fast alle barfuß, hatten lange Haare, trugen Stirnbänder. Ein Mädchen baggerte den Ball über das Netz, doch ein hagerer Junge sprang in die Höhe und wehrte ihn ab, sodass er in Minkas Richtung zurückflog. Sie musste ein Stück rennen, um ihn anzunehmen, und ihre Füße sanken tief in den heißen Sand ein, den einige Bewohner ihrer Kommune in einer Nacht-und-Nebel-Aktion von den Mainheimer Kiesgruben geholt und auf das Spielfeld geschüttet hatten. Darüber hatte es längere Diskussionen gegeben, denn der extensive industrielle Kies- und Sandabbau war etwas, das sie alle kategorisch ablehnten. Aber nach einer Abstimmung war mit zweiunddreißig zu neunzehn Stimmen dafür votiert worden, den Sand zu behalten.

Als Minka jetzt die Hand zum Pritschen hob, blitzten ihre silberfarbenen Ringe im Sonnenlicht. Sie drehte den Kopf, schaute über die Schulter, verfehlte den Ball, und er fiel mit einem dumpfen Ton in ihr Feld.

»Hey, was ist los, Minka!«, rief das Mädchen neben ihr, aber Minka achtete nicht auf sie, sah nur zu der Gestalt, die ganz am Ende des mit Löwenzahn und Wiesenkerbel überwucherten Damms stand. Der junge Mann musste etwa in ihrem Alter sein. Er trug Kaki-Shorts, ein graues T-Shirt, Turnschuhe, hatte schwarze Haare und schien unverwandt in ihre Richtung zu schauen.

»Ich bin gleich wieder da«, murmelte Minka.

Die anderen sahen ihr kurz hinterher, als sie langsam auf ihn zuging und ihr weißer Bullterrier vom Rand des Volleyballfelds aufstand, um ihr zu folgen. Doch dann verloren sie das Interesse und spielten ohne sie weiter. Hier kamen und gingen so viele Leute, dass man nicht für jeden ein Begrüßungskommando losschickte.

Sein Gesicht war kräftig, markant, seine Augen goldbraun. Minka stockte der Atem, als sie ihn wiedererkannte. Er hatte einen Reiserucksack mit einem sperrigen Alugestell dabei, dessen einer Gurt lässig über der Schulter hing, und wirkte entspannt, selbstsicher. Wärme durchströmte sie, als er ihren Blick festhielt, aber wie angewurzelt auf seinem Platz stehen blieb.

»Bist du es wirklich?«, wollte sie sagen, aber es kam stattdessen nur ein Krächzen aus ihrer Kehle, was ihr unsagbar peinlich war.

»Hey Minka!«, sagte Guy. »Es war nicht ganz leicht, dich zu finden.«

Die Stimme klang so anders, als sie sie in Erinnerung hatte, so tief und klar, dass sie schlucken musste, nichts sagte, nur von einem Bein aufs andere trat. Der Junge, von dem alle dachten, er führe irgendwo ein jämmerliches Leben, gezeichnet durch dauerhafte Behinderungen, von dem in Mainheim nach dem Unfall im Flüsterton, später gar nicht mehr gesprochen wurde, stand hier vor ihr, zum Mann herangewachsen, als sei nie etwas passiert. Ihr Blick wanderte über die braun gebrannten sehnigen Arme, die Lederbänder an seinem Handgelenk, seine schmalen Schultern – breite Muskeln waren nicht unbedingt ihr Fall – zu den hohen Wangenknochen, der schmalen Nase, den Augen, die so ausdrucksvoll wirkten, als wären sie mit feinem Kajal umrandet. Das Gesicht war nicht mehr jungenhaft, sondern reif und markant. Der Schatten eines Lächelns umspielte seinen Mund. Es schien ihn überhaupt nicht zu verunsichern, wie sie ihn musterte, und sie fühlte pure Freude über das Wiedersehen.

Schließlich fand sie ihre Sprache wieder: »Ich glaub, dich zu finden, war schwerer!«

Er lächelte schief. »Hast du es denn jemals versucht?« Bevor es zu einer peinlichen Pause kommen konnte, setzte er mit einer Kopfbewegung in Richtung der Holzhütten hinzu: »Seit wann wohnst du hier?« Sie war erleichtert, dass er ihr eine gestammelte Antwort auf seine erste Frage ersparte. »Seit einem Jahr und drei Monaten.«

»Und deine Eltern sind damit einverstanden?«

»Mussten sie nicht. Ich war volljährig.«

Er schürzte die Lippen und nickte: »Verstehe.«

»Komm, ich bring dich zu den anderen«, sagte Minka, hätte fast nach seinem Arm gegriffen, doch im letzten Moment steckte sie die Hand in die Hosentasche.

»Okay.«

Mit elastischen Schritten lief sie neben ihm her über die harte Erde, die die Glut des Tages speicherte und einen Duft nach Ton abgab. Clara lief ohne Leine einen Meter neben ihr, wie ein Schatten. Während sie auf die Rundhütte zugingen, erzählte sie ihm, wie es zu der Besetzung gekommen war.

»Es waren vor allem Jugendliche und auch einige Erwachsene aus Königstein und Kelkheim, die es einfach nicht fassen konnten, dass diese Betonpolitiker planten, eine vierspurige Autobahn quer durch den Taunus zu bauen. Sie wollen tatsächlich über dreißigtausend Bäume fällen und die ganze Natur hier unwiederbringlich zerstören.«

Guy blieb stehen und folgte mit seiner Hand der Linie des breiten Erdwalls, auf dem sie standen. »Und was ist das hier?«

»Diese Trasse haben sie schon mal im Vorgriff auf die geplanten Straßenbaumaßnahmen aufgeschüttet. Fünfzehn Meter hoch, zwanzig Meter breit, dreihundertfünfzig Meter lang. Wir sagen Damm dazu. Er soll später das gesamte Liederbachtal durchqueren, im Brauchbachtal parallel zum Bach verlaufen und ein geschlossenes Waldgebiet hinter bis zum Eselsheck zerstören, aber so weit sind sie – nicht zuletzt dank unseres Widerstands – noch nicht.«

Sie machte eine raumgreifende Bewegung mit dem Arm, und er ließ seine Augen über den Mischwald gleiten. »Das alles soll über viele Kilometer links und rechts der Autobahn gerodet werden, kannst du dir das vorstellen? Ein Kahlschlag!« Minka atmete schwer. »Darunter sind über hundert Jahre alte Traubeneichen, Bergahorn, Rotbuchen, Waldkiefern, es bietet Lebensraum für unzählige Kleintiere und Insekten, Kuckuck, Grünspecht, Waldkauz, hier findest du alle heimischen Vogelarten in einem unwiederbringlichen intakten Biosphärenreservat.«

Gemeinsam betrachteten sie schweigend die matten Grün- und Braunschattierungen des Waldes links und rechts des gut fünf Meter hohen Erdwalls. Sonnenflecken ließen manche Baumkrone frischer leuchten, Schatten tauchten tiefere Blätter in rauchiges Oliv. Dahinter stieg der Wald steil an, und zwischen den Baumstämmen war graues Schiefergestein zu sehen. Minka wies auf eine gut getarnte Holztür. »Da geht es zu unserem Felsenkeller.« In ihrer Stimme schwang Stolz mit. »Darin kühlen wir unsere Speisen und Getränke.«

»Ihr habt ja offenbar an alles gedacht.« Guy hob eine Feder vom Boden auf und reichte sie Minka. Sie war weiß und fein schwarz quergebändert.

»Oh, die Feder ist wahrscheinlich aus der Brust eines Habichts!«

Sie streifte ihre Wange mit der weichen Spitze. »Für mich ist er einer der schönsten Vögel im Taunus.«

Um Guys Mund spielte wieder dieses sanfte Lächeln, das ihr gleich im ersten Moment aufgefallen war. Sein Ausdruck wirkte um so vieles ernster als das breite Lachen, das sie mit seinem Gesicht verband. Und vollkommen anders als kurz nach dem Unfall. Sein bleiches Antlitz auf dem Waschbeton der Schwimmbadumrandung hatte sich tief in ihr Gedächtnis gebrannt. Unwillkürlich suchte sie seine Stirn nach einer Narbe ab, aber seine dunklen Haare verdeckten sie vermutlich.

»Wie ging es dann weiter?«, fragte er.

»Alle Eingaben und Gespräche verliefen im Sande. Ich war zu dem Zeitpunkt noch Mitglied der Jusos und habe mich ziemlich dahintergeklemmt, aber da sitzen überall nur diese Betonköpfe.«

»Du bist bei den Jusos?«, fragte Guy. »Na, hätte man sich denken können.«

»Jetzt nicht mehr, aber das erzähle ich dir gleich.«

Sie schlenderten weiter, und Minka drehte den Federkiel zwischen Daumen und Zeigefinger. »Es kam fast zeitgleich die Schließung der Jugendhäuser von Königstein und Kelkheim hinzu, das war ein sich addierender Effekt. Ich hatte dort ein paar Freunde, und wir kamen auf die Idee, auf dem Damm eine Art Sommercamp aufzuziehen. Am 5. Mai 1979 besetzten wir das Gelände.«

Sie waren kurz vor der größten kegelförmigen Holzhütte angelangt und blieben stehen. Auf einem alten, ausrangierten Sofa saßen drei junge Frauen in langen Kleidern und teilten sich eine Zigarette. Schräg gegenüber saß ein bärtiger junger Mann auf einer umgedrehten Holzkiste, klimperte auf seiner Gitarre. Vor ihnen schlief ein staubiger Hund und scherte sich nicht um den Neuankömmling.

»Das ist Guy«, sagte Minka zu ihnen. »Er war mal in meiner Klasse, aber das ist ziemlich lange her.«

»Hey Guy!«, riefen ihm die Mädchen zu.

Er hob lässig die Hand. »Hey!«

»Willst du dir zuerst unsere Rundhütte von innen ansehen, oder soll ich dir unseren Gemüsegarten zeigen?«

Aus dem Inneren hörte man Porzellan klirren. Von der anderen Seite des Geländes kam ein Pärchen in lila Latzhosen auf sie zu.

»Ich hab dir doch gesagt, du sollst den Toilettenstuhl immer mit Sagrotan einsprühen!«, hörte man ihre spröde Frauenstimme.

»Aber das war leer!«

»Ach, Mann, Kalli! Filzläuse sind wirklich kein Vergnügen!«

Minka rollte mit den Augen. »Na, dann fangen wir gleich mit dem Wichtigsten an! Unsere Toilette besteht aus einem Krankenstuhl über einer drei Meter tiefen Grube im Wald. Das Gesundheitsamt hat sie sogar begutachtet und keine hygienischen Bedenken gehabt, aber Sagrotan kann derzeit nicht schaden, wie du gerade gehört hast.«

Guy machte ein Gesicht, das Minka nicht zu deuten wusste.

»Komm, ich zeige dir den Garten.« Sie deutete auf seinen Rucksack. »Den kannst du ruhig hierlassen.« Als sie sein Zögern bemerkte, setzte sie hinzu: »Keine Angst, da kommt nichts weg.«

»Dachte ich mir.«

Vorbei an den Wäscheleinen, auf denen ausgeblichene Latzhosen, Unterwäsche und frisch gebatikte T-Shirts hingen, folgte er ihr über den Wall hinter die Hütte. Am Horizont sah man die sanften Umrisse des Taunusgebirges, und vor ihnen lag ein Terrassengarten mit gepflegten Rabatten, in frisch umgegrabener ockerfarbener Erde. Tomatenstauden, deren reife Früchte aus dem satten Grün leuchteten, appetitliche Salatpflanzen, Zucchini, und duftendes Basilikum, Salbei, frische Minze. Auf der oberen Ebene erstreckte sich ein Gewächshaus.

Sie konnte ihm ansehen, dass er beeindruckt war, und sagte stolz: »Das hast du hier nicht erwartet, stimmt's? So geht es den meisten, die herkommen. Wir bauen über fünfzig verschiedene Gemüsesorten an. Die umliegenden Bauern haben uns sogar Mist und Dünger gespendet.«

»Und das hier?«, sagte er und zeigte auf eine kleine Plantage mit meterhohen krautigen Pflanzen im hinteren Teil des Gartens. Die Blätter waren hellgrün und handförmig.

»Die Hanfpflanzen sind ein ständiger Streitpunkt. Wir brauchen wirklich nicht noch mehr Angriffsfläche für die Polizei. Rauchst du? Ich meine Gras?« Guy schüttelte den Kopf. »Ich auch nicht. Aber leider gibt es hier einige, die nicht darauf verzichten wollen. Am einen Tag werden die Pflanzen von den Gegnern ausgebuddelt und weggeworfen, aber eine Woche später pflanzt jemand neue.«

Er sah sie von der Seite an. Sie drehte die Augen zum Himmel und faltete die Hände in einer flehenden Geste. »Das Kommunenleben ist nicht immer einfach.«

Guy grinste. Dann griff sie seinen Arm – auf einmal wirkte die Berührung ganz natürlich, als wäre er nie weg gewesen – und zog ihn weiter.

»Weißt du, der Kampf gegen die geplante B 8 war der Hauptgrund für die Dammbesetzung, aber mit der Zeit ist es eine neue, alternative Form des Zusammenlebens geworden, die wir hier erproben.«

Sie hörten ein lautes Wiehern, und Guy sah sie erstaunt an.

»Du hast richtig gehört. Komm! Dahinten ist unser Stall, in dem logieren zurzeit dreißig Kaninchen, elf Ziegen, Ponys, Gänse und fünfzehn Hühner.«

Sie kamen zu einem rustikalen Gebäude mit einem Freigehege davor, in dem Gänse und Hühner herumliefen.

»Und dein Hund ist noch nicht auf die Idee gekommen, die Hühner als Beute anzusehen?«, fragte Guy und deutete auf Clara, die sich neben ihnen ins Gras gelegt hatte.

»Clärchen ist inzwischen zu alt, sie wird bald elf. Und zum Glück hatte sie auch noch nie einen stark ausgeprägten Jagdtrieb.«

Dahinter waren offene Pferdeboxen angelegt worden, in denen zwei gescheckte Ponys standen und sich die Sonne auf das Fell scheinen ließen.

»Sie genießen hier ihre Rente. Wir haben sie aus einem Freizeitpark gerettet, in dem sie jeden Tag von morgens bis abends Kinder im Matsch rumtragen mussten, obwohl das eine Strahlfäule hatte und das andere ein Geschwür in der Sattellage.«

Minka strich dem einen Pony über die weiße Blesse, und dem anderen kraulte sie den Hals. Guy streckte seine Hand nur zögernd aus und zuckte zurück, als das Pony schnaubte.

Minka lachte. »Keine Angst, sie sind reine Pflanzenfresser! Das habe ich übrigens mit ihnen gemeinsam.«

»Und woher habt ihr die anderen Tiere?« Sein Tonfall klang betont lässig. Er wollte gerne überspielen, dass ihm die Ponys tatsächlich nicht geheuer waren.

Minka kratzte den Ziegenbock, der seinen Kopf über den Zaun reckte, zwischen den Hörnern. »Na, Kurt? Das hast du gern, nicht wahr?«, murmelte sie. »Die Kaninchen sind aus einem Tierversuchslabor, die Ziegen sind aus dem Streichelzoo desselben Freizeitparks wie die Ponys, auch mit verfaulten Hufen, und dieses Perlhuhn dort ...« Sie zeigte auf ein gedrungenes Huhn, dessen graues Gefieder über und über mit feinen weißen Punkten übersät war. »... ist aus einem Vogelpark in Lorsbach.«

Guy beugte sich über das Gatter und betrachtete es aufmerksam. Minka lockte es mit einigen Körnern, die sie aus einem Holztrog holte. Ganz zutraulich kam es zu ihr, pickte aus ihrer Hand und ließ sich mit den Fingern über die schneeweiße Brust streichen.

»Warum hat es keine Federn an Kopf und Hals wie die anderen Hühner?«, fragte Guy und erwartete irgendeine Schauergeschichte.

»Kopf und Hals sind bei Perlhühnern immer unbefiedert, die nackte Haut dieser Partien ist oft sehr farbenfroh, wenn du genau hinschaust, ist sie bei ihm bläulich.« Sie warf den Rest der Körner in das Gehege, und die anderen Hühner kamen angerannt, begannen, sie aufzupicken. »Chris und ich haben es aus diesem Vogelpark gerettet, sie hatten ihm die Flügel gestutzt, den Schnabel beschnitten, und trotzdem musste es alleine in einem minikleinen Käfig dahinvegetieren.«

»Gerettet?«

Minka zuckte mit den Schultern und legte den Kopf schief. »Na, du weißt schon.«

»Wer kümmert sich um die Tiere, ich meine, wer mistet aus, füttert sie und so weiter?«

»Diejenigen Bewohner, die weder auswärts arbeiten noch studieren, versorgen hauptsächlich die Tiere. Aber ich mache das auch gerne, wenn ich keine Uni habe. Ansonsten geht alles nach einem bestimmten Turnus. Es gibt einen Plan für Stalldienst, Gartenarbeit, Küchendienst, Wasserholen und so weiter, ich zeige ihn dir nachher.«

Guy schwieg, um sich nicht anmerken zu lassen, wie fremd ihm diese Welt war. Gleichzeitig imponierte ihm ihr Mitgefühl mit den Tieren und ihr Optimismus.

»Wir haben hier im Hüttendorf übrigens alle Berufe vertreten, vom Koch bis zur Hebamme.« Minka lächelte ihn vielsagend an: »Aber bisher hatte sie bei uns noch keinen Einsatz.«

Dann drehte sie sich um und ging wieder zurück in die andere Richtung. Guy lief dicht neben ihr, und sie deutete mit dem ausgestreckten Arm auf die verschiedenen Bauwerke. »Das da drüben nennen wir das Hilton am Damm, unser Sommerschlafhaus, auf der anderen Seite ist das Hexenhaus als weiterer Schlafraum nur für Frauen, es gibt einen Werkraum, und dahinten, die sechste Blockhütte, ist unser Kolosseum. Sie dient der Information der Bewohner, Besucher und Spaziergänger, da hängen behördliche Bescheide, Fotos, Veranstaltungshinweise, und ein zwei Quadratmeter großes Modell des geplanten Verlaufs der neuen B8 ist da auch aufgebaut, musst du dir später mal ansehen, außerdem liegen Unterschriftenlisten aus.«

»Alles ziemlich durchdacht!«, sagte er und ärgerte sich im gleichen Moment über seinen staunenden Tonfall, mit dem er sich selbst in die Rolle des unwissenden Besuchers begab.

»Das ist es auch!« Wieder griff sie seinen Arm, und er hatte fast das Gefühl, als würde durch ihre Berührung etwas von ihrer unbändigen Energie auf ihn überspringen. »Komm, jetzt zeige ich dir die Rundhütte.«

Am Dachrand über dem Eingang war ein Holzschild mit der Aufschrift befestigt:

Die Natur kann ohne den Menschen leben, der Mensch aber nicht ohne die Natur!

»Wir haben sie ausschließlich aus den Baumstämmen gebaut, die beim Waldeinschlag für den Trassenbau anfielen«, erklärte Minka. »Und das wurde uns zum Verhängnis.«

»Zum Verhängnis? Wieso das?«

»Die Polizei hat von allen Bewohnern die Personalien aufgenommen, und der Kreisausschuss hat gegen jede hier angetroffene Person mehrere Ermittlungsverfahren eingeleitet.« Sie tippte sich mit den Fingern in die linke Handfläche, während sie aufzählte: »Wegen Errichtens einer Blockhütte, Aufstellens von Plakaten im Landschaftsschutzgebiet, Anzünden eines Feuers in der Nähe eines Waldes und Zeltens ohne sanitäre Anlagen. Wegen Entwendung von Holzstämmen, die Eigentum der Stadt Bad Soden seien. Gleichzeitig wurden hohe Bußgeldbescheide verhängt. Gegen jeden von uns ein Zwangsgeld in Höhe von zweitausend Mark.«

»Zweitausend Mark? Das ist viel! Wovon hast du das bezahlt?«

Sie zuckte die Schultern. »Bisher noch gar nicht, ein Anwalt, der auf unserer Seite ist, hat für uns alle Widerspruch eingelegt, aber bei den meisten Verfahren wissen wir noch nicht, wie sie ausgehen.«

Sie strich Clara über das Fell und flüsterte ihr zu: »Mach Sitz, Clara, und warte hier auf mich«, woraufhin sich der Bullterrier gehorsam vor den Eingang setzte. Zu Guy gewandt, erklärte Minka, dass es zu viele Dorfbewohner gebe, die die Hunde nicht in der Rundhütte haben wollten, und sie müsse sich der Mehrheit fügen. Dann zog sie ihn hinter sich her und ließ seinen Arm erst los, als sie die ehemals dunkelrot gestrichene Tür aufstieß. »Vorsicht, du musst dich ducken!« Geschmeidig schlüpfte sie durch die schmale Öffnung in den dämmerigen Gang. Er folgte ihr.

Ein Geruch nach Holzkohlenfeuer schlug ihnen entgegen. Obwohl Minka ihn tagtäglich einatmete, nahm ihr die trockene, sauerstoffarme Luft jedes Mal, wenn sie in die Hütte zurückkehrte, fast den Atem. Die Tür fiel hinter ihnen ins Schloss, und ihre Augen mussten sich an die von wenigen Petroleumlampen nur schwach beleuchtete Schwärze gewöhnen. Gebückt bewegten sie sich durch den etwa fünf Meter langen Gang. Minka fand sich auch ohne elektrische Lichtquellen zurecht. Sie schob einen Vorhang aus schwerem indischen Wollstoff zur Seite, richtete sich auf und betrat den zehn Meter in die Tiefe gehenden Raum. Guy sah sich neugierig um. In der Mitte befand sich ein kunstvoll gestalteter Kamin aus Blech, in dem ein Feuer brannte. Trotz der Hitze draußen war die Temperatur im Inneren angenehm. Rundherum an den Wänden hingen Decken und Teppiche, davor waren Sitzgelegenheiten verteilt, und der Lichtschein des Feuers wurde in Gelb- und Weißschattierungen reflektiert. Die wenigen auf den Poufs und Sofas sitzenden Menschen hoben sich als dunkle Silhouetten vor den schwach beleuchteten Wänden ab. Auch der Boden war mit kreuz und quer liegenden Teppichen bedeckt, nur rund um den Ofen war ein Stück frei gelassen.

»Kein fließend Wasser, kein Strom«, sagte sie. »Aber wir haben uns trotzdem häuslich eingerichtet.« Auf der Ofenplatte stand ein Topf mit eingeweichten Linsen, und daneben lagen Zwiebeln, Kartoffeln und Karotten zum abendlichen Kochen vorbereitet.

»Komm, ich stell dir Gesche vor«, flüsterte Minka leise. »Du bleibst doch eine Weile, oder?«

Er zuckte mit den Schultern, aber sie griff einfach seine Hand und zog ihn zu einer der Bewohnerinnen.

»Gesche, das ist Guy.«

»Hey Guy!«

»Hey Gesche.«

Gesche saß in einer Schaukel, die von der Decke hing, und ließ die kurzen Beine über den Boden baumeln. Sie hatte die hellblonden Haare zu einem Bauernzopf geflochten. Ihre auffällig runden Augen verliehen ihr einen ständig erschrockenen Ausdruck. Sie kämpfte dagegen an, indem sie mit unterschiedlichen Lidschattenfarben experimentierte, heute war er safrangelb. Minka beugte sich zu ihr, strich ihr zärtlich über die Haare.

»Wo warst du so lange?«, fragte Gesche. »Wir wollten doch zusammen kochen!«

»Ich habe Volleyball gespielt, und dann kam Guy, und ich habe ihm unser Hüttendorf gezeigt. Er ist ein Schulfreund von früher.« Bei dem Wort »Schulfreund« zögerte sie kurz. Waren sie wirklich Freunde gewesen?

Gesche streckte die Arme nach ihr aus, und Minka drückte sie an sich.

Sie atmete den Duft ihrer Haare, liebte dieses Mädchen, das aufgrund einer angeborenen Entwicklungsstörung den Körper einer Zwölfjährigen hatte, obwohl sie nächsten Monat zwanzig wurde. Gesche war so offenherzig, dass es Minka wehtat, ihre ständige Suche nach Nähe nicht immer erwidern zu können.

»Wir kochen später zusammen, fürs Abendessen, versprochen!«, flüsterte sie. Gesche nickte und musterte Guy voller Neugierde, schenkte ihm ein Lächeln. Als Minka weiterging, sagte sie mit gedämpfter Stimme: »Gesche sieht aus wie ein kleines Mädchen, ist aber ein Jahr älter als ich. Sie ist ein Schatz. Wir setzen sie immer ein, wenn wir einen Sponsor überzeugen müssen. Ihr liebevolles Naturell hat schon bei vielen Gästen hervorragend gewirkt. Letztlich hält sie jeder für ein kluges, mit treuherziger Ehrlichkeit ausgestattetes Kind. Sie wird unterschätzt, und das ist ihr und unser Vorteil.«

Er zog halb fragend, halb belustigt die Augenbrauen hoch: »Sponsoren?«

»Um eventuelle rechtskräftig werdende Bußgelder zu bezahlen oder auch Anwaltsgebühren und Gerichtskosten. Komm, ich möchte den Nachmittag lieber draußen verbringen, bevor das Gewitter kommt.«

Sie schlug die indische Decke zur Seite und schlüpfte zurück in den Gang, ging vorneweg. Er folgte ihr, und sie traten wieder ins Tageslicht. Sofort kam Clara schwanzwedelnd auf sie zugerannt, um sie zu begrüßen. Minka sagte: »Armes Clärchen, musstest du so lange warten!« Sie bückte sich und streichelte sie, woraufhin der Hund anfing zu schnurren.

»Sie hört sich an wie eine Katze«, meinte Guy. »Genau, wie ein zahmes Kätzchen. Es gibt so viele Vorurteile gegen Bullterrier, dabei hat sie so ein friedliches Wesen.«

»Vorurteile sind aus den Köpfen der meisten Menschen niemals wegzukriegen. Selbst wenn sie tausendmal mit eigenen Augen das Gegenteil sehen.«

Minka richtete sich auf. Mit Daumen und Zeigefinger griff sie die Haarspitzen über Guys Stirn und zog einige Spinnweben heraus. Ganz still hielt er dabei und ließ sie gewähren, auch als sie seinen Pony zur Seite strich und die weiße Narbe auf seiner Stirn freilegte. Sie stieß Luft durch die Zähne und zuckte zurück. Die Narbe war mindestens sechs Zentimeter lang, und man sah noch jeden einzelnen Einstich der Naht als weißen Punkt auf seiner Haut.

»Ich wusste nicht, dass sie so …« Plötzlich kam ihr der Gedanke, ob er so etwas wie Vergeltung suchte. »Was willst du wirklich von mir, Guy? Warum bist du hergekommen?«, fragte sie. »Sag mir die Wahrheit.«

Er strich sich die Haare zurück in die Stirn, senkte den Kopf und sah auf seine Fußspitze, mit der er ein Muster in die Erde malte. »Ich wollte dich bloß wiedersehen. Aus Neugierde. Und euer Projekt hier interessiert mich, davon hatte ich gehört.« Jetzt sah er ihr in die Augen, und sein Blick wirkte ehrlich. »Erzähl mir mehr!«

Sie war sich nicht sicher, ob er ihr etwas verschwieg, sprach aber trotzdem weiter über ihr Hüttendorf. »Die Staatsanwaltschaft hat den Diebstahl des zum Bau der Hütten verwendeten Holzes zur Strafsache erklärt. Es gehörte einer großen Papierfabrik. Aber dann hatten wir Glück: Auf Vermittlung des Kelkheimer Försters wurden die sechs Raummeter an die Papierfabrik bezahlt. Der Förster ist bei fast allem, was wir tun, auf unserer Seite, und zusammen mit Gesche konnte er einen Sponsor aus Kelkheim überzeugen, uns zu helfen.«

Guy nickte und schob die Lippen nach vorne, als sei er beeindruckt. »Hätte ich ihr wirklich nicht zugetraut.«

»Aber erst in diesem Monat, also über ein Jahr später, hat das Landgericht Frankfurt das Verfahren wegen gemeinschaftlichen Diebstahls mit der Begründung eingestellt, die Schuld der Täter sei gering und wir hätten nicht aus eigennützigen Interessen gehandelt.«

»Das muss dich sehr belastet haben.«

Sie hob die Schultern. »Meine Eltern haben sich mehr darüber aufgeregt als ich. Aber das ist mir egal. Mein Vater hat ohnehin kein Verständnis für das, was ich tue. Er und seine SPD und sein Mainheim …«

Es entstand eine Pause, in der keiner etwas sagte, dann nahm sie wieder seinen Arm. »Komm!« Sie gingen ein Stück weiter, und sie zeigte ihm ihren Waschplatz, der abgeschirmt durch Bretterpaneele im Freien lag.

»Das ist alles«, sagte sie und deutete auf mehrere emaillierte Schüsseln, Zinkkannen und eine verbeulte Badewanne mit rostigem Rand.

»Klasse!« Jetzt lachte Guy aus vollem Hals, so unbeschwert wie damals. »Ein Bad mitten in der Natur wäre jetzt genau mein Ding!« Er wirkte so unvoreingenommen und natürlich in dieser Umgebung, als gehörte er seit Langem zu ihnen.

Minka musste lächeln. »Das Wasser ist das Problem. Wir müssen es in Kanistern aus einer Quelle weiter oben im Wald holen. Aber ich kann dir zeigen, wo.«

Für einen Moment sah Guy sie einfach nur an – sein Blick war freundlich und undurchsichtig zugleich. Überrascht zuckte Minka zurück, als er auf sie zutrat und ganz sachte seine Arme um ihren schlanken Körper legte.

Guy hatte nicht vorgehabt, etwas für das Mädchen zu empfinden, das damals oft so abweisend war, das die Rolle der Bürgermeistertochter gespielt hatte. Er war eher aus Neugier hergekommen. Aber sofort, als er Minka in dem Volleyballfeld gesehen hatte, war er fasziniert von ihrer Schönheit gewesen, und nachdem sie ihn herumgeführt hatte, beeindruckte ihn ihre Unabhängigkeit. »Du bist hinreißend, Minka. Aus dir ist genau das geworden, was ich damals in dir gesehen habe, frei wie der Wind.«

Er hatte etwas in ihr gesehen? Als Zehnjähriger? Minka, ohnehin verwirrt, war sich nicht sicher, ob er das ernst meinte. »Da wusstest du mehr als ich. In der Grundschulzeit hatte ich keine Ahnung, was ich wollte.«

Sein Gesicht näherte sich dem ihren. Sie dachte, er würde sie küssen, aber er hielt sie nur fest.

»Doch, du wusstest es schon immer.«

»Und was ist mit dir?«, fragte sie heiser, in seltsam sanfter Aufruhr. »Erfahre ich irgendwann, wo du die ganzen Jahre warst, wie es dir ergangen ist?«

Er drückte die Lippen in ihr Haar, und sie spürte seinen Atem ganz dicht an ihrem Ohr. »Du hast gesagt, es gibt eine Quelle im Wald, lass uns hingehen. Dann erzähle ich es dir.«

CLAIRE

Sie stand an der Straßenbahnhaltestelle und ließ ihren Blick über die asphaltierte Fläche vor der Fassade der Alten Oper gleiten. Dort stand Auto neben Auto, ein riesiger Parkplatz, der jeden Tag von den vielen Pendlern genutzt wurde. Angesichts der Blechlawine des Sieben-Uhr-Staus, die sich über den Reuterweg schob, hatte sie manchmal den Eindruck, als wäre sie die Einzige in Frankfurt, die kein Auto besaß. Sie hatte ja noch nicht einmal den Führerschein – eine der wenigen Prüfungen, vor denen sie zurückschreckte.

Claire hatte mit sechzehn das Abitur abgelegt, inzwischen ihr Biologiestudium abgeschlossen, und jetzt, gerade neunzehn Jahre alt, schrieb sie an ihrer Doktorarbeit. Seit einem Jahr wohnte sie in Frankfurt, in einer kleinen Zweizimmerwohnung im Nordend, die sie sich mithilfe von Ma gemütlich und hübsch eingerichtet hatte. Durch ihre Stelle als wissenschaftliche Assistentin am biologischen Institut verdiente Claire genug, um die Miete und ihre sonstigen Lebenshaltungskosten selbst zu tragen.

Anfangs hatte ihre Adoptivmutter gezögert, als Claire ihr von ihren Plänen, auszuziehen, erzählt hatte. Dann wohne doch nur noch Fitzi in ihrem großen Haus in der Schwimmbadstraße. Einem fast leeren Haus, hatte sie hinzugesetzt. Claire hatte sich schäbig gefühlt, lange ihr Gewissen befragt, ob es undankbar sei, nach allem, was Pa und Ma für sie getan hatten. Schließlich war es Ma selbst gewesen, die ihr zuredete, den Sprung in ein eigenständiges Leben zu wagen. Was weder Claire noch Ma erwogen hatten, war die Frage, ob sie dafür psychisch stabil genug war.

Die Straßenbahn fuhr heran, Claire stieg ein, zog ihren Rock etwas nach unten, damit nicht zu viel nackte Haut den Kunstledersitz berührte. Das klebrige Gefühl mochte sie überhaupt nicht. Vor dem Fenster glitt die Häuserlinie der Bockenheimer Landstraße vorbei, und wie jeden Tag wunderte sie sich über die ständigen Veränderungen. Dieser Mix aus Altbauten mit Sandsteinfassaden, nüchternen Nachkriegsbauten, Bauzäunen und nagelneuen Bürogebäuden aus Stahl und Glas war angeblich einzigartig in Deutschland. Inzwischen hatte sie schon einige andere Großstädte gesehen, war zu Vorträgen eingeladen worden, in Hamburg, Stuttgart und München, und nahm die Strukturen der Städte tief in sich auf, fragte sich, wo sie lieber leben würde. Aber sie mochte Frankfurt, und das hatte einen ganz besonderen Grund.

An der Ecke Siesmayerstraße stieg sie aus und ging zu Fuß an der altehrwürdigen Villa Bonn mit ihrer roten Sandsteinfassade vorbei, in Richtung Grüneburgpark. Der Biologie-Campus der Goethe-Universität war Mitte der 1950er-Jahre zwischen dem Park und dem Palmengarten errichtet worden, einem über acht Hektar großen Botanischen Garten. Immer wenn es ihre Zeit erlaubte, nahm Claire einen kleinen Umweg durch das riesige alte Gewächshaus in Kauf, sog tief die feuchte, tropische Luft ein und genoss den Anblick der Grünschattierungen, der exotischen Kletter- und Schlingpflanzen, der Palmen, Orchideen und Riesenfarne. Vielleicht waren es die Erinnerungen an ihre frühe Kindheit, die ihr diese botanische Reise in ferne Klimaregionen so vertraut erscheinen ließen. Vielleicht war es der Gegensatz zur grauen Großstadt, der sie so anzog.

»Guten Morgen, Frau Bongartz«, sagte sie und lächelte der auffällig geschminkten Frau in dem Kassenhäuschen zu. Weinroter Lidschatten zog sich vom Unterlid bis nach oben zu den scharf konturierten Brauen. Auf dem Kopf trug sie eine Art Turban aus einer bordeauxfarbenen Bandage. Die meisten Besucher hielt sie für Banausen und war dementsprechend schroff. Ihr abweisender Blick erhellte sich sofort, als sie Claire sah.

»Guten Morgen, meine Süße. Wieder mal die Erste? Und gestern Abend die Letzte im Institut, nehme ich an.«

Claire wusste inzwischen, dass Frau Bongartz ihre Lidschattenfarben und oft auch ihre Kleidung täglich an die exotischen Pflanzen des Regenwalds anpasste, die gerade aufblühten.

»Dunkelrot? Die Titanenwurz etwa? Ist es wirklich so weit?«, fragte sie atemlos.

Frau Bongartz zog mit wichtigem Blick die Augenbrauen hoch, sodass das metallisch schimmernde Bordeaux besonders gut zu sehen war, und nickte. »Ganz genau, Herzchen. Heute Nacht ist es passiert. Das solltest du dir keinesfalls entgehen lassen! Morgen kann es schon wieder vorbei sein. Aber nicht vergessen!« Frau Bongartz griff neben sich in eine Schublade und holte mit vielsagendem Lächeln eine Wäscheklammer heraus, hielt sie Claire entgegen. »Hier, bitte! Sein Duft hat nicht unbedingt Potenzial für eine neue Parfümmarke.«

Claire lächelte zurück und verstaute die Klammer in ihrer Handtasche. »Danke schön! Ich bin schon gespannt, letztes Jahr habe ich die Blüte nämlich verpasst.«

Sie passierte den schmalen Durchgang, nahm den kleinen Umweg, vorbei an einem Teich mit blühenden Seerosen in Nuancen von Rot bis zartem Rosé, den kleinen Anstieg hinauf, der sich durch die künstlich angelegte Schilflagune schlängelte. Über eine gewölbte Holzbrücke, von der aus man die grasgrünen Wasserfrösche zwischen den Schwimmpflanzen unter der Oberfläche schweben sah. Gerade, als sie sich über das Geländer beugte, knackte ein Zweig hinter ihr. Sie warf den Kopf herum, spähte in alle Richtungen. Schritte im Schilf. Ein deutliches Auftreten auf Kies. Dann quakten die Frösche so laut, dass sie glaubte, sich getäuscht zu haben. An der Stelle, wo der Fußweg auf die Treppe zum Gewächshaus traf, drehte Claire sich um. Sie hatte immer noch das Gefühl, als folge ihr jemand. Aber als sie ihre Augen über den wogenden Schilf gleiten ließ, konnte sie keinen Menschen sehen.

Sie stieg die Steintreppe hoch und schob die Tür zu dem alten Gewächshaus auf. Sofort umfing sie eine Wolke aus warmer feuchter Luft, die sie so mochte. Doch heute war sie mit einem unerträglichen Gestank durchsetzt, der ihr fast den Atem raubte. Niemals hätte sie sich vorstellen können, dass er wirklich dermaßen ekelerregend war, wie ihn schon sein Entdecker, der florentinische Botaniker Odoardo Boccardi, in seinem Reisebericht beschrieben hatte. Es hieß, er entsende einen aasartigen Gestank, um die Bestäuber, also Käfer, anzulocken. Beim Verlassen des Blütenstandes wurden die Käfer mit Pollen bepudert und sorgten dadurch für die Verbreitung. Claires Magen hob sich bereits, und sie wühlte hektisch in ihrer Handtasche nach der Wäscheklammer. Erleichtert klemmte sie sich die Nasenflügel zu und atmete nur noch durch den Mund. Sie ging weiter, durch das Palmenhaus, das sie inzwischen unzählige Male besucht hatte und an dem sie sich doch nie sattsehen konnte. Die Höhe der Halle, deren Ausmaße man gar nicht mit einem Blick erfassen konnte, beeindruckte sie jedes Mal aufs Neue.

Ende des 19. Jahrhunderts hatte die Konstruktion als bahnbrechend gegolten. Ein Gebäude aus Eisen und Glas, erbaut nach einem Patent der Pariser Weltausstellung von 1867, 52,6 Meter lang, 30,5 Meter breit und an seinem Scheitel 18,5 Meter hoch – und das alles ohne Stützpfeiler im Innern der Halle. Zu Zeiten seiner Errichtung diente es als Vorbild für vielerlei ähnliche Bauwerke in Deutschland, und bis heute war das Palmenhaus europaweit eines der größten seiner Art.

In ihrem Rücken spürte Claire einen kühlen Lufthauch. Wieder drehte sie sich um und sah, wie die Eingangstür langsam zufiel. Doch auch jetzt war niemand zu sehen. Während sie sich langsam mit den Schultern voran durch das Dickicht des Regenwalds schob, blieb sie immer wieder stehen und lauschte. Eine Lichtung zwischen üppigen Waldlilien und vier Meter hohen Riesenfarnen war einer ihrer Lieblingsplätze. Hier drang nur dämmeriges Sonnenlicht durch das Blätterdach und beschien die weißen Lilien zu ihren Füßen. Claires Augen suchten die Umgebung ab, entdeckten keinen anderen Menschen. Doch an einer Stelle schimmerte das tiefe ochsenblutfarbene Rot zwischen den Farnen hindurch. Da war sie: die größte Blume im ganzen Pflanzenreich.

Claire setzte sorgfältig einen Fuß vor den anderen, um sich den Weg durch den Regenwald zu suchen und auf keine noch so unscheinbare Pflanze zu treten. Bog mit der Hand einige afrikanische Ringelblumen, wippende Palmblätter zur Seite und stand vor der zweieinhalb Meter hohen Blüte der Titanenwurz. In seiner Mitte ragte ein hellgrüner Kolben in die Höhe, der von einem ausladenden, gerippten dunkelroten Blütenkelch umgeben war. Sie stellte ihre Tasche auf den Boden und trat voller Ehrfurcht an die Pflanze heran, beobachtete eine Weile ungestört die bizarren Insekten mit den kleinen orangeroten Köpfen, die wie Fantasiegebilde aussahen und zu Hunderten in der Blüte herumkrabbelten. Es war das geheime Netzwerk der Natur, das sich hier vor ihren Augen abspielte. Sie stützte sich auf das Geländer ab und lächelte.

»Wie kann eine Blume so beliebt sein, die einen solch pestilenzartigen Geruch verströmt?«, sagte eine näselnde Stimme hinter ihr. »Auf jeden Fall habe ich selten jemanden gesehen, der sich so offensichtlich über die vielen Käfer freut.«

Claire drehte sich um. Der Mann, der hinter ihr stand, hatte einen Fotoapparat umgehängt, und in seiner Hand hielt er ein in braunes Leder gebundenes Notizbuch mit angeklemmtem Stift. Er lächelte amüsiert. Auf seiner Nase hatte er eine Holzklammer. Der Anblick war so komisch, dass Claire unwillkürlich lachen musste.

»Sie sehen auch nicht besser aus«, sagte er jetzt mit gespielt ernstem Tonfall, sodass Claire noch mehr kicherte. »Entschuldigen Sie«, sagte sie, als sie sich endlich beruhigt hatte. »Ich dachte, ich wäre allein.«

»Angeblich werden heute Tausende von Besuchern erwartet. Da waren diese einsamen Minuten wie ein Lottogewinn. Obwohl ich immer noch nicht weiß, was die Leute an ihr so anzieht.«

»Er ist ein Naturwunder, und Wunder haben die Menschen seit jeher in ihren Bann gezogen. Obwohl die Gattung des Amorphophallus über zweihundert Arten umfasst und wir hier im Palmengarten an die vierzig davon kultivieren, ist die Titanenwurz aus Sumatra eben etwas ganz Besonderes. Allein ihre Knolle: Bevor sie blüht, wird ihr Gewicht während der Vegetationsphase von circa acht Kilogramm auf dreißig Kilogramm erhöht.«

»Was Sie nicht sagen.«

Sie biss sich auf die Lippen. Da war er wieder: Der unstillbare Drang, einmal Gelesenes zu behalten, zu repetieren und anderen zu Gehör zu bringen, ob sie wollten oder nicht. Ihn schien es zu amüsieren. Er mochte etwas älter sein, hatte dunkelblondes Haar, blaue Augen, seine Haut war wettergegerbt. Kein Forscher, kein Schreibtischmensch, vermutete sie. Er war mittelgroß und kompakt. Claire empfand es als angenehm, dass er sie nicht um einen halben Meter überragte, wie die meisten Männer.

Sie beobachtete ihn, während er die Pflanze aus allen Blickwinkeln fotografierte und dann begann, sie mit einem Zollstock zu vermessen. Sorgfältig schrieb er kleine Zahlen in sein Notizbuch neben eine kolorierte Zeichnung, die er offenbar schon vorher angefertigt hatte.

»Sind Sie Journalist?«, fragte sie.

Er steckte sich den Stift hinter das Ohr und gab ihr das Notizbuch. »Könnten Sie bitte einmal halten.«

Sie nickte und betrachtete die gekonnte Zeichnung der Blüte, mit vielen gut getroffenen Details. »Oder Künstler?«

Ohne seine Arbeit zu unterbrechen, antwortete er: »So viel Neugierde hätte ich Ihnen gar nicht zugetraut! Sie wirken eher wie die zurückhaltende graue …« Er korrigierte sich. »Sie wirken eher zurückhaltend, wollte ich sagen, allein Ihre Kleidung.«

Graue Maus hatte er sagen wollen, sie wusste es. Claire sah an sich hinab. Grauer Flanellrock, weiße Bluse, dazu ein leichter Blazer, ebenfalls in Grau, flache Collegeschuhe. So ging sie jeden Tag in das Institut und fand nichts Besonderes dabei.

Er blickte von seinem Fotoapparat auf, in den er gerade einen neuen Film eingelegt hatte.

»Also sind Sie Fotograf?«

»Hmm. Mir reicht es jetzt, offen gesagt.«

Sie sah ihn an, erstaunt über die plötzliche Abfuhr, aber er deutete auf seine Nasenklammer und wedelte mit der Hand in der Luft herum. »Nicht mit Ihnen, sondern mit dieser stinkenden Blume! Kommen Sie mit? Ich lade Sie zu einem Eis ein.«

Claire zögerte, aber sie empfand ihn als sympathisch und nickte schließlich. »Gerne.«

Gemeinsam gingen sie zum Ausgang, aus dessen Richtung ihnen andere Besucher entgegenkamen. Er wandte sich ihr zu und meinte: »Jetzt ist es vorbei mit der Ruhe.«

Als die Tür des Gewächshauses hinter ihnen zufiel, nahmen beide ihre Klammern ab und atmeten tief durch. Sie gingen in südlicher Richtung durch den Hortensiengarten, den Weg entlang der Natursteinmauer, der zu dem kleinen See führte. Claire zog ihren Blazer aus und krempelte die Ärmel ihrer weißen Bluse bis über die Ellbogen. Den Blazer warf sie sich über die Schulter. Ihr neuer Begleiter trug ein lockeres, hellblaues Leinenhemd und eine leichte Chinohose. Beides war wie gemacht für den heißen Tag. Er schien sich hier bestens auszukennen, deutete immer wieder auf einzelne Pflanzen oder Beete. »Wie gefällt Ihnen das?«, fragte er ein ums andere Mal.

Zarte, milchig weiße Dahlien tauchten aus einer geschichteten grünen Hecke voll welliger Farn- und Efeublätter auf.

»Es ist wunderschön.«

Sie stützte sich auf die kleine Mauer gegenüber und lächelte. Es war ein Strahlen, das aus dem Innersten ihres Körpers zu kommen schien. In diesem Augenblick hatte sie das Gefühl, als würde diese Freude für immer anhalten.

Er beobachtete sie. »Ich finde es schön, wenn eine Frau einfach dasteht und lächelt. Und jeder, der in den Palmengarten kommt, alle Besucher sollten diese intimen und freudigen Momente haben, wenn sie die Blumen bei einem Spaziergang unerwartet entdecken.«

»Ich glaube, ich sehe den Botanischen Garten heute mit ganz anderen Augen. Dieser Morgen. Der warme Wind und diese grüne Oase, mitten in der Stadt …« Sie zögerte und fügte hinzu: »Die Natur ist das Wichtigste, nicht?«

»Ich finde, ja«, antwortete er. »Und je intensiver man sich mit ihrem komplexen Netzwerk befasst, umso klarer wird einem, dass man es wahrscheinlich niemals in seinem vollen Umfang begreifen wird.«

»Sie haben recht, es tut gut, ausnahmsweise nicht alles zu hinterfragen. Normalerweise gehe ich allen Dingen immer auf den Grund, will alles darüber wissen.«

»Da haben wir etwas gemeinsam. Die biologische Vielfalt stellt die Bibliotheken der Natur dar. Da ist das gesamte Wissen von mehreren Milliarden Jahren natürlicher Evolution gespeichert.«

Seine Stimme hatte einen so schwärmerischen Klang, wie Claire ihn selten bei einem Mann vernommen hatte. Wenn sie ehrlich war, hatte sie auch nie viel Kontakt zu anderen Studenten gehabt. Für die meisten galt sie nur als das Wunderkind, zu jung, zu ehrgeizig, zu unscheinbar, und sie machten einen Bogen um sie. Sie wartete, ob er noch etwas sagen würde, aber er blickte auf seine Uhr.

»Wir sollten weitergehen. Ich habe Ihnen schließlich ein Eis versprochen.«

Als sie eine kleine Grasböschung passiert hatten, lagen die bunten Boote direkt vor ihnen am Ufer. Ruderboote in rot und blau lackiertem Holz und leichte weiße Tretboote warteten auf die Besucher, bewegten sich leise gluckernd auf und ab. Das glitzernde Wasser lockte sie, forderte sie heraus, mit dem Mann, den sie gerade erst kennengelernt hatte, auf den kleinen See hinauszurudern und sich in den Tag treiben zu lassen. Eine schwache Brise trug einen Hauch von Grün und Silber über die Wasseroberfläche. Aber offenbar fand keiner von ihnen den Mut, und für Claire war es ohnehin langsam Zeit, an die Arbeit zu gehen.

Sie kamen zu dem Verkaufsstand mit einer großen Eiswaffel aus Kunststoff auf dem Dach. Sie stellten sich davor, suchten die Eissorten aus. Direkt daneben, in einem Wiesenblumenbeet mit knallrotem Klatschmohn, Kerbel und Bärenklau zirpten Grillen gegen die aufsteigende Sonne an. Am Himmel war keine Wolke zu sehen. Die warme Luft roch nach Sommer, nach Freiheit und Leben.

»Ganz schön heiß, dafür, dass es noch früher Vormittag ist!«, bemerkte er und übergab ihr eine Waffel mit frischem Erdbeereis. »Hier. Übrigens, ich bin Guido. Guido Cremer.«

»Danke. Ich heiße Claire.« Erst langsam dämmerte es ihr, als sie innerlich den Namen wiederholte. »*Der* Professor Guido Cremer? Der leitende Botaniker des Palmengartens?«

Er nickte. Und ihm hatte sie einen Vortrag über die größte Blüte des Pflanzenreichs gehalten.

»Da habe ich mich ja ganz schön blamiert«, gestand Claire beschämt. »Indem ich Ihnen erklären wollte, was es mit der Titanenwurz auf sich hat.«

Guido zog aus seinem Notizbuch eine zerknitterte, mehrfach gefaltete Fachzeitschrift und zeigte sie ihr. »Jemand wie Sie kann sich gar nicht blamieren.«

Molekularbiologin Claire Stern lautete die Bildunterschrift unter einem kleinen Foto von ihr, und darunter war ihr Aufsatz über die *Vervielfältigung von DNA-Stücken* abgedruckt.

Sie blickte von dem Artikel in seine Augen und war enttäuscht. Also war es doch kein Zufall, dass sie sich im Palmenhaus begegnet waren. Bis eben hatte es sich so federleicht angefühlt. Er biss in seine Schokoladeneiskugel und tat, als sei es ganz normal, einen Fachaufsatz von ihr mit sich herumzutragen.

»Sind Sie mir absichtlich gefolgt?«

»Nicht unbedingt gefolgt und auch nicht absichtlich. Ich habe täglich im Botanischen Garten zu tun, und zufällig sah ich Sie heute Morgen, als ich die Schilfbeete inspizierte. Ich habe Sie sofort von Ihrem Foto wiedererkannt, an der Fakultät spricht man über Sie. Ich war neugierig.«

Er nahm ihr das Heft wieder ab und schlug eine Seite auf. »Die Zeitschrift habe ich wegen dieses Artikels dabeigehabt.«

Claire überflog die Überschrift und die ersten Sätze: *Neue Wege zur Bekämpfung von Puccinia magnusiana. Die Ständerpilzart aus der Ordnung der Rostpilze befällt als ihre Wirtspflanzen häufig Schilfarten …*

»Ah, ich verstehe.« Sie sah auf ihre Armbanduhr. »Ich fürchte, ich muss jetzt los.«

Er nickte bedauernd und versuchte, ihren Blick einzufangen. »Es war trotzdem schön, jemanden kennenzulernen, der meine Begeisterung teilt und sich so unbekümmert über den Anblick der Blumen und Pflanzen freuen kann. Darf ich Sie vielleicht wiedersehen?« Dann übergab er ihr mit einem Lächeln eine weiße Dahlie.

Zu ihrem Ärger spürte sie, dass sie rot wurde. »Vielleicht. Sie wissen ja, wo Sie mich finden.«

Guido sah ihr hinterher, als sie hastig den Weg zwischen den Hochbeeten entlangging und schließlich um die Ecke bog und verschwand.

CARO

In der Lokalredaktion der Frankfurter Rundschau trudelten die Journalisten und Redakteure erst nach und nach ein. Es war später Vormittag, manche waren direkt zu ihren Außenterminen gefahren und kamen jetzt wieder zurück. Viele Plätze in dem Großraumbüro waren noch gar nicht besetzt. Caro saß hinter ihrem schmalen Schreibtisch und tippte an einem Artikel über eine Pressekonferenz des Deutschen Gewerkschaftsbunds, zu dem man sie geschickt hatte. Das Ereignis interessierte sie nicht. Um ehrlich zu sein, hatte es nach ihrer Einschätzung keine einzige spannende Mitteilung gegeben, aber es war das, was sie von ihrem Chefredakteur aufgetragen bekommen hatte.

Obwohl sie sich knapp fassen sollte, hatte sie ein wenig recherchiert. Kontaktabzüge des DGB-Vorsitzenden Oskar Vetter lagen neben ihr. In einem gut sitzenden Anzug, weißem Hemd, dunkler Krawatte war er vor die Journalisten getreten. Sie fand, er hätte genauso gut als Arbeitgebervertreter auftreten können. Seine Laufbahn als Grubenschlosser auf der Zeche Robert Müser sah man ihm jedenfalls nicht mehr an. Ihr eigener Vater verkörperte mit seiner gemütlichen Art weit weniger den Habitus eines Direktors und war doch aus tiefster Überzeugung Geschäftsführer der Cassada. Sie beugte sich wieder über die Fotografien. Man sollte Menschen nicht nach ihrem Äußeren beurteilen, sagte sie sich. Sie tippte die einzelnen Punkte von Vetters Rede runter, sah immer wieder auf ihren Stenoblock, auf dem sie fast jeden Satz mitgeschrieben hatte, und spürte dabei die schwere Bürde bleierner Langeweile des gewählten Berufs.

Schon seit Ende der 1970er-Jahre drängen die Unternehmer so deutlich wie nie zuvor in der Bundesrepublik auf eine politische »Wende«. Die Gewerkschaften sollen in die Schranken verwiesen werden, sie schüren mit Parolen vom »Gewerkschaftsstaat« die Ressentiments. Ein »Verbändegesetz« soll uns Gewerkschaften an die Kette legen, ja sie sind so weit gegangen, einen »Tabu-Katalog« zu formulieren, über welche Themen sie erst gar nicht mit uns verhandeln werden. So weit ist es also schon gekommen.

Sollte dies von nun ihre tägliche Arbeit ausmachen? So hatte sie sich ihr Volontariat bei einer der großen Frankfurter Tageszeitungen nicht vorgestellt. Minka hätten solche Themen vielleicht interessiert. Früher zumindest, als sie noch bei den Jusos war und bevor sie in das Hüttendorf auf dem Damm gezogen war.

Ein weiteres Indiz für die »Roll-back-Strategie« der Unternehmer ist der Versuch der Mannesmann AG, im Juni durch die Einbindung der Hütten- in die Röhrenwerke die Mitbestimmung nach dem Montanmodell zu unterlaufen. Diese Frage hat sogar das Potenzial, die SPD/FDP-Koalition zu spalten …

War Schreiben nicht eine Woge, auf der man sich emporschwang, eine Fantasie, die Wirklichkeit wurde? Sprache und der Umgang mit Worten ein Mittel, auf Reisen zu gehen und die Leser mit unerwarteten Wendungen zu verblüffen? Caro lehnte sich zurück und sah aus dem Fenster. Von hier konnte sie genau auf den mittelalterlichen Eschenheimer Turm sehen, ein Wahrzeichen der Stadt. Die steile Turmspitze war von vier kleinen, gleich proportionierten Wachtürmchen umgeben. Ihre Gedanken schweiften ab, denn ganz oben auf der Spitze steckte eine eiserne Wetterfahne, in die einer Sage zufolge der zum Tode verurteilte und im Turm gefangen gehaltene Wilddieb Hans Winkelsee mit neun Schüssen eine perfekte Neun geschossen hatte. Der Kunstschuss soll den Rat der Stadt so beeindruckt haben, dass er Winkelsee begnadigte. Die Löcher in der Wetterfahne waren von ihrem Platz aus mit bloßem Auge zu erkennen, allerdings wusste jeder Frankfurter, dass es sich nicht mehr um dieselbe Wetterfahne von damals handelte. Ein Wilddieb, der vor fünfhundert Jahren in diesem Turm eingesperrt war, den die Todesstrafe erwartete … Gerechtigkeit war etwas, über das sie besonders gerne schrieb. Tod, Liebe, Schicksal waren die treibende Kraft in vielen ihrer Geschichten, wobei sie ihre Figuren, wie sie selbstkritisch bemerkte, allzu häufig in Gut und Böse aufteilte. Moralisch fragwürdige Charaktere unterwarf sie gerne der Macht des Schicksals und mitunter der Ungerechtigkeit eines bösen Zufalls.

Auf wenigen Seiten konnte sie eine Welt erschaffen, die es zuvor noch nicht gegeben hatte. Für einen Flug durchs All und die Landung auf dem Mond benötigte sie nur drei rhythmisch betonte Sätze. Mit einem einzigen Adjektiv vermochte sie, Mitgefühl zu wecken. Lebenskrisen untermalte sie mit Naturgewalten wie Sturm und Gewitter, Hochzeiten und Taufen mit strahlendem Sonnenlicht und sanften Brisen. So hatte sie die Tätigkeit des Schreibens empfunden und in ihrer Naivität geglaubt, Journalisten könnten es ebenso halten, dürften entweder über atemberaubende Geschehnisse berichten oder nüchternen und kaum interessanten Ereignissen mittels eitler Formulierungen Leben einhauchen. Aber bisher waren ihr weder spannende Themen begegnet, noch wurden ihre literarischen Bemühungen gewürdigt – im Gegenteil, alle Versuche dieser Art strich ihr der zuständige Redakteur rigoros zusammen.

Caro schnappte Satzfetzen eines Journalisten drei Plätze weiter auf, der lauthals telefonierte. »… Algenbewuchs … Sauerstoffmangel … großes Fischsterben in der Nidda? … Ach so, zwischen Harheim und Bonames! Da bin ich nicht zuständig …« Sie wurde hellhörig, wollte gerade aufstehen und zu ihm hinübergehen, um nachzufragen – immerhin ein Thema, das sie nach wie vor nicht kaltließ –, als plötzlich eine Jeansjacke auf ihrem Schreibtisch landete.

»Oh, Pardon, schlecht gezielt!«

Sie drehte sich um und sah dem jungen Mann mit dem schlichten schwarzen T-Shirt und den ausgefransten Jeans ins Gesicht. Der modische hellbraune Schnurrbart stand ihm nicht schlecht, aber Caro stellte sich sein Gesicht ohne ihn vor. Er langte hinter sie und zog die Jacke vom Tisch, wobei er versehentlich ihren Stenoblock von der Schreibtischplatte fegte.

»Tut mir leid, ist wohl nicht mein Tag«, sagte er und bückte sich. Er war einer der jüngsten Journalisten, Caro schätzte ihn auf Mitte zwanzig. Einmal hatte er ihr sogar einen Kaffee vom Automaten mitgebracht. Er wollte ihr den Block geben und warf dann doch einen Blick darauf, blätterte einfach so die dicht beschriebenen Stenoseiten durch und nickte anerkennend. »Du schreibst ganz schön viel auf … ich wünschte, ich könnte das. Wir duzen uns doch, oder?«

»Klar. Kannst du kein Steno? Lernt man doch in der Journalistenschule.«

Er schüttelte den Kopf. »Hab ich nicht besucht.«

»Sondern?«

»Vier Semester Germanistik in München, dann hatte ich die Nase voll von dem Schwabinger Getue und der barocken Gemütlichkeit, der Literatur der Romantik im neunzehnten Jahrhundert. Fontane, Effi Briest und Konsorten hab ich schon in der Schule gehasst.«

Caro biss sich auf die Lippen und nickte. »Bei mir ist es gerade umgekehrt. Ich beginne, Effi Briest zu vermissen, und das, obwohl Fontane auch nicht wirklich mein Fall war.«

Er setzte sich lässig auf ihren Schreibtisch. »Wie kommt's? Gibt dir Dörhöfer die falschen Themen? Kann ich mir vorstellen, war bei mir am Anfang auch so. Dabei ist hier so viel im Gang! Frankfurt ist laut, dynamisch, provokativ, ganz anders als dieses Bilderbuch-München.«

Caro verkniff sich den Impuls, ihm von ihrem nahezu unstillbaren Lese- und Wissensdrang oder ihren literarischen Ambitionen zu erzählen. Bisher war sie noch niemandem begegnet, der diese Vorlieben teilte. Stattdessen betrachtete sie ihn und fand, dass er mit seinen verwuschelten Haaren und dem schmalen blassen Gesicht ein bisschen wie George Harrison von den Beatles aussah, für den sie früher geschwärmt hatte.

»Am Freitagmittag zum Beispiel, da ist eine Anti-Atomkraft-Demo angekündigt, von der Hauptwache ausgehend. Es geht darum, nicht nur mit Aufständen und Blockadeaktionen in Gorleben und Brokdorf auf sich aufmerksam zu machen. Sondern jetzt zeigt die Bewegung im boomenden Bankenplatz Frankfurt mit Fingern auf die Finanzierung der Atomlobby.«

»Und du gehst hin? Als Teilnehmer oder als Journalist?«

Er zögerte einen Moment. »Als Journalist natürlich, vielleicht kannst du ja mitkommen. Ich könnte Dörhöfer fragen. Ich mache Fotos, und du schreibst in Steno die Reden und deine Beobachtungen mit.«

Sie zuckte mit den Schultern. »Wenn du glaubst, dass er nichts dagegen hat ...«

»Er schuldet mir noch einen Gefallen.« Er streckte die Hand aus. »Ich bin übrigens Stefan. Stefan Eisinger.«

»Caro Stern.«

Mit einer Kopfbewegung in Richtung ihres grellpinken T-Shirts mit einem glitzernden Regenbogen auf der Brust sagte er: »Du magst Neon, ja?«

Als sie nickte, fügte er hinzu: »Das solltest du morgen vielleicht eher nicht anziehen.«

MARITA

Kurz vor ihrem sechzehnten Geburtstag wurde Marita aus dem Kinderheim »Mainblick« entlassen. Sie war endgültig zu alt für das Heim, das sie schon ein Jahr länger als üblich beherbergt hatte. Das hieß nicht, dass sie von nun an frei war, wo hätte sie auch hingesollt, da sie ihren Vater nicht kannte und ihre Mutter gestorben war. Andere Verwandte hatte sie nicht. Sie wurde in einer Jugendwohngruppe untergebracht, die unter derselben Trägerschaft stand wie die Mainheimer Einrichtung. Das Franz-Sales-Haus lag im Frankfurter Gallusviertel. Marita hatte einen Hauptschulabschluss erreicht und sollte nun eine Lehre als Industriekauffrau in einer Druckerei beginnen.

Die Leiterin des Franz-Sales-Hauses war eine burschikose Frau mit kurzen blonden Haaren. Als Frau Kiel sie in dem schlichten Büro begrüßte und ihr die Hausordnung erklärte, wünschte sich Marita zurück zu Frau Rose, die sie als freundlich und warmherzig in Erinnerung hatte. Es lag nicht an den Regeln, denen sie folgen sollte. Formulierungen wie »Wir behandeln uns mit gegenseitigem Respekt« und »Wir schreien uns nicht an«, »Nachtruhe ab 22 Uhr«, »kein Alkohol, keine Drogen«, hielt sie für sinnvoll, wenn sie für alle galten und von allen eingehalten wurden. Sie hatte die letzten Jahre nur mit jüngeren Kindern verbracht, deshalb war sie den Umgang mit Gleichaltrigen kaum gewohnt und fürchtete sich fast ein wenig vor ihnen.

Umso erleichterter war sie, als sich mit einem Mal die Tür öffnete und eine ihr bekannte Person den Raum betrat. Sie sprang auf und rannte Doktor Lavalette entgegen, breitete sogar die Arme aus und klammerte sich an ihren Körper.

MINKA

Das sahnige Licht der Abendsonne verlieh dem Platz an der Quelle etwas Geheimnisvolles. Die leeren Kanister gaben einen merkwürdigen Klang von sich, als sie gegen den ausgehöhlten Baumstamm stießen. Töne wie aus dem Resonanzboden eines exotischen Musikinstruments. Guy hielt die Öffnung unter das sprudelnde klare Wasser. Immer wenn einer der Fünf-Liter-Kanister voll war, setzte er ihn ab, Minka reichte ihm den nächsten und schraubte den anderen sorgfältig zu. Als sie fertig waren, setzten sie sich auf eine Bank und lauschten dem Wispern der Quelle. Sie wollte geduldig sein und wartete, ob er von selbst anfangen würde zu erzählen.

»Es ist schön hier!«, sagte er.

»Ich weiß.«

»Da, wo wir bisher in Deutschland gewohnt haben, war es nicht so idyllisch.«

»Du meinst Mainheim?«

Er nickte. »Das auch.«

»Komischerweise mochte ich es früher sogar. Ich mochte den Schokoladengeruch, ganz früher die Bleichwiesen, als es sie noch gab, die Molche in den Kiesgruben und …« Sie zögerte, denn das nächste Wort war ein Stichwort. »… das Schwimmbad.«

Ein Windhauch strich durch die Baumkronen, bewegte sachte die Äste, und Guy begann stockend zu sprechen.

»Nach dem Unfall wusste ich lange Zeit gar nichts mehr. Es muss wohl einen Rückschlag gegeben haben, nach dem ich mehrere Wochen im künstlichen Koma gelegen habe. Ich konnte mich nur an den Moment erinnern, als ich auf dem Brett stand und wie es unter meinen Füßen wegsackte, vibrierte, wippte, ganz weich, ganz anders als sonst. Alles was danach kam, war weg, wie ausgelöscht!«

Minka war sich nicht sicher, ob sie ihm sagen sollte, dass Caro und sie getaucht waren, dass sie es waren, die ihn aus fünf Metern Tiefe an die Wasseroberfläche gezogen hatten, aber sie kam auch gar nicht dazu.

»Im Krankenhaus sagte man mir lange nicht, was los war, meine Mutter saß an meinem Bett, bleich wie das Laken, und starrte mich an. In meinem Kopf war alles leer, meine Sprache war weg.«

»Du konntest nicht mehr sprechen?«

Er nickte. »Ja, ein paar Tage lang gar nicht.«

Minka drehte einen Grashalm zwischen ihren Fingern und fragte schließlich: »Aber jetzt ist doch alles wieder …«, sie suchte nach dem richtigen Ausdruck, »… normal?«

In der Ferne hörten sie leises Donnergrollen. Guy antwortete nicht.

»Du musst es mir nicht erzählen.«

»Ich kam in eine Rehaklinik, und nach und nach habe ich wieder sprechen gelernt, Worte gefunden. Es hat lange gedauert, bis ich wieder einen Text lesen konnte, oder ein Buch. Noch heute merke ich manchmal, wie ich schon die Lippen bewege, aber der Ausdruck ist noch gar nicht da. Anscheinend habe ich jetzt einfach eine längere Leitung.« Er stieß verächtlich Luft aus und zuckte mit den Schultern. »Als ich entlassen wurde, war meine Mutter schon nach Leverkusen umgezogen. Sie hatte dort eine neue Stelle bei Bayer am Fließband. Den Grund, warum sie so plötzlich aus Mainheim weggezogen war, wollte sie mir lange nicht sagen.«

Minka musste an den Aktenordner im Arbeitszimmer ihres Vaters denken und die akkurat aufgelisteten Zahlen unter dem Namen Lyan Meyfahrt. Sie überlegte, ob sie Guy darauf ansprechen sollte, aber etwas hielt sie zurück. »Und in Leverkusen bist du dann in die Schule gegangen?«

Er nickte. »Ja, und ich habe sogar das Abitur gemacht, obwohl meine Mutter im selben Jahr gestorben ist …«

Minka senkte die Augenlider: »Das tut mir leid.«

»Und trotz meiner langen Leitung habe ich es geschafft!« Er deutete auf seine Stirn und drehte den Zeigefinger in der Luft. »Du doch sicher auch, mit deiner kurzen Leitung! Warst immer eine der Schlagfertigsten!«

Minka schüttelte den Kopf. »Abi mit Ach und Krach. Ich war nicht gerade gut in der Oberstufe.«

»Warst du in Hofheim auf der Schule?«

»Nein, natürlich nicht! Die neue Gesamtschule in Mainheim war das Lieblingsprojekt meines Vaters, da war es klar, dass seine Tochter sie als eine der Ersten besucht. Nur Caro und Thomas sind aus unserer Klasse aufs Gymnasium gegangen.«

»Genau! Caro! Was ist eigentlich aus ihr geworden?«

Ihm war nicht anzusehen, ob er wirklich erst jetzt an sie dachte. Aber seine Stimme klang ein wenig übertrieben überrascht.

»Sie macht ein Volontariat bei der Frankfurter Rundschau.«

Guy nickte: »Das passt zu ihr.« Eine Weile sagte keiner von ihnen etwas. »Und du?«, fragte er schließlich. »Willst du studieren?«

»Ich hätte gerne Tiermedizin studiert, aber dafür war mein Schnitt zu schlecht.« Sie faltete die Hände, als würde sie ein Stoßgebet zum Himmel senden. »Das muss man Helmut Schmidt lassen. Er hat sich für offene Hochschulen eingesetzt, will den Numerus clausus abschaffen. Vielleicht komme ich dann noch rein, wenn er dafür Mehrheiten findet … oder über Wartesemester. Aber jetzt habe ich mich erst mal für Soziologie eingeschrieben.«

»Ahh!«

»Und du?«

»Jura.«

»Jura?« Ihre Stimme war etwas zu laut. »Das hätte ich nicht von dir erwartet!«

Erst jetzt hob er den Kopf und sah sie direkt an. »Warum nicht? Du siehst doch selbst, wie hilfreich es ist, wenn man den Behörden und Staatsanwälten und den Polizisten die Stirn bieten kann.«

Sie nickte.

»Oder ist es, weil ich Vietnamese bin?«

Minka merkte, wie ihr das Blut in den Kopf stieg, und sie errötete. »Auf keinen Fall … ich meinte nur … keine Ahnung.« Sie schüttelte den Kopf und spielte an einem ihrer Lederbänder am Arm. »Dann willst du also Anwalt werden?«

»Ja, Rechtsanwalt.«

Minka ließ ihn nicht aus den Augen. Staunte immer noch über die Veränderung. Er war nicht mehr hager, aber immer noch schlank. Dasselbe schmale Gesicht, doch erwachsener, die Augen in diesem Licht schwarz. In Schultern und Armen neue Kraft.

Guy gab sich nachdenklich, wirkte dabei aber lebhaft und gebannt von seinen eigenen Zukunftsplänen.

»Hast du schon angefangen?«

»Drittes Semester, also nur noch fünf bis sechs Jahre, und schon bin ich fertig.« Er lachte über seinen Scherz, und sie sagte: »Bekommst du Bafög?«

»Ja, klar.«

»Ich natürlich nicht. Muss immer zu meinem alten Herrn gehen und um Geld bitten. Letzte Woche hatte ich einen Riesenstreit mit ihm. Davon gab es schon ein paar, aber diesmal war es richtig schlimm.«

Guy sah sie verblüfft an. »Früher hatte ich immer den Eindruck, du vertrittst seine Meinung.«

»Wie kommst du denn darauf?« Dann presste sie die Lippen zusammen. »Na ja, du hast recht, damals habe ich ja sogar Plakate für ihn und seine Partei geklebt, war bei den Jusos, und so weiter ... Aber das ist endgültig vorbei! Wir haben uns angebrüllt. Ich habe ihm an den Kopf geworfen, was ich von seiner blöden SPD halte, in der es immer noch keiner kapiert, dass sie Naturschutz nicht einfach ignorieren können. Wie er die Industrie hofiert, Ruberus, Cassada, Wellpappe, wie sie alle heißen, wie scheinheilig das alles ist. Glaub nur nicht, dass er zugehört hätte. Er ist ja so dermaßen verbohrt!«

Guy schwieg. Mit einer Geduld, die sie immer mehr für ihn einnahm, wartete er ab.

»Und als ich dann mit Caro in dem Tierversuchslabor im Keltengrund eingebrochen bin –«

»Ihr seid in ein Labor eingebrochen? Den Keltengrund kannte ich als Kind. Da war ein Tierversuchslabor?«

»Ja, aber erst später, nachdem du nicht mehr da warst. Wir sind auch nicht wirklich eingebrochen, der Tierpfleger hat uns reingelassen, aber natürlich wurde es als Hausfriedensbruch behandelt, und wir hätten fast eine Jugendstrafe bekommen. Irgendwie hat es mein Vater mit seinen Beziehungen geschafft, dass das Verfahren gegen dreißig Sozialstunden eingestellt wurde, kein Strafantrag oder so was, du kennst dich da vielleicht schon besser aus als ich. Kein Wunder, er sitzt ja auch bei all den Industriebossen auf dem Schoß, und dann tut er so, als sei er der große Sozialdemokrat.«

Guy sah sie an, und in seinem Blick lag eine Mischung aus ungläubigem Staunen und Bewunderung.

»Im Grunde hat es nichts gebracht, aber mit meinem Vater konnte ich danach kein vernünftiges Wort mehr reden. Ich konnte einfach nicht verstehen, dass er etwas so Grässliches auf dem Mainheimer Gemeindegebiet duldet, verstehst du?«

Schließlich sagte Guy sehr leise: »Vielleicht wusste er es nicht. Du solltest irgendwann zu ihm gehen und mit ihm reden.«

»Ich mit ihm reden?« Sie sah ihn an, verblüfft und enttäuscht.

Guy nickte. »Tu es. Er ist dein Vater, ich wäre froh, wenn meiner noch am Leben wäre. Sag deinem Vater, du kannst ihn verstehen und du hättest dich im Ton vergriffen.«

Sie schüttelte langsam den Kopf. »Du weißt nicht, was du da von mir verlangst! Vollkommen unmöglich.«

»Man muss aber verzeihen können.« Noch leiser fügte er hinzu: »… und man muss seine Eltern respektieren.«

Das sagte ausgerechnet er? Sie hob den Kopf, als eine feine Vogelstimme direkt über ihnen zu singen begann. Der amselgroße Vogel saß auf einem Ast, nicht einmal drei Meter entfernt, sie konnte seine hellbraune Kehle pulsieren sehen und deutete mit dem Finger nach oben. Minkas silberne Ringe blitzten auf.

»Oh, eine Wacholderdrossel! Sie hat den typischen cremefarbenen Bauch und den grauen Kopf, Nacken und Bürzel, die Brust mit den schwarzen Flecken. Siehst du?« Guy sah erst den Vogel an, der leise zwitscherte, ihre Hand, ihren schlanken gebräunten Arm, dann sie. Die Abendsonne warf von der Seite oranges Licht zwischen die Baumstämme, das die Konturen ihrer Wangen und Lippen betonte, ihren zart gebräunten Teint. Ein schönes Gesicht.

Er beugte sich näher zu ihr, nicht so weit, dass er sie berührte, aber sie spürte ein Prickeln. Die Luft zwischen ihnen schien verwandelt, und sie fragte sich, ob er das auch spürte. Da rückte er ein kleines Stück näher an sie heran, nur so weit, dass ihre Arme sich berührten.

In dem Moment frischte der Wind auf, beide hoben die Gesichter, sahen zu, wie Tausende gelbe Blätter, von der Böe erfasst, hoch in den Himmel wirbelten. Guy legte seinen Arm um ihre Schultern, sie zog sachte ein Blatt aus seinen Haaren. Während um sie herum das Laub tanzte, der Wind zu Sturm wurde, küsste er ihre Lippen. Ihr Herz schlug wie wild. Federleicht fuhr er mit den Fingern über ihre Wangen, die

Schultern, ihre Arme entlang. Sie lösten sich voneinander, blickten sich an, wussten nicht, was sie als Nächstes tun sollten. Sie hätte zurückweichen können. Stattdessen blieb sie genau da, wo sie war. Dann küsste er sie erneut. Eine flüchtige Berührung, und doch weit mehr als nur ein Hauch. Drei Sekunden, vier, fünf, die ausreichten, um in der weichen Geschmeidigkeit seiner Lippen all die Zeit, die Jahre zu spüren, die sie getrennt verbracht hatten und die zwischen ihnen lagen.

Plötzlich stieß die Drossel über ihnen ein durchdringendes Schäckern aus. Und gleich darauf krachte ein lauter Donner durch den Wald. Minka zuckte zusammen, erschrak so sehr, dass sie sich an Guy klammerte. Schon erschien ein Blitz am Himmel und tauchte das Waldstück in helles Licht.

»Das Gewitter ist fast über uns, komm schnell.«

Sie nahm seine Hand.

»Habt ihr an der Hütte einen Blitzableiter?«

»Ja, klar, aber ich weiß nicht, ob wir es noch bis dahin schaffen.«

»Wir versuchen es!«

Im selben Moment spürte Minka die ersten Tropfen auf ihrem T-Shirt und ihren nackten Armen. Sie rannten los, der Regen wurde immer stärker, und sofort verwandelten sich der Waldboden und der Erdwall in glitschigen Schlamm. Von Weitem sahen sie, wie andere Hüttendorfbewohner zu der Rundhütte strebten. »Sie ist die einzige mit einem Blitzableiter!«, rief Minka keuchend. Vor ihnen lag eine freie Fläche, auf der sich Sturzbäche und Pfützen gebildet hatten. Der Regen prasselte so dicht herunter, dass man kaum noch sah, wo man hintrat. So schnell sie konnten, stürmten sie auf den Hütteneingang zu, die Tür klemmte, und Minka wollte dagegen hämmern, doch Guy hielt sie zurück. »Warte!«

»Das Gewitter … und ich bin triefnass!«, sagte sie leise. Er fasste sie an den Schultern, zog sie an sich und küsste sie wieder. Ihre Lippen wurden ganz weich, und alles in ihr sehnte sich danach, mit ihm alleine zu sein. Doch sie hörten Stimmen und lösten sich voneinander, wenn sie auch wie von einer unsichtbaren Macht sogleich wieder zueinander gezogen wurden.

Zwei junge Männer kamen über den Wall gerannt. »Boah, das war in letzter Sekunde!«, rief der eine und blieb atemlos vor Minka und Guy stehen. Die beiden tauschten einen Blick aus. Über ihnen krachte der Donner so laut, dass das Holz der Hütte wackelte. Einer der beiden warf sich gegen die Tür, und sie gab nach. Guy und Minka folgten ihnen in die Rundhütte.

Schon begann sie darüber nachzudenken, was sie in Gang gesetzt hatten, und fragte sich, ob sie es womöglich bereuen würden.

CARO

Als sie die Lobby des Rundschauhauses durchquerten, konnten sie bereits durch die hohen Fenster sehen, wie sich Massen von jungen Leuten die Eschenheimer Anlage hinunterbewegten und auf die Hauptwache zustrebten. Besonders angenehm war es Caro nicht, nachdem sie im Radio gehört hatte, dass bis zu fünfzigtausend Menschen erwartet wurden. Sie fand, Stefan hätte ihr sagen können, dass es als Großdemonstration geplant war, und wünschte fast, sie hätte sich nicht auf das Abenteuer eingelassen. Aber immer noch besser, als zu langweiligen Gewerkschafts- und ASTA-Sitzungen zu gehen, oder über aufblühende Riesenblumen im Palmengarten zu berichten. Sie liefen über den Terrazzoboden und hörten die Sohlen ihrer eigenen Turnschuhe quietschen. Caro hatte sich extra neutral gekleidet. Keine Neonfarben, kein Metallic-Look und auch keine großen Plastikohrringe, wie sie sie sonst gerne trug. Heute hatte sie schlichte Jeans und ein weißes T-Shirt angezogen. Aber die Jeans waren ziemlich eng, und sie wusste, dass sie darin eine gute Figur hatte. Die Haare hatte sie zu einer Löwenmähne nach außen geföhnt und ließ sie offen auf ihre Schultern fallen. Stefans Blick nach zu urteilen, schien es ihm zu gefallen. Das gab ihr Selbstvertrauen, wenn sie sich auch nicht richtig wohlfühlte.

Der Himmel war blau und die warme Luft leicht mit Abgasen versetzt. Schon jetzt stauten sich die Autos, die von der Polizei an der Durchfahrt aus der Stiftstraße gehindert wurden. Die Hauptwache wurde großräumig abgesperrt. Einige Autofahrer machten ihrem Ärger mit einem wütenden Hupkonzert Luft.

»Mist, hab ganz vergessen, dass ich mein Auto gestern hier geparkt habe«, fluchte Stefan, als sie an einem klapprigen Käfer vorbeikamen, an dessen Windschutzscheibe ein Strafzettel klemmte.

»Willst du ihn noch wegfahren? Sonst schleppen sie ihn vielleicht ab!«

Er machte eine lässige Bewegung mit der Hand. »Erstens ist es aussichtslos, hier noch wegzukommen, und zweitens haben die Bullen dazu sicher keine Zeit. Ist jetzt auch egal. Hoffe mal, dass die Spontis so eine alte Schüssel in Ruhe lassen.«

Bullen? Spontis? Caro riss die Augen auf. Das war nicht der Jargon, den sie gewohnt war. Der missglückte Einbruch in die Tierversuchsanstalt vor vier Jahren hatte sie weit mehr mitgenommen, als es damals den Anschein gehabt hatte. Nach dem Tag und den darauffolgenden Wochen, als sie nur knapp einer Jugendstrafe entgangen war, war sie ängstlicher, vorsichtiger und unpolitischer geworden. Tatsächlich hatte die Aktion nichts gebracht. Die Fotos waren beschlagnahmt worden, die Papiere über die Testreihen, die Caro aus dem Schreibtisch geholt hatte, hatten sie ebenfalls fast alle der Polizei übergeben müssen, bis auf eine ohnehin veröffentlichte Forschungsarbeit. Das Tierlabor konnte unbehelligt weiterarbeiten. Auch wenn sie ihre Meinung zu der Tierquälerei im Keltengrund kein bisschen geändert hatte – sie hatte sich angepasst.

»Meinst du, es kommt zu Sachbeschädigungen?«, fragte sie angespannt.

»Bist du so naiv? Bei der letzten Großdemo wurden Autos umgeworfen, Fensterscheiben eingeschlagen, und auf beiden Seiten gab es Verletzte.«

Ihr wurde es noch mulmiger, als sie an den mit Brettern vernagelten Schaufenstern des Kaufhofs vorbeigingen und sich der Zeil näherten. Dicht an dicht stehende Körper, die zu einer Masse verschwammen. Auf der anderen Straßenseite waren Mannschaftswagen der Polizei geparkt. Es mussten mindestens zwanzig Wagen sein. Die Kleidung der Demonstranten war uneinheitlich. Weiße und schwarze T-Shirts, Karohemden, Jeans, Bundeswehr-Parkas, Flatterkleider, schwarze Kapuzenpullis mit der Aufschrift *Lieber heute aktiv als morgen radioaktiv,* Cordanzüge. Zwischen den Treppen zur B-Ebene, dem Sandsteingebäude der alten Hauptwache und der Einmündung zur Zeil, der kaufkräftigsten Fußgängerzone der Bundesrepublik, hatten die Veranstalter eine Bühne aufgebaut. Es wurden Spruchbänder hochgehalten:

Atomlobby – ab nach Harrisburg

Uns reichts, wenn Albrecht strahlt – Atomkraft Nein Danke!

Ein Mädchen mit aufgemalten Sonnen auf den Wangen kam auf sie zu und hielt ihnen eine Büchse entgegen: »Ihr habt noch gar keinen Anti-Atomkraft-Button!«

Stefan griff hinein, zog zwei der orangefarbenen Metall-Broschen mit lachenden gelben Sonnen heraus, aber Caro schüttelte den Kopf. »Das geht nicht! Wir sind von der Presse und müssen neutral bleiben!« Sie hielt ihren Ausweis hoch, das Mädchen nickte und deutete auf ein Spalier, das zwischen den Menschenmassen gebildet worden war. »Dann da entlang!«

Sie bahnten sich einen Weg durch die Menge, drängten sich zwischen Schultern und Rücken hindurch, denn das Spalier hatte sich zu schnell wieder geschlossen. Von den Lautsprechern auf der Bühne hörten sie jetzt die Stimme eines Mannes, der vergeblich versuchte, die Aufmerksamkeit der versammelten Leute auf sich zu lenken. Er wirkte zornig, versprach sich mehrmals. Auf dem Platz beachtete ihn kaum jemand, die meisten dachten gar nicht daran, ihre Gespräche zu unterbrechen. Als er die Stimme hob, gab es einige schrille Rückkoppelungen; was folgte, waren Buhrufe und Pfiffe.

»Ich würde mir gerne mal einen Überblick über die Menge machen, die Anzahl der Demonstranten abschätzen. Gibt es hier irgendwo eine Bank oder eine Mauer, auf die man steigen kann?«, fragte sie Stefan.

»Da vorne sind ein paar Bänke, komm mit.«

Er griff einfach ihre Hand, als sei es ganz selbstverständlich, und zog sie weiter durch die Menge, Richtung Bühne.

Jetzt hörten sie eine andere Stimme, die in das Mikrofon sprach. Es war die einer Frau, und obwohl sie bedächtig sprach, wurde es auf einmal ruhiger auf dem Platz. Caro wandte den Kopf zur Bühne und sah nur blonde, wellige Haare, kein Gesicht, dazu war sie zu weit entfernt.

»Verharmlosung, Kleinreden, Vergessen, das ist es, worauf sie setzen. Harrisburg ist erst ein Jahr und vier Monate her, und schon machen sie munter weiter, als hätte es den verheerenden Reaktorunfall nie gegeben.«

Sie klang mild, behutsam, fast zart, aber der Inhalt ihrer Sätze zeigte keinerlei Zurückhaltung.

»Dabei haben Menschen aus aller Welt mehrere Tage vor den Fernsehern mitgefiebert, ob die Schutzhülle standhalten wird. Über Hunderttausende flohen ins Umland, während Experten und Medien tagelang rätselten, ob eine unkontrollierbare radioaktive Gasblase eine Explosion im Reaktor auslösen würde. Wir haben den schwersten Unfall in der Geschichte der Atomkraft nicht ausgeblendet, oder?«

Sie hielt die Hand an ihr rechtes Ohr, und Zigtausende von Stimmen riefen gleichzeitig: »Neiiiin! Haben wir nicht!«

»Nein, haben wir nicht!«, wiederholte sie. »Tatsächlich kam es zu einer partiellen Kernschmelze. Und dieser Unfall zeigt – inmitten der weltweiten Expansion der Atomkraft –, dass ein Super-GAU nicht so unwahrscheinlich ist, wie vermeintliche Experten annahmen.«

Wie aufmerksam ihr alle lauschten! Und das, obwohl sie über physikalische Vorgänge sprach, die so diffus waren, dass sie kaum jemand unter den Zuhörern erfassen konnte. Aber wenngleich Caro sie nicht sehen konnte, hörte sie ihr an, wie sehr sie bei ihrer Schilderung mit den betroffenen Menschen in Harrisburg mitlitt. Ihre Empathie machte einen Teil ihrer Präsenz aus. An den Gesichtern, die sie im Vorbeigehen sah, war die Wirkung unmittelbar abzulesen.

»Man muss kein Untergangsprophet sein, um vorauszusagen, dass die Dämme brechen werden, wenn sich diejenigen durchsetzen, die Atomenergie als unverzichtbaren Beitrag zur Lösung der Weltenergieprobleme propagieren. Wir alle wissen, wohin das führen wird. Nämlich unweigerlich zur Weiterverbreitung von Atomwaffen!«

Auf dem Platz erhob sich zustimmendes Gemurmel.

Stefan und Caro waren jetzt bei den Bänken aus Metallgittern angekommen und stiegen auf die Sitzfläche.

»Hey, was soll das?«, rief jemand hinter ihnen. »Wir sehn nichts!«

Stefan drehte sich zu ihm um und zeigte dem Mann, der sich beschwerte, seinen Presseausweis und seine Kamera. »Frankfurter Rundschau!«

»Okay, von mir aus«, murrte der Mann.

Jetzt konnte Caro über die Köpfe der anderen Zuhörer hinweg die schmale, zartgliedrige Frau sehen, die auf der Bühne stand und zu der die charismatische Stimme gehörte. Sie trug eine fast biedere Bluse mit Blümchenmuster und Rüschen-Stehkragen. Die Erscheinung zog Caro genauso in den Bann wie die Stimme – alles passte perfekt zusammen, ihr schönes Gesicht, die schattenumrandeten Augen. Stefan hielt die Kamera hoch und knipste ein Foto nach dem anderen.

»Kennst du sie?«, fragte sie ihn.

»Das ist Petra Kelly.«

»Wer rund um den Globus Hunderte neuer Atomkraftwerke bauen will, landet unweigerlich bei Wiederaufbereitungsanlagen und Schnellen Brütern, um die Brennstoffzufuhr zu sichern. Denn auch Uran ist nicht unbegrenzt verfügbar, ganz zu schweigen von der Strahlenbelastung beim Abbau. Die Menschen, die im Uranabbau arbeiten, viele davon sogar Kinder, sind für ihr Leben gezeichnet, die Übersterblichkeit ist so hoch wie im Mittelalter.«

Beifall brandete auf, und Petra Kelly unterbrach ihre Rede so lange, bis es wieder still wurde. Sie straffte sich, blickte in die Gesichter der Menschen in den vorderen Reihen. Was für ein Charisma diese zierliche Frau hatte!, dachte Caro. Wie aufmerksam ihr die Demonstranten zuhörten, wie sie sie anblickten! Direkt unterhalb der Bühne stand eine junge Frau mit dunklen langen Haaren und sah zu der Rednerin auf, badete in ihrer ruhigen Aura. Allein durch ihre Anwesenheit sorgte Petra Kelly für Ordnung und auch für Freiheit. Sie vermittelte die Gewissheit, auch eine zartgliedrige Frau mit leiser Stimme hatte die Kraft, Großes zu bewirken und die Gesellschaft zu verändern.

»Der Ausbau der Atomenergie mündet in die Plutoniumproduktion im großen Stil, in eine hochgefährliche, schwer beherrschbare Technologie und die massenhafte Erzeugung von Material für Atomwaffen.«

»Genau so ist es!«, riefen einige aus den hinteren Reihen. »Das sind skrupellose Kriegstreiber!«, hörte sie eine Frau links unten sagen. Caro drehte sich um und sah jetzt, dass die Menschen dicht an dicht die gesamte Zeil bevölkerten, bis hinten zu dem Nachkriegsbau der Post und der großen Filiale von Peek & Cloppenburg. So weit das Auge reichte, Körper an Körper. Als sie in die anderen Richtungen schaute, hielt sie den Atem an: Kein Stück Asphalt war mehr zu sehen, nur Menschen, Kopf an Kopf, Schulter an Schulter. »Das müssen weit mehr als fünfzigtausend sein, es sind eher hunderttausend«, flüsterte sie. »Was bringt sie nur dazu? Kommen sie alle hierher, weil sie gegen Atomkraft sind?« Für Caro war das Thema gar nicht so präsent, es gab keinen aktuellen Reaktorunfall, die Gefahren, die davon ausgehen sollten, waren diffus und wenig greifbar.

»Das liegt an ihr!«, sagte Stefan. »Petra kann die Menschen aufrütteln und berühren wie sonst keiner.«

Caro zückte ihren Block und begann mitzuschreiben, als Petra Kelly weitersprach: »Der Umgang der deutschen Politiker und der deutschen Wirtschaft mit der Atomenergie erinnert an den Zauberlehrling, der den Geist aus der Flasche lockt, dessen er dann nicht mehr Herr wird …«

Sie machte eine Pause, dann hob sie ihre schmale Faust. »Alle deutschen Großbanken, inklusive der Zentralbanken von Sparkassen und Volksbanken, sind an der Finanzierung der Atomindustrie beteiligt. Ohne Geld keine Atomkraft! Hier am Bankenplatz Frankfurt sitzen diejenigen, die dafür mitverantwortlich sind, dass immer noch mehr und noch mehr Meiler in Betrieb gehen. Sie interessieren sich nicht für die Gefahren, die Vertuschung von Störfällen und Mängeln in AKWs. Wir müssen sie stoppen, und wir können sie stoppen!«

Der Beifall war ohrenbetäubend. Es gab »Jawoll«-Rufe und zustimmende Heuler und Pfiffe.

Ihr Satz »Aber Leute, ich bitte euch inständig! Bleibt friedlich! Ihr wisst, wie sehr mir das am Herzen liegt!« ging in dem tosenden Lärm unter. Dann setzte sich der Zug in Bewegung. Es ging nur langsam vorwärts, die schiere Anzahl der Menschen machte die Masse träge. Die Demonstration verlief anfangs friedlich. In Sprechchören und auf Transparenten forderten sie den sofortigen Ausstieg aus der Atomenergie. Die Prozession wurde von Polizisten begleitet, aber es passierte nichts, weshalb sie hätten eingreifen müssen. Manche Passanten blieben stehen und riefen lautstark Bemerkungen wie »Wo soll der Strom denn herkommen?« oder »Geht mal arbeiten, ihr Müslifresser, dann kommt ihr auf andere Gedanken!«. Doch keiner der Demonstranten ließ sich provozieren. Sie zogen weiter. Es war, als wirke die friedliche Aura von Petra Kelly weiter, obwohl sie längst ein kleiner unsichtbarer Teil der Masse geworden war. Stefan und Caro blieben noch eine Weile auf ihrem Aussichtspunkt stehen. Während er ununterbrochen Fotos schoss, machte sich Caro auf ihrem Block Notizen. »Was ist, willst du nicht mitgehen?«, fragte sie, als sie fertig war.

»Bestimmt nicht mittendrin. Ich kenne ja den geplanten Weg und das Ziel des Zugs. Er soll wieder hierher zurück zu einer Abschlusskundgebung kommen. Aber am besten versuchen wir, außen herum zur Zentrale der Deutschen Bank zu gelangen. Da könnte es noch mal richtig heiß werden.«

Als die Reihen der Menschen etwas lichter wurden, nutzten sie die Lücke, um sich seitlich durchzuschlagen. Weiter vorne kam es zu irgendeiner Unruhe, Geschrei. Eine Polizeistaffel rückte gegen den Strom vor, mitten durch die Menge von Demonstranten. Sie trugen Helme und Schilder und hatten ihre Schlagstöcke im Anschlag. Der Tross teilte sich widerwillig, die Menschen zwängten sich an Hauswänden und Schaufenstern vorbei, und ihre Richtung wurde von den aufgereihten Beamten kanalisiert.

Stefan und Caro wichen in eine Seitenstraße aus und wurden von einem Polizisten gestoppt. Als sie ihre Presseausweise vorzeigten, musterte er sie sehr genau, ließ sie dann aber passieren. Sie rannten weiter und näherten sich durch die Schillerstraße dem Goetheplatz. Die Demonstranten zogen friedlich weiter in Richtung Junghofstraße. So viel zu berichten würde es nicht geben, dachte Caro, während sie eher gelangweilt an der Seite standen. Was sie viel mehr interessierte als der Demonstrationszug, war diese Petra Kelly. Sie hatte selten eine Frau mit so viel Präsenz gesehen, mit einer unerklärlichen Anziehungskraft. Was trieb sie an? Ein Interview mit ihr hätte sie gereizt. Aber wie käme sie dazu, als unbedeutende Volontärin? Daran dachte sie, als Stefan sie beim Arm packte und auf zwei ganz in Schwarz gekleidete Männer mit Kapuzen zeigte, die sich plötzlich aus der Menge lösten. Sie verstießen gegen das bestehende Vermummungsverbot, waren mit Schals und Tüchern maskiert, hatten Steine und Stöcke zur Hand. Blitzschnell rannten sie auf den Bürgersteig, holten weit aus, Steine flogen, und schon klirrte die erste Scheibe an der Filiale der Deutschen Bank.

Die Stille, die danach folgte, währte nur kurz. Lautes Geschrei brandete entlang der Straße auf, und auf einmal ging alles ganz schnell. Noch mehr und noch mehr Pflastersteine donnerten in die Fensterscheiben. Zwei Demonstranten warfen Farbbeutel, die mit sattem Klatschen an der Fassade landeten. Grüne und rote Schmiere lief in breiten Bahnen an den Häuserwänden herunter. Wieder klirrte es, dann noch mal und noch mal. Es waren große schwere Schaufenster, die zerbarsten, als die Pflastersteine mit voller Wucht hineingeschleudert wurden. Wie viel Wut musste dahinterstecken. Auf einmal kam Bewegung in die Menge, als von beiden Seiten je eine Hundertschaft von Polizisten vorrückte.

»Auseinander, Deckung! Die Bullen kommen!«, hörte man Schreie gellen. »Weg hier!«

Unter den Demonstranten entstanden Verwirrung und Unruhe. Menschen rannten an ihnen vorbei, verstreuten sich in alle Richtungen, versuchten, in die Goethestraße und die Neue Mainzer Straße auszuweichen, änderten ihre Meinung, als ihnen auch von dort die Polizisten entgegenkamen. Wohin? Zurück oder nach rechts oder links? Stefan blieb stehen und fotografierte. Die Steine- und Farbbeutelwerfer, die fliehenden Demonstranten. Caro schaute unentschlossen mal in die eine, mal in die andere Richtung. Wo sollten sie hin?

Wir sind von der Presse, uns werden sie nichts tun!, sprach sie sich selbst Mut zu, als die Polizisten mit Stahlhelmen und Schutzschilden in geschlossener Kette auf sie zukamen. Sie waren noch gut fünfzig Meter von ihnen entfernt. Ihre Stiefel stampften im Gleichschritt. Schon vor Jahrhunderten musste jemand darauf Zeit verwandt haben, sich dieses Geräusch zur Einschüchterung der militärischen Gegner auszudenken. Und mit was für einem Erfolg! Für Caro war es in diesem Moment das Geräusch der Panik schlechthin. Sie tastete nach ihrem Presseausweis, den sie an einem Band um den Hals trug, aber er war nicht mehr da.

»Weg hier!« Jemand riss sie am Arm und zog sie mit. Sie sah Stefans verdutztes Gesicht an ihr vorbeifliegen. »Nicht wegrennen! Auf keinen Fall rennen!«, hörte sie ihn sagen. Und dabei blieb er wie angenagelt stehen. Der andere ließ ihren Arm los. Doch er hatte sie berührt, eine Entscheidung für sie getroffen, und im Bruchteil einer Sekunde schaltete ihr Gehirn von rationalem Verhalten auf Flucht. Sie ließ Stefan stehen, setzte den anderen nach und sah noch aus dem Augenwinkel, wie ihm einer der Polizisten die Kamera aus der Hand schlug.

»Wasserwerfer! Die Schweine fahren Wasserwerfer auf!«, kreischte jemand.

»Da rüber!« Sie waren zu zweit, zwei schwarz gekleidete Demonstranten mit Kapuzen.

Jede Bewegung fiel ihr schwer. Es kam ihr vor, als würde sie sich nur langsam voranschleppen. »Ich bin doch von der Presse«, keuchte sie. Die Person, die sie mit sich zog, antwortete, aber sie konnte sie nicht verstehen. Sie stolperte über den Bordstein und merkte entsetzt, dass ihnen jemand auf den Fersen war – zwei Polizisten setzten ihnen nach.

»Hier rein!« Sie wurde hochgerissen, und plötzlich erwachte sie aus ihrer Starre. Rannte, so schnell sie konnte, hinter der schwarz gekleideten Gestalt her, flankiert von der zweiten. Der Adrenalinstoß mobilisierte ungeahnte Kräfte in ihr, und sie konnte den Abstand zu den Beamten sogar vergrößern, jagte an einem gelb-schwarzen Schlagbaum vorbei, ins Innere eines Parkhauses, auf das Treppenhaus zu.

»Polizei! Stehen bleiben!«, hörte sie hinter sich rufen.

»Wir müssen weiter!«, keuchte die Stimme neben ihr, und erst jetzt drehte sie den Kopf. Ein Palästinensertuch bedeckte Mund und Nase, aber da waren braune Augen, die sie kannte und doch nicht kannte. »Los, komm! Nicht ins Treppenhaus!«

Sie rannten mitten auf der Fahrbahn, in die dunkle Röhre, die nach oben führte. Erst als ihnen hupend ein Auto entgegenkam, begriff sie, dass es die Ausfahrt des Parkhauses war. Sie sprangen auf den viel zu schmalen Bordstein und pressten sich an die Wand. Ihr Herz hämmerte in der Brust. Jetzt saßen sie in der Falle. Als der Wagen vorbei war, rannten sie immer weiter und weiter die wie ein Schneckenhaus gewundene Straße hinauf. Sie konnten die Schritte der Polizistenstiefel hinter sich hören, die Wände reflektierten ihren Hall. Gleich würden sie sie haben. Hier gab es keinen Ausweg. Sie konnte weiterrennen, bis sie eingeholt wurden, sie konnte aufgeben und stehen bleiben. Es kostete Kraft, sich an halb vergessene Ratschläge zu erinnern, an den Journalistenkodex. Das Beste wäre, sich umzudrehen und mit erhobenen Händen zu stellen. Noch war es nicht zu spät! Doch da wurde es heller, und die Wand öffnete sich. Zwischen tragenden Betonpfeilern taten sich drei Meter breite Lücken auf, und an einer Stelle lag die Fahrbahn der Ausfahrt so dicht unter der Kurve der Auffahrt, dass die Entfernung von zwei Metern wie ein Katzensprung wirkte. Schon drückte sich der schlanke Mann vor ihr mit der Hand auf der Leitplanke ab und schwang sich behände darüber hinweg, und erst jetzt erkannte sie an den grazilen Bewegungen, dass es eine Frau war.

Der andere wollte sofort hinterher, wollte es ihr gleichtun, besann sich aber und raunte: »Du zuerst.« Caro beugte sich über die Brüstung und zuckte zurück. Wenn sie die Fahrbahnbegrenzung der Auffahrt verfehlte, fiel sie mindestens zwanzig Meter in die Tiefe. Die Schritte hinter ihnen kamen näher.

»Los, du schaffst das!«

Sie legte die Handfläche auf das Metall, drückte sich ab und katapultierte ihre Beine in die Luft. Während sie sprang und auf den harten Aufprall wartete, davon ausging, sich gleich mindestens das Sprunggelenk zu brechen, wurde ihr klar, wem die Stimme gehörte: Es war Guy Meyfahrt.

CLAIRE

Claire kam mit geröteten Wangen im Institut an, ging den Gang in der ersten Etage entlang, warf einen kurzen Blick in das Labor, in dem mehrere Mitarbeiter in weißer Schutzkleidung ihrer Arbeit nachgingen. Einer davon war ihr zugeteilt, was ihr die mühevolle tausendfache Durchführung der Arbeitsschritte ihrer Versuche deutlich erleichterte, und trotzdem ging es ihr noch viel zu langsam voran. Jeder Vorgang musste täglich mehrere Dutzend Mal in Folge wiederholt werden, um eine ausreichende Amplifikation zu erreichen. Die doppelsträngige DNA wurde zunächst durch Erhitzen auf sechsundneunzig Grad in zwei Einzelstränge getrennt. Bei dieser Temperatur wurde die dabei zunächst verwendete DNA-Polymerase I zerstört und musste daher nach jedem Erhitzen erneut zugegeben werden.

Sie nickte ihrem Mitarbeiter durch die Scheibe zu und bedeutete ihm, sie sei gleich da. Während sie in ihr schmales Büro weiterging, dachte sie wie schon so oft darüber nach, wie ineffizient das Verfahren war. Es kostete viel zu viel Zeit, zu große Mengen DNA-Polymerase und erforderte ständige Aufmerksamkeit. Es musste doch noch einen anderen Weg geben, einen intelligenteren, weniger umständlichen. Ihr war längst bewusst, dass sie nicht die Einzige war, die in diesem Bereich wissenschaftliche Versuche durchführte. In den USA gab es den Nobelpreisträger Har Gobind Khorana, der mit seinen Leuten auf demselben Gebiet forschte, zudem den DNA-Chemiker Kary Mullis, der einen Fachaufsatz nach dem anderen publizierte. Die Gefahr, überholt und abgehängt zu werden, lag geradezu in der Luft.

Claire zog ihren Blazer auf einen Kleiderbügel, nahm sich die neueste *Bio-Essays* aus der Plastikschale des Posteingangs und seufzte. Auf der Titelseite war schon wieder der nächste Artikel von Kary Mullis verzeichnet, er schien sie wie am Fließband zu produzieren. Allerdings war es auch kein Geheimnis, dass er mit einem viel höheren Etat als sie arbeitete, denn Mullis' Forschungsprojekte wurden von der CETUS Corporation, bei der er beschäftigt war, gefördert. Claire suchte nach der Seitenzahl, blätterte das Heft durch und überflog mit klopfendem Herzen Mullis' Aufsatz. »Gott sei Dank!«, murmelte sie. Es ging um eine Patentanmeldung auf einem verwandten Gebiet, aber es betraf nicht unmittelbar die DNA-Polymerase. Doch es konnte jederzeit passieren, vielleicht erst in zwei Wochen, vielleicht auch in zwei Tagen, und dann war all ihre Arbeit umsonst.

Claire klappte die Zeitschrift zu und fächelte sich damit Luft. Der Raum lag nach Süden und hatte keine Klimaanlage. Aber dafür bot sich von ihrem Schreibtisch aus ein Blick über einen kleinen Parkplatz hinweg in das Grün des Botanischen Gartens, auf helle Birken hinter einer mit Efeu bewachsenen Backsteinmauer. Sie verharrte kurz und sah auf ihre Armbanduhr. Schon fast Mittag. Es war das erste Mal, dass sie so spät mit der Arbeit anfing, sonst kam sie morgens immer als eine der Ersten, und abends war sie die Letzte, die das Institut verließ. Erst seit sechs Monaten arbeitete sie hier und hatte doch das Gefühl, genau die Welt betreten zu haben, in die sie immer schon gewollt hatte. Das hier war ihr ureigenster Ort, an dem sie die Symmetrie der DNA-Moleküle studierte, als würde sie einen geheimnisvollen Tempel aus Atomen durchschreiten und die umeinanderlaufende Doppelhelix wie eine Wendeltreppe emporsteigen.

Ihr Forschungsgebiet, die DNA-Polymerase, kam in allen Lebewesen vor. Genau deshalb fand sie es so unendlich spannend. Vor der Zellteilung verdoppelte sich die DNA und wurde repliziert. Dazu band sie sich an einen einzelnen DNA-Strang und synthetisierte einen dazu komplementären Strang. Das Einzigartige und Neue ihrer Idee lag darin, diese Kettenreaktion an Enzymen in vitro – quasi im Reagenzglas vorzunehmen.

Ihre ersten Versuchsreihen waren überraschend erfolgreich verlaufen. Jetzt war es einfach ein Wettlauf gegen die Zeit. Wie es ihre Art war, verschrieb sie sich dem Thema mit Haut und Haar und hatte den Anspruch, die Dissertation in einem Bruchteil der üblichen Zeit fertigzustellen. Das erwartete nicht nur sie selbst von sich, sondern – davon war sie überzeugt – einfach alle: die gesamte Fachwelt, ihr Doktorvater, der Leiter des Instituts, jeder einzelne wissenschaftliche Mitarbeiter, ihre Zieheltern, ihre Brüder und Schwestern und vermutlich auch Karin Lavalette.

Sie steckte den Schlüssel ins Schloss, zog die Schublade auf, um ihre letzten Aufzeichnungen herauszuholen und das dicht und akkurat beschriebene Heft auf den Schreibtisch zu legen, da fiel ihr Blick auf die weiße Dahlie, die ihr Guido zum Abschied geschenkt hatte. Sie hatte sie beim Eintreten auf ihrem Schreibtisch abgelegt. Jetzt sah sie sich nach einer Vase um, aber natürlich vergeblich. Schließlich nahm sie eines der Reagenzgläser aus dem Regal, füllte es an ihrem Waschbecken mit Wasser und stellte es in den Sperrholzständer zurück. Mit Bedacht ließ sie die Blume ins Wasser gleiten und berührte mit den Fingerspitzen sanft die cremeweiße Dolde. Die geschwungenen Blätter der einzelnen Blütenstände schienen im reflektierten Mittagslicht zu leuchten, während sich die schmalen seitlichen Staubgefäße um die Mitte jeder Blüte nach außen wölbten. Sie war perfekt. Auf einmal bedauerte sie es, sich zum Schluss so abweisend gegenüber Guido verhalten zu haben. War es denn schlimm, wenn er das Treffen mit ihr absichtlich herbeigeführt hatte? Was, wenn er sich nun gar nicht mehr meldete? Wenn sie ihn verschreckt hatte? Sie stellte den Ständer mit den Reagenzgläsern an die hintere Kante ihres Schreibtischs. Die weiße Blüte hob sich nun fast so malerisch von dem grünen Laub der Birken vor ihrem Fenster ab wie an dem zauberhaften Ort im Palmengarten, an dem sie zu ihrer vollen Schönheit herangewachsen war. Claire schloss kurz die Augen, legte die Hand an die Schläfen und atmete tief ein und aus.

Schluss jetzt! Sie öffnete die Augen und beugte sich über ihre Aufzeichnungen. Sie musste weiterkommen, ihre Versuchsreihen auswerten, sich endlich wieder auf das Wichtige in ihrem Leben konzentrieren. In einer Stunde hatte sie ein Arbeitsgespräch mit Professor Steinmetz, ihrem Doktorvater, und sollte ihm ihre jüngsten Fortschritte präsentieren. Doch was war heute nur los? Ihre Gedanken tanzten zurück zu dem Moment, als die Ruderboote in dem kleinen See schaukelten, zu dem sanft wogenden Schilf, dem glitzernden Wasser. Sie meinte fast, wieder den Geschmack von frischem Erdbeereis auf ihrer Zunge zu spüren, eine kleine Windbrise im Nacken …

Als es an der Tür klopfte, erwachte sie wie aus einem Traum und drehte sich erschrocken um. Ihr Assistent stand vor dem Glasfenster, machte eine unglückliche Miene. Sie winkte ihm, er solle hereinkommen, aber er steckte nur den Kopf durch einen schmalen Spalt zwischen Tür und Rahmen, so als wolle er vorsichtshalber Abstand halten: »Wir haben ein

Problem! Das neue Thermogerät! Sieht so aus, als sei der Heizblock ausgefallen, wir können die Proben nicht mehr erwärmen.«

»Das darf nicht wahr sein! Ausgerechnet jetzt, wo jeder Tag zählt!«

Sie lief mit schnellen Schritten hinter ihm her zum Labor und vergaß vor Sorge sogar, ihre Schutzkleidung anzuziehen. Wie peinlich, als Versuchsleiterin extra darauf hingewiesen werden zu müssen. Also wieder zurück. Ihr Mund war trocken, viel zu trocken, merkte sie. Sie nahm ein Glas aus dem Schrank und hielt es unter den Wasserhahn, stürzte es hinunter. Als sie mit Kittel und Mundschutz zurückkam, standen mehrere Mitarbeiter scheinbar ratlos vor dem aufgeklappten Metallkasten. Claire beugte sich darüber, stellte ihn an und wieder aus, drehte an dem Temperaturregler, zog den Stecker aus der Steckdose und steckte ihn wieder hinein. Dann schüttelte sie den Kopf, dachte nach, sah ihren Mitarbeiter an, einen unscheinbaren jungen Chemiestudenten mit unregelmäßigem Bartwuchs, der schon weitaus länger am Institut war als sie.

»Wir brauchen einen Elektriker! Vielleicht ist nur eine Sicherung kaputt. Wo kriegen wir den am schnellsten her, Herr Ritter?«

»Der Hausmeister vielleicht?«

»Gute Idee, rufen Sie den am besten sofort an!«

Er nickte und ging zu dem Wandtelefon, drehte die Wählscheibe und ließ es offenbar klingeln. Dann schirmte er die Sprechmuschel mit der Hand ab: »Da geht niemand dran. Wahrscheinlich ist er in der Mittagspause.«

Claire griff sich mit dem Daumen und Zeigefinger an die Nasenwurzel. »Okay, dann muss es einen anderen Weg geben.« Sie zog wieder den Stecker und drehte das Gerät um. Die Bodenplatte war mit vier kleinen Schrauben in den Ecken verschlossen.

»Haben wir hier irgendwo einen Schraubenzieher – Kreuzschlitz?«

Ritter zuckte mit den Schultern. »Ich glaube nicht. Aber ich versuche, einen zu organisieren.«

Er zog seinen Kittel und Mundschutz aus und rannte aus dem Labor, den Gang hinunter ins Treppenhaus.

Claire legte ihren Kittel über eine Stuhllehne und ging zurück in ihr Büro. Es war lächerlich! Sie beschäftigten sich mit hochkomplexen Vorgängen, und nun sollten sie sich durch einen simplen Defekt des Erhitzers aufhalten lassen? Sie nahm sich eine Flasche Sprudelwasser aus dem

Kasten und goss sich ein Glas randvoll, trank es in einem Zug leer, goss sich nach, trank das nächste Glas leer. Das Gefühl von unstillbarem Durst, da war es wieder. Heute herrschte aber auch eine außergewöhnliche Hitze, beruhigte sie sich. Daran lag es bestimmt. Ihr fehlte einfach der Speichel. Das Summen im Ohr, ihr Beo, da war er wieder, schwoll an, wurde lauter, bis sie sich die Hand auf die Ohrmuschel presste. Mund, Nase, Ohren fühlten sich an, als seien sie verstopft, voller Erde. Sie nahm das Taschentuch, schnäuzte sich, spuckte aus. Sie konnte nicht schlucken, plötzlich auch nur noch mit Mühe atmen, und erst recht konnte sie nicht denken.

Mit zitternden Händen durchwühlte sie ihre Handtasche nach den Tabletten. Längst war es nicht mehr Karin Lavalette, die sie ihr verschrieb. Ihr neuer Hausarzt hatte ihr geraten, sich langsam von ihnen zu entwöhnen, die Dosis »ausschleichen« zu lassen, wie er sich ausgedrückt hatte. »Sie werden sehen, dann nehmen Sie bald eine halbe, dann ein Viertel, ein Achtel, und schließlich sind Sie frei! Anderenfalls …«

Das »Anderenfalls« wollte sie nicht hören. Lieber wechselte sie wieder den Arzt. Würde wieder eine fadenscheinige Geschichte vorbringen, wie sie überhaupt jemals an diese Tabletten geraten war. Aber vermutlich würde sie irgendwann zusammenbrechen, vollgepumpt mit Psychopharmaka, und das würde sicher zu einem Zeitpunkt passieren, wenn sie alleine in ihrer Wohnung war und von keiner Seite Hilfe kam. Aber hoffentlich hatte sie dann wenigstens die Doktorarbeit abgegeben und ihre Disputation mit summa cum laude bestanden. Sie drückte sich zwei weiße Tabletten in die Hand und trank ein drittes Glas Wasser hinterher.

Das Klingeln des Telefons erschreckte sie so sehr, dass sie zusammenzuckte. Ihre Hände waren feucht, ihr Herz raste. Sie nahm den grauen Hörer von der Gabel.

»Ritter, sind Sie es?«

»Nein, hier ist kein Ritter, sondern Guido Cremer. Claire?«

Einen Moment lang war sie sprachlos. Woher hatte er ihre Nummer? Aber natürlich war es ein Leichtes, sie im Telefonbuch des Biologischen Instituts zu finden.

»Guido, gerade ist es schlecht, ich muss …«

»Ich wollte Sie auch gar nicht lange stören. Sondern Ihnen nur sagen, wie schön ich den Spaziergang mit Ihnen fand.«

Sie schwieg, und ihr Blick fiel wieder auf die Dahlie in dem Reagenzglas. »Ich … fand es auch schön.« Sie hatte die Worte tatsächlich herausgebracht.

»Ich würde Sie gerne wiedersehen.«

Claire drehte sich um, weil sie merkte, dass jemand in ihrer Tür stand. Ritter war zurückgekehrt und hielt einen klobigen Schraubenzieher hoch, bei dem man auf den ersten Blick sah, wie wenig er zu den winzigen Schrauben passen würde. Claire schüttelte den Kopf.

»Haben Sie einen Schraubenzieher?«, fragte sie, einem spontanen Einfall folgend, in den Hörer. »Kreuzschlitz, circa zwei Millimeter.«

»Einen Kreuzschlitzschraubenzieher?« Die Überraschung war ihm deutlich anzuhören. »Ich bin zwar Botaniker, aber ich denke, den müssten wir in unserer Werkstatt haben.«

»Noch besser wäre ein Elektriker, aber der Schraubenzieher würde mir fürs Erste auch helfen.«

»Ich sehe, was ich machen kann. Soll ich dann direkt zu Ihnen kommen?«

»Das wäre das Einfachste«, sagte sie. »Und … danke!«

Als Claire aufgelegt hatte, merkte sie auf einmal, wie die Anspannung von ihr abfiel. In ihrem Ohr summte es noch immer, aber das war sie gewohnt, der Ton gehörte seit acht Jahren zu ihrem Leben. Die Wirkung der Tabletten konnte es noch nicht sein, die sie jetzt ruhiger werden ließ. So schnell setzte sie nicht ein. Es war eine Zuversicht, die sie erfasste, die sie lange nicht gespürt hatte. Das Gefühl, jemand würde kommen und es für sie richten. Nicht sie allein musste die Lösung des Problems finden, sondern es gab jemanden, der es für sie erledigte. Sie atmete tief durch und strich sachte über die sahnig weißen Blütenblätter der Dahlie.

MINKA UND CARO

Sie waren vollkommen außer Atem und drückten sich keuchend in einen Hauseingang in der Schillerstraße. Immerhin war es ihnen gelungen, aus dem Parkhaus zu entkommen und die Polizisten abzuschütteln. Caro stand nach vorne gebeugt, drückte sich ihre Hände auf die Knie und atmete stoßweise.

»Du hättest sie da nicht mit reinziehen sollen«, sagte Minka.

»Ich?« Guy zog seine Kapuze vom Kopf und strich sich mit gespreizten Fingern durch die verschwitzten Haare. »Die Farbbeutel-Aktion war deine Idee!«

»Ja, aber warum musstest du Caro unbedingt mitnehmen, als wir vor den Bullen geflohen sind? Sie hat doch gar nichts damit zu tun gehabt.«

»Sie war aber zur falschen Zeit am falschen Ort! Ich konnte sie nicht allein lassen.«

Caro kam langsam hoch und drehte sich zu den beiden um. »Ich kann es immer noch nicht fassen. Wie könnt ihr nur bei so was mitmachen? Pflastersteine? Farbbeutel? Ihr bringt doch die Öffentlichkeit nur gegen die Umweltbewegung auf.«

»Irgendjemand muss es tun, sonst ändert sich nie was! Und die Steine haben andere geworfen, nicht wir!« Minka zog ihren schwarzen Kapuzenpulli über den Kopf. Darunter trug sie ein verwaschenes, ärmelloses T-Shirt. Caro fielen ihre gebräunten Arme mit den vielen Lederbändern und die silbernen Ringe auf, ihr entschlossener, ernster Gesichtsausdruck. Aus der frechen Bürgermeistertochter war eine Rebellin geworden.

Minka trat aus dem Eingang, drehte den Kopf nach allen Seiten und machte dann drei Schritte nach vorne auf den Bürgersteig, stopfte den Pulli rasch in den orangefarbenen Papierkorb. Sekunden später stand sie wieder neben ihnen.

Caro starrte von Guy zu Minka. »Und warum hast du mir nicht gesagt, dass Guy zurückgekommen ist?«

»Weil es gerade erst eine Woche her ist und wir uns ja schließlich auch nicht täglich sehen.« Sie beugte sich nach vorne und schüttelte ihre dunkelbraunen Haare, dann warf sie sie nach hinten und strich sich die störenden Strähnen hinter die Ohren. »Hätte ich gleich zur nächsten Telefonzelle wandern sollen, um es dir mitzuteilen? Die ist drei Kilometer entfernt!«

»Vielleicht!« Caros Antwort hörte sich trotzig an.

»Ich habe nicht mal deine Nummer!«

»Du wohnst also immer noch in diesem Hüttendorf auf dem Damm?«, fragte Caro.

Minka nickte. »Und das wird auch noch eine Weile so bleiben, es sei denn, es fällt endlich die Entscheidung, die Taunusautobahn nicht zu bauen.« Ihr Blick glitt über Caros Föhnwelle und die pink lackierten Fingernägel. »Du hast dich verändert. Naturschutz ist wohl nicht mehr so wichtig für dich wie früher. Du befasst dich eher … mit deinem Aussehen!«

Caro fühlte sich unwohl. Jetzt hätte sie lieber so ausgesehen wie sie. Wie schaffte es Minka nur immer, ihre eigene Lebensweise wie die einzig richtige wirken zu lassen?

»Nur weil ihr eure Haare mit Henna färbt und eure T-Shirts batikt, steht ihr noch lange nicht alle auf der guten Seite der Welt!«, versetzte sie und spürte, noch während sie die Worte aussprach, wie wenig überzeugend sie klangen.

Guy sah von einer zur anderen, dann streckte er den Kopf aus dem Hauseingang, machte einen Schritt nach vorne.

»Zieh den Pulli besser auch aus!«, riet ihm Minka. »Vielleicht haben die eine Fahndung rausgegeben.« Guy kam zurück und tat, was sie sagte. Er knüllte den Pulli zusammen und war anscheinend unentschlossen, was er damit tun sollte. Noch immer kamen vereinzelt Teilnehmer der Demo an ihnen vorbei, aber inzwischen floss der Verkehr wieder durch die Frankfurter City, und es schienen sich auch wieder andere Bewohner in die Straßen zu trauen. Der heiße Sommertag lockte sie in der Mittagspause aus den Büros vor die Tür, auf der Suche nach Straßencafés, Wurstbuden, Bänken rund um die Brunnen. Fast hätte alles wieder normal wirken können, wenn nicht die Spuren der Verwüstung überall zu sehen gewesen wären. Pflastersteine und Fetzen von Plakaten, Spruchbändern auf dem Asphalt, das Schaufenster des alteingesessenen Haushaltswarengeschäfts Lorey gegenüber – zersprungen. Zwei Verkäuferinnen kehrten leise schimpfend die Scherben auf. Einige Passanten verlangsamten ihre Schritte. »So eine Sauerei«, hörten sie einen mittelalten Mann mit kariertem Hemd schimpfen. »Diese schrecklichen Chaoten!«, pflichtete ihm seine Frau bei und schüttelte den Kopf.

Die drei drängten sich tiefer in den Hauseingang. »Ich kann auch nach wie vor nicht verstehen, warum man Schaufenster einwerfen muss«, flüsterte Caro. »Was können denn die Geschäftsinhaber dazu, dass Atomkraftwerke gebaut werden?«

Minka antwortete nicht.

»Lass uns hier verschwinden«, raunte Guy.

»Und ich glaube, wir machen uns besser getrennt auf den Weg!«, meinte Minka. »Es könnte sein, dass hier noch Streifen nach Aktivisten Ausschau halten.«

Caro ahnte, dass sie recht hatte, so unangenehm der Gedanke auch war, nun womöglich mit auf der Fahndungsliste der Polizei zu stehen. Was, wenn die Beamten sogar in der Redaktion auftauchten? Sie könnte ihren Job verlieren. Immer wieder Minka – sobald sie in ihr Leben trat, gab es Ärger! Sie öffnete den Mund, um ihr erneut Vorhaltungen zu machen. Aber als sie sich umdrehte, sah sie nur noch ihre flatternden Haare von hinten, und kurz darauf war sie im Gewühl der Menschen verschwunden. Guy stand noch neben ihr. »Ich muss auch los, Caro, es ist besser so.«

Seine Stimme klang ganz anders als früher, viel erwachsener, männlicher, und etwas berührte sie ganz tief in ihrem Inneren. Einen Moment lang betrachtete sie ihn schweigend, sah in sein gut geschnittenes Gesicht mit der geraden Nase, in die goldbraunen Tiefen seiner Augen, die sie in ihren Geschichten beschrieben hatte, und erkannte darin den Jungen, der sich früher für sie kopfüber ins Gebüsch gestürzt hatte. Den Jungen, der mit ihr Kröten gerettet hatte und damit ihr zehnjähriges Mädchenherz erobert hatte.

»Wo warst du bloß all die Jahre?«, fragte sie. »Wir dachten, du seist ernsthaft verletzt worden und könntest gar kein normales Leben führen.«

Er legte ihr die Hand auf den Arm. »Lass uns ein anderes Mal darüber sprechen.« Dann kam er näher, schlang die Arme um ihren Körper. Sie lehnte den Kopf gegen seine Brust, schloss die Augen. »Ich hab mir solche Vorwürfe gemacht.« Er hielt sie einfach fest. Nach einigen Sekunden löste er sich von ihr, berührte mit seinen Lippen ihre blonden Haare und sagte: »Du hast mir gefehlt, Caro. Tag für Tag.«

»Du mir auch, mehr, als du dir vorstellen kannst.«

Sie trat neben ihn, und sie blickten beide auf die vorüberziehenden Passanten. »Wo wohnst du jetzt eigentlich?«, fragte sie. Er stopfte die Hände in die Taschen seiner schwarzen Jeans und mied es, sie anzusehen. »Zurzeit wohne ich in dem Hüttendorf auf dem Damm …« Seine Stimme hörte sich heiser an. »… nur so lange, bis ich ein WG-Zimmer gefunden habe.«

Caros Kehle schnürte sich zu. Sie glaubte nicht, dass sie irgendein Wort herausbringen würde, sagte aber so etwas wie: »Ach so!«

Sie hatte gleich gespürt, dass zwischen ihm und Minka mehr war als nur die gemeinsame politische Einstellung und der Kampf für den Naturschutz.

»Auf Wiedersehen, Caro. Das nächste Mal sehen wir uns nicht erst in acht Jahren wieder, versprochen.«

Ohne ein weiteres Wort ging er Richtung S-Bahn-Station. Kurz bevor er auf der Rolltreppe nach unten verschwand, drehte er sich um und winkte. Caro reckte die Hand hoch und legte sie dann ganz langsam auf ihr Herz.

In der Redaktion herrschte Aufruhr. Stefan stand mit dem Chefredakteur und einigen anderen Reportern mitten in dem Großraumbüro und haderte lauthals mit den Methoden der Polizisten. »So eine Unverschämtheit, mir einfach die Kamera aus der Hand zu schlagen! Wir müssen das ganz groß rausbringen. Das ist ein Angriff auf die Pressefreiheit!«

»Sind Sie sicher, dass es Absicht war? Es könnte auch einfach versehentlich passiert sein.« Dörhöfer stand vor ihm, mit kurzärmeligem Hemd und schmaler Lederkrawatte, die Hände in den Taschen seiner ausgebeulten Jeans und sah selbst nicht überzeugt aus von dem, was er sagte.

»Auf keinen Fall!«

»Es würde zu der Tendenz passen, die wir in letzter Zeit beobachtet haben. Die Fronten beginnen sich wieder zu verhärten, fast so wie Ende der Sechzigerjahre.«

Als Stefan Caro bemerkte, riss er die Augen auf und hob den Arm. »Ah, da kommt sie ja! Sie kann es bezeugen.«

Caro zögerte. Sie war sich nicht sicher, ob ihre überstürzte Flucht mit zwei Aktivisten ernsthafte Konsequenzen für sie nach sich ziehen könnte. Die anderen drehten sich zu ihr um und öffneten ihre Reihe, um ihr Platz zu machen. Langsam ging sie auf sie zu.

»Willkommen zurück! Wir sind froh, dass Sie wohlbehalten wieder da sind«, sagte Dörhöfer.

»Danke«, murmelte sie und sah von dem erstaunlich freundlichen Gesicht Dörhöfers zu dem von Stefan, versuchte, darin zu lesen, wie viel er ihrem Chef erzählt hatte, ob er bereits über alles Bescheid wusste. Er schüttelte fast unmerklich den Kopf.

»Holt ihr jemand bitte mal einen Kaffee, ich glaube, den könnte Fräulein Stern jetzt gebrauchen.«

Als sich keiner der gestandenen Journalisten rührte, um der Volontärin einen Kaffee zu bringen, deutete Dörhöfer auf einen der jüngeren, der sich betont viel Zeit ließ. Caro war die Situation unangenehm. Am liebsten hätte sie sich einfach nur an ihren Schreibtisch gesetzt und ihren Artikel über die Demo verfasst. Sie tastete nach ihrem Block, den sie sich in den Hosenbund gesteckt hatte, und merkte erst jetzt, dass er nicht mehr da war. Kein Wunder, bei der Hatz durch das Parkhaus!

»Ich habe leider meine Aufzeichnungen verloren«, sagte sie, senkte betreten den Kopf und war dankbar, als ihr ein Henkelbecher mit heißem Milchkaffee in die Hand gedrückt wurde, an dem sie sich festhalten konnte.

»Na, Sie werden ja noch Ihre Erinnerungen haben.« Dörhöfer klatschte in die Hände. »So, die Vorstellung ist beendet! Alle an die Arbeit.« Und an Stefan und Caro gewandt, sagte er: »Sie zwei kommen mit mir!«

Sein Büro war ein etwas erhöht liegender Glaskasten, von dem aus er einen Blick über die gesamte Redaktion hatte, aber wenn er die Tür schloss, wurde es erstaunlich still darin. Jetzt zog er an einer Schnur und ließ sogar die Rollos runter. Caro hatte es schon ein paarmal beobachtet und noch kein System dahinter feststellen können. Manchmal schien er einfach nur allein und konzentriert arbeiten zu wollen, ein andermal war es der Besuch des Verlegers oder ein Telefonat, bei dem er sie schloss.

»Setzen Sie sich. Und nun erzählen Sie mal der Reihe nach!« Er deutete auf die zwei Stühle vor seinem Schreibtisch. Erst ließ er Stefan berichten, hörte ihm schweigend zu, machte sich Notizen, lehnte sich in seinem Sessel zurück und legte die Fingerspitzen aneinander. Stefan schilderte Gewaltausbrüche auf beiden Seiten, von denen Caro nichts mitbekommen hatte. Polizeibeamte hätten auf liegende Demonstranten mit Gummiknüppeln eingeschlagen, Aktivisten Steine und andere Wurfgeschosse in Richtung der Polizisten geschleudert. Auf beiden Seiten habe es Verletzte gegeben, die ärztlich versorgt werden mussten. Seine Kamera sei zu Boden geschleudert worden, aber er habe sie zum Glück an sich nehmen können, und womöglich sei der Film sogar noch verwendbar, das werde sich zeigen. Caro sah ihn von der Seite an. Noch immer sagte er kein Wort über den Moment, als sie mit zwei schwarz gekleideten Aktivisten geflüchtet war, und schien es auch nicht vorzuhaben. Dörhöfer rieb sich mit der Hand über das Kinn.

»Und Sie? Haben Sie das alles auch gesehen?«

Caro überlegte kurz, dann antwortete sie: »Wir hatten uns zu dem Zeitpunkt schon getrennt. Zu den Eskalationen kann ich deshalb nichts sagen.«

»Getrennt?«

»Ich habe nur noch gesehen, wie Stefan … ich meine, Herrn Eisinger sein Fotoapparat aus der Hand geschlagen wurde, dann wurde ich in eine andere Richtung gedrängt.«

Dörhöfer nickte und schrieb etwas auf seinen Block.

»Weshalb ich so genau frage: Den Frankfurter Polizeipräsidenten habe ich schon eine Weile im Visier. Die Gewaltausschreitungen aus den Reihen der Polizei bei solchen Veranstaltungen haben in letzter Zeit – ich habe es vorhin schon erwähnt – tatsächlich überhandgenommen. Aber ohne handfeste Quellen und Augenzeugenberichte bin ich vorsichtig.«

Er dachte einen Moment lang nach. »Sehen Sie mal nach, Eisinger, ob Sie von dem Filmmaterial etwas retten können. Könnte aufschlussreich sein! Und Sie, Fräulein Stern, schreiben den Artikel ganz nüchtern, gar nicht reißerisch, aber verzichten Sie auf kein einziges Detail einer blutenden Nase oder Platzwunde aufseiten der Demonstranten. Richten Sie Ihr Augenmerk auf die wichtigen Details. Für dieses Umweltgedöns habe ich gar nicht so viel übrig. Wir sind schließlich nicht der SPIEGEL, der schon seit Jahren mit einer mir unverständlichen Hartnäckigkeit die Atomkraft verteufelt. Wir sind eine Lokalredaktion. Aber eines ist sicher: Die Versammlungs- und die Pressefreiheit gehören zu den wichtigsten Errungenschaften unseres Grundgesetzes.«

Caro und Stefan sahen sich an, nachdem sie das Büro verlassen hatten und zu ihren Plätzen gingen.

»Hat er so was schon öfter von dir verlangt?«, fragte sie.

»Was?«

»Na, so eine Verfälschung der Tatsachen.«

Stefan blieb stehen und schnickte mit den Fingern. »Verfälschung würde ich es nicht nennen, eher Gewichtung. Ist nicht ganz in Ordnung, ich weiß. Muss aber jeder selbst mit klarkommen. Schließlich sind wir bei der Frankfurter Rundschau, und die ist nun mal links. Das sollte jedem klar sein, der hier anfängt. Hier ist nicht die konservative, verschnarchte Frankfurter Allgemeine Zeitung oder die reißerische BILD-Zeitung, die beide immer die CDU-Linie fahren.« Er grinste schief. »Und ich glaube nicht, dass du zu denen gehörst, oder?«

Caro ging zur Toilette. Als sie in dem braun gekachelten Raum vor dem Spiegel stand und sich die Hände wusch, fragte sie sich, wie sie »ihr Augenmerk« auf die wichtigen Details richten sollte, wenn sie diese gar nicht gesehen hatte. Und wie würde es sich anfühlen, »zu denen« zu gehören oder »zu jenen«? Sie ließ den Vormittag Revue passieren. Die bewegende Rede der charismatischen Petra Kelly, die die riesige Menschenmasse fesselte, die Eskalation vor der Deutschen Bank und die verrückte Flucht durch das Parkhaus. Alles mündete in der ebenso verrückten Begegnung mit Minka und Guy, der so unerwartet wieder aufgetaucht war. Geistesabwesend zog sie das weiße Handtuch aus dem Spender an der Wand, bis ihr ein kleines Stück von dem frisch gestärkten Stoff zum Abtrocknen zur Verfügung stand. Einen Artikel über Geschehnisse zu schreiben, die man gar nicht gesehen hatte, war ein armseliges Unterfangen. Andererseits – war es nicht das, was sie in ihren Geschichten schon immer getan hatte? Ihre Fantasie, ihre Ängste, ihre Hoffnungen, ihre geheimsten Gedanken auf erfundene Figuren projiziert und zwischen die Deckel der Notizbücher gepresst, die sie Tag für Tag, Jahr für Jahr füllte?

Ihre Hände waren längst trocken, aber sie blieb stehen. In dem Licht der Neonröhre sah ihr Spiegelbild fahl aus. Die Lippen aufgesprungen, ihre Wimperntusche verschmiert. Vor einiger Zeit hatte sie damit angefangen, farbigen Lipgloss zu tragen, und merkte, wie sehr es sie jetzt danach verlangte, ihn nachzuziehen. Nichts war mehr davon zu sehen, als sei er verdunstet oder vollständig absorbiert worden. Aber ihre kleine Kosmetiktasche hatte sie in ihrem Schreibtisch gelassen. Mit etwas Toilettenpapier versuchte sie, wenigstens die schwarze Farbe an ihrem Oberlid zu entfernen und sich notdürftig herzurichten. Sie fuhr sich mit den Fingern durch die Haare, die von dem vielen Haarspray, das sie morgens aufgetragen hatte, völlig verklebt waren.

Widerstrebend verließ sie die Damentoilette, lief durch das Treppenhaus, über den mit grünem Teppichboden ausgelegten Flur zurück in die Redaktion. Auf dem Weg legte sie sich einen Plan zurecht. Sie würde sich von Stefan in Ruhe schildern lassen, was er genau gesehen hatte. Wenn sie es sich recht überlegte, vertraute sie ihm, er würde sie nicht anlügen, er würde nichts erfinden oder aufbauschen, davon war sie überzeugt. Von Dörhöfer würde sie sich so lange fernhalten, bis sie ihren Artikel geschrieben hatte, und wenn sie fertig war, würde sie zwei Dingen auf den Grund gehen: warum Guy so plötzlich zurückgekehrt war und wie man ein Interview mit Petra Kelly bekam.

Stefan saß schon wieder an seinem Schreibtisch und hatte Kontaktabzüge darauf verteilt.

»Das ging schnell!«, sagte sie und griff sich einen der Bögen. Ihre Augen überflogen die kleinen Schwarz-Weiß-Bilder. Natürlich suchte sie nur nach zwei Personen, ohne es sich wirklich eingestehen zu wollen. Ihr Blick blieb an vier Fotos hängen. Da waren die Farbbeutelwerfer in Aktion.

»Darf ich?« Als er nickte, griff sie sich die Lupe. Von hinten sah man den gestreckten Wurfarm der größeren Person. Die kleinere, weiblichere, wie sie sich bückte und Nachschub aus dem Rucksack holte. Im nächsten Bild warf auch das Mädchen einen Beutel gegen die Fassade.

»Wenn sie die fassen, kriegen sie ein Verfahren wegen Sachbeschädigung und einen schönen zivilen Schadenersatzprozess an den Hals«, kommentierte Stefan, der aufgestanden war und ihr über die Schulter schaute. »Unter fünftausend Mark wird die Reinigung der Fassade sicher nicht abgehen. Die Deutsche Bank wird das bis in die letzte Instanz treiben, ist dann nur die Frage, ob bei den Aktivisten überhaupt was zu holen ist. Meistens sind das Studenten oder Arbeitslose.«

Stefan merkte, wie Caro ausatmete und sich bemühte, nicht gleich wieder Luft zu holen. Innerlich zählte sie bis zwanzig, bevor sie wieder einen Atemzug tat. Sie hatte in einem Ratgeber gelesen, dass man mit dieser Technik vermied, übertriebenes Interesse zu zeigen. Erst jetzt fragte sie: »Aber wir drucken doch nicht ausgerechnet diese Fotos?«

Stefan schüttelte den Kopf und lächelte. »Da kann ich dich beruhigen!« Dann forschte er in ihrem Gesicht. »Kennst du sie etwa?«

Caro antwortete nicht.

»Also ich dachte, wir nehmen diese hier.« Stefan legte den Finger erst auf ein Bild von Petra Kelly in Nahaufnahme und dann auf eines, das eine große Masse friedlicher Demonstranten von oben zeigte. Beide musste er ganz am Anfang von ihrem Aussichtspunkt auf der Bank aus aufgenommen haben.

»Okay, die finde ich gut. Ich schreibe jetzt mal meinen Artikel.« Sie wandte sich ab und wollte zu ihrem Platz gehen.

»Noch eine Frage!«, sagte er.

»Ja?«

»Heute Abend ist eine Misswahl im Dorian Gray, zu der einer von uns gehen soll.«

Caro hatte schon von der Flughafen-Diskothek gehört, die vor zwei Jahren eröffnet hatte und fast genauso aussehen sollte wie das New Yorker Studio 54, aber sie war noch nie dort gewesen. Allerdings würde sie auf keinen Fall so tief sinken und über Misswahlen berichten!

»Ich weiß, das Event ist vermutlich nicht gerade dein Niveau, meines übrigens auch nicht«, sprach er ihren Gedanken aus.

»Caro machte eine Kopfbewegung in Richtung der Journalisten, die an ihren Plätzen saßen und auf ihre Tastaturen einhämmerten oder telefonierten. »Da gibt es hier doch bestimmt genügend Anwärter!«

»Komm schon! Das musst du mal gesehen haben«, sagte Stefan. »Und da kannst du dich stylingtechnisch richtig austoben. Neon, Metallic,

Föhnwelle, alles, was du willst.« Mit einem breiten Lächeln signalisierte er ihr, genau zu wissen, womit man sie ködern konnte.

»Was spielen sie da überhaupt für Musik?«, fragte sie und nahm sich bereits vor, sein Bild von ihr noch um einiges zu übertreffen.

»Hauptsächlich Disco, aber auch Funk, Hip-Hop, selten auch mal Soul. Da ist bestimmt was für dich dabei.« Dann versuchte er, der Einladung schnell noch eine schmeichelnde Note zu verleihen: »Nastassja Kinski war auch schon dort. Ich finde, du siehst ihr fast ein bisschen ähnlich.«

Caro bemerkte zwar seine Absicht, aber trotzdem sagte sie zu.

»Um dreiundzwanzig Uhr hole ich dich ab.«

ANNETTE UND PHILIPP STERN

Pa war nicht besonders gut darin, Probleme zu verdrängen, doch nach außen gab er sich meist wohlgelaunt. Er war jetzt achtundfünfzig Jahre alt, und wer ihn länger kannte, behauptete, er habe sich bestens gehalten. Man sah ihm weder sein Alter an noch, ob ihn etwas bedrückte. In seinem Gesicht gab es keine Falten, was sicher auch in seiner unverändert bestehenden Vorliebe für gute Schokolade begründet war. Seine Leibesfülle und die rundlichen Züge hatten ihn früher einmal älter wirken lassen, inzwischen bewirkten sie das Gegenteil. Nur die von einzelnen grauen Strähnen durchzogenen, lichter werdenden Haare trugen dazu bei, dass man ihn nicht mehr für vierzig halten konnte.

In seinem Leben gab es drei Themenkomplexe, die ihm besonders am Herzen lagen: seine geliebte Frau Annette, seine Kinder und die Schokoladenfabrik. In letzter Zeit gab ihm einer davon Anlass zu großer Sorge: Wenn er Ma betrachtete, zerschnitt es ihm das Herz. Es war ein Fehler gewesen, Fitzi für sechs Monate zu einem Schüleraustausch in die Vereinigten Staaten zu schicken, dachte er. Aber der Sechzehnjährige hatte so sehr gebettelt, unendlich viele Vorzüge aufgezählt und ihm klargemacht, die Chance bot sich nicht jeden Tag. Inzwischen hatte Pa den Verdacht, sein jüngster Sohn habe sich ganz bewusst für das halbe Jahr im Ausland entschieden, um der elterlichen Fürsorge, die sich nun, da alle fünf Geschwister ausgezogen waren, ganz allein auf ihn konzentrierte, zu entgehen.

Seit das Haus leer war, wirkte Ma matt, ihre Augen waren ohne Glanz, sie schien an nichts mehr Freude zu haben. Anfangs war sie noch häufiger in die Kirche gegangen, aber selbst ihre Bibelstunden schienen ihr inzwischen keinen inneren Halt mehr zu geben.

Der Augusttag war heiß, die Sonne brannte, trotzdem fröstelte Pa, als er die Stufen zu seiner Haustür hinaufstieg. Er kam inzwischen fast jeden Mittag nach Hause – was er nur ihretwegen tat, denn er hatte in der Firma mehr als genug zu tun –, und jedes Mal umfing ihn eine tiefe Stille. Er fand Ma im abgedunkelten Schlafzimmer, wo sie vollständig angezogen auf dem geblümten Bettüberwurf lag und die Zimmerdecke anstarrte. Sie drehte nicht einmal den Kopf zur Tür, als er sie öffnete und Ma mit dem neuesten Cassada-Verkaufsschlager überraschen wollte. Niemand konnte so trostlos verharren wie sie. Nicht einmal ein Buch lag auf ihrem Nachttisch. Ma war in der Lage, so sachte durch ihre eigenen Gedanken zu wandern, als gäbe es die reale Welt da draußen gar nicht mehr. Sich Sorgen, Nachdenken, Lesen, Wünschen und Hoffen vermied sie und ließ sich von ihrer Stimmung treiben, während die Minuten und Stunden des Tages verrannen.

Das Törtchen im Schokoriegelformat hatte Pa, genau wie in dem erfolgreichen Werbespot, auf einen Teller gelegt, und darauf steckte eine brennende Geburtstagskerze.

»Ich bin zwar nicht mehr zwanzig, und wir sitzen auch nicht im Zelt, Geburtstag hast du auch nicht, und draußen regnet es nicht in Strömen …«

Erst jetzt wandte ihm Ma die Augen zu, und ihr Blick war klar.

»… aber du wirst immer der wichtigste Mensch in meinem Leben sein, mein geliebter Schatz!«

»Du bist so reizend, mein Liebster«, hauchte sie mit einer Stimme, die kraftlos klang, fast als sei sie schon in andere Sphären übergetreten.

Ganz behutsam strich er ihr über die dünnen Haare. »Möchtest du sie auspusten?«, fragte er. Sie schloss zur Antwort die Augen, was ihm klarmachte, wie absurd die Frage war. »Dann lasse ich sie noch eine Weile brennen. Vielleicht hast du nachher Lust, das Gebäck zu probieren.«

»Ja, das werde ich. Wie gut, dass du da bist …«, sagte sie leise, »… dass du immer da warst, Philipp.«

Er stellte den Teller auf dem Nachttisch ab. Für ihn war Schokolade immer ein Trost gewesen, Nervennahrung, Genuss, der glücklich machte. Jeden Tag schleppte er neue Sorten an, viel mehr, als sie essen konnte. Weil das traditionelle Sortiment an Tafelschokoladen, Pralinen und Saisonartikeln nicht mehr ausreichte, die verwöhnten Verbraucher zum Kauf zu animieren, suchte die Cassada ständig nach neuen attraktiven Produkten. Es war ein Wettlauf gegen Marktanalysen und Quartalszahlen. Die waren längst tiefrot. Man experimentierte wieder mit diversen Geschmacksrichtungen bei der Schokolade – Joghurt, Pfefferminz, Kokosnuss, Himbeere – und verfeinerte die weiße Schokolade. Zu Philipps großer Genugtuung gab es nun endlich auch Sorten, die Ma schmeckten, obwohl sie sich früher nie etwas aus Schokolade gemacht hatte.

»Ich habe auch wieder die Erdbeer-Joghurt dabei.« Er öffnete die Verpackung der Tafel mit einer fast zärtlichen Geste, riss die Alufolie auf und brach ihr sorgsam ein klitzekleines Stück ab. »Hier, möchtest du? Sieh mal, wie schön zartrosa die Füllung ist.«

Sie öffnete leicht die Lippen, und er schob ihr das Stückchen dazwischen. Dann holte Pa die Zeitung hervor. Nicht etwa die Frankfurter Rundschau, bei der Caro inzwischen arbeitete – die war in seinen Augen ein »linkes Blatt«. Seit Jahren hatte er die Frankfurter Allgemeine Zeitung abonniert. Auch das gehörte nun zu ihrem täglichen Ritual. Er las Annette aus der Tageszeitung vor, obwohl sie ohne Weiteres in der Lage gewesen wäre, sie selbst zu lesen. »Gestern fand die Abschlussfeier der Olympischen Spiele in Moskau statt, und wir haben sie gar nicht angesehen, wie sonst immer, Annette. Weißt du noch, als wir für München 72 extra den Farbfernseher angeschafft hatten und mit allen Kindern jeden Schwimmwettkampf angesehen haben? Mark Spitz war doch damals der Star mit den unzähligen Medaillen.«

Philipp war sich nicht sicher, ob es ihr half oder eher das Gegenteil bewirkte, wenn er mit ihr über vergangene Zeiten sprach. Sätze, die mit »Weißt du noch …?« begannen, bewirkten zumindest fast immer ein Flackern in ihren Augen.

»Aber diesmal war es auch nicht mehr das Gleiche, der Boykott der Amerikaner und der deutschen Sportler hat die Spiele quasi ruiniert … nicht dass ich etwa dagegen war. Nein, nein! Nach dem Einmarsch der Sowjets in Afghanistan musste die Welt ein Zeichen setzen.«

Wahllos und ein wenig umständlich las er weiter Meldungen vor.

»Bei einem Sprengstoffanschlag auf dem Bahnhof von Bologna sind fünfundachtzig Menschen ums Leben gekommen. Man vermutet, dass es sich bei den Tätern um Rechtsextreme handelt. In Frankfurt ist es bei einer Großdemonstration gegen Atomkraft zu schweren Sachbeschädigungen und Verletzten aufseiten – der Polizei und Demonstranten gekommen.«

Während er vorlas, schloss Annette immer wieder die Augen. Dass sie dennoch zuhörte, sah er nur daran, dass ihre dünnen Augenlider zuckten.

»Reinhold Messner will im Alleingang und ohne künstlichen Sauerstoff den Mount Everest besteigen.«

Annette schwieg.

»Es gibt wenig Neuigkeiten im Fall der Entführung der Töchter und des Neffen des deutschen Fernsehjournalisten Dieter Kronzucker.«

»Ach du meine Güte!«

Jetzt riss sie die Augen weit auf. »Das ist ja grauenhaft, die Armen, was müssen sie weiterhin für Ängste ausstehen.«

Als er fertig gelesen hatte und die Zeitung zusammenfaltete, lagen immer noch so viele Stunden des Tages vor ihr, und er wusste, dass er sie nicht mit ihr verbringen konnte. Er hatte sich angewöhnt, ihr über die neuesten Entwicklungen bei der Cassada zu erzählen und dabei vieles zu schönen. »Unvorstellbar, wie dieser Werbespot eingeschlagen hat. Das Schoko-Törtchen zum Geburtstag im Zelt!« Längst war die Kerze auf dem kleinen Kuchen abgebrannt, und er schnitt ihr ein Stückchen ab. »Werbung ist inzwischen zur Konstante eines perfekten Marketingmix geworden. Neben Public Relations, Sponsoring und Lobbying. Wir müssen mit unseren Maßnahmen immer professioneller werden, immer besser, sonst haben wir gar keine Chance, Umsatzsteigerungen zu erreichen.« Er seufzte tief. »Werber müsste man sein, die sind gerade mächtig gefragt!«

Er hielt ihr die Gabel vor die Lippen. Als sie nicht wollte, steckte er sich das Stück selbst in den Mund. In null Komma nichts hatte er alles aufgegessen. »Es gibt das Törtchen jetzt auch mit Karamellgeschmack, soll ich dir das morgen einmal mitbringen?«

»Gerne, Philipp!« Und er wusste doch, dass sie allenfalls wie ein Vögelchen daran picken würde.

Pa stand auf, ging ein wenig im Zimmer herum und öffnete das Fenster, weil ihm die Luft zu stickig vorkam. Sofort spürte er, wie ein Schwall Mittagshitze hereinkam, vermischt mit dem klebrigen Duft aus den Schokoladenconchen. Im Gras ihres Gartens kreischten Grillen gegen die sengende Sonne an. Er hätte es schließen sollen, um die Kühle im Schlafzimmer zu halten, aber er konnte sich nicht dazu durchringen. Alles war besser als der Geruch nach Krankheit.

Ma empfand die Wärme und den Schokoduft anders. Ihre Kinder waren dadurch wieder so fühlbar nah wie der warme Hauch, der durch das

Fenster kam. Der Geschmack, der Geruch, der Sommer, alles zusammen ergab ein Ganzes, das mehr war als nur eine Stimmung. Da saßen kurz alle ihre Kinder im Raum, und im nächsten Moment wunderte sie sich wieder über die Leere der Zeit, als ihr bewusst wurde, dass längst das Achtzigerjahrzehnt angebrochen war. Dabei war Annette gar nicht körperlich krank. Der Hausarzt hatte nichts finden können, etwas vom »leeren Nest« gemurmelt. Sie stecke in einem Dilemma – keinem rationalen, sondern eher in einem emotionalen –, und das sei ein Fall für den Psychologen.

»Weißt du noch, als Erne geboren wurde? Da war es genauso heiß. Nächste Woche wird er schon siebenundzwanzig – ist das zu glauben?«, sagte sie leise. »Du hattest nicht einmal Zeit, mich ins Krankenhaus zu fahren, als mir die Fruchtblase geplatzt ist, das musste Jens machen, dein bester Freund, weißt du noch?«

Philipp räusperte sich, sein Versäumnis war ihm selbst nach all den Jahren noch furchtbar unangenehm. Fast hätte er es gar nicht richtig gewürdigt, dass Annette endlich von sich aus etwas sagte.

»Wie macht er sich denn in der Firma?«, erkundigte sie sich sogar. Erne hatte nach Abschluss seines Studiums der Betriebswirtschaft bei der Cassada angefangen und sich mit Fleiß durch alle Abteilungen gearbeitet.

Philipps Augen leuchteten, wenn er an seinen Ältesten dachte. »Gut, sehr gut sogar.« Er schloss das Fenster und setzte sich in einen Armlehnstuhl in der Ecke. »Ich sehe in ihm wirklich das Interesse und die Qualitäten eines möglichen Nachfolgers.«

»Er ist ein guter Junge.«

Ein Ehemann, der langsam begriff, dass sie alle sie in der Welt der Schwimmbadstraße allein zurückgelassen hatten. Fitzi, der Jüngste, war im Schüleraustausch, Caro und Claire, die Neunzehnjährigen, lebten beide in winzigen Wohnungen in Frankfurt, mit schiefen Fußböden und zugigen Fenstern, Habu war einundzwanzig und studierte Betriebswirtschaft, und Tini, inzwischen vierundzwanzig, war Kindergärtnerin in Hamburg. Selbst Erne, der bei der Cassada in Mainheim arbeitete, hatte sich eine Wohnung in Hofheim genommen, obwohl das große Haus mit den vielen Zimmern dadurch noch leerer geworden war. Das Banale und Alltägliche der vielen Jahre war Annettes Antriebsfeder gewesen. Die Gespräche über Schulsorgen oder Erfolge ihrer Kinder waren zähen Tagen und bestenfalls Abendessen mit spießigen alten Ehepaaren gewichen. Zwischen dem Jetzt und der Zukunft lag in ihren Augen nichts mehr mit solch elementarer Bedeutung und angenehmer Wichtigkeit wie der Sorge um ein Kind. Der kurze Bogen des menschlichen Daseins war ihr in dieser Phase allzu gegenwärtig, und selbst ihr christlicher Glaube gab ihr keinen Halt.

Das alles erkannte Philipp mit einem Mal. Dabei war Annette für ihn nie etwas anderes geworden als das Mädchen, das er rückhaltlos vergötterte. Ihre Stimme, ihr Blick ließen die Jahre von ihm abfallen und vergegenwärtigten ihm seine tiefe, lebenslange Liebe zu ihr. Auch jetzt, wenn sie die Tage antriebslos in ihrem Schlafzimmer verbrachte. Vielleicht hätten sie damals ein jüngeres Kind als Claire zu sich nehmen sollen. Das hochbegabte Mädchen war ihm ans Herz gewachsen wie eine leibliche Tochter. Dennoch hatte er sich manchmal diese Frage gestellt. Und er hatte sogar schon mit dem Gedanken gespielt, jetzt noch ein zweites Waisenkind zu adoptieren. Doch man hörte, die Behörden würden dem, angesichts ihres Alters, wohl kaum mehr zustimmen.

Philipp kam wieder an Annettes Bett und nahm ihre Hand. »Was hältst du davon, wenn wir zu Ernes Geburtstag alle Kinder einladen und eine große Grillparty im Garten machen. Mit Schweinerollbraten am Spieß und deinem guten Curryreis, Lampions, Tinis Gitarre, Mundorgel-Liedern auf der Hollywoodschaukel, alles so wie früher!«

Sie drehte ihm den Kopf zu, und er bemerkte, wie ihr Blick sich verschleierte.

»Das wäre wunderbar!«

HARALD SCHÖNWETTER

Der Tag hatte eigentlich gut angefangen. Die Partnerschaft mit dem bretonischen Städtchen war unter Dach und Fach, die Busreise gebucht, die nächste Stadtverordnetensitzung stand erst in sechs Wochen an. So liebte er seinen Beruf: ohne viele Diskussionen. Seine Projekte liefen wie am Schnürchen, er schaltete und waltete, wie es ihm gefiel, alle Störfaktoren blendete er aus, und davon gab es inzwischen nicht wenige. Schönwetter war dabei, sein zweites Frühstück an seinem Schreibtisch einzunehmen – Mettbrötchen von Hansen und schwarzer Kaffee –, als das Telefon klingelte. Er nahm den farngrünen Hörer ab, hörte zu, riss die Augen auf: »Wo? Bist du sicher, dass er es war?«, lauschte, antwortete aber mit scheinbar emotionsloser Stimme: »Ich verstehe! Melde mich später wieder.«

Danach ließ er den Hörer auf die Gabel fallen, als wäre er etwas Schmutziges, das er loswerden musste. Er trat an sein Fenster, um minutenlang auf das lang gestreckte Gebäude der Grundschule zu schauen. Dort hatte alles seinen Anfang genommen. Inzwischen war der Komplex um zwei Etagen aufgestockt, der Toilettentrakt in einen modernen Anbau verlegt worden, das alles hatte er noch zu Zeiten der geburtenstarken Jahrgänge vorangetrieben. Für die Babyboomer kam er zu spät. Das Abflachen der Geburtenrate war in den Siebzigerjahren zunächst durch die türkischen und südeuropäischen Arbeiterkinder wettgemacht worden. Sie hatten die Schule mit Leben gefüllt. Doch dann war sie immer leerer geworden, die Klassen kleiner, unmerklich beinahe, über viele Jahre hinweg. Anfangs schien es reiner Zufall zu sein, weniger Erstklässler, kaum noch Fremdarbeiterkinder. Die Zahl der leeren Stühle in den Klassen wuchs – Jahr für Jahr griff die Überalterung und der Wegzug aus der Arbeiterstadt um sich. Wer es sich leisten konnte, verließ die Stadt, in der es abwechselnd klebrig süß und chemisch scharf roch und deren Erde kontaminiert war, siedelte sich in den Taunusorten an oder in Frankfurt. Inzwischen waren die Überkapazitäten seiner Schule offenkundig. Viele Klassenräume standen leer oder wurden für Sprachkurse von der Volkshochschule genutzt. Erst nach und nach begann er zu begreifen, dass sich die Demoskopie nicht mehr umkehren würde.

Seine Gedanken glitten zurück in das Jahr 1972. Die kleine Minka, mit Fransenhaarschnitt, Jeans und gelbem Smiley-T-Shirt hatte ihm manchmal aus der Klasse zugewinkt. Aus der Ferne betrachtet kam es ihm vor, als habe ihre Vater-Tochter-Beziehung am 27. April 1972 einen Knacks bekommen. Der Tag, als der Sprung des Vietnamesen vom Dreimeterbrett in einem Desaster geendet hatte. Gleichzeitig musste er sich eingestehen, dass ausgerechnet dieses Ereignis absurderweise der Auslöser des punktuellen Mainheimer Wirtschaftswachstums, der Beginn seiner Entwicklung zum Industriestandort mit Alleinstellungsmerkmal in der Region und letztlich auch seines überdurchschnittlichen Erfolgs als Bürgermeister gewesen war. Und nun war dieser Guy Meyfahrt also plötzlich zurück!

Das Unbehagen erfasste nicht nur ihn. Es schien mit den weißen Wolkengebilden aus westlicher Richtung herüberzuwehen und sich über die verdunkelte Stadt zu legen, wie bei den zahlreichen Chemie-Störfällen der letzten Jahre. Ein unbemerktes, ungutes Wuchern, das kaum vom Sommerwind zu unterscheiden war, hinter dessen willkommener Frische es sich geschickt verbarg. Es ging etwas zu Ende. Sechs Männer in Mainheim teilten seit Jahren ein wohlgehütetes Geheimnis, und nun tauchte derjenige auf, der dessen Anlass war und es kannte.

Kurz darauf klingelte das Telefon wieder. Er hob ab, hörte zu und sagte: »Ich hab's schon von Rose gehört. Eine Frage: Ist die Mutter auch zurück?«

Er lauschte auf die Antwort, wischte missmutig mit den Fingern über die Schreibtischplatte. »Na, wenigstens etwas. Aber wir müssen wohl die anderen benachrichtigen, Georg, und alle zusammentrommeln. Rufst du Stern an, ich informiere Zenker und Ebert … wie? Ja, in Ordnung, wir können es auch umgekehrt machen …«

Schönwetter legte wieder auf und rieb sich mit der Hand über die Bartstoppeln, deren er kaum noch Herr wurde. Obwohl er sich heute Morgen rasiert hatte, waren sie schon wieder spürbar. Er hatte schon darüber nachgedacht, sich einen Bart stehen zu lassen, aber das würde ihn äußerlich einfach zu sehr in die Nähe dieser Müsli kauenden Grünen-Politiker rücken, die er so abgrundtief hasste. Seine Abscheu ging weitaus tiefer als gegenüber jedem CDU-Mitglied, was er niemals für möglich gehalten hätte. Bei jemandem wie Barzel und Kohl wusste man wenigstens, mit wem man es zu tun hatte. Seit am 13. Januar diesen Jahres die Partei »Die Grünen« gegründet worden war, waren alle ihre Mitglieder, jeder einzelne langhaarige Turnschuhträger, zu seinem erklärten Feindbild geworden.

Er griff wieder zum Hörer, drückte auf die schwarze Taste, doch dann legte er wieder auf und beschloss, persönlich bei Philipp Stern vorbeizufahren.

Als er den grauen Opel Commodore auf das Betriebsgelände der Cassada lenkte, legte der Pförtner mit leicht verwundertem Gesichtsausdruck den Finger an die Mütze und ließ ihn passieren. Natürlich kannte er den Bürgermeister, der durch das heruntergekurbelte Fenster mit einer lässigen Handbewegung grüßte, und fragte ihn nicht einmal, ob er einen Termin hatte. Schönwetter fuhr auf die Produktionshalle zu, die nun schon seit etwa sieben Jahren stand und deren Siebzigerjahre-Kunststoffverschalung auch nicht mehr dem aktuellen Industriedesign entsprach. Schönwetter stellte dies mit einem Anflug von Schadenfreude fest. Er war einfach nicht in der Lage, mit dem Unternehmertum und der freien Marktwirtschaft, die er im Stillen nach wie vor Kapitalismus nannte, wirklich Frieden zu schließen. Das Netzwerken und Zusammenwirken der letzten Jahre hatte seine innere Haltung nicht verändert. Manchmal abends, wenn er den Fehler beging, allein im Arbeitszimmer sitzen zu bleiben und zu trinken, warf er sich vor, seine Prinzipien verraten zu haben. Schließlich stammte er aus einer besitzlosen Familie und sah doch seinen Lebenszweck darin, sich so gut wie möglich für soziale Belange einzusetzen. In nüchternem Zustand wiederum wusste er, dass sowohl Mainheim als auch er selbst anderenfalls niemals die überregional beachtete Bedeutung erlangt hätte, zumindest in den Jahren, bis der Wegzug eingesetzt hatte.

Er parkte seinen Wagen auf den ausgewiesenen Besucherparkplätzen vor dem hellgelb gestrichenen Verwaltungsgebäude, blieb noch kurz hinter dem Steuer sitzen und fuhr sich wieder über sein kratziges Kinn. Wie würde Stern reagieren, wenn er von der Auferstehung des Vietnamesen erfuhr? Konnte der Junge, der nun natürlich ein junger Mann war, ihnen ernsthaft gefährlich werden? Wenn es doch noch zu einem Antrag wegen fahrlässiger Körperverletzung kam, war die Tat nicht längst verjährt? Er war kein Jurist und hatte es bisher nicht für nötig befunden, sich darüber zu informieren. Die Sache schien geregelt und abgeschlossen, ein für alle Mal.

Er gab sich einen Ruck, öffnete die Wagentür und stieg aus. Die Hitze wurde bereits jetzt von dem schwarzen Asphalt reflektiert und raubte ihm den Atem. Der ölige Schokoduft hingegen war hier an seinem Entstehungsort weit weniger intensiv, als er ihn wahrnahm, wenn er auf seiner Terrasse saß. Er hob den Kopf und sah zu dem hohen Schornstein, an dem nur ein unscheinbares Wolkenfähnchen hing. Dann wandte er sich dem verglasten Erdgeschoss des Verwaltungsgebäudes zu und bat die Rezeptionistin, Herrn Direktor Stern den Besuch des Bürgermeisters anzukündigen.

Während er wartete, betrachtete er die kaum überschaubaren Produkte der Cassada, die in Vitrinen ausgestellt waren. Schließlich hörte er hohe Absätze über den Terrazzoboden klackern und hob den Kopf. Frau Hilmes geleitete ihn nach oben in die Chefetage, die mit hochflorigem Teppichboden ausgelegt war, der die Schritte dämpfte. Pa thronte hinter seinem leeren Palisanderschreibtisch und stand auf, als Schönwetter in sein Büro geführt wurde.

»Harald! Was für eine Überraschung!«

Er fragte ihn, ob er ihm Kaffee anbieten könne. Als Schönwetter ablehnte, deutete er auf einen Besucherstuhl und ließ sich schwer in seinen Schreibtischsessel fallen, dessen Lehne unter seinem Gewicht nach hinten kippte.

»Was kann ich für dich tun?«

»Um es kurz zu machen: Guy Meyfahrt ist zurück.«

Seltsamerweise regte sich in Pas rundem Gesicht nicht das geringste Gefühl. Er verharrte reglos an seinem Platz und sah ihn durch seine dicken Brillengläser unverwandt an. Schönwetter spürte fast eine Art Erleichterung. Wenn er die Nachricht so gleichgültig aufnahm, hatte er sich selbst dann womöglich mehr Sorgen als nötig gemacht?

Nach einer Weile sagte Pa: »Diesmal falle ich nicht wieder darauf rein! Sag am besten gleich, was du willst. Soll ich wieder irgendetwas verschwinden lassen? Womöglich gleich den ganzen Jungen? Und im Ge-

genzug versprichst du mir den gebührenfreien Anschluss an die neue Kläranlage oder etwas in der Art?«

»Ah ja, richtig, die Kläranlage! Sie wird spätestens in drei Monaten in Betrieb gehen, und die Gebührenberechnung für die Beteiligung der Anrainerindustrie müsste doch längst auf deinem Tisch liegen.«

»Das tut sie!«, sagte Pa reserviert. »Und selbstverständlich werden wir fristgerecht zahlen. Sonst noch etwas?«

Schönwetter lachte leise auf, als er vertraulich hinzufügte: »Vielleicht stattet mir meine Tochter dann auch endlich mal wieder einen Besuch ab, wenn sie von unserer hochmodernen umweltschonenden Abwasserreinigung erfährt, aber vermutlich wird sie dann wieder etwas anderes auszusetzen haben, und wenn es nicht die Gewässerverschmutzung ist, dann wirft sie mit Luftverunreinigungswerten um sich.«

Pa lächelte jetzt das erste Mal und nickte. »Ja, sie hat sich da richtig reingesteigert, nicht wahr? Wie damals bei den Tierversuchen im Keltengrund. Allerdings war das ja wirklich eine Sauerei, was da passiert ist.« Er sah Schönwetter an und wartete auf irgendein Zeichen der Zustimmung, doch dieser zeigte keinerlei Regung. »Aber … manchmal habe ich das Gefühl, es sind vor allem Mädchen und Frauen, die diese Themen aufgreifen. Sieht man ja auch bei dieser neuen Umweltpartei.«

Schönwetter nickte: »Ich kann es auch nicht verstehen. Irgendetwas müssen wir bei der Erziehung falsch gemacht haben. Für die meisten bedeutet Frausein nichts anderes, als sich für alles Unangenehme für unzuständig zu erklären, sogar das Wechseln einer Glühbirne, Betanken des Wagens oder Zerlegen eines Gänsebratens wird uns überlassen. Stattdessen beschäftigen sie sich mit Frisuren, Kleidern und der Wohnungseinrichtung. Aber unsere beiden Töchter legen überall den Finger in die Wunde.«

Es klopfte an der Tür, und Frau Hilmes steckte den Kopf durch den Spalt. »Benötigen Sie etwas, Herr Stern? Ich wollte kurz rüber in die Buchhaltung.«

Pa zögerte. Er wirkte jetzt nicht mehr so reserviert und sagte: »Bringen Sie uns doch bitte vorher noch einige von den neuen Törtchen, am besten auf kleinen Tellern und mit Kuchengabeln dazu.« An Schönwetter gewandt, fügte er hinzu: »Die musst du probieren. Haben richtig eingeschlagen.«

»Ich kenne den Werbespot, den mit dem Zelt und der Kerze, na ja, wer kennt den nicht? Kommt ja jeden Abend vor der Tagesschau. Das muss eine Stange Geld kosten, zur besten Sendezeit.«

Pa hielt ihm die Handflächen entgegen. »Ohne Werbung geht gar nichts mehr, Harald. Die Zeiten sind vorbei, als Cassada-Schokolade sich von selbst verkauft hat.«

Frau Hilmes verschwand wieder.

»Die hat ihre Haare aber ganz schön aufgeplustert«, meinte Schönwetter, als sie wieder gegangen war. »Eine von den neuen Mode-Ideen. Helga trägt neuerdings auch so eine Fönfrisur. Stundenlang hantiert sie jeden Morgen mit fünf Rundbürsten, du kannst dir nicht vorstellen, was für Mengen Haarspray sie da täglich reinpumpt.«

»Jaja, die Mode.« So gut es ging, verbarg Pa seine Hemmung, auf die Ehefrauen zu sprechen zu kommen. Inzwischen litt er unter der allgegenwärtigen Angst, Ma zur Zielscheibe von unnötigem Gerede zu machen. Ihr Zustand musste möglichst lange vor der Nachbarschaft verborgen werden. Irgendwann würde es mit ihr doch wieder aufwärtsgehen!

»Also? Was machen wir nun mit dem Jungen? Soll ich mal mit ihm reden?«, fragte Schönwetter.

Er wollte es Pa leicht machen zu sagen, dass er sich darum kümmern solle, dass er damit nichts zu tun haben wolle und er gerne alles ihm überlassen würde.

»Wo ist er denn überhaupt? Wohnt er wieder in Mainheim?«

»Keine Ahnung. Aber er wurde im Schwimmbad gesichtet, von Knüppel.«

»Im Schwimmbad?« Pas Fingerspitzen begannen zu kribbeln. Adrenalin strömte durch seinen gesamten Körper. Schönwetter merkte ihm an, wie sehr er sich bemühte, die Kontrolle zu behalten. Es war, als hielte man ihm selbst einen Spiegel vor. Er kannte das Gefühl, wenn man eigentlich toben wollte und nicht durfte. Pa stapfte zu der Palisander-Bücherwand, öffnete eine Klappe, holte zwei kleine Gläser heraus und hielt eine Flasche mit einer klaren Flüssigkeit hoch, in der eine Birne schwamm. »Auch einen Williams?«

»Wie ist die Birne da reingekommen?«, fragte Schönwetter.

»Sie ist reingewachsen. Die Flaschen werden an die Äste gebunden, solange die Früchte noch klein genug sind.«

Er schenkte ihnen beiden die Gläser voll, und sie kippten sie herunter.

»Ich glaube, wir sollten jetzt wirklich einen Anwalt einschalten. Mir wäre wesentlich wohler, wenn ich wüsste, dass er uns nichts mehr anhaben kann.«

Wieder klopfte es an der Tür, und Frau Hilmes brachte ein Tablett mit sechs kleinen Tellern, auf denen die Kuchenriegel so appetitlich angerichtet waren, als wären sie gerade frisch vom feinsten Konditor in Handarbeit hergestellt worden.

»Danke, Frau Hilmes, das haben Sie wieder mal wunderbar gemacht!«, sagte Pa, und Schönwetter sah ihn erstaunt an. So freundlich hatte er selbst noch nie mit seiner Sekretärin gesprochen. Pa hielt ihm einen Teller hin: »Hier, Caramel, probier mal!«

Schönwetter wäre ein zweiter Schnaps lieber gewesen, aber er tat Pa den Gefallen und stach die Gabel in den Kuchen.

»Hm, schmeckt ganz gut. Sag mal, warst du nicht damals derjenige, der behauptet hat, selbst gar nichts mit der Sache zu tun zu haben?«, fragte Schönwetter.

Pa ging zurück zu dem Sideboard und schenkte ihnen nochmals die Gläser voll. Dann ließ er sich auf den Stuhl fallen, worauf der Schnaps aus seinem Glas schwappte. Er fluchte leise.

»Wenn man es mal genauer betrachtet, ist das ja auch so. Das Einzige, was man mir vorwerfen kann, ist, dass ich damals dieses völlig überflüssige Brett finanziert habe, ohne mir darüber im Klaren zu sein, wie wenig es für den normalen Schwimmbadbetrieb geeignet ist.«

»Das ist gar nicht der Punkt, Philipp. Das Ding wurde in unzähligen öffentlichen Schwimmbädern verbaut. Die Sache ist die, dass die Söhne von Rose, Knüppel, Zenker und Ebert es nicht wieder umgestellt haben, nachdem sie trainiert haben.«

»Das waren Kinder.«

»Ja, meinetwegen, das waren Kinder, aber dann hätte Knüppel es tun müssen. Der hatte die Aufsicht.«

»Mal eine ganz andere Frage: Was hat der Junge denn eigentlich für Schäden behalten? Was genau hat er für Verletzungen erlitten? Es hieß damals Schädelbruch, Sauerstoffmangel, Lungenentzündung, stimmte das überhaupt? Wenn er nun fröhlich durch die Gegend spaziert, kann es ja nicht so schlimm gewesen sein. Ich glaube, offen gesagt, dass wir da von Anfang an viel Aufhebens um nichts gemacht haben. Im Grunde, wenn ich es mir recht überlege, habt ihr mich da von Anfang an verladen und mir vorgegaukelt, wir würden alle mit einem Bein im Gefängnis stehen.«

»Das siehst du falsch. Damals wusste keiner, wie es ausgeht. Er war mit dem Kopf auf den Beckenrand aufgeschlagen, er hatte einen Schädelbruch, er war lange ohne Sauerstoff, er lag im Koma, alles Vorbedingungen, die für eine dauerhafte Behinderung sprachen. Und es ging gar nicht nur um die strafrechtliche Komponente. Stell dir vor, er wäre querschnittsgelähmt gewesen, da wären wir schnell mit Hunderttausenden Mark dabei gewesen, für seinen Unterhalt.«

»Wir?«, fragte Pa. »Ich will dir mal was sagen, Harald: Worum es dir in erster Linie ging, war das Renommee, der gute Ruf deiner Vorzeigestadt. Aber es gibt auch viele, die sagen, die beste Zeit Mainheims sei sowieso vorbei. Du hast es einfach übertrieben, Harald. Du hättest nicht jede Anfrage von jedem x-beliebigen Unternehmen positiv beantworten müssen. Ein Standort ist für die Industrie erst dann interessant, wenn neben einer verkehrsgünstigen Lage, Transportkostenoptimierung, geringen Arbeitskosten und sonstigen Agglomerationswirkungen noch ganz spezielle Rahmenbedingungen gegeben sind – Stichwort Gewerbesteuern –, und die hast du geschaffen, weil du den Hals nicht vollgekriegt hast. Haben wir dir nicht gereicht? Hätte Mainheim nicht einfach die Schokoladenstadt bleiben können, anstatt zu einer Industrielandschaft zu werden?« Er stand auf, nahm Schönwetter den leeren Teller ab und gab ihm den nächsten. »Hier, Mokka-Sahne!«

Schönwetter seufzte und griff zu.

»Musste es immer noch mehr Kiesabbau sein, noch mehr Zellulose-, Kunststoff-, Glas- und Papierproduktion, noch ein Großmarkt und noch einer. Und warum hast du zugelassen, dass sich Ruberus hier wie eine Krake ausbreitet, mit Versuchsfeldern, seinen ekelerregenden Tierversuchen und den Lagerhallen?«

Schönwetter legte sich die Hand auf die Brust. Er spürte dort ein Stechen, ganz deutlich, und es strahlte in den linken Arm aus. Wenn er jetzt hier in Pas Schokoladenfabrik beim gemeinsamen Schnapssaufen und Schokotörtchenessen einen Herzanfall bekam, hatten seine Kritiker das erreicht, was sie wollten. Mit einem tückischen feinen Lächeln, das sonst seine Wutausbrüche ankündigte, befahl er sich, jetzt keinen Herzanfall zu bekommen. Seinen politischen Gegnern und vor allem auch Pa keinen Gefallen zu tun, war Grund genug, am Leben zu bleiben.

»Du hast doch am meisten profitiert. Also sei lieber still, mit deiner überdimensionierten Produktionshalle!«

Pa dachte gar nicht daran, darauf einzugehen. »Und jetzt sieh dir an, was du davon hast! Wie sich Mainheim verändert hat. Was du für einen Strukturwandel in Gang gesetzt hast. Wer will denn noch hier wohnen? Neben all der Industrie, den großbetrieblichen Anlagen in dieser zerklüfteten Industrielandschaft? Ich möchte nicht wissen, wie viel Altlasten sie alle hinterlassen. Was bei den Störfällen alles in unsere Erde gesickert ist. Ganz zu schweigen von Arbeitslosigkeit, Abwanderung, Überalterung der Siedlungssubstanz und Infrastruktur. Mainheim war einmal die Cassada-Stadt, und das Wort hat sich jeder in Deutschland wie ein Stück feinster Schokolade auf der Zunge zergehen lassen. Es hat nur positive Assoziationen geweckt. Und jetzt? An was denken die Leute jetzt, wenn sie den Namen Mainheim hören? Arbeiterstadt, Industriestadt, Gestank.«

»Mir ist schlecht!«, stöhnte Schönwetter und presste sich jetzt beide Hände auf den Magen. Pa starrte auf seine behaarten Handrücken. Zum ersten Mal fiel ihm auf, dass er alt geworden war. Kaum mehr Haare auf dem Kopf, dafür wucherten sie aus seinem Hemdkragen. Er mochte sich gar nicht ausmalen, an welchen Stellen sie noch überall sprossen. Plötzlich tat er ihm leid. Obwohl sie, seit er sich erinnern konnte, eine innige Feindschaft verband, wurde ihm plötzlich klar, dass er sich keinen anderen Bürgermeister und Nachbarn wünschte als genau diesen von oben bis unten behaarten, unausstehlichen, verbohrten alten Sozialdemokraten.

»Komm, ich fahr dich nach Hause!«, sagte er und half ihm auf. »Vielleicht bedeutet das Auftauchen des Jungen sogar einen Wendepunkt zum Guten.«

CLAIRE

Claire lebte in einer Mietwohnung am Ende der Lenaustraße im Frankfurter Nordend. Das Haus, ein Zweckbau aus den Sechzigerjahren, war nicht besonders ansehnlich und lag gleich neben einer Reinigung. Grauer Putz, der von den Frankfurter Abgasen mit den Jahren noch dunkler gefärbt worden war.

Aber immerhin war die Nebenstraße verkehrsarm, einige der Mietshäuser hatten kleine Vorgärten. An der Fassade hingen schmale Balkone, die wie angeklebt wirkten und auf denen manche Mieter üppig blühende Geranien und Petunien hegten.

Claire hatte vergeblich versucht, es ihnen nachzumachen, aber ihr fehlte der grüne Daumen. Entweder sie goss ihre Balkonblumen zu reichlich und sie gingen an Staunässe ein, oder sie war so sehr in ihrer Forschungsarbeit gefangen, dass sie sie vertrocknen ließ. Jedes Mal tat es ihr unendlich leid, wenn sie es bemerkte. Inzwischen gab es nur noch eine anspruchslose Yuccapalme und zwei Kakteen in braunen Terrakottatöpfen auf ihrem Balkon.

Sie stand vor ihrem Herd und rührte in dem Topf mit den Spaghetti. Daneben köchelte Tomatensoße mit viel Knoblauch, roten Zwiebeln, Basilikum und Thymian. Sie bereitete ein italienisches Essen zu, wie Tini es gemacht hätte oder Ma. Dem heißen Augusttag entsprechend trug sie ein kakifarbenes Hemdblusenkleid mit aufgekrempelten Ärmeln. Für sie war dies der Gipfel der Lässigkeit, den sie sich gestattete. Aus irgendeinem Grund konnte sie sich nicht dazu durchringen, einfach nur Shorts und T-Shirts anzuziehen. Die langen dunklen Haare hatte sie zu einem glänzenden Zopf geflochten und am Ende mit einem blauen Band zusammengefasst. Ausnahmsweise waren ihre Lippen mit zartrosa Lippenstift nachgezogen.

Als sie merkte, dass die Soße zu sehr spritzte, band sie sich rasch eine weiße Schürze um. Doch im selben Moment hörte sie schon die Türklingel und zog sie rasch wieder aus, warf sie über eine Stuhllehne. Sie drehte die Knöpfe des alten Elektroherds auf die niedrigste Stufe, damit nichts anbrannte. Sie ließ die Wohnungstür offen und wartete auf dem

Treppenabsatz, beugte sich über das Geländer und lächelte ihrem Gast entgegen, der die Stufen in den dritten Stock hochstieg.

»Wunderbar, dass Sie so pünktlich sind!«, sagte sie. »Das Essen ist gleich fertig.«

Guido strahlte sie an. »Es duftet auch schon ganz herrlich, und ich merke erst jetzt, dass ich ziemlich hungrig bin.« Er streckte ihr eine Flasche Weißwein und eine in Zeitung eingewickelte Topfpflanze entgegen. »Leider hatte ich kein schöneres Papier. Sie ist aus unserem Pflanzenkindergarten.«

»Oh, das wäre doch nicht nötig gewesen. Schließlich wollte ich mich mit dem Abendessen bei Ihnen bedanken! Aber Pflanzenkindergarten klingt charmant.«

Als er eintrat, nahm sie nebenbei seine Kleidung wahr, ein frisches weißes Leinenhemd und eine beigefarbene Bundfaltenhose. Er folgte ihr in die Küche, sie stellte die Mitbringsel auf dem Holztisch ab und rührte in der Soße. »Ich muss mich kurz um das Essen kümmern. Sehen Sie sich inzwischen ruhig um. Groß ist mein Zuhause nicht, man ist schnell durch.«

Die Wohnung bestand aus zwei Zimmern, Küche und Bad. Die Raufasertapete hatte sie weiß gestrichen und mit Chagall-Kunstdrucken behängt. Alles war sehr behaglich eingerichtet. Kein einziger Hinweis auf ihre vietnamesischen Wurzeln, dachte Guido mit leichter Verwunderung, während er den schiefen Boden unter seinen Sohlen spürte. Darauf war ein grauer Veloursteppichboden verlegt. »Schöner Altbau!«, sagte er so laut, dass sie es in der Küche hören konnte. »Vermutlich ist da ein alter Dielenboden drunter. Haben Sie mal nachgesehen?«

»Noch nicht!«, antwortete sie. Sie verstand nicht, warum man in Frankfurt so verrückt nach Altbauten war. Ihr wäre eine modernere Wohnung lieber gewesen.

Auf dem Balkon stand ein runder Tisch mit einem grünen Baumwolltuch. Sie hatte für zwei gedeckt, mit graublauem Tongeschirr, bedruckten Papierservietten, sogar Windlichter hatte sie bereitgestellt.

»Ist das übertrieben?«, fragte sie aus der Tür der Küche. »Ich meine, das mit den Kerzen?«

Guido schüttelte den Kopf. »Gar nicht. Ich finde es stimmungsvoll! Soll ich sie anzünden?«

»Ja, gerne, die Streichhölzer liegen in der Schale auf der Kommode. Ist ja eigentlich noch hell genug! Seit der Einführung der Sommerzeit in diesem Jahr hat man abends eine Stunde länger Licht. Ich finde es eigentlich ganz schön, und Sie?«

»Vielleicht eine etwas übertriebene Reaktion nach der Ölkrise. Es soll Energie sparen, aber das wird sich erst zeigen. Trotzdem bin ich Ihrer Meinung und mag die hellen Abende.«

Sie fischte eine Nudel aus dem Topf mit dem kochenden Wasser, befand sie für gar und goss alles in ein Sieb in der Spüle aus.

»Wer ist das auf den Fotos, das ist ja eine riesige Familie?«, fragte er, als er die kleinen Rahmen auf der Kiefernholzkommode entdeckte. Auf dem einen Bild saßen alle sechs Kinder wie die Ölsardinen nebeneinander auf einer bunt gemusterten Hollywoodschaukel.

»Das ist meine Adoptivfamilie. Ich habe fünf Geschwister. Das Foto haben wir vor vier Jahren auf unserer Terrasse in der Schwimmbadstraße aufgenommen, als alle noch zu Hause gewohnt haben.«

»In der Schwimmbadstraße!«, wiederholte er leise. »Und wo war diese Schwimmbadstraße?«, fragte er.

»In Mainheim, kennen Sie den Ort?«

Seine Antwort ging im Töpfeklappern unter. Er nahm eine kleine Figur in die Hand. »Und der Schlumpf? Ist der auch aus der Schwimmbadstraße?«

»Jetzt gibt es erst mal Essen!«, rief sie aus der Küche.

Sie kam durch die Tür, und er stellte das Figürchen schnell wieder ab, um ihr zu helfen. Als er die Mengen sah, die sie in dampfenden Schüsseln auf den Balkon brachte, lachte er auf. Ein kehliges sympathisches Lachen.

»Sie haben ja so viel gekocht, als erwarteten Sie Ihre Großfamilie!«

Es gab einen italienischen gemischten Salat mit Oliven, Tomate und gekochtem Schinken, danach Spaghetti arrabiata mit frisch geriebenem Parmesan, und als Nachtisch hatte Claire Vanilleeis und Himbeeren gekauft.

Guido entkorkte den Wein. »Hierzu würde besser ein Rotwein passen, aber ich dachte, dass Sie eher etwas ...« Er stockte und sprach nicht weiter.

»Was dachten Sie?« Als er nicht antwortete, vollendete sie seinen Satz für ihn: »Sie dachten, ich koche etwas Vietnamesisches, ein Reisgericht, Frühlingsrollen, Sommerrollen oder asiatische Nudelsuppe mit Schlangenfleisch?«

Ihm war anzusehen, wie unangenehm ihm ihre Frage war. »Ich wollte Ihnen nicht zu nahe treten.«

Ihr Gesicht versteinerte plötzlich. »Ich bin das gewohnt: Asiatinnenklischees begegnen mir täglich.«

Er wollte sich gerade eine Gabel mit gewickelten Spaghetti in den Mund stecken und ließ sie wieder sinken, schenkte ihr seine volle Aufmerksamkeit, als sie weitersprach. »Es sind Stereotype, ›Miss Yellow‹, ›Miss Saigon‹, ›Ching, Chang, Chung‹, die sexualisierte Klischeeasiatin im Kino. Sie taucht in Filmen nur als Prostituierte oder chinesische Nudelverkäuferin auf. Asiaten essen ›alles‹, Affen, Hunde, Katzen, Schlangen … und in der Wissenschaft gelten wir als Streber, die nur fleißig alles auswendig lernen, reproduzieren, kopieren und keinerlei Kreativität entfalten können.« Claire machte eine Bewegung in Richtung seines Tellers. »Bitte, essen Sie nur weiter, es wird kalt.«

Langsam drehte er die Gabel im Löffel und führte sie zum Mund, kaute voller Genuss, ließ sie ausreden und betrachtete sie mit dem staunenden Blick eines Wissenschaftlers.

»Und zum Thema Reis: Wenn meine Mutter oder Großmutter zu Hause …ich meine zu Hause im Mekong … für uns gekocht hat, stand zwar meistens Reis auf dem Speiseplan, aber die vietnamesische Küche ist eine der vielfältigsten überhaupt – die Zubereitungsmöglichkeiten sind endlos.«

Guido schluckte die Pasta hinunter, tupfte sich den Mund mit der Papierserviette ab und sagte: »Bitte, es tut mir leid, ich war sehr unsensibel.«

Geschickt drehte sie mit ihrer Gabel genau die richtige Menge Spaghetti auf und seufzte. »Mir tut es auch leid. Ich wollte nicht meinen ganzen Frust bei Ihnen abladen. Das haben Sie wirklich nicht verdient.«

Sein Gesicht wirkte mitfühlend, als er sie ansah, und auch neugierig. »Ich glaube, das war das Beste, was Sie tun konnten! Wir sollten von Anfang an ehrlich miteinander umgehen.«

Sie sah ihm gerade in die Augen.

»Zum Beispiel würde ich Ihnen gerne sagen, wie schön ich Ihren Porzellanteint finde, und könnte damit womöglich auch gleich wieder in die Klischeefalle tappen, oder?«

»Vermutlich schon.« Sie betrachtete ihn, während er den letzten Rest Soße mit dem Brot aufwischte und es sich genüsslich in den Mund steckte.

Er sah nicht schlecht aus. Ein gut geschnittenes Gesicht mit einer breiten Nase, einem männlichen Kinn und auffallend sinnlichen Lippen. Seine seitlich gescheitelten Haare waren um einige Nuancen heller. Sie schätzte ihn auf mindestens Ende zwanzig. Zu alt für sie, ging es ihr durch den Kopf. Und für eine Beziehung hatte sie im Moment gar keine Zeit. Vermutlich würde sie dafür nie Zeit haben, flüsterte ihr eine innere Stimme zu.

Guido lehnte sich zurück. »Dann sage ich stattdessen, dass ich ganz vergessen hatte, wie gut es tun kann, an einem schön gedeckten Tisch zu sitzen und ein herrliches Essen serviert zu bekommen.«

Claire lächelte. »Offen gesagt bin ich auch etwas aus der Übung. Ich habe die Abende in letzter Zeit häufig im Institut verbracht, manchmal sogar die Nächte. Aus meiner Arbeit ist gerade eine Art Wettrennen geworden. Deshalb war es auch so wichtig, dass Sie unser Thermogerät schnell reparieren konnten.« Sie warf ihm einen dankbaren Blick zu. »Sie waren mein Ritter in silberner Rüstung!«

Wieder lachte er: »Der Ritter mit dem Kreuzschlitzschraubenzieher!«

»Nicht nur das, Sie haben es geschafft, den Wackelkontakt zu beheben, und jetzt läuft das Gerät wieder wie am Schnürchen.«

Ihre Geste, in der sie beide Hände aneinanderlegte und den Kopf neigte, sah so entzückend aus, dass er sie am liebsten sofort in den Arm genommen hätte. Doch der zerbrechliche Moment verflog, als sie weitersprach: »Wir müssen unbedingt die Ersten sein, die es schaffen, sonst war alles umsonst.«

»Was meinen Sie damit? Die Ersten sein? Gegen wen findet das Wettrennen statt?«

»Gegen mindestens zwei andere Forscher in den USA, die auf dem Gebiet der Vervielfältigung von DNA-Abschnitten arbeiten.« Sie legte ihren Löffel ab und fügte hinzu: »Und vermutlich gibt es sogar noch mehr auf der Welt, die daran arbeiten, von denen ich nur deshalb nichts weiß, weil sie noch nichts veröffentlicht haben, was auch nicht ganz unklug ist.«

Guido hatte den Teller inzwischen mit dem Brot so blank gewischt, dass er wie unbenutzt aussah. »In der Botanik geht es immer nur darum, wer zuerst eine neue Art entdeckt. Und da es weit mehr Arten gibt, als wir vermutlich je finden werden – in vielen Gegenden der Erde sind zum Beispiel erst zehn Prozent der biologischen Vielfalt erforscht –, ist im Grunde für jeden etwas übrig.« Er ließ wieder sein kehliges Lachen hören.

Claire sah ihn an und wunderte sich, wie ein Forscher seine Arbeit so lässig kommentieren konnte. Ob alle Botaniker so waren, oder war es einfach seine Art Humor? Für sie war Wissenschaft zwar spannend, aber immer etwas sehr Ernsthaftes.

»So einfach ist das bei den Molekularbiologen nicht. Zum Beispiel hat schon im Jahr 1971 ein im Labor von Har Gobind Khorana arbeitender norwegischer Postdoktorand einen Prozess zur Vervielfältigung von DNA-Abschnitten beschrieben. Allerdings kam er damit im Grunde um Jahre zu früh, weil keine geeigneten DNA-Polymerasen verfügbar waren, und außerdem war der von ihm dargestellte Prozess sehr aufwendig.«

»Und Sie haben einen weniger aufwendigen Weg gefunden?«

»Noch nicht ganz, aber wir sind kurz davor – das hoffe ich wenigstens!«

»Wie alt sind Sie, Claire, darf ich das fragen?«

»Neunzehn.«

»Neunzehn Jahre, und Sie arbeiten an Ihrer Doktorarbeit über ein hochkomplexes Thema der Biochemie! Das ist wirklich bemerkenswert. Was treibt Sie an? Ist es Ihr Ziel, der Menschheit einen Dienst zu erweisen? Oder ist es Ehrgeiz? Oder eine Mischung aus beidem?«

Claire schwieg. Es verwunderte Guido nicht, dass sie erst neunzehn war, denn sie wirkte extrem jung, und ihre Energie schien so unbändig zu sein, dass er sich im Vergleich wie ein alter Mann vorkam.

Claire stellte die Teller zusammen und stand auf. Er nahm die Schüsseln und folgte ihr in die Küche.

»Jetzt muss ich aber endlich nachsehen, was Sie mir mitgebracht haben«, sagte sie und wickelte den Blumentopf aus dem Zeitungspapier. Als eine unscheinbare Pflanze mit spiralig angeordneten glatten Blättern zum Vorschein kam, stellte sie sie auf den Küchentisch und betrachtete sie aufmerksam.

»Das ist ein sehr seltener weißer Waratah«, erklärte Guido. »Eine der bekanntesten Blumen Australiens. In freier Natur wird er bis zu drei Meter hoch.«

»Oh!« Claire richtete die Augen zur Decke. »Das wird knapp!«

»Keine Angst, im Topf wird er keinesfalls höher als ein bis zwei Meter. Er ist immergrün, und die endständigen Gesamtblütenstände werden sehr dicht, ei- oder kugelförmig. Normalerweise mit einem Ring von rötlichen Tragblättern, aber dieser hier wird weiß blühen.«

Er öffnete seine Faust und spreizte die Finger. »Pahh«, machte er. »Das wird ein unglaublich schöner Moment, wenn sich die pseudotraubigen Teilblütenstände öffnen. Wie eine kleine Explosion. Ich hoffe, Sie sind dabei, wenn es passiert, aber das wäre ein Zufall.«

Claire berührte die Blätter mit den Fingerspitzen. »Ich weiß nicht, ob ich das annehmen kann. Ich bin nicht gerade eine gute Pflanzenpflegerin, und es wäre zu traurig, wenn er einginge, das möchte ich auf gar keinen Fall riskieren – vor allem wenn er so selten ist!«

»Er ist ganz pflegeleicht. Sie werden sehen! Und wir haben zwanzig Ableger gezüchtet.«

Guido stellte sich hinter sie, und sie spürte seine Körperwärme, wartete darauf, dass er die Arme um sie legen würde, und hoffte andererseits, er würde es nicht tun. Es wäre alles zu schnell, viel zu früh.

Sie bückte sich, öffnete die Kühlschranktür, holte das Eis aus dem Gefrierfach. Dann erhitzte sie die Himbeeren in einem Topf, bestreute sie mit Zucker und trug die Nachspeise nach draußen. Die ganze Zeit sang Rod Stewart mit rauer Stimme aus einem Kassettenrekorder, und der typische Duft eines Hochsommerabends in der Großstadt strömte über den Balkon. Die Dämmerung hatte eingesetzt. In dem gedämpften Schein der Kerzen wirkte Claires Teint noch ebenmäßiger als vorher. Guido fand, sie wirkte jetzt wieder zerbrechlicher, nicht mehr so zielstrebig und fokussiert, aber er hätte nicht sagen können, was ihm besser gefiel. Sie war so anders als alle Frauen, die er bisher gekannt hatte. Es gab eine Seite an ihr, die er nicht durchschaute, die sie ihm nicht zeigen wollte. Vielleicht einfach nur eine Facette ihres Charakters, vielleicht Erlebnisse ihrer Kindheit?

Sie setzten sich wieder an den runden Balkontisch, löffelten ihre Nachspeise und sahen in die Dunkelheit.

»Erinnern Sie sich noch an die Zeit, bevor Sie nach Deutschland kamen?«, fragte er. Ihren Blick konnte er nicht genau erkennen, aber sie ließ den Löffel sinken.

»Kaum noch!«, sagte sie knapp und löffelte weiter ihr Eis.

»Wie alt waren Sie, als Sie nach Deutschland kamen?«

»Zehn.«

Er sah sie verwundert an, denn er hätte erwartet, sie würde drei oder vier sagen. Mit zehn war die Fähigkeit, Kindheitserlebnisse zu behalten, normalerweise längst vorhanden.

»Also haben Sie fast genauso viel Jahre hier verbracht wie in Vietnam?«

Sie nickte. »Da haben Sie recht, ich habe noch nie darüber nachgedacht.«

»Und der Schlumpf? Ist er einfach ein lieb gewonnenes Spielzeug aus vergangenen Tagen?«

Jetzt verdunkelte sich Claires Blick. Ihre Augen wirkten in dem Kerzenlicht nahezu schwarz. »Ich kam in Deutschland zuerst in ein Kinderheim, und dort gab es ein anderes Mädchen, das ich sehr mochte. Sie heißt Marita.« Sie schluckte, es fiel ihr sichtlich schwer, darüber zu sprechen. »Als ich adoptiert wurde, musste ich sie dort zurücklassen. Zum Abschied hat sie mir ihren Schlumpf geschenkt, und aus irgendeinem Grund wusste ich damals schon, dass sie niemals eine Familie finden würde, alle wussten das. Sie hatte einen Silberblick, also ich meine, sie schielte, war nie das hübsche und brave kleine Mädchen, nach dem Adoptionswillige Ausschau halten, war aufmüpfiger, hat nicht alles mit sich machen lassen wie wir anderen.«

»Alles mit sich machen lassen?«

»Nicht, was Sie jetzt vielleicht denken.« Der Löffel klirrte, als sie ihn in die Schüssel warf und abrupt aufstand. »Wissen Sie was? Ich mache uns jetzt noch einen Espresso!«

»Ich habe eine bessere Idee als einen Espresso!«, sagte er. »Ich zeige Ihnen den Botanischen Garten bei Nacht.«

Er hielt ihr das grün lackierte Metalltor weit auf. Hinter dem Eingang erstreckte sich eine dunkle, geheimnisvolle Welt, die wie eine Reise auf einen anderen Kontinent wirkte. Der milde Ruf eines Käuzchens begleitete sie auf ihrem Weg, als würde es ihnen folgen und die nächtlichen Besucher beobachten. Als sie um den Schilfgürtel vor dem kleinen See bogen, stand da eine kleine Hirschkuh am grasigen Ufer, die an dem Wasser ihren Durst stillte. Ihr Kopf schnellte hoch. Claire und Guido blieben stehen, damit sie nicht gleich floh, und beobachteten das schöne Tier, das hier, mitten in der Stadt, wie ein Fabelwesen wirkte.

Die Hirschkuh blieb reglos stehen, neigte dann den Kopf, beugte den schlanken Hals und trank weiter. Über dem Wasser sah man kleine flügelschlagende Wesen, die wie aus dem Nichts auftauchten, sich in Richtung der Wasseroberfläche fallen ließen und wieder verschwanden. »Fledermäuse«, flüsterte Guido. Urplötzlich drehte sich die Hirschkuh um, setzte sich in Bewegung und war nur noch als Schatten sichtbar.

Die Nacht war sternenklar, die Luft war angenehm kühl und roch nach Sommer. Sie kamen an Pfirsichbäumen vorbei, deren Duft nach dem überreifen Obst sie mehr berauschte als der Weißwein, den sie getrunken hatten. Beim Gang durch die Treibhäuser in der Dunkelheit konnte einem die Fantasie durchgehen. Die Laute der Pfeifenden Frösche aus dem immergrünen Dschungeldickicht wirkten fast gespenstisch. Guido hatte eine Taschenlampe dabei, die er nur wenige Meter weit vor ihnen auf den Weg richtete. Claire spürte jetzt die hohe Luftfeuchtigkeit, atmete die salzige Luft ein und hörte ein leises Plätschern.

»Kommen Sie!«, sagte er und führte sie in die Richtung eines bläulichen Lichts. Dann standen sie vor einem Becken mit dampfendem Wasser, das von Unterwasserlampen beleuchtet wurde. Darin schimmerten rötliche und gelbe Algen.

»Dies hier ist mein neuestes Projekt. Algen und Bakterienarten, die selbst in hundert Grad heißem Wasser wachsen und diese unglaublichen Farbschattierungen zeigen. Sieht es nicht fantastisch aus?«

Claire stand davor, vollkommen bezaubert von dem lebenden Teppich im Wasser und am Beckenrand. »Es ist wunderschön.«

»Ich habe letztes Jahr eine Reise durch Island gemacht. Das bekannteste Heißquellengebiet liegt im Haukadelur im Südwesten des Landes. Vor allem der große Geysir, Namensgeber aller Springquellen, ist berühmt. Und tagsüber sprudelt hier inzwischen ein kleiner Geysir.«

Zum Beweis drückte er auf einen versteckten Schalter, und eine zwei Meter hohe Fontäne schoss aus der Mitte des Beckens in die Höhe.

Claire hörte ihm zu und spürte eine eigentümliche Verbundenheit. Sie konnte so gut verstehen, wie gerne er sein Wissen preisgab, denn das tat sie mit der gleichen Leidenschaft. Für andere Menschen war dieser Drang schwer zu ertragen. Aber hier hatten sich zwei Seelenverwandte gefunden.

»Also das Wasser ist so heiß wie die Quellen in Island?«, fragte sie, während sie sich nach vorne beugte und die Hand über den Zaun streckte.

»Vorsicht!« Guido hielt sie sanft an den Schultern fest, obwohl das Becken zu weit entfernt war, als dass sie daran gereicht hätte. »Es hat an die neunzig Grad.«

»Und darin wachsen also Algen und Bakterien«, wiederholte sie, und er ließ die Hände wieder sinken.

»Selbst im hundert Grad heißen Wasser unmittelbar in den Quellen wachsen Bakterien. Sie sind Überbleibsel aus der Urzeit und an die extreme Hitze gut angepasst. Die Farbschattierungen in dem Bach, der aus dem Becken fließt, reichen von Rot über Gelb bis hin zu grauen fädigen Matten und werden von Bakterien oder ihren Stoffwechselprodukten gebildet.«

»Bakterien in heißen Quellen«, sagte sie leise. »Warum bin ich nicht schon früher darauf gekommen?«

Guido hob die Augenbrauen, wartete, dass sie eine Erklärung hinzufügte, aber sie war wie weggetreten, wirkte plötzlich vollkommen abwesend.

»Claire?« Als sie nicht antwortete, sagte er nochmals: »Claire! Kommen Sie, es gibt noch mehr zu sehen.«

»Aber es ist schon so spät!«, protestierte Claire schwach. »Ich müsste eigentlich noch ins Institut, mir ist da nämlich eine Idee gekommen …«

»Nicht heute Nacht, das hat Zeit bis morgen«, sagte er leise und reichte ihr sein Notizbuch. »Hier: Schreiben Sie sie auf.«

Er öffnete die Tür zu einem der Gewächshäuser, in dem lange akkurate Hochbeete in Reih und Glied standen. Jedes mit handgeschriebenen Schildern versehen, auf dem lateinische Namen standen. »Und das ist der Pflanzenkindergarten!«, sagte Guido. Er kannte jeden Setzling, wusste, woher er stammte, wann die Blütezeit war, wie viel Wasser, Wärme, welche Art Erde er benötigte. Und Claires staunende Fragen brachten ihn dazu, ihr die unterschiedliche Blühfarbe der Schmetterlingsblütler zu erklären, die vom Säurezustand der Kronblätter abhing, die Verbreitung der Samen des Wald-Veilchens durch Ameisen, die es wegen eines eiweiß- und fettreichen Anhängsels sammelten, und die Symbiose der Nestwurz mit Pilzen, wodurch sie kein eigenes Blattgrün benötigte. Sie merkten gar nicht, wie die Zeit verging, während sie von Beet zu Beet gingen, sich über die kleinen Pflänzchen beugten und sich unterhielten. Als sie wieder ins Freie traten, flog eine große Eule mit ausgebreiteten Flügeln hoch in den Himmel und tauchte als Silhouette vor dem fast vollen Mond auf. Sie gingen weiter, an krummen Eichen und Myrtensträuchern vorbei. Glühwürmchen leuchteten vor ihnen auf und verschwanden wieder.

Claire blieb plötzlich stehen. »Ich bin Ihnen so dankbar, dass Sie mich hierhergeführt haben«, sagte sie leise. »Der Ort hat nachts etwas Magisches.«

Sein weißes Hemd schimmerte im Mondlicht. »Ich bin froh, dass Sie es auch so empfinden. Könnten wir uns vielleicht weniger förmlich anreden und Du sagen?«

»Gerne. Ich bin Claire.«

Jetzt konnten sie wieder den Pfirsichduft riechen, während in der Ferne die roten Warnlichter des Ginnheimer Fernsehturms im immer gleichen Takt blinkten. Er schien wie aus einer anderen Welt. Guido umfasste ihre Schultern, verharrte so einen Moment, sah sie nur an, dann küsste er ihre Lippen. Weil sie noch nie einen Jungen geschweige denn einen Mann geküsst hatte, hielt sie ihren Kopf steif und spannte ihre Lippen an. Er löste sich wieder von ihr, murmelte eine Entschuldigung, doch im selben Moment war sie es, die sich nach vorne beugte und ihn erneut küsste. Er nahm sie in den Arm, sie neigte ihren Kopf zur Seite, er strich ihr über die Wange, ihre Lippen waren kühl, weich, ihr Körper schmiegte sich an seinen, und ihr Herz war voll. Zum ersten Mal seit langer Zeit fühlte sie sich ruhig und ausgeglichen. Ohne die rasende Ungeduld und den alles beherrschenden Drang, sich selbst und anderen etwas zu beweisen. Ohne das Verlangen, in ihre Handtasche zu greifen, nach den abgerundeten Ecken des Blisters zu tasten, was sie manchmal nur zu ihrer Beruhigung tat, nur um zu wissen, dass die Tabletten da waren. Den ganzen Abend hatte sie nicht eine einzige Sekunde daran gedacht.

Die Nacht war hell genug, Guido erkennen zu lassen, wie entspannt und glücklich Claire aussah. Sie setzten ihre Tour durch den geheimnisvollen Garten fort, bis sich der erste pastellige Streifen Morgenröte am Horizont im Osten der Stadt zeigte. Erst dann machten sie sich auf den Heimweg.

RUDOLPH ZENKER

Vermutlich würde es niemals wieder aufhören. Es war eine Illusion gewesen, die Krankheit zu besiegen, und das musste sich ausgerechnet der Vorstandsvorsitzende eines Pharmariesen eingestehen. Manchmal wusste er nicht, was mehr wehtat, diese Erkenntnis oder die echten klinisch messbaren Schmerzen. Den Zeitpunkt des Beginns seiner Beschwerden konnte er recht genau angeben. Er fiel mit seiner Abiturprüfung zusammen, auch wenn seine Eltern die Gereiztheit, Nervosität, Schweißausbrüche und das Zittern ihres Sohnes damals noch auf die bevorstehenden Klausuren zurückgeführt und für normal gehalten hatten. Sie griffen zunächst zu den bewährten Mitteln aus der Hausapotheke, Baldriantee, Wadenwickel. Damals hatten die Autoantikörper bereits eine Schilddrüsenüberfunktion und eine Vergrößerung bewirkt. Als nach Abschluss des Abiturs keine Besserung eintrat, eine Schwäche der Muskulatur immer auffälliger wurde und schließlich die häufigste Manifestationsform des Morbus Basedow, die endokrine Orbitopathie, seine Augen aus den Höhlen treten ließ, wurde er endlich zum Hausarzt geschickt und schließlich zu einem Spezialisten. Die wissenschaftlichen Behandlungsmethoden der Schulmedizin reichten über die Gabe von schwefelhaltigen Thyreostatika, die Ruberus entwickelt hatte – ihre Nebenwirkungen brachten eine Verringerung der Zahl der weißen Blutkörperchen, die Erhöhung der Leberenzyme, großflächige Hautekzeme und Haarausfall mit sich –, bis hin zu einer Radiojodtherapie. Seither musste er täglich Hormone einnehmen und lebte mit dem Enge- und Kloßgefühl im Hals, den Missempfindungen beim Tragen enger Kragen, den Schluckbeschwerden und der Atemnot, sobald er sich körperlich anstrengte. Damit war seine Leidensgeschichte noch lange nicht zu Ende. Es war eine Krankheit, die den Körper nie wieder verließ. Denn inzwischen hatte die Bewegungsstörung seiner Lider nicht nur zur Austrocknung seiner Augen geführt, sondern es drohte eine Beeinträchtigung seiner Sehkraft.

Es half ihm nichts, zu wissen, dass die Häufigkeit von Morbus Basedow in Ländern mit ausreichender Jodversorgung – insbesondere bei

Männern – unter einem Prozent lag. Er gehörte zu dieser Minderheit, und keiner konnte ihm sagen, weshalb. Doch diese Tatsache hatte für die Betroffenen zur Folge, dass die Diagnose mangels ausreichender Forensik ungleich aufwendiger war, vor allem aber aufgrund der kleinen Fallzahlen die Regierungen und die Pharmaindustrie nicht an der Forschung und Entwicklung zu diesem Thema interessiert waren.

Rudolph Zenker beschäftigte sich ausgiebig mit der Problematik. Er kannte die Geschichten, wonach Betroffene sich aus lauter Verzweiflung an selbst ernannte »Wunderheiler« wandten, die Schulmedizin aufgrund der Rückschläge bald gänzlich ignorierten und sich absurden Rosskuren unterzogen, ohne Rücksicht auf jegliche Nebenwirkungen. In manchen Fällen schien sich das Leiden daraufhin zurückzuziehen, es trat Erleichterung ein und eine Art trügerischer Symptomfreiheit. Doch die Krankheit hatte längst Leib und Seele der Patienten befallen und fraß sich im Stillen durch ihre Körper, absorbierte fast unbemerkt jegliche Lebenskraft.

Seine Studien und Erkenntnisse führten nicht etwa dazu, dass er jemals aufgab und sich in sein Schicksal fügte. Zugegeben, es gab solche Momente, vor allem in den letzten Jahren. Wenn er den Fehler machte, zu lange aufzubleiben, zu viel zu lesen, seine Augen zu überanstrengen, verfiel er auf den Gedanken, es könne eine Art Strafe sein, die ihn getroffen hatte, und es habe etwas mit Schuld zu tun. In wachem und ausgeschlafenem Zustand aber wusste er, dass sein Leiden nichts mit biblischer Sühne zu tun hatte, sondern ein Schicksal war, das auf der Welt mehr Menschen teilten, als die Öffentlichkeit wahrhaben wollte. Das war seine Antriebsfeder gewesen. Trotz seiner Leiden oder gerade wegen seiner Qualen hatte er so hart gearbeitet und es nach seinem Betriebswirtschaftsstudium bis an die Spitze eines chemischen Unternehmens geschafft. Dort hatte er durchgesetzt, neben lukrativen Projekten, die Gewinne versprachen, Gelder in die Erforschung seltener Krankheiten zu investieren, in weit weniger lukrative Projekte als beispielsweise in die Entwicklung neuer Kopfschmerztabletten, ausgefeilten Antibiotika und komplexen Herzmedikamenten.

Er setzte seine Unterschrift unter ein Überweisungsformular und legte den Kugelschreiber auf die Schreibtischplatte. Schwindelerregende Beträge – jeden Monat. Er baute eine völlig neue Produktion auf, ließ neue Fabrikanlagen in Indien errichten, stattete sie mit den modernsten Technologien aus. Jeden Monat landeten Rechnungen auf dem Tisch, die ihn erschauern ließen. Und doch war er sicher, dass sich die Investitionen eines Tages lohnen würden. Mit seiner Vorliebe für hohen Einsatz hatte er sich zwei Möglichkeiten geschaffen. Es konnte gut gehen, die Produktion und der Absatz der Generika konnte klappen. Es ging um Medikamente, für die das Patentrecht ausgelaufen war und die nun zu einem Bruchteil des ursprünglichen Preises in Entwicklungsländern hergestellt und verkauft werden sollten. Insbesondere die überdurchschnittlich häufig vorkommende vollkommene Erblindung bei Millionen von Menschen in Indien war eine Problematik, die ihn beschäftigte. Womöglich wurde das Projekt zu einer satten Bauchlandung. In Indien zu investieren, war riskant, es konnte jederzeit einen politischen Umsturz geben, der alle Planungen zunichtemachte. Sollte das Projekt scheitern, würde er sich endgültig aus der Firmenleitung zurückziehen.

Er fuhr herum, als ihn ein Geräusch im ersten Stock aus seinen Gedanken riss. Ein leises Knattern, begleitet von einem konstanten Summton. Es waren die elektrischen Rollläden. Karin ließ sie per Fernbedienung hoch. Sie war gestern erst spät aus dem Labor zurückgekommen, und er hatte sie heute früh nicht wecken wollen. Jetzt hörte er die feinen Klänge von Mozarts Klarinettenkonzert aus der Stereoanlage.

Die letzten zwanzig Jahre war sein Leben im Wesentlichen von der Arbeit für die Ruberus AG bestimmt worden. Nur durch das Hintenanstellen seines Privatlebens, nur durch seine Härte, Entschlossenheit und Konsequenz hatte er es so weit gebracht. Darunter hatte seine erste Ehe gelitten, seine zwei Söhne hatte er nicht aufwachsen sehen.

Als er Karin kennengelernt hatte, glaubte er, in ihr eine Seelenverwandte gefunden zu haben. Er glaubte wieder an die Liebe, wurde fast sentimental, als ihm klar wurde, wie viel er in seinem Leben verpasst hatte. Erst mit ihr war er endlich aus Mainheim weggezogen und hatte sich eine schöne, weitläufige Villa in Bad Homburg gekauft. Seit zwei Jahren blieb er einen Vormittag in der Woche zu Hause und arbeitete von dort aus. Er verbrachte Zeit mit seinen mittlerweile erwachsenen Söhnen, die er früher nur gesehen hatte, wenn sie schon schliefen. Inzwischen ging er mit ihnen Pizza essen oder zu Eintracht-Spielen. Warum war er nicht schon früher darauf gekommen, sich etwas mehr zu gönnen, mehr Zeit für die Kinder, mehr Privatleben?, fragte er sich. Und warum hatte er sich so in seiner zweiten Frau getäuscht?

Er blinzelte. Schon wieder waren seine Augen zu trocken, um weiterzulesen. Mit einem Seufzer zog er die Schreibtischschublade auf und holte die kleine Flasche heraus. Gerade als er dabei war, sich die Augentropfen einzuträufeln, klopfte es an der Tür, und Karin kam herein. Sie trug ein schlichtes dunkelblaues Etuikleid mit weißem Gürtel, das sie häufig anhatte, wenn sie in die Firma fuhr. Sie gehörte nicht zu den Frauen aus der noblen Nachbarschaft, die regelmäßig in den Frankfurter Edelboutiquen einkauften. In dieser Hinsicht war Karin bescheiden.

»Lass mich das doch machen!«, sagte sie und nahm ihm die kleine Flasche aus der Hand. Er beugte seinen Kopf zurück, sie legte ihm eine Hand auf die Stirn, und mit der anderen drückte sie den Gummi zusammen, ließ jeweils zwei Tropfen auf seine Iris fallen. Ein feiner Duft umgab sie, eine Mischung aus dem vollen Erdgeruch des Vetivers und dem der Atlas-Zeder. Gleichzeitig meinte er, Orange und die schwefelartige Bitterkeit der Pampelmuse zu riechen. Er bewegte die Nasenflügel und überlegte, welche Stimmung dieses Parfüm widerspiegelte.

»Besser so?«, fragte sie. Während er noch blinzelte, um seine Hornhaut zu benetzen, betrachtete sie die Überweisung, die er gerade unterschrieben hatte. »Eine Million? Für was ist das?«, fragte sie.

»Für die neue Fabrikanlage in Mumbai.«

»Du machst es also wirklich? Ist das nicht sehr riskant, Rudolph? Ich halte es für unsinnig, in Projekte zu investieren, die weder in absehbarer Zeit eine Rendite versprechen noch einen anderen Mehrwert haben. Dort wird nichts Neues geschaffen. Was wir brauchen, Rudolph, sind neben klugen Köpfen in der Gesundheitsforschung – und damit meine ich selbstverständlich nicht nur mich – eine herausragende Infrastruktur vor Ort. Das beinhaltet die Ausweitung der klinischen Studien, eine ebenfalls herausragende Ausstattung der Daten- und Biomaterialbanken, unbegrenzten Zugang zu Wirkstoffen und, und, und!« Sie strich ihm mit der Hand über die grau melierten Haare. »Es gibt doch hier noch so viel, in das sich zu investieren lohnt, meine klinischen Testreihen sind gerade alle derart vielversprechend, wir sind kurz vor dem Durchbruch im Bereich der neuen Blutverdünner, da ist es einfach unsinnig, dass …«

Er drehte das Gesicht zu ihr hoch, sah sie ernst an, und sie verstummte. »Vielleicht solltest du nicht alles für Unsinn erklären, was dir nicht in den Kram passt und …«

»Was?«

»… und von dem du nichts verstehst.«

»Aber entschuldige, dieses Projekt in Indien klingt, als wärst du verrückt geworden!«

Rudolph legte die Flasche mit den Augentropfen wieder zurück in die Schreibtischschublade. Ihm fiel auf, dass Karin jede seiner Bewegungen verfolgte, mit geradezu wissenschaftlichem Interesse. Wieder musste er blinzeln. Im Gegensatz zu gesunden Menschen, die in zehn Sekunden etwa drei Mal die Lider schlossen und wieder öffneten, verspürte er dieses Bedürfnis in jeder einzelnen Sekunde.

»Helfen die Tropfen nicht mehr?«

»Nein, diese Trockenheit, dieses Brennen hört überhaupt nicht mehr auf. Ich könnte mir die Augäpfel manchmal aus den Höhlen reißen.«

Allein bei dieser Vorstellung zuckte jeder normal empfindende Mensch zusammen. Aber ihre Stimme klang vollkommen nüchtern, als sie sagte: »Ein ständiges Fremdkörpergefühl.«

Der Ausdruck fehlender Empathie in ihren Augen verletzte ihn. Sie konnte und wollte nicht nachempfinden, wie schwer es ihm fiel, jeden einzelnen Tag mit den Schmerzen und Symptomen durchzuhalten. Karins Blick war weder mitleidig noch sorgenvoll, sondern schlicht fachlich interessiert. Es war die Miene einer Wissenschaftlerin, die einem Versuchsobjekt, gleichgültig ob Hund, Katze, Maus, Kaninchen oder ihr Ehemann, ohne jede Emotion bei seinem Leiden zusah. Er sah in ihr Gesicht, auf ihre schön geschwungenen, hellrosa Lippen, die blasse Haut und die kühlen Augen. Ihre lange, ebenmäßige Nase blähte sich ein wenig auf. Karin gehörte zu den Frauen, die jedes Jahr besser aussahen, je älter sie wurden. Jetzt, mit fünfunddreißig Jahren, fand er sie äußerlich noch attraktiver als vor acht Jahren, als er sie kennengelernt hatte. Das vollkommen beherrschte, klassisch schöne Gesicht, das keine Regung zeigte, strahlte etwas aus, das viele Männer anzog.

Als er nicht antwortete, legte sie ihm in einem scheinbaren Anflug von Zuneigung die Hand auf den linken Arm: »Du hast eine Gewöhnungserscheinung an das Dexpanthenol und die Hypromellose, das ist alles. Wahrscheinlich solltest du die Wirkstoffe ab und zu wechseln. Mehr kann man in deinem Fall nicht tun. Es ist eine Fibrose, du wirst dich operieren lassen müssen.«

Er nickte und zog seinen Arm weg. »Wahrscheinlich hast du recht, wie immer!«

Es gab etwas, das ihr fehlte. Etwas, das die meisten Wirbeltiere und in besonderem Maße Menschen auszeichnete: die Fähigkeit, bei der Betrachtung eines schmerzlichen Vorgangs reflexartig ebenfalls so etwas wie Schmerz zu empfinden.

»Hast du schon gefrühstückt?«, fragte sie. »Oder soll ich dir ein Rührei machen lassen?«

Rudolph schüttelte den Kopf. »Nein danke, ich habe keinen Hunger.«

»Na, vielleicht leistest du mir trotzdem kurz Gesellschaft.«

»Ich komme gleich.«

Sie gab ihm einen Kuss auf die Schläfe und verließ leise die Bibliothek.

Er hatte sich schon manchmal gefragt, ob es eine Art Selbsterziehungsprogramm war, dem sie sich eines Tages unterworfen hatte, mit dem sie jedes Mitgefühl unterdrückte. Eine bestimmte Technik, die sie erlernt hatte. Er hatte sich dazu Wissen angelesen. Aufsätze über Spiegelneuronen, Nervenzellen, die für das verantwortlich waren, was man gemeinhin Einfühlungsvermögen nannte. Hirnforscher behaupteten, die Regionen im Gehirn, die bei Tieren und Menschen im Moment des Schmerzes betroffen waren, seien exakt dieselben, die auch bei ihrem Betrachter Alarm auslösten. Teile des Gehirns, die exakt zu lokalisieren waren, Cortex insularis und Gyrus cinguli, zeigten auffällige Aktivität, unabhängig davon, ob die Testperson selbst Schmerz empfand oder ihn nur mit ansehen musste. Konnte es sein, dass die Frau, die er geheiratet hatte, ohne diese Fähigkeit geboren worden war?

Mit einem Mal wusste er, was passieren würde. Karin war ihm zugetan, aber sie liebte ihn nicht. Sie teilte mit ihm das Leben, das er ihr bot, die finanzielle Unabhängigkeit, den Luxus einer Haushälterin, eines Gärtners, Chauffeurs und einer großen Villa mit Pool in bester Taunuslage. Aber das Einzige, das sie wirklich interessierte, war ihre Forschung. Sie würde ihn kalt lächelnd fallen lassen, wenn er nicht mehr der Vorstandsvorsitzende der Ruberus AG war, der ihre Projekte großzügig ausstattete. Selten hatte er so klar gesehen, wer sie wirklich war.

Er zerknüllte den Überweisungsträger und schrieb einen neuen aus, mit dem gleichen Empfänger, aber den Betrag verdoppelte er. Dann drückte er auf die Taste, mit der er das kleine handgeschriebene Adressbuch unter dem Telefon öffnen konnte. Er suchte nach der Nummer des Notars. Gerade als er sie gefunden hatte und die Nummer wählen wollte, klingelte es.

»Zenker?«, sagte er in den Hörer und lauschte. »Er ist was?« Seine Augen traten noch weiter aus den Höhlen. »Wo? Im Schwimmbad? Okay.«

Er schwieg eine Weile und sagte dann: »Weiß man, ob er irgendwelche Forderungen stellt?« Anschließend lauschte er Roses Antwort und seinem Vorschlag.

»Na gut, ich sehe nach, ob ich da kann.«

Seine Hand blätterte in seinem Terminkalender, obwohl er genau wusste, dass er sich den Abend freischaufeln würde, egal was er da bereits vorhatte. »Alles klar. Ich komme.«

Nachdem er den Hörer aufgelegt hatte, ließ er sich in seinem Stuhl zurückfallen. Er hätte die Sache damals selbst in die Hand nehmen sollen, anstatt die Beilegung allein Schönwetter zu überlassen. Konnte ihnen jetzt noch etwas passieren? Er griff wieder zum Hörer und rief seinen Anwalt an. Diesmal würde er das Ganze nicht irgendwelchen Dilettanten überlassen.

MINKA

Hattet ihr ein Problem mit der Polizei?«, fragte Gesche schon von Weitem.

»Wenn du es so nennen willst!«

Minka stürmte auf den Platz vor der Rundhütte zu, als sei der Teufel hinter ihr her. Clärchen hatte sie entdeckt und rannte ihr bellend entgegen. Erst als Minka sich zu ihr herunterbeugte und sie ausgiebig begrüßte, gab sie Ruhe. Minka griff sich den offenen Kanister, der neben dem Sofa stand, ohne zu fragen, von wem er war, und schüttete sich das Wasser einfach über den Kopf, sodass die langen Haare tropfnass in ihrem Gesicht klebten. Den Rest trank sie gierig aus der Öffnung.

Die anderen sahen ihr interessiert zu.

»Haben sie eure Personalien aufgenommen?«, fragte Gesche, die auf dem Sofa lag und sich mit einem geflochtenen Strohfächer Luft zuwedelte. Sie richtete sich auf.

»Sie haben uns nicht erwischt, wir waren zu schnell für sie!«

»Und ist Guy nicht mit zurückgekommen?«

Minka schüttelte den Kopf. »Schon kurz nach der Demo haben wir uns getrennt, um nicht doch noch zusammen hopsgenommen zu werden. Ich bin mit der S-Bahn gefahren und den Rest per Anhalter und zu Fuß. Keine Ahnung, ob Guy wieder hierherkommt, wir haben nicht darüber gesprochen. Vermisst du ihn?«

Sie warf sich, so nass, wie sie war, neben Gesche auf das Fünfzigerjahre-Sofa, das sie vom Sperrmüll geholt hatten, und zwickte sie in die Seite. Gesche musste kichern. »Lass das!«

»Stimmt's, du vermisst ihn?«

»Nein, du vermisst ihn, ich hab's gleich gesehen! In deinen Augen. Du bist in ihn verknallt!«

Gesche streckte ihre winzige Kinderhand aus und strich Minka zart über die nasse Stirn, hielt die Handfläche vor ihre Augen.

»Quatsch! Nur weil du so klein bist, musst du nicht so tun, als wärst du ein Kind, das alles sagen darf. Es ist einfach nicht wahr.«

Ein etwa fünfundzwanzigjähriger junger Mann mit unregelmäßigem

Vollbart und Nickelbrille, der ihnen die ganze Zeit zugehört hatte wie ein Zuschauer im Theater, mischte sich jetzt ein. »Von wem redet ihr eigentlich?«

Einige Sekunden vergingen, während Minka ihren Daumennagel mit dem rechten Zeigefinger säuberte.

»Von Guy, Minkas ›Schulfreund‹«, sagte Gesche. Sie hob ihre Hände und bewegte die Finger, um das Wort bildlich in Anführungszeichen zu setzen. »Er sieht asiatisch aus.«

Der Junge nickte. »Ach, der.«

»Woher kommt er eigentlich, ich meine ursprünglich?«, wandte sich Gesche an Minka.

»Aus Vietnam.«

Zu Gesches Überraschung stand Minka so abrupt auf, als wollte sie das Thema meiden. »Jetzt gehe ich erst mal baden. Hat jemand Lust, mir Wasser zu holen? Du vielleicht, Pit?«

»Ich?« Der Junge schob sich mit dem Mittelfinger seine Nickelbrille an die Nasenwurzel und sah sich erstaunt um. »Okay.«

»Na dann, worauf wartest du noch?«

»Hör mal, ich finde das nicht gut, wie du Pit rumkommandierst!«, mischte sich eine junge Frau mit schmutzig blonden Dreadlocks ein, die unter einem schwarzen Filzhut herausschauten. Sie saß ein Stück entfernt an einem Eisentisch und putzte grüne Bohnen. »Er ist doch nicht dein Lakai!«

Minka marschierte los, ohne sie zu beachten, gleich in die Richtung der Badewanne hinter dem Sichtschutz. Pit folgte ihr mit rotem Kopf.

Die Frau mit den Dreadlocks schleuderte ihnen ein paar Sätze hinterher. Dass hier niemand dem anderen dienen müsse, dass Minka die Ordnung der Kommune untergrabe, dass sie mit dem nassen T-Shirt ihre sexuelle Anziehungskraft missbrauche.

»Jetzt übertreibst du aber, Anja!«, hörte Minka Gesche sagen, aber sie drehte sich nicht nach ihnen um.

Später stand Minka frisch gebadet in einer kurzen Latzhose vor dem Herd in der Rundhütte. Die Haare hatte sie sich locker im Nacken hochgesteckt. Mit drei anderen bereitete sie das Essen zu. Süßkartoffelauflauf, Bohneneintopf, selbst gebackenes Krustenbrot.

»Es ist gleich fertig, trommelt ihr mal die anderen zusammen?«, sagte Anja gerade, als plötzlich hinter ihnen der Vorhang beiseitegeschoben wurde.

»Guy!«

Mit einem kleinen Jauchzer hopste Gesche aus der Schaukel und lief zu ihm hin. Sein Haar war zerzaust, seine schwarzen Jeans hatten einen Riss über dem rechten Knie.

»Seht mal, ich habe ziemlich viel Material mitgebracht.« Er holte einen prall gefüllten Rucksack vom Rücken, setzte ihn ab und öffnete die Verschnürung. Gesche hockte sich neben ihn, während Guy triumphierend eine Spraydose nach der anderen herausholte, hochhielt und neben sich auf den Boden legte. Inzwischen waren auch einige andere Hüttenbewohner auf ihn aufmerksam geworden. Wie Schatten schälten sie sich aus dem gelblichen Licht, als sie sich näherten.

»Wo hast du das ganze Zeug gefunden?«, fragte Pit. Seine Stimme klang unfreundlich. Er nahm eine Farbdose in die Hand und schürzte abfällig die Lippen. »FCKW ist eigentlich total daneben, findest du nicht?«

»Mann, Pit, jetzt sei doch nicht gleich so aggressiv!«, versetzte Minka. »Er will uns doch bloß helfen!«

Guy antwortete nicht, sondern suchte die letzten Dosen aus seinem Rucksack.

»Wir haben hier auch nicht endlos Platz, um deinen Müll zu horten, hast du dir das mal überlegt?« Pit ließ nicht locker.

Die anderen Hüttendorfbewohner kamen jetzt nach und nach durch den Eingang dazu und bildeten einen Kreis um die beiden.

»Wieso Müll? Ist doch klasse, damit können wir zum Beispiel Unterführungen und Brücken oder Leitplanken nutzen, um auf das Projekt aufmerksam zu …«, begann eine junge Frau mit geflochtenen Zöpfen.

»Bist du verrückt? Wir haben schon genug Verfahren gegen uns laufen, und außerdem bringen wir die Spießer mit solchen Sprayer-Aktionen erst recht gegen uns auf. Bis jetzt haben viele Kelkheimer Bürger Verständnis für uns, das sollten wir nicht aufs Spiel setzen.« Das war Chris, einer der neueren Bewohner, der sich gerne als Chef aufspielte. Er wandte sich den anderen zu, um ihre Zustimmung einzufordern. »Immerhin haben wir letzte Woche schon die zehntausendste Unterschrift an unserem Info-Stand eingesammelt.«

Neben ihm begann Anja zu applaudieren. Ein Junge mit lachsfarbenen Haremshosen und freiem Oberkörper machte eine Bewegung mit dem Arm, als würde er eine Kurbel betätigen, um die anderen zum Klatschen zu animieren. Ein paar Hüttendorfbewohner fielen mit ein, hörten aber gleich wieder auf, als sie merkten, dass die Schwelle zu einem richtigen Applaus nicht überschritten wurde.

»Und im Kelkheimer Käseblatt war sogar ein Artikel über einen sympathisierenden Bürger, der eine Selbstanzeige wegen Beihilfe gemacht hat«, sagte Anja, als es wieder still wurde.

»Wahnsinn«, sagte Gesche mit ihrer hohen Stimme.

Minka fischte eine zusammengeknüllte Zeitung aus einem Eimer, schnickte eine Kartoffelschale weg und hielt sie hoch. »Ja, genau, und in den Leserbriefen wurde gefragt, wie unsere Aktionen wohl finanziert werden, etwa durch Ausbeutung der sozialen Leistungen, die von den im aktiven Berufsleben Stehenden erarbeitet werden.«

»Die meinen dich, Chris, mit deinem Arbeitslosengeld.« Die Stimme kam von weiter hinten.

»Hier gibt es genug Leute, die von Bafög leben, die sind auch gemeint«, sagte Minka. »Und neulich habe ich einen Spaziergänger gesehen, der die Unterschriftenlisten fotografiert hat. Als ich ihn darauf angesprochen habe, meinte er, wir und alle Sympathisanten gehören aufgehängt. Glaubt bloß nicht, dass diese Spießer jemals eure Freunde werden.«

Guy tat immer noch so, als ginge ihn die Diskussion nichts an.

»Genug gelabert!«, rief Pit plötzlich und warf Guy eine der Spraydosen vor die Füße. »FCKW ist einfach scheiße!«

»Pit hat recht, und ich finde, wir müssen die Dinge auch mal ausdiskutieren. Inzwischen ist hier auf dem Damm sowieso keine Kommunikation mit Niveau mehr zu hören«, sagte Chris.

»Sätze wie ›FCKW ist einfach scheiße‹ haben also Niveau?«, fragte Minka.

»Unser politisches Bewusstsein ist ein bisschen abgerutscht, das ist mir auch schon aufgefallen«, pflichtete Gesche ihr bei.

»Also, dann sind wir uns ja einig: weg mit dem Schrott!« Pit kickte mit dem Fuß gegen eine der Dosen.

Guy hob aufreizend langsam den Kopf. »Ihr habt recht. Aber ich dachte, dass es jetzt gerade nicht um die Ozonschicht geht, sondern um die Verhinderung der Abholzung eines in hundertfünfzig Jahren gewachsenen Waldes, die Vernichtung eines unwiederbringlichen Lebensraums Tausender von Wildtieren und Vogelarten!«

Anja hob eine Spraydose auf und hielt sie in die Höhe. »Ich glaube, in Asien ist man eben noch nicht so weit, zu erkennen …«

»Ach, komm schon, Anja, das kann doch nicht dein Ernst sein, Guy jetzt als ungebildeten Asiaten darzustellen«, rief Frauke. »Das sind dunkelste Vorurteile!«

Anja sprach einfach weiter: »… wie weit der Abbau des stratosphärischen Ozons schon fortgeschritten ist und wie sehr bestimmte Gase, insbesondere FCKW aus Spraydosen, dazu beitragen. Dadurch erhöht sich die harte UV-B-Strahlung auf die Erdoberfläche, und das hat nachteilige Auswirkungen auf Mensch und Natur.«

»Okay!«, sagte Guy, ohne auf das Wort »Asiate« einzugehen. »Das sehe ich ein. Dann eben kein Spray, sondern Farbe und Pinsel. Aber ich bin trotzdem der Meinung, dass wir noch mehr auf uns aufmerksam machen müssen. Die anderen sind im Unrecht, nicht wir.«

»Du hast hier gar nichts zu sagen! Wer bist du überhaupt?« Breitbeinig baute sich Pit vor Guy auf und hob das Kinn.

Guy fuhr herum und spannte die Muskeln an, denn er merkte plötzlich, dass ihn jemand von hinten am Oberschenkel berührte. Als er sah, dass es nur Gesches Kinderhand war, atmete er aus.

»Pit hat recht, Guy«, sagte sie mit ihrer hellen Stimme. »Wir haben uns gegenseitig geschworen, dass kein Einzelner bestimmen darf. Autorität von Einzelnen ist per se Tyrannei, sie gehört ausschließlich dem Kollektiv. Wir entscheiden hier alles demokratisch.«

Guy setzte ein gezwungenes Lächeln auf: »Alles klar, das finde ich auch gut so. Aber ich wollte euch echt nur helfen.«

Er blickte nacheinander in jedes einzelne Augenpaar der Hüttendorfbewohner. Inzwischen waren fast alle versammelt und hatten sich abwartend im Halbkreis formiert. Pit hob langsam die Hand und deutete auf Guy.

»Woher wissen wir eigentlich, dass wir dir trauen können? Du könntest von den B8-Befürwortern eingeschleust worden sein.«

»Das ist ja absurd!«, rief Minka.

Ein Murmeln setzte zwischen den Schaulustigen ein.

»Pit!«, rief Gesche schrill. »Wie kannst du nur so was sagen!«

»Lass ihn nur!« Guy hob beschwichtigend die Hand. »Ich kann ja verstehen, dass ihr misstrauisch seid.«

Einen Moment lang herrschte Stille in der Rundhütte, die nur durch das Brodeln des Wassers in den Kochtöpfen durchbrochen wurde.

»Jetzt reicht's aber!« Minka stellte sich neben Guy und stemmte die Arme in die Hüften. »Wer ist dafür, dass Guy bleiben darf?«

Gesche reckte beide Arme, so weit sie konnte, in die Höhe. Etwas verzögert hoben sich die meisten Hände, und Minka zählte ab. »Das sind zweiundzwanzig! Mit meiner Stimme dreiundzwanzig. Und wer ist dagegen?«

Sofort schnellten Anjas, Chris' und Pits Arme hoch. »Also nur drei Gegenstimmen.« Minka sah sich um. Ganz gleich, wie sehr sie inzwischen zusammengewachsen waren – Neuankömmlinge stellten ihre Gemeinschaft immer wieder auf die Probe. »Enthaltungen?«

Ein etwa dreißigjähriger Mann, Theo, schlank mit einer gebogenen Nase, Vollbart und krausen Haaren, der einer der Gründer des Hüttendorfs war, hob die flache Hand und verschränkte dann die Arme. »Ich denke, wir sollten bald einmal über eine zahlenmäßige Beschränkung abstimmen.«

Seine Meinung hatte Gewicht, er war eine angenehme Erscheinung, blieb immer besonnen, fast alle mochten ihn. Eine Pause trat ein, in der Guy und Theo einander musterten. Plötzlich schnitt das Zischen des Herds in die Stille hinein.

»Verdammter Mist!«, schrie Anja so schrill, dass sich Gesche die Hände auf die Ohren presste. Sie ertrug einfach kein Geschrei und zitterte plötzlich am ganzen Körper. Anja sprang zum Herd und zog den Topf mit dem überkochenden Wasser von der Platte. Minka strich Gesche beruhigend über den Rücken.

»Wir können ein anderes Mal darüber sprechen, ob wir eine Obergrenze festlegen wollen«, sagte Theo.

»Okay, einverstanden«, sagte Minka. »Also du enthältst dich?«

Er sah sie fragend an.

»Ich meine, bei der Abstimmung über Guy?«

»Nein, ich bin dafür, dass er bleibt.«

»Das ist so schön!«, flüsterte Gesche.

Über Minkas Gesicht legte sich ein Lächeln reinsten Triumphs. Theos Wohlwollen war ausschlaggebend für Guys Akzeptanz in der Gruppe. Eigentlich wusste sie gar nicht so genau, warum sie sich so sehr dafür einsetzte. Solche Kraftanstrengungen unternahm sie normalerweise nur, wenn es um Tierschutz oder Umweltprojekte ging. Guy wirkte vollkommen gelassen, während manche der Bewohner ihm auf die Schulter klopften oder freundschaftlich gegen seinen Oberarm boxten und die Rundhütte dann wieder verließen. »Dann ist es jetzt erst mal entschieden. Damit darf Guy bleiben, und vielleicht können wir jetzt einfach alle zusammen essen, ich hab nämlich richtig Hunger«, rief Minka.

Guy bückte sich wieder und packte die Spraydosen zurück in den Rucksack. Pit sah ihm dabei zu und nahm sich vor, ihn im Auge zu behalten.

Sie aßen an einer langen Tafel im Freien, die sie aus verschiedenen Holztischen auf dem Rasenstück vor dem Gemüsegarten zusammengestellt hatten. Zwei Mädchen hatten ihn mit bunten Wiesenblumen in Marmeladengläsern dekoriert. Tongeschirr wechselte sich mit Omas altem Goldrandservice ab, Wassergläser, Rotwein- und Bierflaschen standen auf den Holzplatten verteilt. Jeder bediente sich selbst. Gesche saß auf einem Stuhl mit drei Kissen unter dem Po zwischen Guy und Minka, und er bestaunte ihr Talent, eine lockere Unterhaltung in Gang zu bringen. Abwechselnd warf sie dieser oder jenem einen Satz zu, rief mit ihrer frischen Stimme etwas zu einem Mädchen über den Tisch, neckte einen Mann schräg gegenüber, ließ ihr helles Lachen hören und sorgte für eine gelöste Stimmung.

»Soll ich dir was verraten, Guy?«, fragte Gesche und sprach weiter, ohne seine Reaktion abzuwarten. »Monatelang fahndete die Staatsanwaltschaft nach einem gewissen Kurt Jarinski, der als Verantwortlicher auf unseren Flugblättern unterzeichnet.«

Das Mädchen, das ihnen gegenübersaß, unterdrückte ein Lachen.

»Wieso, wer ist es denn?«, fragte Guy. »Wohnt er gar nicht hier?«

»Doch, er wohnt hier.«

Einige andere, die ihre Unterhaltung mit anhörten, kicherten, flüsterten sich gegenseitig etwas zu.

»Sitzt er hier mit am Tisch?«, fragte Guy.

»Nein, heute nicht.«

»Aber nächstes Mal ganz bestimmt!«, rief jemand.

»Erst nach langwierigen Ermittlungen stießen die Fahnder schließlich auf den Verantwortlichen«, erzählte Gesche weiter, ohne eine Miene zu verziehen. »Sie suchten das gesamte Gelände ab.« Gesche machte eine dramatische Pause, bis sie schließlich die ungeteilte Aufmerksamkeit der gesamten Tafel hatte. Alle warteten gespannt auf die Pointe. »Kurt Jarinski ist unser Ziegenbock.«

Die anderen prusteten ungehemmt los, manche klatschten in die Hände, johlten, und Guy lachte verschmitzt.

»Du bist eine unglaublich gute Erzählerin, Gesche«, bewunderte er sie.

Er trank ein kühles Bier, lobte das Essen, fand überraschende Adjektive für knuspriges Brot, goldgelbe Hirsekruste und zarte Böhnchen. Ehe er sichs versah, erzählte er von früher, beantwortete Fragen, wo er gewohnt habe, was er gemacht habe, aus welchem Teil Vietnams er komme. Beschrieb Saigon und seine Flucht über das chinesische Meer mit plastischen Worten, obwohl er sie nur noch aus Erzählungen seiner Mutter kannte. Einige Bewohner gaben ihr Halbwissen über den Vietnamkrieg zum Besten und fragten, ob seine Eltern auf der Seite von Ho Chi Minh gestanden hätten, ob er die amerikanische Invasion erlebt, den Einsatz von Agent Orange mitbekommen, die hornissengleichen Hubschrauberangriffe der Amis mit eigenen Augen gesehen habe. Sie sprachen von der gnadenlosen Brutalität ihrer Angriffe, von Napalm-Bomben, dem berühmten Foto des weinenden nackten Mädchens, das aus dem Feuerinferno floh, während sich die Haut von seinen Knochen schälte.

Als Guy den Satz sagte, die Grausamkeit des Vietcong sei weitaus schlimmer gewesen, ihre Todesschwadronen hätten gnadenlos Jagd auf Südvietnamesen gemacht, den Krieg in die Straßen von Saigon getragen, die Tet-Waffenruhe zur Erstürmung der amerikanischen Botschaft genutzt, wurde auf allen Stühlen gemurmelt, geflüstert, wie in einem Klassenraum, den die Lehrerin für einige Minuten verlassen hatte. »Drei

Millionen Bomben haben die Amis auf den Ho-Chi-Minh-Pfad abgeworfen«, sagte Felix, ein junger Mann mit brüchigem Stirnhaar und intelligentem Gesicht. Sein Blick durch das schwarze Brillengestell war stechend. »Und der Tet-Waffenruhe folgte die Tet-Offensive der Amerikaner.«

»Was weißt du schon vom Ho-Chi-Minh-Pfad und davon, wie viele Kindersoldaten des Vietcong für seine Erhaltung ihr Leben opfern mussten. Und den Bruch der Tet-Waffenruhe haben nicht nur Vietcong, sondern auch die Südvietnamesen mit Blut und Knochen bezahlt«, sagte Guy und versuchte, ruhig zu bleiben. Er merkte, wie genau Minka ihn beobachtete. Bewusst ließ er die Frage offen, wer sein Vater war. Ihm war klar, dass er in diesem Umfeld keinerlei Sympathien für einen General der südvietnamesischen Armee ernten würde. Nach all der Zeit glaubte er sowieso kaum noch, das seine Vergangenheit mitten im Vietnamkrieg einmal Wirklichkeit gewesen war.

Gesche war die ganze Zeit still gewesen. Jetzt flüsterte sie einem Jungen etwas zu. Er zog eine Mundharmonika aus der Tasche, schloss die Augen und spielte »Blowin' in the Wind«. Seine Lippen schwebten über das Instrument, und der schöne schwermütige Klang verbreitete eine gelöste Stimmung. Einige Mädchen brachten Schüsseln mit süßen Himbeeren, die gerade reif geworden waren. Der wilde Duft von Sonne und gärenden Früchten hüllte sie ein und berauschte sie. Die Spannungen wichen einer Glückseligkeit. Sie alle sehnten sich nach Frieden, und es überfiel sie das Gefühl, ganz eng zusammenzugehören.

An diesem Augustabend, der ihnen einen wolkenlosen Himmel bescherte, waren sie nichts als junge Leute, die alle das Leben genießen wollten, die die Natur liebten, die eines verband: Sie wollten Frieden, sie wollten verhindern, dass der Wald um sie herum zerstört wurde, sie wollten die Bäume, die Tiere, die Pflanzen retten. Von den grünen Hügeln des Taunus her frischten die abendlichen Fallwinde auf und vertrieben die Hitze des Tages. Durch das Sonnensegel spiegelte sich Licht in weichen Mustern auf dem Tisch. Minka zog die Spange aus ihren Haaren und ließ sie flattern. Guy konnte den Blick nicht abwenden. Ein Mädchen in einem grünen Kleid stand auf, um sich eine Weinflasche vom anderen Ende zu greifen, und tanzte dabei zu dem rhythmischen kleinen Beat, der jetzt aus der Mundharmonika kam.

»Hey Hanna, hol doch mal deine Gitarre!«, rief jemand.

»Hol du deine!«, antwortete sie lachend.

Kurze Zeit später spielten zwei Gitarren und die Mundharmonika »Heart of Gold«, einige sangen den Text, die anderen summten mit oder lauschten einfach nur der Ballade von Neil Young. Manche standen auf und tanzten mit langsamen, trägen Bewegungen.

I wanna live, I wanna give
I've been a miner for a heart of gold
I've crossed the ocean for a heart of gold

Hier wollte er bleiben, dachte Guy.

CARO

Was sollte sie anziehen? Sie stand vor ihrem Kleiderschrank aus abgelaugtem Kiefernholz und betrachtete ratlos ihr schrilles und undefinierbares Sammelsurium. Die Suche nach ihrem eigenen Stil war in letzter Zeit aus den Fugen geraten. Weder bei ihrer Einrichtung noch hinsichtlich ihrer Garderobe konnte sie sich für eine Linie entscheiden. Sie holte eine Fiorucci-Jeans in Karottenform heraus, einen Nietengürtel und ein grünes Neon-Top mit Schulterpolstern. Hielt sich die Kleiderbügel mit den Klamotten vor den Körper, schaute in den dreieckigen Spiegel und warf alles zusammen zu dem restlichen Kleiderberg auf ihrem Bett. Dann griff sie nach einem gestreiften Opa-Hemd vom Flohmarkt, einem Ledermini, bückte sich, um die schwarzen Stiefeletten hervorzuholen. Ihr Stapel mit T-Shirts war nicht klein, aber schließlich entschied sie sich für ein riesiges gelbes aus Sweatshirtstoff, dem sie die Ärmel abgeschnitten hatte. Als sie fertig angezogen war, legte sie den Kopf schief. Irgendetwas fehlte noch! Ihr fiel ein breiter Lackgürtel ins Auge, und schon während sie ihn eng über das T-Shirt schnallte, wurde sie ein klein wenig zufriedener.

Gerade in dem Moment, als es klingelte, hatte sie ihre gestuften Haare fertig geföhnt und eine halbe Flasche Haarspray darüber verteilt, danach vergeblich versucht, dem zementartigen Etwas mit den Fingern wieder mehr Natürlichkeit zu geben. Sie öffnete die Wohnungstür, rief: »Ich komme gleich«, ins Treppenhaus und touchierte dabei die Airbrush-Tapete im Eingang, die einen Palmenstrand in der Karibik abbildete. Sie stammte vom Vormieter, und er hatte keinen Abstand dafür verlangt, anders als für die Billy-Regale und die Ikea-Küche. An einem Tag fand sie den Sonnenuntergang im Flur unerträglich kitschig, am nächsten Tag romantisch. So ging es ihr im Moment mit fast allen Dingen.

In letzter Sekunde öffnete sie die Tür ihrer dreieckigen Glasvitrine, griff sich einen großen weißen Plastikohrring in Form eines Sterns und eine gelbe Lacktasche und verließ die Wohnung. Während sie die drei Stockwerke hinunterlief, versuchte sie, mit dem Metallhaken ihr Ohrloch zu treffen, was im Gehen gar nicht so einfach war. Endlich baumelte der Stern an ihrem rechten Ohrläppchen, und sie lächelte Stefan an, der mit seinem Käfer in zweiter Reihe wartete.

»Sorry, aber hier gibt es weit und breit keinen Parkplatz!«, entschuldigte er sich dafür, dass er nicht hinaufgekommen war.

»So ist das immer in Bockenheim!«, sagte sie und merkte, wie er ihr Erscheinungsbild von oben bis unten begutachtete.

»Cooles Shirt!«, war sein Kommentar, dann drehte er den Zündschlüssel um.

Schon von Weitem konnten sie die tiefen Bässe körperlich spüren. Caro merkte unmittelbar, wie ihr der Rhythmus in die Glieder fuhr und sie automatisch anfing zu wippen.

»Die Disco ist berühmt für ihr Soundsystem«, erklärte Stefan, während sie die Ebene 0 des Flughafenterminals durchquerten. »Richard Long hat auch das New Yorker Studio 54 technisch ausgestattet. Er ist mit seinem Mitarbeiterstab in den Taunus gefahren und hat bei verschiedenen Holzfachhandlungen das Material für die Lautsprecherboxen eingekauft.«

»Das Dorian Gray hat Boxen aus dem Taunus?«

Stefan musste grinsen. »Natürlich vollgepumpt mit Technik von JBL, Hornlautsprechern und Gauss-Alnico-Tiefton-Schallwandlern, falls dir das was sagt.«

Caro sagte das rein gar nichts. Während er weitersprach, musterte sie ihn von der Seite: Er trug eine weiße Bundfaltenhose und ein schwarzes Lacoste-Polohemd. Dann ließ sie den Blick nach unten zu seinen Füßen wandern, die in Burlington-Socken und Slippern mit Troddeln steckten. Das war eine Verwandlung, die sie etwas verwirrte. Bei ihren letzten Begegnungen hatte sie ihn eher für alternativ gehalten. Auch der verlotterte Käfer hatte in das Bild gepasst. Aber jetzt?

»Dadurch sind trotz relativ geringer Verstärkerleistungen laute und klare Sounds möglich«, sprach er unbeirrt weiter. »Ich zeige dir gleich die JBL Hochton-Hornstrahler, die in zwei Viererblocks über der Tanzfläche hängen.«

»Alles klar!«

»Dadurch kriegen sie hier diese hohe Lautstärke mit großer Klarheit hin, die man für den echten Disco-Sound einfach braucht.«

Sie wurden von einer Gruppe pickeliger Fünfzehnjähriger überholt, die es besonders eilig hatten, vor ihnen da zu sein. In der Tiefebene des Terminal 1 war um diese Zeit kaum ein Reisender unterwegs. Wer um kurz vor Mitternacht hierherkam, hatte nur ein Ziel: die legendäre Disco *Dorian Gray*, die erste Großraumdisco Deutschlands auf tausendfünfhundert Quadratmetern mit ihrem unvergleichlichen Sound.

»Du wirst sehen«, flüsterte Stefan. »Auch wenn du ein Disco-Hasser wärst ... das Gray benötigt eine Viertelstunde, um das zu ändern.«

Sie liefen auf die Wand mit dem grünen Emblem zu, das Caro nur von Werbebannern in der Frankfurter City kannte. Der ausgestreckte Arm eines Tänzers verhieß den Besuchern: *»Get into Magic.«*

Der muskelbepackte Türsteher im engen Anzug ließ sie mit einem Nicken passieren, und sie durchquerten den langen, von Neonlicht beschienenen Gang im Entree. Caro nahm sofort den Geruch wahr, die Mischung aus Schweiß, Rauch, Alkohol, My-Melody-Parfum und Apfelshampoo. Dann passierten sie die Sitzecke, Caro glaubte, eine bekannte Schlagersängerin in einem Paillettenkleid zu erkennen: Dunja Rajter neben dem Serienschauspieler Elmar Wepper.

»Was darf's sein?«, schrie die Kellnerin an der Bar gegen die brüllende Musik an. Ihr enges lila Top mit den Spaghettiträgern zog Stefans Blick auf sich, das war nicht zu übersehen. Die gleichmäßige rötliche Bräune der Blondine legte nahe, dass sie viel Zeit auf der Sonnenbank verbrachte. Caro hatte schon darüber nachgedacht, das endlich auch einmal auszuprobieren, aber bei ihrem Anblick entschied sie spontan, es nicht zu tun.

»Asbach-Cola«, sagte sie und hatte damit wieder Stefans volle Aufmerksamkeit. »Oh, du steigst also schon ein?«

»Und du?«, fragte ihn die Kellnerin.

»Ich nehm das Gleiche.«

»Anscheinend bist du ziemlich anpassungsfähig!«, sagte Caro und machte eine Kopfbewegung in Richtung seines Polohemds. »Nicht nur, was das Getränk angeht.«

Er legte die Hand auf das grüne Krokodil an seiner Brust und schenkte ihr ein gewinnendes Lächeln. »Ach, du meinst das?«

Caro nickte.

»Ich habe Outfits für alle Gelegenheiten. Kaschmirpullover und Markenkleidung in gedeckten Farben, um unter Poppern nicht aufzufallen.

Palästinensertuch und Friesennerz für die Demos der Ökos. Schwarze Klamotten für die Punks, da scheitere ich allerdings am pinken Hahnenkamm.«

Aus irgendeinem Grund fiel es Caro schwer, sein Grinsen zu erwidern. Sie hatte einen natürlichen Widerwillen gegen Leute, die andere in Schubladen steckten, und auch gegen Menschen, die sich verstellten.

»Das gehört zum Beruf!«, fügte er hinzu, als er ihre Zurückhaltung bemerkte.

»Ein Chamäleon zu sein? Um sich irgendwo einzuschleusen und nicht aufzufallen?«

»Na ja, du hast dich doch bei der Demo auch angepasst, und wenn ich mir dein Outfit heute ansehe, kann ich mir genauso wenig vorstellen, dass das wirklich dein Stil ist.«

Caros Gefühl für die eigene Peinlichkeit, das sie schon die ganze Zeit gespürt hatte, erwies sich jetzt als richtig. Sie hatte es übertrieben. Ihr fehlte jedes Gespür dafür, was ihr stand und wer sie sein wollte. Ihre Verlegenheit war unerträglich. Sie musste plötzlich an Minka denken, die in allem, was sie tat und anhatte, so wirkte, als sei es ihre zweite Haut. Oder sogar Claire, deren Typ genau in ihre Kostüme und Hosenanzüge passte, die sie meistens trug. Ihre Stiefschwester hatte offenbar ihren ganz eigenen Stil gefunden. Aber sie selbst?

Die Barfrau stellte ihnen jetzt ihre Drinks mit Papierschirmchen und Strohhalmen hin. Ohne eine Erklärung entfernte Stefan sofort beides und hob sein Glas. Mit einem dumpfen Klacken trafen sich ihre Colagläser über der Theke. Den Alkohol schmeckte man kaum, aber Caro sog gierig an ihrem Strohhalm und merkte sofort, wie ihr der Asbach in den Kopf stieg. Rote, grüne und orangefarbene Leuchtröhren, die auf Spiegelflächen angebracht waren, begannen vor ihren Augen leicht zu verschwimmen.

»Wollen wir tanzen?«

»Video killed the Radio Star« klang jetzt aus den Lautsprechern, als sie Stefan in Richtung Tanzfläche folgte. Sie war das Herzstück. Ihre Anlage war so konzipiert, dass die Tänzerinnen und Tänzer sich als Teil des Sounds fühlen sollten. Sie waren mittendrin, der DJ saß am Rand, die Decke war niedrig. In dem Moment, als sie an ihm vorbeikamen, stieß er mit dem Knie an den Tisch, die Platte hopste, einige Besucher kreischten.

Um die Tanzfläche herum waren Warnleuchten von US-amerikanischen Polizeiautos der 1970er-Jahre neben Filmstudio-Scheinwerfern installiert. Ein starker grüner Laser zauberte flackernde Lichtstrahlen auf die Masse dampfender Körper. Weiter hinten sah Caro ein Gesicht, umrahmt von hellbraunen welligen Haaren, das ihr bekannt vorkam. Kurz wurde es von dem Laser angeleuchtet, dann war es schon wieder in der Masse verschwunden, und sie versuchte, sich zu erinnern, woher sie den jungen Mann kannte. Das Lied erschien ihr endlos, die Musik berührte sie nicht. Stefan war kein John Travolta und sie keine Olivia Newton-John. Sie tanzten beide auf der Stelle eher fantasielos vor sich hin, wie die meisten hier. Manche im Discofox, nur ein paar wenige wagten in der Enge außergewöhnliche Tanzeinlagen mit Drehungen oder Figuren.

»Und? Cool hier, oder?«, rief Stefan und beugte sich zu ihr nach vorne. Caro nickte und fühlte gleichzeitig, dass sie hier nicht hergehörte. Ihre Schritte waren hölzern, sie bewegte sich, aber sie spürte den Takt nicht.

Plötzlich ging das Licht aus. Von den Besuchern kamen schrille Schreie der Überraschung, der Vorfreude, aber auch der Panik. Der gesamte Club lag im Dunkeln. Caro hielt es für einen Stromausfall, doch Stefan griff ihren Arm und drehte sie nach rechts. Da spürte sie schon, wie Nebel zwischen ihren Beinen waberte, der jetzt von blauen Scheinwerfern in Kniehöhe angestrahlt wurde. Aus den Boxen klang es wie prasselnder Regen, so echt, dass sie alle nach oben sahen, weil sie glaubten, nass zu werden. Donner, Gewitter, Blitze und dann die ersten geheimnisvollen Töne des E-Pianos, die alle sofort erkannten: der Klassiker der Doors, »Riders on the Storm«.

Die monotonen Akkorde und der durchgängige, leichte Schlagzeugbeat entfalteten sofort ihre hypnotische Wirkung, und als der relaxte Gesang mit der flüsternden Stimme von Jim Morrison einsetzte, johlte das Publikum, applaudierte und zog begeistert mit. Caro und Stefan bewegten sich langsam zu der anschwellenden Musik, die der DJ immer lauter und lauter drehte. Aus den riesigen Boxen über der Tanzfläche tönten die perlenden Läufe des E-Pianos, die Lightshow war in vollem Gang. Lichtblitze fegten über sie hinweg. Der Funke sprang über, als sie den Text leise mitsangen:

There's a killer on the road
His brain is squirmin' like a toad
Take a long holiday
Let your children play
If you give this man a ride
Sweet family will die
Killer on the road, yeah

Caros Bewegungen wurden weicher, geschmeidiger, sie hob die Arme, ließ ihre Hüften kreisen, schloss die Augen und verschmolz mit der Musik. Die Gesangsstimme berührte sie tief in ihrem Inneren, obwohl der Text so düster war. Sie spürte ganz deutlich: Das war ihre Musik. Ein unbeschreibliches Gefühl breitete sich in ihr aus. Jetzt war sie eins mit ihrem Körper, mit dem Gesang, wurde Teil der Masse junger Menschen, die alle hierhergekommen waren, um es zu spüren: das einmalige magische Etwas, das nach Aufbruch und Freiheit und gleichzeitig nach Vergänglichkeit roch.

»Hab ich zu viel versprochen?«, flüsterte ihr Stefan ins Ohr, als das Lied zu Ende war und eine kurze Stille eintrat. »Das ist eben das Besondere am Gray!«

»Nicht schlecht!«, antwortete sie, noch ganz benommen von dem wunderbaren Song und dem genialen Klang. »Aber ich glaube, das ist eher das Besondere an den Doors!«

»Warte mal ab, bis die Misswahl beginnt, das wird ein ganz großes Spektakel.«

Sie wusste in diesem Moment nicht, ob er das ironisch meinte. Mit dem nächsten Lied von den Pointer Sisters wechselte der DJ wieder zurück in den Disco-Sound. Erschöpft von Hitze, schreiender Unterhaltung und lauter Musik, wäre Caro am liebsten schon gegangen, aber sie setzte sich klaglos auf eine Kunstledercouch und wartete, dass die Show losging.

»Rauchst du?«, schrie ihr Stefan ins Ohr und holte ein Päckchen Zigaretten heraus, schnickte mit den Fingern auf die Unterseite, damit oben eine aus der Öffnung schaute.

»Klar!« Sie nahm sich eine Filterzigarette, beugte sich vor, als er ihr Feuer gab, und inhalierte tief.

»Irgendwelche Schwächen, die du nicht hast?«, fragte er.

»Keine, von denen ich dir beim ersten Date erzählen würde.«

»Ach, das ist ein Date?« Ihr Schulterzucken quittierte er mit einem verschmitzten Lächeln.

»Wie ist es mit dir? Hast du irgendwelche geheimen Laster, außer, dass du dich gerne verkleidest?«, fragte sie.

»Klar! Aber ich bin mindestens genauso mysteriös wie du.«

Jetzt war sie es, die grinste, bevor sie den nächsten Zug aus ihrer Zigarette nahm. Er sprang auf, um einen Aschenbecher zu holen, während Caro nach einer Ausrede suchte, um vor der Show zu gehen. Doch es war zu spät. Die Tanzfläche wurde von breitschultrigen Ordnern geräumt. Innerhalb weniger Sekunden stellten andere Helfer Metallsäulen mit roten Seilen auf, die nur einen schmalen Gang zur Fläche frei ließen. Erst jetzt erfasste Caro das erste Mal die vollen Ausmaße der grau gefliesten Fläche, auf die schon die weißen Siegertreppchen geschoben wurden. Das war also die berühmte Disco.

Ein Moderator in einem weißen Smoking mit schwarzem Hemd erschien, der ebenfalls zu lange auf der Sonnenbank verbracht hatte. Seine glatten braunen Haare wirkten unnatürlich, fast wie eine Perücke. Er testete das Mikrofon, indem er mit den Fingern darauf schlug und dann »eins, zwei, eins, zwei« sagte.

Caro schloss kurz die Augen und fragte sich, warum sie überhaupt hier war. Reißerisch kündigte der Moderator die Miss-Hessen-Wahlen an, erklärte, wie das Casting abgelaufen war, dass sie Tausende Bewerberinnen gesichtet hätten und was für eine Qual der Jury die Entscheidungsfindung bereitet habe. Dabei fand er sich selbst so witzig, dass es Caro fast ein klein wenig ekelte. Für sie war es schwer erträglich, in den Kissen einer Couch zu versinken und darauf zu warten, dass Mädchen in Badeanzügen mit hohen Beinausschnitten von einer johlenden Menge begutachtet würden. Sie sah Stefan von der Seite an und stellte erleichtert fest, dass er auch nicht besonders begeistert aussah. Vielleicht war er doch gar nicht so übel!

Doch es kam schlimmer, als sie erwartet hatte, denn die Misswahlen wurden mit einer Pelzmodenschau verbunden. Als die zehn grell überschminkten, jungen Frauen mit ihren goldfarbenen Einteilern und Nerzmänteln um die Schultern auf die Tanzfläche kamen, fühlte Caro sich fehl am Platz. Die Mädchen posierten für die Fotografen, auch Stefan hielt seine Kamera hoch. Dann wurden ihnen die Pelze abgenommen, jede trug eine großformatige Nummer auf der Rückseite ihres glänzenden Anzugs. Sie zeigten ihre perfekten Körper und stellten ihre langen schlanken Beine zur Schau. Abrupt sprang Caro auf und drängte sich durch das Spalier der Fotografen und Zuschauer in die Richtung, aus der die Mädchen gekommen waren, vorbei an den VIP-Tischen mit Sektkühlern, an denen inzwischen die Frankfurter Prominenz mit ihrer Mallorca-Bräune Platz genommen hatte. Marika Kilius, Josef Neckermann, Sascha Hehn, wie sie alle hießen, sah Caro nur im Vorbeigehen – und zu allem Überfluss auch noch Markus Ebert. Als hätte er schon immer dorthin gehört, saß er im VIP-Bereich, das Hemd offen, den Arm um eine brünette Schönheit gelegt, einen Gin Tonic in der Hand. Er war es, den sie auf der Tanzfläche nicht gleich erkannt hatte. Ihre Blicke trafen sich, er stand auf, schleuderte seine Popper-Tolle, die an einer Seite ins Gesicht hing, mit einer arroganten Bewegung nach hinten. Das Einzige, was sie von Markus gehört hatte, war, dass er zum achtzehnten Geburtstag ein Cabrio geschenkt bekommen hatte. Letztes Jahr hatte sie ihn gelegentlich damit in der Stadt gesehen, mit laut wummernden Bässen, die man schon aus der Ferne hörte. Caro zögerte kurz, aber sie hielt nicht an, lief immer weiter, den Gang entlang bis zum Ausgang.

Stefan kam ihr nach. »Hey Caro, warte!«

Als er sie eingeholt hatte, waren sie schon wieder in der Ebene 0 des Flughafenterminals, und in der nüchternen Beleuchtung der Neonröhren wirkten die wenigen Nachtschwärmer, die noch auf die Disco zustreben, so, als hätten sie sich verirrt. Es stank nach Flüssigreiniger, und Caro blieb bewusst am Eingang zum Parkhaus stehen.

»Was ist denn los? Wegen der Misswahlen sind wir doch überhaupt hierhergekommen! Was ist denn so schlimm daran?«

»Es ist nicht gerade toll, zuzusehen, wenn lebende Menschen zu Barbiepuppen werden, um sie zu einer Art Fleischbeschau vorzuführen, aber was wirklich das Letzte ist …«

Drei junge Männer kamen an ihnen vorbeigerannt und fragten atemlos, ob die Show schon angefangen habe.

»Ja, ihr müsst euch beeilen, damit ihr nichts verpasst!«, antwortete Stefan.

Dann wandte er sich wieder Caro zu und wiederholte ihren letzten Satz: »… was wirklich das Letzte ist?«

»Die Pelze. Warum muss man ihnen denn auch noch tote Tiere um die Schultern hängen? Das ist wirklich der Gipfel der Geschmacklosigkeit!«

»Ach, komm schon! Das kann doch nicht dein Ernst sein. Pelzmäntel sind eben glamourös. Bist du wirklich so eine?«

»Eine was?«

»So eine Tierschützerin und Feministin und Linksliberale, eine Alternative oder Grüne, wie man sie neuerdings nennt …«

Caro straffte sich. Sie hatte sich bisher nicht bewusst für eine politische Richtung entschieden, vermutlich auch deshalb, weil es in ihrem Elternhaus so fest vorgegeben war, welche Partei man wählte, da alle außer den Unionsparteien das Land angeblich nur zugrunde richteten. Aber in diesem Moment war ihr klar, dass sie *genau so eine* sein wollte, wie Stefan sie gerade beschrieb: eine, die gegen alles war.

SKATBRÜDER

»Wenn ihr mich fragt, ist das alles nur eine Mischung aus Zukunftskritik, Infrastrukturfeindlichkeit und Verkitschung der Natur.« Schönwetter lachte bitter: »›Bäume haben eine Seele‹, wenn ich das schon höre!« Er begann, sich in Rage zu reden, und das nur, weil Knüppel ihn nach seiner Tochter gefragt hatte. »Hirsefresser, die nichts arbeiten wollen und gegen alles sind!«

»Und wie lange wohnt sie jetzt schon bei diesen Dammbesetzern?«

Schönwetter verzog das Gesicht, als würde ihm die Antwort körperliche Schmerzen bereiten. Georg Knüppel begann mit routinierten Bewegungen, die Karten zu mischen, indem er zwei Päckchen auf die Tischplatte legte, sie mit dem Daumen hochbog und geschickt ineinandergleiten ließ. Er drängte den Bürgermeister nicht zu einer Antwort, längst wusste er, dass der Stachel tief saß, und das bereitete ihm genug Vergnügen.

Georg Knüppel hatten die langen Sonnentage im Schwimmbad sein halbes Leben lang eine allzeit attraktive Bräune beschert, doch inzwischen war seine Haut zu dunklem gefurchtem Leder getrocknet. Seine großporige Nase glänzte im Licht der verschnörkelten Wandlampen, auf denen noch immer die staubigen türkisfarbenen Schirmchen von vor zehn Jahren saßen. Obwohl das Schwimmbadrestaurant inzwischen den Namen Adriana Grill trug, hatte sich an seiner Inneneinrichtung nicht viel verändert. Statt bunten Aquarellen des Hafens von Neapel schmückten bunte Aquarelle des Hafens von Kreta die Rauputz-Wände. Dazwischen hingen einige Klebebilder aus Muscheln, ein Hobby des neuen Pächters Dimitri.

Groteskerweise hatte Knüppel seit Neuestem begonnen, sich die Haare hellbraun färben und in eine krause Dauerwelle frisieren zu lassen. »Die Pornofrisur«, nannte es Schönwetter hinter vorgehaltener Hand. Noch immer waren Shorts und Polohemd die täglichen Begleiter des Bademeisters, die er auch abends nicht ablegte. Nur an den Füßen trug er inzwischen gelenkschonende Sandalen. Nach einer Weile legte Knüppel den Stapel auf den Tisch und forderte Schönwetter auf: »Heb ab!«

Dieser streckte die behaarte Hand aus, griff die obere Hälfte des Stapels und legte sie neben den Rest.

»Seit über einem Jahr!«

Das letzte Wort ging in einen Hustenanfall über. Er litt offiziell unter einer chronischen Bronchitis, Helga nannte es Raucherhusten, Minka hatte schon das Wort Krupp-Husten benutzt. Äußerlich war ihm jedoch nur sein zunehmend übermäßiger Haarwuchs an den falschen Stellen anzusehen. Auf dem Oberkopf fielen sie aus und quollen dafür aus Ohren, Nase und dem breiten Hemdkragen. Wenn er sich nicht zweimal am Tag rasierte, waren Kinn und Wangen dunkel beschattet.

Knüppel teilte an Schönwetter, Rose und sich selbst jeweils drei Karten aus, legte zwei in die Mitte und verteilte weiter, an jeden vier, dann noch mal an jeden drei.

»Ein Jahr ist eine lange Zeit.« Das erste Mal meldete sich Rose zu Wort. »Es heißt ja, sie würden da nicht nur aus Protest gegen die geplante Straße hausen, sondern um neue Formen des Zusammenlebens zu erproben … in jeder Beziehung.« Sein Blick war vielsagend und ließ bewusst den Spekulationen Raum, die längst unter den Mainheimer Bürgern kursierten. Es hieß, in der Kommune am Damm seien der Konsum bewusstseinserweiternder Drogen sowie freie Liebe mit allen unangenehmen Konsequenzen wie Geschlechtskrankheiten und ungewollten Schwangerschaften an der Tagesordnung.

»Spar dir das!«, knurrte Schönwetter und blitzte ihn warnend an. Rose war Insider, er kannte die ganze Geschichte über die Tochter des Bürgermeisters, war immer noch sein engster Vertrauter im Rathaus und ein alter Genosse. Überdies maßte er sich nicht selten an, Minka besser als die meisten zu kennen, weil er ihr vier Jahre lang wöchentlich Klavierunterricht erteilt hatte. Umso mehr war jede seiner Mutmaßungen über Schönwetters einzige Tochter ein Schlag in dessen Magengrube.

Rose beugte die Schultern, eine Bewegung, die er sich in den letzten Jahren angewöhnt hatte. Er musste gewachsen sein. Klein war er nie gewesen, aber inzwischen ragte sein Oberkörper wie der eines Sitzriesen turmhoch über die Tischplatte. Seine Finger schienen noch länger und dünner als zuvor. Spinnenhände nannten sie seine Klavierschüler heimlich. Ihre Gelenke waren deutlich verdickt, und er bewegte sie über die Tischplatte, als müsse er sie neu ordnen oder eine seiner Czerny-Etüden in Angriff nehmen. Rose litt unter Arthrose.

»Aber es hätte auch noch schlimmer kommen können, wenn man

sich überlegt, vor drei Jahren, im heißen Herbst.« Der Einwand kam von Knüppel, und sein verschwörerisches Grinsen machte den Satz noch schlimmer.

Schönwetter hob warnend die Augenbrauen. »Was meinst du damit?«

»Na, denk mal an Gudrun Ensslin und Ulrike Meinhof …!«

»Also jetzt mach aber mal einen Punkt! Meine Minka mit denen in einen Topf zu werfen!«

Knüppel lief rot an, und sein verbrutzeltes Gesicht wirkte dadurch noch faltiger. »Ist ja schon gut, war nicht so gemeint.«

Der Vorhang des Windfangs wurde ruckartig zur Seite geschoben, und Pa schob seinen riesigen Bauch durch die Öffnung.

»Ah, Philipp! In welchem Monat bist du denn, wann ist es so weit?«, rief Knüppel zur Begrüßung, aber Schönwetter rammte ihm sogleich seinen Ellbogen in die Rippen. »Lass das, Georg. Wir müssen uns nicht noch gegenseitig auf den Arm nehmen, das machen schon die anderen, wenn wir nicht aufpassen.« Zu Pa gewandt, sagte er: »Hast du abgenommen?«

Pa tat ohnehin so, als hätte er die Beleidigung von Knüppel überhört. Es lag in seiner Natur, möglichst nur die positiven Dinge mitzubekommen. Außer bei Wahlen, da verstand er keinen Spaß. Die Bemerkung Knüppels war umso deplatzierter, als er den Bademeister des Cassada-Bads nur noch sporadisch bei geschäftlichen Besprechungen sah. Ihr regelmäßiger Skatabend war eingeschlafen, mal konnte der eine nicht, dann wieder der andere, irgendwann hatten sie die Treffen ganz sein gelassen. Es gab nichts mehr, was sie verband, bis auf eines.

»Na, ihr? Habt ihr etwa schon ohne mich angefangen?«, fragte er dennoch betont gut gelaunt, als er an den Stammtisch trat und nach einem Stuhl Ausschau hielt. Mit seinem Bauchumfang war es ihm völlig unmöglich, sich hinter den Tisch auf die Sitzbank zu quetschen.

»Nur eine kleine Runde zum Warmlaufen, Philipp.«

»Wer kommt noch?«, fragte er und deutete auf die leeren Plätze.

»Alle«, sagte Schönwetter, während er seine Karten auffächerte und sortierte. Sie fingen an zu reizen.

Zehn Minuten später erschienen Zenker und Ebert gemeinsam. Ebert mit einem inzwischen grau melierten Vollbart und Krähenfüßen neben den wachen Augen. Zenker so kränklich, dass die meisten bei seinem

Anblick erschraken. Die Gesichtshaut fahl und durchsichtig, die Augen schienen mehr denn je aus den Höhlen hervorzustehen.

Die Begrüßung fiel einsilbig aus, denn Schönwetter war noch nie ein Meister des Small Talks gewesen. Stattdessen kam er schnell zur Sache und erteilte Knüppel das Wort.

»Plötzlich stand er da, wie ein Gespenst direkt neben dem Dreimeterbrett. Ich musste mehrmals hinsehen, er war kein normaler Badegast, das war sofort klar.« Knüppel schüttelte den Kopf, als könne er es immer noch nicht glauben, dass Guy Meyfahrt wieder aufgetaucht war. »Trug keine Badehose, sondern Kakishorts und so ein schwarzes T-Shirt mit dieser lächerlichen lachenden Sonne. Ihr wisst schon, dieses Atomkraft-Nein-Danke-Emblem.« Mit seinen Händen, die voller Pigmentflecken waren, formte er einen Kreis um seinen Mund und grinste dazu.

»Und du bist sicher, dass er es war?«, fragte Zenker.

Knüppel verdrehte die Augen. »So sicher wie das Amen in der Kirche. Von den Toten auferstanden, um plötzlich an meiner Sprunggrube zu stehen.«

»Deiner Sprunggrube!«, wiederholte Rose.

Knüppel sandte ihm einen Blick zu, der seinen Besitzanspruch unmissverständlich untermauerte.

»Und hat er etwas gesagt? Ich meine, habt ihr miteinander gesprochen?«, fragte Zenker.

»Bin ich wahnsinnig?« Knüppel wirkte mit seiner dunklen Backpflaumenhaut gegen Zenkers Totenkopfgesicht wie das blühende Leben. »Ich will weiß Gott nicht der Erste sein, der mit ihm redet und dabei womöglich irgendwas Falsches sagt.«

»Kein Wunder! Schließlich warst du für die ganze Tragödie verantwortlich!« Rose sah Knüppel geradewegs in die Augen.

Einen Moment herrschte absolute Stille. Nur das Geklapper aus der Küche war zu hören. Der Wirt hatte auf Schönwetters Bitte hin an diesem Abend nur für sie geöffnet und das Schild »Geschlossene Gesellschaft« an die Tür gehängt.

»Hättest du damals das Brett wieder auf die normale Härte eingestellt, wie es für den öffentlichen Schwimmbadbetrieb vorgesehen war, wäre der Unfall vermutlich gar nicht erst passiert!«

Knüppel schluckte. Bisher hatte niemals jemand direkt gegen ihn als

Bademeister diesen Vorwurf erhoben. Er wägte die Worte seiner Antwort ganz genau ab.

»Und wegen deiner Nachlässigkeit mussten wir alle bezahlen«, legte Rose noch einmal nach.

»Mal langsam! Ich weiß noch ganz genau, dass dein Sohn, der Johannes Zenker und der Markus Ebert die Letzten waren, die gesprungen sind. Die drei wollten nicht aufhören, waren einfach nicht in die Kabine zu bekommen, machten immer weiter, obwohl das Training längst beendet war, und ich hatte ihnen gesagt, danach müssten sie das Brett wieder härter stellen. Sie wussten auch genau, wie das geht.«

»Sie waren zehn und zwölf Jahre alt, Georg. Sie waren Kinder!«

Jetzt ergriff Zenker das Wort: »Bevor wir uns acht Jahre später in gegenseitigen Vorwürfen ergehen, sollten wir uns doch einmal damit befassen, was überhaupt noch passieren kann. Ich habe nämlich mit meinem Anwalt gesprochen.«

Jetzt schaute er Schönwetter direkt an. »Wie ihr alle wisst, hat Lyan Meyfahrt damals darauf verzichtet, einen Strafantrag wegen fahrlässiger Körperverletzung für ihren Sohn zu stellen, nachdem wir ihr …«

»Das musst du uns nicht erklären, schließlich haben wir alle dafür geblecht«, unterbrach ihn Rose. »Jeden einzelnen Monat, und nicht jedem fiel das so leicht wie einem Fabrikdirektor …«

»Na, übertreib mal nicht, es waren fünfzig Mark im Monat.«

»Ja, und ich bekomme zehn Mark für eine Klavierstunde und habe zwei Söhne zu ernähren.«

Schönwetter verengte die Augen. »Worauf willst du eigentlich hinaus, Rudolph?«

»Darauf, dass die Sache schon lange erledigt ist, die Verjährung ist längst eingetreten, also keiner von uns muss sich in dieser Hinsicht irgendwelche Sorgen machen.«

»Was ich mich frage«, sagte Pa nach einer Weile. »Das ist, ob wir damals nicht ziemlich schäbig gehandelt haben. Wenn ich ganz ehrlich bin, frage ich mich das seit acht Jahren fast jeden Tag. Wir haben etwas vertuscht, um nicht mit einem Unfall in Verbindung gebracht zu werden, der womöglich gar keiner war.«

»Ach, komm schon, Philipp, wem wäre denn dadurch geholfen worden, wenn die Polizei weiter ermittelt hätte?«

»Ganz genau! Keinem! So haben diese arme Frau und ihr Sohn doch einen schönen Batzen Geld bekommen.«

»Sie hat ihre feste Arbeitsstelle verloren, musste von hier fortziehen, und der Junge musste die Schule wechseln.«

»Ich glaube, ihr habt alle nicht erkannt, worum es damals wirklich ging und auch heute noch geht.«

Alle drehten Ebert den Kopf zu. Er hatte sich in ihren Diskussionen immer zurückgehalten. Umso verwunderlicher war es, als er jetzt eine Mappe aus seiner Tasche zog und auf die Tischplatte legte.

»Was hast du da?«

»Das wirst du gleich sehen.«

Er holte Zeitungsausschnitte heraus, breitete einen neben dem anderen über den Skatkarten auf dem Stammtisch aus. Pa und Zenker holten ihre Lesebrillen aus den Etuis und setzten sie auf. Die Männer beugten sich über die Papiere, nahmen die teilweise vergilbten Artikel in die Hände, murmelten, flüsterten, schüttelten die Köpfe.

BADEUNFALL IM LERCHENFELD: BUB NACH STURZ VON SPRUNGTURM IN STABILEM ZUSTAND +++ SPRUNGBRETT BLEIBT ZUGÄNGLICH +++ POLIZEI SUCHT WEITER NACH ZEUGEN

Ein Neunjähriger ist am Donnerstag im St. Galler Freibad Lerchenfeld vom Sprungturm gestürzt. Mit schweren Verletzungen wurde er anschließend ins Spital gefahren. Sein Zustand ist mittlerweile stabil. Der Badebetrieb wurde nach dem Vorfall wieder aufgenommen.

TÖDLICHER FREIBAD-UNFALL SPRINGEN AUF EIGENE GEFAHR?

Bei einem Unfall am Sprungturm im Mineralfreibad von Bad Wimpfen ist ein 35-jähriger Familienvater im vergangenen Sommer ums Leben gekommen. Jetzt muss der Betreiber wohl Schadenersatz zahlen.

NACH EINEM BADEUNFALL IM WALMEBAD IST AM SONNTAGNACHMITTAG DER RETTUNGS-HUBSCHRAUBER IN MENGERINGHAUSEN GELANDET.

Bad Arolsen-Mengeringhausen – Der Einsatz war nötig geworden, nachdem ein zwölfjähriger Junge gegen 15.30 Uhr beim Wippen auf dem Sprungbrett einen Beinbruch erlitten hat.

BETREIBER HINTERLÄSST OFFENE FRAGEN, BETONT ABER INVESTITIONEN IN ALTENBURGER BÄDER

Nach dem Sprungbrett-Unfall im Altenburger Freibad gab es von der Ewa bislang unter anderem keine Antwort auf die Frage, warum sie erst neun Tage nach dem Vorfall, bei dem es einen Verletzten gab, informierte. Dafür betonte man Investitionen.

Ebert hatte die Arme verschränkt und lehnte sich zurück, während er darauf wartete, dass sich die Männer sattgesehen hatten.

Schönwetter trug eine versteinerte Miene zur Schau. Wie in einem Kurzfilm liefen die Ereignisse seiner Karriere vor ihm ab. Der Unfall des Vietnamesen 1972, die forcierte Industrieansiedlung, der große Störfall bei der Ruberus AG 1976, die Kontaminierung, die Wegzugwelle sprangen ihn überdeutlich als markante Eckpunkte an. Die Bürgermeisterwahlen standen im Oktober an, seine Chancen standen nicht mehr gut. Ihm kam in diesem Moment der Gedanke, dass er sich eigentlich nie zur Politik »berufen« gefühlt hatte.

Pa sah aus, als hätte er soeben seine Familie bei einem Flugzeugabsturz verloren. Knüppel wirkte nervös und rutschte auf seinem Stuhl hin und her, fuhr sich mit den Händen durch die dauergewellten Haare.

»Und? Was hat das alles mit uns zu tun!«, fragte Zenker schließlich. »Worauf willst du hinaus?«

»Ich habe das mal recherchiert«, sagte Ebert. »In allen Fällen waren solche hochflexiblen Sprungbretter eingebaut worden. Nicht unbedingt von derselben Marke wie unseres. Aber es handelte sich jeweils auch um Wettkampfbretter, die in einem öffentlichen Schwimmbad frei zugänglich waren.«

Schönwetter sah ihn misstrauisch an. Sein Tonfall passte nicht zum Inhalt. Er hörte sich so beherrscht, freundlich und ruhig an.

Betont langsam zog Ebert ein dickes, mit schwarzen Plastikringen zusammengehaltenes Heft aus seiner Aktentasche. Auf dem Pappeinband war das Emblem des Deutschen Schwimmverbands mit einer Welle schräg durch die blauen Buchstaben aufgedruckt. Er ordnete die Zeitungsausschnitte, überprüfte ihre Reihenfolge, als er sie zurück in die Klarsichthülle legte, sah auf die Uhr. Ebert zog seine Vorbereitungen über Gebühr in die Länge. Alle beobachteten ihn und spürten genau, was er damit bezweckte. Wieder war man überrascht, dass ausgerechnet der stille Ebert die Abgeklärtheit eines alten Haudegens besaß.

»Hier!«, sagte er, legte das Heft zu ihnen gedreht auf den Tisch und tippte mit dem Finger auf einen Punkt in der Gliederung. Ihre Köpfe schnellten so rasch nach vorne, dass sie fast zusammengestoßen wären. Als würden sie zum ersten Mal in ihrem Leben einen Blick in das Alte Testament werfen dürfen, rissen sich alle darum, die Gliederungspunkte zu lesen:

Reglement 7. 2. 2 (d)
Anforderungen an Wettkampfanlagen
(sport- und sicherheitstechnisch)
FINA-REGEL FR 2: FINA-REGEL FR 3:
Allgemeine Anforderungen an Schwimmbecken
Entsprechend den FINA-Regeln, vom DSV ergänzt,
präzisiert und kommentiert
FINA-REGEL FR 5. 1: FINA-REGEL FR 5. 2:
FINA-REGEL FR 5. 3: FINA-REGEL FR 6: ANHANG DSV:
Kunstspringen
Turmspringen
Klassifizierung der Wettkampfanlagen für Wasserspringen
Ausgabe 1970

Ebert lächelte, und in seinem Lächeln lag sein ganzes Wissen darüber, dass keiner der fünf Männer, mochten sie auch noch so klug sein, etwas davon verstand. An den rechten Seitenrändern waren bunte Fähnchen als Lesezeichen angebracht, und er schlug eine dieser Seiten auf, klappte sie nach hinten um und hielt sie hoch. Der Text unter der Ordnungszahl Arabisch 4 war mit einem Marker gelb angestrichen.

»Seht euch das bitte einmal an.«

Wieder beugten sich die Männer nach vorne, ihre Augen wanderten über den klein gedruckten Text, versuchten ihn in Sekundenschnelle zu erfassen.

4. Sicherheitsprobleme bei Sprunganlagen

Sie enthalten Mindestanforderungen an Schwimmbecken, in welchen Wettkämpfe im Schwimmen, Wasserball, Wasserspringen und Synchronschwimmen ausgetragen werden sollen. Vor allem bei den Anlagen für Wasserspringen und bei der Tiefe der Becken sind die Bestimmungen von den Anforderungen an die Sicherheit der Sportler geprägt.

Durch bauliche Maßnahmen ist dafür zu sorgen, dass die Bereiche der Schwimmer und Wasserspringer sauber getrennt sind und Zusammenstöße praktisch ausgeschlossen werden können. Es ist deshalb, wo immer möglich, der Bau eines separaten Sprungbeckens anzustreben; die Erfahrung lehrt, dass organisatorische Maßnahmen allein keine genügende Sicherheit bieten.

Bei Becken, welche sowohl den Bedürfnissen der Wettkampfschwimmer als auch dem Badepublikum dienen sollen, können einige Bestimmungen mit Rücksicht auf die notwendigen Investitionen von Fall zu Fall etwas gelockert werden. Aus der Sicht des DSV ist es aber zwingend, dass von denjenigen Bestimmungen nicht abgewichen wird, welche die Sicherheit der Benutzer gewährleisten sollen und/oder welche für die Durchführung auch einfacher Wettkämpfe generell gefordert sind.

Zudem ist bei der Planung einer Sprunganlage davon auszugehen, dass die Elastizität der Sprungbretter stark zugenommen hat, wodurch die Springer höher – bei ungenügendem technischen Können aber auch entsprechend weiter! – geschleudert werden. Als Folge davon genügen die Mindest-Sicherheitsabstände der FINA den effektiven Anforderungen nur knapp. Für den weniger geübten Springer besteht das nicht zu unterschätzende Risiko, durch das federnde

Sprungbrett an den Beckenrand getragen zu werden. Für den geübten Springer liegt die Gefahr eher bei einer zu geringen Beckentiefe, sodass Verletzungen als Folge des Aufschlagens am Beckenboden möglich werden.
Für die Sicherheit im Betrieb ist der Betreiber einer Anlage verantwortlich.
Der DSV richtet deshalb den dringenden Appell an alle Betroffenen, beim Bau einer Sprunganlage aus Sicherheitsgründen, wo immer möglich, die bevorzugten Maße oder noch größere, nicht aber die Mindestmaße zur Anwendung zu bringen.

Ebert wusste, was das Problem war. In der kleinen Schrift ließ sich der Text selbst aus dieser Entfernung unmöglich lesen. Auf die Schnelle konnte also außer der Überschrift kaum einer den Inhalt von Anfang bis Ende erfassen und auch nicht, dass es sich nicht um eine Vorschrift, sondern nur um einen Appell handelte. Die winzige Schrift stellte keinen Zufall dar. Er hatte sie extra klein kopiert und neu beringen lassen. Selbst das kurze Zitieren einiger Textstellen hatte er sich genau überlegt, und es war Teil einer sorgfältig geplanten Inszenierung. Er zog das Heft zurück, legte den Finger unter einen Satz und las: »… ist bei der Planung einer Sprunganlage davon auszugehen, dass die Elastizität der Sprungbretter stark zugenommen hat, wodurch die Springer höher – bei ungenügendem technischen Können aber auch entsprechend weiter! – geschleudert werden.«

»Ahh, darum geht es also. Soll das jetzt so eine Art Anklage werden?« Schönwetter schob die Unterlippe vor, um zu signalisieren, dass er den Auftritt Eberts sowohl lächerlich als auch überflüssig fand. »Damit kommst du acht Jahre zu spät.«

Ebert las unbeirrt weiter: »Für den weniger geübten Springer besteht das nicht zu unterschätzende Risiko, durch das federnde Sprungbrett an den Beckenrand getragen zu werden.«

»Da habt ihr's!«, sagte Rose. »Und dann sagt mir Georg auf den Kopf zu, mein Sohn trüge die Schuld, weil er die Walze des Sprungbretts nicht zurückgedreht hat.«

Schönwetters Stimmung schlug von Nervosität in Gereiztheit um. Alle wussten, dass in diesem Zustand ein einziges Wort eine Explosion auslösen konnte. Zu allem Überfluss hatte er seit Wochen keinen Alkohol mehr angerührt, und das machte ihn noch kribbeliger. Ebert schien das bewusst in Kauf zu nehmen.

»Und nun frage ich euch mal eines.« Ebert ließ der Zustand Schönwetters vollkommen kalt. »Wer hat eigentlich veranlasst, dass kurz nach dem Unfall still und heimlich das Duraflex-Hochleistungsbrett demontiert und gegen das alte unbewegliche Dreimeterbrett ausgetauscht wurde?«

»Und ich wiederhole meine Frage.« Zenkers Stimme hatte einen Klang, als würde er sich vor etwas ekeln. Sein Gesicht zeigte deutlich, für wie überflüssig er die Vorstellung hielt. »Was soll das ganze Katz-und-Maus-Spiel überhaupt? Der Junge ist gesund und munter. Die Sache ist verjährt. Jeder hat auf irgendeine tragische Weise zu dem Unglück beigetragen, welcher Anteil wirklich kausal war, wird sich kaum noch klären lassen, und wozu denn auch? Uns kann keiner mehr was!«

Ebert hob die Augenbrauen. Ihm war jetzt das erste Mal anzusehen, dass er es ernst meinte. Von seiner stets an den Tag gelegten Freundlichkeit war keine Spur mehr. »Das stimmt nicht ganz, Rudolph.«

Er rückte sich so auf der Bank zurecht, dass er ihn und Schönwetter ins Visier nehmen konnte. »Wenn Frau Meyfahrt damals dazu genötigt oder erpresst wurde, die Anzeige zu unterlassen, gibt es keine Verjährung. Dann können diese Erpressung und die Körperverletzung immer noch zur Anklage gebracht werden, auch nach acht Jahren.« Die anderen beiden reagierten mit Raunen.

»Der Junge hatte einen Schädelbruch und hat nur durch ein Wunder überlebt.«

Alle starrten vor sich hin.

»Deshalb würde es mich schon interessieren, wer dafür verantwortlich war, das Brett auszutauschen«, sagte Ebert und betonte jede einzelne Silbe des letzten Wortes. »Denn das wäre im Grunde so etwas wie …«

»… ein Schuldeingeständnis«, vollendete Rose seinen Satz.

Es entstand eine Pause.

»Das war ich«, sagte Pa schließlich. »Und ja: Das Brett hätte niemals dort eingebaut werden dürfen. Ich wollte verhindern, dass es noch einen Unfall gibt. Insofern übernehme ich die volle Verantwortung.«

CLAIRE

Claire platzte vor Tatendrang. Inzwischen ging sie täglich zu Fuß zum Institut, tauschte sich kurz mit Frau Bongartz im Kassenhäuschen über die neuesten Blüh-Ereignisse und ihre korrespondierenden Lidschattenfarben aus, durchquerte den Palmengarten im Eilschritt, traf sich für einen Fünfzehn-Minuten-Tee mit Guido und verbrachte zehn Stunden im Labor. Abends kam sie gegen acht nach Hause, ging um halb neun mit Guido zum Essen und setzte sich anschließend weitere zwei Stunden an die Auswertung ihrer Ergebnisse des Tages. Wie ein Stein fiel sie gegen Mitternacht ins Bett, schlief, bis der Wecker um sechs klingelte, und wachte mit einer Mischung aus freudiger Erwartung und Nervosität auf. Ein bis zwei Minuten blieb sie meistens liegen, legte ihre Hand auf das glatte weiße Laken neben sich und dachte darüber nach, wodurch diese kribbelige Vorahnung, dieses Vibrieren ihrer Nerven verursacht wurde. Es war das gleiche Gefühl wie früher, wenn das Tet-Fest nahte, das vietnamesische Neujahrsfest, zu dem die Frauen im Dorf tagelang Reiskuchen, geschmortes Fleisch und eingelegtes Gemüse vorbereiteten.

Die Arbeit mit dem neuen Enzym, die jüngsten Publikationen ihrer Konkurrenten, der Wettlauf gegen die klügsten Biochemiker der Welt oder das Wiedersehen mit Guido. Sie hätte nicht sagen können, was der Auslöser ihrer freudigen Erregung war. Es waren mindestens vier Bewusstseinsströme auf einmal, die in einem unermüdlichen Vorwärtsdrang mündeten. Sie verstärkten das Pfeifen in ihrem rechten Ohr und das Zittern ihrer Hände und ließen sie doch im nächsten Moment zwei Stufen auf einmal nehmen. Wäre sie Schauspielerin oder Musikerin, hätte man es vermutlich Lampenfieber genannt.

Sie beschritt neue Wege. Sie tat das, was von einer Forscherin verlangt wurde: einer verrückten Idee folgen, wenn alle vorhergehenden Forschungsreihen in einer Sackgasse endeten. Alle Enzyme, die sie zur DNA-Doppelung verwendeten, wurden bei hohen Temperaturen zerstört, was dazu führte, dass sie nach jedem Vorgang neue hinzufügen mussten. Das Verfahren war enervierend ineffizient, kostete zu viel Zeit, zu große Materialmengen.

Der neue Impuls war bei ihrem nächtlichen Spaziergang mit Guido durch die Gewächshäuser des Palmengartens gekommen. Es gab Mikroben, die sogar in kochenden Tümpeln überlebten und sich vermehrten. In der Bibliothek war sie auf einen Fachaufsatz eines Ökologen gestoßen, der die pinke filamentöse Mikrobe im achtundachtzig Grad heißen Wasser der Octopus Spring im Yellowstone Park entdeckt hatte und das Bakterium kultivierte. Dies erwies sich als reichhaltige Quelle bei der Suche nach thermostabilen Enzymen. Die Bewilligung der Mittel durch ihren Doktorvater und die Institutsleitung war überraschend schnell gegangen, ihre Argumente hatten auf Anhieb überzeugt. Vor drei Tagen hatte sie endlich die Lieferung aus den USA bekommen.

»Thermus Aquaticus«, sagte sie, jeden einzelnen Buchstaben betonend, während sie eines der Reagenzgläser aus dem Thermogerät gegen das Licht hielt. »Haben wir jetzt endlich die passende Geschwindigkeit der Erhitzung und die richtige Temperatur für dich gefunden? Genauso kuschelig warm, wie es in deinem Geysir war?«

Die ersten Sonnenstrahlen des Morgens tauchten das Labor in ein unwirkliches gleißendes Licht. Es blendete Claire, weshalb sie nicht allzu viel am Glasboden erkennen konnte. Ritter, der die Ergebnisse der gestrigen Testreihen in eine Liste eintrug, hob kurz den Kopf, runzelte die Stirn, sagte aber nichts, als Claire mit dem Röhrchen zu dem Elektronenmikroskop ging. Er gähnte nur und hielt sich die Hand vor den Mund, denn auch er hatte viel zu viele Überstunden hinter sich.

Mithilfe einer Pipette tropfte sie destilliertes Wasser auf den Objektträger. Dann packte sie eine Einmalöse aus der Folie aus, entnahm die Probe und verteilte sie in dem Wassertropfen. Ganz vorsichtig legte sie das Deckglas auf, um sie zu mikroskopieren. Für die tausendfache Vergrößerung gab sie auf das Deckglas noch einen Tropfen Inversionsöl und senkte das 100-mm-Objektiv in die Flüssigkeit ab. Die Häufigkeit, mit der sie diese Abläufe in den letzten Monaten abgespult hatte, schien ins Unendliche zu gehen. Immer wieder die gleichen Handbewegungen, mit der gleichen Sorgfalt. Tausende Male, Zigtausende Male. Sie konnte die Arbeit nicht allein Ritter überlassen, denn dann hätten sie zu viel Zeit verloren, und mehr wissenschaftliche Hilfskräfte standen ihr nicht zur Verfügung. Wie eine Fließbandarbeiterin hätte sie die Arbeitsgänge im Schlaf durchführen können – alles bis auf den Part, der nun kam. Sie näherte sich mit dem Auge dem Okular, spürte das kalte Metall an ihrer Haut. Warum war sie ausgerechnet heute und in diesem Augenblick so aufgeregt? Da war diese Vorahnung, ausgelöst von einer fast zärtlichen Sehnsucht nach einem kleinen Zeichen von Leben auf dem Objekttisch.

Mit schweißnassen Händen, klopfendem Herzen, gesenktem Kopf betrachtete sie das Geschehen auf der Glasscheibe durch das Objektiv.

Ihre Hand lag an dem Drehknopf zur Verstellung der Bildschärfe.

Sie seufzte, hob den Kopf vom Okular und legte sich die Hände vor das Gesicht.

Ritter sah sie an. »Wieder nichts?«, fragte er mit einer Stimme, die verriet, wie wenig er mit einem anderen Ergebnis gerechnet hatte. Auch er hatte inzwischen fast resigniert. Claire ließ die Hände sinken und schüttelte den Kopf. »Denaturierung! Ich weiß einfach nicht, woran es liegt. Warum überleben die Bakterien in den heißen Quellen, aber nicht in unserem Thermoapparat? Was machen wir falsch?«

»Es ist wie verhext.« Ritter sah so niedergeschlagen aus, dass sie fast Mitleid mit ihm bekam. Immer wieder Rückschläge! Immer wenn man dachte, man war einen Schritt weiter, kam wieder ein Problem.

Claire murmelte: »Es gibt eine Lösung, ich weiß, dass es sie gibt!« Wenn sie nur scharf genug nachdachte, musste es eine Lösung geben.

Ihr Blick fiel auf die Tasse Tee, die auf dem Regal vor dem Glasfenster stand. In ihrem Eifer hatte sie ihn vergessen, und jetzt war er kalt. Sie sollte sich frischen, heißen Tee kochen, sie sollte etwas frühstücken, wenigstens einen kleinen Bissen Brot essen, sagte sie sich. Unwillkürlich fuhr ihre Hand in die Tasche ihres weißen Kittels, tastete nach den runden Ecken des Blisters, befühlte die Erhebungen, um nachzuzählen, wie viele Tabletten sie noch hatte. Sie spürte, wie sich ihr zweites Ich von ihr entfernte, indem es aufstand, die Tür öffnete, den Gang zu ihrem Büro entlanglief und dort unbeobachtet die Tabletten aus der Folie in ihre Handfläche drückte. Wie sie die Handfläche zum Mund führte, an ihre Lippen presste und die Pillen schluckte. Wie immer, ohne Wasser, ohne nachzuspülen, so wie sie es seit mehr als acht Jahren tat.

Ihr reales Ich sah ihr nach, wartete einige Sekunden ab und ging dann zum Fenster, um die Tasse zu holen. Dieses Ich war übermüdet, aber stabil. Es brauchte keine Psychopharmaka, es brauchte nur frischen heißen Darjeeling. Hinter der Backsteinmauer, die den Palmengarten begrenzte, bewegten sich die hohen Baumkronen ganz sachte im Morgenwind. Sonnenflecken fingen sich in dem sattgrünen Laub und spielten mit dem Licht.

In Gedanken kehrte sie zurück zu dem Abend, als sie mit Guido die Gewächshäuser des Palmengartens durchquert hatte. Sie atmete tief ein und aus, begann, sich an die schwüle Luft und an den Geruch zu erinnern. Sie bewegte die Nasenflügel und spürte dem salzigen Duft nach.

Salz! Das war es. Es fehlte das Salz!

»Warte mal«, sagte sie. »Ich glaube, das könnte ein Schritt in die richtige Richtung sein.«

Sie war aufgewühlt, sprach mit abgehackter Stimme, und Ritter ließ den Stift sinken. »Was ist denn?«

»Womöglich spielt der Natriumgehalt des Wassers eine Rolle, damit die Bakterien überleben, denn in den heißen Quellen besteht immer eine hohe Salzkonzentration.«

Ritter nagte an seinen Lippen und nickte zögernd. »Schon möglich, dass das ein Faktor ist.«

»Wir versuchen es mit einigen Tropfen Kochsalzlösung in den Reaktionsträgern.«

»In Ordnung. Einen Versuch ist es wert.« Er stand ein wenig widerwillig auf und ging langsam zum Schrank, um die braune Glasflasche mit dem Etikett *NaCl* zu holen. Claire konnte seine zögerliche Reaktion nur zu gut verstehen. Sie waren beide erschöpft von zu viel Arbeit, zu wenig Erfolgen, zu häufigen Enttäuschungen. Sie mochte den blassen jungen Mann, mit der hohen Stirn und den etwas zu langen Haaren. Er hatte ihr während der letzten Monate zur Seite gestanden, sie unterstützt, war ohne Murren länger geblieben und morgens früher gekommen. Er hatte niemals infrage gestellt, was sie taten, an ihre Vision geglaubt, und das, obwohl sie um einige Jahre jünger war als er. Als er sah, wie ihre Hände zitterten, nahm er ihr die Pipette aus der Hand. »Ich mach das schon.«

Claire sagte ganz leise: »Danke … für alles!«

Eine Stunde später saß sie in ihrem Büro und hatte den Telefonhörer in der Hand. »Danke für Ihre Unterstützung … Ich bin auch sehr froh, dass es endlich einen Fortschritt gab. Doch, doch, wir haben es mehrfach getestet. Es funktioniert … Ja, wir machen weiter, und jetzt geht es mit doppeltem Tempo voran.«

Nachdem sie aufgelegt hatte, wählte sie eine andere Nummer. Guido war sofort am Apparat.

»Guido! Ich wollte es dir als einem der Ersten erzählen, gleich nach Professor Steinmetz. Es gab einen Durchbruch, und du trägst einen großen Anteil an diesem Erfolg. Ohne dich und deinen Geysir im Gewächshaus wäre ich niemals auf die Idee gekommen!« Sie machte eine Pause und hörte ihn am anderen Ende atmen, spürte, wie sehr sie sich jetzt nach seiner Nähe sehnte.

»Du machst mich neugierig.«

»Es hat funktioniert! Thermus Aquaticus, kurz Taq … das Enzym, das aus Bakterien in den heißen Quellen gewonnen wird, hat die Erhitzung auf hundert Grad Celsius überlebt. Ich glaube, das bringt uns einen Riesenschritt nach vorne. Wir müssen nun gar keine neuen Polymerasen mehr hinzugeben, um eine massenhafte Doppelung der DNA durchzuführen.«

»Das ist fantastisch, Claire! Ich freue mich so sehr für dich. Du hast es mehr als verdient.«

»Danke«, sagte sie leise. »Wer hätte gedacht, dass die mikrobielle Ökologie des Yellowstone National Park einen derartigen Einfluss auf unser Forschungsprojekt haben würde.«

»Hättest du dann heute zur Feier des Tages Zeit, mit mir auszugehen? Ich habe schon eine Weile etwas hier für dich liegen, und jetzt kommt der passende Anlass.«

»Ich denke, ich könnte heute ausnahmsweise mal einen Abend freinehmen. Aber du musst mir doch nichts schenken, Guido.«

»Keine Angst! Es ist zwar auch grün – aber diesmal handelt es sich nicht um den Ableger einer seltenen Pflanze.«

ERNE

Kurz vor sechs verschwand Ma noch einmal in ihrem Schlafzimmer, um sich zurechtzumachen. Sie setzte sich vor ihre Spiegelkommode, bürstete ihr dünnes Haar, das sie inzwischen in dem Blond ihrer jungen Jahre färbte. Dann puderte sie das Gesicht, zog die Lippen mit dem hellrosa Lippenstift nach, aber sie sah dennoch müde aus. Eine gealterte Frau, die sich kaum um ihr Äußeres bemühte und nicht verbergen konnte, dass sie mit dem Leben nicht mehr zurechtkam. Die schlaflosen Nächte hatten ihr Ringe um die Augen gelegt, die nie wieder weggehen würden. Sie wog zehn Kilo zu wenig, das gerade geschnittene Kleid mit den Schulterpolstern, das ihr Tini mitgebracht hatte, kaschierte ihre knochigen Hüften zwar einigermaßen, konnte aber das Gesamtbild einer unglücklichen Frau nicht wegzaubern. Als sie zu Tini in die Küche kam, stöhnte sie: »Ich bin furchtbar nervös. Warum nur? Weil Erne Geburtstag hat? Oder weil er das erste Mal seine Freundin mitbringt?«

Tini legte den Löffel, mit dem sie den Kartoffelsalat umgerührt hatte, ab und drückte Ma aufmunternd die Hand. »Du hast doch überhaupt keinen Grund, nervös zu sein, Mama. Es kommen nur deine Kinder, das ist etwas Schönes.«

Ma atmete tief ein und aus und band sich eine Schürze um. »Vermutlich ist es das. Ich habe euch so lange nicht mehr alle zusammen gesehen und möchte, dass sich jeder Einzelne ganz besonders wohlfühlt. Alles soll so sein wie früher, weißt du?«

»Ja, das weiß ich doch, und das wird es auch!«

»Wie ist sie wohl? Und wie wird sie uns finden? Vielleicht ist es ihr auch zu viel, gleich beim ersten Mal mit uns und mit fast all seinen Geschwistern, hoffentlich überfordere ich sie nicht damit.«

»Mach dich nicht selbst verrückt. Du bleibst immer unsere liebste Mama, zwischen all deinen Kindern, so wie es sich gehört. Erne wird stolz auf dich sein, und Cornelia wird dich sofort mögen.«

Aus dem pummeligen Teenager Tini war längst eine erwachsene Frau geworden, die in Hamburg als Kindergärtnerin arbeitete und ebenfalls einen festen Freund hatte, den sie bald heiraten wollte. Ihre langen Haare reichten ihr nur noch bis zu den Schultern. Sie kringelten und lockten sich neuerdings, umschmeichelten weich ihr Gesicht. Der gelbe Baumwollpullover und der Jeansrock ließen sie jünger wirken als früher, als sie sich noch altbackener gekleidet hatte.

»Schade, dass dein Gerhard nicht kommen konnte. Er gehört doch jetzt fast schon zur Familie.«

Tini sah sie betrübt an. »Eure Einladung kam ein bisschen überraschend. Er hat Dienst im Krankenhaus. Ich habe dir doch erzählt, dass er eine Facharztausbildung zum Kinderarzt macht.«

»Hast du das erzählt? Ich kann mich nicht mehr erinnern, also, an die Facharztausbildung schon, aber nicht, dass er Dienst hat.«

»Das habe ich dir ja auch eben erst gesagt.«

Ma riss ein Stück Küchenpapier von der Rolle ab und wischte einen Ölfleck von der Arbeitsplatte. Ihr fehlte schon seit langer Zeit die Konzentration, um richtig zuzuhören, und jedes Mal, wenn sie es realisierte, machte es sie noch trauriger. »Vielleicht bin ich einfach zu häufig allein. Mir kommt es so vor, als wärt ihr alle auf einmal ausgezogen, dabei war es ja gar nicht so.« Ihr Blick glitt über ihre hallenartige Wohnküche, als betrachte sie sie heute das erste Mal. »Für Pa und mich ist die Küche eigentlich viel zu groß und auch unpraktisch, immer bis hier herunterzulaufen. Ich habe schon überlegt, sie wieder nach oben zu verlegen, an die Stelle, wo sie ursprünglich war – was meinst du, Tini?«

Wie immer hatte ihre älteste Tochter nur praktische Einwände: »Aber in dem Raum sind doch jetzt vom Boden bis zur Decke Einbauschränke, das ist sicher ziemlich aufwendig, alles rauszureißen und wieder eine Küche einzubauen.« Sie vermied die Vorstellung, ihre Eltern zu zweit in der riesigen Küche im Keller des riesigen leeren Hauses sitzen zu sehen. Beleuchtet von den hellen Kaufhausspots. Die gelben Fronten und die braune Arbeitsplatte, die sie einmal für den Gipfel der Modernität gehalten hatten, verbreiteten inzwischen den traurigen Mief der Siebziger.

Ma holte die Torte aus dem Kühlschrank und begann, die Geburtstagskerzen samt Plastikhaltern, die aussahen wie winzige Blüten, in den gelben Tortenguss zu stecken.

»Schon siebenundzwanzig, da kann man langsam ans Heiraten denken«, murmelte sie. An die Zubereitung der Geburtstagstorte hatte sie sich geklammert wie eine Ertrinkende an ein Floß.

»Habt ihr schon mal daran gedacht, euch insgesamt zu verkleinern«, fragte Tini, »und vielleicht in ein Haus mit weniger Zimmern zu ziehen, oder in eine schöne, praktische Wohnung?«

Ma ließ die letzte Kerze sinken. »Ich schon, aber dein Vater will das auf keinen Fall. Er meint, bestimmt bekommen wir bald Enkel, und die sollen doch auch in einem Garten spielen können, wenn sie uns besuchen.«

»Enkel!« Tini lächelte. »Das wird wohl noch ein bisschen dauern.«

»Hallo! Wo seid ihr?«, hörten sie in dem Moment eine Stimme von oben rufen und dann schnelle Schritte auf der Kellertreppe. Caro blieb im Türrahmen stehen. »Natürlich in der Küche, wo sonst!«

»Caro, wie schön, dass du kommen konntest.«

Sie hatte Ma noch nie so dünn und blass gesehen. Ihr Kleid schlotterte um ihre Taille, sie fand die Schulterpolster übertrieben breit. Mas hagerer Hals ragte aus dem hellgelben Stoff wie der einer Schildkröte. Das bleiche Gesicht wirkte mit den weißblond gefärbten Haaren noch bleicher als früher. Als sie sich umarmten, spürte sie ihre spitzen Rippen, das leise nervöse Zittern in ihrem Körper und machte sich plötzlich Vorwürfe, sie so selten besucht zu haben, seit sie nach Frankfurt gezogen war. Im Grunde hätte sie auch noch länger zu Hause wohnen bleiben können und täglich mit der S-Bahn in die Redaktion fahren. Die Anbindung von Mainheim nach Frankfurt war nicht schlecht. Aber als einziges Kind mit ihren Eltern in dem großen Haus zu leben, konnte sie nicht ertragen. So war es wohl allen gegangen, keiner wollte der Letzte sein und die gesamte Fürsorge auf sich vereinen.

»Natürlich komme ich, wenn ihr eine Feier zu Ernes Geburtstag macht, Ma!« Sie schaute an ihr vorbei auf die Arbeitsplatte. »Oh, die Torte sieht aber schön aus! Was ist es denn für eine?«

»Fantatorte.«

»Nicht dein Ernst«, rief Tini. »Wie damals beim Kindergeburtstag.«

»Ich weiß zwar, dass Erne immer am liebsten Schokokuchen mochte, aber ich glaube, dass ihm Schokolade womöglich inzwischen aus den Ohren kommt.«

»Ach ja, richtig, er arbeitet ja in Pas Fabrik.«

Ma sah Caro erstaunt an. Sanft tadelnd sagte sie: »Pas Fabrik? Es ist genauso deine oder unsere, nicht nur Pas!«

Caro hoffte, dass jetzt nicht wieder die ganze Geschichte aufgewärmt wurde, wie gut sich ihr großer Bruder in der Cassada anstellte. Dass Pa ja immer gehofft habe, von seinen sechs Kindern werde nicht nur ein einziges in seine Fußstapfen treten, sondern womöglich auch eine seiner Töchter. Sie konnte nicht verhindern, dass sich ihr Gesichtsausdruck veränderte und abweisend wurde, und auch nicht, dass Ma es bemerkte.

»Aber wir wissen doch, dass deine Talente woanders liegen«, sagte sie. »Du hast schon als kleines Kind Geschichten schreiben können, dass einem das Herz aufging. Weißt du noch, wie du sie uns abends immer vorgelesen hast?«

»Natürlich erinnere ich mich.«

»Und? Wie ist es so bei der Rundschau?«, fragte Tini im Plauderton, während sie die Teller aus dem Schrank nahm und auf ein Tablett stellte. Caro zog die Besteckschublade auf und zählte acht Kuchengabeln ab. Ma merkte ihr sofort an, dass dies nicht die richtige Frage gewesen war. Dafür hatte sie noch immer eine feine Antenne. Caro befand sich in einer Phase ihres Lebens, in der sie selbst nicht zu sagen vermochte, ob ihr die Arbeit gefiel oder nicht, ob sie das Volontariat abbrechen sollte oder nicht. Ob sie studieren sollte und wenn ja, was. Ob sie Stefan mochte oder nicht, ob ihr Guy fehlte und ob sie ihn und Minka wiedersehen wollte.

Doch konnte Tini das nicht ahnen, als sie nachsetzte: »Für dich müsste es doch die Erfüllung deiner Träume sein, den ganzen Tag schreiben, schreiben, schreiben. Du wolltest doch nie etwas anderes, außer vielleicht Schwimmen und Tauchen.« Sie faltete geblümte Papierservietten zu Dreiecken und sprach, ohne hochzusehen, weiter. »Ach nein, das war ja nur bis zu diesem Unfall, ich glaube, danach bist du nie wieder ins Freibad gegangen, stimmt's?«

Caro legte die Gabeln ab. Wie konnte ihre Schwester nur so unsensibel sein? Ausgerechnet Tini, die früher immer der einfühlsamste Mensch war, den sie kannte.

»Wollen wir die Torte vor dem Fleisch essen und dazu Kaffee trinken, oder essen wir sie lieber als Nachtisch?« Mas durchschaubarer Versuch, das Thema zu wechseln, half nicht viel. Sie sah von einer zur anderen. Caro war nicht darauf vorbereitet, dass gleich zu Beginn ihres Treffens die Worte Schwimmen, Tauchen und Unfall erwähnt wurden. Jetzt brachen tiefere Gefühle aus ihr hervor. »Herrgott noch mal! Könnt ihr mich nicht einfach in Ruhe lassen?«

Verblüfft starrte Tini sie an.

»Hallo? Wo seid ihr?«, riefen da von oben Claire und Habu.

»Hier unten!«, rief Caro, heilfroh über die Unterbrechung. Mit schnellen Schritten liefen ihre Geschwister die Treppe herunter.

»Seid ihr beide zusammen gekommen?«, fragte Ma, als sie sie nacheinander in die Arme nahm. Nichts freute sie mehr, als wenn ihre Kinder sich regelmäßig sahen. Über Claires Anblick waren alle vollkommen überrascht. Äußerlich hatte sie seit Jahren den Rekord im Bereich »Hochbegabte graue Maus« und »Unscheinbarkeit« aufgestellt. Die Person, die jetzt vor ihnen stand, hatte nichts Graues mehr an sich. Die exakt schulterlang geschnittenen, glänzenden, glatten Haare standen ihr perfekt. Ihre braunen Augen funkelten und wirkten durch einen schwarzen Lidstrich besonders ausdrucksvoll. Der mit zartrosa Gloss geschminkte Mund lächelte. Silberne Creolen an den Ohren, ein atemberaubendes grünes Wickelkleid, das eng um den schlanken Körper gebunden war. Sie hatten sie noch nie so elegant gesehen. Keiner konnte es glauben.

»Claire!«, rief Tini fassungslos. Als sie sich der Reihe nach umarmten, fing Caro den Hauch eines feinen Eau de Toilette auf.

»Ich habe Claire in meinem R4 mitgenommen.« Aus Habus Antwort sprach ein gewisser Stolz auf sein erstes eigenes Auto, einen kleinen Renault, und darauf, dass er seiner Stiefschwester zu diesem großen Auftritt verhalf. Er war der Einzige, der Claire häufiger traf, seit sie alle fast gleichzeitig aus dem Haus in der Schwimmbadstraße ausgezogen waren.

Plötzlich hörten sie einen Fluch von der Terrasse und ein wiederholtes Klicken. »Dieses dumme Feuerzeug!« Es war Pas Stimme, die durch das gekippte Kellerfenster nach unten drang.

»Ach, der arme Pa!«, sagte Tini. »Müht sich ganz allein da oben ab.«

Habu grinste. »Ich glaube, ich muss ihm mit dem Grill helfen, sonst wird das nichts.«

»Dann nimm den Rollbraten mit nach oben und die Küchenuhr!« Ma gab ihm den Teller mit dem riesigen zusammengerollten Stück Fleisch, das von einem Netz zusammengehalten wurde. »Er braucht mindestens eine Stunde auf dem Spieß, stell bitte die Uhr ein.«

Als sie nebeneinander die Treppen zum Erdgeschoss hochliefen, fragte Caro leise: »Und, alles klar bei dir, Claire?«

»Ja, und bei dir?« Es war nicht die Art Antwort, die es leicht machte, das Gespräch fortzuführen. Vor allem, weil Caro gerade überhaupt nicht in Stimmung war, über sich selbst zu sprechen.

»Das Kleid steht dir!«, versuchte es Caro erneut.

»Danke, es ist das erste Mal im Leben, dass ich ein Kleid von Armani anhabe.« Sie strich mit den Händen über den Stoff an den Hüften. »Es war ein Geschenk.«

»Armani?«, wiederholte Caro. »Jemand schenkt dir ein Armani-Kleid?« Sie schüttelte den Kopf, als könne sie es immer noch nicht glauben. »Du hast dich so sehr verändert. Früher hast du dich für Kleidung überhaupt nicht interessiert. Aber wir könnten ja auch mal zusammen über die Zeil gehen, wenn du Lust hast«, schlug sie vor. Sie kam sich in ihren Jeans und dem weiten Sweatshirt fast plump vor gegen den Schmetterling, der so unerwartet aus dem Kokon geschlüpft war.

Jetzt waren sie oben angekommen und standen unentschlossen in der Eingangshalle, die noch immer mit den würfelförmigen Teppichfliesen in Maisgelb und Türkis ausgelegt war. An der schmalen Wand hing die Makramee-Eule, die einen Spiegel hielt. Tini hatte sie im Alter von vierzehn gebastelt. Nichts hatte sich verändert. Caro spürte die Allgegenwart ihrer Kindheit, und es überkam sie eine unbestimmte Sehnsucht, ein träumerisches Heimweh nach ihrem früheren Leben. Die weißen Glasbausteine mit den roten und gelben Tupfen, das schmiedeeiserne Treppengeländer, die hellbeigefarbene Grastapete, alles war wie früher. Durch die geöffnete Wohnzimmertür zog jetzt der schwache Geruch nach Holzkohle, der das Bild unbeschwerter Sommerabende mit der Familie heraufbeschwor.

Dabei war sie diejenige gewesen, die sich von daheim gelöst, den Bitten ihrer Mutter widerstanden hatte. Sie sollte sich selbst deshalb kaum leidtun. Warum kam sie nicht öfter her, warum besuchte sie ihre Eltern nicht einmal in der Woche, warum rief sie nicht öfter an? Es war schwierig, darauf eine Antwort zu geben.

Die beiden Schwestern konnten sich nicht entscheiden, ob sie Habu auf die Terrasse folgen oder noch zu zweit hierbleiben sollten.

»Wie in alten Zeiten«, sagte Claire. »Weißt du noch? Du hast immer versucht, etwas aus mir rauszukriegen, und hast niemals direkt gesagt, was du wissen wolltest.«

Caro öffnete vor Überraschung den Mund. »Das hast du gemerkt? Und ich dachte immer, du bekommst das gar nicht mit.«

Auf einmal streckte Claire die Hand aus und strich sachte über Caros Arm. »Du hast ziemliche Probleme, oder?«

Sie sah an ihr vorbei zum Fenster. Ausgerechnet Claire, das hochbegabte Problemkind der Familie, sagte ihr auf den Kopf zu, dass etwas in ihrem Leben nicht stimme. Es verunsicherte sie, aber es brachte sie auch zum Reden. Caro setzte sich auf eine Treppenstufe und verschränkte die Arme. »Ich glaube, ich habe den falschen Beruf gewählt, Journalistin in einer Lokalredaktion ist vielleicht doch nichts für mich, und außerdem …«

»Was?«

»… ist ein Freund aus Kindertagen wieder aufgetaucht, der mir viel bedeutet hat, und eigentlich weiß ich überhaupt nicht mehr, was ich eigentlich will.«

Sie klopfte auf die Taschen ihrer Jacke und gab damit ein gewohntes Bild ab: immer auf der Suche nach ihrem Notizbuch mit dem angeklemmten Stift. Aber diesmal suchte sie offensichtlich nach Zigaretten. Claire hatte Caro noch nie so resigniert erlebt. Wie hatte sie sie früher beneidet und bewundert. Die begabte leibliche Tochter ihrer Adoptiveltern, bei der sie anfangs ein Gefühl der Herablassung gehabt hatte. Wie sehr sie sich mit ihrer schriftstellerischen Begabung in den Vordergrund gerückt hatte. Heute fehlte der Glanz in ihren Augen, der ihre ständige Recherche nach Ideen und Formulierungen anzeigte. Da war kein kreatives Funkeln ihrer Gedanken mehr. Kein Geistesblitz, den sie unbedingt schnell aufschreiben musste, bevor sie ihn vergaß. Jetzt war sie nur noch ein hilfloses junges Mädchen, das an einem Scheideweg in ihrem Leben stand.

»Wenn ich dir irgendwie helfen kann …«

»Kannst du nicht, aber danke.«

Sie warf Claire einen kühlen distanzierten Blick zu. In ihrer Stimme lag auf einmal eine Härte, die ihre Stiefschwester davor warnte, weitere Fragen zu stellen.

»Caro, ich weiß, dass wir uns in den letzten Jahren nicht viel zu sagen hatten. Ich glaube, das lag auch an mir. Ich war vielleicht zu fixiert auf meine Lernerei. Ich weiß, dass ich eine Streberin bin.«

Claire spürte, dass Caro Angst davor hatte, Emotionen zu zeigen, ihr zu viel von dem zu offenbaren, was sie bewegte, und sie konnte es ihr nicht verdenken. Sie war es gewesen, die sich zuletzt immer mehr abgekapselt hatte. Es gab zu viel, was nicht gesagt werden konnte und nicht gefragt werden sollte. Sie schaute ihre Stiefschwester an. Die Wimperntusche um Caros blaue Augen war verwischt. Ihre blonden Haare mit der Föhnwelle umgaben ihr blasses Gesicht, das keine Sonne vertrug. Es wirkte verletzlicher als sonst und war schwer zu deuten. Weil sie das Schweigen nicht länger ertragen konnte, sagte Claire schließlich: »Ich habe jemanden kennengelernt.«

»Was? Wirklich? Erzähl mal!« Caro war sofort hellwach und interessiert.

Claire räusperte sich. »Also, das Positive zuerst: Er ist intelligent, er sieht gut aus, er ist nett, hat Humor, und er ist Botaniker, also im Grunde auch eine Art Wissenschaftler.«

»Das klingt toll! Und wo ist der Haken?«

»Er ist zwölf Jahre älter als ich.«

Caro unterdrückte ein Seufzen. Einen Haken gab es immer. Wenn Claire neunzehn war, musste er also schon einunddreißig sein. Was konnte ein Mann, der mitten im Leben stand, von einer so jungen Frau wollen? Ihr kam aber auch der Gedanke, wie schwer es Claire vermutlich hatte, jemanden zu finden, der sich in eine Vietnamesin mit einem IQ von 167 verliebte. Es war ihr klar, dass Claire mit unfassbar vielen Vorurteilen zu kämpfen hatte.

»Und wo hast du ihn kennengelernt?«, fragte Caro, ohne ihre Bedenken laut auszusprechen.

»Im Palmengarten. Du weißt doch, unser Institut grenzt daran, und ich durchquere ihn häufiger auf dem Weg zur Arbeit. Guido ist dort der leitende Botaniker.«

»Guido«, wiederholte Caro. »Aber das passt doch gut zusammen: eine Biologin und ein Botaniker. Und du siehst glücklich aus.«

»Ja, so fühle ich mich auch. Das erste Mal seit langer Zeit. Und ich habe einen sehr wichtigen Durchbruch bei meiner Forschungsarbeit geschafft, gerade ist wirklich alles perfekt. Wirklich perfekt.«

Obwohl sie sich sehr bemühte, gelang es Claire nicht, restlos überzeugt zu klingen.

»Das ist so schön, ich freue mich wirklich für dich.« Caro stieß einen kleinen gepresst klingenden Seufzer aus. »Weißt du, was ich nie verstanden habe?«

Claire drehte ihr das Gesicht zu. »Was denn?«

»Ich wollte so gerne etwas über Vietnam erfahren, und du hast zehn Jahre dort gelebt. Warum hast du nur so wenig davon erzählt?«

Es dauerte einige Sekunden, dann antwortete Claire so unbefangen, als habe sie auf diese Frage schon lange gewartet: »Konntest du dir das nicht denken? Weil ich nicht die exotische Vietnamesin sein wollte, weil ich nicht mehr anders sein wollte.« Sie schluckte. »Weil ich so sein wollte wie du.«

Die direkte Antwort war derart unerwartet, derart überraschend, und sie beschämte Caro. Es war eine Offenbarung, die ihr mit aller Deutlichkeit vor Augen führte, wie wenig sie ihre Stiefschwester verstanden hatte.

»Und was ist mit den Tabletten?«, fragte sie.

Jetzt verschloss sich Claires Gesicht. Aber Caro hakte nach, denn sie wusste, dass sie das irgendwann fragen musste: »Nimmst du sie etwa immer noch?«

Claire suchte nach einem Weg, wieder zu neutraleren Gesprächsthemen zurückzugelangen, aber alles, was ihr einfiel, führte zu dem heiklen Punkt zurück.

»Nicht mehr so häufig. Aber ohne geht es einfach nicht.«

»Aber das ist immerhin ein Fortschritt.«

Claire dachte darüber nach, und schließlich sagte sie: »Ja.«

Mit leiser beherrschter Stimme fuhr sie fort: »Mal halte ich es einen oder sogar zwei Tage ohne sie aus. Aber es gibt noch immer diese Momente, in denen ich zu keinem einzigen zielführenden Gedanken fähig bin und meine Hände zittern und ich das Gefühl habe zu verdursten. Ich kann noch so viel Wasser trinken, wie ich will, der Durst vergeht erst, wenn ich die Tabletten schlucke.«

»Woher bekommst du sie eigentlich? Immer noch von dieser Ärztin aus dem Kinderheim? Sie sind doch rezeptpflichtig.«

Nach einem kurzen Zögern antwortete Claire: »Von Doktor Lavalette schon lange nicht mehr. Ich habe einen Arzt gefunden, der sie mir verschreibt.«

Verwirrt versuchte Caro, das Ganze zu verarbeiten – die Tatsache, dass ihre Stiefschwester seit acht Jahren regelmäßig Psychopharmaka einnahm, dass es einen Arzt gab, der ihr Rezepte dafür ausstellte. Es war das erste Mal, dass Claire so offen mit ihr darüber sprach.

»Verschreibt er sie dir, weil du sie aus gesundheitlichen Gründen brauchst? Was hast du denn überhaupt für eine Diagnose?« Caro versuchte, einen neutralen, sachlichen Ton zu wahren, und es gelang ihr.

Claires Stimme klang heiser, als sie antwortete: »Die offizielle Diagnose lautet: bipolare Störung.«

»Und diese Krankheit wurde damals im Kinderheim bei dir festgestellt?«

Claire zuckte mit den Schultern. »Das weiß ich nicht.«

»Da seid ihr ja!« Tini stand ganz plötzlich mit der Torte vor ihnen, auf der schon alle Geburtstagskerzen lichterloh brannten. Caro und Claire waren so vertieft in ihr Gespräch gewesen, in ihre gegenseitigen Offenbarungen, dass sie noch nicht einmal den grellgelben Schein der Flammen wahrgenommen hatten.

»Ich dachte, ihr würdet längst alle auf der Terrasse warten. Erne und Cornelia sind da, und wir wollten ihn doch mit der Geburtstagstorte überraschen.«

»Wir kommen!«, sagte Claire, stand sofort auf, strich sich das Kleid glatt, und der Moment der Vertrautheit zwischen den Schwestern war wie weggewischt. Aber Caro erkannte jetzt mit ungewohnter Klarheit, was sie viele Jahre ignoriert hatte. Es war ein brennendes Wissen um ein nicht wiedergutzumachendes Unheil, das seinen Ausgangspunkt im Mainheimer Kinderheim genommen hatte. Mit dieser gesteigerten Wahrnehmung und einem Bewusstsein für die Tragik, die in der Biografie ihrer Stiefschwester lag, trat sie in die Helligkeit des Gartens. Und die Dinge wirkten irgendwie verändert. Alles, was sie wahrnahm, berührte und hörte, war deutlicher, kantiger, lauter.

Der ausgesprochen freundliche Augusttag sah die Mitglieder der Stern'schen Familie in stiller Eintracht auf der Terrasse versammelt, als sie auf ihren Einsatz warteten, um für Erne ein Geburtstagslied zu singen. Tini betätigte sich als Dirigentin und teilte ihre Eltern und Geschwister in zwei Gruppen für den Kanon ein, gab erst der einen Hälfte, dann der anderen das Zeichen für ihren Einsatz:

Viel Glück und viel Segen auf all deinen Wegen. Gesundheit und Frohsinn sei auch mit dabei.

Alle sangen voller Inbrunst, wie sie es früher jedes Jahr sieben und dann acht Mal getan hatten. Sie wiederholten die Strophen drei Mal. Die Melodie wurde weit nach oben über ihr Grundstück bis zu Schönwetters getragen. Mit einem lauten Knall schlug dort jemand die Terrassentür zu.

Als sie fertig waren, kurbelte Caro die braun-gelb gestreifte Markise weiter nach unten, um ihnen mehr Schatten zu verschaffen. Die lange Reihe sonniger Tage hatte das Gras an einigen Stellen verbrannt. Kaum einer im Schwimmbadviertel war mehr mit dem Gießen hinterhergekommen. Jeden Abend hörte man das gleichmäßige Geräusch der Sprenger, ein beruhigendes »Pft, Pft, Pft«. Statt nach Schokolade duftete es heute am Sonntag fast von allen Terrassen nach gegrilltem Fleisch und Würstchen.

Erne pustete die Kerzen alle auf einmal aus und bekam Applaus. Pa hielt eine kurze Rede, in der er Ernes Fleiß und Auffassungsgabe lobte und ihn als wichtige Stütze in der Cassada bezeichnete, als möglichen Nachfolger, der in der Lage sein werde, die Schokoladenfabrik in eine neue Zeit zu begleiten, die sicher nicht einfach werden würde. Das Wort »Krise« sparte er sorgfältig aus. Pa hatte schon immer die Fähigkeit besessen, allein durch seine Anwesenheit eine behagliche Atmosphäre zu verbreiten. Niemals ließ er sich seine Besorgnis anmerken, und doch konnte seine betonte Fröhlichkeit Caros gesteigerte Wahrnehmung für einen Umschwung nicht dämpfen. Er war nicht so unbeschwert wie früher. Sie hatte ein Gefühl, als sei dies einer der letzten Tage, der in der Erinnerung besonders aufscheinen würde. Als würde sich etwas grundlegend ändern. Sie war sicher, etwas würde passieren.

Die pure Freude war Ma anzusehen, als Pa darauf zu sprechen kam, die Familie fast vollzählig versammelt zu sehen. Nur für Fitzi sei der Weg aus den USA leider zu weit gewesen, aber dafür habe man ja heute das erste Mal Cornelia dabei.

Sie war ein kräftiges Mädchen mit großen weißen Zähnen, rot geschminkten Lippen, Perlenohrringen und einem Hang dazu, Erne allzu häufig zu berühren. Mal legte sie ihm die Hand auf den Arm, dann auf die Schulter, oder sie klaubte einen unsichtbaren Fussel von seinem Polokragen. Unmissverständlich stellte sie ihren Besitzanspruch klar. Caro fand seinen akkuraten Seitenscheitel und den Lederschlips auf dem zugeknöpften Polohemd etwas albern. Aber da sie selbst selten vor modischen Experimenten zurückgeschreckt war, sagte sie nichts.

Pa wirkte kein Stück älter, aber sein Bauchumfang war beängstigend. Es schien fast so, als habe er jedes einzelne Gramm zugenommen, das Ma während der letzten Monate verloren hatte, und dann noch einige Kilos obendrauf gepackt. Wenn er lief, schwankte er hin und her wie eine Ente, weil er seinen Bauch als eine Art Ballon vor sich hertrug. Ansonsten schien ihm sein Alter nichts auszumachen. Für ihn war achtundfünfzig nur eine Zahl, und das Alter an sich sah er allenfalls weit hinten am Horizont, den man doch niemals erreichte. Nach seiner Rede wandte er sich wieder mit Habu dem elektrischen Drehspieß am Grill zu, der in unregelmäßigen Abständen hängen blieb. Die beiden tüftelten an einer Lösung, damit das Fleisch nicht auf einer Seite verbrannte, als sei dies die einzig wichtige Aufgabe des Nachmittags.

Ma blühte sichtlich auf, plauderte unbefangen mit Cornelia, machte ihr Komplimente für ihr schulterfreies Partykleid und warf zwischendurch zufriedene Blicke auf ihre erwachsenen Kinder.

»Wisst ihr, was mir gerade aufgefallen ist?«, fragte Claire und ließ ihre Beine von der Hollywoodschaukel baumeln. »Die Nachbarshunde hätten doch längst bellen müssen.«

Alle sahen in Richtung der beiden Pappeln im hinteren Teil des Gartens, wo das Grundstück an das des Bürgermeisters stieß. Die Grenze war inzwischen so eingewachsen, dass man keinen Zaun, keinen Hundezwinger und kein Haus sah.

»Du meinst die beiden von Schönwetters?«, fragte Ma. »Der Boxer ist schon vor zwei Jahren gestorben. Ein Knochen hatte sich in seinem Hals verkeilt.«

»Von langem Leiden erlöst«, meinte Tini. »Ich konnte noch nie verstehen, warum sie den armen Hund im Zwinger gehalten haben. Wo Minka doch so tierlieb war, dass sie dich sogar zu dem Einbruch in dem Versuchslabor angestiftet hat.«

»Sie hat mich nicht angestiftet«, antwortete Caro sofort. »Und ihr tat Toxy auch leid, aber sie war angeblich zu bissig.« Sie wusste selbst, wie traurig das Schicksal der Boxerhündin gewesen war.

»Und was ist mit diesem weißen Hund? Der mit dem Schweinekopf?«, fragte Habu.

»Clärchen war Minkas Hund. Ich denke, sie hat sie mitgenommen.«

Caro stand auf und ging auf die linke Pappel zu, da, wo früher immer sofort Toxys Gebell eingesetzt hatte, wenn man sich der Grundstücksgrenze näherte.

»Was macht denn eigentlich Minka?«, fragte Ma und drehte sich um. »Habt ihr noch Kontakt? Die Leute sagen, sie wohne auf dem ›Damm‹, was auch immer das ist.«

Aber Caro war schon im Gebüsch verschwunden. Sie sah auf die braune Fläche von Schönwetters Garten, aus der nur einzelne Stängel von Schattenblumen und Ähriger Teufelskralle herausstanden. Die Tür des Zwingers stand offen und schlug im Wind gegen den verrosteten Rahmen. Die Terrasse, mit Moos in den Fugen, war trotz des herrlichen Wetters menschenleer. Jemand hatte graue Plastikschutzhüllen über die Gartenmöbel gezogen. Efeu rankte sich am Außenputz hoch und schien das Haus des Bürgermeisters immer mehr zu vereinnahmen. Hinter den Gardinenstores war das Flimmern des Fernsehbildschirms zu sehen. Die Szenerie hätte der Schauplatz eines Verbrechens sein können, so düster wirkte das Haus ihrer besten Freundin heute. Nur die Pappel mit der tief angesetzten Krone, die direkt auf der Grundstücksgrenze stand, strahlte jetzt im August üppig in leuchtendem Grün. Caro streifte die herzförmigen Blätter, strich über die flaumigen Härchen der Zweige, legte ihre Hand auf die dunkle Rinde. Hier hatten sie damals gestanden und die liegende Acht als Zeichen der Ewigkeit eingeritzt:

Caro und Minka
Freunde für immer

Inzwischen hatte sich die Schrift zu tiefen Furchen ausgewachsen.

Sie konnte Minkas Stimme hören, die Art, wie sie Clärchen rief, wie sie das *Ä* ganz lang zog und den Rest des Namens verschluckte, wie sie den gutmütigen Hund mit einem Schnalzen lockte. Und das Gefühl von damals war wieder da. Doch wie Schmutz auf ihrer Haut, wie Ausschlag fühlte Caro jetzt deutlich ihre schmerzhafte Eifersucht auf Minka und Guy.

MINKA

Gesche fand, dass Minka und Guy perfekt zueinanderpassten, dass sie füreinander bestimmt waren. Minka fand, dass sich Gesche wie eine Partnervermittlerin benahm. Wie zufällig sorgte sie dafür, dass die beiden zusammen zum Küchendienst, zum Unterschriftensammeln, zum Stallausmisten und zur Gartenarbeit eingeteilt wurden. Stand einmal ein anderer Name neben Minkas auf der Schiefertafel im Kolosseum, wie sie ihr Informationszentrum nannten, war er kurz darauf wie von Zauberhand verschwunden und gegen die drei magischen Buchstaben ausgetauscht worden: G U Y.

Minka hätte nie gedacht, dass sich ihr Leben so schlagartig ändern könnte, dass sie auf einmal mit den Kanistern zur Quelle laufen würde und dabei zu schweben glaubte. Dass ein leuchtender Sommermorgen im Gemüsebeet sie verrückt machen würde vor Freude, sie beim Kartoffelschälen das Gefühl haben könnte, die ganze Welt umarmen zu wollen. Gemeinsam mit den anderen Dorfbewohnern bauten sie ein Windrad, mit dessen Hilfe das Wasser aus der Quelle zum Dorf gepumpt werden sollte. Die Euphorie war überwältigend, als die Männer das Gerüst an Seilen nach oben zogen. Minkas Augen wanderten zu Guy. In Kaki-Shorts und ohne Hemd legte er sein ganzes Gewicht in das Seil, stemmte seine nackten Füße tief in die Erde. Minka beobachtete das Spiel seiner Muskelstränge am Rücken. Er schaute über seine gebräunte Schulter, und ihre Blicke trafen sich. Die ganze Dorfgemeinschaft jubelte und feierte, als der erste Schwall Wasser aus der Rinne in das Holzfass floss. Von der Frankfurter Volkshochschule wurde ein Sonnenkollektor aufgestellt, mit dem sie das Wasser sogar aufheizen konnten. So gerüstet, würden sie auch den nächsten Winter überstehen.

Unterdessen hatte sich der zunächst langsam angelaufene Wahlkampf für die Bundestagswahl zu einem Angriffswahlkampf entwickelt, bei dem die Kandidaten Franz Josef Strauß und Helmut Schmidt mehr und mehr polarisierten. Die bundesweite »Stoppt-Strauß«-Kampagne linker Kreise blieb auch auf dem Damm nicht unbeachtet. Strauß verkörperte für nahezu alle Hüttendorfbewohner das Feindbild des erzkonservativen, rückwärtsgewandten Politikers und zugleich ihrer eigenen Vätergeneration. Mit ihren populistischen Auswüchsen schürten beide Parteien Ängste und Unsicherheiten bei den Wählerinnen und Wählern.

Demos gehörten für die Dammbesetzer zu ihrem politischen Selbstverständnis, regelmäßig war eine Handvoll von ihnen bei den Protesten gegen die Startbahn 18 West am Frankfurter Flughafen zu finden. Aber zu der Anti-Strauß-Demonstration am 22. August fuhren sie geschlossen nach Frankfurt. Das war Ehrensache, und sie hielten es nahezu für überlebensnotwendig, gegen den Wahlkampfauftritt des Kanzlerkandidaten der Unionsparteien zu protestieren. Chris, Anja, Frauke und Pit wurden bei dem eskalierenden Straßenkampf, den sich einige Demonstranten mit der Polizei lieferten, vorübergehend festgenommen. Guy und Minka hielten sich diesmal zurück und verließen die Demo rechtzeitig, bevor der Protest eskalierte. In stiller Übereinkunft waren sie von ihrem Konfrontationskurs abgekommen.

Statt Brücken und Leitplanken mit Parolen zu bemalen, nahmen sie Kinder mit auf einen von ihnen neu geschaffenen Waldlehrpfad.

Nach dem viertägigen Dammfest im Mai mit dreitausend Besuchern standen im Herbst/Winter-Programm der von ihnen neu gegründeten Volkshochschule Liederbachtal mehr als zwanzig Veranstaltungen: Pilzesammeln mit Experten, Töpfern, Schachturniere und Vorträge. Guy wurde zu einem Mitglied der Gemeinschaft, und das Dorf am Damm wurde zu seinem Zuhause. Das alternative Leben und der Selbstfindungsprozess, den die Bewohner durchliefen, hatten ihren eigenen Kompass.

An einem warmen Septembernachmittag waren sie im Wald unterwegs, um Holz zu sammeln. Clärchen folgte ihnen, in einigen Metern Abstand, wie ein weißer Schatten. Sie hatte Guy inzwischen als Minkas ständigen Begleiter akzeptiert. Er gehörte zu ihrem Rudel.

»Sieh mal, die vielen Schmetterlinge!« Guy deutete auf die purpurnen Blüten des Sommerflieders, die wirklich von einer erstaunlichen Anzahl von hübschen Faltern wimmelten. Sie tauchten ihre Rüssel tief in den Nektar und flatterten weiter zur nächsten Dolde.

»Das sind fast alles Admirale!«, rief Minka voller Entzücken. Mit dem leuchtend roten Band quer über die Vorderflügel und den Rand der

Hinterflügel entlang, den weißen Flecken auf der schwarzen Flügelspitze, waren die großen auffälligen Tagfalter unverkennbar. »Wusstest du, dass sie echte Wanderfalter sind? Sie fliegen jedes Jahr aus dem Mittelmeerraum über die Alpen nordwärts in unsere Gärten, Wiesen und Wälder. Brennnesseln und Fingerhut mögen sie besonders, dort pflanzen sie sich auch fort. Sie bilden bei uns eine Sommergeneration.«

»Eine Sommergeneration«, wiederholte Guy. »Das hört sich schön an. Wie wir, wir sind auch eine Sommergeneration hier oben auf dem Damm.«

Minka lächelte. »Und wandern dann auch wieder zurück, wenn wir zu Faltern geworden sind?«

Guys Züge wurden weich. »Besser nicht. Wenn es nach mir geht, bleiben wir hier für immer.«

»Du bist ein Träumer, Guy! Das hier wird es nicht mehr lange geben.« Ihre Stimme klang plötzlich schärfer, als sie es beabsichtigt hatte.

Er wusste nicht, ob sie die Natur meinte, sie beide oder ihr Hüttendorf, aber er fragte auch nicht nach, denn er wollte sich seine Illusionen nicht nehmen lassen.

Sie kamen an einen Teich, dessen Wasser, von der Quelle gespeist, frisch und klar aussah, und Minka meinte, das sei perfekt zum Schwimmen. Sie zog ihr T-Shirt über den Kopf, und Guy wandte sich nicht ab. Er nahm den Korb herunter, den er auf dem Rücken trug, stellte ihn auf den Boden und kam näher. Minka trug niemals einen BH, sie fühlte keinerlei Scham, war ganz und gar eins mit ihrem Körper. Ihre langen braunen Haare fielen ihr über die Schultern, reichten fast bis zur Taille, die glatte Haut schien zu leuchten.

Guy war hingerissen. Er stand vor ihr, zögerte, weil er sie für eine Art Kunstwerk hielt. Doch als sie ihn unverwandt ansah, streckte er die Hand aus und strich ganz sachte mit den Fingern über ihre festen Brüste. Minka hinderte ihn nicht. Seine Berührung verharrte dort, und ein pulsierendes Gefühl breitete sich durch ihren Körper aus, als hätten sich seine Hände nach unten bewegt. Ihr stockte der Atem, Wärme durchströmte sie. Guy nahm sich Zeit, erforschte sie mit seinen Augen, seinen Fingern, umkreiste ihre Brustwarzen, beugte sich vor, um sie zu küssen. Sie öffnete den Reißverschluss ihrer Shorts und schob sie nach unten. Er streifte seine Jeans ab. Im Hüttendorf waren fast alle schon voreinander nackt gewesen, hatten nacheinander gebadet, sich gemeinsam gewaschen, es war etwas ganz Normales.

Guy schnappte nach Luft: »Minka, du bist so schön!«

Er zog sein T-Shirt aus, und Minka betrachtete seinen gebräunten Brustkorb. Sie schmiegten sich aneinander, er ließ seine Lippen über ihr Gesicht, ihre Schultern, ihre Brüste gleiten.

»Guy, Guy!« Sie griff nach ihm, spürte ein Pochen und Sehnen, hatte nicht geahnt, dass pure Nacktheit plötzlich ein solches Begehren auslösen konnte. Hand in Hand gingen sie gemeinsam ins Wasser und schwammen in die dunkle Kühle. Berührten sich gegenseitig, küssten sich, lachten, legten sich die Arme auf die Schultern, tauchten, ließen das Wasser über ihre Haut gleiten und die Hitze aus dem Körper ziehen. Die Wasseroberfläche glitzerte unter den Sonnenflecken, die durch das dichte Blätterdach fielen. Sie schimmerten auf und trübten sich im nächsten Moment wieder ein, je nachdem, wie sich die Äste im Wind bewegten.

Minka stieg aus dem Teich, legte sich nackt auf eine moosige Stelle, breitete die Arme aus. Sie hob sie über den Kopf, drückte sie auf den weichen grünen Teppich und streckte die Beine aus. Mit geschlossenen Augen wartete sie und fragte sich, wann er sie berühren würde. Wo würde er sie zuerst berühren? Zitternd vor Vorfreude atmete sie tief die erdige Waldluft ein.

»Wir wollten doch keine Hierarchie aufbauen! Und das widerspricht auch unseren ursprünglichen Zielen.« Anja saß auf einem Korbstuhl vor der Rundhütte, hatte die Knie angezogen und zwirbelte eine ihrer Dreadlocks. »Manchmal glaube ich, euch geht es gar nicht mehr um die Problematik der neuen B8, sondern um die Verwirklichung irgendeines politischen Konzepts.«

Die Dorfbewohner hatten sich beim abendlichen Plenum versammelt, in dem die anfallende Arbeit eingeteilt und besprochen wurde, was am nächsten Tag zu tun war. Nach den großen Erfolgen war die Euphorie einer gewissen Ernüchterung gewichen. Einige aus der Kerntruppe verließen das Dorf und kehrten nach der Urlaubszeit nicht mehr zurück. Andere präsentierten sich in der Öffentlichkeit als die »Dammbesetzer«, traten dabei so aggressiv auf, dass sie die positive Einstellung der Bevölkerung zur Besetzung gefährdeten. Gesche meldete sich mit ihrer hellen Stimme zu Wort, und alle drehten sich zu dem Mädchen um, das körperlich so klein und doch eine besonders wichtige Größe in ihrer Gemeinschaft war.

»Aber wir brauchen eine feste Verteilung von Funktionen, und wir müssen eine Kostenbeteiligung einführen. Es kann einfach nicht sein, dass sich ein paar Leute vor jeder Arbeit drücken, aber als Erste am Tisch sitzen, wenn es Essen gibt.«

Sie konnte genauso energisch wie sanft sein. Es war eine ihrer großen Stärken. Heute trug sie ein langes weißes Kleid mit gesmoktem Oberteil und hatte ihre Augen grau umrandet, was ihr ein melancholisches Aussehen gab. Wie eine Katze saß sie auf ihren Kissen und hatte alle im Blick – und fast alle mochten sie.

»Ah, sind wir jetzt schon so weit, dass wir über Drückeberger sprechen, so wie die Spießer da drüben in ihren Doppelhaushälften mit Hollywoodschaukel im Garten«, sagte Pit und schob sich die Brille ein Stück höher auf die Nase. Mit dem anderen Finger deutete er in die Richtung des nächsten Taunusvororts.

»Gesche hat vollkommen recht!«, mischte sich Minka ein, die gerade mit Guy aus dem Wald gekommen war und ihre voll beladene Brennholzkiepe abstellte. »Es ist ganz schön hart, die ganzen Aufgaben hier mit einem Studium oder einer Arbeit in einem normalen Job zu vereinbaren. Ich müsste eigentlich eine Ferienhausarbeit in der Uni schreiben, Guy übrigens auch, und stattdessen sammeln wir für alle das Holz, um den Ofen in Gang zu halten.«

Gesche wandte den Blick nicht von ihr ab. Sie schien genau zu wissen, was geschehen war, und auch einige andere zogen Schlüsse aus ihren nassen Haaren, den geröteten Wangen und dem Glanz in ihren Augen.

»Danke, dass du dich für uns aufopferst. Ganz schön heiß heute, oder, Minka!« Anja fuhr sich demonstrativ mit den Fingern in die Haare und legte ihre Zunge an die oberen Schneidezähne. »Bei solchen Temperaturen kann ich mir vorstellen, dass ihr zwei dringend eine kleine Abkühlung gebraucht habt.«

»Diese Art von Abkühlung würde dir sicher auch nicht schaden, Anja, vielleicht wärst du dann endlich nicht mehr so frustriert und miesepetrig«, entgegnete Minka schlagfertig, und die anderen begannen bis in die letzte Reihe zu lachen. Nur Pit schüttelte missbilligend den Kopf und sagte etwas zu Anja. Zufrieden mit dem Erfolg ihrer Antwort, dehnte Minka die Schultern und unterdrückte den Impuls, sich nach Guy umzuschauen.

Theo wartete in aller Ruhe, bis die Heiterkeit verebbt war, dann stand er von seinem Ikea-Klappstuhl auf und signalisierte Minka durch freundliches Zunicken, dass er auf ihrer Seite war. Was er sagte, hörte sich anders an: »Ich finde, wir sollten uns nicht gegenseitig angehen. Damit spielen wir doch nur unseren Kritikern und Gegnern in die Hände. Alle warten nur darauf, dass wir aufgeben, weil wir uns zerstreiten.« Er stellte sich breitbeinig auf und verschränkte die Arme. »Mein Vorschlag wäre, dass sich in Zukunft jeder finanziell mit einem kleinen Beitrag beteiligt, beispielsweise für das Frühstück zwei Mark und für das Abendessen drei Mark. Denn wir können natürlich nicht die Spenden antasten, die wir bekommen. Die sollen für die Sache selbst verwendet werden. In Härtefällen kann der Essensbeitrag auch für einen gewissen Zeitraum gestundet werden. Aber es sollte tatsächlich nicht so sein, dass einige hier die Arbeit machen und andere nicht, um das Ganze mal zu vereinfachen.«

»Supi«, rief Gesche und sprang auf, wodurch sie kaum besser zu sehen war als vorher. »Wer ist dafür?«

Zehn Hände gingen sofort in die Höhe. Etwa zwanzig folgten zögerlich, und zehn blieben, wo sie waren. Gesche zählte sie ab und drehte sich dabei im Kreis. »Also, einunddreißig Ja-Stimmen. Und wer ist dagegen?«

Es meldeten sich nur noch neun, darunter natürlich Pit und Anja. »Enthaltungen?«

Als sich kein Finger hob, verkündete Gesche freudig: »Der Vorschlag ist angenommen. Dann kann ich ja gleich mal einsammeln.« Sie nahm ein leeres Senfglas von dem umgedrehten Bierkasten, schüttete den Rest Regenwasser aus und begann, damit die Runde zu machen. Einige begannen, in ihren Hosentaschen zu kramen, und warfen klimpernd Münzen in das Glas, manche riefen gleich, sie hätten kein Geld dabei, und Pit meinte laut, er würde da nicht mitmachen.

»Wie … du machst da nicht mit? Es ist doch ein Beschluss der Gemeinschaft!« Gesche baute sich mit ihrer ganzen Winzigkeit vor ihm auf.

Pit überragte sie um fast einen Meter. Der Größenunterschied schien ihm unangenehm zu sein, und er machte einen Schritt zurück. »Ja, Gesche, das stimmt. Aber nur, weil du und Theo sie dazu gedrängt habt. Das ist wieder mal die typische Autoritätshörigkeit der Menschen und insbesondere der Deutschen. Daran ist ja auch die sozialistische Revolution gescheitert, weil alle viel zu obrigkeitsorientiert sind.«

Alle wussten, dass er im elften Semester Soziologie studierte. Minka hatte ihn zwar noch nie an der Uni gesehen, aber auf jeden Fall hielt er sich für einen ausgewiesenen Vertreter der Frankfurter Schule, zitierte gerne Herbert Marcuse und Theodor W. Adorno.

»Komm zur Sache, Pit«, rief Timmy, der es laut mochte. Einige lachten. Theo breitete die Arme aus und brachte sie zur Ruhe. Das fachte Pits Ärger erst recht an. »Seht ihr? Genauso wie ihr in euren bürgerlichen Familien Ehrfurcht vor dem Patriarchen – dem Vater – gehabt habt, folgt ihr jetzt eurem Unterwerfungstrieb, indem ihr Theo und …«, er zögerte, bevor er den Namen »Gesche« aussprach, denn ihm wurde selbst bewusst, wie absurd der Gedanke angesichts des kleinen Persönchens wirken musste, das zwei Meter neben ihm stand.

Frauke kicherte. Minka wusste, dass er vermutlich gar nicht unrecht hatte. Sie kannte Gesches unabdingbaren Willen und ihr Charisma nur zu gut. Weiter hinten saß Steffen in seiner lachsfarbenen Haremshose, von der sie fand, dass er sie öfter waschen könnte, im Schneidersitz auf dem Boden und begann, leise auf den Bongos zwischen seinen Beinen zu trommeln. Seine Handflächen schnellten über das Leder und entlockten den Resonanzböden einen gemächlichen Reggae-Rhythmus. Nadine und Corinna zündeten die Laternen an, ihr flackerndes Licht lockte sogleich die Nachtschwärmer, die das Glas umschwirrten.

Pits Satz hing noch immer unerwidert in der lauen Luft. Gesche ging davon aus, dass das Pit-Manöver ins Leere gelaufen war. Die anderen begannen sich jetzt miteinander zu unterhalten.

Doch unverdrossen nahm Pit den Faden wieder auf. »Also nach der Theorie des kommunikativen Handelns von Habermas beruht jegliche Autorität auf fiktiven Unterschieden. Diese dürfen aber nicht einfach vorausgesetzt werden, sondern müssen begründet werden. Ich denke, wir sollten die Debatte über die Einführung der Beiträge für Frühstück und Abendessen deshalb noch einmal eröffnen.«

»Genug gelabert!«, rief Timmy wieder von weiter hinten und öffnete zur Bekräftigung den Schnappverschluss einer Flasche Bier mit einem Plopp.

»Ich arbeite jeden Tag acht Stunden auf dem Bau, da bin ich froh, wenn ich hier mein Abendessen für drei Mark bekomme. Das zahl ich dann sogar gerne!« Der Satz kam von Arne, der jetzt die Spielkarten rausholte und auf der umgedrehten Obstkiste für eine Partie Doppelkopf austeilte.

»Und ich mag die Küchenarbeit und die Gartenarbeit und zahle trotzdem gerne das Geld, denn ich möchte nicht, dass hier alles den Bach runtergeht«, rief Gesche.

Pit breitete die Arme aus und wartete, ob sich noch irgendjemand an der Diskussion beteiligen wollte.

Da waren sie also, die Begründungen der Unterschiede. Mit Pits pseudointellektueller Sprache kannte Minka sich aus. Immerhin las sie jeden Morgen einen ihrer kopierten Aufsätze aus der Uni-Bibliothek, um doch noch irgendwann die Hausarbeit für das zweite Semester Soziologie zu schreiben.

»Wie fühlst du dich dabei, Pit, wenn ich dir jetzt auf der Grundlage vernünftiger, verständnisorientierter und herrschaftsfreier Kommunikation vorschlage, es für heute gut sein zu lassen?«, fragte sie und bemerkte aus dem Augenwinkel Guys bewundernden Blick. Sie war selbst erstaunt, dass sie dabei so ruhig und ernst bleiben konnte.

»Und ich finde es voll scheiße, dass ihr jetzt alle nicht mehr zuhört, sondern nur noch an die Befriedigung eurer Libido denkt«, rief Anja in so beleidigtem Tonfall, dass sie zur Antwort bekam: »Heul doch!«

Guy, der die ganze Zeit geschwiegen hatte, nahm sich jetzt eine Laterne, hielt sie neben seinen Kopf, schwenkte sie hin und her, was ihm die Aufmerksamkeit aller sicherte.

»Im Grunde sind es doch nur zwei Dinge, die zählen: Gemeinschaftssinn und Ehrlichkeit!«

Für ein paar Augenblicke herrschte Stille. Nur Pit und Anja stellten ihre mäßig interessierten Mienen zur Schau. Timmy brüllte wieder viel zu laut: »Gut gesagt, Guy!« Einige stimmten ihm zu: »Ja, genau das ist es!« und »Auf den Punkt gebracht!«. Andere applaudierten. Steffen widmete ihm einen Bongowirbel, und Nadine legte die Hände an den Mund

und jaulte zustimmend. Damit war die Diskussion beendet. Der Bongorhythmus ging in ein Lied von *America* über, Nadine griff zu ihrer Gitarre, ihre Lippen bewegten sich, formten die Worte des Texts mit einer spröden Stimme:

I've been through the desert
on a horse with no name
It felt good to be out of the rain
In the desert, you can remember your name
'Cause there ain't no one for to give you no pain
La, la, la, la, la, la
La, la, la, la, la, la
La, la, la, la, la, la
La, la, la, la, la, la

In ihrem weißen Kleid mit dem fließenden Rock tanzte Gesche barfuß zu der Musik und schwenkte träge die Arme. Minka und Frauke gesellten sich zu ihr, dann kamen noch mehr Mädchen auf die improvisierte Tanzfläche, die sonst ihr Volleyballfeld war. Ihre Füße versanken im Sand. Minka ließ die Hände seitlich über ihre Jeanshorts, ihren Körper bis zu ihrem Hals hinaufgleiten. Die grob gestrickte Jacke rutschte ein Stück nach unten und entblößte ihre nackten Schultern. Sie schloss die Augen, bewegte ihre Hüften, strich sich über die Schenkel und war sich bewusst, dass Guy ihr dabei zusah. So sollte er sie berühren. Er fing Gesches Blick auf, die aus irgendeinem Grund genau das gewollt hatte. Sie lächelte und machte eine Kopfbewegung, als würde sie sagen: Worauf wartest du?

Die Noten schwebten durch die Abendluft, verklangen in den Weiten des Waldes, wurden von der furchigen Rinde der alten Linden, Eichen und Buchen, von den knorrigen Ästen, den Wurzeln, ihren wuchtigen Stämmen aufgenommen, um sie für immer in ihren Jahresringen zu bewahren. Es war die Melodie ihrer Beschützer.

Später spazierten sie in die Nacht, in das milde Licht eines zunehmenden Mondes und vernahmen noch immer den gemächlichen Takt der Bongos. Der weiche Wind des Taunus legte sich seidig über ihre Schultern. Guy hatte Minka um die schmale Taille gefasst, sie drückten ihre Hüften aneinander und spürten die Bewegungen des anderen, gingen im Gleichschritt. Clärchen folgte ihnen in einigem Abstand, so als wolle sie die beiden nicht stören. Das Mondlicht wählte den Pfad zwischen den Hütten hindurch, warf unerwartete Schatten und wies ihnen den Weg zu einem überdachten Schlafplatz, der nur für Paare bestimmt war. Während der Mond sich zwischen den Baumwipfeln erhob und Ast für Ast eine Linde emporkletterte, blieben sie stehen und küssten sich.

»Sieh mal!«, flüsterte Minka und deutete über seine Schulter. Vor den dunkelblauen Hügeln des Altkönigs sprenkelten Hunderte von Glühwürmchen den Wald.

CLAIRE

Claire mochte München. Das lag vor allem an dem besonderen Licht, den herausgeputzten Häusern mit blumengeschmückten Holzbalkonen, bemalten Fassaden und den blau-weißen Wimpeln über den breiten Straßen, die sie an die Bilder in dem ersten deutschen Buch erinnerten, das sie damals im Kinderheim gelesen hatte: »Mecki im Schlaraffenland«. Es war fast zu schön, um wahr zu sein. Vielleicht ahnte sie, dass sich über der Stadt in diesen Tagen etwas Dunkles zusammenballte.

An diesem Septembertag, der ihnen einen wolkenlosen Himmel und strahlende Sonne bescherte, standen überall Tische und Stühle vor den Restaurants. Blau-weiße Kissen lagen auf den Bänken, Münchner in schmucker Tracht, Touristen in Urlaubsstimmung genossen den Altweibersommer, tranken ihr Weißbier, aßen Haxe und Semmelknödel. Morgen war Anstich beim Oktoberfest, deshalb platzte die Stadt aus allen Nähten, die Stimmung war ausgelassen. Guido sagte, die Überfüllung sei typisch für die Wochen der Wiesn.

»Das Gedränge hier ist noch harmlos. Du wirst sehen, wenn du erst das Festgelände betrittst oder es von oben aus dem Riesenrad betrachtest, erfasst du das ganze Ausmaß der unglaublichen Menschenmassen.«

Als sie sich ansahen, mussten sie gleichzeitig lächeln. Ohne jedes weitere Wort waren sie sich einig. Keiner von ihnen wollte sich wirklich in diesen Trubel stürzen. Was sie schätzten, war die leisere, behagliche Seite der bayrischen Landeshauptstadt.

Sie hatten Glück, dass sie überhaupt noch ein Zimmer bekommen hatten, aber ein früherer Kollege aus Guidos Zeit im Münchner Botanischen Garten hatte ein Kontingent im Bayrischen Hof reserviert, einem der schönsten Hotels der Stadt.

»Wollen wir noch ein paar Weißwürste essen?« Guido deutete auf einen gerade frei gewordenen Tisch vor dem Franziskaner.

»Ich würde gerne erst noch einmal im Labor anrufen«, sagte Claire.

»Willst du dich nicht einfach einmal entspannen, nach den ganzen durchgearbeiteten Nächten?« Guido gab sich alle Mühe, ihr die Reise so schön wie möglich zu machen. München war seine Stadt. Er hatte hier studiert und seine erste Stelle angetreten. Er führte sie über die Maximilianstraße mit den vielen eleganten Geschäften und auf den Viktualienmarkt, wo es nach Gewürzen duftete und die Marktfrauen ihre Berge frisch gesammelter Schwammerln anpriesen. Bei Dallmayr kauften sie sich in Blätterteig gefüllte Leckereien, und er ruderte sie im Englischen Garten über den Kleinhesseloher See. Unter mächtigen Trauerweiden machten sie ein Picknick, und er zeigte ihr Stockenten und Otter, mitten in der Stadt. München war aufregend und atemberaubend schön, aber Claires innere Unruhe wurde immer größer.

Sie hatte nur aufgrund von Guidos Überredungskünsten eingewilligt, ihn zu einem Vortrag vor dem Förderverein des Botanischen Gartens zu begleiten, denn ihre Arbeit war in der heißen Phase. Nachdem sie mit dem hitzebeständigen Enzym den großen Durchbruch erreicht hatten, waren das erste Mal Kettenreaktionen bei der Verdoppelung der DNA-Polymerasen möglich geworden. Die Tests liefen nun fast von allein, aber sie musste so schnell wie möglich alles niederschreiben. Die letzten Wochen hatte sie immer wieder ganze Nächte durchgearbeitet, viel zu wenig geschlafen, zu wenig gegessen.

»Nur eine kleine Jause, und dann gehen wir ins Hotel. Ich muss auch noch einmal einen Blick in meine Unterlagen werfen.«

»Guido, das würde ich wirklich gerne. Aber ich muss weiterschreiben und auch wenigstens einmal im Labor anrufen, um zu fragen, wie es bei den letzten Versuchen vorangeht.« Er nickte zwar, als sie sagte: »Wir hatten ja vereinbart, dass ich mir hier auch Zeit zum Arbeiten nehmen kann.« Aber sie sah sein enttäuschtes Gesicht und merkte, wie viel sie ihm inzwischen schon bedeuten musste. »Eigentlich hätte ich mir diese zwei Tage hier wirklich nicht leisten können. Gerade jetzt, wo wir so weit gekommen sind. Ich muss so dringend die Zusammenfassung schreiben, und die Arbeit muss veröffentlicht werden.«

»Claire, es ist doch …«, setzte er an.

Ihr Blick verriet ihre innere Anspannung allzu deutlich, als sie betonte, sie habe wirklich ein sehr, sehr schlechtes Gewissen. Er sah ihr an, dass sie es ernst meinte und ein Mittagessen in der Herbstsonne jetzt überhaupt nicht genießen könnte, so schön der Platz auch war.

»Das möchte ich natürlich nicht. Es ist doch selbstverständlich. Du sollst dich wohlfühlen. Ich würde mir nur noch einen neuen Film kaufen. Möchtest du schon ins Hotel vorgehen? Es ist ja gleich hier um die Ecke.«

Claire nickte. »Ja, das mache ich. Wir sehen uns dann im Zimmer.«

Sie umarmten und küssten sich zum Abschied. Guido hielt ihre Hand noch fest, als sie schon gehen wollte. »Bis gleich.«

Sie lief die Straße entlang, ließ die Fußgängerzone und die beiden Türme der Frauenkirche hinter sich und kam am Promenadeplatz mit der gepflegten Grünanlage voller Blumenbeete an. Hier fielen die unzähligen Wahlplakate besonders ins Auge. Wie Fremdkörper hingen sie rechts und links an jedem Laternenmast und störten die schöne Kulisse. In einigen Wochen war Bundestagswahl, und Claire würde das erste Mal ihre Stimme abgeben dürfen. Sie interessierte sich nicht für Politik, wusste nur, dass Pa sein Leben lang CDU wählen würde, obwohl er darüber geschimpft hatte, dass sie diesmal Strauß aufgestellt hatten, der sich nicht benehmen könne. Auf dem Weg zum Hotel las sie jetzt automatisch die Wahlslogans zwischen den Blumenbeeten und betrachtete die Fotos der Kandidaten.

»Damit ein Bayer Kanzler wird! Wählt Franz Josef Strauß«

Darüber der runde Kopf des Kandidaten der CSU.

»Sicherheit für Deutschland – Helmut Schmidt« prangte unter dem Gesicht des Pfeife rauchenden Hamburgers.

Für Claire verbreiteten ihre Gesichter zu viel Härte, Kühle und Emotionslosigkeit. Mussten Politiker so sein?, dachte sie.

Danach folgte ein knallgrünes Plakat mit einer Sonnenblume. Ohne Foto, ohne Kandidaten, aber mit einem Satz in weißen Buchstaben:

»Wir haben die Erde von unseren Kindern nur geborgt – Die Grünen«

Claire blieb stehen. Das war etwas Neues! Von dieser Partei hatte Guido einmal kurz gesprochen und gemeint, die Leute seien chaotisch, aber ein Hoffnungsschimmer. Daran erinnerte sie sich jetzt, und der Satz brachte sie zum Nachdenken: *Die Erde von unseren Kindern geborgt!*

Dann sah sie schon die weiße Fassade des prächtigen Hotels und überquerte die Straße.

Als sie nach ihrem Zimmerschlüssel fragte, lächelte sie der grauhaarige Mann an der Rezeption freundlich an und entnahm ihn aus einem der Fächer an der Wand. Daneben lag ein kleiner Zettel, den er ihr gab. Sie faltete das Papier auseinander und las den Namen Ritter und die Bitte um Rückruf.

Der Portier deutete auf ihre kleine Kamera. Ob sie viele Fotos geschossen habe, fragte er auf Englisch mit bayerischem Akzent.

»Ein paar schon«, antwortete sie auf Deutsch.

»Ein paar nur? Dann sind Sie aber keine typische Japanerin.«

»Wie meinen Sie das?«

»Na, ihr Japaner fotografiert doch jede Sehenswürdigkeit hundert Mal von allen Seiten. Immer dasselbe Motiv.«

Claire überraschte es, wie befangen und unbeholfen sie sich fühlte.

»Ich bin keine Japanerin«, sagte sie und ging mit hölzernen Schritten über den weichen Teppich zum Aufzug. Während sie nach oben in den dritten Stock fuhr, kam sie sich dumm vor und irgendwie verzagt. Sie betrachtete ihr Spiegelbild, fuhr sich mit den Fingerspitzen über die feinen, dunklen Augenbrauen und fragte sich, was andere Menschen hier in Deutschland in ihr sahen.

Gleich als sie das Zimmer betrat, streifte sie ihre Schuhe ab und warf sich auf das Bett. Sie war froh, jetzt allein zu sein, und sehnte sich gleichzeitig schon wieder nach Guidos Nähe. Der Abend im Frankfurter Palmengarten hatte sie zusammengeschweißt. Seitdem hatten sie sich jeden Tag getroffen, aber mehr als Küsse und einige Zärtlichkeiten waren es nicht gewesen. Und dann kam diese kurze Reise nach München. Die erste Nacht mit ihm im Hotel war ihr leichter gefallen, als sie gedacht hatte. Er war behutsam, fragte immer wieder: »Magst du es, magst du es nicht?« Seine Hände auf ihrem Körper zu spüren, sich zu küssen, die Haut des anderen zu berühren – sie mochte es. Alles, wovon sie gedacht hatte, es würde sie erschrecken, gefiel ihr, und doch hatte sie immer das Gefühl, als wäre es nicht richtig. Sie wusste, wenn sie ihn Pa und Ma vorstellte, so wie Erne und Tini es mit ihren festen Partnern gemacht hatten, wenn sie ihn zu einem Geburtstagsfest oder einem Grillabend mitbrächte, würden sie ihn nicht so unbefangen in die Familie aufnehmen.

Claire schloss kurz die Augen. Monatelang, jahrelang hatte sie ein Leben geführt, in dem jede Stunde mit Lernen gefüllt war. Je tüchtiger sie war, je mehr Stoff sie aufsaugte, je schneller sie ihr Gehirn fütterte, je bessere Noten sie hatte, umso wertvoller fühlte sie sich. Aber für sich selbst hatte sie in Wirklichkeit lange nichts mehr getan. Bis sie Guido kennengelernt hatte. Vielleicht könnte sie sich – natürlich nach dem Abschluss ihrer Doktorarbeit – eine Auszeit gönnen, einen längeren Urlaub. Er hatte ihr von seinen vielen Reisen vorgeschwärmt, von den botanischen Entdeckungen auf dem gesamten Globus. Und dann hatte er sie gefragt, ob sie sich vorstellen könne, mit ihm in das Land ihrer Kindheit zu fliegen. Ob es sie nicht zu ihren »Wurzeln« ziehe. »Wurzeln«, was für ein merkwürdiger Ausdruck! »Und das fragt mich ausgerechnet ein Botaniker?«, hatte sie geantwortet. Er hatte sie lange angesehen und einen seiner typischen Sätze gesagt. Die Wurzel einer Pflanze diene primär der Aufnahme von Wasser und der darin gelösten Mineralstoffe, aber auch der Befestigung der Pflanze an ihrem Standort.

War sie dort Tausende Kilometer weit entfernt im Mekongdelta wirklich noch *verwurzelt?* Gab es eine unsichtbare Verbindung zu einem Stück Erde in Vietnam, die sie dort für immer festhielt?

Claire sah auf ihre Armbanduhr. Es war jetzt vierzehn Uhr. Sie schwang ihre Beine wieder vom Bett. Auf dem kleinen Schreibtisch vor dem Fenster hatte sie ihre Unterlagen in einer Mappe abgelegt und breitete die Papiere vor sich aus. Dann griff sie zu dem Briefblock mit dem kleinen Emblem des Bayerischen Hofs und schrieb mit dem blauen Kugelschreiber:

Trennen, Koppeln, Kopieren.

Das war eine gute Überschrift, dachte sie und unterstrich die drei Wörter.

Es sind diese einfachen Begriffe, die dem Prozess der zyklisch wiederholten Verdoppelung von DNA mithilfe einer thermostabilen DNA-Polymerase und Nukleotiden zugrunde liegen. Anwendungsgebiete in der Praxis wären die Erstellung genetischer Fingerabdrücke, die Erkennung von Erbkrankheiten und Virusinfektionen.

Die Entdeckung war ein Meilenstein, sie würde Wissenschaftsgeschichte schreiben. Claire fühlte eine Anspannung, die nicht weichen wollte. Sie legte den Stift an ihre Lippen, wippte hyperaktiv mit dem Fuß und sah aus dem Fenster, das auf einen kleinen Balkon führte. In den

Blumenkästen wuchsen wunderschöne Blumen in Lila, Weiß und Gelb. War es nicht verrückt, dass sie hier in einem Hotel in München saß und eine Forschungsarbeit von derart elementarer Bedeutung aufschrieb?

Jetzt ein paar Stunden konzentriert arbeiten, dann zu Guidos Vortrag gehen, ein schönes Abendessen in einem romantischen Restaurant. In dem Moment fiel ihr der Zettel mit der Rückrufbitte von Ritter ein. Sie griff zum Telefonhörer und gab die Nummer in die Tastatur ein. Ritter meldete sich erst nach langem Tuten.

»Wie geht es, Herr Ritter? Sind die letzten Kettenreaktionen normal verlaufen? Oder gab es irgendwelche Überraschungen?« Ritter sagte etwas, sie lauschte eine Weile, und ihre Augen weiteten sich. »Es ist was? Alles verschmort? Verbrannt? Doch nicht wirklich alles?«, fragte sie, in der Hoffnung, dass er »Nein« sagen würde.

»Sind Sie verletzt? Wie konnte das passieren?«

»Ein Kurzschluss im Thermogerät«, antwortete er. »Ich habe nur eine leichte Rauchvergiftung.« Es folgte eine umständliche Beschreibung des Qualms, der Löscharbeiten, des Ausmaßes der Zerstörung, die Claire wie durch Watte hörte. Ihre Welt zerfiel in Stücke. All ihre Arbeit war umsonst gewesen! Die Enttäuschung schnürte ihr die Kehle zu, und ihre Stimme war heiser, als sie ein paar Worte des Bedauerns in die Sprechmuschel krächzte, einen kurzen Gruß, dann legte sie den Hörer auf.

Wasser, dachte sie. Ich brauche Wasser. Die Trockenheit in ihrem Mund war nicht auszuhalten, und sie wurde panisch. Sie hielt das Glas, das auf dem Tisch stand, fest umklammert und wollte zum Badezimmer, prallte gegen den Türrahmen. Claire legte die Hand auf ihr rechtes Ohr, in dem ihr Beo jetzt so laut und schrill kreischte, dass sie vor Schmerzen das Gesicht verzog. Ihr war schwindelig, so sehr, dass die Wände sich im Kreis um sie drehten und der Teppich sich wie Wellen unter ihren Füßen bewegte. Sie ging einige Schritte und war plötzlich auf allen vieren. Vorsichtig bewegte sie sich vorwärts. Die Tabletten!

Claire kroch zu ihrer Reisetasche neben dem Schrank, einem schönen Weekender aus braunem Leder, den Pa und Ma ihr zum achtzehnten Geburtstag geschenkt hatten. Mit voller Absicht hatte Claire die weiße Packung mit dem blauen Streifen in der Tasche gelassen, damit Guido sie nicht fand und unangenehme Fragen stellte. Zwei Tabletten drückte sie sich aus dem Blister in die Hand, legte sie an die Lippen, schluckte sie herunter. Sie wartete kurz und drückte dann nacheinander jede einzelne Tablette in ihre Handfläche, bis die kleinen Kunststoffkammern alle leer waren. Zehn kleine weiße Pillen lagen in ihrer Hand, und sie betrachtete sie einen Augenblick lang. Irgendwo in ihrem Inneren erhob sich eine Stimme, die ihr sagte, dass diese Menge ihr Ende bedeutete. Dann beugte sie das Gesicht nach vorne, schloss die Handfläche fest um ihre geöffneten Lippen, legte den Kopf in den Nacken. Wie damals im Kinderheim schluckte sie sie ohne Wasser hinunter. Ihre Kehle krampfte sich zusammen.

Einige Minuten saß sie auf dem Boden, atmete heftig, schloss die Augen. Aber das Kreischen in ihrem rechten Ohr wurde immer lauter. Das Zimmer begann, sich auf alarmierende Weise zu verändern. Die Nachttischlampe blähte sich auf, bis sie so groß war wie der Schrank, und zerplatzte mit einem Mal in tausend Sterne. Aus den Trauben in der Obstschale sickerte Blut und spritzte auf den hellgrauen Teppich. Über ihre Hände krochen Ameisen, und als sie sie schüttelte, krabbelten sie ihre Arme hoch, an ihrem Hals entlang. Sie hörte einen Schrei, einen lang gezogenen schrillen Schrei. Benommen dachte sie, der Schrei könnte von ihr stammen, dann verlor sie das Bewusstsein.

Um 14.40 Uhr betrat Guido das Hotelzimmer und fand sie auf dem Teppich neben dem Bett liegend. Ihr Nacken überstreckt, sie hatte weißen Schaum vor dem Mund, die Augen waren offen, aber verdreht, der rechte Mundwinkel hing schief nach unten.

»Um Gottes willen! Claire! Was ist mit dir?«

Er hob ihren Oberkörper an, stützte ihren Kopf, legte zwei Finger an ihre Halsschlagader. Als er keinen Puls spürte, rief er über das Zimmertelefon den Notruf und begann mit einer Herzdruckmassage. Zwanzig Minuten später traf der Notarzt mit zwei Sanitätern und einer Trage im Zimmer ein. Er untersuchte Claire, ihr Herz schlug wieder, er injizierte ihr ein Mittel, und sie wurde in das nächste Krankenhaus gebracht.

MINKA

Jenseits des Damms lag der Wald in seinem Herbstmantel aus Gelb- und Rottönen. Über Kilometer hinweg hatten Kastanien, Eichen und Buchen ihre Samen fallen gelassen. Minka liebte es, die Eichhörnchen zu beobachten, die koboldhaft durch das Laub huschten. Der Herbst bildete für sie eine Zeit des Überflusses, der Waldboden war ein gedeckter Tisch, aber die Tiere wussten instinktiv, wie kurz die Zeit währte. Emsig und unermüdlich legten sie ihre Vorratslager an, während sich auch die Dammbewohner für den bevorstehenden Winter rüsteten.

Eichhörnchen konnten keine Fettreserven bilden, deshalb mussten sie Nüsse und Eicheln für die karge und kalte Zeit des Jahres sammeln, ihre Kober mit Laub und Moos auspolstern. Zur gleichen Zeit verstopften die Dammbewohner alle Ritzen ihrer Hütten mit Lehm und Stroh, verhängten die Eingänge mit schweren Teppichen. Die Perser und Kelims, die sie vom Sperrmüll und Flohmärkten geholt, oder von Bewohnern der Taunusstädte geschenkt bekommen hatten, hatten gute Wärmeeigenschaften, und zugleich verbreiteten sie eine wohnliche Atmosphäre. Manche Fenster tauschten sie aus und ersetzten sie durch Doppelverglasungen. Sie stapelten Holzscheite rund um die Hütten, um die Außenwände vor Witterungseinflüssen zu schützen. Neben den Holzöfen gab es aus Stein gemauerte, offene Feuerstellen, deren Abzüge lange Zeit Probleme bereitet hatten. Es wurde so lange getüftelt, bis die Kamine endlich keine Rußwolken mehr in den Innenräumen verbreiteten.

Vormittags fuhren Minka und Guy zur Goethe-Universität, schrieben Hausarbeiten und Klausuren. Nachmittags halfen sie bei allen anfallenden Arbeiten. Minka und Gesche kümmerten sich zudem um die Öffentlichkeitsarbeit. Sie wollten mehr Aufmerksamkeit und Verständnis für ihren Protest gegen die geplante vierspurige Bundesstraße durch den Taunus wecken und ein tieferes Bewusstsein für die Umweltzerstörung in den Köpfen der Menschen erreichen. Dabei stellte sich heraus, was für ein überzeugendes Gespann die beiden waren. Minkas Wahlkampferfahrung als Bürgermeistertochter und Juso-Mitglied, gepaart mit Gesches ungewöhnlichem Charme, machte sie zu einem charismatischen Duo. Die ZDF-Jugendsendung »direkt« brachte einen Beitrag über das Dorf, und das Hessische Fernsehen drehte einen fünfundvierzigminütigen Film über den Damm, der im November ausgestrahlt werden sollte.

Abgesandte der neuen Partei Die Grünen besuchten das Hüttendorf und waren von ihrem Projekt begeistert. Gesche und Minka kamen mit Rolf ins Gespräch, einem der Gründer der Partei. Er war ein schlaksiger Mittzwanziger, ein Intellektueller, der vom Taxifahren lebte.

»Wir sind ein wilder Haufen aus unterschiedlichsten Bewegungen, Ideologien und Zielen mit dem nicht minder wilden Vorhaben, die Welt grundlegend zu ändern«, verkündete er.

Minka sah ihn erstaunt von der Seite an. Ihr fiel seine leicht gestelzte Art zu reden auf, und trotzdem wirkte er gewinnend. Nachdem sie ihn herumgeführt und ihm alles gezeigt hatten, saßen sie abends gemeinsam am Feuer und rösteten selbst gemachten Stockbrotteig.

»Unser Hauptaugenmerk liegt auf der Erkenntnis, dass die Ressourcen auf diesem Planeten endlich sind. Und unser Rezept zur Beteiligung all der Ausgegrenzten lautet: mehr Demokratie und Teilhabe für alle.«

»Für alle?«, fragte Gesche nach.

»Für alle! Wir wollen Themen und Stimmen im parlamentarischen Raum Gehör verschaffen, die es bis jetzt nur auf der Straße gab: Ökologie, Anti-Atomkraft, Frieden, Menschenrechte, Frauen, Lesben und Schwule.«

»Mir ist der Naturschutz das Allerwichtigste«, sagte Minka sofort. »Allein in der Kleinstadt, in der ich aufgewachsen bin, habe ich so viel Umweltzerstörung und fehlenden Respekt vor der Natur, vor dem Leben der Tiere mitbekommen!«

»Aus welcher Stadt kommst du denn?«

»Aus Mainheim.«

Rolf nickte. »Aha, das sagt alles. Naturschutz ist natürlich unsere oberste Priorität, deshalb nennen wir uns ja auch Die Grünen, aber bei uns findest du Menschen aus K-Gruppen, Öko- und Friedensaktivisten und Frauenrechtlerinnen, komm einfach und sieh es dir an.«

Gesche sagte: »Das wird nicht leicht, alle zu integrieren. Das ist ja auch unser Thema und unser Problem, eigentlich tagtäglich.«

»Genau! Hat ja auch niemand gesagt, dass es leicht wird, aber man muss es versuchen. Ihr macht es hier im Kleinen, und wir machen es im ganz großen Stil!«

Er biss von dem knusprigen Brot ab und lobte den kernigen Geschmack, kaute eine Weile und sagte dann: »Wisst ihr was? Ihr solltet unbedingt Petra kennenlernen. Ich glaube, ihr würdet euch sehr gut verstehen.«

»Petra?«, fragte Minka. »Meinst du Petra Kelly?« Als er nickte, fügte sie hinzu: »Ich habe sie bei einer Anti-Atomkraft-Demo in Frankfurt reden gehört. Sie ist unglaublich.«

»Ja, das ist sie, und sie hat das besondere Talent, Menschen aus allen Lagern zu bewegen und für sich einzunehmen. Ihr solltet sie wirklich treffen.«

Dann sah er abwechselnd Gesche und Minka an. »Ihr beide verkörpert zusammen fast ein bisschen das, was Petra ausmacht.«

Rolf lud sie zu ihrer nächsten Sitzung ein und versprach, sich dafür einzusetzen, die Verhinderung der B8 in das Parteiprogramm zu integrieren.

Die Wochen vergingen, die Tage wurden kürzer, die Abende kühler. Minka und Guy bewohnten inzwischen eine der Holzhütten zu zweit. Eng aneinandergeschmiegt, lagen sie in ihrem selbst gezimmerten Doppelbett. Minka hatte ihre Hand auf Guys Brustkorb gelegt, die warmen Decken bis zur Nase gezogen, und beide schliefen tief und fest.

Ein leises Klirren in einiger Entfernung weckte als Erstes Clärchen auf, die auf einem Teppich vor dem Bett lag. Sie knurrte und lief zu der Hüttentür. Durch ihre Unruhe wurde Minka wach, öffnete die Augen, weckte Guy. »Da draußen ist irgendwas!«

Jetzt hörten sie, wie Glas zersprang, nicht nur einmal, sondern immer wieder, in schnellen Abständen hintereinander, immer wieder: Knallen, dann berstendes Glas. Clärchen begann wütend zu bellen. Guy und Minka sprangen aus dem Bett. Hastig schlüpften sie in Jeans und Pullover, suchten ihre Schuhe, griffen sich ihre Taschenlampen. Kaum dass sie den Teppich zur Seite schlugen und die Tür öffneten, fetzte Clara hinaus in die Dunkelheit.

Es dämmerte noch nicht, nur die Lichtkegel der Taschenlampen anderer Dorfbewohner tanzten durch die Nacht. Fast alle hatten die Geräusche gehört und kamen von überallher schlaftrunken aus ihren Hütten.

»Das muss hinten beim Gewächshaus sein!«, sagte jemand.

Der weiße Körper des Bullterriers jagte schon in Richtung des Gemüsegartens. Minka und Guy rannten hinterher. Auch drei andere Hunde rasten laut bellend zum Garten. Guy war einen Meter vor ihr. Plötzlich wurde Minka von hinten gepackt. Ein festes, kaltes Stück Metall legte sich um ihren Hals und schnürte ihr so fest die Kehle zu, dass ihr die Luft wegblieb, sie nicht einmal einen Schrei ausstoßen konnte. Ihr erster Impuls war, irgendwie die Finger unter das Ding zu kriegen, den Druck auf ihre Kehle zu lösen. Tränen traten ihr in die Augen. Sie schlug verzweifelt um sich, aber ihre Arme landeten im Leeren. Wie durch einen Schleier sah sie schwarz vermummte Gestalten, die jetzt aus allen Richtungen auftauchten. »Juhu, Besuch für euch, ihr Müslifresser!«

Sie hatten Baseballschläger und begannen sofort, auf alles in ihrer Umgebung einzudreschen. Die Fenster der Hütten gingen zu Bruch, die Solaranlage wurde zertrümmert, die Stützpfähle der Wasserleitung wurden weggeschlagen. Auch die völlig überrumpelten Hüttenbewohner bekamen Hiebe ab, versuchten sich zu wehren oder flüchteten. Die Angreifer waren in der Überzahl, mindestens fünfzehn. Sie kamen aus allen Richtungen.

»Bleib dicht hinter mir«, zischte Guy, drehte sich kurz zu ihr um und realisierte erst jetzt, dass einer der Schläger sie in seinen Fängen hatte.

»Minka!«, schrie er und warf sich von hinten auf ihren Angreifer. Für einen Moment lockerte sich der Würgegriff um ihren Hals, doch dann schlug Guy ein anderer einen Baseballschläger in den Rücken, und er sackte stöhnend zusammen. Das Würgeeisen wurde wieder angezogen. Reflexartig griff sie danach, versuchte fieberhaft, mit den Fingern seinen Griff zu lockern und das Metall von ihrem Hals zu ziehen. Ohne jede Chance.

Ein anderer kam jetzt von vorne auf sie zu. Er war schmächtig, trug eine schwarze Wollmütze über dem Gesicht, in die Löcher für Augen und Mund geschnitten waren. Sie konnte seinen Flaum über der Oberlippe sehen, als er grölte: »Zeig uns mal deine Titten, du Ökoschlampe!« Eine Jungenstimme – er musste jünger als sie sein. Mit einem Stock schob er ihren Pullover nach oben. Schallendes Gelächter des Mannes, der sie immer noch im Würgegriff hatte und das Eisen mit jedem Lacher lockerte. Er hatte Kraft – wenn er gewollt hätte, wäre sie längst erstickt. Ihre Beine schlackerten, und ihr Herz schlug viel zu schnell, als er wieder fester gegen ihren Hals drückte.

Dann hörte sie den gellenden Schrei eines Kindes, einer jungen Frau. Unverkennbar die Stimme von Gesche. Gleich darauf sah sie, wie sie von einem kräftigen Kerl auf den Platz vor der Rundhütte geschleift wurde. Auf der Rückseite seiner schwarzen Jacke war ein riesiger Adler aufgestickt. Gesches winziger Körper wirkte wie der einer Puppe, als er sie auf den Boden warf und sich über sie beugte. Warum tat denn keiner was?, dachte Minka. Angst schoss durch ihren Körper, als das Metall an ihrer Kehle wieder fester zudrückte und ein Schleier sich vor ihren Blick legte.

»Jetzt wolln wir mal was sehen!«, rief ein anderer. Auch seine Stimme klang wie die eines Jungen, nicht älter als fünfzehn.

Plötzlich bemerkte sie aus dem Augenwinkel, wie ein weißer Hundekörper angeschossen kam. Clara stürzte sich in vollem Tempo auf Minkas Angreifer und verbiss sich in seiner Wade. Das erste Mal in ihrem Leben zeigte Clara, was außer der unbeirrbaren Treue zu Minka in ihr steckte. Wenn sich ein Bullterrier einmal festbiss, hinderte ihn kaum etwas daran, wieder loszulassen, schließlich waren seine Vorfahren für englische Hundekämpfe gezüchtet worden. Und mit ihren starken Kiefern war es Clärchen ein Leichtes, den Unterschenkelknochen eines ausgewachsenen Mannes zu knacken. Es war ein hässliches Geräusch. Wie irr vor Schmerzen schrie der Mann auf und ließ von Minka ab, das Würgeeisen fiel zu Boden. Minka taumelte und rang nach Luft, fasste sich mit den Händen an den wunden Hals. Clara hing noch immer am Bein des Mannes, aus dem der offene Knochen herausragte, doch dann ließ sie davon ab und biss ihm in die Arme. Guy regte sich wieder und richtete sich langsam auf. Er streckte den Arm aus und riss dem Mann die Mütze vom Kopf, entblößte seinen kahlen Schädel mit einer Tätowierung im Nacken: HASS.

Um sie herum versuchten die Dorfbewohner, sich, so gut sie konnten, zu wehren oder zu retten. Anja und Frauke rannten an ihnen vorbei, flohen Richtung Wald. Arne und Pit prügelten sich mit den Vermummten.

Steffen wirbelte einen Bambusstock und setzte seine Beine zum Kickboxen ein. Gesche schrie wieder gellend, als der kräftige Mann ihr die Bluse aufriss und ihre Brüste entblößte. »Hey, das sieht ja aus wie bei einem mageren Jungen!«, rief er hämisch. Von der Seite kam Theo gerannt und holte aus, um ihm eine Latte überzuziehen, doch unmittelbar davor wurde er von einem der anderen Angreifer in schwarzer Bikerjacke mit voller Wucht umgehauen. Guy stürzte sich auf den Mann mit der Lederjacke und nahm ihn in den Schwitzkasten. Minka konnte sehen, wie sich Guys Armmuskeln anspannten, als er den Kopf des Mannes zur Seite drehte. Er hätte ihm in diesem Moment das Genick brechen können und presste die Worte zwischen den Zähnen heraus: »Wer seid ihr? Wer hat euch geschickt?«

»Ich sag's dir, aber lass mich erst los.«

Zu voreilig lockerte Guy seinen Griff. Der andere richtete sich auf und begann sofort, auf Guy einzuschlagen, verpasste ihm mehrere Fausthiebe. Guy taumelte, seine Nase blutete, doch dann wehrte er sich, landete rasch hintereinander zwei rechte Haken unter dem Kinn des Angreifers, und der ging zu Boden.

Minka stieß jetzt einen Doppelpfiff aus und rief Clara zu sich. Sie deutete auf den Mann, der noch immer Gesche festhielt, gab ihr zum ersten Mal in ihrem Leben das Kommando: »Fass!«, und der Bullterrier wusste sofort, was zu tun war. Mit wütendem Grollen stürzte Minkas weiße Freundin sich auf den Angreifer, sprang hoch und verbiss sich in seinem Unterarm. Sofort ließ dieser Gesche los, die sich auf die Seite rollte und rief: »Achtung!« Aber den Mann mit dem Baseballschläger sah Minka zu spät kommen. Er holte weit aus, und kurz darauf ertönte ein grauenhaftes Jaulen, das Minka durch Mark und Bein ging. Clara flog in hohem Bogen durch die Luft, prallte dumpf auf den Boden und blieb wimmernd liegen.

»Drecksköter!«, zischte der Mann und holte wieder aus. Aber diesmal war Guy schneller und stürzte sich auf ihn, schlug wie ein Besessener auf ihn ein.

»Hör auf, Guy! Du bringst ihn noch um!«, schrie Minka, und er ließ nur zögernd von ihm ab.

In dem Moment ertönte eine Trillerpfeife, und sogleich stoppten die Angreifer alle Aktionen, hörten auf zu prügeln und wanden sich aus den Zweikämpfen. Sie zogen sich zurück, rannten dicht hintereinander den Damm hinunter, johlend und grölend in den Wald.

»Wir kommen wieder!« Das Echo des Satzes hallte noch in ihren Ohren, als Minka vor Clärchens zitterndem Körper in die Hocke ging. Die verletzte Bullterrier-Hündin winselte leise, während Minka sie sanft streichelte und beruhigend auf sie einsprach. Gesche und Guy kamen zu ihr und knieten sich neben sie.

»Was ist mit ihr?«, fragte Gesche.

»Ich weiß nicht genau.« Minka unterdrückte ein Schluchzen. »Da ist eine große Platzwunde.« Sie starrte hilflos auf die Stelle am Rücken, aus der das Blut in das weiße Fell sickerte.

Guy drückte sanft ihre Schultern. »Wir bringen Clärchen in eine Klinik.«

Aber Minka spürte, dass es zu spät war, dass kein Arzt ihr mehr helfen konnte. Sie legte ihre Lippen an Claras Ohrmuschel und flüsterte ihr zärtliche Worte des Abschieds und der Dankbarkeit zu, die kein anderer hören konnte. Sie waren allein für die treue Gefährtin ihrer Kindheit bestimmt, die nun sterben musste. Claras Körper hörte auf zu zittern, ihr Winseln verstummte, und nach einigen Sekunden wurden ihre Augen starr. Minka saß einfach da und sah ihren Tränen zu, die auf das weiße Fell tropften.

Nach und nach kamen jetzt auch die anderen Bewohner hinzu. Manche hatten Kopfwunden, andere humpelten, einige weinten leise. Im Osten zeigten sich rosa Streifen am Himmel. Die Morgendämmerung hatte eingesetzt und tauchte ihr verwüstetes Dorf in ein fahles Licht. In den umliegenden Bäumen erwachten die Vögel und gaben Bescheid, dass ein neuer Tag anbrach.

HELGA UND HARALD SCHÖNWETTER

Am 5. Oktober 1980 stimmte die deutsche Bevölkerung über die Zusammensetzung des 9. Deutschen Bundestags ab. Neun Tage zuvor waren beim Münchner Oktoberfest durch einen rechtsextremen Anschlag dreizehn Menschen getötet und zweihunderteinundzwanzig verletzt worden, viele davon schwer. Das Fest wurde fortgesetzt, und der Wahlkampf zwischen Franz Josef Strauß und Helmut Schmidt entwickelte sich in der letzten Phase umso erbitterter. Der eine warf dem anderen die Vernachlässigung der Sicherheit und die Verharmlosung der rechtsextremen Kräfte vor.

Hinter ihnen lag ein Jahr, in dem der erste Golfkrieg begann, von dem noch keiner wusste, dass er die Region acht Jahre in Atem halten würde. Tito starb, wodurch der kriegerische Zerfall Jugoslawiens eingeleitet wurde. In Polen rangen Lech Walesa und seine Gewerkschaft der Regierung einzigartige Zugeständnisse ab. Deutschland nahm weitere Bootsflüchtlinge aus Vietnam auf. In den USA hatte ein Wahlkampf begonnen, bei dem sich ein Western-Schauspieler mit guten Chancen als Präsidentschaftskandidat bewarb. Die DDR war Mitglied des UNO-Sicherheitsrats geworden, die Sommerzeit war eingeführt worden und sollte über Jahrzehnte hinweg zwei Mal jährlich den Biorhythmus von Mensch und Tier durcheinanderbringen.

Es war das Ende eines Jahrzehnts, in dem sich weltweit Krisen und Revolutionen häuften, die Umweltzerstörung nahezu ungehemmt voranschritt. Die Achtziger begannen, und allenthalben wurde eine Wende beschworen, ein geistig-moralisches Umdenken, eine ökologische und friedensorientierte Umkehr. In ganz Westeuropa hatte sich eine neue Bewegung formiert: Die Grünen. Heute standen sie zum ersten Mal zur Wahl für den Einzug in den deutschen Bundestag.

Helga Schönwetter hatte den Sekt kaltgestellt, Kanapees mit Räucherlachs und Schillerlocke belegt, obwohl sie wusste, dass Harald keinen Fisch mochte und deftige Wurstbrote bevorzugte. In den Ecken standen braune Pappkartons, die sie gegen den ausdrücklichen Willen ihres Mannes angefangen hatte zu packen. Nach und nach, Tag für Tag, sortierte sie aus, wickelte einzelne Teile von Geschirr und Küchenutensilien, die sie nicht dringend brauchte, in dicke Lagen Zeitungspapier, verstaute sie sorgsam in eine Umzugskiste.

Bei der letzten Bürgermeisterwahl hatten die Mainheimer den Kandidaten der CDU, den Metzgermeister Walter Hansen, mit 68 Prozent der Stimmen ins Amt gewählt. Schönwetter hatte nachgedacht und war zu dem Schluss gekommen, dass er sich die Investition in die Kläranlage auch hätte sparen können. Längst hielt er die Bürger für Ignoranten, die keinerlei Weitblick besaßen. Wichtig war nicht, wie Mainheim heute aussah, sondern was er alles in der Zukunft für die Gemeinde tun würde. Er wäre in der Lage gewesen, die Kleinstadt in ein neues Jahrzehnt zu führen, mit neuen Gewerbeansiedlungen, neuen Arbeitsplätzen, moderner Infrastruktur und Neubaugebieten. Die Mehrheit hatte ihm jedoch ihr Vertrauen entzogen.

Das Haus, in dem sie lebten, war öffentliches Eigentum, sie würden es räumen müssen. Aber Schönwetter hatte, ohne seine Frau auch nur einmal zu fragen, entschieden, auf seinem Wohnrecht bis zum 30. April 1981 zu bestehen. Helga hing nicht an dem Haus. Wenn sie ehrlich war, hatte sie es nie gemocht. Der dunkle Garten, in dem kaum etwas gedieh außer Moos und Unkraut, das hässliche rote Dach, die von kaltem Zigarrendunst durchzogenen Räume. Es war das Überbleibsel eines Lebens, das sie am liebsten hinter sich lassen würde. Dass sie den Rest nun allein mit einem frustrierten Despoten an ihrer Seite verbringen sollte, der von morgens bis abends zu Hause herumlungerte, empfand sie als Strafe dafür, dass sie ihn viel zu lange unterstützt hatte. Schon seit einer ganzen Weile spürte sie, wie sie innerlich von ihm abrückte. Der standhafte Sozialdemokrat, den sie einmal geheiratet hatte, der in Mainheim zu Recht hohes Ansehen genossen hatte, war für die Stadt, die er jahrelang regiert hatte, zu einem Desaster geworden. Seit Neuestem verstieg er sich in Verschwörungstheorien und äußerte offen Rachegedanken.

Demonstrativ durchsuchte sie die Frankfurter Rundschau nach Mietangeboten für Drei-Zimmer-Wohnungen, ließ die mit blauem Kuli eingekreisten Anzeigen offen auf dem Küchentisch liegen. Wenn es nach ihr gegangen wäre, hätte sie sich sofort eine bescheidene Bleibe in Frankfurt-Bockenheim oder im Nordend gesucht, Mainheim für immer hinter sich gelassen, am liebsten allein ohne Harald. Fischhäppchen, Umzugskisten und Wohnungsanzeigen waren Ausdruck ihrer stillen Auflehnung.

Wie immer am Abend der Bundestagswahl saß Schönwetter in seinem abgewetzten Armlehnsessel und rauchte eine Zigarre. Der Fernseher lief, er hatte schon etliche Bierchen intus. Es wurde eine Rückblende in die am 2. Oktober live ausgestrahlte sogenannte Elefantenrunde gezeigt, dem Fernseh-Schlagabtausch der Spitzenkandidaten. »Kriegskanzler und Friedensschwätzer«, nannte Strauß den Kandidaten der SPD.

»Du Armleuchter!« Schönwetter lief vor Wut genauso rot an wie der CSU-Kandidat.

Helga betrachtete ihren Mann und spürte eine kühle Distanz. Wie sehr waren er und die gesamte Politik doch vom rechten Weg abgekommen. Durch die Polarisierung der Bundestagswahl waren während des gesamten Wahlkampfs die eigentlichen politischen Streitfragen über Familienförderung, Wohnungsmangel, Sicherheit und Terrorismus sowie Staatsverschuldung in den Hintergrund getreten. Genauso wie die Unterschiede zwischen der SPD und FDP, zwischen Koalition und Opposition. Alles drehte sich nur noch um die beiden Kanzlerkandidaten.

Während Helmut Schmidt in seiner klaren Sprache des kühlen Hamburgers über das »Sicherheitsrisiko Strauß« für Deutschland sprach, rief Schönwetter mehrmals: »Hättest mal richtig draufhauen sollen, du Memme.«

Helga dachte, um wie viel angenehmer es war, der Stimme eines fremden Politikers zuzuhören, als einen real existierenden im Fernsehsessel sitzen zu haben. Als es an der Tür klingelte, machte Schönwetter keine Anstalten aufzustehen, sondern bekam einen Hustenanfall.

»Bleib sitzen, ich geh schon!«, sagte Helga. »Vielleicht konnten Marc oder Golo doch noch kommen.«

Sie strich sich die Jacke ihres Hosenanzugs glatt, ging mit raschen Schritten zur Tür. Schwungvoll und weit zog sie sie auf, in der Erwartung, wenigstens einen ihrer Söhne dort stehen zu sehen. Aber als sie in die Dämmerung schaute, war dort niemand. Im ersten Moment dachte

Helga, die Kinder aus der Nachbarschaft spielten Klingelstreiche, aber dafür war dies eine ungewöhnliche Zeit. Sie tat einen Schritt nach vorne, um hinunter zum Gartentor zu gehen, da knisterte etwas unter ihrem Schuh. Auf der Kokosmatte lag ein Kuvert. Helga Schönwetter sah sich noch einmal nach allen Seiten um. Es war ein kühler Oktoberabend, und der leichte Wind bewegte sanft die Zweige der Thuja neben den Glasbausteinen. Es dämmerte fast, doch am Horizont waren noch die letzten rosa Streifen eines Abendrots zu sehen. Gegenüber hing seit Monaten ein Schild der Maklerfirma Neues-Wohnen-Immobilien mit dem schwarzen Schriftzug »*Zu verkaufen*«.

Straße und Bürgersteig menschenleer, um diese Zeit an diesem Tag saß nahezu ganz Deutschland vor dem Fernseher. Sie bückte sich, hob den braunen Umschlag auf, drehte ihn hin und her, besah sich Vorder- und Rückseite, doch da waren weder Adressat noch Absender. Ohne lange zu überlegen, fuhr sie mit ihrem Finger in den Falz und riss das Papier ein Stück auf, doch da hörte sie plötzlich ein Geräusch von dem verlassenen Grundstück gegenüber. Bevor sie sich ducken konnte, landete ein Ei genau auf ihrer Brust. Schnelle Schritte, ein Schatten, der, kaum dass sie ihn sah, auch schon im Zwielicht verschwunden war. Nichts verriet, wer hinter den hohen Büschen des verwilderten Nachbargeländes gelauert hatte.

Schönwetter konnte den Blick nicht vom Bildschirm abwenden, denn gerade erschienen die Diagramme für die erste Hochrechnung. Er schlug sich mit der Faust in die linke Handfläche. »Na, wer sagt's denn! Das sieht doch gut aus! Und diese lächerlichen grünen Körnerfresser haben nur 1,5 Prozent! Gott sei Dank! Aber alles andere hätte mich auch gewundert. Und sieh mal, Helga: 42 Prozent für Schmidt, das ist kein Pappenstiel, mit der FDP zusammen sollte das wieder reichen.« Er beugte sich nach vorne, um nach seinem Bierglas auf dem Couchtisch zu greifen. »Wer ist denn gekommen?« Erst jetzt drehte er den Kopf zur Tür.

»Niemand. Aber das hier lag auf der Fußmatte.«

Sie warf den Brief neben sein Bierglas. Schönwetter sackte bei ihrem Anblick wieder in den Sessel zurück. Die Reste des Eidotters klebten auf ihrer roten Jacke und rannen im Zeitlupentempo nach unten. Ein fauliger Gestank erfüllte das Zimmer, aber Schönwetter sagte kein Wort. Der Umschlag lag da, in der Mitte des Couchtischs. Erst nach einer halben Minute griff er danach, drehte ihn hin und her, fragte: »Auf der Fußmatte? Kein Absender?«

»Wie du siehst.« Helgas Gesicht wirkte maskenhaft bleich. Sie stand einfach da und wartete ab, bis er den Umschlag ganz aufriss, betrachtete die dichten grauen Haare auf seinen Handrücken. Sein Zeigefinger und Daumen fuhren in das Innere des Kuverts, und sie musste daran denken, dass der Inhalt explosiv oder gesundheitsschädlich sein könnte, wie in einem Krimi. Doch ihr Mann entnahm ihm lediglich ein Blatt Papier, auf dem sorgfältig aus einer Zeitung ausgeschnittene Buchstaben aufgeklebt waren:

Schönwetter: Pack deine Sachen und verschwinde aus Mainheim!

»Diese undankbare Bagage!«, stieß er aus. »Jahrelang schuftet man sich für sie krumm, und dann so was!«

Helga drehte sich um. Ohne ein Wort nahm sie seinen Aschenbecher und ging damit in die Küche, schüttete den Inhalt in den Abfalleimer. Sie schlüpfte aus ihrer Jacke und wusch die Flecken mit Wasser und Spüli aus. Sie rubbelte fest, ohne Rücksicht auf den Stoff zu nehmen. Danach hängte sie die Jacke über eine Stuhllehne, krempelte die Ärmel ihrer Bluse hoch und begann, den nächsten Küchenschrank auszuräumen. Sorgfältig verpackte sie das Service mit den Sonnenblumen in Zeitungspapier. Ihren Henkelbecher mit dem roten SPD-Schriftzug, aus dem sie jahrelang ihren Kaffee getrunken hatte, drehte sie einige Sekunden in der Hand hin und her. Dann warf sie ihn in den Mülleimer.

CARO

Caro saß auf dem Boden ihres winzigen Wohnzimmers, hatte Notizen, Zeitungsausschnitte, Fachartikel und Bücher um sich herum ausgebreitet. Im Kassettenrekorder lief Musik von Cat Stevens, ab und zu summte sie die Melodie mit. Der tragbare Fernseher neben ihr auf dem Plexiglastisch sendete die Hochrechnungen aus dem Wahlstudio der ARD, den Ton hatte sie abgedreht. Nur ab und zu warf sie einen Blick auf den flimmernden Bildschirm. Heute war der Empfang mit der Zimmerantenne besonders miserabel.

Es interessierten sie im Grunde nur zwei Dinge: ob Strauß die Wahl verlor und wie viele Stimmen Die Grünen bekamen. Das erste Mal hatte sie wählen dürfen, und obwohl es Pa in den Wahnsinn getrieben hätte, wenn er es erfahren hätte, war ihr Kreuzchen neben dem Namen der neuen Partei gelandet.

Sie nahm wieder den Aufsatz in der Fachzeitschrift Acta Psychiatrica Scandinavica in die Hand. Es ging um die Gabe von Dipiperon bei kindlichen Verhaltensstörungen. Einige Stellen hatte sie mit grellgelbem Marker angestrichen. Seit Claire so offen über ihre Medikamentenabhängigkeit gesprochen hatte, ging Caro das Thema nicht mehr aus dem Kopf, und sie hatte zuerst zögerlich, dann immer intensiver begonnen zu recherchieren. Zentimeter um Zentimeter einem perfekten Mosaik nachspürend, trug sie alle Informationen zusammen, die sie über Medikamentengaben in Kinderheimen finden konnte, zapfte jedes Archiv an, das ihr als Journalistin zur Verfügung stand. Bevor Claire nach München gefahren war, hatte sie sich nochmals mit ihr getroffen, hatte immer wieder gefragt, woran sie sich erinnern konnte. Ganze Abende las sie in ihren zusammengetragenen Unterlagen: Fachzeitschriften, Dokumente aus Archiven von Pharmafirmen, zwei medizinwissenschaftliche Dissertationen, die auf Versuchen an Heimkindern basierten, sowie Dokumente aus dem Bundesarchiv. Alles wertete sie systematisch hinsichtlich Publikationen und Belegen über Studien an Heimkindern aus.

Eine hervorragende Quelle stellte die Deutsche Medizinische Wochenschrift dar, nicht zuletzt aufgrund der Dauer ihres Erscheinens.

Über mehrere Epochen hinweg berichtete die Zeitschrift kontinuierlich über Ergebnisse medizinischer Forschung und vor allem auch über Forschungen, die in der Öffentlichkeit Anlass zu Diskussionen über ethische Aspekte gaben. Eine Reihe von Artikeln in den Ausgaben von 1945 bis 1975 befassten sich mit Versuchen zu Impfstoffen, die an Heimkindern durchgeführt worden waren. Und schließlich war sie auf eine Reihe von Fachaufsätzen über die Gabe von Psychopharmaka gestoßen. Es war erstaunlich, wie offen in den einschlägigen Zeitschriften über die Einbeziehung von Heimkindern als Versuchspersonen berichtet wurde, ohne dass jemals explizit die Zustimmung der Eltern oder der gesetzlichen Vertreter erwähnt worden wäre. In keiner dieser Publikationen fanden sich Hinweise auf eine Einwilligung durch die Beteiligten selbst, ihrer Erziehungsberechtigten, soweit diese noch lebten, oder der gesetzlichen Vertreter. Konnte es so auch in dem Kinderheim gewesen sein, in dem Claire untergebracht war?

Caro stand auf und stellte sich einen Stuhl vor den Schrank, um an einen Pappkarton mit Blümchenmuster heranzureichen. Darin bewahrte sie ein Sammelsurium aus ihrem alten Kinderzimmer auf. Seit ihrem Umzug hatte sie die Kiste nicht mehr hervorgeholt. Als sie die Staubschicht vom Deckel pustete, schloss sie die Augen, weil die Flusen in ihr Gesicht wirbelten. Gerade als sie den Karton auf dem Couchtisch abstellte, klingelte es an der Tür, und sie sah auf ihre Armbanduhr: 18 Uhr. Eine Verabredung hatte sie nicht, und tatsächlich gab es niemanden in ihrem Leben, der einfach so unangekündigt vorbeikam. Während sie zur Tür ging, fragte sie sich, wie es sich wohl anfühlte, jeden Abend mit demselben Menschen zu verbringen. Einige Tage hatte sie geglaubt, Stefan könnte derjenige sein. Doch nach ihrem gemeinsamen Discobesuch waren sie beide wieder auf Distanz gegangen.

Caro sah durch den Spion. Der Anblick überraschte sie so sehr, dass sie unwillkürlich einen kleinen Schrei ausstieß und mit einem Ruck die Tür öffnete. Vor ihr stand Minka, in einem viel zu großen Bundeswehrparka. Auf dem Rücken trug sie einen vollgepackten Tramperrucksack. Sie hatte vor Schlafmangel dunkle Schatten unter den Augen. Die Spuren, die die Tränen in ihrem Gesicht hinterlassen hatten, waren überdeutlich. Aber selbst in diesem Zustand war es immer noch das aparteste Gesicht, das Caro kannte.

»Minka! Was ist passiert?«

»Caro! Ich hatte keine Ahnung, wohin ich gehen sollte. Nach Hause kann ich nicht zurück, wegen meinem Vater, und da …«

Caro fiel ihr um den Hals, und Minka legte die Arme um sie.

»Komm schon rein, da entlang.«

Sie ging vor ihr her. Der Flur war klein, und durch die Fototapete wirkte er noch enger, das Wohnzimmer winzig. Minka betrachtete mit ernstem Gesicht die schräg gehängten Protokolle und Zeitungsausschnitte an den Wänden. Es sah fast aus wie früher in ihrem eigenen Jugendzimmer, als sie noch alles über Tierversuche gesammelt hatte. Darunter stand eine schmale Couch mit grafischem Muster.

»Willst du was trinken?«, fragte Caro etwas ratlos, da Minka keine Anstalten zu einer Erklärung für ihren plötzlichen Besuch machte.

Sie holte eine Flasche Rotwein und zwei Ikea-Gläser aus der Küche, räumte ihre Zeitschriften und Bücher zusammen, setzte sich im Schneidersitz auf den Flokati-Teppich.

»Ist das für deinen Job als Journalistin?«, fragte Minka und deutete auf die Stapel, die sie neben sich aufgehäuft hatte. Sie zog ihren Parka aus und legte ihn auf die Couch.

»Mal sehen. Offen gesagt, weiß ich das noch nicht.«

Caro schenkte die Gläser voll. Der billige Supermarktwein brannte in der Kehle, und der Alkohol stieg ihr sofort in den Kopf.

»Also? Was ist passiert?«

Minka nahm noch einen großen Schluck und begann zu erzählen.

»Sie tauchten aus dem Nichts auf. Die Nacht schien so ruhig und friedlich, wir schliefen ganz fest, aber Clärchen hat sie gehört und uns geweckt. Als wir vor die Hütte traten, war da dieses schreckliche Klirren, weil sie alle Scheiben unseres Gewächshauses zertrümmert haben, und im nächsten Augenblick waren sie da.« Unwillkürlich griff sie sich an den Hals, den sie seitdem mit einem Schal umwickelte, um die roten und blauen Würgemale zu verbergen.

»Du zitterst ja«, sagte Caro.

Die Erinnerung an das kalte Eisen an ihrer Kehle hatte alle Wärme aus ihrem Körper gezogen. Seit dem Überfall auf das Hüttendorf war eine Woche vergangen. Sie hatten noch am selben Morgen ein tiefes Grab an einer höher gelegenen Lichtung im Wald ausgehoben. In sicherer Entfernung zum Damm, um zu verhindern, dass eines Tages, wenn ihre Protestaktion scheiterte, Baggerführer auf Clärchens Knochen stoßen würden. Der Platz gewährte einen weiten Blick über das Liederbachtal. Einige Schritte weiter wuchsen wilde Astern. Mit ihren wunderschönen Blüten in Gelb und Violett und mit leuchtendem Herbstlaub bedeckten sie den toten Körper, verdeckten die hässliche Platzwunde, bekränzten Clärchens Kopf. Sie traten zurück und schauten den weißen Hund mit der rosigen Schnauze ein letztes Mal an, bevor sie die Schippe feuchter Taunuserde in die Grube warfen. Hinterher traten sie die Erde fest. Eine Schwere erfüllte ihre Seele, als würde flüssiges Blei in ihren Adern fließen. Nie hätte sie geglaubt, wie entsetzlich der Abschied von Clärchen werden könnte.

Minka fühlte sich seitdem im Hüttendorf nicht mehr sicher. Die Albtraumnacht hatte sich in ihr Gedächtnis gebrannt und überdeckte die Erinnerungen an Sommerduft, Gewitterregen, an die sternenfunkelnden Abende. Das Heimatgefühl, das sie so viele Monate verspürt hatte, war verschwunden. Sie hatte Angst, war wachsam wie ein Reh, lauschte auf jedes Geräusch, jedes Rascheln im Laub, konnte das Gefühl, beobachtet zu werden, wenn sie in den Wald ging, nicht mehr ablegen. Die Angreifer hatten bei ihrem plötzlichen Rückzug einen Molotowcocktail zurückgelassen, der nicht gezündet worden war. Seitdem befürchteten einige der Dammbewohner, dass sie, wie angekündigt, zurückkehren würden, um ihr Dorf in Brand zu stecken. Es war nicht nötig, es auszusprechen: Jeder wusste, dass ihre Holzhütten in Sekundenschnelle lodern würden wie Zunder.

»Also hat man die Typen nicht geschnappt?«, fragte Caro.

Minka schüttelte den Kopf. »Bis jetzt noch nicht. Dabei hat Guy dem einen sogar die Mütze vom Gesicht gerissen, und wir könnten ihn vermutlich identifizieren. Genügend Fingerabdrücke gibt es auch, nicht alle trugen Handschuhe. Aber angeblich haben die Untersuchungen noch nichts ergeben – wenn überhaupt ernsthaft ermittelt wird«, setzte Minka hinzu. »Wir haben der Polizei eine Tätowierung beschrieben. Der eine hatte im Nacken das Wort HASS stehen. Manche von denen waren ziemlich jung, das haben wir an den Stimmen erkannt, die können höchstens fünfzehn oder sechzehn gewesen sein.«

Caro schüttelte ungläubig den Kopf. »Warum tun die so was?«

»Ich weiß es nicht. Jedenfalls habe ich es einfach nicht mehr ausgehalten, ohne Clärchen wollte ich nicht bleiben.«

Sie vermisste die Bullterrierhündin schmerzlich, die ihr überallhin gefolgt war, sich nachts vor ihr Bett gelegt und über sie gewacht hatte. Nach wenigen Tagen hatte sie ihre Sachen in den Reiserucksack gepackt, mit Guy beratschlagt, wo sie für ein paar Tage unterkommen konnte. Guy wollte im Hüttendorf bleiben. Er fühlte sich inzwischen als Teil der Gemeinschaft, sah sich verpflichtet, beim Aufräumen der Scherben, dem Wiederaufbau der Wasserleitung zu helfen, aber er konnte Minka verstehen.

»Viele sind gegangen, vor allem die Frauen. Diese Angreifer hatten es speziell auf uns abgesehen, wollten uns anscheinend demütigen und bloßstellen.« Minka senkte den Kopf. »Ich verstehe gar nicht, womit wir diesen Hass auf uns gezogen haben. Wir sind doch vollkommen friedlich. Haben alle Sprayer-Aktionen eingestellt, keine Unterführungen oder Leitplanken mehr mit Anti-B8-Parolen angemalt, um nicht permanent mit dem Gesetz in Konflikt zu geraten. Wir haben versucht, Sympathien und nicht Ablehnung auf uns zu ziehen. Sogar einen Naturlehrpfad haben wir eingerichtet und Pilzsammelkurse veranstaltet. Es lief alles so gut, und wir dachten, wir könnten die Öffentlichkeit auf unsere Seite bringen.«

Sie schaute auf. Caros Blick war auf sie gerichtet. »Das wusste ich alles gar nicht. Ich hätte dich längst dort besuchen sollen. Aber …«

»Ich weiß«, sagte Minka. »Es war wegen Guy, nicht wahr?«

Hatte sie es in ihrem Gesicht gesehen oder ihre Gedanken erraten? Caro antwortete nicht. Sie griff nach ihrem Weinglas, leerte es in einem Zug und wollte sich nachschenken. Doch dann stellte sie die Flasche zurück auf den Boden. »Mir war schon in dem Moment klar, dass ihr ein Paar seid, als ich euch bei der Anti-Atomkraft-Demo getroffen habe. Es war irgendwie nicht leicht, das alles auf einmal zu verdauen. Dass Guy zurück ist, dass er auf dem Damm wohnt und dass ihr zusammen seid.«

»Da waren wir noch gar nicht zusammen.« Minka schlug die Augen nieder.

Sie griff nach Caros Hand. »Es tut mir leid, Caro. Ich weiß, dass du ihn damals viel lieber mochtest als ich.«

Caro straffte sich und machte ein erwachsenes Gesicht. »Das ist so lange her. Da waren wir Kinder.«

Schräg hinter Caro stand der Fernseher, und Minka deutete jetzt auf ein erstes Balkendiagramm, das auf dem Bildschirm erschien.

»Sieh mal. Da sind die Hochrechnungen.«

Caro drehte sich um. Beide sahen zu, wie die Balken langsam in die Höhe stiegen. Das Schwarz-Weiß-Bild ließ nicht auf Anhieb erkennen, welches Rechteck zu welcher Partei gehörte. Caro stand auf, stellte den Kassettenrekorder aus und drehte den Ton des Fernsehers auf.

»Ein enttäuschendes Ergebnis für die neu gegründete Partei Die Grünen. Sollten sich die 1,5 Prozent bewahrheiten, scheitern sie an der 5-Prozent-Hürde und werden den Einzug in den Bundestag verpassen«, sagte der Moderator nüchtern. Minka schüttelte traurig den Kopf. »Ich hatte so gehofft, dass sie es schaffen.«

Die beiden Mädchen sahen sich stumm an, und beiden gingen die Erinnerungen an ihre Kindheit, an ihre gemeinsamen Aktionen für die Natur, für die Versuchstiere, durch den Kopf. Ihre unterschiedlichen Charaktere waren ihnen selten bewusster gewesen, aber auch, wie seelenverwandt sie doch waren.

Der Reporter sagte: »Für die Fortführung der sozialliberalen Koalition sieht es hingegen gut aus.«

Minka schüttelte den Kopf. »Da wird mein Vater mal wieder jubeln.«

»Und meiner wird sich die Ohren zuhalten, wenn er den Schrei hört.« Caro schirmte ihren Mund mit den Händen ab und rief: »Steeeern … wir haben gewonnen.«

Plötzlich beugte sich Caro nach vorne und legte die Arme auf Minkas Schultern. Minka rückte näher an sie heran, und sie hielten sich einen langen Moment gegenseitig fest.

»Du hast mir so gefehlt, wusstest du das?«

»Du mir auch.«

Sie drehten den Ton des Fernsehers wieder ab, auf dessen Bildschirm jetzt die Kanzlerkandidaten und Vertreter der Parteien zu sehen waren, für die Grünen trat Petra Kelly auf.

»Erinnerst du dich an die Demo in Frankfurt? Da hat sie gesprochen«, sagte Caro.

»Ja, genau. Sie war unglaublich.«

»Sie hat für mich alles verkörpert, was ich mir unter grüner Politik vorstelle. Ich hatte das Gefühl, diese zierliche Person, mit ihrem ätherisch-schönen Gesicht könnte alle Umweltsünden, die wir schon als Kinder gesehen haben, ausmerzen, alle Lebewesen vor der Ausbeutung retten.«

»Ja, sie hat diese Aura. Die Leute werden das erkennen. Warte mal ab, bei den nächsten Wahlen sieht es ganz anders aus. Es muss und es wird sich etwas ändern.«

Minka stand auf und drehte den gelben Plastikständer mit Caros Kassettensammlung, suchte etwas aus. Caro holte die zweite Flasche Rotwein aus der Küche, diesmal eine mit Bastkorb. Sie hielt sie hoch. »Ist jetzt ein anderer«, sagte sie und las das Etikett vor: »Chianti Classico. Mal sehen, ob der besser oder schlechter ist.«

»Noch schlechter?«, fragte Minka. »Stimmt, das geht kaum, aber wer weiß!« Die jungen Frauen prosteten sich zu: »Auf die nächsten Wahlen!« Dann tranken sie ihre Gläser auf ex. Nach dem vierten Glas stand Minka schwankend auf.

»Weißt du was?«, sagte sie mit schwerer Zunge. »Ich glaube, ich muss wieder zurück. Es ist feige von mir, wenn ich Guy und alle anderen im Stich lasse, alles aufgebe, wofür wir auf dem Damm gekämpft haben. Petra Kelly würde das niemals tun.«

»Schlaf noch mal darüber«, lallte Caro. »Du hast ziemlich schlimme Sachen erlebt.«

Zu der Musik von den Byrds begannen sie zu tanzen, schwenkten die Arme durch die Luft, drehten sich, bewegten die Hüften, fassten sich an den Händen, wirbelten sich gegenseitig durch das Zimmer und sangen den Text mit:

To everything (turn, turn, turn)
There is a season (turn, turn, turn)
And a time to every purpose, under heaven
A time to be born, a time to die
A time to plant, a time to reap
A time to kill, a time to heal
A time to laugh, a time to weep.

Am nächsten Morgen wurde Caro von einem Geräusch geweckt. Durch das Fenster drang die Dämmerung. Ihr Kopf schmerzte, und sie musste sich im Schlaf in die Wange gebissen haben, fuhr mit der Zunge an einem Hautfetzen entlang.

Langsam kam die Erinnerung zurück, und sie drehte sich um. Doch Minka, die bei ihr übernachtet hatte, war nicht mehr da. Sie schleppte sich aus dem Bett und sah ihre Freundin in T-Shirt und Slip auf dem Boden im Wohnzimmer sitzen, Caros gesammelte Unterlagen um sie verteilt, vertieft in einen Text.

»Was tust du da?«, fuhr Caro sie an und nahm ihr die Zeitschrift aus der Hand. Ihre Augen suchten den Boden nach dem Block mit ihrem Roman ab.

Minka tat so, als sei es das Natürlichste der Welt, in ihren Sachen zu lesen. »Warum sammelst du all diese Aufsätze und Zeitschriften über Psychopharmaka und klinische Studien? Ist das für einen Artikel, den du schreibst?«

Als Caro ihren Block ganz zuunterst in dem Stapel entdeckte, war sie erleichtert. Minka sollte auf keinen Fall in ihren zusammengeklaubten Ideen und autobiografischen Erinnerungen lesen.

»Ich weiß es noch nicht, bisher sammle ich nur Informationen. Aber was ich damit machen werde, ist mir selbst noch nicht klar.«

Ihr Blick fiel auf die Pappkiste, die sie vom Schrank geholt hatte, und sie erinnerte sich wieder an das, was sie gesucht hatte. Sie öffnete den Deckel, setzte sich neben Minka, holte Bergkristalle heraus, ein Album mit gepressten Blumen, Stofftiere und schließlich ein zusammengerolltes Heft, das von schwarzen Plastikringen zusammengehalten wurde.

»Medizinische Dissertation zur Erlangung der Doktorwürde, Karin Lavalette«, las sie laut. »Lavalette! Das ist sie! Ich hatte es nur noch ganz vage in Erinnerung, dass diese Arbeit auch von ihr stammte. Aber der Name ist so außergewöhnlich. Sie war die Ärztin, die bei Claire im Kinderheim gearbeitet hat und die ihr regelmäßig Tabletten verabreicht hat. Verstehst du? Täglich Medikamente!«

»Claire? Deine Adoptivschwester?«, fragte Minka. »Aber war sie denn krank?«

Caro schüttelte langsam den Kopf. »Sie sagt, alle Kinder haben die Tabletten nehmen müssen, jeden Tag vor dem Frühstück und vor dem Mittagessen, manchmal auch abends.«

»Jeden Tag Medizin? Vielleicht so was wie Lebertran, das hat man doch früher den Kindern gegeben. Meine Mutter hat erzählt, dass sie auch jeden Tag einen Löffel bekam.«

»Oh nein, das war kein Lebertran, sondern Psychopharmaka, von denen Claire bis heute abhängig ist.«

Minka schluckte schwer. »Wie schrecklich! Wie konnte man das den Kindern antun?«

»Entweder wollten sie sie ruhigstellen, oder sie haben sie als Testpersonen missbraucht. Deshalb wollte ich mir diese Doktorarbeit noch mal ansehen. Ich wusste gar nicht mehr, dass ich sie noch habe. Erinnerst du dich? Ich habe sie damals aus dem Tierlabor mitgenommen und in meinen Hosenbund gesteckt. Die Polizei hat mich damals nicht durchsucht, weil sie keine Beamtin dabeihatten.«

Minka sagte: »Zeig mal!«

Gemeinsam beugten sie die Köpfe über die Arbeit, blätterten sie nach und nach durch. Minka murmelte mit angewidertem Gesicht: »Das ist einfach nur entsetzlich. Jetzt erinnere ich mich, dass du damals etwas daraus vorgelesen hast, über die Beagle-Versuche, das muss diese Stelle hier gewesen sein.« Ihr Finger fuhr unter den Buchstaben des Satzes entlang, als sie vorlas: »Es wurden vierzehn Beagle-Hunde mit Röntgenstrahlen bestrahlt und mit einem Immunsuppressivum (Ciclosporin A) behandelt, um die körpereigene Immunabwehr zu schwächen. Danach wurden ihnen Stammzellen von anderen Hunden eingepflanzt. Bei den Tieren kam es zu unterschiedlich ausgeprägten Symptomen, die auf die Strahlenkrankheit, die Ciclosporin-Behandlung und/oder die Abstoßungsreaktion zurückzuführen sind. Die Tiere litten zum Teil unter Bauchschmerzen, Appetitmangel, blutigem Erbrechen, blutigen Durchfällen, Fieber über vierzig Grad, schweren Leberschäden, eine Hündin lahmt auf dem Vorderbein, und ein Rüde hatte starke innere Blutun …«

»Hör auf!«, unterbrach sie Caro, und Minka verstummte. »Ich kann es nicht ertragen.« Plötzlich waren sie wieder zurück in dem Tierlabor und hörten das Winseln und Wimmern der Hunde, spürten die Kälte der Betonwände, das tiefe Mitleid, das sich in ihren Magen grub wie eine Faust, den Schreck, als die Alarmanlage losging, das Herzklopfen, als sie verhaftet wurden.

Als Minka wieder etwas sagte, klang sie wie eine Fünfzehnjährige:

»Diese Tierquälerin. Ich werde richtig wütend, wenn ich das lese. Warum haben wir eigentlich nie mehr etwas dagegen unternommen?«

»Weil wir Angst hatten. Weil wir es unseren Vätern versprochen haben, die dafür gesorgt haben, dass es kein Verfahren wegen Hausfriedensbruch gab. Weil wir keine Jugendstrafe riskieren wollten. Weißt du das alles nicht mehr?«

Minka verdrehte die Augen und stöhnte auf. »Doch, natürlich weiß ich das noch. So haben sie es immer gemacht. Alle haben zusammengehalten, wenn es darum ging, etwas zu vertuschen, genau wie bei Guys Unfall. Trotzdem frage ich mich, warum wir uns damit so einfach abgefunden haben.«

»Mein Pa hat damals zu mir gesagt, dass wir alle – und dabei schloss er ausdrücklich unsere beiden Familien ein – in Teufels Küche kommen würden, wenn wir auch nur ein einziges Mal an der Sache rühren würden. Dass es ein schlimmes Ende mit uns nehmen würde, wenn wir keine Ruhe geben würden«, erinnerte sich Caro.

»Ja, so etwas Ähnliches hat mein Vater auch zu mir gesagt.«

»Ich weiß nicht, aber irgendwie fügt sich das zusammen. Wer so nüchtern wie diese Doktor Lavalette über ihre Tierquälereien im Dienst der Wissenschaft berichtet, der …«

»Was meinst du?«, fragte Minka.

»Hier, sieh mal!«

Caro zeigte ihr einen der Fachaufsätze aus der Neuen Medizinischen Wochenschrift. »Da geht es um den Einsatz verschiedener Neuroleptika. Von ihrer primären biochemischen Wirkungsweise her sind Neuroleptika Mittel gegen Psychosen und Wahn. Und rate mal, von wem der Aufsatz ist.«

»Von dieser Lavalette?«

Caro nickte.

»Sie beschreibt klinische Studien. Der Wirkstoff Perphenazin ist ein stark wirksames Neuroleptikum. Ihre Veröffentlichung aus dem Jahr 1974 trägt den Titel ›Perphenazin und Pyrithioxin bei kindlichen Verhaltensstörungen‹ und belegt die Durchführung einer Studie mit diesen Präparaten in den Jahren zuvor! Verstehst du? Claire ist 1972 in das Mainheimer Kinderheim gekommen! Ist das vielleicht ein Zufall?«

Minka nahm den Aufsatz und überflog die markierten Stellen, strich sich eine Strähne ihrer verwuschelten Haare hinter das Ohr, sagte aber nichts.

Caro blätterte die Seite um und deutete auf die markierten Stellen: »Sieh mal hier, was sie schreibt: Durch eine direkte Einflussnahme auf den Hirnstoffwechsel sollten neue therapeutische Möglichkeiten eröffnet werden.«

Minkas Augen weiteten sich. »Einflussnahme auf den Hirnstoffwechsel«, wiederholte sie ungläubig.

»In der Studie sind fünfundzwanzig Probanden aufgeführt. Die Angaben geben Aufschluss über das Alter, frühere Medikation, Dosierung, Wirkung und Verträglichkeit. Demnach waren zwanzig der Probanden Kinder im Alter von fünf bis dreizehn Jahren, ein Erwachsener oder eine Erwachsene war sechsundvierzig Jahre alt, und bei vier Probanden fehlt die Altersangabe. In einer Tabelle werden Beschreibungen zu Wirkung und Verträglichkeit aufgeführt. Hier zum Beispiel …« Sie legte den Finger unter die Spalte und las vor: »… im Wesen stark verändert. Nackensteifigkeit. Opisthotonus.«

Caro deutete auf ein dickes Buch mit mehreren Lesezeichen, das neben Minka auf dem Boden lag. »Die Erklärung habe ich im Wörterbuch medizinischer Fachausdrücke nachgeschlagen, schau mal bei dem lila Lesezeichen nach.« Minka blätterte es auf, suchte eine Weile und las vor: »Opisthotonus: Starrkrampf im Bereich der Rückenmuskulatur, wobei der Rumpf bogenförmig nach hinten überstreckt ist.«

»Genau! Und so geht es in der Tabelle mit den Nebenwirkungen weiter: Kopf gerötet, Blickkrampf nach links oben, Mimik- und Bewegungsarmut. Nach mehrstündigem Schlaf Wiederholung des Anfalles am Abend. Plötzlich Schreikrämpfe, die linke Seite wie gelähmt, der Mund schief, die linke Hand kalt und weiß, feucht. Schlief mehrere Stunden. Abends ohne weitere Mittel erneut Schreikrämpfe. Am nächsten Morgen in der Schule Wiederauftreten mit Nackenstarre, unsicherer Gang, feuchtkalte Hände. Das Gesicht mimikarm. Psychisch stark verändert, steht apathisch herum, fasst sich immer wieder an die Zunge, taumelt, tiefer Schlaf … Nach vorübergehender Unterbrechung eine Woche lang ohne jede Wirkung. Die Unruhe blieb. Nach erneuter Behandlung mit 8 mg, in Klammern vier Tabletten. Schrei- und Blickkrämpfe, Torsionsspasmen, Meningismus … Mund rundlich geöffnet …«

Minka hob abwehrend die Arme: »Genug! Das reicht. Caro … wie kann das sein …«, sagte sie stockend. »Das waren Kinder, manche noch ganz klein, wie konnten sie ihnen das antun? Und du meinst, diese Studie wurde wirklich im Mainheimer Kinderheim durchgeführt?«

Caro zuckte mit den Schultern, als wolle sie ihren Schlussfolgerungen nicht vorgreifen. »Sie schreibt hier weiter unten: ›Dabei handelte es sich um extrapyramidale Nebenwirkungen, die bei zu hoher Dosierung der Neuroleptika auftreten. Wir verschweigen nicht, dass wir die Dosierung 3–6 x 8 mg für bei Weitem zu hoch hielten, und verwiesen auf unser Präparateblatt, in dem wir wesentlich niedrigere Dosen empfehlen. Bei angepasster Dosierung konnten bei acht Probanden spürbare Steigerungen der kognitiven Leistungsfähigkeit erreicht werden.‹«

»Was heißt das? Ich dachte, diese Doktor Lavalette hat die Medikamente selbst verabreicht?«

Caro sah sie ratlos an. »Vielleicht haben es manchmal andere Mitarbeiter der Kinderheime übernommen. Sie war ja nicht immer anwesend. Claire meinte, dass Doktor Lavalette nur an drei Tagen im Kinderheim gearbeitet hat, und die Medikamente wurden ja täglich gegeben.«

Minka faltete die Hände und legte sie sich an die Lippen. »Ich habe davon gar nichts gewusst. Erinnerst du dich, dass wir die alte Villa Mainblick immer von ferne gesehen haben, aber nie hingefahren sind?«

»Ja, ich habe mich auch schon gefragt, warum. Den Keltengrund haben wir ins Visier genommen, aber um das Kinderheim haben wir einen Bogen gemacht. Sieh dir das mal an: Träger des Kinderheims Mainheim ist der Landeswohlfahrtsverband. Und das hier habe ich aus dessen Archiv.« Sie legte Minka ein weiteres Dokument in den Schoß. »Während dort im Archiv die Korrespondenz des Verbands mit dem Heilpädagogischen Kinder- und Jugendheim Franz-Sales-Haus in Frankfurt über die Durchführung der Studie mit Neuroleptika erhalten ist, ist laut Auskunft des Archivleiters nichts über eine Studie im evangelischen Kinderheim Mainblick bekannt, auch nicht über andere Studien.«

»Du bist extra zu diesem Archiv gefahren?«, fragte Minka.

Caro nickte. »Ja, nach Wiesbaden.«

»Und die haben dich reingelassen?«

Caro biss sich auf die Lippe. »Ein Presseausweis öffnet Türen. Das Problem ist nun, dass aus Mainheim offiziell keine solche Studien veröffentlicht wurden. Was aber nicht heißt, dass sie nicht durchgeführt wurden.«

»Sondern dass sie vertuscht wurden. Und wer sind die größten Meister im Vertuschen?«

»Mein Vater, dein Vater, Zenker, Rose, Ebert und wie sie alle heißen.«

Caro schüttelte den Kopf und presste die Lippen zusammen. »Eigentlich kann ich mir von Pa nicht vorstellen, dass er so etwas gutheißt oder duldet, nur …« Ihr Herz krampfte sich zusammen, wenn sie daran dachte.

»Nur was?«

»Claire hat erzählt, dass sie nach jeder Tabletteneinnahme immer eine Rippe Schokolade bekommen haben. Cassada-Schokolade.«

»Ach, aber Caro, komm schon! Das hat nun wirklich nichts zu sagen, die Schokolade kann man überall kaufen.«

»Ja, das stimmt. Aber wir wussten alle, dass Pa dem Kinderheim einmal im Monat ein großes Paket mit Milchschokolade gespendet hat.«

Minka schloss die Augen und atmete hörbar tief ein und aus, dann sah sie Caro gerade ins Gesicht. »Ich würde da nicht zu viel hineininterpretieren. Deinen Pa kenne ich wirklich nur als den Schokoladenfabrikanten mit Herz und Seele. Du solltest ihm nicht unterstellen, dass er etwas wusste.«

Minka war in diesem Moment nicht ehrlich. Seit sie die Zahlen in dem Aktenordner ihres Vaters gesehen hatte, glaubte sie nicht mehr an Zufälle. Ihr Vater, Caros Vater, Zenker, Ebert, Rose, Knüppel. Nichts geschah in Mainheim ohne ihr Zutun.

»Aber es sollte mich nicht wundern, wenn das Grundstück, auf dem das Kinderheim steht, auch noch zu Eberts Besitz gehört.«

»Nicht auszuschließen«, seufzte Caro, griff zu einer weißen Packung mit einem königsblauen Streifen, die auf dem Regal lag, und hielt sie hoch.

»Also, um es kurz zu machen: Am 1. Dezember 1975 brachte die Firma Ruberus AG ein stark wirksames Neuroleptikum mit dem Wirkstoff Perphenazin auf den Markt. Dieses hier. Und wenn du mich fragst, ist Claire von diesem Mittel bis heute abhängig.«

CLAIRE

Das Trommeln des Regens brachte sie nur ganz langsam zu Bewusstsein. Sie wollte lieber weiterschlafen, eingehüllt in eine weiche Decke aus duftenden Blättern, blumig, holzig, fruchtig. In ihrem Traum war es der Duft des Glücks und der Lebensfreude – sanft, großzügig, strahlend und erhebend wie ein Lachen. Rose und Magnolie, Aprikose und Zimt, Sandelholz und Vanille vereinten sich zu einer unwiderstehlichen Komposition. Wie so häufig in ihren Träumen der letzten Wochen schwebte sie in einem weißen Kleid durch den Botanischen Garten über Beete und Rabatten hinweg, ein dichtes Blütenmeer, das sich mitten durch die visuell reiche Gesamtkomposition schnitt. Sie gewann an Höhe, ließ die Rosen, Disteln, Schwanenhals-Weiderich, Fingerhut und Chrysanthemen, alle anderen Garten- und Wildblumen unter sich zurück. Die Farben der einzelnen Pflanzen wurden gedämpft, Blätter erschienen matt, Blütenblätter begannen zu welken und zu schrumpfen, bis sich die rankenden Gewächse in verschlungene Atome verwandelten und ihr Kleid in einen Laborkittel. Darin stieg sie die zur Wendeltreppe gedrehten Basensprossen der Helix hinauf. Das doppelsträngige Molekül, das sich wie eine Schraube um seine eigene Achse wand, führte immer weiter hinauf, in einen schwarzgelben Himmel. Mit einem Mal wurden ihre Schritte schwer, ihr Atem ging keuchend, und der Duft verwandelte sich in beißenden Qualm, der in den Augen brannte. Ganz oben stand ein Mädchen mit einer Brille, an der ein Glas zugeklebt war, und winkte ihr zu. Undeutlich nahm sie wahr, dass ihr Kopf schmerzte.

»Claire, wach auf, Claire!«, sagte jemand. »Kannst du mich hören, Claire?«

Sie öffnete die Augen, und das Gefühl des brennenden Rauchs in ihrer Kehle ließ nach. Sie war nicht in ihrem brennenden Labor, sondern in ihrem eigenen Schlafzimmer. Das Fenster war gekippt, und der Herbstregen prasselte auf den Sims. Die feuchte Stadtluft legte sich wohltuend auf ihre gereizten Schleimhäute. Ihre Hände froren, trotz der Daunendecke. Das blasse, übernächtigte Gesicht eines Mannes beugte sich über sie, und nach der ersten Verwirrung war sie beruhigt. »Guido.«

Er tauchte einen Waschlappen in eine Schüssel, die auf ihrem Nachttisch stand, wrang ihn aus und tupfte ihr dann vorsichtig die Schweißperlen von der Stirn.

»Gut, dass du aufgewacht bist«, sagte er. »Hast du wieder diesen Traum gehabt?«

Sie nickte. »Wie lange habe ich geschlafen?«

»Ungefähr fünfzehn Stunden.«

Vorsichtig fasste sie sich an den Kopf und spürte, dass ihre Haare schweißnass an ihrem Schädel klebten. »Ich sehe sicher fürchterlich aus. Könntest du mir vielleicht einen Spiegel und einen Kamm holen?«

Guido lächelte, und die tiefe Besorgnis verschwand für einen Moment aus seinem Gesicht. »Es ist immer ein gutes Zeichen, wenn bei einer Frau die Eitelkeit wieder erwacht. Aber erst musst du trinken.«

Er hielt ihr ein Glas an die Lippen, und sie trank gierig. »Hmmm, was ist das?«, fragte sie.

»Zitronensaft, eine winzige Prise Cayennepfeffer, viel Ahornsirup und Wasser.«

Er ging ins Bad und brachte ihr den Handspiegel und ihre kleine Kosmetiktasche. Als sie ihr Spiegelbild sah, erschrak sie. Ein ausgezehrtes, bleiches Gesicht, umgeben von strähnigen Haaren, starrte ihr entgegen. Sie fuhr sich mit dem Kamm durch die dunklen Haare, musste aber aufgeben. Ohne eine Dusche würde sie nichts ausrichten können, aber dazu fühlte sie sich noch zu schwach. Jetzt kamen die Erinnerungen an die letzten Tage mit voller Wucht zurück, und ihr wurde elend zumute. »Hast du etwas aus dem Labor gehört?«, fragte sie mit einem winzigen Hoffnungsschimmer. Vielleicht würde er sagen, es sei alles halb so schlimm, und wenn schon ihr Arbeitsmaterial verschmort war, hatte wenigstens ein Teil ihrer Aufzeichnungen gerettet werden können.

Seiner Reaktion entnahm sie jedoch, dass dies nicht der Fall war. Er schüttelte zu vehement den Kopf und sagte, er wisse nichts Genaueres. Aber sein trauriger Blick sagte mehr, als er preisgeben wollte.

Der Regen wurde stärker, und auf dem Fensterbrett neben den Zimmerpflanzen bildete sich eine Pfütze. Guido stand auf und schloss das Fenster.

»Weißt du, dass ich am Anfang, als ich nach Deutschland kam, immer Angst hatte, ein Fenster zu kippen?«

Er sah sie voller Überraschung an. Sie sprach so gut wie nie über diese Zeit. »Ich dachte immer, es würde auf mich fallen, wenn ich am Griff zog.«

Er lachte, und Claire wurde bewusst, wie sehr sie den Tonfall seines Lachens inzwischen liebte, vor allem auch die kleinen Krähenfüßchen neben seinen Augen. Es ging ihr etwas besser, sie konnte sich aufsetzen, ohne dass ihr schwindlig wurde. Sie griff nach der kleinen Schlumpffigur, die neben ihrem Bett auf dem Nachttisch stand, drehte sie zwischen ihren Fingern hin und her. Über die Jahre war die blaue Farbe an etlichen Stellen abgeplatzt.

»Wie lange wird es dauern?«, fragte sie.

»Was meinst du?«

»Bis ich ohne die Tabletten auskomme.«

Wieder sah er sie an, und diesmal lag nicht nur Überraschung, sondern Bewunderung in seinem Blick. »Alleine aufgrund dieser Frage würde ich dir gute Chancen einräumen, in ein paar Monaten clean zu sein.«

»Ich muss es schneller schaffen. Ich habe nämlich vor, mich endlich um einen Menschen zu kümmern, den ich vor neun Jahren im Stich gelassen habe.«

»Ach, gut, dass du es sagst. Da sind einige Briefe für dich gekommen.«

»Briefe?«, fragte sie.

Guido stand auf, ging in den Flur und holte das Bündel aus der Zinnschale, die auf der kleinen Kommode stand. »Du warst ja einige Tage oder eher gesagt Wochen nicht ansprechbar«, fügte er zur Erklärung hinzu, als sie ihn erstaunt ansah. »Das hier sind alles Rechnungen, Gas, Strom, Telefon und so weiter«, sagte er, während er die grauen Umschläge mit Behördenstempel aussortierte. Sie waren aufgeschlitzt. Er hatte sie ohne ihre Erlaubnis geöffnet. »Alle bezahlt!« Als gäbe es keine andere Option.

Claire spürte einen Anflug von Abwehr, als er so selbstverständlich mit ihrer Post umging. War dies ein Vorgeschmack auf die Art, wie sich ihre Beziehung in Zukunft gestalten würde? Doch dann beruhigte sie sich. In ihrer derzeitigen Verfassung musste sie einfach Zugeständnisse machen, musste froh um jede Hilfe sein und sie dankbar annehmen. Und schließlich hatte sie Vertrauen zu dem Mann, der sie in dem Münchner Hotelzimmer gerettet hatte, der sie nun in ihrer Wohnung hegte und pflegte. Plötzlich kam ihr ein Gedanke. »Hast du eigentlich Ma und Pa informiert oder Habu oder Caro?«, fragte sie.

»Aber Claire!« Er strich ihr zärtlich mit dem Handrücken über die Wange. »Weißt du denn nicht mehr? Das wolltest du nicht. Du hast mich angefleht, niemand solle davon erfahren.« Er schluckte.

Claire betrachtete die feinen Linien neben seinen Nasenflügeln und sah in seine blauen Augen. Sein offener Blick verriet ihr, dass er alles nur aus Liebe zu ihr tat. »Und dein Job? Kannst du es dir erlauben, so lange Urlaub zu nehmen?«

»Mach dir um mich keine Sorgen. Kann ich dich eine Weile alleine lassen?«, fragte Guido. »Ich würde dann etwas einkaufen gehen.«

Sie nickte, und Guido beugte sich zu ihr herunter, küsste sie zum Abschied zärtlich auf den Mund. »Trinken nicht vergessen«, sagte er und goss ihr das Glas auf ihrem Nachttisch noch einmal voll, bevor er ging.

Claire nahm den weißen Umschlag in die Hand. Sie kannte das Briefpapier und die Mädchenhandschrift. Er war von Marita. Claire fuhr mit dem Zeigefinger seitlich unter den Falz und riss den ersten Brief auf.

Liebe Claire,

ich weiß nicht, wie lange ich es hier noch aushalte. Die Heimleiterin, Frau Kiel, ist sehr streng. Sie kontrolliert und überwacht uns. Zwei andere Mädchen in meiner Wohngruppe waren am Anfang ziemlich gemein. Sie haben zu mir gesagt, ich bin eine Missgeburt, hässlich, behindert oder nicht ganz richtig im Kopf. Aber inzwischen lassen sie mich in Ruhe. Ich habe dir doch schon von Marco geschrieben. Vor ihm haben sie Respekt. Er arbeitet in der Druckerei, in der ich die Lehre mache. Es ist noch nicht klar, ob ich sie hinterher überhaupt zu Ende machen kann. Ich mag Marco sehr, und er mag mich auch, und wenn es so weit ist, werden wir bestimmt irgendwann zusammenziehen. Ich weiß nicht, ob mir Frau Kiel überhaupt alle deine Briefe ge-

geben hat. Bisher kam nur einer an. Wenigstens ist Doktor Lavalette einmal in der Woche hier. So sehe ich ab und zu ein vertrautes Gesicht. Vielleicht können wir uns eines Tages zu dritt treffen.

Deine Marita

Das schlechte Gewissen traf sie so plötzlich, als hätte ihr jemand einen Schlag in den Magen versetzt. Sie hatte sich nur um sich selbst, nur um ihre Forschung gekümmert, war dermaßen auf ihre Arbeit fokussiert gewesen, und währenddessen hatte Marita leiden müssen. Das Mädchen hatte schon viel mehr durchgemacht als sie selbst, war von allen Menschen in ihrem Leben im Stich gelassen worden und schließlich auch noch von ihr. Es wäre ihre Aufgabe gewesen, sie zu beschützen. Sie schob die Bettdecke weg, spürte die kalte Luft an ihrer nackten Haut. Vielleicht könnte sie Guido bitten, mit ihr in das Gallusviertel zu fahren. Claire setzte ein Bein auf den Boden. Dann folgte das nächste. Mit einem Arm stützte sie sich auf der Matratze ab. Doch als sie ihren Körper vom Bett hochdrückte, wurde ihr schwindelig, und sie ließ sich zurücksinken.

CARO

Weiß der Chef schon von deiner neuen Story?«

»Bis jetzt weiß noch nicht einmal ich von einer neuen Story!«

Caro hatte lange hin und her überlegt, ob sie Stefan einweihen sollte. Sie wollte mit ihren Erkenntnissen nicht gleich zu ihrem Chefredakteur gehen. Er erschien ihr manchmal so unberechenbar, fast launisch. Nicht auszuschließen, dass er Feuer und Flamme wäre, sie begeistert unterstützte. Aber mindestens genauso groß war die Wahrscheinlichkeit, dass Dörhöfer sie für komplett verrückt erklärte, da sie es mit den großen Pharmakonzernen aufnehmen wollte. Und auch wenn sich Stefans und ihr Verhältnis etwas abgekühlt hatte, war er immer noch einer ihrer sympathischsten Kollegen. Jetzt stand er vor ihrem Schreibtisch und beugte sich über ihre gesammelten Unterlagen. Die Lokalredaktion war um diese Zeit am Nachmittag voll besetzt, fast alle Journalisten tippten ihre Artikel oder telefonierten. Der Geräuschpegel war gleichbleibend hoch.

Caro sagte: »Ich wollte nur eine zweite Meinung hören. Vielleicht habe ich mich da auch in was verrannt.«

Stefan kratzte sich am Hinterkopf und biss sich auf die Unterlippe. »Es klingt ungeheuerlich, aber mir scheint, dass du alles ziemlich solide recherchiert hast.«

Sie sah ihn von der Seite an, während er nochmals ihre Tabelle mit den Jahreszahlen und klinischen Studien in die Hand nahm. Seit er seinen Schnurrbart abrasiert hatte und nicht mehr die albernen Popper-Klamotten trug, fand sie ihn wieder wesentlich lässiger. Er merkte, dass sie ihn anstarrte. Und sie merkte, dass sie mit den Gedanken von dem ernsten Thema abschweifte. Vielleicht war es eine Art Flucht in seichteres Terrain.

»Ich weiß, was du denkst.«

»Was denn?«, fragte sie und wurde rot.

»Welches eigentlich mein eigener Stil ist.«

Sie musste lachen. »Die Frage könnte ich noch nicht mal über mich selbst beantworten.«

Wie jedes Mal, wenn sie Minka getroffen hatte, änderte Caro danach ihre Gewohnheiten. Seit ihrem Besuch schminkte sie ihr Gesicht kaum noch und trug vermehrt alternative Klamotten. Minka strahlte einfach noch so viel aus, das sie beeinflusste, schon immer beeinflusst hatte. Caros neueste Errungenschaften waren Patschuli-Öl und chinesische Stoffschuhe mit Riemchen aus einem kleinen Laden am Oederweg. Nur wenn sie zu offiziellen Terminen und zu den Firmenarchiven fuhr, kleidete sie sich »seriöser«.

»Ich muss zugeben, dass ich dich inzwischen besser verstehen kann«, sagte sie zu ihm. »Es ist manchmal sinnvoll, sein Äußeres an die Gegebenheiten anzupassen. Das bedeutet nicht automatisch, dass man sich selbst verleugnet.«

Er nickte und grinste leicht. Dann tippte er wieder auf den Aufsatz und wurde ernst. »Also unterstellen wir mal, dass diese Ärztin … La Vamette heißt sie, richtig?«

»Doktor Karin Lavalette.«

»… dass diese Doktor Lavalette also wirklich Psychopharmaka an den Schutzbefohlenen des Kinderheims getestet hat, in dem deine Adoptivschwester war. Oder formulieren wir es anders: dass sie sie ihnen verabreicht hat. Und gehen wir davon aus, wir könnten es beweisen …«

Caro nickte und sah ihn erwartungsvoll an. Er nahm einen Schluck aus seinem Henkelbecher, verzog das Gesicht und schüttelte sich. »Kalter Automatenkaffee!«

Caro zuckte mit den Schultern. »Ich bin ihn gewohnt.«

»Ich werde mich nie daran gewöhnen.« Er stellte die Tasse auf den Schreibtisch.

Caro suchte etwas in ihren Unterlagen und zog einige Blätter hervor. »Sieh mal hier!«

Stefan beugte sich darüber, und sie sprach weiter. »Das ist ein Schreiben der Medizinisch-Pharmazeutischen Abteilung der Ruberus AG vom 18. Oktober 1974. Ich habe es aus dem Archiv. Als Versuchspräparat wurde ein Neuroleptikum unter der Bezeichnung T 48 unter anderem im Frankfurter Franz-Sales-Haus an Kindern getestet.« Die Liste bestand aus drei Blättern. »Siehst du? Jedes Blatt ist mit dem Stempel der Heimärztin versehen. Und schau mal, wie sie heißt.«

Sie zeigte ihm den Stempel des damaligen Frankfurter Heimarztes auf jedem der drei Blätter.

»Doktor Karin Lavalette!«, las er vor. »Wie sehen eigentlich die gesetzlichen Grundlagen für diese Medikamentengaben einerseits und die Feldstudien andererseits aus? Hast du dich damit mal beschäftigt?«

Sie nickte. »Das habe ich.«

Sie suchte in den Unterlagen nach ihren Aufzeichnungen und zog sie aus einem Stapel heraus. Während sie darin blätterte, strich sie sich mit der linken Hand eine Strähne hinter das Ohr. Inzwischen föhnte sie ihre Haare nicht mehr und benutzte auch kein Haarspray. Sie fielen ihr einfach glatt über die Schultern.

»Sieht besser aus so«, sagte Stefan plötzlich.

Caro zögerte kurz, tat dann aber, als hätte sie die Bemerkung überhört. »Es ist nicht richtig greifbar. Gerade in Deutschland ist die Forschung am Menschen durch inhumane Versuche während des Nationalsozialismus historisch hochgradig belastet.«

»Allerdings!«

»Im Grundgesetz wurde die Freiheit der Forschung als ein ...« Sie suchte in ihren Unterlagen auf dem Schreibtisch nach dem Zitat und las dann von einem Zettel ab: »... ein mit der Selbstbestimmung verbundenes Recht jedes Menschen definiert.« Caro ließ das Blatt sinken. »Medizinische Forschung am Menschen ist jedoch ein Sonderfall. Sie steht im Dienst des Patienten, seiner Interessen, seiner Gesundheit und setzt somit der Forschungsfreiheit Grenzen.«

Stefan hatte die Arme verschränkt und sich gegen ihre Schreibtischplatte gelehnt. Er hörte ihr aufmerksam zu, und sie sprach weiter, suchte sich Zitate aus ihren Aufzeichnungen.

»Außerdem gab es den ›Nürnberger Kodex‹, eine ethische Richtlinie, die im Rahmen der NS-Ärzteprozesse 1947 verabschiedet wurde, und die ›Deklaration von Helsinki‹ von 1964. Die Helsinki-Deklaration wird zwar allgemein als Standard ärztlicher Ethik in der klinischen Forschung anerkannt, rechtsverbindlich wird sie jedoch erst bei Übernahme in die nationale Gesetzgebung.«

»Und wann ist das passiert?«

»In der DDR in den 1970er-Jahren, in der Bundesrepublik bis heute nicht.«

Stefan rührte beständig mit dem Löffel in seinem Kaffee, den er ohnehin nicht trinken wollte, und schien zu überlegen. »Also gibt es gar keine gesetzlichen Regelungen dazu?«

»Der Schutz der Probanden wurde erst durch die Neufassung des Arzneimittelgesetzes explizit geregelt, die im Jahr 1978 in Kraft trat. Bis dahin gab es keine rechtsverbindlichen, mit Sanktionen belegbaren Vorschriften.«

»Bist du dir da sicher? Vielleicht könnten wir das noch mal abklären lassen.« Er sah sich in der Redaktion um und schien nach jemandem zu suchen, deutete auf einen Platz direkt vor der hohen Fensterfront. »Rainer Göbel hat Jura studiert, ob bis zum Ende, weiß keiner so genau, aber er ist ein wandelndes Lexikon, wenn es um Rechtsthemen geht. Und er hat vor Kurzem über mehrere Arzthaftungsfälle berichtet. Er könnte uns vielleicht juristisch absichern.«

Er hat »uns« gesagt, dachte Caro. Das hieß ja wohl, dass Stefan an ihre Geschichte glaubte.

»Soll ich ihn mal fragen?«

Caro nickte. Stefan ging in Richtung Fenster, kehrte aber wieder um und sagte: »Oder am besten machen wir das zusammen. Komm mit! Ist ja schließlich deine Story.«

Auf Göbels Schreibtisch herrschte Chaos. Stapel von Kopien, Schwarz-Weiß-Fotos und vollgekritzelten Notizblöcken, dazwischen mindestens vier benutzte Kaffeetassen, leere Zigarettenpackungen und ein voller Aschenbecher. Göbel war Kettenraucher. Die großporige Haut und die tiefen Nasolabialfalten, die Blässe ließen ihn älter wirken. Wahrscheinlich war er erst Anfang vierzig. Caro hatte von ihm gehört, er hätte schon einige Schicksalsschläge im Leben verkraften müssen. Er tat sehr beschäftigt, war aber dennoch nicht abgeneigt, sich anzuhören, was Caro recherchiert hatte.

»Medikamentenversuche in einem Kinderheim? Klingt heikel.« Dann überlegte er einen Moment lang. »Also, was mir auf Anhieb zu klinischen Studien einfällt, ist das Arzneimittelgesetz von 1976 – das heißt, es ist, soviel ich weiß, erst 78 in Kraft getreten. Da ist der Schutz der Probanden geregelt. Den Text habe ich aber nicht hier.«

»Ich habe ihn kopiert!«, sagte Caro, rannte los und holte die Kopien von ihrem Schreibtisch. »Aber was ist mit der Zeit davor? In der Fassung von 1961 war noch nicht einmal festgelegt, dass die Wirksamkeit und Unbedenklichkeit von Arzneimitteln erwiesen sein musste, bevor sie auf den Markt kamen. Die Firmen haben die Nachweise der Sicherheit ihrer Präparate lediglich aus eigenem Interesse durchgeführt.«

Göbel nickte, während er die Paragrafen überflog. Dann schüttelte er den Kopf. »Davor galt nur die Deklaration von Helsinki.«

»Ist aber nicht Gesetz, sondern Standard ärztlicher Ethik«, antwortete Caro. »Sie verlangt eine freiwillige Einwilligung der an Versuchen beteiligten Menschen nach bestmöglicher Aufklärung.«

Stefan warf ein: »Die wird es bei den Kindern im Heim wohl kaum gegeben haben. Sie waren doch auch viel zu jung, um die Tragweite zu erfassen.«

»Dann hätten die Eltern oder Erziehungsberechtigten zustimmen müssen, beziehungsweise das Jugendamt könnte die Zustimmung erteilt haben«, ergänzte Göbel. »Ist dann eine Frage des Einzelfalls.«

»Also letztlich hinge dann alles am Nachweis einer Einwilligung oder alternativ der medizinischen Notwendigkeit?«, fragte Stefan.

Caro stellte einen Fuß vor den anderen und sah hinunter auf die Eschenheimer Anlage, in der sich jetzt bereits die Blechlawine des Berufsverkehrs zusammenballte. Von hier oben hatte man den Überblick und konnte genau sehen, warum die Straßen so verstopft waren, warum der Verkehr nicht abfloss. Alle standen auf einer Spur und warteten auf die viel zu kurze Grünphase der Ampel. Bis der erste Wagen anfuhr, sprang die Ampel schon wieder auf Rot, obwohl aus der Querstraße kaum ein Auto kam. Die Ampelanlage war einfach falsch eingestellt, und dennoch achteten alle die fehlerhaften Signale.

»Sie wissen, dass sie es nicht dürfen«, murmelte sie. »Bei Rot fährt man nicht, weil man sonst ein Bußgeld zahlt und Punkte in Flensburg sammelt. Egal ob die konkrete Verkehrsregelung Sinn macht oder nicht.«

»Was?« Stefan und Göbel war deutlich anzusehen, dass sie ihrem Gedankengang nicht folgen konnten.

»Wisst ihr, ich meine …« Sie blickte Göbel an und verbesserte sich: »Wissen Sie, was das Verrückte an dieser Sache ist?«

»Was?«

»Insgesamt habe ich gegenwärtig Dokumente von etwa fünfzig durchgeführten Arzneimittelstudien gesammelt, wobei davon auszugehen ist, dass das tatsächliche Ausmaß noch umfangreicher ist.«

»Fünfzig? Dein Ernst?« Stefan sprach so laut, dass sich einige andere Reporter, die in der Nähe saßen, zu ihm umdrehten.

Caro nickte und sprach mit gedämpfter Stimme weiter: »Neben den Substanzgruppen der Impfstoffe und Psychopharmaka wurden auch Präparate zur Hemmung der Libido in Heimen eingesetzt und getestet.«

Stefan riss die Augen auf. »Zur Unterdrückung des Sexualtriebs?«

»Bei Jugendlichen!«, ergänzte Caro.

»So was Absurdes! Und das kannst du beweisen?«

»Ich habe Dokumente aus Archiven von Pharmafirmen und dem Bundesarchiv, die die Hinweise aus den Veröffentlichungen bestätigen und ergänzen. Es ist wirklich erstaunlich, dass man so einfach Zugang erhält und dass in den wissenschaftlichen Aufsätzen so freiherzig über die Studien berichtet wird. Über Nebenwirkungen, zu hohe Dosierungen, alles wird exakt beschrieben.«

»Vermutlich ist das der persönlichen Eitelkeit dieser Forscher geschuldet. Sie möchten der Welt zeigen, was sie Tolles erreicht haben, ohne jemals an die Leiden ihrer Probanden zu denken.«

»Ja, vermutlich hast du recht.« Caro nickte. »Aber der Hauptgrund für diese Veröffentlichungen, für den freien Zugang zu den Archiven ist die rechtliche Grauzone. Sie fühlen sich alle sicher, weil es gar keine klare Gesetzeslage gab oder gibt und sie keine Strafe zu befürchten haben.«

Göbel zündete sich die nächste Zigarette an und nahm einen tiefen Zug. »Da könnten Sie recht haben, Fräulein Stern. Das Ganze riecht nach einem Anfangsverdacht wegen schwerer Körperverletzung.«

Dann ließ er den Rauch durch die Nase entweichen. »Aber nach dem Staatsanwalt, der daraufhin Ermittlungen aufnimmt, können Sie lange suchen.«

»Also taugt die Sache jetzt zu einer Story für die Rundschau oder nicht?«, fragte Stefan und drehte ungeduldig einen Kugelschreiber zwischen den Fingern.

Göbel schnalzte mit der Zunge, schüttelte bedauernd den Kopf. »Wenn ihr mich fragt, ist es sinnlos, das Ganze aufzurollen. Es wird zu nichts führen. Man wirbelt viel Staub auf und bekommt im Zweifel noch Verleumdungsklagen an den Hals.«

»Aber man kann das doch nicht einfach so hinnehmen.« Caro zeigte deutlich ihre Enttäuschung. »Einfach wegsehen! Meine Adoptivschwester ist von klein auf medikamentenabhängig. Wer weiß, ob sie jemals davon loskommt. Viele andere Kinder wurden für ihr Leben gezeichnet. Die Anwendung von Neuroleptika bei Kindern und Jugendlichen kann ihre geistige Entwicklung behindern, sie massiv seelisch, psychisch und körperlich schädigen!«

»Eine Sauerei ist das!«, bestärkte Stefan sie.

»Es ist zumindest unmoralisch und ethisch verwerflich, dass jahrelang auf Kosten der Gesundheit dieser Kinder Medikamente getestet wurden«, insistierte Caro. Doch als sie in das verhärmte Gesicht des Journalisten sah, merkte sie, dass es ein Fehler gewesen war, Göbel überhaupt einzuweihen.

Es ging um die Kinder, und es ging um Claire! Sie waren der Grund dafür, dass sie versuchen musste zu kämpfen! Weil das, was ihr und den anderen angetan worden war, so verkehrt war, so gemein und unrecht, dass sie etwas unternehmen musste.

Göbel nahm wieder einen tiefen Zug aus seiner Zigarette und blies den Rauch in die Luft. »Fräulein Stern, Sie haben recht! Es ist unmoralisch. Das Leben folgt aber keinen Grundsätzen. Es gibt keinen unmissverständlichen ethischen Standard.«

Feigling, dachte Caro. Weil du vom Leben enttäuscht worden bist, soll nun jeder solche Ungerechtigkeiten einfach hinnehmen.

»Es gibt Leute, die den Regeln folgen und zutiefst unmoralisch sind. Und dann gibt es jene, die allerlei Regeln brechen, aber mitfühlend, anständig und gut sind.« In seinem Gesicht spiegelte sich jetzt echtes Bedauern. »Es ist kompliziert.«

Caro verachtete ihn in diesem Augenblick, aber noch weit mehr verachtete sie sich selbst, als sie erkannte, wie machtlos sie war.

MINKA

Die nächsten Wochen vergingen für Minka wie in einem unruhigen Fiebertraum. Es kam ihr vor, als hätte der »Vorfall«, wie sie ihn intern nannten, um nicht das hässliche Wort »Überfall« verwenden zu müssen, bei allen zu einer Fokussierung geführt. Bei den auf dem Damm Verbliebenen genau wie bei all den Rückkehrern, die nach und nach eintrudelten. Sie war nur drei Tage bei Caro geblieben und dann aus einer Art Verantwortungsgefühl wieder in das Hüttendorf gezogen.

Die Sorgen, die ihnen jeden Tag zusetzten, versuchten die einen durch ausgiebiges Kochen und Backen, die anderen durch handwerkliche Arbeit zu vertreiben. Guy hatte sich eng mit Theo angefreundet und steckte einen Teil seiner anscheinend unerschöpflichen Energie in den Wiederaufbau und die Fortentwicklung der Infrastruktur. Gleichzeitig trieb er sein Jurastudium voran, fragte regelmäßig bei dem zuständigen Polizeirevier nach dem Stand der Ermittlungen, kümmerte sich vermehrt um behördliche Genehmigungen, Einsprüche und Verfahren für die Dammbesetzer.

Minka stürzte sich auf die Versorgung der Tiere, besorgte Hafer und besonders gehaltvolles Heu von den umliegenden Bauern, die sehr hilfsbereit waren. Mit einem älteren Ehepaar, das seinen Hof seit Jahrzehnten selbst bewirtschaftete und nun langsam Mühe hatte, die schwere Arbeit zu tun, unterhielt sie sich häufiger. Die Jakobs brachten ihr viel über die Stallhaltung bei, erzählten über Hagel, Dürre, Kartoffelkäfer und Steißlagen ihres Viehs, kannten dazu jedes Jahre zurückliegende Datum, hingen an jedem einzelnen ihrer Nutztiere, gaben allen Namen, behandelten sie mit Respekt, wirkten trotz eigener gesundheitlicher Leiden heiter und zufrieden. Wie auch die meisten anderen Bauern der umliegenden Gehöfte gehörten sie zu den treuesten Unterstützern der Dammbesetzer. Voller Leidenschaft sprachen sie sich gegen den Ausbau der B8 aus, lieferten zahlreiche vernünftige Argumente. Sie redeten viel über die Engstirnigkeit und Verbohrtheit der Politiker im Wiesbadener Landtag und in den Stadtparlamenten der Taunusgemeinden.

Der November auf dem Damm war ganz ausgefüllt mit der Bändigung dreier Schafböckchen, die erwachsen wurden, und dem Bau eines neuen Stalls, um sie von den anderen zu trennen. Die Mutterschafe gaben gute Milch, aus der Frauke und Steffen neuerdings Käse herstellten. Das tägliche Melken gehörte zu Minkas Routine. Danach saß sie manchmal in der lauen Wärme des Stalles, lauschte den friedlichen Geräuschen des Fressens und Wiederkäuens und ließ ihre Gedanken fliegen. Wie doch die Schranken zwischen Mensch und Tier verschwammen.

Alle gehörten zu einer einzigen großen Familie, konnten in einer Symbiose leben, und doch gab es Menschen, die für das Leiden und Wohlergehen der Tiere keinerlei Empathie aufbrachten. Waren diese Menschen dann gegenüber anderen Menschen überhaupt zu Mitgefühl fähig oder nur bei einzelnen von ihnen Auserwählten? Manchmal bekam sie eine große Wut, denn Menschen besaßen doch genug Verstand, um sich anders zu entscheiden. Nicht so die Tiere, sie hatten keine Wahl und mussten sich in ihr Schicksal ergeben. Für Menschen war es möglich, den Ablauf der Dinge zu unterbrechen, und es gab keine vernünftigere Regung als die Liebe zu allen Lebewesen. Kurzzeitig führten ihre gesellschaftspolitischen Überlegungen zur Wiederaufnahme des Soziologiestudiums, das sie während des Wintersemesters 1980/81 zunächst hatte schleifen lassen.

Nach dem 2. Dezember schneite es einige Tage still und gleichmäßig. Minka nahm die Ponys an Halfter und Strick mit in den Wald. Sie hatten sich für den Winter ein dichtes Teddyfell zugelegt, das ihnen das Aussehen von Plüschtieren verlieh. Die Flocken legten sich sachte auf das braun-weiß gescheckte Fell und auf Minkas Gesicht, der Schnee knirschte unter ihren Sohlen. Minka trug meist viele Lagen übergroßer Pullover, die ihr bis zu den Knien hingen und in deren Wolle sich jetzt kleine Eiskristalle fingen. Sie war kein Pferdemädchen, sie hatte nie den Drang verspürt, sich auf den Rücken eines der Tiere zu setzen, sie zu dressieren, mit ihnen über Hindernisse zu springen. Wie früher, wenn sie mit Clara unterwegs gewesen war, kam eine Ruhe und ein kurzer Anflug von Glück über sie.

Sosehr ihr die tierische Freundin fehlte, so sehr fühlte sie sie manchmal um sich, wie einen kleinen weißen Geist – ein guter Geist, der sie immer noch bewachte. Sie hatte nichts anderes vor, als den Ponys ein wenig Bewegung zu verschaffen und sich selbst vom Grübeln abzuhalten. Es tat ihr gut, stetig einen Fuß vor den anderen zu setzen, für die Ponys einen gangbaren Pfad zu suchen und die kühle Luft zu atmen. Sie folgte dem Liederbach bergauf, das Wasser wurde spärlich, und als das Unterholz undurchdringlich wurde, führte sie die Ponys schließlich in dem Bachbett weiter. Sie waren trittfest und vorsichtig, manches Mal scharrten sie mit den Hufen, um den Untergrund zu prüfen.

Sie kamen auf eine Lichtung, stapften über ein glitzerndes Schneefeld, die Ponys schnaubten, passagierten auf der Stelle, um ihren Bewegungsdrang zu äußern. Ihnen fiel es schwer, ihre Lebensfreude zu unterdrücken. Minka fiel es schwer, sie wiederzufinden. Wie gerne hätte sie die Ponys frei galoppieren lassen und dem aufstiebenden Schnee nachgesehen. Doch sie wusste nicht, ob sie sie je wieder würde einfangen können. Auf dem Rückweg betrachtete sie ihre Spuren. Ihre eigenen schweren Sohlen und die zierlichen Hufe der Ponys, Mensch und Pferd auf die einfachste Formel gebracht.

Ein Knacken hinter den dick verschneiten Fichten, die schnellen Ohrenbewegungen der Ponys ließen sie aufhorchen. Sie blieb stehen und sah sich nach allen Seiten um. Ganz deutlich hörte sie schnelle Schritte im Schnee, kein Fuchs, kein Reh, zu schwer dafür. Plötzlich stand es ihr wieder vor Augen, und sie zitterte am ganzen Körper. Das Gesicht ihres Angreifers, mit dem verzerrten Mund, die Tätowierung. HASS. Das, was sie laut pochen hörte, war ihr Herz. Sie hatte einfach nur Panik vor dem Moment, ihm erneut zu begegnen, war nun ganz allein mit den wehrlosen Ponys und ihrer Furcht. Das eine Pony riss sich los und galoppierte kopflos in die andere Richtung. Das andere stieg, aber sie hatte den langen Strick fest in der Hand. Es war, als hätte sich sogar der Wald gegen sie verschworen. Das wild tänzelnde Pony hinter sich, bog sie sachte die Zweige auseinander und sah zwei ausgewachsene Wildschweine, die mit ihren Rüsseln unter dem Schnee nach Wurzeln und Kräutern wühlten.

Minka wusste, sie würde nur mit ihrer Angst fertigwerden, wenn sie bereit war, sich mit den Gründen dafür zu befassen und dann nach vorne zu schauen. Sie konnte nicht den ganzen Winter mit den Fragen im Kopf verbringen, die ihr kein Mensch beantworten konnte. Die Angst, die sie im Wald, die sie nachts überfiel, und der sie sich, trotz Guys Nähe, hilflos ausgeliefert fühlte, schien nur nachzulassen, wenn sie sich nicht mehr dagegen wehrte.

Die Polizei hatte zwei Jugendliche festgenommen, doch ergab die Vernehmung der beiden keine konkreten Anhaltspunkte für ein Motiv. Anja und Pit hatten geglaubt, bei den Angreifern Nazi-Embleme gesehen zu haben. Die Tätowierung mit den Buchstaben HASS wies in das Rocker-Milieu. Weder wurden Hintermänner ermittelt noch ein rechtsradikaler Hintergrund bestätigt. Kein Arzt und keine Klinik gaben an, zum fraglichen Zeitpunkt Hundebiss-Verletzungen behandelt zu haben.

Als sie am 9. Dezember die Nachricht hörten, dass John Lennon in der Nacht vor dem Dakota Building in New York von einem Fanatiker mit vier Schüssen in den Rücken getötet worden war, stürzte die Trauer um ihr Jugendidol das gesamte Hüttendorf in eine neue Krise. Es ging jedem Einzelnen von ihnen so nah, dass sie nochmals mit ihrer eigenen Verletzlichkeit konfrontiert wurden. Einige sahen darin ein weiteres Zeichen für die Verrohung der Gesellschaft.

Die Gefasstheit, mit der sie sich monatelang trotz ihrer exponierten Lage in Sicherheit gewiegt hatten, und die Zerstörung dieses Urvertrauens, die der Angriff bewirkt hatte, schlug nun in neuen politischen Aktionismus um.

Minka war nicht mehr bereit, auf einen zeitlupenartigen Prozess des Umdenkens zu warten. Sie sprach Abende und Nächte lang mit Theo, Guy, Steffen, Frauke, sogar mit Pit und Anja am Kaminfeuer. Mit Gesche, die fast genauso gelitten hatte wie sie.

»Wir können nicht mehr zusehen, wie unsere Gesellschaft immer rücksichtsloser wird, das Leben der Tiere und Bäume, Pflanzen, aber auch unser Leben für die Politiker nicht die geringste Rolle spielt«, forderte Gesche.

»Die argumentieren mit der Beseitigung der täglichen Staus, jeweils frühmorgens und spätnachmittags im Berufsverkehr, das ist für diese Spießer eben wichtig, dass sie ohne Warten zu ihrem Arbeitsplatz kommen und dann schnell wieder zurück ins traute Heim und vor das TV«, stellte Anja mit sarkastischem Unterton fest.

Pit legte einige Holzscheite im Kamin nach und stocherte mit einem langen Haken in der Glut. Sie alle saßen auf Teppichen und Sitzkissen um das Feuer herum und drehten ihre Weingläser oder Bierflaschen in den Händen.

»Ja, und der Ausflugsverkehr ist auch eines ihrer Hauptargumente«, meldete sich Guy. »Die Staus, die sich am Wochenende durch die Ortschaften quälen.«

»Dafür walzen sie alles platt. Ohne jede Rücksicht auf die Natur. Es reicht einfach! Wir müssen eine planetarische Wende beschwören. Und zwar jetzt!«, forderte Minka mit neu erwachtem, glühendem Eifer.

»Planetarisch klingt gut!«, meinte jemand.

Die anderen sahen sie erstaunt an. Sie war aus ihrer Starre erwacht. Die alte Minka war zurück.

Als Bürgermeistertochter hatte sie jahrelang vor Augen geführt bekommen, welche weitreichenden Gestaltungsmöglichkeiten die Kommunalpolitik bot, und als Juso-Mitglied war ihr die politische Arbeit von klein auf eingeimpft worden. Über den verkehrsentlastenden Aspekt der B8, der als einer der Hauptgründe der Befürworter galt, bestanden widersprüchliche Meinungen. Minka begann, sich tiefer in die Gegenargumente einzuarbeiten. Durch das hohe Spendenaufkommen hatten sie bereits vor längerer Zeit ein Gutachten der Bundesforschungsanstalt für Naturschutz und Landschaftsökologie in Auftrag geben können. Darin wurde die Lärmminderung an den bisherigen Ortsdurchfahrtsstraßen für die Anliegerorte auf lediglich neunzig Prozent geschätzt. Dafür würden große Teile Schneidhains, Königsteins und der Naherholungsgebiete mit einem Lärmteppich überzogen werden. Darüber hinaus wurde eine Gefährdung des Grund- und Oberflächenwassers im Trinkwasserschutzgebiet bestätigt.

»Lärmteppich! Trinkwasservergiftung«, wiederholte sie bei ihren Sitzungen. »Das sind unsere Slogans. Damit müssen wir sie packen!«

»Genau!«, rief Gesche, die von Minkas neu erwachtem Kampfgeist angesteckt wurde. »Wenn sie sich schon nicht für die Erhaltung der Bäume und einer unversehrten Natur interessieren, dann doch für die Bedrohung, die sie unmittelbar betrifft.«

Noch im Dezember wurde die Unabhängige Kelkheimer Wählerinitiative (UKW) gegründet, deren Zentrum der Damm war. Gleichzeitig formierte sich in Königstein die Aktionsgemeinschaft Lebenswertes Königstein (ALK), an der ebenfalls Besetzer des Damms beteiligt waren. Gesche und Minka erhielten jeweils einen guten Listenplatz für die Wahlen zu den Stadtparlamenten im Mai 1981. Ihre Chancen standen gut. Die beiden Rebellinnen waren drauf und dran, zu ernsthaften Kommunalpolitikerinnen zu werden.

CLAIRE

Der Anblick ihres Labors war verstörend, obwohl Ritter zusammen mit einer Putzkolonne schon das Schlimmste aufgeräumt und beseitigt hatte. Noch immer hing der Geruch von verschmortem Gummi, verbranntem Holz und Papier im Raum, zwei Wände waren rußgeschwärzt. Claire betrat es das erste Mal seit dem Brand. Ein Anruf des Institutsleiters hatte sie daran erinnert, dass man sie längst zurückerwartete.

Sie ging in ihr Büro, steckte den Schlüssel in das Schloss des Schreibtischs, zog die Schubladen auf, holte einen Stoß Papiere heraus und fand zuunterst mehrere silberglänzende Blister. Wie ein Stromschlag traf sie die Erinnerung an ihr Verlangen nach den kleinen weißen Tabletten. In ihrer Wohnung hatte sie alle versteckten Vorräte zusammen mit Guido gesucht und vernichtet. Wie lange hatte sie keine Neuroleptika mehr geschluckt? Sie wusste es genau: zwei Monate, zwei Wochen und drei Tage. Mithilfe von Guido und einer Therapeutin war sie im Begriff, in ein normales Leben zurückzufinden. Sie spürte, wie wichtig es für sie war, morgens wieder aufzustehen und dabei nicht zu glauben, sie müsse funktionieren, sie müsse sich beweisen, sie müsse Höchstleistungen vollbringen. Aber auch das Gefühl, sie könne im Grunde genommen ebenso gut liegen bleiben, war für sie nicht hilfreich. Sie musste einen Takt finden, eine Balance, ein Gespür dafür entwickeln, was ihr guttat und was nicht, hatte die Therapeutin ihr beigebracht. Aber jetzt lagen dort vor ihr genau die Medikamente, die für sie zehn Jahre lang fest zum Leben gehört hatten. Die ihr Höllenqualen und Albträume bereitet hatten, die es aber auch vermochten, ihre Gedanken zum Fliegen zu bringen.

Sie nahm die Tablettenblister, drückte sich die kleinen runden Pillen in die Handfläche. Dann ging sie mit entschlossenen Schritten zur Damentoilette und spülte sie im Abfluss hinunter.

»Ritter!«, sagte sie, als sie auf dem Gang fast mit ihrem Mitarbeiter zusammengestoßen wäre. »Guten Morgen!«

»Schön, dass Sie wieder da sind!«, sagte er. Als er ihren Blick zu dem leeren Labor sah, presste er bedauernd die Lippen zusammen. »Es tut mir sehr leid!«

Claire nickte. »Ich weiß, aber Sie können nichts dazu. Wie ich sehe, haben Sie schon weitgehend aufgeräumt. Was werden Sie nun tun?«

Er knetete seine Hände. »Professor Steinmetz hat mir neue Aufgaben zugeteilt.«

»Das ist gut«, sagte sie.

»Hatten Sie schon Gelegenheit, die Formulare zu unterschreiben?«

Claire schüttelte den Kopf. »Ich sehe sie mir gleich an.«

»Ist ziemlich viel Papierkram nach so einem Schadensfall. Der deutsche Amtsschimmel lässt grüßen.«

»Ja, ich kann mir vorstellen, dass es viel Arbeit war. Danke, dass Sie sich darum gekümmert haben.« Dann deutete sie auf das Labor, in dem bereits einige neue Möbel standen. Alle aus Stahl. »Diesmal feuerbeständig?«, fragte sie.

Ritter nickte.

»Und alle Unterlagen, die hier in den Schränken waren, sind perdu?«

»Leider ja. Übrigens habe ich auch schon die Bestellformulare für die neue Laborausrüstung ausgefüllt, aber es kommt nun darauf an, was Sie benötigen – hängt ja von den nächsten Projekten ab.«

»Ich sehe es mir an.«

Sie ging zurück in ihr Büro, zog ein Hängeregister auf, nahm die Mappen heraus. Hier hatte sie einen Teil der älteren Listen mit den Testergebnissen aufbewahrt, und alle waren unversehrt. In ihrem dicht und akkurat beschriebenen Heft hatte sie alles sorgfältig dokumentiert. Aber es fehlten die aktuelleren Tabellen und Zahlen, gerade sie hatten den entscheidenden Durchbruch markiert.

Sie versuchte, sich zu konzentrieren, ihre Gedanken wieder zu bündeln, sich daran zu erinnern, was noch bis vor wenigen Wochen und Monaten ihr Lebensinhalt gewesen war. Polymerase-Kettenreaktion. Genügend Testreihen, genügend fundierte Untersuchungen, genügend Anwendungsmöglichkeiten, um ihre Entdeckung zu veröffentlichen. Wie kurz sie davor gewesen war, wie unsagbar kurz!

Ihr Posteingangskorb quoll über vor Fachzeitschriften, aber auch von Anträgen und Formularen, die über den Schadenshergang auszufüllen waren. Sie stützte die Ellbogen auf die weiße Kunststoffplatte und legte sich die Fingerspitzen an die Schläfen. Ritter hatte schon vorgearbeitet und viele der Kästchen in den Formularen angekreuzt, eine Schilderung und Skizze angefügt. Sie musste im Grunde nur noch einmal alles durchlesen und – wenn sie mit dem Inhalt einverstanden war – unterschreiben. Der Sachverhalt war einfach, fand sie. Die Reaktionslösungen waren in kleine Mikroreaktionsgefäße gefüllt worden, auf die man, um Verdunstung zu verhindern, Mineralöl geschichtet hatte. Dann waren sie in dem Thermogerät erhitzt worden. Der Kurzschluss hatte zu einer Stichflamme geführt, die das Mineralöl in Brand gesetzt hatte. Dieser Brand hatte sich im Labor rasch ausgebreitet.

»Dieses verdammte Thermogerät!«, stieß sie aus. Die drei durch eine bestimmte Temperatur definierten Schritte – Trennen, Koppeln, Duplizieren – hatte sie anfangs noch in drei unterschiedlich beheizten Wasserbädern manuell ausgeführt. Das Thermogerät sollte ihr diese zyklische Wiederholung abnehmen. Aber es hatte seine Tücken. Eigentlich hatte es von Anfang nur Ärger bereitet und schließlich sogar ihre gesamte Arbeit zerstört.

Sie überflog die restlichen Formulare mit den Anlagen A, B, C und D, unterschrieb alles, dann schob sie sie in einen Umschlag und klebte ihn zu. Ihr Blick glitt weiter zu den Fachzeitschriften und Katalogen mit Laborzubehör und Möbeln, den Bestellformularen, die Ritter schon weitgehend ausgefüllt hatte. Sie blätterte alles lustlos durch, desinteressiert, ohne Energie. Was sollte das alles noch bringen. Ihr Projekt war vorbei, die Doktorarbeit konnte sie vergessen, sie konnte sich allenfalls ein neues Thema suchen und von vorne anfangen. Dann fiel ihr Blick auf eine Seite mit einem neuen Gerät, genannt Heizblock. Es wurde von einem kleinen amerikanischen Hersteller in Kalifornien angeboten. Sie sah sich die Beschreibung näher an und merkte, wie ihr Fuß nervös zu wippen begann. Der unförmige Kasten sah aus wie eine Rechenmaschine mit einer Tastatur; auf deren Tasten waren Zahlen gedruckt. Das Ding hatte im vorderen Bereich eine große Klappe, in die man die Mikroreaktionsgefäße blockweise einsetzen konnte. Nach Angabe des Herstellers sollten die Temperaturzyklen nach der Programmierung automatisch ablaufen. Es war haargenau der Apparat, den sie gebraucht hätte – wenn er funktionierte! Wenn!

Sollte sie wirklich einen neuen Anlauf nehmen? Hatte es überhaupt noch einen Sinn? Oder war ihr längst jemand zuvorgekommen?

Hektisch griff sie nach den Fachzeitschriften, die letzten Ausgaben der Bio-Essays, überflog die Inhaltsverzeichnisse, suchte nach Veröffentlichungen ihrer Konkurrenten. Sie fühlte altvertraute Symptome aufsteigen, die sich schon lange nicht mehr geregt hatten: schweißnasse Hände, beschleunigter Herzschlag, Zucken in den Beinen. Als sie alle durchgeblättert hatte, beruhigte sich ihr Puls. Stattdessen spürte sie wieder das Fieber vergangener Tage in sich aufsteigen, das Kribbeln, das sich in ihren Adern ausbreitete. Kein einziger Aufsatz aus dem Labor von Har Gobind Khorana, das im selben Bereich forschte. Mehrere Studien aus dem Umfeld des DNA-Chemikers Kary Mullis, aber nichts Konkretes zu Kettenreaktionen. Da war nichts, das auch nur ansatzweise mit ihren Erkenntnissen zur Polymerase mithalten konnte. In keiner einzigen Fachzeitschrift.

Sie war noch im Rennen!

Mit dem Katalog und dem Bestellformular in der Hand lief sie den Gang entlang. Es war eine neue Chance, eine ganz reale Möglichkeit, die Testreihen wieder aufzunehmen und zum Abschluss zu bringen. Sie musste nur Professor Steinmetz von der Investition in dieses Gerät überzeugen. Sie würde nicht aufgeben. Der Wettlauf begann von Neuem.

MINKA

Im Taunus begann der 21. April 1981 als strahlender Frühlingstag. Der Wind hatte die Wolken nach Osten in Richtung Frankfurt geweht. Über den Kronen der Bäume jagte ein Schwarm von Schwalben die Flanken des Altkönigs hinauf, weiter zum großen Feldberg und hoch in den blauen Himmel. Gesche und Minka waren am Vormittag in den Fußgängerzonen der beiden Taunusstädtchen Kelkheim und Königstein unterwegs. Sie machten Wahlkampf, hatten knusprige Krapfen dabei und Äpfel, außerdem ihre Handzettel. Minka in Jeans und weißem T-Shirt, das Gesicht frei von Make-up, die Haare frisch gewaschen und ausgebürstet. Gesche im langen Blumenkleid, mit ihrem Bauernzopf, der sich anschickte, zu ihrem Markenzeichen zu werden. Die Leute begannen, sie wiederzuerkennen. Sie waren freundlich, geradezu neugierig. Das hob wiederum ihre eigene Stimmung.

»Bei euch spürt man richtig, dass ihr das auch lebt, was ihr versprecht. Eure privaten Interessen sind mit euren politischen Zielen im Einklang, und das findet man nicht oft bei den Herrschaften da oben!«, sagte eine Frau mit grauen Haaren und Hut zu ihnen. Dabei deutete sie mit dem Finger zu den Wahlplakaten der großen Parteien, auf denen nur Kandidaten in Anzügen und Krawatten abgebildet waren.

»Wer braucht denn diese neue Straße?«, sagte ein Mann im Jogginganzug. »Muss denn überall immer breiter und größer gebaut werden, damit die Leute schneller von A nach B kommen?« Er nickte ihnen zu und streckte den Daumen in die Luft. »Wir sollten alle mal entschleunigen. Ihr macht es richtig! Meine Stimme habt ihr jedenfalls.«

Minka und Gesche merkten, dass sie immer mehr Menschen für ihre Ziele begeistern konnten. Es schien so, als würde die Stimmung in der Bevölkerung zu ihren Gunsten kippen. Immer mehr Leute erkannten, dass reibungsloser Verkehrsfluss nicht in jedem Fall die Zerstörung intakter Natur rechtfertigte. Vielleicht konnten sie wirklich etwas verändern.

Als sie mit den Fahrrädern nebeneinander zurück ins Hüttendorf fuhren, mussten sie kaum in die Pedale treten – es ging fast nur bergab.

Die Räder rollten, sie streckten die Beine zur Seite, ließen die Haare im Fahrtwind flattern, hoben die Gesichter zum Himmel und sahen ein Bussardpaar mit weit ausgebreiteten Schwingen über den Obstwiesen kreisen.

»Da oben fliegt unsere Hoffnung!«, sagte Gesche. »Ich glaube, Hoffnung ist ein gefiedertes Etwas. So stelle ich sie mir jedenfalls immer vor. Sie muss auf jeden Fall Federn haben.«

Minka sah Gesche von der Seite an. Ihr Bauernzopf hatte sich gelöst, und sie wirkte nicht mehr wie das kleine Mädchen, das etwas zu altklug geraten war. Sie sah aus wie eine glückliche junge Frau, die wusste, was sie wollte, und kurz vor einem ersten Erfolg stand. »Du hast recht, unsere Hoffnung kann fliegen!«, rief Minka und hob übermütig die Hände vom Lenker.

Abends saßen sie alle vor dem Lagerfeuer zusammen, aßen, redeten, feierten, tranken, tanzten. Legten die Köpfe auf Kelimkissen und sahen in den Himmel. Minka kannte inzwischen alle Sternbilder und Mondphasen. Wenn sie die Namen nicht wusste, fragte sie Chris, der sogar ein Fernrohr aufgestellt hatte, und auch die sichtbaren Riesenplaneten wurden ihr bald vertraut: Venus, Saturn, Jupiter, Großer Wagen, Buckelmond.

»Wenn wir diese planetarische Energie aufrechterhalten könnten …«, begann Gesche träumerisch, und Theo beendete den Satz mit seiner ihm eigenen nüchternen Art: »… haben wir die bevorstehenden Kommunalwahlen so gut wie gewonnen!«

CARO

Caro war an dem Abend dabei, ihre Unterlagen zu ordnen – genauso wie ihre Gedanken und ihre Vorstellungen über ihre eigene Zukunft. Vor ihr lag der Block mit dem angefangenen Roman. Er war eines ihrer vielen Projekte, die sie begonnen, eine Zeit lang wie besessen vorangetrieben und dann wieder fallen gelassen hatte.

Hundertachtzig Seiten über Liebe, Licht, Wälder, Flüsse, Zugvögel, Hunde und Kaninchen. Aufgeteilt in drei Perspektiven: ein vietnamesisches Waisenkind, dessen Stiefschwester und deren beste Freundin. Eine Mischung, die stellenweise an den nüchternen Stil Max Frischs und dann wieder an den poetischen Realismus Fontanes erinnerte, aber doch eine ganz eigene, spröde Ästhetik entwickelte. Die in der Schwebe gehaltenen Handlungsstränge, in denen so gut wie nichts passierte, und die Personen, die, ermüdend perfekt, kaum eine Entwicklung durchliefen – all das konnte ihre inneren Zweifel kaum verdecken. In ihrem kleinen Roman stieß sie auf die gleichen Ausflüchte wie in ihrem Leben. Alles was sie in der Realität vermied anzupacken, erschien gleichzeitig als schwarzes Loch in der Geschichte, die sie niederschrieb. Sie schwankte zwischen poetischen Kreativitätsschüben, leeren Stunden, die sie mit Rauchen und Musik füllte, und höchst intensiven, fast manischen Phasen der journalistischen Recherche. Doch auch dabei gelang es ihr nicht, eine Linie zu finden.

Das Jahr 1981 hatte begonnen, und aus Caros Sicht stand es vor allem im Zeichen der Friedensbewegung. Der Kalte Krieg, der sich nach dem Ende des Vietnamkriegs etwas entspannt hatte, lebte wieder auf, nachdem Leonid Breschnew sowjetische Truppen in Afghanistan hatte einmarschieren lassen und der neue Präsident der Vereinigten Staaten, Ronald Reagan, erklärt hatte, den Rüstungswettlauf gegen den Warschauer Pakt werde er gewinnen. Das geteilte Europa sollte dabei als Basis für nukleare Mittelstreckenraketen eine Schlüsselrolle spielen. Caro hatte bereits an mehreren großen Friedenskundgebungen teilgenommen. Fast jedes Mal trat dort die eine charismatische Person der Bewegung auf, die sie schon vor einem Jahr in Frankfurt fasziniert hatte: Petra

Kelly. Und sie hatte sie sogar zu einem Interview überreden können. Nur hatte ihr Chefredakteur abgelehnt, es zu drucken, weil der lokale Bezug fehle.

Die Lokalredaktion der Frankfurter Rundschau betrachtete Caro zunehmend als zu begrenzt und einengend. ASTA-Sitzungen, Gewerkschaftstreffen, Lokführerstreiks und Verkehrsunfälle waren einfach nicht das, was sie interessierte. Weder gab man ihr den Raum, sich sprachlich zu beweisen, denn die zwei Spalten, die sie im besten Fall füllen durfte, und die Sachlichkeit des Journalistenjargons reichten dafür nicht aus. Noch bestand die Aussicht, dort jemals über die Themen berichten zu können, die sie berührten.

Und eine Sache ließ sie einfach nicht mehr los: Sie konnte sich nicht damit abfinden, dass die jahrelange Medikamentengabe im Kinderheim, die Durchführung von Arzneimittelstudien an den wehrlosen Bewohnern ohne Konsequenzen für die Heimärzte, die Leitung und die Pharmafirmen blieb. Wieder und wieder blätterte sie ihre Unterlagen durch. Das Geräusch eines Martinshorns drang so laut durch das Fenster, dass sie erschrak. Es schwoll an, immer weiter, dann verlor es sich in der Ferne. Caro fasste einen Entschluss: Kein Mensch besaß das Recht, einen anderen zu quälen! Gleich morgen würde sie die Sache selbst in die Hand nehmen.

MINKA

»Ich würde gern jeden Tag meines restlichen Lebens mit dir verbringen«, sagte Guy, als sie zusammen unter der Decke lagen, müde und wach zugleich.

»Für immer in einer Holzhütte?«, fragte Minka. »Ohne fließend Wasser, ohne jeden Komfort, bist du dir da sicher?«

»Für mich ist es der reine Luxus, mit dir in einem Bett zu schlafen. Ich würde die Zeit am liebsten anhalten und für immer so leben.«

Normalerweise bekam Minka jedes Mal ein schlechtes Gewissen, wenn er das Gespräch auf seine unsterbliche Liebe zu ihr brachte. Sie musste immer öfter an Caro denken, die in der Grundschulzeit für ihn geschwärmt hatte. Doch in diesem Moment war sie gerührt und schmiegte sich an ihn. Sie spürten beide, wie sehr es sie nach der Nähe des anderen verlangte, nach ihren Körpern in der Dunkelheit. Sie ließen sich in den Schlaf sinken, eingehüllt in die Wärme des anderen.

Als sie die Augen öffneten, flutete hellgelbes Licht durch das kleine Fenster. Von draußen waren Schreie und lärmendes Getrampel zu hören. Hektisch befreiten sie sich von ihren Bettdecken. Zum Anziehen blieb keine Zeit, sie rissen die Tür auf. Draußen hatte sich die Welt um sie herum in Flammen und Rauch verwandelt. Fassungslos schauten sie sich um. Es war ein riesiger Brand. Weil ihre Schlafhütte etwas abseitsstand und keine wachsame Clara sie warnte, gehörten sie zu den Letzten, die aufgewacht waren. Beide mussten sie husten, widerstanden aber ihrem Instinkt fortzurennen und gingen auf die Feuerwand zu. Brennende Hütten brachen in sich zusammen und zerfielen in einem Funkenregen. Der nächtliche Wald bildete ein dramatisches Bühnenbild für das, was sich auf dem Damm abspielte. Gesche kam ihnen entgegengerannt, die Angst und der Feuerschein schnitten ihr tiefe Schatten ins Gesicht.

»Wir müssen zu den Ställen«, schrie Minka, und ihre Stimme überschlug sich vor Sorge. »Die Tiere retten!«

Sie rannten schwer atmend in die Richtung und versuchten, irgendetwas zu erkennen. Die Hitze war furchtbar, aber noch schlimmer als die

Hitze war der Qualm. Minka hatte bei jedem Atemzug das Gefühl zu ersticken. Das erst vor Kurzem neu errichtete Rundhaus stand in Flammen, das Feuer hatte auch schon auf das Kolosseum, das Informationszentrum, und das »Hilton«, das Sommerschlafhaus, übergegriffen. Alle Bewohner waren im Schlaf überrascht worden, waren aber, wie es aussah, vollzählig auf den Beinen. Sie waren nicht mehr so viele wie früher. Nach dem Überfall im Oktober letzten Jahres hatten einige das Hüttendorf verlassen und waren nicht mehr zurückgekehrt.

Sie riefen sich gegenseitig kurze, abgehackte Kommandos zu, hatten Ketten gebildet, ließen Wassereimer von Hand zu Hand gehen und gossen sie auf das brennende Holz. Theo, hoch aufgerichtet, sah mit dem nassen Tuch um die Stirn aus wie ein Guerillakrieger und dirigierte die Löschaktion. Doch sie wirkte angesichts der hoch lodernden Flammen vollkommen sinnlos und war, wie Theo schließlich erkannte, zu gefährlich. »Leute, lasst es sein, wir ziehen uns zurück«, forderte er die Dorfbewohner auf, die schließlich einsahen, dass er recht hatte, und sich in Sicherheit brachten.

Minka sprang über einen brennenden Balken. Ein Zipfel ihrer Pyjamahose fing Feuer, und sie musste stehen bleiben, um sie sich vom Leib zu reißen. Innerhalb weniger Minuten waren ihre Kehle und ihr Gesicht glühend heiß. Guy hustete, Minkas Lunge fühlte sich an wie abgekocht. Jeder Atemzug jagte einen stechenden Schmerz durch ihre Brust. Immer wieder blieben ihre Füße an heruntergefallenen Ästen hängen, zwischen denen Flammen züngelten. Ihre Sinne waren aufs Äußerste geschärft. Es war weniger ihre eigene verzweifelte Lage als die Sorge um die Tiere, die sie vorwärtstrieb. Jetzt sahen sie in etwa fünfzig Metern Entfernung den Stall und die Pferdeboxen. Ihre Erleichterung war grenzenlos, dass der Holzverschlag noch nicht in Flammen stand. Aber die Holzbalken vor dem Kleintiergatter hatten bereits Feuer gefangen. Sie hörten die Tiere angstvoll schreien. Durch den Rauch hindurch erkannten sie eine kleine Person, die wie ein Wiesel hin und her flitzte. »Gesche!«, rief Minka.

»Ich kann den Hebel vom Gatter nicht lösen, er ist zu heiß!«, rief sie halb hysterisch. Guy sprintete los, Minka rannte an ihm vorbei zu den Pferdeboxen. Tatsächlich hatte das Metall am Gatter bereits zu glühen begonnen.

»Wir müssen zuerst die Ponys rauslassen, sonst geraten die kleineren

Tiere noch unter ihre Hufe«, rief Minka. Die Ponys waren schon auf den Paddocks, stiegen mit den Vorderhufen in die Luft, schnaubten und trabten im Kreis. Guy hob ein Holzstück vom Boden auf.

»Achtung, geht besser zur Seite«, sagte er. Mit einer gezielten Bewegung schlug er den glühenden Hebel hart nach oben weg. Sofort zogen Gesche und Minka gemeinsam das Holzgatter auf. Die Ponys drängten sich als Erste durch die Öffnung und galoppierten den Damm entlang, weg von den brennenden Hütten.

»Hoffentlich brechen sie sich nicht die Beine«, murmelte Gesche, deren Gesicht vollkommen rußverschmiert war. Minka wusste, dass ihre Bedenken berechtigt waren. Die Ponys waren in Gefangenschaft geboren und nicht an Wildnis und Freiheit gewöhnt. Aber sie fanden den Pfad, den Wall hinunter, den sie oft mit ihnen gegangen war, und suchten sich ihren Weg in den Wald. Ihnen folgten die Schafe und Ziegen, schließlich eine Gruppe von Hennen und Kaninchen, die den Erdwall hinunterjagten, sprangen und hoppelten. Die leichtfüßigen Tiere waren im Nu verschwunden. Ihre Schatten und ihre Laute verloren sich im Unterholz. Minka vertraute ihrem Orientierungssinn. »Sie haben den besseren Instinkt!«, sagte sie. »Hauptsache, sie verbrennen nicht bei lebendigem Leib.«

Minka hielt sich abseits, die Arme eng um den Körper geschlungen, starrte sie ihnen nach, mit leerem Blick. Schon oft hatte sie sich gefragt, was aus ihnen werden würde, wenn sie eines Tages ihr Dorf auf dem Damm verlassen müssten. Anders als die meisten Menschen hielt sie ihre Liebe zu Tieren nicht für eine Schwäche oder Sentimentalität. Sie folgte einfach einem ureigenen Trieb, den sie nicht bekämpfen konnte. Eine Sorgenlast war ihr auferlegt worden, als sie das erste Mal über das Fell eines Hundewelpen gestrichen hatte. Erst vor Kurzem war ihr klar geworden, dass es sich dabei um die arme Toxy gehandelt haben musste, die danach ihr Leben im Zwinger ihres Vaters hatte verbringen müssen.

»Komm, wir können hier nichts mehr tun«, sagte Gesche und wischte sich mit dem Ärmel den Ruß aus dem Gesicht. Eine Schwellung über ihrem rechten Auge zeugte von einem Zusammenstoß mit dem Gatter. Minka wurde sich bewusst, dass sie vermutlich nicht besser aussah.

Das Feuer hatte auf die Stallungen übergegriffen, und sie mussten tatenlos zusehen, wie das Stroh und Heu sich in einen Scheiterhaufen verwandelten. Guy nahm sie beide am Arm und zog sie weg. Bei Minka musste er Kraft aufwenden. Wie paralysiert starrte sie in die Flammen. Plötzlich kam ein frischer Wind auf, und schon die ersten zarten Böen trugen die Funken nach Norden, auf die Bäume zu.

»Nicht auch noch den Wald!«, flüsterte Minka, als sie den Funkenregen sah, und hob das Gesicht flehend in den Himmel. Es kam ihr vor wie ein sarkastischer Handstreich des Schicksals, wenn der Wald, den sie schützen wollten, nun Opfer dieses Feuers werden würde.

Endlich hörten sie aus der Ferne die Sirenen der Feuerwehr. Sie wussten nicht, wer sie verständigt hatte. Entweder hatte man in Kelkheim den Feuerschein gesehen, was mitten in der Nacht unwahrscheinlich war. Vermutlich war ein Hüttendorfbewohner in den nächsten Ort gefahren und hatte sie alarmiert. Der Löschzug traf so spät auf dem Damm ein, dass viele Hütten bereits vollständig niedergebrannt waren. Doch das Übergreifen auf den Wald konnte in letzter Minute verhindert werden.

Es war Guy, der Minka noch in derselben Nacht überredete, zu ihren Eltern zu fahren. Minka wollte nicht nach Hause zurück. Mit ihrem Vater unter einem Dach zu schlafen, war für sie einfach nicht mehr vorstellbar. Aber Guy konnte sehr überzeugend sein, wenn er wollte. Ihre Hütte war vom Feuer verschont geblieben, weil sie so weit abseitsstand. Sie zogen sich an, packten ein paar Sachen ein, nahmen den VW-Bus, der von allen gemeinsam für den Damm angeschafft worden war. Weil sie andere Bewohner unterwegs an verschiedenen Orten absetzten, brauchten sie eine halbe Ewigkeit bis Mainheim. Aber Zeit hatte jetzt keine Bedeutung mehr.

Helga Schönwetter öffnete die Tür zögernd und nur einen Spalt weit. Sie war darauf gefasst, wieder mit faulen Eiern oder Tomaten beworfen zu werden.

»Mama!«, sagte Minka, als sie ihre Mutter in ihrem geblümten Frottee-Morgenmantel im Türspalt sah.

»Minka!«, flüsterte Helga und öffnete die Tür ganz weit, als die beiden die Treppen hochkamen. Guy blieb an der Schwelle stehen und machte eine kleine Verbeugung. »Guten Abend. Ich bin Guy.«

Minka versetzte ihm einen Stoß in die Seite. »Lass den Quatsch.«

»Hallo Guy«, sagte Helga. »Ich habe schon viel von dir gehört.«

Minka schüttelte den Kopf und verdrehte die Augen. »Das ist so absurd«, sagte sie, ohne zu erklären, was sie genau meinte. Aber dann schlang sie ihrer Mutter die Arme um den Hals.

»Hätte ich doch nur gewusst, dass ihr kommt, dann hätte ich etwas vorbereitet. Dein Bett ist gar nicht bezogen, und in deinem Zimmer stehen ziemlich viele Kartons.«

Sie bewegte die Nasenflügel. »Du riechst ja ganz verräuchert.«

»Es gab ein Feuer, Mama, unser ganzes Hüttendorf ist abgebrannt.«

»Um Gottes willen!« Helga hielt sie ein Stück von sich weg und betrachtete sie. »Hoffentlich ist niemandem etwas passiert.«

Minka schüttelte den Kopf. »Nein, bisher gibt es wohl nur Sachschaden, ob die Tiere alle überleben, weiß ich allerdings nicht, sie sind in den Wald geflüchtet.« Erst jetzt fielen ihr die braunen Pappkartons auf, die im Flur standen.

»Ihr müsst entschuldigen, aber wir ziehen nächste Woche aus«, sagte Helga.

»Ihr zieht um? Wohin denn?«

»In eine Wohnung in Hofheim. Papa ist nicht mehr Bürgermeister, und wir müssen das Haus räumen.«

»Was, ihr müsst raus aus dem Haus?« Minka war vollkommen überrascht. »Davon wusste ich ja gar nichts!«

Ihre Mutter zuckte übertrieben gleichgültig mit den Schultern. »So ist das Leben. Irgendwann musste es so kommen.«

»Und was ist mit Papa? Hat er das auch einfach so verkraftet? Wo ist er überhaupt?«

»Dein Vater schläft. Gott weiß, woher er diese Gabe hat. Ihn würde nicht einmal ein Erdbeben aufwecken.«

Doch sie täuschte sich. Schönwetter stand oben an der Treppe und fixierte Guy wie ein Falke. Er hatte ihn vielleicht ein, zwei Mal in seinem Leben gesehen, was nun fast zehn Jahre her war, und wusste in diesem Moment dennoch ganz genau, wer er war. Seine Missbilligung war selbst auf die Entfernung so deutlich, dass sie Minkas Unbehagen noch vergrößerte. Sie hatte Guy dafür bewundert, dass er sich bereit erklärt hatte, mitzukommen, dass er sie überreden wollte, mit ihrem Vater Frieden zu schließen.

»Na? Hast du endlich genug von deinem Hippieleben?«, fragte Schönwetter.

»Harald!«, rief Helga und warf ihrem Mann einen warnenden Blick zu.

Schönwetter machte sich in seinem gestreiften Pyjama langsam auf den Weg nach unten, ohne Guy eine Sekunde aus den Augen zu lassen. Minka betrachtete ihn. Alt sah er aus, um so vieles älter, als sie ihn in Erinnerung gehabt hatte. Sein zu Berge stehender Haarkranz, die grauen Bartstoppeln und die Brusthaare, die ihm aus dem Revers des Schlafanzugs quollen, boten keinen angenehmen Anblick, und sie fand keine Worte für das, was sie empfand. Wut, Mitleid, eine tiefe Erschöpfung.

»Guten Abend, Herr Schönwetter. Bitte entschuldigen Sie, dass wir Sie mitten in der Nacht stören. Aber unser Hüttendorf ist abgebrannt«, sagte Guy, und Minka musterte ihn erstaunt von der Seite. Woher nahm er diese Ruhe und diese Höflichkeit? Tatsächlich wirkte seine freundliche und sachliche Art sogar auf ihren Vater halbwegs entwaffnend.

»Abgebrannt?«, wiederholte er, murmelte dann etwas von »Musste ja so kommen …« und »… hab's immer gewusst«. Er wandte sich brummend um, stieg wieder die Treppen hoch, und kurz darauf fiel die Schlafzimmertür ins Schloss.

CLAIRE

Entspannter als vor einem Vierteljahr, in Jeans und weißer Bluse, fühlte sich Claire ganz mit sich im Reinen, als sie um acht Uhr das Kassenhäuschen des Palmengartens passierte. Frau Bongartz hatte violetten, perlmuttig schimmernden Lidschatten aufgelegt und erinnerte sie mit schwärmerischer Stimme an die spektakuläre Blüte der Passionsblume, die ursprünglich aus den tropischen Zonen Amerikas stamme.

»Ich habe mich gefragt, ob sie eigentlich auch in deiner Heimat wachsen, Herzchen. Nach Vietnam mache ich nämlich meine nächste Urlaubsreise.«

Es kam immer wieder vor, dass Claire auf ihre vermeintliche Heimat angesprochen, die Frage nach Herkunft und familiärem Hintergrund gestellt wurde. Einige Menschen verpflanzten sie an einen beliebigen asiatischen Geburtsort: China, Japan, Korea. Claire nahm solche Äußerungen manchmal als unreflektiert wahr, in einigen Fällen auch als Grenzüberschreitungen. Frau Bongartz mochte sie zu gern, um verärgert zu reagieren. Sie sagte einfach nur: »Deutschland ist längst meine Heimat.«

»Entschuldigung.« Frau Bongartz senkte den Kopf. »So habe ich das nicht gemeint.«

»Schon gut. Aber die Reise wird sicher wundervoll. Sie müssen mir unbedingt Fotos mitbringen.«

»Das mache ich ganz sicher. Aber jetzt gehst du als Erstes zu unseren Passionsblüten.« Sie geriet ins Schwärmen: »Sie sind üppig, herausfordernd und unglaublich feminin!« Frau Bongartz klimperte mit ihren schillernden Augenlidern.

»Ich sehe sie mir heute Abend an, versprochen!«, sagte Claire und lächelte. Die Fernreisen, die Frau Bongartz einmal im Jahr unternahm, waren ihr zweites Lieblingsthema. Claire musste daran denken, dass sie eines Tages auch nach Vietnam reisen wollte. Irgendwann, wenn sie innerlich so weit war. »Jetzt habe ich noch ein Rendezvous.«

Frau Bongartz verdrehte die Augen, als sei sie die Mitwisserin eines gut gehüteten Geheimnisses. Dabei war die Beziehung zwischen Claire und dem Leiter des Botanischen Gartens inzwischen bei fast allen Mitarbeitern durchgesickert. »Dann wünsche ich dir einen angenehmen Tag, Schätzchen!«, sagte sie.

Es war wie eine Wiedergeburt. Der Garten war ein einziges Sirren von Insekten und Zwitschern verschiedenster Vögel. Der Rasen unter Claires Füßen schien zu federn. Der Himmel blau, die Pflanzen von sattem Grün, die Blüten von strahlendem Purpur und Violett, die Morgenluft schwanger vom opulenten arabischen Jasmin und dem wachrüttelnden Charme der zitronigen Bergamotte. Claire sah sich selbst wie in einem Film, voller Lebenskraft, vergnügt und dennoch entschlossen, wie sie durch den Garten lief, die Tüte mit den ofenwarmen Croissants in der Hand und die Aktentasche unter dem Arm.

Von Weitem sah sie ihn schon, wie er mit einem der Gärtner sprach. In Sandalen, seinem taubenblauen Leinenhemd und einer hellen Chinohose kam er ihr entgegen und breitete die Arme aus.

Mit einem Mal hatte Claire begriffen, dass sie selbst entscheiden konnte, wann sie arbeitete und wann sie es sein ließ. Sie musste nicht bis nachts um drei im Labor sitzen, sie war keine Gefangene ihrer Forschung – sie war die Akteurin. Sie hatte sogar endlich wieder die Zeit gefunden und sich mit Marita getroffen. Seit einem Jahr lebte das Mädchen nicht mehr im Mainheimer Kinderheim, sondern in einer Jugendwohngruppe im Frankfurter Gallusviertel. Sie war jetzt sechzehn, viel rundlicher als früher, hatte eine Lehre in einer Druckerei begonnen und sogar einen Freund, namens Marco, in den sie sehr verliebt war. Nur die strenge Heimleiterin des Franz-Sales-Hauses und einige Mitbewohnerinnen in der Wohngruppe machten ihr das Leben schwerer als nötig. Die Heimärztin, Dr. Lavalette, half Marita in Zeiten der Not. Claire versprach Marita, sie von nun an regelmäßiger zu treffen. Sie wollte andere Prioritäten in ihrem Leben setzen. Das erste Mal hatten sie Freunde zu einer Party eingeladen. Freunde! Das Wort hatte Claire bisher gar nicht gekannt. In Guidos Dachterrassenwohnung in Sachsenhausen hatten bis spät in die Nacht dicht gedrängt Studenten und Professoren, Botaniker, Zoologen, Soziologen, Linksradikale aus der Hausbesetzerszene, Mäzeninnen aus dem Vordertaunus, Künstler und zwei Opernsänger vom Frankfurter Ensemble beieinandergestanden, diskutiert, getrunken, gestritten, geraucht, gefeiert. Claire hatte Habu, Caro und Ritter eingeladen und gespürt, was Leben bedeutete. Es konnte so sein, wie wir es erträumten: intelligent, poetisch, herausfordernd, widersprüchlich, friedlich, farbig.

Sie konnte sich mit Guido auf einer Parkbank zurücklehnen, in das knusprige Croissant beißen, den Buttergeschmack an ihrem Gaumen spüren und in das Blätterdach der Kastanie blicken. Ihre Therapeutin sagte, sie könne das. Guido sagte, sie solle das. Sie sagte sich, sie wolle das, und unterdrückte mit aller Kraft das aufkommende schlechte Gewissen, die altvertrauten Symptome: beschleunigter Pulsschlag, Schweißausbruch an den Händen, Zucken in den Beinen, der Impuls aufzuspringen und an die Arbeit zu gehen.

»Bist du zufrieden mit deinen Fortschritten?«, fragte Guido und legte ihr liebevoll seinen Arm um die Schultern, denn er bemerkte das leichte Zittern ihrer Hände.

»Es läuft gut, besser, als ich dachte. Endlich haben wir einen Heizblock gefunden, der zu funktionieren scheint.«

»Meine Oma hätte jetzt dreimal auf Holz geklopft«, sagte Guido und pochte seine Fingerknöchel leicht auf die Bank. »Sie war ziemlich abergläubisch.«

»Meine Großmutter war auch abergläubisch«, sagte Claire. »Sie hat mir einen sehr hässlichen Spitznamen gegeben, um Neid und Gier dunkler Mächte abzuwehren.«

Guido musste lachen. »Den würde ich gerne mal hören.«

»Nein, den willst du nicht hören, er ist wirklich zu schrecklich.«

»Na, komm schon!«

Claire schüttelte den Kopf. »Niemals!« Sie ließ sich nicht erweichen. »Ich bin fast fertig, noch ein, zwei Wochen, dann gebe ich die Arbeit an Professor Steinmetz und hoffe auf sein ›Go!‹ für die Veröffentlichung. Ich hätte nie geglaubt, dass es auf einmal so leicht sein kann.«

Guido lächelte, und schweigend aßen sie ihre Croissants.

»Hast du schon die Passionsblüten gesehen?«, fragte er.

»Nein, noch nicht. Frau Bongartz hat mir davon vorgeschwärmt. Ihr Lidschatten war heute Morgen violett-perlmuttig gesprenkelt.«

Beide mussten lachen. »Frau Bongartz ist einmalig. Ein lebendes Werbebanner. Wenn es sie noch nicht gäbe, müsste man sie erfinden. Aber sie hat recht. Unsere Passionsblüten sind dieses Jahr fantastisch: pure, leuchtende, sinnlich-samtige Harmonie.«

»Das hört sich wundervoll an.«

»Soll ich sie dir zeigen, hast du noch etwas Zeit?«

»Heute Morgen nicht. Ich würde jetzt wirklich lieber ins Labor.«

Guido verstand die stumme Bitte, nicht zu insistieren, und drückte sanft ihren Arm. »Die Blüte läuft uns ja nicht weg.«

Claire genoss das Gefühl, die richtige Balance gefunden zu haben. Guido hatte den Anstoß gegeben, ihr Leben in die Hand zu nehmen, und es schien ihr inzwischen, als wäre er schon immer für sie da gewesen. Aber tief in ihrem Inneren wusste sie, dass der Weg zu einem selbstbestimmten Leben noch lang war. Sie standen beide auf, und Guido deutete nach Westen, wo sich dunkle Wolkengebirge auftürmten. »Da braut sich was zusammen«, sagte er. »Besser, du läufst los, bevor das hier runterkommt.«

NICOLE ROSE

Besuch für Sie.«

»Wer ist es denn?«, fragte Nicole Rose.

Ihre Teepause hatte für sie eine besondere Bedeutung. Wenn sie die goldgelbe Färbung eines Darjeeling in ihrer Tasse sah, ihre Hände um das zarte White Bone China schloss und die Wärme an ihrer Haut spürte, wurde die Welt jedes Mal ein kleines bisschen besser. Und das wollte viel heißen, wenn man ein Kinderheim leitete.

»Eine Carola Stern.«

Die Hausdame füllte den Türrahmen zu ihrem Büro fast vollständig mit ihrer stattlichen Figur aus. Frau Rose gab ihr ein Zeichen, sie solle kurz reinkommen und die Tür schließen.

»Stern? Die Frau Stern?«

»Nein, ich glaube, es ist ihre Tochter.«

Carola stand im Vorraum des Kinderheims und sah sich um. Sie war das erste Mal an diesem Ort und fragte sich einmal mehr, warum sie nicht schon früher einmal mit Claire hierhergekommen war. Ihr hatte ein schauriges Gebäude vorgeschwebt, dessen dunkles Gewölbe von düsteren Leidensszenen zeugte. Aber die Eingangshalle strahlte in hellem kalkigem Weiß, und es roch durchdringend nach Farbe. Drei Schilder wiesen darauf hin, dass frisch gestrichen war. Auch die etwa einen Meter hohe Holzvertäfelung hatte man neu in lichtem Grau lackiert. In der Mitte stand eine Sitzgruppe mit weißen Schonbezügen. Eine Frau mit einer blauen Schürze wischte entschlossen und mit viel Wasser das Parkett. Aus einem der hinteren Räume hörte man leise die Stimmen eines Mädchenchors. Alles wirkte freundlich und hell.

»Bitte, Frau Rose erwartet Sie.« Die kräftige Frau mit den breiten Schultern zeigte mit der Hand auf die geöffnete Tür.

Als Caro den Raum betrat, stand Frau Rose auf und kam ihr entgegen. Sie trug einen leichten Sommerrock, Pumps, einen blauen Baumwollpullover, auf dem ihre schimmernde Perlenkette besonders zur Geltung kam. Caro fand Perlen normalerweise spießig, aber an ihr wirkten sie perfekt. Von ihren blonden Haaren hatte Claire einmal erzählt, wie sehr sie sie beeindruckt hatten. Dass sie so eine Haarfarbe, bevor sie nach Deutschland kam, noch nie gesehen hatte.

»Guten Morgen. Sie sind also Fräulein Stern? Das ist aber eine Überraschung.«

Caro lächelte schüchtern, sah Frau Rose direkt in die Augen und schüttelte ihr die Hand. »Guten Morgen.«

»Möchten Sie vielleicht auch einen Tee?«

»Ja, gerne.«

Frau Rose gab der kräftigen Frau ein Zeichen, die daraufhin nickte und verschwand.

Ein nervöses Ziehen machte sich in Caros Magen bemerkbar. War sie wirklich stark genug für diese Unterredung?

»Sie müssen das Durcheinander entschuldigen.« Frau Rose lächelte gewinnend und zeigte auf die Kartons und die mit Folie abgedeckten Regale. »Wir renovieren gerade.« Dann sah sie zu Boden, faltete die Hände vor ihrem Rock. Als sie den Kopf wieder hob, fragte sie: »Das wievielte Kind sind Sie? Wenn ich mich richtig erinnere, hatten Sterns vier oder fünf Kinder.«

»Wir sind fünf, das heißt, mit Claire wurden wir sechs. Und ich bin die Vierte in der Reihenfolge.«

Frau Rose nickte. »Claire!«, wiederholte sie mit weicher Stimme und gab dem Namen eine so zärtliche Betonung, dass Caro noch mehr Zweifel an ihrer Mission bekam. »Claire war ein ganz besonderes Mädchen.«

»Ja, das ist sie immer noch.«

Frau Rose machte eine Geste, mit der sie Caro einen Platz auf dem Stuhl vor ihrem Schreibtisch anbot, und ging um ihn herum, um sich selbst zu setzen.

»Verstehen Sie sich? Haben Sie sie als Schwester annehmen können? Sie müssten ungefähr im selben Alter sein, oder irre ich mich?«

Caro nickte. »Nein, Sie irren sich nicht. Wir sind beide zwanzig.«

»Also, was führt Sie zu mir? Ich hoffe, es geht Claire gut?«

»Den Umständen entsprechend ja.«

In Frau Roses Gesicht erschien ein Ausdruck, den Caro nur als Sorge und echtes Mitgefühl interpretieren konnte. »Was heißt das? Ist sie krank?«

Caro versuchte, ihre Gedanken zu ordnen. Sie hatte sich ganz genau überlegt, was sie sagen wollte. »Das würde ich gerne von Ihnen wissen.«

»Wie meinen Sie das? Ich habe Claire sehr lange nicht gesehen. Nach der Adoption war sie noch ein paarmal hier, sie hat eines der Mädchen besucht. Aber seit dieser Zögling ausgezogen ist, jetzt sicher schon ein Jahr nicht mehr.«

»Ihr wurde von der Heimärztin eine bipolare Störung diagnostiziert.«

Frau Rose rieb eine Stelle an ihrer rechten Schläfe. Es war genau da, wo Caro manchmal Kopfschmerzen bekam.

»Woher weißt du das?« Plötzlich wechselte sie zum Du, aber ihre Stimme blieb sanft.

»Weil Claire es mir erzählt hat.«

Es klopfte an der Tür, und die Hausdame brachte ein Tablett herein.

»Bitte stellen Sie es hierhin.« Frau Rose legte die flache Hand auf die linke Seite des Schreibtischs. Die Hausdame setzte das Tablett ab, auf dem eine Teekanne, eine Tasse, Zucker, Sahne und ein Tellerchen mit Pralinen standen. Caro erkannte sie sofort. Es konnten nur Pralinen der Cassada sein.

»Benötigen Sie sonst noch etwas, Frau Rose?«, fragte die Hausdame.

»Nein, vielen Dank.« Eine deutliche Aufforderung, sie wieder allein zu lassen.

»Was für ein schöner Anblick, nicht wahr? Weißt du, dass dein Vater uns seit Jahrzehnten mit seinen wunderbaren Schokoladen- und Pralinenkreationen versorgt?«

Vielleicht war es die ungewohnte Situation oder die unerwartete Freundlichkeit, mit der sie empfangen wurde, jedenfalls kam sich Caro wie ein Eindringling vor. Als würde sie hier vollkommen grundlos sitzen. In so einem liebevollen Umfeld konnte gar nichts Unrechtes passiert sein.

Frau Rose schenkte ihnen beiden Tee ein, ließ einen Löffel Zucker hineinrieseln und rührte lange in ihrer Tasse. Dann nahm sie eine weiße Praline zwischen die Fingerspitzen, die mit einer fast schwarzen Schoko-Blume verziert war, und betrachtete sie. »Wie hübsch sie ist. Siehst du diese zart gezogenen Linien der Blüte? Diese Perfektion? Wie aus einer kleinen feinen Confiserie. Ich habe immer bewundert, wie die Firma deines Vaters, die Cassada, die ja eine stattliche Schokoladenfabrik ist, solch wundervolle zierliche Köstlichkeiten schaffen kann.«

Caro spürte, wie sich bei ihr Widerwillen dagegen aufbaute, jetzt mit ihrem unangenehmen Thema fortzufahren. Sie musste sich regelrecht dazu zwingen, die Harmonie zu zerstören, und sie tat es mit einem Paukenschlag.

»Claire hatte allerdings niemals die entsprechenden Symptome der diagnostizierten Krankheit, jedenfalls nicht bevor sie nach Mainheim kam. Aber ihr wurden hier jeden Tag nach dem Frühstück und Mittagessen Psychopharmaka verabreicht.« Sie machte eine Pause und wiederholte: »Jeden Tag.«

Jetzt lagen die Tatsachen auf dem Tisch. Es hatte nicht ihrer Taktik entsprochen, aber vielleicht war es besser so. Sie wollte lieber wissen, woran sie bei Frau Rose war.

»Weißt du, Caro …« Nicole Rose rührte wieder in ihrer Tasse. »… das ist eine sehr einseitige Sichtweise, die, vielleicht auch unter Berücksichtigung der vielen Jahre, die inzwischen vergangen sind, etwas verschwommen sein könnte.«

Einige Zeit war es still. Dann sagte Caro: »Es könnte so sein, aber dem ist nicht so.« Sie beugte sich nach vorne, nahm ihre Tasse und trank einen Schluck Tee. Ihre Hände waren erstaunlich ruhig, obwohl sie ihre Selbstsicherheit nur spielte und das Gefühl hatte, nicht wirklich Herrin der Lage zu sein.

»Na schön. Du bist noch sehr jung, Carola, und du bist in geordneten Verhältnissen aufgewachsen. Das weiß ich, weil eure familiäre Situation damals vor der Adoption sehr genau geprüft wurde. Du hast liebevolle Eltern, fünf Geschwister, ein großes Haus, einen Garten, dein Vater hat ein gesichertes Einkommen, deine Mutter ist Hausfrau, es war immer genug Geld da, du konntest die Schule besuchen, die du wolltest, du konntest zur Kirche gehen, ein Musikinstrument lernen. Ich wage zu behaupten, dass du überdurchschnittlich privilegiert bist. Einen Ausdruck wie ›milieugeschädigt‹, ›ungünstige soziale Verhältnisse‹ oder ›Verwahrlosungserscheinungen‹ hast du womöglich noch nie gehört.« Sie stand auf und ging an das Fenster. »Komm doch bitte einmal zu mir.«

Draußen im Garten spielten die Mädchen Federball. Alle trugen die gleichen hellblauen Röcke, Kniestrümpfe und weißen Blusen.

»Ich leite dieses Kinderheim seit fünfzehn Jahren. Fünfzehn Jahre Erfahrung mit allen Formen menschlicher Tragödien, deren Leidtragende fast immer die Kinder sind. Ich habe die Mädchen kommen und gehen sehen. Darunter sind Kinder von Alkoholikern und drogenabhängigen Müttern, Vollwaisen und Kinder, die ihre Eltern nie gesehen haben, und Kinder, die sie besser nie gesehen hätten. Nahezu die Hälfte der Kinder zeigt, wenn sie zu uns kommen, erhebliche Anpassungs- und Einordnungsschwierigkeiten. Bei nahezu allen besteht eine erhöhte Aggressivität oder Unverträglichkeit.« Sie sah Caro von der Seite an. »Was glaubst du, was für Anstrengungen, wie viel Fürsorge, Liebe und unendliche Geduld es braucht, damit sie so einvernehmlich miteinander spielen wie jetzt?«

»Sicher sehr viel«, antwortete Caro leise, und sie überkam tiefe Frustration, weil sie hierhergekommen war und nun alles infrage stellte. Auf einmal war nichts mehr von ihrem Selbstbewusstsein übrig. Hilflos klammerte sie sich an eine Frage: »Und die Mädchen haben keine Medikamente bekommen?«

»Selbstverständlich haben sie Medikamente bekommen. Es wäre ja unmenschlich, wenn wir ihnen Arzneimittel vorenthalten würden, die ihren Gesundheitszustand verbessern.«

»Was für Medikamente?«

»Carola, ich habe mir die Zeit für dieses Gespräch mit dir genommen, weil ich nicht den Eindruck erwecken möchte, ich wollte dich abwimmeln.« Mit einer Handbewegung zu ihrem Schreibtisch deutete Frau Rose an, dass sie nun wieder an ihre Arbeit gehen müsse.

Caro ließ sich von ihr zur Tür geleiten, und sie schüttelten sich die Hände.

»Du solltest nicht alles glauben, was ein ehemaliges Heimkind erzählt. Die Kinder können manchmal Fantasie und Realität nicht voneinander unterscheiden.«

Der Satz klang anders. Fast wie eingeübt. Caro blieb stehen und erinnerte sich auf einmal wieder an ihre Recherchen, den Fachaufsatz zu den Arzneimittelstudien und vor allem an den Namen der Ärztin. »Und was ist mit Doktor Lavalette?«, fragte sie.

Etwas in Frau Roses Gesicht veränderte sich. »Was soll mit ihr sein?«

»War sie nicht die Heimärztin hier?«

»Doch, doch, das war sie einige Jahre.«

Caro öffnete jetzt ihre Tasche und holte die Kopie des Aufsatzes aus der Neuen Medizinischen Wochenschrift heraus. »Hierin geht es um den Einsatz verschiedener Neuroleptika. Von ihrer primären biochemischen Wirkungsweise her sind Neuroleptika Mittel gegen Psychosen und Wahn.« Sie sprach schnell, holte kaum Atem.

»Ja, und?«

»Der Aufsatz ist von Doktor Karin Lavalette aus dem Jahr 1974.«

Frau Rose drehte den Kopf, um die Überschrift zu lesen: »Perphenazin und Pyrithioxin bei kindlichen Verhaltensstörungen.«

»Darin beschreibt sie klinische Studien«, fuhr Caro fort. »Der Wirkstoff Perphenazin ist ein stark wirksames Neuroleptikum. Ihre Veröffentlichung belegt die Durchführung einer Studie mit diesen Präparaten in den Jahren zuvor, also der Zeit, zu der Claire hier im Kinderheim war.«

Frau Rose nahm den Aufsatz und überflog die markierten Stellen. »Und was habe ich damit zu tun?«, fragte sie.

Caro blätterte die Seite um und deutete auf die markierten Stellen: »Sehen Sie hier, was sie schreibt: Durch eine direkte Einflussnahme auf den Hirnstoffwechsel sollten neue therapeutische Möglichkeiten eröffnet werden.«

Frau Rose schwieg.

»In der Studie sind fünfundzwanzig Probanden aufgeführt. Die Daten geben Aufschluss über Alter, frühere Medikation, Dosierung, Wirkung und Verträglichkeit. Demnach waren zwanzig der Probanden Kinder im Alter von fünf bis dreizehn Jahren, eine erwachsene Person war sechsundvierzig Jahre alt, und bei vier Probanden fehlt die Altersangabe.«

Für einen kurzen Moment spiegelte sich eine Mischung aus Überraschung und Entsetzen in Frau Roses Gesicht, so als erfasse sie das erste Mal einen Zusammenhang. »Ich wusste nicht, dass meine Schwägerin …« Dann hatte sie sich wieder im Griff. »Ich weiß nicht, was das mit dem Heim zu tun haben soll.«

»Ihre Schwägerin? Doktor Lavalette ist Ihre Schwägerin?«

»Ich glaube, wir sollten diese Unterredung jetzt beenden, Carola.«

Sie legte ihre Hand auf die Türklinke. »Bitte richte Claire Grüße von mir aus. Aber komm nie wieder hierher.«

MINKA

Es war schon später Vormittag, als Minka und Guy die Treppe herunterkamen. Sie hörten Ma in der Küche werkeln, aber Minka klopfte dennoch an die angelehnte Tür, bevor sie eintraten.

»Ah, da seid ihr ja! Ich dachte, ich lasse euch besser ausschlafen nach der anstrengenden Nacht. Möchtet ihr Kaffee?«

»Gerne!«, sagte Guy. Auf dem kleinen Küchentisch war für zwei gedeckt. Vor jedem Platz stand ein gekochtes Ei mit einer gefütterten Warmhaltehaube, in der Mitte des Tischs war ein Korb mit frischen Kaiserbrötchen, außerdem ein Nutella- und ein Erdbeermarmeladenglas.

»Möchtet ihr Aufschnitt?«, fragte Helga. Sie trug ein gelbes Frotteekleid mit einem Bindegürtel.

»Mach dir nicht so viel Mühe, Mama«, sagte Minka. Aber Helga achtete nur auf Guy, der anscheinend nicht abgeneigt war. Sie öffnete den Kühlschrank und holte einen Teller mit Schnittkäse und einen mit Wurst heraus. Ihre Unterarme zitterten leicht, als sie beide auf den Tisch stellte. Seit sie jeden Tag Umzugskisten packte und schleppte, machten ihr Muskelkater und Sehnenverkürzungen zu schaffen.

»Danke schön!«, sagte Guy, setzte sich auf einen der Kunststoffstühle und begann, sein Ei aufzuklopfen.

»Ich hoffe, sie sind wachsweich. Ihr müsst entschuldigen, aber ich habe schon einiges weggepackt. Der Eierkocher ist verschwunden und der Tee in irgendeiner Kiste. Guy wollte sicher lieber Tee, ich dachte, weil er doch aus Vietnam kommt.«

»Vielen Dank, aber ich trinke gerne Kaffee«, sagte Guy.

»Guy lebt seit über zehn Jahren in Deutschland, Mama, und nicht alle Vietnamesen trinken nur Tee.«

»Ich weiß!«, sagte Helga und hob bedauernd die Schultern.

»Wo ist Papa?«, fragte Minka.

Ihre Mutter presste die Lippen zusammen und machte eine Kopfbewegung in Richtung des Arbeitszimmers. Mit gedämpfter Stimme sagte sie: »Er sitzt fast den ganzen Tag herum und liest Zeitung oder sagt mir, wie ich meinen Haushalt zu führen habe und dass ich das Geschirr nicht solide genug verpacke.«

Minka wusste nicht, was sie antworten sollte. Sie war früher einmal stolz auf ihren Vater gewesen, den Bürgermeister, über den sich alle nur lobend äußerten und mit Ehrfurcht in der Stimme gesprochen hatten. Aber in den letzten Jahren hatte sie sich ihre eigene, ehemals so unkritische Verehrung nicht mehr erklären können. Er kam ihr einfach nur verbohrt und verlogen vor, und sie war froh, dass er nicht mit am Frühstückstisch saß.

Helga goss sich selbst einen Kaffee ein und setzte sich zu ihnen an den Tisch. »Wie soll es denn nun weitergehen? Hier könnt ihr ja leider nicht lange bleiben.«

»Ich muss auf jeden Fall heute zurück, wegen der Tiere«, sagte Minka, als läge das auf der Hand.

»Zurück? Aber du sagst doch, die Hütten sind abgebrannt!«

Minka nickte. »Ja, die meisten schon. Unsere stand noch, als das Feuer gelöscht wurde. Wir werden uns ansehen, ob sie bewohnbar ist, und ich muss da sein, wenn die Tiere zu ihrem Stall zurückkommen. Oder ich gehe sie im Wald suchen.«

»Immer geht es bei dir um Tiere. Du warst schon immer so fanatisch. Von wem hast du das nur?«, fragte Helga mehr sich selbst als Minka.

Guy hörte zu, ließ sich das Frühstück schmecken, verspeiste zwei Brötchen, dick mit Käse und Schinken belegt, lobte ihren Kaffee und unterhielt sich über alle möglichen Frühstücksvarianten mit Helga. Die beste Erdbeermarmeladenmarke, weich gekochte Eier, Schoko-Haselnusscreme von diversen Herstellern, Eszet-Schnitten, Mohrenkopfbrötchen, Aufbackbrötchen.

Sie lachten und schwatzten, bis Minka sagte: »Ich glaube, wir müssen jetzt los«, und aufstand. Es war ihr unheimlich, wie gut sich Guy mit ihrer Mutter verstand und wie unbeschwert er es mit ihrem Vater unter einem Dach aushielt.

»Okay!«, sagte Guy.

»Und wie kommt ihr zurück zu eurem …« Helga zögerte, weil sie nicht genau wusste, wie sie es nennen sollte. »… Damm?«

»Das ist kein Problem. Wir sind mit dem VW-Bus da.«

Sie betraten den Flur, vorbei an den drei Türen, die zum Wohnzimmer, zur Gästetoilette und zum Arbeitszimmer führten. Minka blieb vor der letzten stehen, klopfte, und als keine Antwort kam, drückte sie die Klinke herunter. »Papa? Wir fahren wieder«, sagte sie, aber das Zimmer war leer. Nur der kalte Zigarrenrauch hing in der Luft. Sie drehte sich zu ihrer Mutter um, die eine ratlose Geste machte.

Minka hatte so viele Fragen an ihn. Wann konnte sie sie ihm stellen?

Helga begleitete sie zum Gartentor.

»Ahh«, sagte Guy und bewegte die Nasenflügel. »Diesen süßen Schokoladenduft habe ich lange nicht mehr gerochen.«

»Tja, ich rieche ihn jeden Tag, seit mindestens vierzig Jahren. Wahrscheinlich sehen meine Lungen von innen aus wie ein Nutellabrot. Und glaub mir, ich mache drei Kreuze, wenn ich endlich wegkann, raus aus Mainheim!«

Minka sah ihre Mutter erstaunt an. So etwas hatte sie früher nie gesagt. Guy ignorierte den Satz, bedankte sich überschwänglich für die Gastfreundschaft, und Minka und ihre Mutter lagen sich lange in den Armen.

»Versprich mir, dass du uns in der neuen Wohnung besuchen kommst«, sagte Helga und steckte ihr einen Zettel mit der Adresse zu. »Sonst komme ich zu euch!« Sie wirkte nicht übertrieben bewegt, aber Minka wusste, dass sie sich beherrschte, um ihr den Abschied leichter zu machen.

Guy fuhr los, aber zu Minkas Überraschung bog er nicht nach links in Richtung Hofheimer Straße ab, sondern setzte den Blinker und lenkte den knatternden VW-Bus nach rechts.

»Wo fährst du hin?«, fragte Minka. Doch dann ahnte sie es. Denn von Weitem sahen sie bereits den Sprungturm.

Frau Knüppel saß im Kassenhäuschen und hatte die Hörer eines Walkmans auf den Ohren, mit dem sie offenbar Italienisch lernte, denn sie sprach laut die Vokabeln nach: »*Vorrei un caffè!*«

Als Minka und Guy vorbeikamen, riss sie die Augen auf und nahm den Kopfhörer ab. »Minka …«, stotterte sie. »Bist du es wirklich?«

Minka nickte ihr zu und lächelte. Guy legte zwei Markstücke in die Schale, um den Eintritt zu zahlen. Die Papptafel zeigte zwanzig Grad.

Sie hangelten sich an den Duschen neben den Fußbecken vorbei, wie sie es früher gemacht hatten. Dann setzten sie sich nebeneinander auf die Startblöcke und sagten lange nichts. Im Becken zogen nur zwei Schwimmer ihre geraden Bahnen, der Badebetrieb würde erst am Nachmittag in Gang kommen.

»Wusstest du, dass mein Vater deiner Mutter jeden Monat Geld überwiesen hat, damit sie Mainheim mit dir verlässt, damals nach dem Unfall? Ich hab irgendwann zufällig die Kontoauszüge in seinem Arbeitszimmer gesehen.«

»Zufällig«, sagte Guy, als würde er ihr nicht glauben. »Wenn du das die ganze Zeit wusstest, hast du ja lange gebraucht, um es mir zu erzählen.« Es war das erste Mal, dass sie eine Spur von Verbitterung in seiner Stimme hörte.

Minka blickte über die dreißig Jahre alten Waschbetonfliesen, die Ablaufrinne, von der die Farbe an manchen Stellen abblätterte, und das marode Schwimmbecken. Der Sprungturm mit dem Dreimeterbrett sah so zierlich aus wie in der künstlichen Landschaft einer Modelleisenbahn ihrer Brüder. Wie klein und schäbig das Freibad nach all der Zeit wirkte! In ihrer Kindheit war ihr die glitzernde blaue Wasserfläche so unendlich weit und verlockend vorgekommen. Der Chlorgeruch, der sich mit dem klebrigen Schokoladenduft verband, beschwor all die alten Erinnerungen herauf. Ganz hinten am Rand des Nichtschwimmerbeckens sahen sie kurz die weißen Badeshorts und das Polohemd von Knüppel aufleuchten. Sicher hatte seine Frau ihm gesagt, dass sie hier waren. Aber er hielt sich in sicherer Entfernung und machte keine Anstalten, zu ihnen zu kommen.

Stockend berichtete Minka über die Zeit nach Guys Unfall. Dass sich alle zusammengetan hätten. Vielleicht habe das Netzwerk schon vorher bestanden, das könne sie nicht beurteilen.

»Mein Vater, Caros Vater, Knüppel, Zenker, Rose und Ebert. Jeder hat etwas dazu beigetragen, damit ihr aus Mainheim verschwandet und die Ursachen des Unfalls vertuscht werden konnten. Caros Vater hat deine Mutter entlassen, das Sprungbrett wurde sofort ausgetauscht, und alle haben sie bezahlt.«

Guy schüttelte nur langsam den Kopf. Es war ihm nicht anzusehen, ob er ihr glaubte.

»Und das war nicht alles. Sie sind den Regeln eines Spiels gefolgt, das ich lange nicht verstanden habe. Im Grunde verstehe ich es bis heute nicht.« Sie fand es seltsam, dass ihr auch im Rückblick keine Erklärung gelang. »Mein Vater hat Caros Vater eine neue Produktionshalle genehmigt. Ebert hat Zenker den Keltengrund verkauft. Zenker hat dort eine Tierversuchsanstalt eingerichtet.« Der Gedanke an ihre Entdeckungen schüttelte Minka, als hätte etwas Kräftiges sie an den Schultern gepackt. Sie konnte das Grauen immer noch am eigenen Leib spüren. Seitdem hatte sie das Gefühl, helfen zu müssen, niemals wieder verlassen. »Und Caro glaubt, herausgefunden zu haben, dass ihrer Adoptivschwester im Kinderheim Psychopharmaka verabreicht wurden. Alles hängt irgendwie zusammen.«

»Caro hat eine Adoptivschwester?«

»Ja, sie ist Vietnamesin, wie du, und eine Art Wunderkind.«

Guy sah sie an, als würde er ihr kein Wort glauben. Dann bückte er sich und berührte mit den Fingern die Wasseroberfläche. Er hatte Minka in letzter Zeit oft recht aufgedreht erlebt. Nach den Erlebnissen der letzten Monate war das nicht besonders verwunderlich. Was sie jetzt erzählte, klang allerdings ungeheuerlich. Aus Erfahrung wusste er, dass es manchmal besser war, nicht direkt darauf einzugehen.

»Gar nicht mal so kalt, ich glaube, es hat sogar mehr als zwanzig Grad«, sagte er und war erleichtert, als sie einen Strumpf auszog und die Zehen in das Wasser tunkte.

»Ich tippe auf 21,5«, sagte sie. »Genau richtig! Wenn ich einen Bikini drunter hätte, würde ich jetzt reinspringen.« Doch dann nahm sie das Thema wieder auf: »Weißt du, Guy? Man sollte doch meinen, dass man als Lohn für das Vergangene, für alles, was wir durchgemacht haben und vor allem du ertragen hast, eine Erklärung bekommt. Man wird doch sonst verrückt!«

Guy spielte weiter mit dem Wasser, ließ seine langen Finger durch die Oberfläche gleiten, wirbelte winzige Tröpfchen auf und sagte schließlich: »Das Wichtigste ist doch jetzt, dass wir zusammen sind, dass wir uns aufeinander verlassen können.«

Minka saß reglos auf dem Startblock. Sie wirkte wie erstarrt, verkrampft. »So einfach ist das nicht, Guy. Lange Zeit habe ich geglaubt, ich wäre schuld daran, dass du gesprungen bist, weil ich zu dir gesagt habe, das verstehst du doch nicht.« Sie sah hinüber zum Dreimeterbrett. »Erinnerst du dich an den Satz?«

Eine Weile schwiegen sie wieder, dann wandte Guy ihr sein Gesicht zu: »Minka! Du bist nicht dafür verantwortlich. Du kannst dir nicht alles auf dein Gewissen laden, was auf der Welt schiefläuft. Es war nicht deine Schuld! Verstehst du?«

Er zog sie an sich, und Minka lehnte den Kopf an seine Schultern. Dann seufzte sie und sagte: »Ich würde so gerne in einer Welt leben, in der ich nicht ständig um alles kämpfen und jeden retten muss.«

Ganz hinten bei der Rutschbahn, am Ende des Nichtschwimmerbeckens, tauchte mit einem Mal ein gelber Fleck auf und kam auf sie zu. Das laute Klacken von Klappsandalen auf dem Beton erzeugte ein hohles Echo.

»Das ist Mama!«, sagte Minka, stand auf und ging ihr entgegen.

»Hab ich doch gewusst, das ihr hier seid. Ihr seid ja in die falsche Richtung abgebogen«, sagte ihre Mutter vollkommen außer Atem.

»Was ist denn los?«

»Jemand aus eurem Hüttendorf hat angerufen – eine gewisse Gesche – und hat gefragt, wo sie dich erreichen kann.«

»Gesche hat bei euch angerufen?«

Helga nickte. »Die Tiere! Sie sind zurückgekommen, und sie braucht deine Hilfe, weil der Stall eingestürzt ist und sie nicht weiß, wohin mit ihnen.«

Minka sah Guy an. »Hast du gehört? Die Tiere sind zurück! Worauf warten wir noch?« Sie drückte ihrer Mutter einen Kuss auf die Wange, nahm ihre Schuhe in die Hand und rannte los. Zurück über die Waschbetonfliesen, mitten durch das Fußbecken, sodass das Wasser in alle Richtungen spritzte, die Stufen hinunter und weiter zum Ausgang. Guy versuchte, mit ihr Schritt zu halten. Ihm wurde in diesen Sekunden klar, dass Minka sich niemals ändern würde.

CLAIRE

Claire betrat den Flur vor dem Labor mit federnden Schritten. Sie sah Ritter in seinem weißen Laborkittel durch die Scheibe und winkte ihm zu. Auf seinem Gesicht lag zum ersten Mal kein Schatten, kein Dreitagebart, dafür ein Lächeln. Seit sie die Arbeit wieder aufgenommen hatten und mit den Kettenreaktionen so gut vorankamen, wirkte er angespannt und gelöst zugleich. Ein mentaler Zustand, den Claire von sich selbst kannte. Sie signalisierte ihm, dass sie gleich käme, und als er sie weiter musterte, fragte sie: »Ist etwas?«

Ritter schüttelte den Kopf und sah ihr nach. Claire bei der Arbeit zuzuschauen, hatte ihn von Tag zu Tag, von Woche zu Woche und Monat zu Monat zunehmend fasziniert. Trotz oder vielleicht gerade wegen der vielen Rückschläge und ihrer Art, damit umzugehen. Ihr Stil war hundertprozentige Konzentration, hundertprozentige Hingabe. Ihr natürlicher Verstand war schneller als bei allen anderen Wissenschaftlern, die er kannte. Sie war ein Naturtalent, beschritt scheinbar völlig angstfrei neue unerhörte Wege, aber das wirklich Besondere war, dass sie alles tat, um das weit überdurchschnittliche Talent, das sie besaß, vollständig auszunutzen. Sie hatte ihm auch offenbart, dass sie ein Herz und eine Seele hatte. Es lag eine besondere Schönheit darin, wie sie sich Forschungsergebnisse erarbeitete. Sosehr er sich über den nahenden Abschluss ihrer Doktorarbeit freute, so sehr bedauerte er, dass die gemeinsame Zeit nun bald zu Ende sein würde.

Claire betrat ihr Büro und legte die Tasche auf dem Schreibtisch ab. Als sie den Verschluss öffnete, rutschte ein kleiner Umschlag heraus. Sie hatte ihn aus dem Briefkasten genommen, bevor sie gegangen war, und eilig in ihre Aktentasche gesteckt.

Rasch fuhr sie mit dem Finger in den Schlitz, riss das Papier des Umschlags auf, faltete den Brief auseinander. Die Schrift war krakelig, undeutlich, fahrig, ganz anders als in Maritas letztem Brief. Die Wörter sahen aus, als seien sie in großer Eile geschrieben – oder unter Schmerzen. Claire hatte Mühe, die Wörter zu entziffern, und suchte nach dem Sinn, nach der Bedeutung der Sätze:

es ist nun ganz bald so weit ... spüre es ... weiß nicht, was mit dem Kind werden soll ... ob sie es mir gleich wegnehmen ... brauche Hilfe ... sonst ist alles zu spät ... bitte hilf mir

Claires Atem raste, sie schnappte nach Luft. Sie begriff erst jetzt: Marita war schwanger! Und sie schien große Angst zu haben. Claire ließ den Brief fallen und stützte sich ab, wartete einen Moment, ob ihr schwindelig würde, doch sie hielt sich gut auf den Beinen. Trotzdem griff sie auf dem Weg zur Damentoilette nach dem Türrahmen, fasste an die Wand, legte die Handfläche auf die Kacheln. Während sie vor dem Waschbecken stand und sich kaltes Wasser über den Puls laufen ließ, arbeitete ihr Gehirn die Möglichkeiten durch, versuchte, zu etwas Sinnvollem zu kommen.

MARITA

Marita war im Schlaf von dem schmalen Krankenbett gefallen und griff sich zwischen die Beine. Als sie die Hand hervorzog, merkte sie, dass sie nass war. Doch es klebte kein Blut an ihren Fingern. Eine fast durchsichtige Flüssigkeit sickerte auf den gelben Kunststoffboden. Sie jaulte auf wie eine verletzte Hündin. Es war ihr erstes Kind, aber sie hatte schon einmal in einem Film gesehen, wie bei einer Schwangeren die Fruchtblase geplatzt war. Sie erinnerte sich auch daran, dass damit die Geburt begann und nicht mehr aufzuhalten war.

Zusammengekrümmt lag sie auf dem kalten Boden und versuchte, einen klaren Kopf zu bewahren. Wie ging es jetzt weiter?, fragte sie sich. Müsste sie jetzt nicht Schmerzen haben, Wehen? Die Frauen in den Filmen schrien doch immer so entsetzlich. Also musste es doch wehtun. Aber sie spürte gar nichts. Sie legte die Hand auf die prall gespannte Haut der riesigen Kugel, die einmal ihr Bauch war. Strich sanft darüber, als wolle sie das ungeborene Kind darin liebkosen, und ließ sie dann unbeweglich darauf liegen. Sie hörte auf zu atmen und horchte in sich hinein. Plötzlich hatte sie eine furchtbare Vorstellung: Lebte das Kind überhaupt noch? Wann hatte sie das letzte Mal seine Bewegungen gespürt? Sie konnte sich nicht mehr daran erinnern. Seit sie hier im Kinder- und Jugendheim Franz-Sales-Haus wohnte, litt sie häufiger unter Erinnerungslücken. Es hatte keinen Sinn, darüber nachzudenken, es kostete nur unnötig Kraft.

Aber sie konnte nicht anders, als sich immer wieder zu fragen. Vielleicht war ihm etwas passiert, so wie Doktor Lavalette es gesagt hatte, wenn sie nicht regelmäßig äße und ihre Tabletten nahm. Auf einmal merkte sie, wie sich in ihrem Unterleib etwas zusammenzog. Es begann mit einem Gefühl, das sie nicht unbedingt als Schmerz definieren konnte, sie fand es fast angenehm, denn endlich fühlte sie wieder etwas. Endlich war diese Leere mit etwas ausgefüllt. Doch dann wurde es stärker. Wie eine Welle baute es sich auf und riss sie mit in einen Strudel aus nie zuvor gespürter Qual. Sie biss in ihre Faust, um nicht zu schreien, aber trotzdem entfuhr ihr erneut ein lang gezogener kehliger Laut.

Im selben Moment wurde die Tür aufgerissen, und Frau Kiel kam hereingestürmt. Die Heimleitern mit den kurzen hellblonden Haaren und dem harten Gesichtsausdruck sagte kein Wort. Hinter ihr kam Doktor Lavalette in ihrem weißen Kittel.

In ihrer Hand hielt sie Einmalhandschuhe, die sie sich jetzt überstreifte. Nach einem einzigen Blick auf das zusammengekrümmte Mädchen und die Lache auf dem Boden erfasste sie sofort die Situation. Ein Lächeln umspielte ihre Mundwinkel. Ihre Stimme klang freundlich, trotzdem machte sie Marita diesmal Angst.

»Ach? Ist es schon so weit. Das hätte ich gar nicht erwartet. Lass mich mal nachsehen, Marita.«

Sie kniete sich auf den Boden, griff nach einem Zipfel des Nachthemds. Dabei streifte sie mit dem kalten Latex ihre warme Haut. Marita zuckte zurück.

Karin Lavalette sah ihr einen Moment lang in die Augen und versuchte, den höchsten Grad von Mitgefühl und Wärme auszustrahlen, zu dem sie fähig war, aber Marita entging das Berechnende in ihrem Blick nicht. Sie stöhnte auf, vor Angst und vor Schmerz, denn die nächste Wehe ergriff von ihr Besitz. Karin Lavalette beugte den Kopf nach unten und spreizte ihr vorsichtig die Beine.

»Bringen Sie mich in ein Krankenhaus, bitte!«

»Sieh mal an. Der Muttermund ist schon ganz schön weit geöffnet. Da wird es nicht mehr lange dauern. Ich messe nur mal nach … keine Sorge, wir werden hier alles für dich und das Kind tun. Du bist bei uns in den besten Händen. Ich hole gleich eine Hebamme.«

Dabei fuhr sich Karin Lavalette unbewusst mit der Zunge über die Oberlippe, und Marita wusste in diesem Augenblick, dass ihr Kind für sie verloren war.

CLAIRE

Claire konnte nicht klar denken. Die ganze Zeit hatte sie Marita vor Augen, wie sie irgendwo in einem kahlen Zimmer lag und mit ihrer Schwangerschaft, ihren Zweifeln und Ängsten allein war. Wo war sie jetzt? Wer war bei ihr, wer half ihr? War sie schon in einem Krankenhaus? Sie war doch selbst fast noch ein Kind, vier Jahre jünger als sie selbst. Wenn sie sich in ihre Lage versetzte, wurde ihr schlecht. Mit sechzehn wurde sie Mutter und lebte in einem Jugendheim.

»Bist du sicher, dass du dafür schon genug Kraft hast?«, fragte Guido und sah dabei auf die Straße.

»Jetzt geht es ausnahmsweise einmal nicht um mich!«

Sie fuhren die Mainzer Landstraße entlang. Claire hatte den Stadtplan auf dem Schoß und versuchte, Guido in die richtige Richtung zu dirigieren.

»Da vorne musst du links in Richtung Hauptbahnhof abbiegen.«

»Das weiß ich doch. Nur im Gallusviertel selbst kenne ich mich nicht aus.«

Der Verkehr wurde dichter. Sie mussten zwei Straßenbahnen passieren lassen, ehe sie abbiegen konnten. Direkt vor dem Bahnhofsgebäude sprang die Ampel auf Rot, und sie hatten genügend Zeit, um die traurigen Gestalten der Obdachlosen und Drogenabhängigen am Eingang der Kaiserstraße zu beobachten. Dazwischen liefen Geschäftsmänner in Maßanzügen, mit teuren Aktentaschen in den Händen schnellen Schrittes zu den Fernzügen und würdigten die armen Existenzen um sie herum keines Blickes. Ein Jugendlicher lehnte an der kleinen Mauer hinter der Straßenbahnhaltestelle, band sich den Oberarm mit einem Gummiband ab und setzte sich vor ihren Augen eine Spritze in die Armvene. Währenddessen schob eine verwahrloste Frau einen Einkaufswagen, der offenbar ihr gesamtes Hab und Gut enthielt, über den Zebrastreifen.

»Schrecklich! Wie viel Elend es hier gibt! Und das mitten in der Stadt!«, sagte Claire leise. »Wie landen diese Menschen nur auf der Straße?«

»Das hat vermutlich ganz unterschiedliche Gründe«, erklärte Guido und fuhr wieder an, als die Ampel auf Grün sprang.

Ihr grauste davor, sich auszumalen, ob ihre Biografien womöglich der von Marita ähneln könnten. »Dahinten am Baseler Platz musst du rechts abbiegen.«

Die Gegend wurde noch trostloser. Ungepflegte Mietshäuser, von denen der Putz abbröckelte. Ungeleerte Mülltonnen, in denen sich der Unrat türmte, halb verrostete Autos am Straßenrand. Das Frankfurter Arbeiterviertel, das im Volksmund »Kamerun« genannt wurde, war alles andere als einladend. Vor einem in schmutzigem Braun gestrichenen Haus mit fünf Stockwerken hielten sie schließlich an. »Das muss es sein.«

Über dem Eingang hing ein Schild »Franz-Sales-Haus. Kinder- und Jugendeinrichtung.« Auf der Treppe saßen zwei Jungen und tauschten Sammelkarten. Sie machten nur widerwillig Platz, als Claire und Guido die drei Stufen hinaufstiegen.

»Chinesen nehmen sie hier nicht!«, sagte der eine. Der andere prustete verhalten.

Guido drückte auf die Klingel, ohne auf die dumme Bemerkung zu reagieren. Eine ältere verhärmte Frau mit kurzen, blond gefärbten Haaren und einer verfleckten Strickjacke öffnete die Tür. Ihr abweisender Blick wurde nicht freundlicher, als Claire nach Marita fragte.

»Sie wohnt hier nicht«, antwortete sie knapp und wollte die Tür gleich wieder schließen.

Guido schob aber rasch genug den Fuß dazwischen. »Wissen Sie denn, wo wir sie finden können?« Er legte freundlichen Nachdruck in seine Stimme, obwohl er genauso deutlich wie Claire spürte, dass sie sie nur abwimmeln wollte.

Sie zuckte mit den Schultern. Aber an ihrem Zögern erkannten sie, dass sie genau wusste, wo Marita sich befand. »Wer sind Sie überhaupt?«, fragte sie und musterte die beiden. Claire stützte sich an der Hauswand ab, weil ihr schon wieder schummerig wurde. »Soweit ich weiß, hat sie keine Angehörigen.« Sie biss sich auf die Lippen, denn damit hatte sie sich verraten.

»Wir sind Freunde von ihr«, sagte Claire. »Es ist sehr wichtig, dass wir sie finden. Bitte sagen Sie uns, wo sie jetzt wohnt. Oder hat sie Sie ausdrücklich gebeten, niemandem Auskunft zu geben?«

»Nein, das hat sie nicht, nur …«

»Bitte!« Claire wusste nicht, ob man bei dieser abgebrühten Person auf Hilfe hoffen konnte. »Es hängt so viel davon ab, dass wir sie finden.«

Die Frau nickte. »Sie ist in der Uniklinik. Aber wundern Sie sich nicht. Das Mädchen hat mir nur Ärger gemacht, und dann ist sie auch noch schwanger geworden, mit sechzehn! Von Grund auf verdorben. Fragen Sie auf der Geburtshilfeabteilung nach ihr. Ich will sie jedenfalls nicht zurück.«

»Trotzdem danke«, sagte Guido, doch da hatte Frau Kiel schon die Tür vor ihrer Nase geschlossen.

Es regnete, als sie über die Friedensbrücke fuhren, und der Main lag grau in grau hinter der grünen Stahlkonstruktion des Geländers. Claire fühlte sich deprimiert, aber nicht mehr so mutlos wie noch vor wenigen Minuten. In Niederrad bogen sie nach rechts ab und sahen schon den hohen Komplex der Universitätskliniken liegen, die direkt an den Main gebaut worden waren.

Warum nur, fragte sich Claire, machte es sie so fertig, Marita hier alleine in diesem anonymen riesigen Krankenhaus zu wissen. Hatte sie hier wirklich ein Kind auf die Welt gebracht, ohne dass jemand bei ihr war, den sie kannte?

In dem Moment fuhr Guido auf den Parkplatz und sagte: »Wir sind da.«

Claire stieg aus und merkte, dass der Regen aufgehört hatte. Innerhalb von wenigen Sekunden zerrte ein frischer Wind die Wolken auseinander und legte ein Stück blauen Himmels frei. Die Sonnenstrahlen ließen das Wasser des Mains glitzern.

»Meinst du wirklich, wir finden sie hier?«, fragte Claire und drehte sich zu dem Hochhaus der Uniklinik um.

»Wir sollten es jedenfalls versuchen«, sagte Guido. Aber als er ihr bleiches Gesicht bemerkte, fügte er hinzu: »Claire, ich weiß wirklich nicht, ob es für dich nicht zu viel wird. Möchtest du nicht lieber im Auto warten? Ich kann auch allein nach ihr fragen.«

»Auf gar keinen Fall!«

»Dann trink noch etwas und iss wenigstens eine Banane«, sagte er, öffnete die Fondtür seines Volvo-Kombis und holte einen Korb heraus. »Dein Gesundheitszustand ist nicht stabil.« Claire überkam eine Welle warmer Zärtlichkeit. Wie sehr er sich um sie sorgte! Dankbar trank sie einige Schlucke aus dem Becher der Thermoskanne, biss ohne jedes Hungergefühl in die Banane, die er ihr gab. Sie überquerten den Parkplatz, fragten nach der gynäkologischen Abteilung, fuhren im Aufzug nach oben in den dritten Stock. Sie betraten einen Gang, in dem es durchdringend nach Desinfektionsmittel roch. An der Glasscheibe war das Bild eines Klapperstorchs aus Pappe angebracht worden, der ein Bündel im Schnabel trug. Davor stand eine schlanke Frau mit lockigen brünetten Haaren.

Für Claire gehörte Dr. Lavalette in eine alte Villa mit knarrendem Parkett, umgeben von einem Garten voller Obstbäume. In einen leeren Speisesaal, umgeben von Büchern, in dem sie ihr Lesen beibrachte. Hinter eine Theke, an der sie ihr Tabletten in kleinen weißen Bechern ausgab, die ihre Gedanken fliegen ließen. Es war verstörend, sie hier auf dem Gang des Krankenhauses zu sehen. Was konnte sie hier wollen? Claires Gedanken rasten zurück zu den Briefen, die Marita ihr geschrieben hatte. Sie erinnerte sich daran, dass sie erwähnt hatte, sie sei einmal in der Woche in dem Jugendheim. Wenn sie extra den Weg hier in die Uniklinik gemacht hatte, bedeutete das nur eines: Sie war ernsthaft um Maritas Gesundheit besorgt und kümmerte sich um sie.

Karin Lavalette schien genauso überrascht.

»Claire!«, sagte sie, und da war wieder der warme vertraute Klang ihrer milden Alt-Stimme, den Claire von früher kannte. »Was tust du denn hier?« Die Wirkung auf sie war fast hypnotisch schmeichelnd, so sacht. Karin Lavalettes Blick wanderte mit einem aufmerksamen Ausdruck in den braunen Augen zu Guido.

»Ich suche Marita«, sagte Claire. »Sie hat mir Briefe geschrieben. Ist sie hier? Kann ich zu ihr?«

»Ich glaube nicht. Das ist kein günstiger Zeitpunkt. Sie schläft jetzt.« Eine deutliche Aufforderung, wieder zu gehen.

Guido nickte. »Das verstehen wir natürlich, aber wir sind extra hergekommen, um sie zu besuchen. Durch den Regen gefahren, Parkplatz gesucht und so weiter, Sie wissen schon …«

»Und Sie sind?«

»Verzeihung, ich habe mich gar nicht vorgestellt. Professor Guido Cremer.«

Ihre Augen weiteten sich. »Ah, sind Sie Kollege? Ich meine … Mediziner?«, fragte sie.

»Nein, Botaniker.«

Claire spürte deutlich seinen Widerwillen gegen dieses Gespräch und gegen die Ärztin. Eine Abneigung, die sie nicht verstand. Wenn sie seine Gefühle bemerkte, ging es Doktor Lavalette dann genauso? Sie ließ es sich jedenfalls nicht anmerken, sondern sah von einem zum anderen und schien zu verstehen, dass sie ein Paar waren.

Dann sagte sie: »Na gut, ich gebe der Oberschwester Bescheid, dass sie Sie morgen zu ihr lässt, aber bitte nur ein paar Minuten, und bitte stellen Sie ihr keine Fragen, die sie aufregen könnten. Ihr Zustand ist nicht sehr stabil. Sie hat die Frühgeburt noch nicht verkraftet.«

Claires Augen weiteten sich. »Frühgeburt«, wiederholte sie langsam.

»Ja, leider. Das Kind ist viel zu früh gekommen. Es hat kaum Überlebenschancen.«

CARO

Caro hörte das Telefon in ihrer Wohnung klingeln, als sie gerade die Tür aufschloss. Sie stieß sie auf, ließ ihre Tasche im Flur auf das Parkett fallen, hastete zu der Anrichte und nahm den Hörer ab.

»Stern? Oh, Claire! Wie schön, dass du dich meldest.« In dem Satz schwang der unausgesprochene Vorwurf mit, dass es fast immer sie war, die Claire anrief, niemals umgekehrt. »Wie geht es dir?«

Sie lauschte eine Weile, was ihre Adoptivschwester zu sagen hatte, und ließ sich dabei langsam auf den Korbstuhl sinken, der neben der Kommode stand. Claires Worte kamen normalerweise niemals unüberlegt aus ihrem Mund. Sie wusste immer, was sie sagte. Aber heute redete sie wirr.

»Was hat sie? Ein Kind bekommen?«, wiederholte Caro. »Und das Kind ist eine Frühgeburt?« Caro schloss die Augen. Sie verstand im ersten Moment gar nicht, wovon Claire überhaupt sprach. Es waren abgehackte, in höchster Erregung gesprochene Satzfetzen. So hatte sie Claire noch nie erlebt. »Claire, beruhige dich! Ist jemand bei dir? … Ah, Guido! … und was ist jetzt mit diesem Mädchen?« Sie lauschte wieder eine Weile. Den kaum verständlichen Brocken, die Claire hervorstieß, entnahm sie, dass Marita eines der jüngeren Mädchen im Kinderheim gewesen war. »Und sie war schwanger? Aber sie kann höchstens sechzehn sein, oder?«, fragte sie.

»Ja, Marita ist sechzehn. Das Baby … es ist in einer anderen Abteilung … im Brutkasten.« Claire endete mit dem beschwörenden Satz: »Ich glaube, dass da etwas nicht stimmt. Sie wollen ihr das Kind nicht zeigen und uns auch nicht! Etwas ist da nicht in Ordnung.«

»Wie meinst du das?«

»Es ist nur so ein Gefühl. Wenn du als Vertreterin der Presse hier wärst, würden sie vielleicht …«

»Aber was soll ich denn tun?«, fragte Caro und sah sich bereits im Geist im Büro ihres Chefredakteurs sitzen, der sie mit dieser absurden Story kalt abblitzen ließ. »Gehen Sie mit Ihren Moritaten zur BILD-Zeitung!«, hörte sie ihn bereits sagen, während sie Claire versprach, zu kommen und sich die Sache vor Ort anzusehen. »Aber vergiss nicht, ich bin nur eine Volontärin bei der Rundschau. Ich glaube nicht, dass ich etwas ausrichten kann …«

Aber Claire hatte schon aufgelegt, und aus der Sprechmuschel klang ein lang gezogenes Tuten.

Caro saß in ihrem Flur und überlegte. Auf einmal kam ihr der Gedanke, Claire könne sich die Geschichte mit dem schwangeren Mädchen nur ausgedacht haben. Sie könnte ihr etwas vorspielen. Oder sie glaubte es selbst und fantasierte sich etwas zusammen. Der übermäßige Tablettenkonsum, jahrelanger Neuroleptika-Missbrauch, manchmal in starken Überdosen, konnte zu schweren Halluzinationen führen. Hatte sie das nicht gerade alles nachgelesen? Caro legte die Fäuste an die Schläfen und drückte so fest zu, als wollte sie sich die Zweifel aus dem Kopf pressen. Es war furchtbar, so etwas zu denken. Die vergangenen Wochen hatte sie sich womöglich zu intensiv damit beschäftigt. Ihre Gedanken waren vergiftet. Schließlich hatte Claire ihr auch über die Vorgänge im Kinderheim die Wahrheit erzählt, oder nicht?

Wenn sie schon zur Uniklinik fuhr, dann auf keinen Fall alleine. Nein, dann würde sie Stefan mitnehmen. Er hatte ihre Recherchen zu den Medikamententests in den Kinderheimen gelobt, er war hilfsbereit und clever. Sie drückte auf die Gabel und wählte seine Nummer.

CLAIRE

»Wenn wir schon nicht in die Frühgeborenenabteilung dürfen, würden wir wenigstens gerne den behandelnden Arzt sprechen«, sagte Guido zum dritten Mal, während Claire neben Maritas Bett saß und ihre eiskalte Hand hielt. Ihr fahles Gesicht hob sich kaum von der kalkig weißen Krankenhausbettwäsche ab. Wenn sie sie ansah, konnte sie sich kaum vorstellen, dass sie das kleine Mädchen war, das sie damals im Kinderheim zurückgelassen hatte. Dieses Leben ohne Eltern, ohne Familie, die Grausamkeit der Mitbewohnerinnen in der Jugendwohngruppe, ließen sie weit verhärmter aussehen, als es ihrem Alter von sechzehn Jahren entsprach.

»Ich habe Ihnen doch gesagt, dass er im OP ist und erst heute Nachmittag auf die Station kommt.« Die Stimme der Stationsschwester klang eingeübt. Während der Ausbildung zum Gebrauch gegenüber unangenehmen Angehörigen und schwierigen Patienten empfohlen. Vermutlich hatte es Jahre gedauert, den Ton zu perfektionieren. Marita hatte seit der Geburt das Bett nicht verlassen. Sie musste eine Bettpfanne benutzen. Neben ihr stand ein rollbares Metallgestell für eine Transfusion. Der Katheter hatte in Maritas Vene nicht gehalten, weshalb ihr Arm nicht mehr am Tropf mit der Salzlösung hing. Eine andere Schwester hängte einen neuen Beutel in den Ständer und suchte die Innenseite von Maritas rechtem Arm nach einer brauchbaren Vene ab.

»Nein!« Marita zog den Arm weg. »Ich will das nicht!«

»Wieso sind da so viele Einstiche?«, fragte die Schwester und hob den Kopf.

»Woher hast du die?«, fragte Claire und sah Hilfe suchend zu Guido hin.

»Das haben wir hier öfter. Drogenabhängige ledige, minderjährige Mütter«, erklärte die Stationsschwester. »Eins kommt zum anderen! Und nun muss ich Sie leider bitten, die Station zu verlassen«, sagte sie jetzt noch resoluter. »Es ist jetzt keine Besuchszeit. Die Säuglinge werden ihren Müttern jetzt zum Stillen gebracht.«

Sie vernahmen bereits das Summen der Räder auf dem Linoleum, als die kleinen Metallbettchen durch den Flur geschoben wurden. Im nächsten Moment wurde die Tür geöffnet, und zwei Säuglingsschwestern kamen mit jeweils einem rosa und einem hellblauen Gitterbett in das Krankenzimmer. Marita schloss sofort die Augen, presste die Lippen aufeinander und versuchte, nicht zu weinen, aber Claire sah bereits ihre Tränen. Sie warf Guido einen Blick zu, der ihre ganze Fassungslosigkeit ausdrückte. Sie hatten eine junge Frau mit einer Frühgeburt zwischen zwei glückliche Mütter gesunder Babys gelegt.

»Bitte stehen Sie jetzt auf!«, sagte die Stationsschwester und fügte hinzu: »Wir haben unsere Vorschriften!«

Sie fuhr eine elektrische Milchpumpe auf einem Wagen herein und stellte sie neben das Bett. Maritas Augen wurden größer, Claire fiel auf, dass sie kaum noch schielte. Aber sie wirkten jetzt so angsterfüllt und flehend, dass sie sich einfach nicht dazu durchringen konnte, die Anweisung der strengen Schwester zu befolgen.

»Komm, Claire. Ich glaube, wir müssen tun, was sie sagt.« Guido legte ihr die Hand auf die Schulter. »Aber wir lassen nicht locker«, sagte er zu Marita gewandt und so laut, dass es die Schwester hören konnte. »Wir kommen auf jeden Fall wieder.«

Marita machte Claire ein Zeichen, und sie beugte sich näher zu ihrem Mund. »Bitte, ihr müsst mein Kind finden. Ich möchte wissen, wie es meinem Kind geht«, flüsterte sie.

»Ich verspreche es dir!«, sagte Claire.

Als sie mit Guido allein auf dem Gang war, fragte er nach einem kurzen Moment des Schweigens: »Kann es sein, dass Marita eine Fixerin ist?«

Claire presste die Lippen aufeinander und schüttelte langsam den Kopf. »Das glaube ich einfach nicht. Ich weiß noch, dass sie häufiger krank war, dass es öfter hieß, sie habe Allergien, Fieber, Durchfälle. Die Tabletten hat sie meistens in der Backe behalten und später wieder ausgespuckt. Wenn wir geimpft wurden, hat sie sich als Einzige geweigert. Jetzt fällt es mir wieder ein.«

»Was?«

»Sie hatte damals panische Angst vor Spritzen.«

CARO

Eine gute halbe Stunde hatte Caro im Eingangsbereich des Uniklinikums gewartet. Als Stefan durch die Drehtür kam, sprang sie auf. »Gut, dass du kommen konntest.«

»Ich habe alles stehen und liegen gelassen. Wo brennt's denn? Hat es etwas mit den Testreihen im Kinderheim zu tun?«

Caro hatte ihm nur ganz kurz geschildert, dass ein ehemaliges Heimkind eine Frühgeburt hatte. Mehr wollte sie ihm am Telefon nicht sagen, und viel mehr wusste sie auch nicht.

»Am besten fahren wir gleich nach oben.«

Claire und Guido kamen ihnen oben auf dem Gang entgegen. Nachdem sie sich alle miteinander bekannt gemacht hatten, erklärte Guido kurz, was sie bisher herausgefunden hatten. Er endete damit, dass sie keinen Zutritt zur Frühgeborenenstation bekämen, was nicht weiter verwunderlich sei, weil sie keine Angehörigen seien. Aber auch Marita habe ihr Kind bisher nicht sehen dürfen. »Sie sagen, sie sei zu schwach, um aufzustehen, und das Kind sei nicht transportfähig«, endete er.

»Tja, das klingt eigentlich vollkommen plausibel«, sagte Stefan. »Wo ist denn nun das Problem?«

»Marita hat Angst!«, sagte Claire. »Sie glaubt, dass sie ihr das Kind wegnehmen.«

»Sag ihnen, dass diese Doktor Lavalette hier war.«

»Doktor Lavalette?«, fragte Caro und wurde hellhörig. »Was hat sie damit zu tun? Das ist doch diese Heimärztin!«

Auch Stefan war jetzt interessierter als noch einige Sekunden zuvor.

»Doktor Lavalette ist auch die Heimärztin des Jugendwohnheims Franz-Sales-Haus im Gallusviertel, in dem Marita seit einem Jahr untergebracht ist.«

»Ist das ein Zufall?«, fragte Caro.

Claire zuckte mit den Schultern. »Ich weiß nicht.«

»Wir sind von der Presse.« Sie zeigten beide ihre Ausweise vor, als sie die Abteilung betraten. Caro hatte ihre Zweifel, ob er ihnen in einem Krankenhaus ebenso leicht die Türen öffnen würde wie in den Archiven, die sie zuletzt besucht hatte.

»Presse? Hier haben nur engste Angehörige Zutritt«, sagte die Oberschwester und runzelte die Stirn. »Ich weiß nicht, was heute los ist. Warum interessieren sich so viele Leute für dieses eine Frühchen? Warum die Presse?« Sie drehte ihnen den Rücken zu und gab einer Lernschwester einige Anweisungen.

»Können Sie uns denn wenigstens etwas über seinen Gesundheitszustand sagen?«, fragte Stefan.

Die Schwester wandte sich wieder ihnen zu und schüttelte den Kopf. »Das darf ich leider nicht.« Dann sah sie die tiefe Enttäuschung in Caros Gesicht, seufzte und fügte hinzu: »Aber bei einem Kind, das in der sechsunddreißigsten Schwangerschaftswoche geboren ist und tausendfünfhundertfünfzig Gramm wiegt, geht es in erster Linie um die Reife der Lungen, meistens müssen sie künstlich beatmet werden. Ansonsten sind die Überlebenschancen prinzipiell nicht schlecht.«

»Danke schön«, sagte Caro, streckte die Hand aus und drückte ihren Arm.

»Habe ich etwas gesagt?«, fragte die Stationsschwester.

Caro machte eine Bewegung, als würde sie einen Reißverschluss über ihrem Mund zuziehen. »Gar nichts! Aber wir danken Ihnen trotzdem!«

Als sich die geriffelte Glastür wieder schloss, standen sie da und sahen sich ratlos an.

»Immerhin wissen wir jetzt, dass das Kind lebt, dass es gute Chancen hat, dass es hier ist und …«

»… dass weder die Mutter noch wir es sehen dürfen«, beendete Stefan ihren Satz. »Ich habe mal gelesen, dass die Nähe und die Stimme der Mutter auch für Babys im Brutkasten spürbar sind.«

Claire blickte aus dem Flurfenster auf den Parkplatz vor dem Klinikum und stellte fest, dass es wieder angefangen hatte zu regnen. Eine elegante schwarze Limousine hielt direkt vor dem Eingang. Der hagere Mann im Anzug, der jetzt ausstieg, schien es eilig zu haben. Denn er hatte nicht auf den Chauffeur gewartet, der sofort mit einem Schirm zur Fondtür eilte. Kurz sah er nach oben, und Caro erschrak über seinen Anblick. Seine Augäpfel standen so weit hervor, dass rundum das Weiße zu sehen war. Einen Moment lang glaubte sie, ihn zu kennen. Dann verschwand sein Kopf unter dem Schirm. Er ging zu dem Vordach und kam kurz darauf zurück, öffnete die Beifahrertür, hielt den Schirm für eine Frau, die in den Fond stieg. Auch der Chauffeur eilte jetzt herbei, um zu helfen. Kurz erhaschte sie einen Blick auf die Beine der Frau und den hellblauen Rock, und sofort wusste sie, wo sie den Mann mit den hervorstehenden Augäpfeln schon einmal gesehen hatte. Am Gartenzaun des Kinderheims, vor zehn Jahren.

»Ich weiß nur eines«, sagte sie. »Wir müssen Marita helfen, zumindest ich muss das. Sie hat so viel ertragen, und ich lasse sie jetzt nicht mehr allein.«

Stefan nickte und überlegte einen Moment. »Hat sie eigentlich überhaupt keine Verwandten? Keine Eltern, keine Großeltern oder Geschwister?«

»Sie hat ihre Eltern nie kennengelernt. Soweit ich weiß, wurde sie vor einer Klinik abgelegt.«

Stefan sagte: »Dann schlage ich vor, dass ich Kontakt mit dem Jugendamt aufnehme. Sowohl sie als auch das Kind stehen vermutlich unter dessen Vormundschaft.«

Guido hatte auch eine Idee: »Ich kann versuchen, über den Freund eines Freundes an den Chefarzt der Pränatal-Abteilung heranzukommen. Normalerweise nutze ich solche Kontakte nicht. Aber das hier ist eine Ausnahme.« Dann legte er den Arm um Claire. »Ich möchte dich allerdings nicht gerne hier allein lassen.« Er wollte vor den anderen beiden nicht aussprechen, wie sehr er sich vor allem auch um ihren Gesundheitszustand sorgte, aber Caro verstand ihn auch so.

»Ich bleibe auch hier und versuche, für Claire etwas zu essen zu besorgen. Wir halten zusammen die Stellung!«

Guido sah ihr in die Augen und nickte dankbar.

KARIN LAVALETTE

Als würde man den Deckel von einer Terrine nehmen und darin statt Suppe einen Skorpion vorfinden. So kam es Zenker inzwischen vor, wenn er seine Frau betrachtete. Wann hatte sie sich derart verändert? Sechs Jahre war es nun her, dass er sich in die junge, attraktive Ärztin und leidenschaftliche Forscherin verliebt hatte. Karin hatte nicht darauf gebrannt, aus der Arbeiterstadt in die große Villa nach Bad Homburg zu ziehen. Worauf sie wirklich versessen war, mehr als auf alles in der Welt, konnte er damals vielleicht ahnen, aber nicht sachlich einschätzen. Dass ihre Beziehung schließlich an ihrem ungeduldigen Eifer, jedes Jahr ein neues, aufsehenerregendes Medikament auf den Markt zu bringen, scheitern würde, hatte er nicht vorhergesehen.

»Du kannst nicht ernsthaft vorhaben, dieses Kind verschwinden zu lassen!«

»Geht es noch lauter?« Karin Lavalette holte den Plastikbecher aus dem Automaten, pustete über die Oberfläche des dünnen Filterkaffees und trug ihn hinüber zum Wartebereich mit der schmuddeligen Sitzgruppe. Das Jugendamt war in einem Altbau untergebracht, der seit Jahren eine Renovierung nötig gehabt hätte.

Zenker wartete, bis sie sich dazu durchrang, auf der vorderen Kante der Couch Platz zu nehmen, dann setzte er sich ihr gegenüber. »Karin, bedenke doch: Seine Geburt und seine Existenz ist aktenkundig. Es wurde in einem deutschen Universitätskrankenhaus geboren.«

»Ja, genau aus diesem Grund sind wir hier.« Jetzt sah sie ihn an, mit ihren großen braunen Augen, die ihn damals so fasziniert hatten, und legte wieder die Wärme in ihre Stimme, die ihn einmal in Glückstaumel hatte versetzen können. »Aber Rudolph! Hätte ich sie denn im Franz-Sales-Haus verbluten lassen sollen? Die Plazenta hatte sich schon abgelöst.« Ihre Lippen waren immer noch außergewöhnlich voll, die Haut glatt und weich. »Ich hätte mich ja der unterlassenen Hilfeleistung schuldig gemacht. Das arme Mädchen.«

Für einen kurzen Moment musste sich in Zenkers Zügen seine frühere Liebe zu ihr gespiegelt haben, denn sie ging darauf ein.

»Du musst nicht glauben, dass ich kein Mitgefühl mit ihr hätte.« Sie beugte sich nach vorne und griff nach seiner Hand. »Das arme Ding hat einfach niemanden. Es wurde damals vor einem Krankenhaus abgelegt. Ihre Eltern sind bis heute anonym geblieben. Sie ist vollkommen allein auf der Welt.«

»Ja, ein trauriges Schicksal«, stimmte er ihr zu.

Der mitfühlende Blick verschwand aus ihren Augen, und sie wirkten auf einmal kalt. »Aber dieses Schicksal teilen viele. Bei Marita konnte man nicht unbedingt davon sprechen, dass sie eine besonders einfache und sanfte Persönlichkeit besitzt. Mit zunehmendem Alter zeichnete sie sich durch eine eher feindselige Haltung gegenüber der Heimleitung sowie stark depressive Verstimmungen aus. In der Jugendeinrichtung kam es dann zu Aggressionen gegenüber Gruppenmitgliedern, die wiederum unter Kontrolle gehalten werden mussten, um das System aufrechtzuerhalten. Ein schwieriger Charakter und das Ergebnis einer zunehmenden Verwahrlosung sind nun offensichtlich.«

Zenker griff nach einer der Broschüren, die auf dem Tisch lagen. »›Der Weg in ein selbstständiges Leben‹«, las er vor und drehte den Flyer des Müttergenesungswerks in seinen Händen.

»Aber nun muss ich verhindern, dass jemand in der Uniklinik auf die Idee kommt, unangenehme Fragen zu stellen und unnötige Untersuchungen durchzuführen. Vor allem, dass Claire zusammen mit diesem Professor dort aufgetaucht ist, macht mich stutzig. Das kann nichts Gutes bedeuten. Aber sobald wir die rechtmäßigen Eltern sind, sind wir wieder Herr der Lage.«

»Eltern!«, wiederholte er und dämpfte seine Stimme. »Für mich klingt das absurd! Ich habe dir schon vor drei Jahren gesagt, dass du dir nicht länger die Finger schmutzig machen sollst. Es gibt längst andere Möglichkeiten für klinische Studien.«

»Du kannst mir viel erzählen, aber glaube mir, da bin ich Expertin: Für Psychopharmaka gibt es kein besseres Studienobjekt als Heimkinder.«

Hinter der Tür hörten sie jetzt Stühlerücken und Schritte.

Karin griff nach seiner Hand und gab ihrer Stimme wieder den sanften Klang, den er von früher kannte. »Ich bitte dich nur, den Adoptionsantrag zu unterschreiben. Nicht mehr und nicht weniger.« Als er den

Kopf schüttelte, fügte sie hinzu: »Und den Rest überlässt du einfach mir!«

Er sah sie an und blinzelte dabei noch häufiger als sonst. »Nur den Adoptionsantrag für die Frühgeburt eines verwahrlosten Heimkinds unterschreiben. Na, wenn es weiter nichts ist!« Einen Moment lang fragte er sich, ob er diese Situation hätte kommen sehen können. Eine unwürdige Szene. Ein Firmenchef, der in einem Wartezimmer mit kahlen Wänden und ungeputzten Fenstern saß, um einen Säugling zu adoptieren, den er noch nie gesehen hatte. Eine absurde Szene.

Als die Tür geöffnet wurde und die Männerstimme rief: »Der Nächste, bitte!«, folgte der Vorstandsvorsitzende der Ruberus AG seiner Frau in das Büro der Adoptionsstelle.

CLAIRE

Ich habe eine Idee! Warum können wir Marita nicht in einem Rollstuhl auf die Frühgeborenenstation bringen? Sie ist zu schwach zum Aufstehen, aber fahren könnten wir sie doch!«

Claire und Guido hatten den Mittag im Wartebereich des Uniklinikums verbracht. Guido hatte ihr ein Brötchen aus der Cafeteria geholt. Sie wollte sich nicht vom Fleck bewegen, bis die Besuchszeit um 16 Uhr anbrach. Es kostete sie Kraft, und sie fühlte sich immer noch schwach. Aber es war das erste Mal seit Langem, dass sie sich um einen anderen Menschen kümmerte, der ihre Hilfe brauchte. Sie wunderte sich über sich selbst, als sie merkte, wie sie ihren Ehrgeiz, als Biochemikerin Karriere zu machen, vollkommen vergessen konnte, um sich ganz dem neuen Ziel zu widmen. Guido stand auf: »Das ist eine gute Idee. Ich weiß nicht, warum wir da nicht schon früher drauf gekommen sind!«

Sie organisierten den Rollstuhl. Claire hatte Marita ein Nachthemd und einen Bademantel mitgebracht. Nachdem sie sich im Bett umgezogen hatte, halfen beide mit, Marita in den Stuhl zu setzen. Die Oberschwester hatte dem Plan diesmal nicht viel entgegenzusetzen, außer dem Satz: »Aber auf Ihre Verantwortung!« Kurz darauf schoben sie sie durch die Gänge des Krankenhauses. Als sie an der Tür der Perinatalstation klingelten, waren sie froh, die Stationsschwester vom letzten Mal zu sehen. Sie nickte, als sie hörte, dass Marita die Mutter war, und ließ sie ein, aber nur in Begleitung von Claire. Guido musste draußen warten. Als die Tür sich hinter ihnen schloss, kniete sich die Schwester neben Marita. »Ich muss Sie darauf vorbereiten, dass es sich hier um eine intensivmedizinische Behandlung handelt.«

Maritas zartes Gesicht mit den dunklen Brauen und den dunklen grünen Augen richtete sich auf die Schwester. Ihr Mund mit den aufgesprungenen Lippen stand leicht offen, während sie ihr aufmerksam zuhörte.

»Die Kleine ist an viele Monitore und Schläuche angeschlossen, die bei der Atmung und Ernährung helfen. Sie liegt in einem Inkubator, der ihre Organe beim Heranreifen unterstützt.« Als sie sah, dass Maritas

Augen sich mit Tränen füllten, fügte sie hinzu: »Aber machen Sie sich keine Sorgen. Das Level unseres Perinatalzentrums ist sehr hoch, und die Expertise der Versorgung Ihres Babys könnte nicht besser sein.« Dann stand sie auf und ging vor ihnen her. Vor einem Fenster blieb sie stehen. Dahinter sah man fünf Inkubatoren, in denen winzig kleine Wesen lagen. Die Schwester wandte sich an Claire. »Es tut mir leid, aber dort dürfen Sie auch nicht mit hinein.«

Claire nickte und sagte, das sehe sie ein, obwohl sie Marita gerne beigestanden hätte.

»Frühchen konzentrieren ihre gesamte Energie auf das Wachsen und Gedeihen. Viele Geräusche, Licht und wechselnde Personen können sie deshalb schnell überfordern«, erklärte die Schwester.

Marita musste ihre Haare unter einer Haube verstecken und einen Mundschutz anziehen.

»Wie heißt du?«, fragte die Schwester sie plötzlich.

»Marita.«

»Also, Marita, ich bin Schwester Simone, und ich kümmere mich um deine Kleine, seit sie auf der Welt ist. Der Vater ist nicht mit von der Partie?«

Marita nickte.

»Pass auf: Deine Kleine nimmt dich mit allen Sinnen ganz genau wahr. Und eins ist sicher: Der enge Kontakt zu dir als ihrer Mutter ist bei Weitem der wichtigste Aspekt der Frühchenversorgung. Deshalb bin ich sehr dankbar, dass du hier bist!«

Dann schob die Schwester den Rollstuhl in die Intensivstation. Claire konnte Maritas Gesicht durch das Fenster beobachten, als sie das erste Mal ihr Kind ansah. Ihre Augen verrieten solches Glück und solche Warmherzigkeit, und ihr rührendes Bemühen, sich auf dieses kleine Wesen mit den vielen Schläuchen einzulassen, bewirkte, dass Claire weinen musste. Marita legte die Hände auf den Glaskasten und drehte den Kopf in stillem Staunen hin und her. Sie redete leise auf ihr Kind ein, dann schaute sie Claire an, nickte ihr dankbar zu. Von ihren Lippen las sie ab: »Sie soll Claire heißen!«

MINKA

Minka und Guy waren in das abgebrannte Hüttendorf zurückgekehrt und machten sich zusammen mit den anderen an den Wiederaufbau. Gleich als Erstes zimmerten sie notdürftig einen neuen Stall zusammen. Die Ponys sowie fast alle Schafe und Ziegen kamen schon am nächsten Morgen wieder zurück auf den Damm. Die meisten Hühner und Gänse wurden wiedergefunden. Nur die Kaninchen blieben im Wald verschwunden.

Fast alle Dammbewohner hatten ihr gesamtes Hab und Gut verloren. Den Schaden gab die Polizei später mit zehntausend Mark an, den der angesengten Hochspannungsleitung über dem Damm bezifferte das Main-Taunus-Kraftwerk mit hunderttausend Mark. Die Ursache des Brandes konnte nicht geklärt werden. Eine Brandstiftung wurde nicht ausgeschlossen. Trotz der Befürchtung, dass die Behörden den Damm aus feuerpolizeilichen Erwägungen räumen lassen würden, waren die Bewohner entschlossen, die Besetzung weiter fortzuführen. Die eintreffende Flut von Geld- und Sachspenden schien kein Ende zu nehmen. Den Bewohnern der abgebrannten Hütten stellte das Deutsche Rote Kreuz Kelkheim sogar zwei Zelte zur Verfügung. Manche suchten Begriffe für das, was ihnen passiert war, bezeichneten die vermeintlichen Brandstifter lautstark als Mörder. Andere wechselten nur leise Worte und fügten sich geduldig in ihr Schicksal.

Für das Wochenende wollten die Hüttendorfbewohner jedoch unbedingt an ihrem Plan festhalten und das große Dammfest zum zweiten Jahrestag der Besetzung wie vorgesehen durchführen. Es war ihre Art zu zeigen, dass sie sich nicht unterkriegen ließen. Mit trotziger Beharrlichkeit und großer Disziplin trafen sie die Vorbereitungen. Es wurden Biergarnituren aufgestellt, Hunderte von Wimpeln gespannt, Spielstationen für die Kinder geschaffen, Getränke gekauft, Kuchen gebacken und Salate zubereitet. Die Dammbewohner liefen hin und her, jeder hatte seine Aufgabe, suchte seine Position. Es tat ihnen allen gut, sich darauf zu stürzen, die Frustration verlangte nach Bewältigung und Aufgaben.

Am Nachmittag erschienen zwei Beamte am Damm und legten eine

Verbotsverfügung auf den Boden. Guy, der gerade auf einer Leiter stand, stieg herunter, wischte sich die Hände an seinem Overall ab und ging langsam auf die beiden zu. Die Polizisten blieben in sicherem Abstand stehen. Man kannte sich inzwischen, manches Mal hatten sie sich schon zu einem Glas Bier außer Dienst überreden lassen, und es sah fast so aus, als würden die beiden jungen Beamten den Inhalt bedauern.

Guy hingegen wirkte unglaublich lässig, als er das Blatt aufhob. Er überflog das Schriftstück, während sich die anderen Bewohner langsam um ihn scharten. »Hört mal zu«, rief er und wandte sich an die Gruppe: »Unser Dammfest wird verboten.«

Seine Worte wurden mit Pfiffen und Buhrufen quittiert. Die Polizeibeamten machten einige Schritte rückwärts. Theo stellte sich dicht neben Guy und ließ sich von ihm das Blatt geben.

»Die Versammlung unter freiem Himmel bringt aufgrund der Unbegrenztheit der Teilnehmerzahl und der massensuggestiven Wirkung die Gefahr einer Störung der öffentlichen Sicherheit und Ordnung mit sich«, las er vor. »Und dann wird noch auf zahlreiche Störungen und Beschwerden beim letzten Dammfest verwiesen.«

»Warum lassen wir uns das eigentlich gefallen?«, rief ein Kerl in kariertem Hemd. »Die verarschen uns doch!« Er machte eine unmissverständliche Geste in Richtung der Polizisten, indem er sich auf den Oberarm schlug. Minka merkte, wie Gesche sich krümmte, als hätte ihr jemand einen Stoß versetzt. Noch immer reagierte sie übermäßig sensibel auf Gewalt und Geschrei.

»Lasst die beiden in Ruhe. Sie können nichts dafür!«, sagte Minka.

»Ahhh, da spricht die neue Stadtverordnete. So schnell geht das ... schon wechselt man die Seiten und wird auf einmal konservativ.«

»Klappe jetzt!«, sagte Guy und baute sich vor ihm auf. »Verzieh dich!«

Der Junge sah sich verunsichert um. Als er merkte, dass er keinen Rückhalt von den anderen bekam, stapfte er wütend in Richtung der Zelte. Die anderen bildeten einen Halbkreis und beratschlagten. Guy erläuterte ihnen kurz die juristischen Möglichkeiten. Er bot an, einen Antrag auf einstweiligen Rechtsschutz zu stellen. Aber als sie darüber abstimmten, kamen sie zu dem fast einstimmigen Ergebnis, dass sie sich dem Verwaltungsakt fügen würden.

»So zermürbt man jeden Kampfgeist«, sagte Guy leise zu Minka, als die Gruppe sich mit hängenden Köpfen zerstreute. Minka stieg auf die Leiter und begann, den Knoten in der Schnur mit den Wimpeln aufzuknoten.

Bei der Kommunalwahl erhielt die Unabhängige Kelkheimer Wählerinitiative zehn Prozent der Stimmen und zog mit fünf Stadtverordneten – eine davon Gesche – und einer Stadträtin in das Parlament ein. Die in Königstein kandidierende Aktionsgemeinschaft Lebenswertes Königstein erhielt zweiundzwanzig Prozent der Stimmen und acht Mandate, eines davon bekam Minka.

CARO

Der zuständige Sachbearbeiter des Jugendamts war sehr zugeknöpft und wollte mir eigentlich gar keine Auskunft geben.«

Caro saß an ihrem Platz in der Redaktion, als Stefan am späten Nachmittag mit ziemlich deprimiertem Gesichtsausdruck zurückkam.

»Verständlich. Du hast ja auch keinerlei Anspruch darauf.« Sie wollte ihn nicht spüren lassen, wie enttäuscht sie war. Inzwischen hätte sie es sich nach all ihren Erfahrungen in den Archiven sogar zugetraut, mehr herauszukriegen. Genützt hatten ihr die vielen Informationen, die sie zusammengetragen hatte, allerdings auch nichts.

Wie immer, wenn Stefan zurückkam, lehnte er sich lässig gegen ihren Schreibtisch. »Dann hat er mich gefragt, ob ich der Vater des Kindes bin, aber hat selbst gleich abgewunken. Die würden sowieso alle das Weite suchen, und auf dem Amt sei noch nie einer aufgetaucht.«

Caro hoffte, dass noch irgendeine Information kam, die ihnen weiterhalf.

»Allgemein gilt: Alle von Minderjährigen geborenen Kinder unterliegen der gesetzlichen Amtsvormundschaft durch das Jugendamt.«

»So etwas habe ich mir schon gedacht.«

»Marita wird also in den nächsten Tagen Besuch von einem Sozialarbeiter oder einer Sozialarbeiterin bekommen. Da wird man ihr mitteilen, was sie für Unterstützung bekommen kann, zur Klärung der Vaterschaft oder Unterhaltsdurchsetzung, Hilfe bei Antragstellung von Unterhaltsvorschuss, Kindergeld, Erziehungsgeld und so weiter.« Stefan griff sich wie immer einen Stift von ihrem Schreibtisch und begann, ihn zwischen den Fingern zu drehen.

»Diesmal steckst du ihn aber nicht ein!«, sagte sie. »Ich kaufe ständig neue Kugelschreiber.«

»Ich revanchiere mich demnächst«, sagte er und steckte ihn in die Brusttasche seiner Jeansjacke. Dann fuhr er fort: »Er hat mir dann aber einen Vortrag gehalten. Für minderjährige Mütter bedeutet die Situation meistens eine Überforderung, einen gravierenden Einschnitt in der Entwicklung der eigenen schulischen oder beruflichen Lebensplanung, einen Konflikt zwischen eigenen Bedürfnissen und der Verantwortung für ein Kind. Die Prognose, zumal bei einem sozial unreifen Mädchen, das selbst eine Heimkarriere hinter sich hat, ist denkbar schlecht.«

»Das kann ich mir vorstellen«, pflichtete Caro ihm bei.

Sein Gesichtsausdruck wechselte jetzt zu einem triumphierenden Grinsen: »Aber schließlich habe ich doch etwas herausbekommen.«

Caro spielte das Spiel mit: »Und was?«

»Es wurde bereits ein Adoptionsantrag für das Kind von Marita gestellt.«

Caros Überraschung war so groß, dass sie die Kaffeetasse viel zu heftig abstellte. »Was?«, rief sie. Der braune Rest schwappte über ihren Block. Stefan schien ihre Reaktion sogar ein klein wenig zu genießen. Sie war entsetzt, dass er so wenig Anteilnahme zeigte. »Weißt du auch, von wem? Hatte Marita doch noch Verwandte? Claire sagte, sie habe keine Familie.« Caro hatte langsam genug davon, dass er sich alles aus der Nase ziehen ließ. Schließlich ging es um ein ernstes Thema.

»Er hat mir keinen Namen genannt. Aber er hat angedeutet, dass der Mann ein ›hohes Tier‹ sei.«

»Ein hohes Tier«, wiederholte Caro. »Was auch immer das heißt. Wurde der Antrag etwa schon bewilligt?«

»Bisher wohl noch nicht, so schnell mahlen die Behördenmühlen nicht. Aber die Chancen stünden wohl gut, hat er mir zu verstehen gegeben, da habe ich doch einiges aus ihm rausgekitzelt.«

»Die arme Marita«, murmelte Caro. »Das Mädchen hat wirklich schon viel mitgemacht. Ich glaube, das wird sie nicht verkraften.«

Stefan stand auf. »Wenn du mich fragst, ist es das Beste für sie. Wie soll sie denn in ihrer Situation für ein Kind sorgen, noch dazu ein Frühgeborenes.«

Caro kaute nachdenklich auf ihren Lippen. »Vielleicht wüsste ich eine Lösung.«

MARITA

Seit Marita täglich bei ihrem Kind sein konnte, hatte die Kleine Fortschritte gemacht. Die künstliche Beatmung konnte abgeschaltet werden, statt Glucoselösung bekam sie nun abgepumpte Muttermilch, bald würde Marita die kleine Claire schon stillen können, im Moment hatte sie noch nicht genug Kraft zu saugen. Ihre Haut war noch besonders dünn und empfindlich, sodass sie ihre Körpertemperatur nicht eigenständig regulieren konnte. Deshalb lag sie noch immer im Inkubator, der fürs Erste die Bedingungen der Gebärmutter simulierte. Die Worte der Stationsschwester Simone gaben Marita Vertrauen und den Glauben zurück. Alles würde sich irgendwie fügen, alles würde gut werden. Sie wollte nicht hören, was die Sozialarbeiterin ihr voraussagte. Sie werde überfordert sein mit der Rund-um-die-Uhr-Betreuung des Kindes, den Alltagsanforderungen, den schwierigen Bedingungen der Vereinbarkeit von Elternschaft und eigener Abhängigkeit. Sie verwies sie auf den Ausweg, das Kind zur Adoption freizugeben. Acht Wochen nach der Geburt könne die Mutter sich für diesen Weg entscheiden und sei dann »alle Sorgen los«, wie sie sich ausdrückte.

Je näher der Tag rückte, umso häufiger wurden die Besuche der Sozialarbeiterin, und Marita hatte das Gefühl, als versuche sie, ihre Entscheidung stark zu beeinflussen. Immer wieder führte sie ihr vor Augen, was für Möglichkeiten, ein besseres Leben zu führen, sie ihrem Kind verbaute und wie viele Sorgen sie sich selbst ersparen könnte. Aber Marita wollte für dieses kleine Wesen da sein, alles andere zählte für sie nicht mehr. Sie würde es schaffen, irgendwie. Claire und Guido kamen täglich zu ihr in das Krankenhaus und würden ihr sicher auch später helfen. Und schließlich gab es ja auch noch Marco, den Vater des Kindes, der sich allerdings bisher noch nicht gemeldet hatte.

ANNETTE UND PHILIPP STERN

Am Abend des 12. Mai saßen Pa und Ma vor dem Fernseher. Vor ihnen auf dem Couchtisch stand eine offene Pralinenschachtel, in die Pa immer wieder griff und sich die Stücke in den Mund schob. Ma beobachtete ihn eine Weile. Früher hatte er den Genuss der Schokoladenkreationen zelebriert. Jedes einzelne Stück genau betrachtet, den Duft eingesogen und dem Geschmackserlebnis an Gaumen und Zunge lange nachgespürt. Inzwischen sah er kaum noch hin, sondern las Zeitung, aß Schokolade und sah Fernsehen zugleich.

In einem Moment, als sie glaubte, er sei abgelenkt, schob Ma die Schachtel ein Stück weiter weg, außerhalb seiner Reichweite.

»Was tust du da, Annette?«, fragte er mit gespielter Empörung. »Sieh mal hier!« Er hielt das Pralinenstück hoch, das er noch in der Hand hatte. »Eines der letzten, die noch in Mainheim hergestellt wurden.«

»Wie bitte?« Mas Entsetzen war nicht gespielt. »Was soll das heißen?«

»Wir verlegen die Produktion zurück nach Berlin-Tempelhof!«

»Aber das ist ja furchtbar.« Ma hielt Schokolade zwar inzwischen für ungesund, aber trotzdem hing sie fast genauso wie Pa an der Cassada.

»Tja, wir haben lange hin und her gerechnet. Aber die Berlinförderung ist so lukrativ, dass es sich lohnt, eine ganze Produktionsstätte in die geteilte Stadt zu verlagern. Wer hätte das gedacht! Mainheim hat als Industriestandort für die Cassada nahezu ausgedient. Wir werden hier nur noch unsere Schokoladenrohmasse herstellen.«

Ma schüttelte fassungslos den Kopf. »Das bedeutet, in Zukunft kein Schokoladenduft mehr in Mainheim?«

»So ist es!«

»Ich kann mir das gar nicht vorstellen! Und was wird dann aus dir?« Sie verbesserte sich: »Ich meine, aus uns?«

»Keine Sorge, für uns bleibt alles beim Alten. Erne wird Produktionsleiter, und ich werde hin und wieder ein wenig pendeln müssen.«

Ma schob ihm die Schachtel wieder zurück und nahm sich jetzt sogar selbst eine Marzipanpraline. »Nur noch eine. Der Arzt hat doch gesagt, du sollst aufpassen. Du weißt schon, wegen des Cholesterins!«

»Papperlapapp! Wenn ich schon als Direktor der Cassada nicht mehr meine eigenen Pralinen essen darf, wer soll es denn dann noch tun?«

»Ach Philipp!«, seufzte Ma. »Ich möchte doch nur nicht, dass du Probleme mit deiner Gesundheit bekommst. Vor allem, wenn wir vielleicht bald Enkel bekommen. Da willst du doch noch ein agiler Opa sein und nicht einer, der ihnen nur vom Sofa aus zusieht.«

Pa legte die Zeitung zur Seite und blickte sie an. Opa! Wie sich das anhörte!

Ma hatte sich seit dem letzten Sommer wieder erholt. Ihr Gesicht wirkte rosiger, die Schatten unter den Augen waren verschwunden, sie hatte ein paar Pfund zugenommen, was ihr ausgesprochen gut stand. Pa war sich fast sicher, dass er den Zeitpunkt ihrer Genesung zeitlich mit Ernes siebenundzwanzigstem Geburtstag in Verbindung bringen konnte. Und die Ankündigung seiner bevorstehenden Hochzeit hatte sie endgültig zurück ins Leben geholt. Nun hoffte sie auf Enkelkinder und konzentrierte sich in der Zwischenzeit ganz und gar auf Pas körperliche Gesundheit. Sie sah alle Sendungen des »Gesundheitsmagazins Praxis« an, wo ein schlanker Moderator im Sporthemd eine Salami fünf Minuten in den Ofen steckte und danach demonstrativ die Fettlache in die Kamera hielt. Nach und nach waren Butter, fette Wurst und Käse aus dem Stern'schen Kühlschrank verschwunden, durch Margarine und Halbfettprodukte ersetzt worden. Mit Argusaugen wachte Ma über die Schokoladenvorräte und hatte die Deputate im Vorratsschrank Tag für Tag abgebaut. Ihre Energie hatte so weit gereicht, ihr neuestes Umbauprojekt in die Tat umzusetzen und die Küche vom Keller zurück in das Erdgeschoss zu verlegen. Im Keller stand jetzt neuerdings ein Trimm-dich-Rad, auf das sie Pa regelmäßig scheuchte. Bisher war jeder sichtbare Erfolg ausgeblieben, aber sie ließ nicht locker. »Ich hole uns jetzt etwas Gesundes zum Essen, das wird dir guttun, und dann …«

»Psst, sei bitte mal leise«, sagte Pa.

Pa stand mit Mühe auf. Er hatte im letzten halben Jahr nochmals vier Kilo zugenommen, Ma hatte schon wieder neue Hosen für ihn anfertigen lassen. Das Gehen fiel ihm inzwischen schwer. Die Diät hatte noch nicht angeschlagen, was auch daran lag, dass er inzwischen heimlich aß. Er drehte an dem Knopf für die Lautstärke und ging wieder zurück zum Sofa.

»… wurde der hessische Wirtschaftsminister Heinz-Herbert Karry in seinem Haus in Frankfurt Seckbach letzte Nacht durch Schüsse durch das offen stehende Schlafzimmerfenster ermordet«, drang die Stimme der Tagesschausprecherin Dagmar Berghoff aus dem Lautsprecher.

»Oh nein, wie schrecklich!«, rief Ma. »Wer macht denn so etwas?« Wenn jemand von dem Unglück anderer betroffen sein konnte, dann Ma. In ihrem Gesicht spiegelte sich das Leid der Angehörigen.

Pa meinte, da bekäme man es ja mit der Angst, wenn jetzt schon wieder Politiker in ihren Betten erschossen würden.

»Kurz vor fünf Uhr wurde zweimal aus nächster Nähe an dem schlafenden Politiker vorbeigeschossen«, las die Nachrichtensprecherin sachlich von dem Teleprompter ab. »Dann trafen ihn vier Projektile, der herbeigerufene Notarzt konnte nicht helfen. Über das Tatmotiv existieren einige Mutmaßungen. Es gilt als wahrscheinlich, dass der Mord mit dem Eintreten Karrys für den Bau der Startbahn 18 West des Frankfurter Flughafens in Zusammenhang steht. Aber auch ein terroristischer Anschlag der RAF ist nicht auszuschließen.«

»In was für einem Land leben wir bloß!«, sagte Ma, nahm die halb volle Pralinenschachtel und ging damit in die Küche. Sie stieg auf eine kleine Trittleiter und stellte sie nach oben auf den Hängeschrank, schob sie ganz nach hinten zu den anderen. Ein Gutes hatte es, wenn die Schokoladenproduktion der Cassada nach Berlin verlegt wurde, obwohl sie die neue Situation selbst erst verarbeiten musste. Es war schwer vorstellbar, sich ihren Mann nach all den Jahren nicht mehr als Chef der Schokoladenfabrik in Mainheim vorzustellen. Aber der unerschöpfliche süße Nachschub würde endlich verebben.

Sie stieg die Leiter wieder hinunter und stellte sie in den Besenschrank. Dann holte sie aus dem Kühlschrank eine vorbereitete Platte mit Rohkost. Karottenstangen, Staudensellerie, Gurkenscheiben. In der Mitte stand eine Glasschale mit Magerquark-Dip. Als sie damit zurück ins Wohnzimmer gehen wollte, klopfte jemand an die offene Küchentür. Ma hätte um ein Haar die Platte fallen gelassen: »Caro! Mir ist fast das Herz stehen geblieben. Wie kannst du mir nur so einen Schrecken einjagen. Gerade kam diese schreckliche Meldung im Fernsehen von dem Mordanschlag auf Karry. Stell dir vor: im eigenen Bett erschossen!«

»Es tut mir leid, das wollte ich nicht.«

»Warum hast du denn nicht angerufen? Jetzt gibt es nur Rohkost oder Pralinen.« Ma schirmte ihren Mund ab. »Ich muss die Schokolade inzwischen vor deinem Vater verstecken.«

Sie umarmten sich, und Caro spürte, dass ihre Mutter zugenommen hatte. Sie war längst nicht mehr nur Haut und Knochen.

»Ich muss euch was erzählen, deshalb bin ich so spät noch gekommen. Und es ist sehr dringend.«

Mas Gesicht wurde ernst. »Ist etwas passiert? Bist du schwanger? Keine Sorge. Wir helfen dir. Wir sind für dich da. Ich kümmere mich um das Kind.«

»Ach Ma, das ist es nicht, aber fast …«

Als Ma eine Viertelstunde später ins Wohnzimmer kam und die Platte auf den Couchtisch stellte, verzog Pa sein rundes Gesicht, als würde ihm jemand eine alte Schuhsohle vorsetzen.

»Das hat so gut wie keine Kalorien und regt die Verdauung an.«

Pa seufzte und griff nach einem Karottenstick. Missmutig biss er davon ab. Als er Caro hinter Ma ins Wohnzimmer kommen sah, hellte sich sein Gesicht sofort auf. »Caro! Das ist ja eine Überraschung!«

Ma und Caro stellten sich vor ihm auf, bis er merkte, dass sie ihn beide mit ernstem Gesichtsausdruck ansahen. Er fragte, ob etwas passiert sei.

Ma sprach als Erste. »Könntest du dir vorstellen, noch mal Familienzuwachs zu bekommen, Philipp?«

»Kriegst du etwa ein Kind?«, rief er, und seine Gesichtshaut färbte sich sofort beängstigend purpurrot.

»Nein, nein!«, sagte Caro.

»Denk an deinen Blutdruck!«, versuchte ihn Ma zu beruhigen.

Allerdings war Caros nächster Satz dazu in keiner Weise geeignet, Pas Blutdruck zu senken: »Es ist wirklich ein Notfall. Ihr müsstet noch ein Kind in Pflege nehmen, vielleicht sogar zwei.«

MINKA

Am Morgen des 13. Mai 1981 war der Himmel blassgrau und färbte sich im Osten bereits rosig. Die ersten Amseln regten sich, die Wiese vor der Rundhütte war von Tau benetzt. Minka war bereits im Stall und fütterte die Tiere. Einige Frühaufsteher, darunter Guy und Theo, saßen vor der Rundhütte, wärmten sich die Hände an der ersten Tasse Instantkaffee, besprachen das Tagesprogramm. Guy wollte später an die Goethe-Uni fahren, Theo zu seiner Arbeit in einer Tischlerei. Das kalte Morgengrauen mischte sich mit dem Schein der Kerzen auf dem Campingtisch, als sie von Westen her eine Gruppe Männer den Damm heraufkommen sahen.

Guy und Theo sprangen auf, Chris rannte zur Alarmglocke, die sie seit den Überfällen am Dorfgemeinschaftshaus angebracht hatten. Aber Theo gab ihm ein Zeichen, das ihn innehalten ließ. Ein Mann im Anzug, begleitet von einer stattlichen Anzahl von Polizeibeamten, kam im Stechschritt auf sie zu. Das junge Gras duckte sich grün und glänzend unter den schweren Sohlen ihrer Stiefel. Guy zählte die bewaffneten Polizisten, die sich im Halbkreis um sie aufstellten. Es waren zwölf. Der Vertreter des Landratsamts legte ein amtliches Schreiben vor sie auf den Tisch.

»Hiermit werden Sie aufgefordert, das Hüttendorf innerhalb einer Stunde zu räumen.«

»Was?«, rief Chris. »Innerhalb einer Stunde?«

»Die Frist ist doch viel zu kurz! Wie sollen wir das machen?«, fragte Theo.

Guy nahm die Verfügung vom Tisch und überflog sie. »Ist das wirklich Ihr Ernst? Heute um sieben Uhr kommen die Bagger? Warum? Aus welchem Grund?«

Der Mann im Anzug verzog keine Miene. »Wie gesagt. Sie haben genau eine Stunde Zeit.« Er schob den Ärmel ein Stück zurück und sah auf seine Armbanduhr. »Genau genommen sind es jetzt nur noch zweiundfünfzig Minuten.«

»Wir haben über dreißig Tiere im Stall, die müssen wir evakuieren«, wandte Theo ein. »Das wird in der Zeit kaum zu schaffen sein. Wo sollen wir so schnell einen Transporter herbekommen?«

Der Landratsamtsvertreter zuckte mit den Schultern. »Das ist Ihr Problem.«

Guy, Theo und Chris beratschlagten kurz und einigten sich darauf, die Alarmglocke zu läuten. Gleich darauf stürzten die Bewohner aus ihren Hütten und rannten zum Vorplatz. Minka kam von den Stallungen. Theo erklärte ihnen, dass sie vierzig Minuten Zeit zum Packen hatten, während sie bereits die ersten Erschütterungen spüren konnten. Vier schwere Baufahrzeuge rollten die Zufahrt zum Damm hoch. Die Polizisten nahmen Aufstellung und verdichteten ihre Reihe. Minka sah über den Damm hinweg zu den grünen Wipfeln des Waldes, darüber lag der gewölbte Himmelsbogen. Während im Osten die Sonne emporstieg, hing am westlichen Rand der blasse Kreis des Mondes. Die Luft war noch kühl. Minkas schmale Nasenflügel blähten sich auf, sogen den Geruch der feuchten Kiefernnadeln ein, die unzähligen Nuancen von Erde, Rinde und Laub, die am Ende einen reinen, klaren Duft ergaben. Sie wusste, dass nun der Tag des Abschieds gekommen war, und ahnte, er würde endgültig sein. Es fiel ihr schwer, sich von dem betörenden Anblick und den vertrauten Gerüchen der Taunuswälder loszureißen.

»Wie soll ich so schnell die Tiere wegbringen?«, fragte sie. »Wenn sie die Bagger hören, werden sie Panik kriegen, so was sind sie nicht gewohnt. Und wo sollen sie hin?«

Der Einsatzleiter war ein breitschultriger Mann mit Bart. Seine Augen zeigten einen Anflug von Verständnis. Er versprach ihr, die Maschinen so lange auszustellen, bis sie mit ihren Tieren weit genug entfernt war.

Um kurz nach sieben Uhr verließen zwanzig Dammbewohner mit ihren Habseligkeiten die Hütten. Andere leisteten gewaltlosen Widerstand, indem sie sich auf die Dächer setzten. Pit und Anja ketteten sich an einem tragenden Balken in der Rundhütte an. Minka und Gesche führten die Ponys am Strick neben sich. Frauke und ein anderes Mädchen trieben die Schafe, Ziegen, Hühner hinter ihnen her. Die Ponys waren anfangs etwas beunruhigt und begannen zu traben. Doch die jungen Frauen redeten ihnen gut zu und beruhigten sie. Es ging leichter, als Minka es sich vorgestellt hatte.

»Sieht aus wie der Zug zur Arche Noah«, hörten sie jemanden aus den Reihen der Polizeibeamten sagen, dann kam ihr der Einsatzleiter zu Hilfe: »Ich habe das geregelt. Ihr könnt sie vorübergehend im Bad Sodener Tierheim unterbringen.« Er wies zwei seiner Männer an, sie dorthin zu begleiten.

Um zehn nach sieben begannen die Baufahrzeuge, die Hütten und das Windrad niederzureißen, während immer mehr über eine Telefonkette herbeigerufene Journalisten und Sympathisanten der Hüttendorfbewohner auf dem Damm eintrafen. Am Eingang des Dorfes wurde eine Polizeikette gebildet, die die Neuankömmlinge nicht passieren durften. Die Bewohner wurden alle hinter die Kette geführt, manche weigerten sich und mussten getragen werden. Im Laufe des Vormittags standen schließlich zwei Hundertschaften rund dreihundert jungen Leuten gegenüber.

Die Versionen würden im Nachhinein voneinander abweichen. Nach Zeugenaussagen der Bewohner und Journalisten wurde die sogenannte Chemische Keule eingesetzt, ein Reizstoffsprühgerät, das bei Menschen Augen- und Hautreaktionen hervorrief, was der Einsatzleiter der Polizei später weder bestätigen noch ausschließen wollte. Der Gebrauch von Wasserwerfern und Gummiknüppeln wurde nicht bestritten. Im Bad Sodener Krankenhaus mussten an diesem Tag zahlreiche Gehirnerschütterungen, Platzwunden und Nasenbeinbrüche behandelt werden.

Vor dem Kelkheimer Rathaus versammelten sich am selben Abend dreitausend Menschen zu einer Kundgebung, um ihre Solidarität mit den Dammbesetzern zu zeigen und ihrer Empörung über die Räumung Luft zu machen.

Die Presse zeigte sich entrüstet über Rücksichtslosigkeit und das kurze Zeitfenster, nach dem die Räumung durchgeführt wurde. Die Berichte stimmten in der Einschätzung überein, dass für die Räumung zu diesem Zeitpunkt kein Anlass bestanden habe und dass sich die Besetzer friedlich verhalten hatten. Als Grund für die plötzliche Räumung wurde ein hartes Vorgehen gegen die Protestkultur nach dem Mordanschlag auf Heinz-Herbert Karry vermutet.

Zwei Tage später kam es zu einem Gespräch zwischen fünf Vertretern der Dammbesetzer, darunter Guy und Theo, Minka und Gesche, sowie dem Landrat, seinem Kreisbeigeordneten und drei Verwaltungsbeamten, das zu keinem Ergebnis führte. Die Fronten waren verhärtet.

Das erste und älteste Hüttendorf seiner Art in der Geschichte der Bundesrepublik gehörte der Vergangenheit an. Minka, Guy und alle Bewohner hatten verloren.

CLAIRE

Die Balance in Claires Leben hatte sich erneut verschoben. Ihre Doktorarbeit hatte sie abgegeben, und nun bereitete sie sich auf das Rigorosum vor. Einmal in der Woche ging sie zu ihrer Therapeutin im Frankfurter Stadtteil Bornheim. Die gemächlichen Stunden in der Altbauwohnung mit den vielen Zimmerpflanzen, die behutsamen Gespräche, die sanfte Dame mit selbst gestrickter Jacke und Holzperlenkette taten ihr gut. Längst redete sie nicht mehr nur über die Zeit im Kinderheim, ihren Hang zu exzessivem Lernen und Arbeiten, sondern auch über Erinnerungen an ihre Kindheit in Vietnam und ihre traumatischen Erfahrungen. Stück für Stück näherte sie sich dabei dem Land an, in dem sie geboren worden war, und versuchte, ihre Kriegserlebnisse zu verarbeiten. Es gab Stunden, da brach sie in Tränen aus. Sie weinte und weinte, und die Therapeutin störte ihre Tränen mit keinem Wort. Tränen gehörten zu dem Weg, den Claire gehen musste. Irgendwann erinnerte sich Claire daran, wie sie sich als Kind gefühlt hatte.

Ihre Therapeutin fragte: »Mit Ihrer Großmutter und Ihren Geschwistern?«

»Nein, auf dem Boot. Meine Mutter ist gestorben. Eines Morgens war ihr Körper kalt und steif. Sie hat mich dort allein gelassen.«

»Und dann sind Sie als Waisenkind in Malaysia angekommen?«

»Ja.«

»Erzählen Sie weiter.«

»Ich weiß noch, dass ich immer nur gefroren habe. Im Sammellager, im Flugzeug, im Bus. Am Ende der Reise stieg ich aus, es war warm, und es roch nach Schokolade. Ich kam in dieses schöne große Haus aus Stein, mit den unzähligen Treppenstufen. So viele Mädchen, deren Sprache ich nicht verstand. Es gab dort diese zwei Frauen, die sich behutsam, richtig liebevoll um mich gekümmert haben, die ich beide irgendwann fast wie Mütter geliebt habe.« Sie schluckte. »Erst später habe ich begriffen, dass sie uns nur benutzt haben. Ich weiß bis heute nicht, wie sie uns das antun konnten.« Die Wahrheit ließ ihre Stimme fast ersterben. Sie sah erschöpft aus. Claire hatte nichts mehr, was sie schützte. Sie blickte in das verzerrte, gewissenlose Gesicht der Welt und hörte auf, sein Antlitz zu verdrängen. »Sie sagten, Sie urteilen nicht über mich. Aber jetzt hätte ich wirklich gerne zwei meiner Tabletten.«

»Wieso jetzt?«

»Weil ich dann den Schmerz nicht fühlen muss oder die Angst, allein zu sein oder zu versagen, weil meine Gedanken dann in eine andere Richtung gelenkt werden, weil ich klarer sehe … einfach alles zusammen.«

»Also nehmen Sie die Tabletten, um die Gefühle, die am meisten wehtun, nicht fühlen zu müssen?«

»Ich schätze, ja.«

»Und jetzt, wo wir wissen, wieso Sie sie nehmen, beginnt der Prozess der Heilung.«

Jeden zweiten Tag besuchte sie Marita und die kleine Claire bei Ma und Pa in der Schwimmbadstraße. Caros Plan hatte funktioniert. Die Freigabe des Kindes zur Adoption war erst acht Wochen nach der Geburt möglich und musste durch eine Einwilligungserklärung vor einem Notar beurkundet werden. Da Marco als Vater feststand, hätte auch er der Adoption zustimmen müssen. Beide Eltern lehnten eine Adoption ab. Die eilige Eingabe beim Jugendamt durch das Ehepaar Zenker verlief im Sand, und niemand erfuhr jemals, dass sie die Antragsteller waren.

Pa und Ma hatten sich als Pflegeeltern gleichermaßen für Marita und die kleine Claire beworben. Ma hatte nicht lange überzeugt werden müssen, und obwohl Pa es nach der Adoption Claires immer abgelehnt hatte, noch ein Kind aufzunehmen, sah er ein, dass es in diesem Fall ein Gebot der christlichen Nächstenliebe war. Außerdem kam wieder Leben in das große leere Haus in der Schwimmbadstraße, und Ma war nicht mehr so allein. Das Pflegeverhältnis gehörte in Deutschland zur stationären Kinder- und Jugendhilfe, das Aufwachsen in einer Pflegefamilie stellte eine Alternative zum Leben in einem Kinderheim oder in einer betreuten Jugendwohngruppe dar. Zumindest bis Marita volljährig war, konnte sie offiziell als Pflegekind bei Ma und Pa wohnen. Wie es dann weitergehen würde, wollte man klären, wenn sie achtzehn würde.

Es war Mittwoch, der 29. Juli 1981, ein heißer, strahlender Hochsommertag. Im Fernsehen wurde die Jahrhunderthochzeit gezeigt. Eine Milliarde Menschen weltweit sahen zu oder ließen sich im Radio erzählen, wie Lady Diana mit ihrer acht Meter langen Schleppe die Stufen der St. Paul's Cathedral hinaufging. Unendlich langsam schritt sie am Arm ihres Vaters die Stufen hoch.

Claire, Marita, Caro und Ma kommentierten ihr elfenbeinfarbenes Kleid aus englischer Seide, den Ausschnitt, der von üppigen Rüschen gesäumt war.

»Sie sieht jetzt schon aus wie eine echte Prinzessin!«, fand Caro. »Wie aus einem Disney-Film.«

»Einfach märchenhaft!«, schwärmte Marita.

»Und hast du gehört, Ma?«, hob Claire in Anspielung auf ihre Beziehung mit Guido hervor: »Sie ist zwanzig und heiratet einen zwölf Jahre älteren Mann.«

»Einen Prinzen!«, ergänzte Ma. »Das ist etwas ganz anderes, meine Süße. Diese Heirat ist vom Königshaus arrangiert worden.«

»Jahrhundertealte historische Spitze wurde an die Rüschen genäht«, kommentierte die weibliche Stimme im TV. »Ihr Gesicht wird von einem elfenbeinfarbenen Schleier verdeckt, auf der Stirn sitzt ein Diadem mit kostbaren Kronjuwelen.«

»Ob sie wohl glücklich wird?«, fragte Ma und bekam feuchte Augen.

Sie hatten den tragbaren Fernseher auf die Terrasse gestellt, saßen nebeneinander auf der Hollywoodschaukel, trugen Shorts und Spaghettiträger-Tops, tranken Instant-Ice-Tea aus hohen Gläsern mit Strohhalmen. Die kleine Claire schlief in ihrem Kinderwagen im Schatten der hohen Pappeln. Durch einen milden Sommerwind wurde die Hitze des Tages erträglich.

»Habt ihr etwa Heiratspläne?«, fragte Caro und sah ihre Adoptivschwester von der Seite an. »Ist das nicht ein bisschen früh?«

Claires Gesicht blieb undurchdringlich. »Wer weiß?«, sagte sie. »Auf jeden Fall möchte ich vorher meinen Doktor haben.«

»Wieso wirst du eigentlich eine Doktorin?«, fragte Marita. »Ich dachte, das werden nur Ärzte.«

»Weil ich eine einmalige Forschungsleistung vollbracht habe.«

»In welchem Gebiet?«

»Molekularbiologie, ich dachte, das wüsstest du.«

Marita schüttelte den Kopf. Sie stand auf, weil die kleine Claire sich aus dem Kinderwagen meldete und ihre winzigen Händchen in die Luft reckte. Marita beugte sich über ihr Kind, sprach sanft auf sie ein, gab ihr den Schnuller und schuckelte den Wagen.

»Ich habe eine Methode gefunden, um Erbsubstanz in vitro, das bedeutet im Reagenzglas, zu vervielfältigen, und zwar exponentiell, das heißt in sehr schnellen automatisierten Zyklen.«

»Hier – mitten unter uns – sitzt ein Genie!«, erklärte Caro und deutete mit offenen Handflächen auf Claire, als würde sie einen Star präsentieren. Sie verkündete es ohne jede Missgunst und mit ehrlicher Anerkennung, sogar einem Anflug von Stolz in der Stimme.

»Und was ist der Sinn, ich meine, wozu braucht man das?«, fragte Marita.

»Zum Beispiel für die Erkennung von Erbkrankheiten und Virusinfektionen, für das Erstellen von genetischen Fingerabdrücken und Abstammungsgutachten.«

»Das heißt, mit deiner Methode könnte ich feststellen lassen, ob Marco der Vater der kleinen Claire ist?«

Claire nickte. »Das könntest du, aber das weißt du ja bereits. Hat er sich denn inzwischen mal gemeldet?«

Marita schüttelte den Kopf und sah auf einmal traurig aus. »Ein Kind … das war wohl zu viel für ihn … er hat sich gar nicht vorstellen können, was das bedeutet, und ist vor der Verantwortung … vor mir … vor uns zurückgewichen.«

»Einen guten Vater kann man auch noch später finden«, tröstete Ma sie zärtlich. »Vor allem braucht es eine zuversichtliche Mutter.«

»Das entspricht aber nicht den Prinzipien der evangelischen Kirche, oder?«, fragte Claire.

»Und ob! Ich glaube, du brauchst mal wieder eine Bibelstunde.«

»Bloß nicht!« Claire und Caro verdrehten die Augen, winkten gleichzeitig ab.

»Und wieso ist Frau Lavalette eine Doktorin?«, fragte Marita.

»Weil sie vermutlich auch eine einmalige Forschungsleistung erbracht hat.«

»Ja, und zwar mit Tierversuchen grausamster Art!« Caro schüttelte den Kopf. »Unvorstellbar, was sie den armen Hunden angetan hat.«

Claire und Marita sahen sie an. »Warum hast du das nie erzählt?«, fragte Claire.

»Ich weiß nicht, es ergab sich einfach nicht.«

»Was ist eigentlich aus dem Zeitungsartikel geworden, den du schreiben wolltest?«

»Welchen Artikel meinst du?«

»Du hattest dich doch in das Thema der Medikamentengabe im Kinderheim eingearbeitet. Ich hatte gedacht, du wolltest das in deine Zeitung bringen?«

Caro schwieg einen Moment. Sie sah auf einmal sehr ernst aus. »Claire«, sagte sie dann. »Ich habe es versucht. Aber es ist sinnlos. Es tut mir leid, dass ich dir nichts anderes dazu sagen kann.«

Claire merkte, dass da noch mehr war, dass sie ihr nicht alles verriet. Sie wartete ein paar Sekunden, fast reglos. »Du wirst deine Gründe haben«, sagte sie dann.

»Versteh doch, Claire. Ich habe mich wirklich durchgewühlt, bin zum Bundesarchiv gefahren, war in den Archiven von Ruberus und anderen Pharmafirmen, habe unzählige medizinische Aufsätze seit dem Jahr 1945 zusammengesucht und gelesen.«

»Das klingt ja fast wie eine Doktorarbeit!«, sagte Claire mit sarkastischem Unterton. Ihr schossen hundert Fragen durch den Kopf, von denen sie keine stellte.

»Ich habe keinen Zweifel daran«, erklärte Caro, »dass in vielen Kinderheimen mindestens bis Mitte der Siebzigerjahre sedierende Arzneimittel, Neuroleptika, Psychopharmaka verabreicht wurden. Und sogar die Durchführung von klinischen Studien sind belegbar.«

»Und wo ist dann das Problem?«

»Die Gesetzeslage ist nicht eindeutig.«

Claire schüttelte nur ungläubig den Kopf. »Frag mal Marita, was sie ihr angetan haben. Sie war noch viel länger als ich im Heim.«

Als Marita ihren Namen hörte, sah sie zu ihnen herüber. »Willst du Caro mal erzählen, wie viele Tabletten du im Heim all die Jahre schlucken musstest?« Marita winkte ab. »Die kann ich gar nicht zählen. Und noch schlimmer waren die Spritzen.« Ihr weiches Jungmädchengesicht verzog sich bei der Erinnerung unwillkürlich zu einer schmerzvollen Grimasse. Sie schob ihren Ärmel hoch und zeigte ihre Armbeugen mit den Hautverfärbungen und Spuren der Einstiche. »Alles zerstochen. Das waren die vielen Blutabnahmen. Es waren mindestens tausend. Deshalb trage ich immer lange Ärmel. Ich hasse Spritzen.« Dann kam sie näher, drehte sich um und schob ihr T-Shirt hoch. »Und dann noch die Gehirnwasserpunktionen. Dabei wird mit einer langen Nadel erst Flüssigkeit aus dem Rückenmark abgesaugt und dann Luft hineingespritzt, die ihren Weg bis zum Gehirn findet. So können bei einer Röntgenaufnahme die Hirnwindungen sichtbar gemacht werden.« An ihrem Nacken sah man tatsächlich heute noch – Jahre später – kleine Narben und dunkle Verfärbungen.

»Und das war also alles rechtmäßig, ja?« Claires Frage an Caro klang schnippisch.

Caro konnte es ihr nicht verdenken. Sie spürte eine tiefe Scham. Nicht nur jetzt machte sie sich Vorwürfe, nicht wenigstens einmal mit allen Erkenntnissen zu ihrem Chefredakteur gegangen zu sein. Sie hatte es gar nicht versucht, ihn zu überzeugen.

»Ich hatte mit einem Juristen in unserer Redaktion gesprochen. Dessen Urteil lautete, dass die Rechtslage viel zu schwammig sei und man solle sich besser nicht mit einem Pharmariesen wie Ruberus anlegen. Dann habe ich selbst an der Story gezweifelt und hatte nicht mehr den Mut, sie zu schreiben.«

»Na, wenigstens bist du ehrlich.« Claire fuhr sich mit den Händen über die schulterlangen glänzenden Haare, blinzelte in die Sonne und sagte: »Weißt du, was ich als das Schlimmste empfinde?«

»Was?«

»Dass ich Doktor Lavalette lange Zeit als unendlich liebevoll und sorgsam empfunden habe. Ihre sanfte Stimme, mit der sie mir Lesen beigebracht hat, höre ich noch heute manchmal im Traum. Und ich konnte einfach nicht glauben, dass sie uns in Wirklichkeit nur als Labormäuse missbraucht hat.«

»Das ist auch nicht leicht zu verkraften.«

»Und Frau Rose war niemals streng. Sie hatte diese Art … so friedlich und gradlinig … Ich weiß nicht, wie ich das nennen soll. Man wollte ihr einfach immer gefallen, es ihr recht machen.« Marita hatte sich einen

Stuhl geholt und sich zu ihnen gesetzt. »Verglichen mit dem Franz-Sales-Haus, war es im Mainheimer Kinderheim richtig behaglich.«

»Ist das nicht ein herrlicher Tag?«, fragte Ma, als sie mit einem Tablett aus der Küche kam und eine große Schüssel selbst gemachten Obstquark mitbrachte. »Ihr seht ja so ernst aus!«

Claire und Caro schwiegen.

»Nur schade, dass Tini mit ihrer Gitarre nicht da ist. Wollen wir vielleicht zusammen ein paar Lieder aus der Mundorgel singen?« Sie hielt eines der kleinen roten Bücher hoch.

»Ach, Ma, vielleicht später.« Caro versuchte, dem Singen mit einem raschen Themenwechsel zu entgehen: »Wie macht sich dein neuer Familienzuwachs?«

»Ich könnte mir nichts Schöneres wünschen.« Ma wirkte mindestens so glücklich wie früher, wenn die ganze Familie am Küchentisch versammelt war. »Hast du schon das Kinderzimmer gesehen?«

»Ja, es ist sehr hübsch geworden. Die Tapete mit den Röschen, alles rosa!«

Ma stellte zufrieden die Schüssel auf den Tisch, dann ging sie zu dem Kinderwagen und sah hinein. Sofort bekam ihr Gesicht wieder diese milde Zärtlichkeit, die Caro immer so geliebt hatte. Im Gegensatz zu früher war sie kein bisschen eifersüchtig, dass sie nun jemand anderem galt. Claire verteilte kleine Schälchen und Löffel. Caro betrachtete sie von der Seite.

»Sag mal, Claire …«

»Ja?«

»Könntest du dir vielleicht vorstellen, es selbst zu erzählen? Und Marita vielleicht auch?« Sie sah in das klare Gesicht ihrer Adoptivschwester, die sich nicht verstellte, der man ihre Gefühle anmerkte.

Claire schaute sie verständnislos an. »Wie?«

»Ich glaube, wir sollten weitermachen. Ich weiß, dass wir … dass ihr im Recht seid. Wir dürfen nicht aufgeben, nur weil sie bisher immer Sieger geblieben sind.«

Claire stand auf, verteilte den Quark auf die Schälchen und sagte leise: »Sie werden noch oft Sieger bleiben.«

»Wie wäre es, wenn man es als persönlichen Brief formuliert, von dir an Frau Rose, oder an die Ruberus AG.«

»Oder an Doktor Lavalette?«, hörten sie plötzlich Marita sagen und sahen sie erstaunt an. Sie stand neben ihnen, hatte die Hände auf die Hüften gestützt, und ihr Gesicht strahlte ein neues Selbstbewusstsein aus. »Ja, das würde ich machen. Ich würde ihr alles schreiben. Wie es ist, wenn man sich pausenlos übergeben muss, wie es sich anfühlt, wenn die Muskeln im Gesicht zucken und einem der Speichel aus dem Mund läuft, ohne dass man etwas dagegen tun kann, wenn man überall Krämpfe bekommt, und wie sich die Schreie anhören, die manchmal gar nicht aufhören, bis man merkt, dass man es selbst ist, die schreit.«

»Marita, es ist nicht leicht, mit solchen Schilderungen an die Öffentlichkeit zu gehen, das ist ein großer Schritt, der gut überlegt sein will«, sagte Claire.

»So oder so, wir werden immer darunter leiden, und es wird vielleicht sogar schlimmer, wenn wir älter werden. Immer bleiben diese Erinnerungen, das hässliche, verzerrte Gesicht schiebt sich vor das glückliche, schöne Gesicht der Welt. Wir haben nichts, das uns schützt, außer wenn wir nicht länger schweigen. Wir können es uns nicht zurechtzimmern, um es ertragen zu können, wir werden für immer wissen, wie es war.«

Claire und Caro hatten Marita noch nie so lange auf einmal reden hören und waren beeindruckt.

»Und sie können sich nicht einfach aus der Verantwortung ziehen«, sagte Claire.

»Und damit davonkommen«, ergänzte Marita. »Das wäre einfach zu unfair.«

Eine Woche später, um kurz nach acht am Abend – Caro war die Letzte in der Redaktion –, packte sie ihre Sachen zusammen und sah zu dem hell erleuchteten Glaskasten, in dem ihr Chefredakteur noch an seinem Schreibtisch saß. Sie atmete tief ein und aus. Dann klopfte sie an seine halb offene Tür und trat ein.

»Fräulein Stern. Was führt Sie zu mir?«

»Ich … wollte Ihnen etwas zeigen, Herr Dörhöfer.«

»Worum geht es?«

Den ganzen Sommer über trug er ein kurzärmeliges Hemd und eine Lederkrawatte. Sie betrachtete sein Gesicht, während er ihren ganzseitigen Artikel überflog, die schnellen Augenbewegungen eines Viellesers.

Als er die Stirn runzelte, sagte sie: »Ich weiß, das ist ein Wagnis, und es ist sehr groß gedacht, aber …«

»Sehr geehrte Frau Doktor Lavalette …«, murmelte er, als wollte er für sich selbst wiederholen, wie es klang. »Es als persönlichen Brief zu formulieren, wessen Idee war das?«

Caro zögerte. »Es war meine, aber eigentlich haben mich meine Adoptivschwester und das Pflegekind meiner Eltern darauf gebracht. Sie sind die beiden Heimkinder, Claire und Marita.«

»Ihre Eltern haben ein Kind adoptiert und ein Pflegekind aufgenommen?«

»Genau genommen zwei … ich meine zwei Pflegekinder, denn das eine Pflegekind hatte gerade ein Baby bekommen.«

Dörhöfers Gesicht verriet eine Mischung aus Neugier und Skepsis. »Das sind ja äußerst spannende Verhältnisse in Ihrer Familie! Und hatten Sie außerdem noch Geschwister?«

»Ja, vier.«

»Oh, là, là!« Er trommelte mit den Fingern auf der Tischplatte und senkte wieder den Kopf über den Artikel. »Was ich Ihnen schon immer einmal sagen wollte …«, las er vor. »Es ist ein bisschen naiv formuliert. Eigentlich ist das nicht unser Stil.«

»Sie sollten vielleicht erst weiterlesen. Und ich habe auch noch einen Info-Kasten mit den Fakten vorbereitet.«

»… die Schreie in der Nacht … Wahnvorstellungen … Krampfanfälle … bin ich Ihnen dankbar, dass Sie mir Lesen beigebracht haben … und dennoch haben Sie unsere Lage ausgenutzt und an uns Heimkindern ohne jeden Skrupel Arzneimittelversuche durchgeführt.« Er ließ die Blätter sinken und rieb sich mit der Hand über das Kinn. »Und Sie sagen, Sie können die Durchführung der Feldstudie in diesem Kinderheim belegen?«

»Nicht direkt, aber es gibt eine von der Heimärztin veröffentlichte Studie zu dem Wirkstoff Perphenazin, deren Zusammensetzung der Probanden zu 100 Prozent mit der Anzahl und dem Alter der Heimkinder im Jahr 1972 übereinstimmt. Das konnte ich zusammen mit Marita und Claire rekonstruieren. Und außerdem habe ich bergeweise Material aus den Archiven von Ruberus und anderen Pharmafirmen über die Gabe von sedierenden Arzneimitteln und die Durchführung von Studien mit psychotropen Medikamenten an Heimkindern zusammengetragen. In keinem Fall gab es Hinweise auf Informierung oder Einwilligungen der Betroffenen oder deren Eltern beziehungsweise der gesetzlichen Vertreter, und es ist davon auszugehen, dass gegen die Bestimmungen des Nürnberger Kodex und der Deklaration von Helsinki verstoßen worden ist. Mein Kollege Stefan Eisinger hat sich alles angesehen und war wie ich der Meinung, die Story sei fundiert genug. Soll ich die Unterlagen holen? Es sind drei Aktenordner.«

Anscheinend schreckte die Zahl Dörhöfer ab. Er schüttelte vehement den Kopf. »Nicht nötig.«

»Mit den Heimkindern, die als Insassen der autoritären Institutionen keine Möglichkeit hatten, ihre Ansprüche nach außen hin zu vertreten, hat man eine Gruppe gefunden, die zu den schwächsten Gliedern der Gesellschaft gehört.«

»Da ist es nicht verwunderlich, dass es niemals an die Öffentlichkeit gelangt ist.«

»Nur …«

»Ja?« Dörhöfer musterte sie.

Sie erläuterte ihm die fehlende Übernahme der ethischen Richtlinien in die nationale Gesetzgebung, so wie sie sie schon mit Stefan und Göbel diskutiert hatte. Sie wiederholte offen und ehrlich dessen Einschätzung, wonach man sich bei der schwammigen Gesetzeslage nicht mit einem Pharmariesen anlegen solle, und fügte hinzu: »Tatsächlich sorgte erst 1961/62 der Contergan-Skandal dafür, dass Medikamentenstudien seit 1976 klaren Regeln unterliegen. Fünfzehn Jahre später. Aber schon vorher gab es das Strafgesetzbuch und das Grundgesetz, in dem die Würde des Menschen als unantastbar festgeschrieben ist.«

Nachdenklich wiederholte Dörhöfer: »Menschenwürde, Grundgesetz, schwammige Gesetzeslage«, und fügte lauter hinzu: »Wenn Göbel sich so äußert, lassen wir normalerweise die Finger davon …«

»In den Kinderheimen wurde ganz deutlich gegen die Würde des Menschen verstoßen. Es gab das Strafgesetzbuch, da war schon klar benannt, dass ein ärztlicher Eingriff – auch ein Heileingriff – ohne Einwilligung der Betroffenen eine Körperverletzung darstellt.«

»Hmm«, wieder fuhr er sich mit der Hand über das Kinn. »Aber wäre das dann nicht eher ein Fall für die Staatsanwaltschaft?«

»Meine Hoffnung ist, dass sie die Ermittlungen aufnimmt, wenn wir darüber berichten. Wir sind eine Tageszeitung, es ist unsere Aufgabe, die Öffentlichkeit über solche Missstände zu informieren.« Caro sah Dörhöfer voller Hoffnung an. Sie musste ihn einfach überzeugen, um Claires und Maritas willen.

»Schwierig«, sagte er nur. »Sehr schwierig.«

»Ich weiß, deshalb habe ich es auch nicht gewagt, damit zu Ihnen zu kommen.«

»Und nun haben Sie es sich anders überlegt? Woher der Sinneswandel?«

Ihre Antwort kam schnell: »Weil die Betroffenen bisher keine Stimme haben und die Verantwortlichen nicht davonkommen dürfen.«

Unschlüssig sah er sie an. Trotz des Dämmerlichts konnte sie sehen, wie es hinter seiner hohen, gewölbten Stirn arbeitete, wie er Für und Wider abwog, wie sehr er hin- und hergerissen war. Nach einer Weile schüttelte er den Kopf.

Voller Enttäuschung, aber gefasst, stand sie langsam auf.

»Wissen Sie was, Fräulein Stern?«

Sie verharrte vor dem Stuhl.

»Ich finde Ihre Idee, die Thematik in zwei persönliche Briefe von ehemaligen Heimkindern zu verpacken, tatsächlich sehr elegant, um nicht zu sagen, beeindruckend und absolut zeitgemäß.«

Caro ließ sich in Zeitlupentempo zurück auf den Stuhl sinken. Fast ungläubig hörte sie ihn sagen: »Sie haben einen Weg gefunden, diesen Missstand zu publizieren, indem Sie das Augenmerk auf die Einzelschicksale lenken. Auf die Biografien, die durch solche Methoden entstehen, auf die Leben dieser Kinder.«

»Heißt das …?«

»Sozialer Aktivismus ist für unsere Leser sehr wichtig geworden, und das ist ein Aufruf zu handeln. Ein mutiger Aufruf, der den Gesetzgeber und die Menschen zur Verantwortung ruft und Veränderung fordert.« Dörhöfer beugte sich nach vorne und gab ihr ihren Entwurf zurück. »Ich sag Ihnen was, Fräulein Stern: Wir drucken das. Und zwar ganzseitig!«

MINKA

Sie liebte die Fahrt von Königstein hinunter, besonders im Sommer, wenn sich die Obstwiesen duftend vor ihr ausbreiteten. Das Korn rechts und links der Straße stand hoch, auf manchen Feldern war die Ernte im Gang, und die gelben Stoppeln ließen eine Vorahnung auf kühlere Abende, auf süßen Apfelmost, auf Drachensteigen und raschelndes Laub aufkommen. Sie hob ihr Gesicht in den Fahrtwind und ließ die Räder rollen. Bald ist es so weit, dachte Minka, bald kommt der Herbst!

Das Frühjahr hatte sie in diesem Jahr traurig gestimmt, der Sommer war zu strahlend, um in ihrem Kummer zu verharren, der Herbst brachte einen Neuanfang. Schon im September würden die ersten Sitzungen der Stadtparlamente beginnen. Und sie war eine der Abgeordneten.

Das Ende des Lebens auf dem Damm hatte im Grunde jeder der Bewohner im Stillen für sich einkalkuliert. Für die einen, die noch ein zweites Standbein hatten, ein WG-Zimmer in der Stadt, einen Job, eine Lehrstelle, ein Studium, eine bürgerliche Existenz, war damit ein Schlusspunkt gesetzt worden. Es war ihre Rückkehr aus dem Gruppenerlebnis, dem einfachen Landleben, aus beschaulichen Selbstfindungsprozessen und dem politischen Aktivismus in ein geregeltes Alltagsleben.

Für die anderen, die sich während der zwei Jahre ganz und gar dem Leben auf dem Damm verschrieben hatten, die ihr altes Leben aufgegeben hatten, war die Reintegration in die bürgerliche Gesellschaft ein dorniger Weg. Manche meldeten sich obdachlos, bezogen Sozialhilfe, kamen ins Trudeln.

Gesche wollte mit Frauke einen Secondhandladen eröffnen und gründete eine Frauen-WG nahe Hofheim. Pit und Anja zogen direkt weiter in ein besetztes Haus im Frankfurter Westend, Dirk setzte sich nach Gomera ab, Sabine ergatterte ein Interrailticket. Chris richtete sich häuslich in der Gartenlaube seiner Eltern ein und arbeitete in einem Dritte-Welt-Laden. Theo mietete sich von seinem Gehalt als Schreiner eine Drei-Zimmer-Wohnung in Lorsbach.

Minka und Guy hatten ernsthaft in Erwägung gezogen, zusammenzuziehen. Doch Minka erschien es viel zu bürgerlich, wie ein Ehepaar von seinem Bafög und ihrem Unterhalt, den ihr ihre Eltern weiterhin zahlten, in einer Zwei-Zimmer-Wohnung zu leben. Sie entschied sich, die Einladung der Jakobs anzunehmen und auf ihren Bauernhof zu ziehen. Schließlich hatte sie dort bereits alle Tiere vom Damm untergebracht.

»Hier ist genug Platz. Zur Universität kommst du von hier aus auch mit der S-Bahn, und du hast viel gesündere Luft als in der Stadt.«

Sie nahm ihr Studium wieder auf, half den beiden alten Leuten bei der Versorgung der Tiere und ging ihnen bei der Bewirtschaftung der Felder zur Hand. Von Kelkheim aus hatte sie es nicht weit zu den Sitzungen des Königsteiner Stadtparlaments. Es hatte Guy zwar überrascht, dass Minka auf den Hof ziehen wollte, aber er hatte gleich gewusst, dass sie sich ihren Entschluss nicht noch einmal überlegen würde, und suchte sich ein WG-Zimmer in Frankfurt-Bockenheim.

Wenn sie nach Hause zum Jakob'schen Hof fuhr, kam Minka jedes Mal an dem gelbbraunen Erdwall vorbei, dem Damm, der zwei Jahre ihre Heimat gewesen war. Meistens trat sie an dieser Stelle fester in die Pedale und versuchte rasch, ohne hinzusehen, vorbeizuradeln. An diesem Nachmittag hielt sie plötzlich an und schob ihr Rad den alten ausgetretenen Pfad hinauf.

Von ihrem Hüttendorf war nicht mehr übrig als ein paar zerborstene Holzlatten. Die gesamte Fläche hatten die schweren Baumschienen planiert. Sie legte ihr Fahrrad ab und ging auf der anderen Seite den Pfad hinunter, der schon wieder zuwuchs. Über ihr verdichteten sich die Baumkronen. Als die vertrauten dicken Stämme mit ihrer knorrigen Rinde vor ihr auftauchten, fühlte sie, trotz allem, was hinter ihr lag, etwas Ruhe und Frieden über sich kommen. Die Sonne schimmerte durch das Blätterdach und malte eine goldgelbe Straße auf den weichen Waldboden. Nach kurzem Überlegen folgte sie ihr ein kleines Stück ostwärts. Die sanften Hügel hinauf, vorbei an Fingerhut, Brennnesselfeldern mit bunten Schmetterlingsschwärmen und Brombeersträuchern, deren Zweige sich unter der Last der Früchte bogen, dorthin, wo verborgen hinter dichtem Unterholz die Lichtung lag.

Hier oben hörte man nur noch Waldstimmen, bemerkte sie und betrat den Ort, an dem sie früher stundenlang in der Sonne gelegen, gedöst oder gelesen hatte und an der Clara begraben lag. Unter einem Busch mit hellgrünen Blättern, die einen sanften Duft ausströmten, wenn man sie zwischen den Fingern rieb. Die Hündin hatte ihr Leben für Minka und Gesche eingesetzt, und das war alles, was Clara besessen hatte – ein langes glückliches Hundeleben. Zwei Näpfe voller Hundefutter am Tag, frisches Quellwasser, Tausende aufregende Gerüche im Wald, die Aufnahme der Fährte nach dem Wild, der warme Schlafplatz neben dem Ofen, die liebkosende Minkahand, die geliebte Minkastimme. Clara würde nie wieder das wärmende Sonnenlicht auf ihrem Fell fühlen.

Erst als Minka das andere Ende der Lichtung erreicht hatte, entdeckte sie, dass dort ein Mann saß, im Schneidersitz, die Arme nach hinten gestreckt. Guy stand auf und kam ihr entgegen. Das Bild weckte Erinnerungen und hatte eine fast schmerzhafte Intensität.

»Ist das ein Zufall, dass du hier bist?«, fragte sie.

Er sah sie verständnislos an. »Wie meinst du das?«

»Ich meine, kommst du öfter hierher, oder ist das heute das erste Mal, seit …«

»Seit der Räumung? Ja.«

Sie setzten sich nebeneinander auf den flachen Schieferstein, der fast wie eine Bank geformt war. Ihr fiel auf, dass Guy nicht mehr so braun gebrannt war wie sonst. »Du siehst blass aus, und das mitten im Sommer.«

»Ich sitze meistens in der Bibliothek und büffele für die Prüfung. Im Dezember will ich mich zum ersten Staatsexamen anmelden.«

»Schon so schnell?«, sagte sie. »Alle Achtung!«

Sie hoben beide ihre Gesichter zur Sonne und schlossen die Augen.

»Was haben wir nun eigentlich durch die Dammbesetzung erreicht?«, fragte sie.

»Nun, wir haben großes Aufsehen erregt, eine breite Öffentlichkeit auf die Problematik aufmerksam gemacht. Und unser größtes und bedeutendstes Verdienst ist wahrscheinlich die weitreichende Sensibilisierung und Verstärkung des ökologischen Bewusstseins der Bevölkerung. Schließlich sind einige Politiker schon von der vierspurigen Streckenführung abgewichen, und der Baubeginn wurde auf unbestimmte Zeit verschoben.«

»Und das Straßenbauprojekt steht auf der roten Liste, die im Wiesbadener Landtag als ›überprüfungswürdig‹ angesehen wird«, ergänzte Minka.

»Ich finde, das ist gar nicht so wenig!«

»Du hast recht!« Sie spielte mit ihren geflochtenen Armbändern am Handgelenk. »Vielleicht dürfen diese Bäume hier alle doch noch stehen bleiben.« Sie stand auf, breitete die Arme aus, als wollte sie den ganzen Wald umarmen, und drehte sich im Kreis, sodass sich der Rock ihres weißen Tunikakleids aufbauschte. »Und die Politiker erkennen endlich, wie kostbar ihr Leben ist. Unser aller Leben.«

»Du bist doch jetzt selbst Politikerin.«

Als ahne Guy, dass sie gerade an ihren Vater dachte, sagte er: »Obwohl du das niemals wolltest.«

Minka kam wieder zum Stehen und taumelte leicht. »Ja, ich wollte niemals so werden wie er.« Dann fing sie sich und stellte beide Beine fest auf die Erde. »Übrigens bin ich in die neue Partei Die Grünen eingetreten. Wer weiß, vielleicht werde ich eines Tages sogar in den Landtag einziehen.« Zum ersten Mal seit Monaten fühlte sie wieder etwas von ihrer Kraft und dem unbändigen Willen zurückkehren: »Ich mache es anders als mein Vater – auf meine Art.« Sie stemmte die Hände in die Hüften. »Wir können nicht darauf warten, dass die Zeit etwas verändert, wir müssen es selbst tun.«

Den Weg zurück zum Damm legten sie schweigend zurück. Rechter Hand sprudelte gurgelnd die Quelle, an der sie früher ihre Kanister gefüllt hatten. Hier und da zwischen den Bäumen blitzte das helle Sonnenlicht auf, und ein leichter Wind kam auf. Der Lufthauch trug den Atem einer Million Bäume mit sich, kühlte ihre Gesichter und zupfte an Minkas besticktem Kleid.

Sie wussten, sie würden die Zeit gemeinsam verändern.

CARO

ABBA zu mögen ist einfach nicht cool, und trotzdem wird man die Melodie nicht mehr los, wenn man sie morgens im Radio gehört hat«, sagte sie zu Stefan, während sie in den Paternoster stiegen. Das Album Super Trouper, das im letzten Jahr rausgekommen war, hatte ihr im Grunde gefallen. Und der Ohrwurm des Lieds »The Winner Takes It All« hatte sich in ihren Gedanken festgesetzt. Stefans Gesichtsausdruck zeigte, wie sehr er sich wunderte, als sie leise sang:

I don't wanna talk
About things we've gone through
though it's hurting me
now it's history
I've played all my cards

Dann schüttelte er den Kopf. »Nein, es ist einfach nicht cool und wird es auch nie sein.«

Sie stiegen aus und durchquerten die Lobby des Rundschauhauses.

»Aber der Text spricht mir gerade aus der Seele«, sagte sie.

Die Hitze des Vormittags hatte sich bereits in der Stadt gefangen. Sie überquerten die Eschersheimer Landstraße und bogen in die Schillerstraße ein. Das Treiben zwischen den Marktständen war in vollem Gang. Der Duft von frischen Himbeeren in Pappkörbchen, zu Bergen aufgehäuften Süßkirschen, würzigem Handkäse und Ahle Worscht vermischte sich mit Asphalt, Benzin, Sonnenöl und Zigaretten zu dem typischen Bouquet eines Sommertags in der Großstadt.

Sie kauften sich heiße Reibekuchen auf Papptellern und setzten sich an die Hauptwache auf die Treppen, um den Skateboardfahrern zuzusehen. Caro liebte den Anblick der Jugendlichen mit ihren waghalsigen Kunststücken und den Geruch der Straße, des Asphalts, voll der Sonnenwärme, aber heute stimmte er sie traurig.

»*I've played all my cards*«, wiederholte sie eine Zeile des Lieds. »*Nothing more to say, no more ace to play*«, ergänzte Stefan.

»Schau sie dir an. Sie könnten Heimkinder sein, oder vielleicht waren sie welche«, sagte sie. »Der da mit der grünen Kappe und dem schwarzen T-Shirt zum Beispiel. Womöglich hat man ihm das Gleiche angetan wie Claire und Marita, oder er hat Glück gehabt und wurde in eine intakte Familie geboren, hat sie nicht verloren, wurde nicht in ein Heim abgeschoben.«

Sie biss von ihrem Reibekuchen ab und wischte sich mit ihrer Papierserviette das Öl vom Kinn.

»It's destiny!«, sagte Stefan. »Um bei deinem ABBA-Lied zu bleiben. Schicksal.«

Der Junge mit der grünen Kappe ging tief in die Hocke und sprang mit seinem Board auf ein Metallgeländer, das hinunter zur B-Ebene führte. Er rutschte die Stange geschickt entlang und landete auf allen vier Rollen. Die anderen johlten.

»Der Artikel hat gar nichts gebracht. Nichts! Ist das nicht zum Heulen?«, sagte Caro.

Stefan streckte die langen Beine aus, reckte seine weißen Turnschuhe in die Luft und hielt ihr seinen Pullover hin. »Möchtest du den zum Unterlegen?«

Sie schüttelte den Kopf. »Nein, danke.«

»Das braucht vielleicht einfach mehr Zeit. Was so lange funktioniert hat und nie hinterfragt wurde, ist womöglich nicht mit einem Zeitungsartikel zu knacken.«

»Oder es war doch das falsche Format, mit den offenen Briefen. Das Schlimme ist, dass ich damit auch noch Claire und Marita zu einer Art Offenbarung überredet habe.«

Stefan winkte ab. »Aber nicht unter ihren richtigen Namen und ohne Bild.«

»Ja, das stimmt.« Sie stand auf, um ihren leeren Pappteller in den Mülleimer zu bringen, und wäre fast mit einem Skateboarder zusammengestoßen, der einen halsbrecherischen Salto versuchte. »Bislang ermittelt bundesweit keine einzige Staatsanwaltschaft, und die Politik duckt sich fast flächendeckend weg. Der Träger des Kinderheims und das hessische Gesundheits- und Sozialministerium stehen für ein Interview nicht zur Verfügung. Die Ruberus AG hat eine schriftliche Stellungnahme abgegeben. Zitat: Ihr liegen keine Informationen über Fakten und Hintergründe eines missbräuchlichen Medikamenteneinsatzes an Minderjährigen in Kinderheimen vor.«

»Sagt das nicht alles?« Stefan rieb mit der Serviette über einen Ölfleck auf seiner Jeans und gab es auf, als der Fleck dadurch nicht kleiner, sondern größer wurde. »Sie ducken sich weg, in der Hoffnung, dann ungeschoren davonzukommen.« Er sah Caro an und bemerkte, wie sie die Lippen bewegte.

»*The winner takes it all, the loser has to fall*«, murmelte sie, und er stieß sie sachte mit dem Ellbogen an.

»Ach, komm schon, Caro. Dein Thema wurde vom Deutschlandfunk aufgegriffen, von der Süddeutschen Zeitung und vom SPIEGEL, das ist doch fast eine Art Ritterschlag. Vielleicht zieht es doch noch weitere Kreise. Warte erst mal ab.«

»Ja, Dörhöfer sieht das auch so. Er war zufrieden mit der Resonanz, es gab auch viele Leserbriefe, sogar andere Betroffene, ehemalige Heimkinder haben sich gemeldet. Er hat vorgeschlagen, noch einmal nachzulegen und mehr aus meinen Recherchen zu veröffentlichen.«

»Na, siehst du! Sei nicht so pessimistisch. Aus dir wird noch eine richtig gute Journalistin!«

»Er hat mir sogar eine Beförderung zur Redakteurin nach Abschluss meines Volontariats in Aussicht gestellt.«

»Hey, gratuliere.« Stefan klopfte ihr auf die Schulter. Seine Freude wirkte offen und echt.

Caro hatte die Presse in den letzten Wochen verfolgt und war von dem Echo überrascht – von dem Ergebnis aber enttäuscht. Die Taten wogen zu schwer, und die Folgen für die vielen Betroffenen belasteten sie, wirbelten ihr ständig durch den Kopf. Jeden Tag wog sie die Möglichkeiten ab, wie sie noch etwas erreichen konnte, aber sie gelangte nur zu der Erkenntnis, dass sie machtlos war. »Doktor Lavalette, Frau Rose, Zenker, die Ruberus AG … sie kommen alle ungestraft davon. Und …« Göbels Worte fielen ihr ein: »Es ist kompliziert.«

Sie saßen schweigend da und schauten zu, wie die Jungs mit den Boards nebeneinander über vier Stufen sprangen.

»Ich wollte Marita, Claire und all die anderen endlich von ihrer Ohnmacht befreien, und eigentlich wird ihr Leid durch die Tatenlosigkeit der Strafverfolgungsbehörden und Politiker noch verstärkt.«

Aus dem Augenwinkel sah Caro, wie Stefan seine Hand ausstreckte. Fragend sah sie ihn an.

»Ganz bestimmt nicht! Du hast ihnen das erste Mal eine Stimme verliehen, und das werden sie dir nie vergessen. Da bin ich mir sicher.«

Sie ergriff seine Hand und hielt sie fest.

»Komm, wir gehen zurück in die Redaktion. Es ist noch ein langer Weg.«

PAULSKIRCHE FRANKFURT AM MAIN

5. März 1983

Claire kam die Treppen herunter, und Applaus brandete auf. Bravorufe tönten aus dem Publikum, das aufgestanden war, um sie zu empfangen. Der Lichtkegel des hellen Scheinwerfers folgte jedem ihrer Schritte, und die Blitzlichter der Pressefotografen blendeten sie, sodass sie eine Stufe verfehlte und ins Leere trat. Doch einer der Männer im Smoking und mit Headset war geistesgegenwärtig genug, machte einen Satz und hielt sie mit festem Griff. Sie nickte ihm dankbar zu. Das alles war so ungewohnt, die hohen Pumps, das lange Abendkleid, die vielen Augen, der Beifall, die Aufmerksamkeit. Sie war es gewohnt, im Stillen zu arbeiten, tagelang, nächtelang, monatelang, jahrelang. Der Applaus dröhnte in Claires Ohren. Aber das Pfeifen, ihr Beo, war nicht mehr da, schon seit über einem Jahr hatte er sie verlassen. Sie vermisste ihn nicht.

»Für ihre Forschungsleistung ehren wir heute Doktor Claire Stern und verleihen ihr den Paul-Ehrlich-und-Ludwig-Darmstaedter-Preis«, verkündete die Vorsitzende des Stiftungsrats. Claire nahm die Urkunde entgegen, bedankte sich und versuchte, etwas in dem abgedunkelten Saal zu erkennen.

Sie saßen alle im Publikum. Ganz links in der ersten Reihe ihr Mitarbeiter Ritter und ihr Doktorvater Professor Steinmetz. Rechts davon Guido neben Pa, dann Ma, Erne mit seiner Frau, Tini mit ihrem Mann, Habu, Fitzi, Caro, Marita mit der kleinen Claire auf dem Schoß. In der Reihe dahinter Minka und Guy neben Helga und Harald Schönwetter. Alle waren sie gekommen.

Die Laudatorin fasste Claires Lebenslauf zusammen:

»1972 schickte der hessische Ministerpräsident Albert Osswald seinen Staatssekretär nach Malaysia, um zweiundsechzig Flüchtlinge des Vietnamkriegs von dem Schiffswrack Mai Hong, das wochenlang im chinesischen Meer getrieben hatte, abzuholen. Von Kuala Lumpur ging ihre Reise nach Frankfurt am Main. Einer dieser zweiundsechzig Menschen war Claire. Als Waisenkind aus Vietnam nach Deutschland gekommen, nahm man sie zunächst in einem Kinderheim in einer hessischen Kleinstadt auf. 1973 wurde sie von einem dort ansässigen Ehepaar adoptiert, kam in eine Familie mit fünf Kindern und besuchte das Main-Taunus-Gymnasium in Hofheim, wo sie 1977 das Abitur mit der Note 1,0 ablegte. Von 1977 bis 1979 studierte sie Biologie an der Johann-Wolfgang-von-Goethe-Universität. Im Jahr 1981 wurde sie mit der Note summa cum laude promoviert.« Die Laudatorin machte eine rhetorische Pause. »Im Alter von einundzwanzig Jahren!«

»Bravo!«, rief eine Männerstimme aus dem Publikum.

»Eine einzigartige Biografie, die ihresgleichen sucht.«

Wieder brandete Applaus auf, und Claire senkte den Kopf, um sich zu bedanken. Der ganze Druck, unter dem sie jahrelang gestanden hatte, hatte sich gelöst. Ab jetzt war sie niemandem mehr irgendetwas schuldig. Sie hatte mit einundzwanzig Jahren eine unerhörte Forschungsleistung erbracht. Von nun an war alles, was sie anfangen würde, ein Bonus. Mit Herz und Leidenschaft und einer entspannten Gewissheit von »Ich tue einfach das, was ich liebe« blickte sie zuversichtlich in ihre Zukunft. Ein glucksender Kinderschrei der kleinen Claire tönte durch den Saal und sorgte für einige Lacher.

»Doktor Claire Stern hat mit ihrer Arbeit eine neue Labormethode aufgezeigt, um DNA-Abschnitte zu vervielfältigen. Sie dient unter anderem dazu, die Erbinformation von RNA-Viren zu ermitteln, was in der medizinischen Diagnostik von großer Bedeutung ist. Ohne Zweifel wird ihre Forschungsleistung – die Polymerase-Kettenreaktion, englisch polymerase chain reaction, kurz PCR – dazu beitragen, noch in diesem und im nächsten Jahrhundert viele kostbare Leben zu retten.«

Die Stille, die entstand, zeigte, wie sehr ihre Rede den Menschen im Publikum zu Herzen ging. Kurz bevor sie die Hände hoben und erneut Beifall spenden wollten, hallte eine Stimme durch den Saal: »Lassen Sie mich doch bitte durch!«

Die weiche Frauenstimme aus dem hinteren Teil war laut genug, dass alle sie hörten und sich zu ihr umdrehten.

»Ich habe ein Recht, dabei zu sein!«

Getuschel setzte ein. Claire und Marita wandten die Köpfe und schauten sich suchend um. Nicht um nachzusehen, wem die Stimme gehörte, denn die hatten sie sofort erkannt, sondern woher sie kam. Ganz hinten an der geöffneten Tür stand sie, mit schulterlangem, braunem Haar in einem blauen Kleid, und wurde von zwei Türstehern nach ihrer Einladung gefragt.

Claire ließ sich das Mikrofon geben und sagte: »Bitte, lassen Sie sie herein.« Die beiden Türsteher nickten, hoben die Hände zum Zeichen, dass sie passieren durfte. Doktor Lavalette ging mit erhobenem Kopf und durchgedrückten Schultern den Gang entlang und setzte sich auf einen freien Platz.

Nach der Preisverleihung und Claires Dankesrede wurde es hell im Saal, Claire stieg von der Bühne herunter, wurde von ihrer Familie umringt, nahm tief gerührt die Glückwünsche entgegen, die Blumen und Geschenke. Dankte allen für ihre Geduld, ihre Liebe, ihre Unterstützung. Pa war richtig schlank geworden, Tini mit deutlichem Babybauch, im sechsten Monat schwanger, Erne und Habu klopften Claire anerkennend auf die Schulter. Ma betrachtete sie stolz und glücklich, sagte leise zu ihr: »Wir ziehen unsere Kinder in dem Wissen auf, dass sie eines Tages davonfliegen. Und du hast Fliegen gelernt.« Freunde und Familie standen an den Stehtischen, unterhielten sich, tranken Sekt, lachten über alte Geschichten. Claire stellte Pa und Ma ihren Doktorvater und ihren wissenschaftlichen Mitarbeiter Ritter vor, und sie überboten sich gegenseitig in Lobeshymnen des jeweils anderen.

Dann ging Claire auf Caro zu. Sie umarmten einander und wiegten sich hin und her. »Du hast so viel für mich und für alle anderen Betroffenen getan!«

»Bei Gott, ich wünschte, es hätte irgendetwas bewirkt.«

»Ich weiß«, sagte Claire, legte eine Hand auf ihre Schulter und drückte sie sanft. »Es ist kompliziert.« Nach einer Weile fragte sie: »Was wirst du jetzt tun?«

»Ich kann nächste Woche eine Stelle als Redakteurin bei der Rundschau antreten.«

»Das ist doch wunderbar!«

»Ja, das ist es!« Caro nickte und schwieg.

Claire hob den Zeigefinger und deutete auf ihre Augen. »Oh nein, ich kenne diesen Blick, und du hast gesagt, du *kannst*. Du hast doch etwas anderes vor, stimmt's?«

Caro senkte den Kopf und kramte in ihrer gesteppten Ledertasche. »Auf meinem Schreibtisch liegt eine Platte aus Plexiglas, und darunter habe ich allen möglichen Krimskrams geschoben, der mich irgendwie inspiriert oder aufgeheitert hat. Zitate von Schriftstellern oder Fotos, Kinotickets.«

Claire wartete ab, bis Caro das gefunden hatte, was sie suchte, und es hochhielt. »Ich hab dieses Foto gefunden von Simone de Beauvoir im Café de Flore in Paris, und das hat mich zum Nachdenken gebracht.«

»Du willst nach Paris?«

»Ich sollte das, was ich als Journalistin und durch dich und Marita gelernt habe, auf mein Leben anwenden und darüber schreiben – wer weiß, vielleicht wird eines Tages ein ganzer Roman daraus.«

»Aber das kannst du doch auch von hier aus tun?«

»Vielleicht, nur nicht in einer Frankfurter Lokalredaktion, das ist mir einfach zu eng und zu eindimensional und …«

»Und … was?«

»Ich möchte etwas von der Welt sehen, auf mein Sicherheitsnetz verzichten, egal wie angsteinflößend das ist. Ich glaube, jetzt ist meine Zeit, um das Leben auszuprobieren, etwas zu riskieren.«

»Du bist erstaunlich! Und ich werde dich auf jeden Fall in Paris besuchen.«

»Versprochen? Trotz deiner vielen Angebote von Eliteuniversitäten?«

»Wer weiß, vielleicht gehe ich ja an die Sorbonne, sie haben eine spannende Fakultät für Molekularbiologie.«

»Das wäre wundervoll.«

Guido gesellte sich zu ihnen und fragte: »Worüber sprecht ihr so lange?«

»Kannst du dir vorstellen, nach Paris zu gehen?«, fragte Claire.

Er lächelte. »Der Jardin des Plantes auf dem Gelände des Muséum nationale d'histoire naturelle ist klein, aber renommiert, allerdings haben sie schon einen Direktor.«

Später entschuldigte sich Claire mit den Worten, sie müsse noch jemanden begrüßen. »Kommst du mit, Caro?«, fragte sie. »Und Marita, du auch?«

Zu dritt gingen sie vor der Bühne entlang zu Doktor Lavalette, die ihr Gespräch mit der Stiftungsvorsitzenden unterbrach. Marita hielt die kleine Claire auf dem Arm.

»Wen haben wir denn da?« Doktor Lavalette wollte nach ihrem Händchen greifen, als das Kleinkind sie offen anlächelte. »Gut hast du dich gemacht, wie heißt du denn?«, sagte sie zu der Kleinen.

Marita machte rasch einen Schritt zurück, und sie fasste ins Leere.

»Warum sind Sie gekommen?«, fragte Claire kühl und musterte das Gesicht der Frau, dem man die vergangene Zeit kaum ansah. In den sechs Jahren hatte sie sich wirklich so gut wie nicht verändert. Nur die Härte in ihrem Blick war neu, die Augen kleiner und schmaler. Oder fiel es ihr heute zum ersten Mal auf?

»Selbst auf unsere offenen Briefe in der Zeitung haben Sie nicht reagiert.«

Die Überraschung und die Worte wirkten nicht gespielt: »Die waren von euch? Vollkommen überflüssig. Vor allem von dir hätte ich das nicht gedacht, Claire. Aber Schwamm drüber. Viel Wind um nichts.« Sie wedelte mit der Hand und lächelte. »Ich hatte das Gefühl, an deinem großen Tag nicht fehlen zu dürfen. Du hast meine Erwartungen nicht nur erfüllt, sondern übertroffen, Claire. Ich bin stolz auf dich und gratuliere dir von ganzem Herzen.«

»Danke. Ich freue mich zu hören, dass Sie so etwas besitzen.«

»Was meinst du?«

»Ein Herz.«

Dass sie glaubte, Doktor Lavalette sei kleiner geworden, lag daran, dass sie sie nur aus der Kinderperspektive in Erinnerung hatte.

Die Ärztin legte ihr die Hand auf den Arm. »Es tut mir sehr leid«, sagte sie langsam. »Ich habe euch Leid zugefügt.«

Marita und Claire starrten sie unverwandt an. Diese Zärtlichkeit in der Stimme. Als Marita noch ein Kind gewesen war, hatte sie manchmal, wenn sie sich vor Krämpfen bog, so zu ihr geredet. Oder in der Nacht, wenn Claire nicht aufhören konnte zu schreien, sich zu übergeben. Es waren damals die gleichen Worte gewesen.

Du hast nur schlecht geträumt. Beruhige dich. Das hört wieder auf. Es tut mir leid. Es war eine falsche Dosierung. Ein kleiner Fehler von mir. Es tut mir leid.

Wie sehr diese sanfte Stimme noch nachwirkte. Sie hatten ihr bedingungsloses Vertrauen entgegengebracht.

Doktor Lavalette wiederholte: »Es tut mir leid ...«, und setzte hinzu: »Aber alles, was ich getan habe, stand im Dienst der Wissenschaft, Claire. Du müsstest es doch am besten verstehen. Jedes Jahr, jeden Monat, jeden einzelnen Tag unseres Lebens stellen wir uns neuen Herausforderungen. In meinen Anfängen als Medizinstudentin war es Kinderlähmung, inzwischen ist es Aids, das als epidemische Krankheit über die Welt hereingebrochen ist. Ohne Menschen wie uns wäre die Bevölkerung hilflos, sie braucht uns Forscher, uns Wissenschaftler, die manchmal auch unkonventionelle Wege gehen. Man muss Opfer bringen. Du bist aus dem gleichen Holz geschnitzt, Claire. Und ich bin bis heute überzeugt davon, dass du ohne den kleinen Anschub, den du damals von mir bekommen hast, nicht so weit gekommen wärst. Irgendwann wirst du das erkennen.«

»Oh nein, ich bin nicht wie Sie!« Claires Stimme zitterte leicht, als sie so vehement protestierte, dass sich die Leute an den Stehtischen nach ihr umdrehten. »Es stimmt, ich bin Wissenschaftlerin, die Forschung ist mir unendlich wichtig. Aber es gibt eine entscheidende Eigenschaft, die uns unterscheidet: Ich achte jedes einzelne Leben.«

Marita wurde nicht laut, aber ihre Stimme bebte vor Verachtung. Sie hatte oft an dieses Gespräch gedacht, wie ein Bestohlener darüber nachdenkt, den Dieb zu stellen: »Haben Sie sich jemals gefragt, wie wir uns fühlen, wie wir damit weiterleben können, ob wir für immer gesundheitliche und psychische Schäden behalten könnten?«

Doktor Lavalette zögerte, als ob sie wüsste, dass sie mit ihrer Antwort nichts gewinnen konnte. »Wie gesagt. Es musste sein – im Dienst der Wissenschaft.«

Claire starrte sie an und hatte das Gefühl, als sei die ehemalige Heimärztin nicht ganz anwesend, als beobachte die Ärztin sie wie aus weiter Ferne, und Claire begriff in diesem Moment: Doktor Karin Lavalette fühlte sich zu Höherem berufen. Sie hielt sich für einen Engel.

Auch Engel können eines Tages fallen, dachte Caro, die das Gespräch mit einem Diktiergerät aufgenommen hatte.

Man musste nur lange genug warten können.

WAHLABEND

6. März 1983

Am 6. März 1983 saß Schönwetter alleine in seinem Fernsehsessel und rauchte eine Zigarre. Helga traf sich diesmal am Abend der Wahl zum 10. Deutschen Bundestag mit Freundinnen in einer Pizzeria. Als sich die Balken des Stufendiagramms aufbauten, bekam Schönwetter einen Hustenanfall. Die Drei-Zimmer-Wohnung hatte keine Terrasse, nur einen kleinen Balkon, von dem aus er einen Wahlsieg seinen Nachbarn verkünden konnte. Es wurde auch kein Wahlsieg – allerdings hatte Schönwetter damit bereits gerechnet.

Schon in seiner Regierungserklärung vom 13. Oktober 1982 hatte Bundeskanzler Helmut Kohl Neuwahlen für das Frühjahr 1983 angekündigt. Bei der Abstimmung über die von Kohl gestellte Vertrauensfrage enthielten sich die meisten Abgeordneten, und Kohl beantragte beim Bundespräsidenten die Auflösung des Parlaments, der, trotz verfassungsrechtlicher Bedenken, Neuwahlen für den 6. März 1983 festsetzte.

Das Ergebnis der vorgezogenen Bundestagswahl bestätigte die Politik der Wende.

Schönwetter griff zu seinem Bierglas und prostete im Geist seinem früheren Nachbarn zu. »Stern! Du hast gewonnen! Bist du jetzt zufrieden?« Dann nahm er einen großen Schluck.

Es überraschte ihn nicht, dass die Unionsparteien die absolute Mehrheit nur knapp verfehlten.

»48,8 Prozent! Das ist ordentlich, alle Achtung!«, krächzte er.

Auch das Ergebnis der FDP mit 6,9 Prozent, trotz des Koalitionswechsels, war für ihn nicht besonders bemerkenswert.

»Wendehälse«, nannte er sie, was aber längst niemanden mehr interessierte.

Was ihn ehrlich erstaunte, war das Ergebnis der Grünen. Mit 5,6 Prozent gelang ihnen erstmals der Einzug in den Bundestag.

Er kaute eine Weile auf seinen Lippen und dachte darüber nach, ob die siebenundzwanzig Abgeordnetensitze, die sie erhalten würden, etwas verändern könnten, und wenn ja, was? Er stellte sich den chaotischen, bunten und offensiv ungepflegten Haufen inmitten der grauen Menge von Anzugträgern vor. Vielleicht würden die Ökos, die Müslifresser und Turnschuhträger genauso schnell verschwinden, wie sie gekommen waren, nämlich bereits bei der nächsten Bundestagswahl.

Schwerfällig erhob er sich aus seinem Sessel, nahm sein Glas und wankte zum Balkon, schob die Tür auf. Hier oben, vom Rosenberg aus, hatte er einen weiten Blick über Hofheim am Taunus.

Er stützte sich auf die Balkonbrüstung, hob erneut sein Bierglas in Richtung der dunkelgrünen Taunushügel und sagte heiser: »Auf dein Wohl, Minka, Schatz! Hast anscheinend doch aufs richtige Pferd gesetzt. Aus dir wird noch eine richtige Politikerin!«

Am Himmel erschienen hellrosa Streifen, und die frühe Dämmerung legte sich über die Ziegeldächer einer Kleinstadt, die ihm nicht das Geringste bedeutete.

9. MÄRZ 2021

Was ist dies doch für eine merkwürdige Zeit!

Nach tagelangem Verharren in der Warteschleife eines Callcenters des Gesundheitsamts kann ich heute endlich meine Mutter abholen, um sie zu ihrem ersten Impftermin gegen das Covid-19-Virus zu bringen. Mit ihren einundneunzig Jahren gehört sie zur Impfgruppe mit höchster Priorität. Als ich in die Schwimmbadstraße einbiege, sehe ich schon von Weitem, dass die Haustür offen steht. Obwohl ich, wie vereinbart, eine Stunde vor dem Termin komme und der Weg bis zum Impfzentrum höchstens zehn Minuten dauert, ist sie schon fertig angezogen und wartet auf einem Stuhl in der Eingangshalle des großen leeren Hauses – Pa ist letztes Jahr für immer von uns gegangen. Es ist kalt und feucht, ich suche ihr noch einen Schal in der Garderobe und helfe ihr die Treppen herunter. Ma hakt sich bei mir ein, und ich spüre ihre Nervosität. Wir biegen in die Parallelstraße ein und fahren an dem Grundstück vorbei, in dem einmal meine beste Freundin gewohnt hat. Das Bürgermeisterhaus wurde inzwischen abgerissen. Jetzt steht hier eine terrakottafarbene Villa mit weißen Säulen links und rechts des Eingangs, Palmen im Vorgarten. Ma schüttelt jedes Mal den Kopf, wenn sie die Verwandlung sieht. Wir verlassen das Schwimmbadviertel, nehmen direkt die Ausfallstraße Richtung Süden und fahren vorbei an den ehemaligen Rosenfeldern, auf denen inzwischen dicht an dicht Tausende gleichförmige Reihenhäuser stehen. Dann sehen wir schon das lang gezogene Gebäude mit dem Flachdach, dessen verspiegelte Front gut und gerne dreißig Meter breit ist. Um das Gelände steht noch immer ein hoher dichter Zaun mit Stacheldrahtbahnen am oberen Ende. Ich kann nicht verhindern, dass mein Herz schneller zu klopfen beginnt und mein Mund trocken wird. Als ich die Adresse des Impfzentrums auf dem offiziellen Schreiben des Gesundheitsamts gelesen habe, wusste ich bereits, dass der Gang nicht leicht werden würde.

Mehrere Helfer in orangen Warnwesten weisen uns den Weg zum Parkplatz, als wir im Schritttempo auf sie zurollen.

Ich bin mir nicht sicher, ob das, was ich jetzt beschreiben will, als ungewöhnlicher Zufall oder als ein Wink des Schicksals gelten kann, falls es so etwas gibt. Denn ich denke oft an die Nacht vor fünfundvierzig Jahren zurück. Es ist mir mit den Jahren zur Gewohnheit geworden, kam mir meistens schon in den Sinn, wenn ich die Autobahnabfahrt nahm, um Ma und Pa zu besuchen.

Ich erinnere Ma daran, ihre FFP2-Maske anzuziehen, und stelle mich mit ihr in dem schlauchartigen Zelt auf dem Hof vor dem Eingang an, warte, wie sie umständlich alle ihre Papiere für die Registrierung aus der Plastiktüte hervorholt. Wir werden von einem freundlichen Helfer zum anderen geschickt, desinfizieren uns dreimal die Hände, führen ein langes Arztgespräch, nehmen auf Wartestühlen Platz, die an der Wand entlang genau in 1,5 Metern Abstand aufgestellt sind. Als wir aufgerufen werden, um zu den Kabinen in die Impfstraße zu kommen, erkenne ich die Tür, die bis vor zehn Jahren noch zu den Hundekäfigen führte. In dieser einen Nacht lagen sie in vollkommener Dunkelheit. Der Geruch nach Desinfektionsmittel wird jetzt noch stärker, ist mit organischen Gerüchen durchsetzt. Ich kann die Laute von damals wieder hören und lasse Mas Arm los, um mir die Hände auf die Ohren zu legen. Sie sieht mich an und nickt, ist ganz ruhig und gefasst. Eigentlich wollte ich ihr heute beistehen und nicht umgekehrt. Ihre grauen Augen sagen mir, dass sie genau weiß, was in mir vorgeht.

Das wusste sie immer, glaube ich. Und sie versteht auch meine Entscheidung, diesen Roman zu schreiben.

NACHLESE

Die Pläne für die umstrittene Umgehungsstraße B 8 wurden durch das Regierungspräsidium Darmstadt im Dezember 2009 endgültig gekippt. Der Protest gegen die sogenannte Taunus-Autobahn gilt als Vorbild für das Hüttendorf gegen den Bau der Startbahn 18 West am Frankfurter Flughafen und als Keimzelle der Umweltbewegung. Am ehemaligen »Damm« in Kelkheim-Hornau wurde im September 2010 ein Gedenkstein enthüllt, der an den friedlichen Widerstand erinnert.

> »Seit einigen Jahren hat die Misshandlung minderjähriger Heimbewohnender in diesem Zeitraum auch in der Öffentlichkeit Beachtung gefunden. So richtete die Bundesregierung im Jahr 2009 den ›Runden Tisch Heimerziehung in den 50er und 60er Jahren‹ ein. … Der Einsatz von Medikamenten in der Heimerziehung sowie Arzneimittelstudien in Heimen ist vom Runden Tisch nur wenig thematisiert worden. Erst durch die 2016 von der Pharmazeutin Sylvia Wagner veröffentlichte Studie ›Ein unterdrücktes und verdrängtes Kapitel der Heimgeschichte. Arzneimittelstudien an Heimkindern‹ (s. duepublico.uni-duisburg-essen.de/servlets/DerivateServlet/ Derivate-42079/04_W agner_Heime.pdf) wurde bekannt, dass mindestens 50 Arzneimittelstudien an Heimbewohnern durchgeführt wurden, z. T. im Auftrag oder mit Wissen von Behörden. Dabei wurden neben Impfstoffen und Psychopharmaka auch Medikamente zur Senkung der Libido getestet, laut Wagner konnten keine Einwilligungen der Betroffenen bzw. ihrer gesetzlichen Vertreter gefunden werden. Das gesamte Ausmaß sei bislang nicht zu beziffern.«

Kleine Anfrage – Deutscher Bundestag,
19. Wahlperiode, Drucksache 19/1772, 20.04.2018

Bei der Recherche für den vorliegenden Roman habe ich mich auf folgende Veröffentlichungen gestützt:

Sylvia Wagner
Ein unterdrücktes und verdrängtes Kapitel der Heimgeschichte
Arzneimittelstudien an Heimkindern
Sozialgeschichte online, Heft 19 September 2016

Wolf-Dieter Hasler
DAS DORF AM DAMM und DIE NEUE B8
Jahresarbeit im Fach Deutsch
März 1982

Zwei Frauen leben ihren Traum –
die wahre Geschichte einer Emanzipation

KATHARINA FUCHS

NEULEBEN

ROMAN

Deutschland 1953. Therese wird als Tochter eines Wehrmachtsoffiziers und einer Gutsbesitzerin ein Studium in der DDR verwehrt, das Familiengut in Sachsen wurde enteignet. In West-Berlin beginnt sie als eine von zwei Frauen ihr Jurastudium und sieht sich den Repressalien ihrer Kommilitonen und der autoritären Hochschullehrer ausgesetzt. Doch ihr Ziel steht ihr klar vor Augen: Sie möchte eine der ersten Richterinnen im Nachkriegsdeutschland werden. Ihre hübsche Schwägerin Gisela hat ihren eigenen Traum in der neu gekürten »Modestadt« West-Berlin. Frisch verheiratet, wehrt sie sich gegen das überkommene Rollenbild der Fünfzigerjahre – sie verfolgt ihre Ideen zu einer eigenen Modelinie. Die beiden jungen Frauen gehen ihren Weg – gegen alle Widerstände.

»Katharina Fuchs hat einen festen Platz in vielen Bücherregalen.
Ihre Art zu schreiben und historische Fakten mit Familiendramen
zu verknüpfen, ist unvergleichlich-«
belletristik-couch.de

DROEMER

Zwei Frauen, zwei Leben, eine Fotografie

KATHARINA FUCHS

LEBENSSEKUNDEN

ROMAN

VON DER AUTORIN VON
»ZWEI HANDVOLL LEBEN«

Der großer Traum von Angelika Stein scheint geplatzt, als sie mit 15 von der Schule fliegt: Kein Fotograf in Kassel will einem Mädchen, noch dazu ohne Schulabschluss, eine Lehrstelle geben. Doch Angelika gibt nicht auf – und bekommt schließlich eine Chance von einem Fotografen, der vor Kurzem aus der DDR gekommen ist. Zur selben Zeit wird in Ostberlin die hoch talentierte junge Turnerin Christine Magold darauf gedrillt, die DDR bei den Olympischen Spielen zu vertreten. Doch ist das wirklich ihr Traum? Beim Bau der Berliner Mauer 1961 treffen die beiden jungen Frauen unter dramatischen Umständen aufeinander.

»Zeitgeschichte pur.«
Für Sie über Neuleben

DROEMER